Der Engel in meinem Bett

MIRA®

MIRA® TASCHENBUCH
Band 95028
1. Auflage: September 2011

MIRA® TASCHENBÜCHER
erscheinen in der Cora Verlag GmbH & Co. KG,
Valentinskamp 24, 20354 Hamburg
Geschäftsführer: Thomas Beckmann

Deutsche Erstveröffentlichung

erschienen bei: Harlequin Enterprises Ltd., Toronto

Published by arrangement with
HARLEQUIN ENTERPRISES II B.V./S.àr.l.

Konzeption/Reihengestaltung: fredebold&partner gmbh, Köln
Umschlaggestaltung: pecher und soiron, Köln
Redaktion: Stefanie Kruschandl
Titelabbildung: Corbis GmbH, Düsseldorf; Thinkstock/
Getty Images, München
Autorenfoto: © by Harlequin Enterprises S.A., Schweiz / Don Schenk
Satz: Buch-Werkstatt GmbH, Bad Aibling
Druck und Bindearbeiten: CPI – Ebner & Spiegel, Ulm
Printed in Germany
Dieses Buch wurde auf FSC®-zertifiziertem Papier gedruckt.
ISBN 978-3-89941-888-0

www.mira-taschenbuch.de

Lori Foster

Heißer Engel

Roman

Aus dem Amerikanischen von
Christiane Meyer

MIRA®

PROLOG

Eine Windböe strich ihm über den Nacken. Fröstelnd klappte er den Mantelkragen hoch und schob die Hände in die Taschen. Nur mühsam widerstand er dem Drang, den Grabstein zu berühren. Das Grab wirkte so friedlich. Aber Dane Carter glaubte das nicht. Nicht eine Sekunde lang.

Die Beerdigung hatte er um fast vier Monate verpasst. Seine Familie war natürlich außer sich. Doch sie hatten ihm schon einige vergangene Verfehlungen nicht verziehen, also machte ein Fehler mehr oder weniger auch keinen Unterschied mehr. Ausgenommen für ihn selbst.

Sein Gesicht fühlte sich starr an. Aber das lag an seinen mit aller Kraft unterdrückten Gefühlen, nicht am Wind. Der Tod seines Zwillingsbruders war eine unabänderliche und harte Tatsache, die er akzeptieren musste. Auch wenn er und Derek in letzter Zeit nicht viel Kontakt gehabt hatten, fühlte es sich an, als würde ein großer Teil von ihm selbst fehlen.

Dane hatte vor ein paar Jahren seine Familie verlassen und sich auch aus der Firma zurückgezogen. In seiner Privatdetektei übernahm er seitdem bewusst Aufträge, für die er so oft wie möglich die Stadt verlassen und verreisen musste. Obwohl sein Büro nur eine Stunde von seiner Familie, von seiner Heimat entfernt war, war er nicht zu erreichen gewesen, als sein Bruder ihn am dringendsten gebraucht hätte …

Jeder schien Dereks Tod als einen Unfall zu akzeptieren. Der Familie war anscheinend nur daran gelegen, dass die schrecklichen Neuigkeiten nicht in die Medien gelangten. Schließlich musste eine Panik unter den Aktionären der Firma verhindert werden. Doch Dane konnte die Sache nicht auf sich beruhen lassen. Er *würde* die Sache nicht auf sich beruhen lassen. Er hatte einen Riecher für Intrigen, und hier stank etwas ganz gewaltig. Noch konnte er nicht benennen, was ihn störte, aber sein Instinkt war ihm in seinem Job als Privatdetektiv in den letzten Jahren immer zugutegekommen – seit dem Tag, als er das Familienunternehmen den fähigen Händen seines Bruders überlassen hatte.

Unvermittelt ging er in die Knie und fuhr mit den Fingerspitzen über das winterkurze Gras auf dem Grab. „Was zum Teufel ist passiert, Derek?“ Er schluckte. „Jetzt bin ich wieder zurück in der alten Heimat, obwohl ich das nie gewollt habe – ich wollte die Firma nicht und, verflucht, meistens wollte ich nicht mal die Familie. Es gibt zu viele offene Fragen, Bruder. Fragen, auf die ich keine Antwort weiß.“

Der Wind wehte ihm ins Gesicht. Dane schüttelte den Kopf und starrte auf den Grabstein. „Was hat es zum Beispiel mit dieser Angel Morris auf sich? Ich habe einen Brief von ihr bekommen. Offensichtlich hat sie angenommen, dass du ihn erhalten würdest. Sie weiß nicht, dass du tot bist. Ich habe den Eindruck, sie will dort wieder anfangen, wo ihr beide aufgehört habt. Vielleicht will sie eure Beziehung wiederaufleben lassen? Ich weiß es nicht … Ich glaube, ich werde mich mit ihr treffen müssen und mir anhören, was sie zu sagen hat.“

In seinem Kopf überschlugen sich die Gedanken. Welche Konsequenzen hatte es, wenn er die Rolle seines toten Bruders spielte, wie die Familie es wollte? Welche Folgen zog es nach sich, wenn er sich dieser Frau gegenüber als Derek ausgab? Resigniert atmete er durch. Doch was blieb ihm andererseits schon übrig? Er wusste nicht, was geschehen war, wusste nicht, ob er Angel Morris vertrauen konnte. Also musste er sich nach allen Seiten hin absichern.

Bisher hatte er nur herausgefunden, dass Angel und Derek sich regelmäßig getroffen hatten. Bis Dereks Firma – die Firma seiner Familie – das Unternehmen, in dem sie angestellt gewesen war, übernommen hatte. Derek hatte vertrauliche Informationen genutzt, die er von Angel bekommen hatte, um die feindliche Übernahme zu erleichtern, und Angel war deshalb entlassen worden.

Diese Frau hatte allen Grund, Derek zu verachten, und er verdiente es, dass sie ihn hasste. Trotzdem wollte sie ihn nun wiedersehen. Nach so langer Zeit musste Dane sich fragen, ob sie eventuell davon ausgegangen war, dass Derek tot war. Und dass sie jetzt – da Dane zurückgekehrt war und Dereks Rolle übernommen hatte – das Gefühl hatte, dass es noch Unerledigtes zu klären gab. Immerhin hatte die Öffentlichkeit nichts von Dereks Tod erfahren.

Was die Außenwelt betraf, führte Derek Carter noch immer das Unternehmen. Nur wenige Auserwählte wussten von seinem Tod. Die Familie hatte es für richtig gehalten, Dane eine Weile für ihn einspringen zu lassen. Wenn er vorgab, Derek zu sein, würde es kein Gerede über eine Firma ohne Chef oder eine Familie mit einem Skandal geben. Alles in allem war Dane sich nicht sicher, welche der beiden Möglichkeiten seiner Mutter mehr Sorgen bereitete. Das Unternehmen war ihr Leben, und der Name Carter war für sie heilig. Sie wollte nicht, dass einem von beiden Schaden zugefügt wurde. Und falls Derek tatsächlich ermordet worden war, falls der Unfall, wie Dane fürchtete, also kein Unfall gewesen war, würden die Medien diese Geschichte mit Sicherheit aufgreifen.

Doch das war nicht der Grund, warum Dane sich bereiterklärt hatte, zurückzukommen und für seinen Bruder einzuspringen. Nein, er wollte die Wahrheit herausfinden. Um jeden Preis. Und es würde ihm gelingen.

Wenn Angel etwas wusste, wenn sie in irgendeiner Form – auch wenn es nur nebensächlich schien – mit Dereks Tod zu tun hatte, würde Dane es herausbekommen. Er mochte sich von der Familie getrennt haben, aber was die Skrupellosigkeit betraf, konnte er noch immer mit ihnen mithalten.

Dane schüttelte den Kopf. „Gleich morgen früh werde ich mich mit ihr treffen. Allein und ohne die Familie, wie sie es gewünscht hat. Ich werde dich wissen lassen, wie es gelaufen ist.“ Mit dieser so sinnlosen Verabschiedung drehte er sich um und ging zurück zur Straße, wo sein Wagen stand und ihm Schutz vor dem Wind, jedoch keinen inneren Frieden bot.

Was für ein Witz. Dane Carter hatte keinen inneren Frieden mehr empfunden, seit er seine Familie verlassen hatte. Egal, was er ihnen erzählt oder was er sich selbst einzureden versucht hatte. Vielleicht konnte sich Angel, wenn sie nichts mit der Sache zu tun hatte, als nette Abwechslung erweisen, die ihn ein wenig von seinen derzeitigen Sorgen ablenkte. Schließlich hatte sein Bruder immer einen exzellenten Frauengeschmack gehabt.

1. KAPITEL

Angel bemühte sich, ruhig zu atmen und gelassen zu wirken, aber ihr Herz schlug ihr bis zum Hals hinauf und ihre Kehle war wie zugeschnürt. Sie hasste es, das tun zu müssen. Nach der letzten und niederschmetterndsten Zurückweisung durch diesen Mann hatte sie sich geschworen, nie wieder auch nur ein Wort mit ihm zu sprechen. Doch sie hatte keine andere Wahl.

Mit einem Schuhkarton unter dem Arm und einer Halt suchenden Hand an der Wand ging sie den Flur entlang zu Dereks Büro. Ohne ihre Krücken fühlte sie sich noch immer unsicher, aber sie wollte unter keinen Umständen Schwäche zeigen. Nicht vor diesem Mann. Als sie die offen stehende Tür erreichte, straffte sie die Schultern, zwang sich zu einem Lächeln und bemühte sich, so flüssig zu laufen, wie sie konnte.

Derek saß an seinem Schreibtisch. Seinen Sessel hatte er etwas gedreht, sodass er aus dem Fenster hinaus den Straßenverkehr an diesem Samstagmorgen beobachten konnte. Bis auf die Sicherheitsleute war das Gebäude verlassen. Genau so hatte sie es geplant.

Er war noch immer so umwerfend und körperlich unwiderstehlich, wie sie ihn in Erinnerung hatte, auch wenn er im Augenblick etwas zerzaust, ein wenig zerknittert wirkte. Ihr gefiel er so viel besser als in der Rolle des kultivierten Geschäftsmannes, die er sonst so perfekt beherrschte. Nur ein einziges Mal hatte sie ihn so entspannt wie jetzt erlebt: direkt nachdem er mit ihr geschlafen hatte.

Der Gedanke jagte einen heißen Schauer von ihrem Herzen bis in ihre Magengrube und wieder zurück, und sie musste sich räuspern.

In seinem Sessel drehte er sich zu ihr um, und sein Blick durchbohrte sie. Sie erstarrte. Sogar ihr Herzschlag schien zu stocken und einen Moment lang auszusetzen. Nur seine Augen bewegten sich, als er sie von Kopf bis Fuß musterte. Bedächtig und quälend genau betrachtete er sie, als würde er sie zum ersten Mal sehen und müsste sich alles genau einprägen. Dann trafen sich ihre Blicke – und verhakten sich ineinander. Eine Zeit lang verharrten sie so. Der brennend intensive Ausdruck in seinen Augen brachte ihren Körper zum Schmelzen. Ihre Brust hob und senkte sich schnell, während sie versuchte, mit der unerwarteten Heftigkeit ihrer eigenen Reaktion auf ihn fertig zu werden. Das hatte nicht passieren sollen; er war ihr mittlerweile egal, und sie bewunderte ihn nicht mehr. Ihre Verliebtheit war schon längst vergangen. Doch jetzt zu sehen, wie ihm das glatte braune Haar in die Stirn fiel und wie er die Ärmel seines Hemdes aufgerollt hatte, ließ ihn menschlicher erscheinen als jemals zuvor. Sein Blick wirkte leuchtender, beinahe golden. Sie umklammerte ihren Schuhkarton ein bisschen fester und rief sich in Erinnerung, aus welchem Grund sie eigentlich gekommen war.

Sie bemerkte, wie eine schwer zu entziffernde Gefühlsregung über sein Gesicht huschte, ehe er aufstand. „Angel."

Seine Stimme klang dunkel und tief. Während er den Schreibtisch umrundete, ließ er sie nicht aus den Augen, und sie fühlte sich seltsam gefangen. Sie wich einen Schritt zurück, was seine Annäherung abrupt beendete. Verwirrt hob er eine seiner dunklen Augenbrauen.

Idiotin. Sie wollte ihn nicht abschrecken, wollte ihm ihre Nervosität nicht zeigen. Das würde sie nicht weiterbringen. Sie versuchte zu lächeln, doch er reagierte nicht darauf. Etwas langsamer kam er näher, beobachtete sie abwartend.

„Darf ich dir den Mantel abnehmen?"

Sie schloss die Augen, wollte den Nebel der Empfindungen vertreiben, der sie einhüllte. Als sie die Augen wieder aufschlug, stand er noch dichter vor ihr, musterte sie, schien jeden ihrer Gesichtszüge genau zu prüfen. Er hob eine Hand, und sie hielt unwillkürlich den Atem an. Doch er glitt mit seinen Fingerspitzen nur ganz sacht über ihre Wange.

„Dir ist kalt“, sagte er leise. Dann machte er einen Schritt zurück. „Kann ich dir eine Tasse Kaffee anbieten?“

Angel nickte und war erleichtert über dieses ganz alltägliche Angebot. „Danke. Kaffee klingt gut.“ Sie ging zum Schreibtisch und stellte ihren Schuhkarton auf die Ecke. Dann schlüpfte sie aus ihrem Mantel. Ihr entgingen seine Blicke nicht, als er zwei Tassen von einem Tablett nahm. Eigentlich hatte sie es nicht ansprechen wollen, aber sie sagte: „Du bist irgendwie verändert.“

Einen Moment lang hielt er inne, ehe er sich bedächtig wieder seiner Aufgabe widmete. „Findest du? Inwiefern?“

Eine Hand auf den Schuhkarton gelegt, nutzte sie die andere, um auf seine Kleidung zu deuten. „Ich habe noch nie erlebt, dass du so leger gekleidet gewesen wärst. Oder dass du mir einen Kaffee angeboten hättest. Für gewöhnlich …“

Er unterbrach sie, indem er ihr die dampfende Tasse entgegenhielt. „Für gewöhnlich überlasse ich solche Haushaltspflichten den Frauen, ich weiß.“ Er zuckte die Achseln und schenkte ihr sein wunderschönes Lächeln, mit dem er sogar an Tagen wie diesem Eis zum Schmelzen bringen konnte. „Aber du hast darauf bestanden, dass außer uns niemand hier ist, deshalb war ich auf mich selbst gestellt. Es gab also nur zwei Möglichkeiten: entweder selbst Kaffee zu kochen oder ohne welchen auszukommen.“

Angel fingerte nervös an dem Schuhkarton herum. „Du weißt, warum ich nicht wollte, dass außer uns noch jemand hier ist. Deine Familie hätte Fragen gestellt, wenn man uns zusammen gesehen hätte.“

Langsam nickte er. „Das stimmt.“ Dann fragte er neugierig: „Warum bist du hier, Angel?“

Es war ihr noch nie leicht gefallen, mit einem Mann zu flirten, und gerade jetzt war es noch schwieriger für sie. Sie lächelte. „Ich habe dich natürlich vermisst. Habe ich dir nicht auch ein bisschen gefehlt?"

Einen Augenblick lang sah er sie an und stellte dann behutsam seine Tasse weg. „Und wie." Er nahm ihr ebenfalls die Tasse aus der Hand, stellte sie neben seine, und umschloss dann mit seinen Händen ihr Gesicht. Merkwürdigerweise fühlten sich seine Hände rau statt weich an und sehr heiß. Er musterte wieder ihr Gesicht und betrachtete eingehend ihren Mund, während er mit seinem Daumen über ihre Unterlippe glitt, sie streichelte und Angel damit verwirrte. „Zeig mir, wie sehr du mich vermisst hast, Angel."

Das war der Derek, den sie kannte und verstand. Der Mann, für den sein eigenes Vergnügen stets an erster Stelle stand, der sie körperlich immer begehrt hatte. Daran hatte sich offenbar nichts geändert. Ohne zu zögern und überrascht, wie wenig ihr die Aussicht zu schaffen machte, ihn zu küssen – und obwohl sie sich den ganzen Tag vor diesem Moment gefürchtet hatte –, legte sie den Kopf in den Nacken. Da er viel größer war als sie und ihr Bein noch zu schwach, um sich auf die Zehenspitzen zu stellen, schlang sie die Arme um seinen Nacken und zog ihn zu sich herunter.

Als ihr Mund den seinen berührte, zögerlich und scheu, spürte sie, wie er zu lächeln begann. Sie hielt die Augen geschlossen, denn sie wusste, dass er sie beobachtete, und sie fühlte sich ungeschützt, als würde er ihr Spielchen jeden Moment durchschauen. Es war so lange her, dass sie das hier getan, dass sie einen Mann geküsst hatte. Sie war vollkommen aus der Übung und darüber hinaus unglaublich nervös. Wenn die Umstände es jetzt nicht erforderlich gemacht hätten, hätte sie noch viele Monate, vielleicht sogar Jahre auskommen können, ohne einen Mann zu berühren. Vor allem diesen Mann.

Doch jetzt berührte sie ihn, und schändlicherweise musste sie sich eingestehen, dass es ihr sehr gefiel.

Sie neigte ihren Kopf, öffnete ihre Lippen nur ein wenig und küsste ihn wieder. Dieses Mal war ihr Kuss leidenschaftlicher, und sie knabberte zärtlich an seiner Unterlippe. Seine Erheiterung war verschwunden, und er atmete tief durch die Nase ein. „Angel?“

„Küss mich, Derek. Es ist so lange her.“

Dass sie das, was sie sagte, auch so meinte, verriet sie mit ihrem sehnsüchtigen Tonfall. Sie verfluchte sich dafür, dass es ihr nicht gelang, diesen Hunger zu verbergen. Das Stöhnen, das sich ihm als Antwort entrang, klang nach Überraschung und beinahe nach Verärgerung, aber er küsste sie trotzdem. *Wow.* Angel hielt stand, unterbrach den Kuss nicht, und war erstaunt über die Reaktion ihres Körpers auf die Feuchte, die Hitze seines Mundes, als er ihre Lippen noch ein wenig weiter öffnete und mit seiner Zunge in sie eintauchte. Sein Körper, fest und groß und stark, presste sich an den ihren. Noch nie hatte es sich so angefühlt – wie ein Angriff auf alle ihre Sinne. Ihr Herz schlug heftig in ihrer Brust, in ihrem Bauch breitete sich Hitze aus, ihre Brustspitzen richteten sich auf, und er schien sich all dessen viel zu bewusst zu sein. Jedes Mal, wenn sie einen Laut von sich gab, jedes Mal, wenn sie sich an ihn schmiegte, kam er ihr entgegen. Sie wurde nicht einfach geküsst, sie wurde verschlungen.

„Verdammt, Angel.“

„Ich weiß“, entgegnete sie, weil alles irgendwie anders war. „Ich habe das nicht … vorgehabt.“

Er hielt inne, die Lippen an ihrem Hals, und hob dann den Kopf, um sie anzusehen. Er sagte nichts, hob nur seine Hand und umschloss ihre Brust. Angel atmete scharf ein und stieß ein leises überraschtes Stöhnen aus. O nein. Ihr war nicht bewusst gewesen, dass sie so stark auf ihn reagieren würde. „Derek …“

Wieder küsste er sie stürmisch, erstickte ihren Widerspruch und drängte sie rückwärts an den Schreibtisch. Er presste sein Becken an sie, und sie spürte seine Erregung, spürte seine Größe und seine Hitze. Ihre Pläne traten in den Hintergrund. In ihrem Kopf war kein Platz mehr für wohlüberlegte Gedanken. Nicht, wenn ihr Körper sich plötzlich wieder so lebendig anfühlte und aus purem Instinkt heraus reagierte. Seine Hand glitt über ihren Po, zog sie noch dichter an ihn, er riss sie förmlich an sich. Ihr Bein protestierte, doch sie beachtete den Schmerz nicht, was ihr nicht schwer fiel, als sein Duft, seine Stärke sie nun vollkommen ausfüllten.

„Wie lange ist es her, Angel?"

Sie klammerte sich an seine Schultern, den Kopf in den Nacken gelegt und die Augen geschlossen, während er mit einer Hand ihre Brust streichelte und mit der anderen Hand ihre Hüfte an sich presste. Sicherlich kannte er die Antwort genauso gut wie sie, also sagte sie nur: „Eine ganze Weile."

„Und du hast mich wirklich vermisst?" Zärtlich knabberte er an ihrem Ohrläppchen und tauchte dann seine Zungenspitze in ihr Ohr. „Warum hast du nicht angerufen?"

Selbst durch den sinnlichen Nebel hindurch erkannte sie die Falle. „Nachdem du dich beim letzten Mal so verhalten hast?" Sie war verblüfft, dass er ihr diese Frage überhaupt stellte!

Zögernd hielt er inne und fragte dann: „Was genau hast du denn von mir erwartet?"

Sie versteifte sich, als sie sich von ihm löste und zurückwich. „Jedenfalls hätte ich nicht erwartet, dass du dich verhältst, als sei dir das alles vollkommen egal! Und das, nachdem du mein Vertrauen so missbraucht hast! Du bist schuld an meiner Entlassung, du …"

„Schh." Wieder küsste er sie, bedächtig und lang. Mit seiner Hand strich er ohne Eile über ihren Körper, umfasste ihre Taille, die glücklicherweise wieder schlank war, und folgte dann der sanften Kurve ihrer Hüfte. Ihre Gedanken und ihre Wut schmolzen dahin. Sie rang mit jedem Zentimeter, den er weiter über ihren Körper fuhr, nach Luft. Seine Finger legten sich auf ihren Schenkel, glitten unter ihren Rock und dann unterhalb des Stoffes wieder nach oben, strichen über ihre Strumpfhose. Unvermittelt umschloss er ihre intimste Stelle mit seiner Hand, überraschte, schockierte sie. Doch sie wich nicht zurück. Genauso wenig wie er. Sie versuchte, sich in Erinnerung zu rufen, dass das, was gerade passierte, genau zu dem führen würde, was sie wollte. Aber das entsprach nicht ganz der Wahrheit. Dummerweise hatte sie sich noch viel mehr erhofft.

Selbst durch den Stoff hindurch fühlten seine Finger zwischen ihren Beinen sich heiß an. Er regte sich nicht, hielt sie einfach nur fest und blickte sie an. „Warum ausgerechnet jetzt, Angel? Warum hier, warum so heimlich?“

Sie beschloss, dass es fürs Erste ausreichte, ihm einen Teil der Wahrheit zu sagen. „Außer dir gibt es niemanden.“

„Und du brauchtest einen Mann, also musste ich es sein?“

„Ja.“ Das war die Wahrheit. Sie wusste nicht, wem sie vertrauen konnte, wen sie fürchten sollte, doch für die Erfüllung ihrer Bedürfnisse war er der Richtige. Sie hatte nur nicht mit ihrem eigenen Verhalten gerechnet … Ihr Körper schien unabhängig von ihrem Geist zu handeln. Sie schämte sich für ihre Reaktion auf einen Mann, den sie eigentlich hätte hassen sollen. Aber das Gefühl, ihn hassen zu müssen, wurde von einem unentrinnbaren Verlangen überlagert, das sie überflutete und ihren gesamten Körper erschauern ließ. Vielleicht hatte die Schwangerschaft ihre Hormone durcheinandergebracht, aber noch nie zuvor in ihrem Leben hatte sie sich so gefühlt. Und es war wundervoll.

Sie presste die Lippen aufeinander und schloss die Augen. Ihr Körper war gespannt, erwartungsvoll. Fieberhaft beschwor sie Bilder aus der Vergangenheit in sich herauf, all die Gründe, aus denen sie ihn eigentlich verachten sollte und warum seine Berührungen nichts bedeuten konnten …

Er wirkte ein bisschen erstaunt, als sie leise stöhnte und ihre Finger in seinen Oberarm grub. Fest hielt er sie an sich gepresst. Sein eigener Atem ging schwer, während er mit den Lippen über ihre Schläfe strich. Nie hätte sie sich dieses Szenario vorgestellt. Nie hätte sie gedacht, dass sie zulassen würde, dass er sie dort noch einmal berührte, während sie halb auf seinem verdammten Schreibtisch lag und ihr Gesicht in seine Halsbeuge geschmiegt hatte. Sie konnte seinen Herzschlag auf ihrer Haut spüren, und sie ergriff sein Handgelenk, um seine Hand wegzuziehen. „Derek, nein."

Ihre Stimme zitterte vor Scham, und einen Moment lang erstarrte er.

„Schh." Er strich ihren Rock wieder glatt und wiegte sie sanft und beruhigend hin und her. Sie biss sich auf die Unterlippe, um nicht zu weinen, doch auch jetzt war sie sich seines Duftes, seiner Wärme schmerzlich bewusst. Und die wundervollen, unerwarteten Gefühle verschwanden nicht, nachdem er sie nun nicht mehr berührte. Sie lauerten immer noch im Hintergrund.

Angel legte eine Hand auf seine Brust und hob den Kopf. Er lächelte nicht und stellte auch keine Fragen. Sie konnte ihm nicht in die Augen blicken. „Es tut mir leid. Ich … ich weiß nicht, was mit mir los ist."

„Habe ich mich beklagt?"

Sie schüttelte den Kopf. Nein, er wirkte zufrieden, aber nicht selbstgefällig. Nicht so, wie sie es erwartet hätte. „Das ist noch nie passiert. Ich verstehe das nicht."

„Was ist noch nie passiert?"

„Zwischen dir und mir. Sonst war alles immer so … kontrolliert, so beherrscht. Und unbehaglich. Ich habe nie so etwas empfunden …" Seine Miene verfinsterte sich, und sie beeilte sich, es ihm zu erklären. „Ich wollte dich nicht verletzen, Derek. Du weißt doch selbst, dass der Sex zwischen uns … Na ja, *du* hast offensichtlich deinen Spaß gehabt, aber ich war ein bisschen enttäuscht. Nicht … nicht, dass es allein deine Schuld gewesen wäre. Es ist nur so, dass ich nicht … es war nicht …"

Den Kiefer angespannt, strich er ihr übers Haar. Er schien über etwas unentschieden zu sein. Plötzlich umschloss er ihre Taille und hob sie hoch. Er setzte sie auf seinen Schreibtisch, spreizte ungeduldig ihre Beine und stellte sich im selben Atemzug dazwischen. Schmerz durchzuckte sie. Sie keuchte auf, beugte sich nach vorn. Unwillkürlich zuckte ihre Hand in Richtung des stechenden, pochenden Schmerzes in ihrem Bein. Atemlos krallte sie die andere Hand noch fester in seinen Bizeps und klammerte sich an ihn. Derek erstarrte und knurrte: „Was zum Teufel …"

Sie biss sich auf die Unterlippe, doch es tat so weh. Viel behutsamer, als sie es für möglich gehalten hätte, nahm Derek sie auf den Arm und trug sie zur Ledercouch.

Nichts lief hier richtig. „Lass mich runter, Derek."

„Du bist weiß wie die Wand." Er sah sie an, während er sie vorsichtig auf das Sofa setzte. Als sie die Wut in seinem Blick bemerkte, zuckte sie zusammen. „Mir ist aufgefallen, dass du ein bisschen gehumpelt hast, als du hereingekommen bist, aber mir war nicht klar, dass du verletzt bist."

„Bin ich auch nicht", widersprach sie. Eigentlich hatte sie ihr Bein noch nicht ansprechen wollen. „Wirklich, ich werde einfach …"

„Du bleibst jetzt da sitzen und erzählst mir, was los ist. Ist es deine Hüfte? Dein Bein?"

Bevor sie ihm antworten konnte, hatte er schon unter ihren langen Rock gegriffen und seine Finger in das Bündchen ihrer Strumpfhose geschoben. Vorsichtig zog er sie herunter. „Derek! Was machst du da?"

Die Hände noch immer unter ihrem Rock, sah er ihr in die Augen. „Nach allem, was wir gerade beinahe miteinander gemacht hätten, bist du jetzt schockiert?“

„Verwirrt“ war der passendere Ausdruck. Und „entsetzt“ und „peinlich berührt“ und … „Derek, bitte.“ Doch er hatte ihre Strumpfhose bereits bis zu ihren Knien heruntergezogen. Sie fühlte sich furchtbar ausgeliefert und verletzlich. Er betrachtete ihre Schenkel ganz genau. Das war mehr, als sie ertragen konnte. „Es ist mein Unterschenkel“, stieß sie hervor. „Vor einiger Zeit habe ich ihn mir gebrochen, und manchmal ist er noch ein bisschen empfindlich. Das ist alles.“

Er starrte sie an, und sie wurde das Gefühl nicht los, dass er nicht ein Wort von dem glaubte, was sie sagte. „Ich befreie dich mal von deinen Schuhen.“

Sie setzte sich auf und wollte seine Hände wegschieben. „Ich will meine Schuhe nicht ausziehen, verdammt noch mal!“

„Im Moment ist es mir ziemlich egal, was du willst.“ Und schnell zog er ihr die geschnürten knöchelhohen Stiefeletten aus. Die Strumpfhose folgte. Als er ihr Bein erblickte und die noch immer tiefroten Narben sah, presste er die Kiefer zusammen. „Verflucht.“

Angel wurde biestig – das war ihre einzige Verteidigungsmaßnahme gegen dieses Gefühl des Ausgeliefertseins. „Es sieht schlimm und hässlich aus, ich weiß. Wenn es dich stört, guck es dir einfach nicht an.“

Er schlang seine Finger um ihren Knöchel, hielt ihr Bein still und strich dann mit der anderen Hand behutsam über die Male, die der Bruch und die anschließende Operation hinterlassen hatten. „Eine mehrfache Fraktur?“

„Bist du jetzt auch noch Arzt?“

Er ging nicht auf ihre Provokation ein. „Hier war der Bruch, und hier haben sie die Schraube eingesetzt.“ Sein anklagender Blick fiel auf ihr Gesicht.

Verstimmt, aber ohne Aussicht auf einen Ausweg aus ihrer derzeitigen Zwickmühle sagte sie: „Es geht mir gut. Ehrlich. Als du mich auf den Schreibtisch gesetzt hast, bist du nur an mein Bein gekommen und es … na ja, es hat wehgetan. Es ist noch immer ein bisschen empfindlich. Ich laufe erst seit Kurzem ohne Krücken."

Sein Blick funkelte zornig. „Und dann läufst du heute bei Sturm und Eis in der Innenstadt herum?"

„Ich bin nicht herumgelaufen! Ich bin hierhergekommen, um dich zu treffen."

„Weil du einen Mann gebraucht hast", spöttelte er, und ihr platzte der Kragen.

„Mistkerl!" Mühsam kam sie hoch, befreite sich aus seiner Berührung und deutete auf den Schuhkarton, der noch immer auf dem Schreibtisch stand. „Ich bin gekommen, um dir das zu geben. Ob du es nun willst oder nicht."

Er wandte seinen Kopf in die Richtung, in die sie wies, blieb jedoch neben der Couch knien. „Und was zur Hölle soll das sein?"

Unsicher kam Angel auf die Beine und humpelte barfuß über den flauschigen Teppich. Sie hob den Karton an und zögerte dann. Eigentlich hatte sie nicht vorgehabt, einen solchen Aufstand zu machen, ihn zu verärgern und zu verstimmen. Sie musste ihren nächsten Schritt gründlich überlegen oder sie würde alles vermasseln. Mit geschlossenen Augen sammelte sie ihre Gedanken und versuchte sich zu beruhigen. Dass er sich bewegt hatte, war ihr entgangen, doch plötzlich spürte sie Dereks Hände auf ihren Schultern. Er drehte sie zu sich herum.

„Was ist das, Angel?"

Er klang argwöhnisch, und sein Ton war bedrohlich. Ihr war immer bewusst gewesen, dass Derek respekteinflößend sein konnte, dass er einen starken Willen hatte, dass niemand seine Kraft – stellte. Doch diese Unbarmherzigkeit, diese Schonungslosigkeit hatte sie noch nie an ihm wahrgenommen. Sie erschauderte.

„Ich will dich nicht verschrecken, Derek. Und ich habe gemerkt, dass es dich nicht interessiert hat, als ich es dir erzählt habe. Aber ich hoffe, dass du inzwischen vielleicht deine Meinung geändert hast."

Misstrauisch verschränkte er die Arme vor der Brust und verengte die Augen zu schmalen Schlitzen. „Was hat mich nicht interessiert?"

Sie holte tief Luft, doch auch das beruhigte sie nicht. „Unser Baby."

In seinem plötzlich versteinerten Gesicht regte sich keine Wimper. Es schien ihm sogar den Atem verschlagen zu haben.

„Derek?"

„Ein Baby?"

Sie nickte und grub ihre Zehen in den dicken Teppich. Leicht zitternd wartete sie ab.

„Woher willst du wissen, dass es von mir ist?"

Völlig aus der Bahn geworfen taumelte sie zurück. Seine Worte hatten sie wie ein Schlag ins Gesicht getroffen. Nach allem, was sie durchgemacht hatte, nach allem, was geschehen war, hatte sie nicht eine Sekunde damit gerechnet, dass er das Kind verleugnen könnte. Das war erbärmlich – selbst für ihn. Sie musste sich zusammenreißen, um weiteratmen zu können, und als sie Luft geholt hatte, schrie sie: „Du Mistkerl!" Sie wollte ihn schlagen, aber er packte ihre Faust, und der Karton fiel auf den Boden. Papiere und Bilder verteilten sich auf dem Teppich.

„Jämmerlicher, mieser ..." Ihr Widerstand wirkte im Vergleich zu seiner Kraft kümmerlich, doch er hatte ihre letzte Hoffnung zunichte gemacht, ihr den letzten Schlag versetzt. Sie wollte ihn genau so sehr verletzen, wie sie verletzt worden war, aber er war einfach zu stark für sie. Schließlich gab sie auf.

Er hatte kein Wort gesagt. Keuchend und zitternd flüsterte sie: „Lass mich los."

Sofort löste er sich von ihr. Angel hielt ihren Kopf hoch erhoben, weigerte sich zu weinen oder über die Hoffnungslosigkeit ihrer Situation nachzudenken. Sie ging zur Couch und setzte sich. Schweigend raffte sie ihre Strumpfhose an sich und versuchte, sie zu entwirren, damit sie sie anziehen konnte.

Obwohl sie ihn nicht ansah, wusste sie, dass er noch immer mitten im Zimmer stand, reglos und stumm. Als er sich bückte, um den Inhalt des Schuhkartons aufzuheben, warf Angel ihm einen Blick zu. Seine Miene war ernst, seine Wangen gerötet. Er hob ein kleines Foto auf und starrte es an.

Angel wollte nichts mehr, als hier zu verschwinden. Ungeduldig schlüpfte sie in die Stiefeletten, schnürte sie zu und kämpfte gegen die Tränen an, die ihr die Kehle eng machten und sie zu ersticken drohten. Sie hatte sich so erniedrigt. Völlig umsonst hatte sie ihm erlaubt, sie anzufassen. Er würde das Kind nie anerkennen.

„Es tut mir leid."

Gerade wollte sie in ihren Mantel schlüpfen und blickte auf. Derek hockte noch immer mit gesenktem Kopf auf dem Fußboden und hielt ein einzelnes Foto in der Hand.

Angel runzelte die Stirn. „Was hast du gesagt?"

Langsam sammelte er die restlichen Dinge auf dem Boden ein und erhob sich. „Ich sagte: Es tut mir leid. Das Baby sieht genauso aus wie ich."

„Oh, ich verstehe. Ansonsten hättest du mir natürlich nicht geglaubt. In all der Zeit, die du mich schon kennst, habe ich mich ja auch als abscheuliche Lügnerin und als geschickte Manipulatorin erwiesen. Da ist es selbstverständlich klar, dass du Zweifel hast. Tja, ein Glück, dass er nicht meine Haarfarbe hat, oder? Sonst hättest du es nie mit Sicherheit gewusst."

„Angel ..." Er streckte den Arm nach ihr aus. In dieser

Geste steckte eine Verletzlichkeit, die sie nie zuvor an ihm bemerkt hatte. Eigentlich war vieles an ihm anders, einiges weicher, einiges härter. War in den Monaten, die sie ihn nicht gesehen hatte, irgendetwas mit ihm geschehen?

Sie schüttelte den Kopf. Sie würde sich nicht mehr von ihm einwickeln lassen. „Die Sachen kannst du behalten. Das sind Kopien. Berichte, Fotos, eine Geburtsurkunde, auf der, wie du sicherlich bemerkt hast, der Name des Vaters fehlt."

„Warum?"

Er klang gequält, und sie neigte stirnrunzelnd den Kopf, um ihn näher zu betrachten. „Du hattest kein Interesse, Derek, obwohl ich zugeben muss, dass ich gehofft habe, du könntest deine Meinung inzwischen geändert haben."

„Ich habe Interesse", knurrte er.

Sie erinnerte sich an das letzte Mal, als sie ihn angerufen hatte, erinnerte sich an die furchtbare Auseinandersetzung. „Als wir telefoniert haben, hast du mir unmissverständlich und ziemlich unsanft mitgeteilt, dass du mit dem Baby nichts zu tun haben willst. Du hast mir gesagt, dass ich komplett auf mich allein gestellt sei und nicht auf dich zählen solle."

Bei diesen Worten zuckte er tatsächlich zusammen, schloss die Augen und schwieg. Doch sie hatte kein Mitleid mit ihm. Nicht nach allem, was geschehen war. „Das ist aber nicht der Grund, warum der Name des Vaters nicht genannt ist. Erinnerst du dich daran, was du mir über deine Familie erzählt hast? Tja, ich liebe meinen Sohn und ich will ihn an niemanden verlieren – weder an dich noch an einen deiner verdammten Verwandten."

Seine Miene war undurchdringlich. Allmählich wuchs ihre Verärgerung. „Deine Mutter ist ein Drachen und besteht darauf, dass alle Leute sich nach ihren Regeln richten. Du meintest sogar, das sei der Grund dafür, dass dein Bruder so hart wurde und schließlich gegangen ist. Deine Familie macht mir ehrlich gesagt Angst. *Vor allem* dein Bruder."

Seine goldenen Augen wirkten mit einem Mal dunkler, fast bernsteinfarben. „Das ist lächerlich."

„Du hast gesagt, er sei der Einzige, der stark und unabhängig genug war, um die Firma ohne einen Blick zurück zu verlassen, seinen eigenen Weg zu gehen und dem Rest der Familie die Meinung zu sagen. Nach deinen Worten ist er auch der Einzige, der deine Mutter nervös machen und deine Schwester zum Weinen bringen kann. Dieser Mann kann alles erreichen, was er sich in den Kopf gesetzt hat, hast du behauptet. Und vor diesen Leuten soll ich keine Angst haben?"

„Niemand kann meine Mutter nervös machen, und meine Schwester ist eine etwas jüngere Kopie von ihr. Nichts berührt sie wirklich."

Angel knöpfte ihren Mantel zu. „Dann hast du eben deine Meinung über ihn geändert. Für mich bedeutet das immer noch dasselbe. Ich werde nicht das Risiko eingehen, dass deine Familie versucht, ihn mir wegzunehmen. Ich will nicht, dass sie von meinem Baby wissen."

„Von *unserem* …" Er hielt inne, und sie sah, wie sein Adamsapfel auf- und niederhüpfte, als er schluckte. „Von *unserem* Baby."

Das war ein Punkt, der zu wichtig war, um ihn einfach zu übergehen. Sie ging zu ihm, ohne die Augen abzuwenden, auch wenn er versuchte, sie mit seinem Blick niederzuzwingen. Sie deutete auf seine Brust und zwang die Worte über ihre Lippen. „Ich weiß nicht, was für väterliche Gefühlswallungen dich auf einmal überkommen haben, aber versuch nicht, ihn mir wegzunehmen, Derek. Ich schwöre dir, dass ich so schnell verschwunden sein werde, dass du weder mich noch ihn jemals finden wirst. Ich kann das. Ich habe mir schon einen Plan zurechtgelegt."

„Nein."

Ungläubig sah sie ihn an. „Du kannst mir nichts befehlen!

Nicht mehr. Was auch immer du für eine Macht über mich hattest – das hast du alles schon vor Monaten verspielt, als du die Schwangerschaft nicht anerkennen wolltest."

Er schrie nicht, sondern flüsterte beinahe. Und dieses Flüstern war wirkungsvoller, als eine erhobene Stimme es hätte sein können. „Ist das so? Warum bist du dann hier?"

Sie musste gehen, jetzt, ehe sie sich selbst ein Bein stellte. Sie wandte sich zur Tür um. „Bei den Papieren und Fotos findest du eine Adresse. Ein Postfach." Sie warf ihm über die Schulter einen Blick zu. „Ich bin mir sicher, dass du dich noch daran erinnerst. So kannst du mit mir in Kontakt treten."

„Gib mir deine Telefonnummer."

„Das werde ich nicht tun. Aber ich rufe dich bald an."

„Du spielst ein Spielchen mit mir, Angel. Und das gefällt mir nicht."

Ihre Hand lag bereits auf dem Türknauf, als Angel sich langsam umdrehte. „Das ist kein Spiel." Als sie durch die Tür trat, sagte sie über die Schulter: „Und mir gefällt es auch nicht. Denk über das Baby nach, Derek. Denk darüber nach, was du unternehmen willst. Ich werde dich heute Abend anrufen. Wenn du dich an den Gedanken gewöhnt hast, können wir reden."

Er machte zwei schnelle Schritte auf sie zu. „Was ich unternehmen will?" Er runzelte die Stirn. „Willst du, dass ich dich heirate?"

„Ha!" Zu diesem Witz fehlten ihr die Worte. Während sie die Tür hinter sich ins Schloss zog, entfuhr ihr leise und wütend: „Ich würde dich nicht mal heiraten, wenn du der letzte Mann auf Erden wärst."

Und sie wusste, dass er ihre unbedachten Worte gehört hatte, denn seine Faust krachte gegen die geschlossene Tür.

Na ja, es war nicht ganz so gelaufen, wie sie es geplant hatte. Eigentlich war es überhaupt nicht so gelaufen, wie sie es geplant hatte. Sie hatte vorgehabt, ihn zu verführen, um sein Interesse wiederzugewinnen. Sie brauchte seine Hilfe, seinen Schutz, und das war der einzige Weg, der ihr einfiel, um dieses Ziel zu erreichen. Er war schon immer nur an Sex interessiert gewesen, also hatte sie sich überlegt, ihn genau damit zu ködern.

Allerdings fühlte es sich an, als wäre sie diejenige, die verführt worden war. Verdammt, warum musste er diese Wirkung auf ihren Körper haben? Sie war noch immer erhitzt und spürte ein Kribbeln an Stellen, an die sie schon lange nicht mehr gedacht hatte. Und das alles wegen eines Mannes, den sie eigentlich hatte vergessen wollen.

Eines Mannes, der sie noch nie zuvor so getroffen, so berührt hatte.

Zum Teufel mit dem launischen Schicksal und der geheimnisvollen Macht, die aus Derek Carter einen Mann gemacht hatte, den ihr Körper begehrte.

2. KAPITEL

Frustriert schlug Dane noch einmal mit der Faust gegen die Tür. Er war wütend auf sich selbst und über die Wendung der Ereignisse. Verflucht, er hatte sie nicht anfassen wollen. Er hatte vorgehabt, ihr näherzukommen, aber ganz sicher nicht so nah. Er hatte mehr über sie erfahren wollen, hatte herausfinden wollen, wie sie in die Geschichte verwickelt war und ob sie einen Hinweis auf den Tod seines Bruders liefern konnte oder nicht. Doch er hatte auch vorgehabt, seine Hände bei sich zu behalten.

Das hatte sie ihm allerdings unmöglich gemacht.

In der ersten Sekunde, als er sie gesehen hatte, war ihm klar gewesen, dass er sie wollte. Sie war sinnlich und feminin und schien Entschlossenheit und Verletzlichkeit zugleich auszustrahlen. Es hatte ihn auch überrascht, dass Angel Morris nicht wie die gelackten, selbstsicheren Geschäftsfrauen aussah, zu denen sein Bruder sich für gewöhnlich hingezogen gefühlt hatte.

Und dann hatte sie von ihm verlangt, sie zu küssen.

Ohne genau zu wissen, in welcher Beziehung Derek zu ihr gestanden hatte, hatte er nicht das Risiko eingehen können, sie abzuweisen, ohne Verdacht zu erregen. In dem Moment und angesichts all dessen, was geschehen war, hatte er sie in seiner Nähe halten und nicht vertreiben wollen.

Er hatte schon vermutet, dass sie aus einem bestimmten Grund wieder aufgetaucht war. Aber, Gott, er hätte niemals gedacht, dass es ein Kind sein könnte.

Er durchquerte das Büro, nahm den Telefonhörer in die Hand und tippte eine Nummer ein. Seine Hand zitterte, als er wählte, und wieder fluchte er unterdrückt. Noch immer konnte er ihre prickelnde Hitze auf seiner Hand spüren, noch immer nahm er ihren Duft in seinem Büro wahr. Angel mochte erregt gewesen sein – das erste Mal, dass sie so etwas mit ihm spürte; dass er sich das hatte anhören müssen! –, doch *er* hatte kurz davorgestanden, zu zerspringen. Nicht nur vor Lust, sondern vor einer verwirrenden Mischung von Gefühlen, die ihm beinahe die Luft zum Atmen geraubt hatte.

Wenn ihr verletztes Bein nicht gewesen wäre, hätten sie vermutlich gemeinsam eine unglaubliche Befriedigung gefunden. Er hätte mit ihr geschlafen, und sie hätte es zugelassen. Angewidert stöhnte er auf. Er hätte im Büro seines Bruders auf dem verdammten Schreibtisch mit einer Frau Sex gehabt, die er kaum kannte und deren Absichten mehr als fragwürdig waren. Und seine eigenen Absichten hielten einer genaueren Prüfung ebenso wenig stand.

„Sharpe hier."

„Halte dich bereit", knurrte Dane, über die Maßen frustriert. „Sie sollte jeden Moment aus dem Bürogebäude kommen." Nach dem Erhalt von Angels Brief hatte Dane sich ihre Akte vorgenommen, um alles über sie herauszufinden, was er konnte. Das war allerdings nicht viel gewesen. Als er sich dann entschlossen hatte, jemanden auf sie anzusetzen, hatte er aus purem Instinkt gehandelt. In seinem Beruf als Privatdetektiv traf er solche Entscheidungen fast automatisch. Aber jetzt war er zusätzlich von männlicher Neugierde getrieben und von dem Verlangen, zu halten, was ihm gehörte. Sie hatte seinen Neffen. Das war ein besonderes Band zwischen ihnen, und er würde nicht zulassen, dass dieses Band durchtrennt wurde.

„Beschreibung?"

Alle seine Mitarbeiter waren sehr gut, aber Alec Sharpe, ein nachdenklicher, beinahe verschlossener Mann weniger Worte, war der Beste. Dane vertraute ihm blind.

„Blond, zierlich, humpelt vermutlich ein bisschen. Sie trägt einen langen Wollrock und einen dunklen Mantel."

„Okay. Verstanden."

Die Verbindung wurde unterbrochen, und Dane seufzte, als er den Hörer auflegte. Alec würde ihn übers Handy anrufen, sobald er ihre Spur aufgenommen hatte. Er nahm an, dass Angel mindestens ein paar Minuten brauchen würde, um das Gebäude zu verlassen. Wenn sie ihren Wagen auf dem Parkplatz abgestellt hatte, würde es noch länger dauern. Hielt sie ein Taxi an, konnte er gar nicht abschätzen, wie lange er würde warten müssen.

Alec wusste, dass er noch immer die Todesumstände seines Bruders klären wollte, doch ansonsten war niemand eingeweiht. Bisher hatte er nur einige Hinweise gefunden, die bei ihm Bedenken aufkommen ließen, aber es reichte nicht aus, um irgendwelche Schlüsse zu ziehen.

Die Wohnung seines Bruders war diskret durchsucht, seine persönlichen Unterlagen und Papiere waren geprüft worden. Dereks ansonsten so gewissenhaft geführter Terminkalender hatte einige unerklärliche Zeitlücken aufgewiesen. Und Dane hatte bei diesen Lücken der Verdacht beschlichen, dass es sich um Termine gehandelt hatte, die man besser nicht notierte.

Dane machte es sich nun an Dereks Schreibtisch bequem und fing an, sich die Papiere und Fotos anzusehen, die Angel ihm mitgebracht hatte. Das erste Bild des Babys hatte ihn tief berührt, und nun blickte er es noch einmal eine ganze Zeit lang an. Das Foto war im Krankenhaus aufgenommen worden und zeigte ein winziges, rotgesichtiges Neugeborenes, das fast genauso aussah wie die Zwillinge auf den Bildern, die seine Mutter noch immer auf ihrem Schreibtisch stehen hatte. Die Kopfform war identisch, die weichen dunklen Haare, die Nase. Mit der Fingerspitze zeichnete er die Konturen des kleinen Gesichtchens und der Faust nach. Er verzog den Mund zu einem strahlenden Lächeln, und ein erfülltes Gefühl breitete sich in seiner Brust aus.

Das nächste Foto war jüngeren Datums, und die Veränderungen waren erstaunlich. So rundlich wie ein Thanksgiving-Truthahn hatte das Baby auf dem Bild rosige Pausbäckchen, große dunkelblaue Augen und eine entschlossene Miene, die seine momentane Verstimmung widerspiegelte. Unwillkürlich musste Dane an seinen Bruder Derek denken. Er wollte das Baby halten, wollte es berühren, wollte sich vergewissern, dass es echt war. Der Kleine war ein Teil seines Bruders, den er zurückgelassen hatte, und Dane war sich schon jetzt sicher, dass er sein Leben geben würde, um ihn zu beschützen. Er hatte das Baby bis jetzt noch nicht einmal getroffen, doch der kleine Kerl hatte schon durch sein bloßes Dasein einen Platz in seinem Herzen erobert.

Dane drehte das Foto um und fand die Worte *Grayson Adam Morris* auf der Rückseite. Es war eine ganz neue Aufnahme, erst eine Woche alt. Und der Name. Es war ein anständiger, solider Name. Nur dass am Ende *Carter* und nicht *Morris* hätte stehen sollen. Dane hatte vor, sich so schnell wie möglich um dieses Problem zu kümmern.

Außerdem fand er noch Kopien der Geburtsberichte und die Fußabdrücke des Neugeborenen – nicht größer als Danes Nase. Er notierte sich das Krankenhaus, in dem Angel entbunden hatte, den Namen des Arztes, der sich um sie gekümmert hatte, und dachte über seinen nächsten Schritt nach. Er schüttelte den Kopf und starrte ungeduldig das Telefon an. Als hätte er ihn mit der Kraft seiner Gedanken dazu gebracht, klingelte der Apparat, und Dane riss den Hörer von der Gabel.

„Ja?"

Ohne großes Vorgeplänkel sagte Alec: „Sie steigt gerade in den Bus und sie hat ein Baby und einen großen Typen mit dabei."

Dane erstarrte und sprang dann auf. Das Baby war mit ihr hier gewesen? „Bist du dir sicher, dass es ein Baby ist?"

„Ein Bündel in einer blauen Decke. Der Typ trägt es. Ich glaube nicht, dass es ihre Einkäufe sind."

„Wer ist der Kerl? Bist du dir sicher, dass er zu ihr gehört?"

„Groß, dunkles Haar, Sonnenbrille. Trägt eine Fliegerjacke aus Leder und eine abgewetzte Jeans. Er hat sie untergehakt, und sie unterhalten sich wie alte Freunde. Soll ich herausfinden, wer er ist?"

„Nein." Mit stählernem Griff umschloss Dane den Hörer und entschied, dass er das besser selbst herausfand. „Konzentriere dich nur auf die Frau. Du kannst schauen, ob er mit ihr zusammen nach Hause geht, aber ansonsten musst du ihn nicht weiter beachten."

„Ich bin dran. Wenn wir das Ziel erreicht haben, melde ich mich wieder."

Wieder legte Dane auf, doch dieses Mal warf er den Hörer mit etwas mehr Kraft als nötig auf die Gabel. Verflucht, hatte sie ihn die ganze Zeit über angelogen? Warum sollte sie das Baby und ihren Freund mitbringen, wenn sie behauptete, ihn – *Derek* – vermisst zu haben? Hielt sie das nicht für ein bisschen riskant? Immerhin hätte er sie nach draußen begleiten können.

Fast eine halbe Stunde lang kochte er innerlich vor sich hin, ehe Alec zurückrief und ihm die Adresse gab. Der Kerl, der Angel begleitet hatte, war tatsächlich ebenfalls in das Gebäude gegangen. Das Haus befand sich in einer der weniger verheißungsvollen Gegenden der Stadt. Dane zog seinen Mantel an und packte alles zurück in den Schuhkarton. Den Karton klemmte er sich unter den Arm. Er konnte nicht riskieren, irgendetwas hier zurückzulassen, wo seine Familie es eventuell finden konnte. Auf seinem Weg nach draußen schloss er das Büro ab.

Angel Morris glaubte zu wissen, wie sie mit ihm umgehen musste, aber bei der Planung ihrer nächsten Schritte hatte sie im Hinterkopf, wie *Derek* reagieren würde. Dane war kein Spieler – er war es nie gewesen und würde es auch niemals sein. Seine Familie hatte das viel zu spät erkannt; je eher Miss Morris die Wahrheit über ihn herausfand, desto schneller konnten sie die Angelegenheit regeln. Er hatte vor, ihr noch an diesem Tag alles zu erklären.

Da schon bald Thanksgiving war, hing an den meisten Häusern bereits die Weihnachtsdekoration. Alle Geschäfte, an denen er vorbeikam, hatten ihre Schaufenster geschmückt. Doch als er sich der Adresse näherte, die Alec ihm gegeben hatte, schwand die Weihnachtsstimmung in den Straßen zusehends dahin. Helle Lichter wurden von vernagelten Fenstern abgelöst. An den Türen sah man eher Graffitis als Kränze. Das ergab alles keinen Sinn. Dane wusste, dass Angel in einem exklusiven Apartmenthaus gewohnt hatte, als sie noch für die *Aeric Corporation* gearbeitet hatte. Er wusste auch, dass sie ihren Job verloren hatte, nachdem Derek Informationen von ihr genutzt hatte, um den Erfolg einer feindlichen Übernahme sicherzustellen. Aber ganz bestimmt war sie nicht mittellos. Immerhin hatte sie ein gutes jährliches Einkommen gehabt.

Misstrauisch gegenüber den Bewohnern des Viertels, parkte Dane seinen Wagen in einem Parkhaus und legte die letzten Meter zu Angels Haus zu Fuß zurück. Der bitterkalte Novemberwind drang durch seine Kleidung, und er begann zu zittern. Doch das Ziel vor Augen ignorierte er die Kälte. Als er das gemauerte Dreifamilienhaus erreichte, das sich hinter der Adresse verbarg, die Alec ihm gegeben hatte, seufzte er erleichtert auf. Das Haus als „nett“ zu bezeichnen, wäre zwar ein bisschen zu viel des Guten gewesen, aber es wirkte sicher und gepflegt und befand sich in einer ruhigen Sackgasse, in der ausschließlich ältere Häuser standen. Angel und sein Neffe sollten hier einigermaßen sicher sein.

Zumindest so lange, bis er sie woanders untergebracht hatte.

Die Eingangstür war nicht verriegelt. Er trat in das Foyer

und warf einen Blick auf die Briefkästen. Den Namen Angel Morris konnte er nicht entdecken und er runzelte die Stirn. Dann sah er ein Schild mit der Aufschrift *A. Morton* und wurde hellhörig. Sein Bauchgefühl sagte ihm, dass es sich dabei um Angel handeln musste. Warum sollte sie sich hinter einem falschen Namen verstecken, wenn es keinen Grund dafür gab? Er erinnerte sich, aus welchem Grund er dieses Spiel eigentlich begonnen hatte. Obwohl es offensichtlich war, dass sie nichts von Dereks Tod wusste, konnte er die Möglichkeit nicht abtun, dass sie vielleicht mitgeholfen hatte, ihn zu Fall zu bringen – wenn auch eventuell ohne ihr Wissen. Sie hatte sicherlich genügend Gründe, ihn zu hassen und ihn nicht mehr in ihrem Leben haben zu wollen. Und sie hatte erklärt, dass sie Angst vor seiner Familie habe. Also warum hatte sie ihn dann heute aufgesucht? Weil sie überrascht war, dass er *doch nicht* tot war? Hatte sie Kontakt zu einem Insider, der sie über seine Wiederauferstehung informiert hatte? Nur wenige Menschen waren in die genauen Umstände des besonderen Verhältnisses zwischen ihm und Derek eingeweiht.

Nach der Apartment-Nummer auf dem Briefkasten befand sich die Wohnung im Erdgeschoss. Er ging zur entsprechenden Tür, klopfte und versuchte sich innerlich darauf vorzubereiten, Angel wiederzusehen. Sie hatte ihn wirklich aus dem Konzept gebracht, als sie so unglaublich sinnlich auf ihn reagiert hatte. Und tief in seinem Innern war er davon überzeugt, dass es nicht vorgetäuscht gewesen war. Allein die Erinnerung daran sorgte dafür, dass jeder Muskel in seinem Körper angespannt war.

„Komm rein, Mick."

Dane biss die Zähne zusammen, und seine Stimmung sank. Also war der Kerl, der bei ihr gewesen war, jederzeit willkommen? Reagierte sie auf Mick auch so leidenschaftlich, wie sie es bei ihm getan hatte? Dane drehte den Türknauf und trat ein.

Auf dem Sofa liegend hatte Angel ihr verletztes Bein auf ein paar Kissen gebettet. Sie trug nur ein Flanellhemd und eine alte graue Sweathose, bei der sie die Beine abgeschnitten hatte, sodass es nun lässige Shorts waren. Dicke Socken wärmten ihre Füße. Sie richtete sich ein Stück auf und starrte ihn mit unverhohlenem Entsetzen an.

Dane musterte sie von Kopf bis Fuß. Als Mann gefiel ihm ihre Natürlichkeit sehr. Aber von jetzt an würde er Vorsicht walten lassen. Angel schien zwischen Angst und Achtsamkeit zu schwanken. Dane beschloss, dass er so oder so ihre Gefühle gegen sie verwenden würde, um herauszufinden, was ihre Absichten waren.

Ihr blondes Haar war zerzaust und fiel über die Sofalehne. Ihre Brüste sahen unter dem Flanellstoff weich und voll aus. Sie trug offensichtlich keinen BH. Ihre Beine waren lang und blass. Er bemerkte die bösen Narben an ihrem linken Bein, noch immer nicht verheilt und leuchtend rot, und seine Stimmung schlug abrupt um.

Leise zog er die Eingangstür ins Schloss. Angels unglaublich grüne Augen weiteten sich, und sie sah ihn argwöhnisch an. „Derek."

Er wies auf ihr Bein, das auf den Kissen lagerte. „Die Verletzung ist schlimmer, als du zugegeben hast."

Röte stieg ihr in die Wangen, als sie versuchte, sich vom Sofa zu erheben. Im nächsten Moment stand Dane neben ihr. Er ergriff ihre Schultern und drückte Angel zurück auf die Couch. Unter seinen Händen fühlte er, wie schmal sie war, und war sich ihrer Zierlichkeit, ihrer Schwäche, schmerzhaft bewusst. „Bleib liegen. Anscheinend hast du dich heute übernommen. Du hättest nicht aufstehen und durch die Gegend rennen sollen."

Er hockte sich auf das Sofakissen neben ihr und spürte ihre Furcht, als er ihr Bein musterte und mit den Fingerspitzen sacht über ihre zarte Haut fuhr. Allein die Narben zu sehen ließ ihn vor Mitgefühl zusammenzucken.

Mit einem Mal schien sie sich zur Ordnung zu rufen. „Was willst du hier?"

„Ich will nach dir sehen."

„Wie? Ich meine, wie hast du mich gefunden?"

„Ich habe jemanden auf dich angesetzt, der dir gefolgt ist." Sein Blick ging von ihrem Bein zu ihrem wütenden Gesicht. „Warum benutzt du einen falschen Namen?"

Angel wurde blass. „Wovon redest du?"

„Von deinem Briefkasten."

Statt seine Frage zu beantworten, versuchte sie, mit einem wütenden Ausbruch vom Thema abzulenken. „Das geht dich überhaupt nichts an. Und was kümmert es dich eigentlich?"

Er war ein guter Lügner, wenn es nötig war und wenn es ihn weiterbrachte. „Weil ich das Gefühl habe, dass du mich sonst nie so nah an dich herangelassen hättest. – Aber ich habe dich durchschaut, stimmt's?" Er wackelte mit dem Finger vor ihrer Nase herum und brachte so die gesunde erboste Röte zurück auf ihre Wangen. „Ich denke, ich werde dich von jetzt an sehr genau im Auge behalten." Sie keuchte, und er fügte eine nicht sehr subtile Warnung hinzu. „Du kannst dein Geheimnis bewahren, Angel – für den Augenblick. Aber wenn ich fertig bin, werde ich wissen, was los ist." Sie presste die Lippen aufeinander, und ihr Blick wurde stur. Doch unter allem bemerkte er Schmerz. „Du bist noch nicht wieder gesund, oder? Bist du sonst noch irgendwo verletzt worden?" Sie warf ihm noch einen finsteren, sturen Blick zu, und er lenkte seine Aufmerksamkeit auf ihren Körper. Dann sah er ihr tief in die Augen. „Möchtest du, dass ich es allein herausfinde?"

Sie zuckte zusammen und verschränkte die Arme schützend vor der Brust. „Also gut! Ich hatte auch geprellte Rippen und ein paar Schnitte und Kratzer. Das ist allerdings alles verheilt.“ Er blickte sie noch immer an, und sie senkte den Kopf. „Meine Schulter war ausgekugelt.“

„Großer Gott. Was zur Hölle ist mit dir passiert?“

Noch ehe sie sprach, wusste er, dass ihr nicht die Wahrheit über die schönen Lippen kommen würde. Erstaunlich, dass er sie so gut durchschaute, obwohl er sie erst so kurz kannte. Aber sie war ein offenes Buch für ihn.

Rebellisch hob sie das Kinn. „Ich bin gefallen.“

„Einen Berghang runter?“

„Eine lange Treppe hinunter.“

Seine Hände bei sich zu behalten wurde unmöglich. Mit beiden Händen umschloss er ihr Gesicht. Was auch immer geschehen war, es war ernst gewesen, und darüber zu reden wühlte sie anscheinend auf. „Du hättest tot sein können.“

Sie zuckte zusammen und blickte ihn an. Für einen winzigen Moment wirkte sie so verloren, dass er sie fest in die Arme schließen und schwören wollte, sie für immer zu beschützen. *Idiot.* Dann schüttelte sie den Kopf. Ihre Sturheit war zehnmal stärker zurück und errichtete einen unsichtbaren Schutzwall zwischen ihnen. „Nur mein Bein ist vernarbt. Sieht fies aus, was?“

Ohne zu zögern erwiderte er: „Du hast wunderschöne Beine. Ein paar Narben können daran nichts ändern.“ Und es stimmte. Ihre Beine waren lang, glatt und wohlgeformt. Er malte sich aus, wie diese Beine um ihn geschlungen waren, während er sie streichelte – aber dieses Mal würde sie einen Höhepunkt erleben und ihn in sich haben, sodass er jedes kleine Erschauern, jeden angespannten Muskel spüren würde. Beinahe hätte er aufgestöhnt.

Sacht legte er seine Hand auf ihr Knie und dachte an etwas Unverfänglicheres. „Du hast keinen Grund, dich zu schämen, Angel. Die Narben werden verblassen.“

„Glaubst du wirklich ernsthaft, dass mir ein paar Narben Sorgen bereiten?“

Das tat er, doch er war nicht so dumm, ihr das zu sagen. Jedenfalls nicht, solange sie so wütend war. Sie hatte ihm Dereks vergangene Sünden und auch seinen eigenen Fehler, die Vaterschaft anzuzweifeln, noch nicht verziehen. Aber irgendwann würde sie ihm vergeben. Dafür würde er sorgen.

Mit seiner Hand berührte er ihre Wange und bemerkte wieder, wie schnell ihr Puls raste und wie sie den Atem anhielt. „Es tut mir leid, dass du verletzt worden bist.“ Dann küsste er sie. So verdreht diese Angelegenheit auch war, er musste sie noch einmal schmecken. Sie mochte beschlossen haben, dass ihr die kleine, lustvolle Kostprobe im Büro reichte, doch ihn hatte sie frustriert zurückgelassen. Er hatte sie kaum berührt, hatte kaum angefangen, sie zu reizen, und sie hatte Funken gesprüht wie ein Feuerwerk und hatte gefährlich kurz davorgestanden, zu explodieren. Beim bloßen Gedanken daran spürte er wieder die Erregung. Er schwankte zwischen dem Wunsch, in sie zu einzudringen und dabei zuzusehen, wie sie den Gipfel erklomm, bis sie mit ihm zusammen die Erfüllung fand, und dem Drang, sie zu schütteln, bis sie ihm sagte, was für ein albernes Spiel sie spielte.

Im ersten Moment erstarrte sie, aber dann schmiegte sie sich an ihn. Mit der Hand fuhr sie über seinen Oberarm bis zu seinem Nacken. Die Berührung ließ ihn erschauern. Er zog sich zurück, denn er wollte sich selbst nicht auf die Probe stellen. Angel blickte ihn mit großen Augen an.

„Nett hier“, sagte er in der Hoffnung, sie und sich selbst abzulenken. Sein Blick glitt durch den spärlich möblierten Raum. Er bemerkte die abgenutzte Tapete und den verschlissenen Teppich. Eigentlich hatte er nicht spöttisch klingen wollen, doch sie hatte es so verstanden.

„Dir muss es nicht gefallen, Derek. Du musst schließlich nicht hier leben.“

Er blickte ihr wieder in das errötete Gesicht. Die eine Hand noch immer an ihrer Wange und ihren Körper neben sich, hatte er sie gewissermaßen gefangen genommen. Er konnte ihr ansehen, dass es ihr nicht gefiel; ihm dagegen behagte die Situation sogar ein bisschen zu sehr. „Ich würde gern wissen, warum du hier wohnst? Was ist mit deinem Apartment passiert?"

Sie verengte die Augen ein wenig. „Ich musste ausziehen."

„Warum?"

„Weil ich die Miete nicht bezahlt habe."

Er seufzte. Das hier war ein bisschen wie Zähneziehen, und sie hatte offensichtlich nicht vor, es ihm leicht zu machen. „Gut, dann eben e-und-Antwort-Spiel. Warum hast du die Miete nicht bezahlt?"

Angel starrte ihn an. Unvermittelt legte sie einen Arm über die Augen und lachte auf. „Gott, du bist wirklich unglaublich. Deiner Meinung nach ist alles immer ganz leicht."

Er schlang seine Finger um ihr Handgelenk, legte ihren Arm auf ihren Bauch und hielt ihn dort fest. Unter seinen Fingern konnte er spüren, wie sich ihre Muskeln anspannten. „Warum hast du die Miete nicht bezahlt?"

In einem Anfall von zornigem Trotz schlug sie seine Hand weg und richtete sich auf, um ihn wütend anzufunkeln. „Weil ich kein Geld hatte, du Arsch! Ich habe deinetwegen meinen Job verloren, und niemand anders wollte mich wieder einstellen. Nachdem du mit mir fertig warst, hat man in mir nur noch ein *erhöhtes Risiko* gesehen. Ich habe es überall versucht, und währenddessen habe ich von meinen Ersparnissen gelebt. Eine Zeit lang habe ich als Kellnerin gearbeitet, aber dann hatte ich den Unfall und war eine Weile krank. Die Leute stellen keine Frauen ein, die an Krücken gehen. Meine Ersparnisse haben nicht ausgereicht, um mir eine teure Wohnung leisten zu können, für meine Krankenversicherung aufzukommen und zusätzlich noch Arztrechnungen zu bezahlen, also bin ich hierhergezogen. Zufrieden?"

Sie war so laut geworden, dass das Baby aufgewacht war. Fragend blickte Dane in die Richtung, aus der das Jammern eines missmutigen, verärgerten Säuglings kam. Angel stöhnte. „Sieh, was du getan hast. Jetzt sitz da nicht einfach herum, geh mir aus dem Weg."

Ihre Launen waren beinahe komisch und faszinierend mit anzusehen – wenn es ihm vor Reue darüber, wie sein Bruder sie behandelt hatte, nicht gerade das Herz zerriss. Sie wollte sich aufrichten, doch wieder drückte er sie zurück in die Kissen. „Ich werde ihn holen."

„Nein!"

Er ergriff ihr Kinn und drehte ihr Gesicht zu sich. „Jetzt oder später, Angel, welchen Unterschied macht das? Ich will ihn kennenlernen. Ich verspreche dir, dass ich ihn zu dir bringe."

Sie biss sich auf die Unterlippe, und ihre Augen waren dunkel vor Misstrauen. Doch offensichtlich kam sie zu der Einsicht, dass sie einer Auseinandersetzung, in der es um Stärke oder Willenskraft ging, nicht gewachsen war. Zumindest nicht im Moment. Er hatte das Gefühl, dass er an besseren Tagen überrascht wäre, wie stark sie war.

Dane sah sie noch einen Augenblick lang an und wünschte, es gäbe einen einfacheren Weg, sie zu beschwichtigen. Dann ging er los, um das Baby zu holen. Er folgte dem Schreien in das Zimmer, wo Grayson seinem Unmut Luft machte. Als Dane den Raum betrat, wurde er vom Duft von Puder und Babyöl umhüllt. Es waren sanfte, beruhigende Gerüche. Grayson fuchtelte heftig mit seinen pummeligen Ärmchen und Beinchen herum. Ganz behutsam nahm Dane den Kleinen hoch und legte ihn an seine Schulter. Das Baby war vollkommen nass.

Stoffwindeln und Gummihöschen lagen auf der Kommode. Daneben befanden sich einige zusammengefaltete Strampler. Dane nahm mit, was vermutlich gebraucht wurde, und ging zurück ins Wohnzimmer und zu der besorgten Mutter. Angel streckte sofort die Arme aus.

„Nein, er ist klatschnass. Das bedeutet, dass ich auch nass bin. Kein Grund, dass du dich auch noch schmutzig machst. Wenn du mir sagst, was ich tun muss, kann ich ihn wickeln."

Mit offenem Mund starrte Angel ihn an, als wäre ihm gerade eine zweite Nase gewachsen. Er musste über ihren Gesichtsausdruck lächeln.

Sie wirkte verdutzt und vollkommen sprachlos.

„Ich weiß", sagte er schmunzelnd. „Windeln zu wechseln gehört auch nicht gerade zu meinen üblichen Verhaltensweisen. Aber ich bin sehr anpassungsfähig."

In der kurzen Zeit, die er sie nun kannte, hatte sie ihn mehr als einmal überrascht; es war also nur fair, dass er es ihr heimzahlte, wenn sich die Gelegenheit bot.

Zwar wusste er nicht gerade viel über Babys, doch er nahm an, dass er es ebenso gut jetzt lernen konnte. „Wohin soll ich ihn zum Wickeln legen?"

Als sie schließlich ihren Mund wieder geschlossen hatte, deutete Angel missmutig auf den Tisch. „Da liegt eine Wickelunterlage. Du kannst ihn darauf ablegen und dann die Windeln wechseln."

„Das wird reichen." Mit einer Hand schüttelte Dane die gepolsterte Gummiunterlage aus, breitete sie auf dem Tisch aus und legte Grayson vorsichtig hin. Das Baby war nicht erfreut darüber, dass sich jetzt erst jemand kümmerte, also beeilte Dane sich. Mit Hilfe von Angels Anweisungen hatte er das Baby in weniger als fünf Minuten getrocknet, gewickelt und frisch angezogen – in seinen Augen eine beachtliche Leistung. Grayson hatte aufgehört zu schreien, war aber noch immer unruhig. Mit einer kleinen Faust fuchtelte er in der Luft herum und steckte sie ab und zu in seinen Mund, um kurz hingebungsvoll daran zu nuckeln.

Als Angel dieses Mal die Arme ausstreckte, reichte Dane ihr das Baby. Die gesamte rechte Seite seines Hemdes war durchnässt und klebte an seiner Brust.

Sie wandte den Blick ab und schmiegte ihre Wange an das Baby. „Er hat Hunger."

„Soll ich ihm ein Fläschchen holen?"

„Nein." Angel räusperte sich und sagte dann: „Er wird … gestillt. Ich brauche nur etwas … Privatsphäre."

„Oh. *Oh.*" Dane warf einen Blick auf ihre Brüste, stellte sich vor, wie sie stillte, und wollte eigentlich nicht einen Schritt aus dem Zimmer machen. Doch er konnte das Baby auch nicht länger wimmern hören. „Ich werde … äh … Ich werde einfach in die Küche gehen und mein Hemd auswaschen."

„Mach das. Und bleib dort, während es trocknet."

Er beugte sich vor und ergriff ihr Kinn. Mit großen Augen erwiderte sie seinen Blick und sog überrascht die Luft ein. „Also gut. Aber rechne nicht damit, dass ich deine Befehle immer befolgen werde, Süße. Du wirst dich daran gewöhnen müssen, dass ich hier bin." Obwohl er wusste, dass er es lieber nicht tun sollte, doch andererseits auch unfähig, sich dagegen zu wehren, beugte er sich zu ihr herunter und drückte ihr einen leidenschaftlichen Kuss auf die Lippen. Es fühlte sich verdammt gut an. Und während sie sich noch aufregte, verließ er das Zimmer.

Er wollte sie noch einmal küssen, als Ausgangspunkt – wohl wissend, wo sie enden würden. Er wollte ihr zeigen, dass er ein deutlich besserer Liebhaber war, als sie nach ihrem kurzen Techtelmechtel mit Derek annahm. Er wollte die Wahrheit über den Tod seines Bruders herausfinden, und er wollte wissen, wie und ob sie in die Sache verstrickt war. Und er wollte sie beschützen und für sie und Grayson sorgen. Plötzlich gab es so viele Wünsche, die alle auf einmal über ihn hereinbrachen und sich teilweise widersprachen.

Gott, in was war sein Bruder nur hineingeraten?

Er zog sein Hemd aus und spülte den feuchten Fleck unter fließendem Wasser aus. Dann wrang er es aus und hängte es zum Trocknen über eine Stuhllehne. In der Wohnung war es glücklicherweise nicht kalt. Er kratzte sich an der nackten Brust und sah sich um.

Ihre winzige Küche war so gut wie leer. In den Schränken befand sich das Lebensnotwendigste, aber mehr auch nicht. Während der weiteren Besichtigung fand er heraus, dass es in ihrem Kühlschrank ähnlich aussah. Dane runzelte die Stirn und fing an, sich weiter umzusehen. Verflucht, sie war das reinste Aschenputtel.

Die Schlussfolgerung, die er zog, war nicht gerade positiv. Wie dumm von ihr – sie hätte ihn schon viel früher aufsuchen sollen, lange bevor sie in diese trostlose Situation geraten war. Er verwarf den Gedanken sofort wieder, denn wenn sie es versucht hätte, wäre sie wahrscheinlich an seine Familie geraten, und allein bei der Vorstellung wurde ihm mulmig. Sie hatte recht, seine Familie zu fürchten.

Er hatte sich gefragt, was ihre Absichten waren, warum sie zu Derek gekommen war, wenn sie es nicht auf eine Heirat anlegte. Inzwischen vermutete er, dass ihr Motiv reine Verzweiflung gewesen war. Sie brauchte finanzielle Unterstützung, und als Vater des Kindes würde er ihr diese Hilfe bieten können. Sie war stolz, und sie hatte behauptet, durch Derek schon einige Zurückweisungen erlebt zu haben – eine Vorstellung, die Dane so wütend machte, dass er hätte heulen können. Doch Stolz war einer so verzweifelten Lage nicht gewachsen, vor allem nicht, wenn man ein Baby hatte, an das man denken musste. Aber wenn das alles war, warum hatte sie das nicht einfach gesagt? Warum war sie zu ihm gekommen und hatte so getan, als würde ihr noch etwas an ihm liegen?

Nachdenklich hockte er auf einem Küchenstuhl und

lauschte ihren leise gemurmelten Worten an das Baby, hörte die süße Heiserkeit ihrer Stimme. Die feinen Härchen in seinem Nacken richteten sich auf. Er rief: „Angel, warum benutzt du eigentlich keine Einmalwindeln? Wäre das nicht einfacher?"

Es entstand ein kurzes, zögerliches Schweigen, ehe sie antwortete: „Ich mag sie nicht."

Was seiner Meinung nach die Umschreibung dafür war, dass sie zu teuer waren. Er trommelte mit den Fingerspitzen auf den Tisch, bevor er mit der Faust auf die Platte schlug. „Wo hast du die Reha für dein Bein gemacht?" Er hoffte, dass das Rehabilitationszentrum in der Nähe war, damit sie nicht zu weit fahren musste.

Leise sagte sie etwas, das er nicht verstand. Dann rief sie: „Ich habe keine Reha gehabt. Und was weißt du schon darüber?"

Er erstarrte. Keine Therapie? Mühsam riss er sich zusammen. „Ich habe schon ähnliche Brüche gesehen. Ich erkenne die Einschnitte an deinem Knöchel und deinem Knie wieder, wo sie die Titanschraube eingesetzt haben. Es war ein komplizierter Bruch, also weiß ich verdammt genau, dass dir eine Nachbehandlung in einem Rehazentrum nahegelegt wurde."

Schweigen. Beinahe hätte er geknurrt. Er stand auf und ging in der Küche auf und ab. „Wie lange ist der Unfall her, Angel? Und wage es ja nicht, zu behaupten, dass es mich nichts angeht."

Wieder folgte eine Pause. „Ein paar Monate", erwiderte sie leise.

Es dauerte nur eine Sekunde, bis er die Küche verlassen und ins Wohnzimmer zurückgekehrt war, wo er sich vor der Couch aufbaute. Fasziniert musterte sie seinen nackten Oberkörper, ehe sie unvermittelt empört aufschrie und dann den Stoff ihres Flanellhemdes so weit es ging über ihre entblößte Brust zog. Grayson schob das Hemd mit seiner kleinen Faust wieder zur Seite. Doch Dane hielt seinen Blick stur auf Angels Gesicht gerichtet. Leise, aber mit einem drohenden Unterton in der Stimme sagte er: „Bedeutet vor einigen Monaten so viel wie: zu dem Zeitpunkt, als das Baby geboren wurde?“

Sie nickte knapp. „Grayson ist zu früh gekommen. Ein bisschen mehr als sechs Wochen. Der Unfall hat die Wehen ausgelöst.“

Sein Innerstes zog sich zusammen, und er schaffte es kaum, die Worte über die Lippen zu bringen. „Wer hat sich um dich gekümmert?“ Er holte Luft und spürte, wie seine Nasenflügel zitterten. „Wer hat dich unterstützt, als du im Krankenhaus warst? Und als du dann wieder nach Hause gekommen bist?“

Sie wandte den Blick ab, streichelte sacht über den Kopf des Babys und strich seine wenigen glänzenden Löckchen glatt. Das Saugen des Babys klang laut und gierig. „Da war niemand, Derek, und das weißt du auch. Ich habe keine Familie, keine engen Freunde. Grayson und ich haben uns gegenseitig geholfen.“

Ohne es zu beabsichtigen, ohne es zu wollen, sah er das Baby an. Graysons winziger Mund saugte hungrig an ihrer Brustspitze, während er seine kleine blasse Faust an ihre Brust gedrückt hatte. Er hatte die Augen geschlossen und ruhte gemütlich in Angels Armen. Dane spürte einen Kloß in der Größe einer Grapefruit in seinem Hals und musste den Blick abwenden.

Dann hatte er also ihre Brust gesehen – na und? Er hatte schon viele Brüste gesehen. Allerdings noch nie eine Brust, an der ein Baby saugte. Er empfand nicht das, was er beim Anblick ihrer zarten Brust eigentlich hätte empfinden sollen – pure Lust. Lust war eine Empfindung, die er verstand. Doch was auch immer es war, das er spürte, gefiel ihm nicht.

Er schnappte sich sein noch immer feuchtes Hemd, schlüpfte hinein und nahm seinen Mantel. An diesem Tag hatte er noch einiges zu erledigen. „Ich bin in ein paar Stunden zurück.“ Mit ernster Miene blickte er sie an. „Du bist besser noch hier, wenn ich zurückkomme, Angel. Verstanden?“

Sie schloss das Baby fester in die Arme und winkte dann achtlos ab. „Mach nur. Geh einfach.“

„Ich komme wieder.“

Sie nickte – mehr oder weniger so, als wäre er gar nicht mehr da. Dane wusste nicht, was er ihr sagen, was er denken oder fühlen sollte. Er streckte gerade seine Hand nach dem Türknauf aus, als ein leises Klopfen ertönte und die Tür im nächsten Moment aufging.

Es war schwer zu sagen, wer überraschter war: Dane oder der junge Mann, der mit einem großen Pizzakarton in der Hand und einem breiten Grinsen im Gesicht vor ihm stand.

Das Grinsen erstarb augenblicklich und stattdessen machte der Bursche eine wilde, drohende Miene. „Wer zum Teufel sind Sie?“

Dane hob herablassend und durch den hochgewachsenen Jugendlichen nicht im Geringsten beunruhigt seine Augenbrauen und wandte sich zu Angel um. „Dieselbe Frage könnte ich stellen.“

3. KAPITEL

„Nein“, sagte Angel leise. Es gelang ihr, ihre Blöße zu bedecken, als der eingeschlafene Grayson ihre Brust freigab. Er war so ein braves Baby, so süß. Sie liebte ihn so sehr, dass sie bereit war, alles zu tun, um ihn zu beschützen. „Du kannst die Frage nicht stellen, weil es dich überhaupt nichts angeht.“

Hastig knöpfte sie ihr Hemd zu. Unaufgefordert legte Mick die Pizza auf den Couchtisch und nahm Angel das Baby ab, während Derek dastand, die Augenbrauen noch immer gebieterisch hochgezogen, und die beiden beobachtete. Ganz langsam, da ihr Bein wirklich schmerzte, richtete Angel sich auf, bis sie saß. Sie stützte sich auf die Armlehne der Couch, das Bein lang nach vorn ausgestreckt.

„Tja.“ Derek lächelte, doch es war kein besonders freundliches Lächeln. Es war eher ein Zähneblecken, auf das Mick mit einem finsteren Blick reagierte. „Ich werde erst gehen, wenn ich weiß, wer er ist.“ Gemächlich setzte er sich hin, streckte ebenfalls seine langen, starken Beine aus und wartete.

Angel seufzte. Gott, sie konnte das hier überhaupt nicht gebrauchen. Zuerst der Ausflug in die Stadt, der ihrem Bein wirklich zu schaffen gemacht hatte. Dann der Kuss und sein nackter Oberkörper … Ihr Hirn schien allmählich aufzuweichen.

Mick verlor die Geduld. „Wer zum Teufel sind Sie, dass Sie hier so einfach hereinspazieren und Antworten verlangen können?“

„Der Vater des Kindes.“

„Oh.“ Mick straffte die Schultern, blinzelte verwirrt und sah Angel an. Derek hatte das so genüsslich und mit so viel Stolz in der Stimme verkündet, dass sie einen Moment lang selbst erstaunt war. Es fiel ihr wirklich schwer, diese Hundertachtzig-Grad-Wende zu verarbeiten und sein plötzliches Einverständnis mit der Situation ernst zu nehmen.

Nach einem Moment nickte sie und gab Mick ein Zeichen. Sie wusste, dass er ohne diese Einwilligung kein Wort mehr gesagt hätte, und sie war sich sicher, dass Derek erst gehen würde, wenn er seine Antwort hatte. Sie wusste, wie unglaublich stur er sein konnte. Und obwohl er sich im Augenblick nicht so verhielt wie normalerweise, konnte seine Skrupellosigkeit doch jederzeit wieder zutage treten. Und sie wollte nicht, dass Mick ins Kreuzfeuer geriet.

„Ich bin Mick Dawson, ein Nachbar." Beinahe trotzig schob Mick das Kinn vor. „Und ein Freund."

„Ein sehr guter Freund", fügte Angel hinzu und dachte daran, was für eine große Hilfe Mick ihr war, seit sie die Wohnung in diesem Haus bezogen hatte. Sie betrachtete Derek, der ruhig dasaß. Über seinen breiten Schultern spannte sich das Hemd, und seine Hände hatte er auf seinen flachen Bauch gelegt. Angel hätte ihn am liebsten dafür getreten, dass er so verdammt gut aussah. „Du hast gefragt, wer mir geholfen hätte. Tja, als ich hierherzog, hat Mick mich unterstützt. Er kauft für mich ein, holt meine Post und auch die Zeitung." Sie wies auf ihr Bein. „Bis vor Kurzem war ich ziemlich außer Gefecht gesetzt. Mick wohnt oben. Seiner Mutter gehört das Haus, und er war mir eine riesengroße Hilfe."

Mick wollte ihr das Baby zurückgeben, wobei er Derek nicht aus den Augen ließ. Das schien Derek wachzurütteln. „Ich kann ihn nehmen", sagte er und streckte die Arme nach Grayson aus. „Ihr zwei solltet jetzt erst mal essen."

Mick sah sie wieder Hilfe suchend an. Mit Dereks Bereitschaft, sich einzubringen, hatte sie nicht gerechnet. Es war eine peinliche Situation, obwohl es das nicht hätte sein sollen; nicht, wenn er sich einfach so benehmen würde wie immer. Aber er schien heute nicht unbedingt in der Laune, Widerspruch zu dulden – was in ihren Augen dann doch wieder zu ihm passte.

Ihr Unwillen über diese Entdeckung ließ ihre Worte noch schroffer klingen: „Wolltest du nicht eigentlich gehen, Derek?"

Er lächelte. „Ich kann noch etwas länger bleiben. Im Übrigen halte ich das Baby gern." Er schmiegte seine Wange an Graysons Köpfchen, und beim Anblick seiner versonnenen Miene zog sich gegen alle Vernunft Angels Magen zusammen. „Er riecht gut."

Mick verschränkte die Arme vor der Brust und starrte ihn an. „Also tauchen Sie zufällig gerade jetzt auf? Sie schlendern hier herein und tun so, als wären Sie der glückliche Vater? So, wie ich das sehe, sind Sie zwei Monate zu spät dran."

O nein. Aus Angst vor Dereks Antwort erstarrte Angel. „Mick ..."

Derek nickte und unterbrach damit Angels Warnung. „Da stimme ich dir zu. Eigentlich bin ich meiner Berechnung zufolge sogar fast ein Jahr zu spät. Aber von jetzt an werde ich ganz in der Nähe sein." Ohne zu zögern fuhr er fort: „Wie alt, sagtest du, bist du?"

Mick warf ihm ein finsteres, toughes Lächeln zu. „Dazu habe ich gar nichts gesagt." Ehe Derek etwas erwidern konnte, fügte er hinzu: „Aber ich bin sechzehn. Und bevor Miss Morris es so darstellt, als wäre ich ihr eine Riesenstütze gewesen – sie hat mir mindestens genauso viel geholfen. Ohne sie hätte ich die Highschool wahrscheinlich nicht geschafft."

Angel konnte es nicht ertragen, wenn Mick das tat – wenn er sich selbst so herabsetzte, obwohl er ein so bemerkenswerter junger Mann war. Leider glaubte er ihr, was das betraf, noch immer nicht. „Das ist nicht wahr, Mick, und das weißt du auch. Du bist sehr klug, und du hättest Mathe auch ohne meine Hilfe irgendwann verstanden." Sie wandte sich Derek zu. Aus irgendeinem Grund wollte sie, dass er es verstand. „Mick hat zwei Jobs, geht zur Schule und hält das ganze Haus hier zusammen. Seine Mutter ist oft … krank."

Mick sah Derek ernst und abschätzend an. „Meine Mutter ist Alkoholikerin."

Angel musste die Augen schließen, als eine Welle des Schmerzes sie durchströmte. Mick war allen anderen Menschen außer ihr gegenüber so empfindlich und fühlte sich so minderwertig. Er schien praktisch um Geringschätzung zu bitten, als würde ihm nichts anderes zustehen, um sich dann mit aller Macht zu beweisen. Sie war sich allerdings noch immer nicht sicher, was genau er beweisen wollte.

Ungerührt blickte Derek Mick an. Angel wusste, dass Mick viel älter und erfahrener wirkte als ein durchschnittlicher sechzehnjähriger Junge. Sie wusste auch, dass er tief in seinem Innern noch immer ein Kind war, das manchmal ängstlich war und noch oft auf der Suche nach Aufmerksamkeit und Zuwendung – was nicht verwunderlich war, wenn man bedachte, dass sein Leben bisher nicht gerade in geordneten Bahnen verlaufen war. Ihr Lob war ihm immer peinlich, trotzdem blühte er dadurch auf. Und sie liebte ihn wie einen kleinen Bruder. Wenn Derek irgendetwas sagte, das Mick aus dem Gleichgewicht brachte, dann würde sie ihren jämmerlichen Hintern von der Couch bewegen und Derek persönlich rausschmeißen.

Doch er überraschte sie, indem er das Baby in einem Arm hielt und Mick die andere Hand entgegenstreckte, die Mick argwöhnisch annahm. „Ich weiß zu schätzen, was du für sie getan hast. Ist sie hier eingezogen, gleich nachdem sie den Unfall hatte?"

„Ja, nicht lange danach." Wieder verengte Mick seine Augen zu schmalen Schlitzen. Seine wunderschönen dunkelbraunen Augen, für die bestimmt jedes Mädchen auf seiner Highschool schwärmte. Aber Mick fand keine Zeit für eine ernsthafte Freundin. Er war zu sehr damit beschäftigt, zu überleben.

„Wenn ich nicht da gewesen wäre, weiß ich nicht, ob sie es geschafft hätte. Sie war verdammt schwer verletzt, und Grayson war noch ein kleines Würmchen. Selbst etwas zu essen zu besorgen war schwierig für sie. Trotzdem hat sie es getan, weil sie für Grayson gesund werden musste. Ganz ehrlich – ich habe keine Ahnung, wie zum Teufel sie das alles geschafft hat."

„Jetzt übertreib nicht so, Mick." Angel wollte nicht, dass die beiden über sie sprachen, und sie wollte nicht, dass Derek sie als hilfloses, bemitleidenswertes Opfer sah. Er schien Mick an den Lippen zu hängen, schien jedes Wort von ihm genau zu analysieren und seine eigenen Schlussfolgerungen zu ziehen. Ihr gefiel es nicht, wie sie sich angesichts seines regen Interesses fühlte.

Später, wenn sie herausgefunden hätte, was er im Schilde führte, würde sie ihm ihre größte Sorge anvertrauen – und er würde hoffentlich in der Lage sein, sich darum zu kümmern. Sie räusperte sich. „Derek, du kannst Grayson in sein Bettchen legen, wenn du willst. Ich will dich nicht länger aufhalten."

Wieder überraschte er sie, indem er zustimmte. Nachdem er Grayson hingelegt hatte, kam er zurück ins Wohnzimmer und ging zu Angel. Er gab ihr einen sachten Kuss auf die Stirn, der ihre Haut zum Kribbeln brachte und ihr den Atem stocken ließ. Sie blickte ihn finster an, hielt jedoch den Mund. Später, wenn sie allein wären und Mick mit seiner überfürsorglichen Art nicht dabei, würde sie ein klärendes Gespräch mit ihm führen, was dieses vertrauliche Verhalten anging.

Derek sah Mick an. „Bringst du mich zur Tür?"

Ihr Magen zog sich zusammen. „Warum? Ich glaube, du findest den Weg zur Tür auch allein. Sie ist gleich da vorn."

Derek lächelte sie an. „Männergespräche, Süße. Mick versteht das schon."

„Ist schon gut", sagte Mick schnell zu ihr und folgte Derek trotz ihres Protestes.

Die ganzen zwei Minuten, die er wegblieb, sorgte sie sich und stellte sich jede Art von feindlichen Auseinandersetzungen vor. Doch als Mick schließlich zurückkam, schüttelte er mit einem kleinen Lachen den Kopf.

„Was? Was wollte er?“

„Eine Liste.“

Verblüfft musterte sie sein Gesicht. „Was für eine Liste?“

„Eine Liste all der Dinge, die du brauchst.“ Ihr Mund stand vor Überraschung offen. „Außerdem wollte er wissen, ob es in der Nähe eine sichere Parkmöglichkeit für seinen Wagen gibt, weil er vorhat, in der nächsten Zeit sehr oft hier zu sein. Ich habe ihm gesagt, er könne in der Garage parken.“

„Aber du erlaubst doch sonst niemandem, die Garage zu benutzen!“

„Ja, aber er hat ein *echt* tolles Auto. Ich würde nicht wollen, dass es ausgeschlachtet wird.“

Sie konnte sich vorstellen, was für einen Wagen er fuhr: einen teuren. Was hatten Autos nur an sich, dass Männer jeden Alters so verrückt danach waren?

Mick nahm sich ein großes Stück von der Pizza, biss herzhaft hinein und ging dann in die Küche, um Teller zu holen. „Möchtest du ein Glas Saft?“

Abwesend und in Gedanken bei Derek sagte sie: „Ja, bitte.“ Sie hatte es sich zur Gewohnheit gemacht, Saft zu trinken, da es gesund für das Baby war. Richtiger Fruchtsaft war der einzige kleine Luxus, den sie sich gönnte.

Schweigend aßen sie, und Angel war sich bewusst, wie die Minuten verstrichen. Als Mick sie dabei ertappte, wie sie immer wieder auf die Uhr schaute, grinste er. „Ich werde erst gehen, wenn er wieder hier ist. Er hat einen ganz schönen Aufstand veranstaltet, weil die Tür nicht verschlossen war, als er hier ankam.“

Empörung flammte in ihr auf, heiß und heftig, und verdrängte alle anderen widersprüchlichen Empfindungen. „Er hat dich angebrüllt?"

„Nein, er hat mir nur eingeschärft, vorsichtiger zu sein. Ich … äh … habe ihm deinen Schlüssel gegeben. Er lässt ein Paar Nachschlüssel machen, damit ich einen habe und er auch. Auf die Weise, hat er mir erklärt, kannst du die Tür zusperren und musst nicht extra aufstehen, um uns reinzulassen. Falls du gerade dein Bein hochgelegt hast oder das Baby stillst oder so."

„Hast du ihm nicht gesagt, dass du schon einen Schlüssel hast und *er* ganz sicher keinen braucht?"

„Das erschien mir in der Situation nicht gerade angebracht."

Er grinste sie immer noch an. Sie schüttelte den Kopf. Noch nie zuvor hatte sie erlebt, dass Mick einen anderen Menschen so einfach angenommen hatte. „Tja, dann werde ich es ihm sagen. Falls er tatsächlich wiederkommen sollte."

„Oh, er wird wiederkommen." Mick neigte den Kopf und sah sie an. „Wirst du ihm erzählen, was passiert ist?"

„Nicht sofort. Ich muss erst herausfinden, ob er an Grayson interessiert ist und wirklich an seinem Leben teilhaben möchte. Und ob ich auf seine Hilfe zählen kann, ohne mir Sorgen machen zu müssen, dass er das Sorgerecht einklagt. Ich kann nicht riskieren, Grayson an diese Familie zu verlieren. Ich glaube, dass die Drohungen von ihnen ausgehen. Er selbst sagt, dass seine Mutter so weit von der typischen Großmutter entfernt ist, wie es überhaupt nur geht, und die Geschichten, die er über seinen Bruder erzählt hat, sind so furchtbar, dass ich sie gar nicht wiederholen möchte. Und", sagte sie, als Micks Mundwinkel verdächtig zuckten, „bevor du wieder so vielsagend grinst: Alles, was ich von ihm will, ist Schutz, und das weißt du auch."

Er reichte ihr ein weiteres Stück Pizza. „Für so eine kleine zarte Singlefrau hast du dich ganz gut geschlagen. Aber du weißt so gut wie ich, dass die Lage immer schlimmer wird. Zuerst der Job, dann deine alte Wohnung, dann der Unfall. Ich könnte immer noch kotzen, wenn ich an die Sache mit deinem Wagen denke. Du kannst so nicht weitermachen. Du bekommst nie genug Ruhe, und dein Bein schmerzt andauernd, weil du dir zu viel zumutest. Es hatte bisher ja kaum eine Chance, zu heilen. Verdammt, du brauchst eine Rehamaßnahme."

Angel hatte schon vor langer Zeit aufgehört, zu versuchen, Micks unverblümte Ausdrucksweise etwas zu dämpfen. Jetzt rollte sie mit den Augen. „Ich bekomme jeden Tag neue Aufträge, die ich abtippen soll. Es dauert nicht mehr lange, dann pendelt sich alles ein."

Er schüttelte nur stumm den Kopf. Ihm gefiel es nicht, wie sie bis tief in die Nacht hinein Arbeiten von lokalen Geschäftsleuten oder College-Studenten abtippte. Trotzdem half er ihr, holte die Aufträge ab und brachte sie später auch wieder zurück. Genau wie sie wusste Mick, dass ihr kaum eine andere Wahl blieb.

Sie blickten zeitgleich auf, als sie hörten, wie der Türknauf gedreht wurde. Die Tür war abgeschlossen, wie Derek sie ermahnt hatte. Er sah sehr zufrieden aus, nachdem er den Schlüssel benutzt hatte, um sich selbst hereinzulassen. „Viel besser."

Angel funkelte ihn an. „Du wirst keinen Schlüssel zu meiner Wohnung bekommen, Derek. Vergiss es."

Ungerührt blickte er die beiden an. „Mick, könntest du mir dabei behilflich sein, ein paar Sachen hereinzutragen?"

„Sicher." Mick war bereits aufgesprungen und legte das halb aufgegessene Stück Pizza zur Seite. Er wirkte erwartungsvoll, und Angel konnte sich vorstellen, dass er genauso neugierig war wie sie.

Dann besann sie sich. „Einen Augenblick mal! Ich will und brauche nichts von dir! Das habe ich dir schon mal gesagt."

Pfeifend verschwand Derek durch die Tür. Mick folgte ihm und bemühte sich, sein Lächeln zu verstecken. Seit sie ihn kennengelernt hatte, hatte Angel ihn noch nie so oft an einem Tag lächeln sehen. Sie kehrten mit mehreren Kartons und unterschiedlichen Sorten Wegwerfwindeln zurück. Angel hätte weinen können. Stoffwindeln zu verwenden war so anstrengend gewesen und hatte so viel zusätzliche Arbeit bedeutet, doch angesichts der Kosten waren Einmalwindeln nicht infrage gekommen.

Während sie die Sachen hereintrugen, erklärte Derek: „Die Frau in dem Geschäft hat mir gesagt, dass einige Kinder allergisch auf bestimmte Sorten reagieren. Du kannst mir dann ja sagen, welche Windel die beste ist, und dann hole ich noch mehr davon. Aber das sollte fürs Erste reichen."

Er stellte die Kartons ins Wohnzimmer – gestapelt zu einer beeindruckenden Wand aus Kisten. Dann schlich er auf Zehenspitzen in Graysons Zimmer, wo sie ihn nicht sehen konnte. Das Apartment war winzig. Es gab lediglich zwei kleine Schlafzimmer, ein Bad in der Größe eines Wandschrankes und den offenen Wohn- und Küchenbereich, abgetrennt durch eine halbhohe Wand, hinter der der Kühlschrank stand. Angel kochte innerlich. Und ihre Wut wuchs noch, als Derek mit einem fast vollen Windeleimer zurückkehrte. „Wo willst du damit hin?"

„Zum Müllcontainer." Er verzog das Gesicht und wandte sich ab. „Ich habe die sauberen Stoffwindeln liegen lassen, falls du sie noch als Staubtücher oder so benutzen möchtest."

Sie wollte aufstehen, doch er war schon wieder verschwunden. Frustriert ließ sie sich in die Kissen zurückfallen.

Als er und Mick die letzten Kisten und Kartons hereingetragen hatten, hatte Angel volle Schränke, einen gut gefüllten Kühlschrank nebst Gefrierfach sowie ein Badezimmer, das praktisch überquoll vor Pflegeprodukten – und außerdem einen wunden Hals vom vielen Protestieren, das Derek jedoch geflissentlich überhört hatte.

Sie hatte nun nicht nur die wesentlichen Dinge, sondern

auch Luxusartikel, die sie sich in letzter Zeit nicht hatte leisten können. Hatte Mick Derek erzählt, dass sie es vermisste, sich Pflegekuren ins Haar einzumassieren oder Gesichtsmasken aufzulegen? Dass ihr cremige Lotionen und duftende Badeöle fehlten? Oder war er von allein darauf gekommen? Sie würde ihn nicht fragen. Er würde es einfach wieder mitnehmen müssen; sie wollte sich nicht kaufen lassen. Materielle Dinge waren es nicht, die sie von ihm wollte oder brauchte.

Mick ließ die letzte prall gefüllte Tüte hinter das Sofa fallen und richtete sich auf. „Ich muss los. Ich muss in einer Viertelstunde bei der Arbeit sein."

Derek kam herein und reichte ihm eine der neu gekauften eisgekühlten Dosen Sodawasser. In der anderen Hand hielt er seine eigene Dose. Ein weiterer Luxus, den sie sich verwehrt hatte. Sie hatte Milch, Wasser, Tee und aus gesundheitlichen Gründen Fruchtsaft im Haus gehabt. Das Soda sah so verführerisch aus, dass ihr das Wasser im Mund zusammenlief.

Derek lehnte sich mit der Hüfte gegen die Rückseite der Couch, ganz in die Nähe ihres Kopfes. Angel vergaß das Soda und rutschte von ihm ab. Derek zwinkerte ihr zu. Er wusste sehr wohl, dass sie ihn nicht so nah bei sich haben wollte. Dann wandte er sich an Mick. „Wo arbeitest du?"

„Ein paar Tage die Woche in der Autowerkstatt an der Ecke. An den Wochenenden im *Fancy Lady.* Das ist eine Bar in der Gegend. Ich bin dort Tellerwäscher."

Mick hatte sein Kinn beinahe trotzig vorgeschoben. Mit seiner störrischen Miene forderte er Derek förmlich heraus, eine abfällige Bemerkung darüber zu machen. Doch stattdessen war Derek nachdenklich. „Bist du nicht noch ein bisschen zu jung, um an einem solchen Ort zu arbeiten?"

„Ich sehe alt genug aus. Niemand hat je gefragt."

„Das glaube ich." Wieder streckte er die Hand aus. „Ich danke dir für deine Hilfe heute, Mick."

„Überhaupt kein Problem.“

„Falls du irgendwann Lust haben solltest, nur *einen* Job zu machen, der auch noch anständig bezahlt wird, sag Bescheid. Ich habe da einen Freund, der gerade jemanden sucht.“

Mick kniff ganz leicht die Augen zusammen und sah Derek argwöhnisch an. Ihm war nie etwas geschenkt worden, und wenn ihm etwas Gutes passierte, hatte er grundsätzlich erst einmal Zweifel – und das aus gutem Grund. „Und was soll derjenige tun?“

„Verschiedene Dinge. Putzen, Telefondienst, Besorgungen erledigen. Die Zeiten sind flexibel, aber die Bezahlung ist gut.“

Ein langes Schweigen entstand, während Mick über den Vorschlag nachdachte. Schließlich zuckte er die Achseln. „Ich werde darüber nachdenken.“

„Nimm dir ruhig Zeit. Der Job läuft dir nicht davon.“ Derek schloss die Tür hinter Mick, nachdem er gegangen war, und drehte sich zu Angel um. Er starrte sie an, bis ihr Puls schneller ging und das Blut durch ihre Adern schoss. „Also.“

Überrascht spannte sie die Schultern an und runzelte die Stirn. „*Also* was, du … du … Wie kannst du es wagen, dich hier reinzudrängen und mein Leben umzukrempeln?“ Sie war ganz gefesselt davon gewesen, wie die beiden Männer vor ihren Augen fast so etwas wie eine freundschaftliche Bindung aufgebaut waren. Dann hatte Derek sie mit so viel Wärme im Blick angesehen, dass sie praktisch zusammengezuckt war, als er plötzlich gesprochen hatte. Und jetzt kehrte all ihr Groll mit einem Schlag zurück. „Du kannst das alles wieder in dein Auto packen und mir meinen Schlüssel zurückgeben.“ Auffordernd streckte sie ihm die Hand entgegen, die Handfläche nach oben. „Sofort.“

Derek lehnte sich an die Tür und betrachtete Angel einen Moment lang. Anscheinend sammelte er sich. „Ich mag Mick. Er ist ein guter Junge“, sagte er nach einer Weile.

Das überraschte sie. Schon wieder. Langsam ließ sie den Arm auf die Couch sinken. „Ja, das ist er. Ich weiß nicht, was du mit dem Jobangebot im Schilde geführt hast, aber wenn das nicht ernst gemeint ist, werde ich …“

Er lächelte. „Dann wirst du was? Nein, sag es nicht. Die Möglichkeiten sind zu beängstigend, um darüber nachzudenken.“ Er ging zu ihr und setzte sich neben sie auf die Couch. Bevor sie versuchen konnte, aufzustehen und zu flüchten, ergriff er ihre Hand. „Es ist ein echter Job. Und garantiert ein besserer Job als jeder andere, den er hier in der Gegend bekommen kann. Ich dachte, es würde dir gefallen, dass er an einem sichereren Ort arbeiten kann. Verdammt, ich könnte meinen Freund sogar dazu bringen, ihm für den Job einen Wagen zur Verfügung zu stellen, damit er möglichst gut geschützt ist, wenn er fährt.“

Angel war sprachlos. Seine Berührung auf der einen Seite und seine Worte auf der anderen waren beinahe zu viel für sie, und sie hatte das Gefühl, nicht mehr richtig atmen zu können. Diese Großzügigkeit war eigentlich keine Eigenschaft von Derek – jedenfalls keine, die sie einmal erlebt hätte. „Ich verstehe dich nicht.“

Mit dem Daumen strich er über ihre Fingerknöchel. Sie versuchte, ihre Hand wegzuziehen, aber er hielt sie fest. „Ich weiß, dass du das nicht verstehen kannst, und es tut mir leid. Vieles tut mir leid.“ Von der Seite warf er ihr einen Blick zu und seufzte dann. Angel glaubte, echtes Bedauern zu hören. „Ich will dich nicht verärgern, aber …“

„Dann tu es doch einfach nicht.“

„Also, ich sage dir jetzt mal, wie es laufen wird, Süße.“ Sein Ton war ernst, seine Miene entschlossen. „Du wirst alles behalten, was ich dir gerade mitgebracht habe. Und du wirst es benutzen. Und hoffentlich auch genießen, aber das liegt vermutlich bei dir. Ich weiß, dass du mich im Augenblick nicht besonders magst oder mir vertraust, und das ist in Ordnung. Ich verstehe das. Aber ich werde nicht einfach so verschwinden oder nur einmal im Monat für eine Viertelstunde zu Besuch kommen. Und ich werde nicht die Hände in den Schoß legen und dich ignorieren, wenn ich weiß, dass du Unterstützung brauchst. Ich kann dir helfen, und du wirst meine Hilfe annehmen. Ich hätte dich schon die ganze Zeit unterstützen sollen.“

Angel löste sich aus seinem Griff und zog ihre Hand schützend an sich. Eine Spur Belustigung flackerte in seinen Augen auf. Sie war verwirrt und wusste nicht, was sie als Nächstes tun oder sagen sollte. Noch nie hatte sie Derek in einer solchen Stimmung erlebt – bestimmt, aber zugleich besorgt und liebevoll. Es war irgendwie … süß. *Nein, denk so was nicht.* Sie würde sich nicht von ihm einwickeln lassen. Nie mehr.

Mit einem wütenden Funkeln in den Augen sagte sie: „Warum verrätst du mir nicht einfach, was du vorhast und sparst uns beiden ein bisschen Zeit?“

„Was ich vorhabe? Tja, also gut. Mal sehen. Ich will dir helfen. Ich will, dass du mir wieder vertraust …“

„Ha!“

„… und ich will mit dir zusammen sein.“ Die letzten Worte sagte er mit einem kleinen Lächeln, und mit seinen Fingerspitzen streifte er sacht ihr Kinn. Unwillkürlich zog sie den Kopf zurück. „Ich will Teil von Graysons Leben sein und ich will ihm ein Vater sein. Ich will dir beweisen, dass ich verantwortungsbewusst und ehrenhaft sein kann und dass ich kein totaler Idiot bin. Ich will … vieles.“

Aufgewühlt sah sie ihn an. „Du bist ein Alien, stimmt's? Derek wurde in den Weltraum entführt, und du bist geschickt worden, um ihn zu ersetzen? Das wäre die einzige Erklärung, die ich glauben könnte.“

Er lachte, doch sein Blick war traurig. „Würde dir das gefallen? Wenn der echte Derek für immer weg wäre?“

Nichts von alledem ergab einen Sinn – vor allem nicht sein bedrückter Tonfall. Angel ließ ihren Kopf auf die Rückenlehne des Sofas sinken und seufzte. „Ich habe dir nie etwas Schlechtes gewünscht, Derek. Nicht einmal, als ich dachte, ich würde dich hassen, weil du angedeutet hast, dass wir beide ohne das Baby besser dran wären. Ich wollte dich einfach nur nie mehr wiedersehen."

„Aber du hast mich wieder in dein Leben gelassen. Ich mag vielleicht versuchen, einen größeren Platz in deinem Leben einzunehmen, als dir im ersten Moment angenehm ist, doch ich werde dir nie mehr wehtun. Das verspreche ich."

Ohne ihren Kopf vom Sofa zu heben, wandte sie ihm das Gesicht zu. „Glaubst du tatsächlich, dass ich dir jemals wieder vertrauen kann?", flüsterte sie.

„Ja." Er sagte das ohne zu zögern. Seine Augen waren dunkel und der Ausdruck darin war ernst und intensiv. Er schien ihren Geist prüfen, ihre Gedanken lesen zu wollen. „Ich kann dich dazu bringen, mir wieder zu vertrauen."

Allein die Möglichkeit ängstigte sie halb zu Tode. Nie wieder würde sie sich so verletzbar machen; das Wohl ihres Kindes hing von ihrer Stärke ab. „Und dann? Wirst du mir dann mein Baby wegnehmen?" Bei dem Gedanken daran schnürte sich ihr die Kehle zusammen, und sie wusste, dass ihre Stimme zitterte. Sie konnte es nicht ändern. Sie war sich der Gefahren bewusst gewesen, als sie Kontakt zu ihm aufgenommen hatte, doch Mick hatte recht: Allein kam sie mit der Situation nicht mehr zurecht. Die Bedrohung war da, war real, und sie hatte Angst – nicht sosehr um sich selbst wie um Grayson. Er verließ sich auf sie, und sie musste ihn beschützen. Das war es, was zählte.

Wenn Dereks Familie hinter den fürchterlichen Drohungen steckte, wie sie es vermutete, war er vielleicht der Einzige, der sie schützen konnte.

Derek erhob sich und wandte ihr den Rücken zu. Er hatte die Fäuste in die Hüften gestemmt und wirkte wütend und frustriert und irgendwie betrübt. „Ich würde ihn dir nie wegnehmen“, sagte er, und die Worte klangen leise und rau. „Das schwöre ich dir. Aber mir ist klar, dass meine Versprechen keinen Wert haben – noch nicht. Ich will einfach nur helfen.“

„Damals wolltest du mir nicht helfen. Du hast mir unmissverständlich klargemacht, weder mit mir noch mit dem Baby etwas zu tun haben zu wollen.“

Sie hörte, wie er schluckte. Er drehte sich zu ihr um. Seine Miene war wütend, beinahe verwirrt, ein bisschen verzweifelt. „Ich war ein Arsch. Ein Idiot und ein Mistkerl. *Aber jetzt bin ich hier, Angel.* Schließ mich nicht aus.“

Eigentlich hatte sie gar keine andere Wahl. Es war schwierig, die Worte auszusprechen, aber er schien so verändert zu sein und gar nicht mehr wie der Mann, den sie gekannt hatte. Ihre Reaktionen, ihre Gefühle für ihn hatten sich ebenfalls verändert. Er berührte sie innerlich auf eine Art und Weise, wie der alte Derek es niemals geschafft hätte. Vermutlich konnte sich jeder Mensch ändern, und sie wusste, wie Grayson ihr Leben beeinflusst hatte, die Bedeutung, die er für sie hatte.

Als hätte er ihre Gedanken erraten, flüsterte er: „Grayson hat mich mitten ins Herz getroffen. Ein winziger Mensch, mein Fleisch und Blut.“ Er kniff ganz leicht die Augen zusammen. „Du hast es selbst gesagt. Wie du dich gefühlt hast, als du ihn zum ersten Mal gehalten hast.“

„Aber ich habe ihn unter meinem Herzen getragen und habe die Veränderungen der Schwangerschaft miterlebt. Ich habe unter Morgenübelkeit gelitten, habe nachts kein Auge zugetan, wenn er mich getreten hat, und war *immer* müde. Ich habe gespürt, wie er herangewachsen ist, und ich habe gesehen, wie er auf die Welt kam. Ich habe seinen ersten Atemzug erlebt, seinen ersten Schrei gehört.“

„Meinst du, ich bereue nicht, das alles nicht miterlebt zu haben?“

Er klang so ehrlich, doch sie wusste es einfach nicht. Wenn er nicht plante, ihr das Kind wegzunehmen, sah sie keinen Grund für eine emotionale Täuschung. Suchend musterte sie sein Gesicht, aber es war zwecklos; was auch immer er empfand, er hielt seine Gefühle gut versteckt. Verdammt, sie hatte wirklich keine andere Wahl. „Also gut.“

Er stieß die Luft aus, die er angehalten hatte, fuhr sich mit gespreizten Fingern durchs Haar, strich sich übers Kinn und lächelte dann. „Okay. Puh, ich bin froh, dass das geklärt ist.“ Er sah erleichtert aus, seine Schultern weniger angespannt, der Blick nicht länger besorgt. „Okay. Jetzt auf in die nächste Schlacht. Ich möchte, dass du umziehst.“

Angel konnte ihn nur ungläubig anstarren. „Du bist verrückt. Ich reiche dir den kleinen Finger und du willst gleich die ganze Hand!“

„Komm schon, Süße, es *gefällt* dir doch nicht wirklich, hier zu leben.“

Seine Herablassung machte sie krank. „Es gefällt mir – und zwar sogar sehr“, log sie. Genau genommen war Mick der einzige Grund, der sie noch hielt. „Ich bin nahe an den Firmen, die ihren Sitz in der Innenstadt haben, und ich mache viele Abschriften für Büros und Studenten. Ich verdiene genug Geld, um die Miete zu bezahlen und für meine Krankenversicherung aufzukommen. Es ist praktisch, ich mag die Leute und ich werde nicht umziehen.“

Er schürzte die Lippen und betrachtete sie. Anscheinend entschied er sich, sein Glück nicht überzustrapazieren. „Ich lasse es fürs Erste dabei bewenden.“

„Du lässt es für immer dabei bewenden!“

„Und jetzt zu deiner Reha-Therapie.“ Angel rollte mit den Augen, was ihn allerdings nicht daran hinderte, weiterzureden. „Ich kenne Leute, die auch so komplizierte Brüche hatten. Selbst mit der richtigen Behandlung kann es Monate dauern, bis der Bruch verheilt ist. Und du hattest überhaupt keine Behandlung."

„Ich habe einen sehr guten Arzt."

„Der dir ohne Zweifel dazu geraten hat, eine weiterführende Therapie zu machen."

Das stimmte, doch das war nie infrage gekommen. Zum einen hätte sie niemanden gehabt, um auf Grayson aufzupassen, und zum anderen wäre es für sie unmöglich gewesen, jeden Tag zum Therapeuten und wieder zurück zu fahren. Außerdem hätte ihre Krankenversicherung nur einen kleinen Teil der Kosten übernommen. Hoffnungslos schüttelte sie den Kopf. „Es ist fast zwei Monate her. Es ist zu spät für Rehamaßnahmen."

„Unsinn. Ich kenne die richtige Person dafür. Ich werde sie bitten, hierherzukommen. Wann würde es dir passen?"

Angel rieb sich die Augen. Es war zu schnell, zu viel, und sie fühlte sich plötzlich unendlich müde. Er war in ihr Leben eingedrungen, in ihre Gefühlswelt. Sie hatte einen ganz einfachen Plan gehabt, und eine Weile hatte sie tatsächlich geglaubt, dass dieser Plan auch aufgehen würde. Dann hatte er Grayson im Arm gehalten und er hatte sie geküsst und sein Hemd ausgezogen und ihr Einmalwindeln gekauft und Bodylotion und sie konnte das alles gar nicht begreifen. Sie hatte nicht mehr die Kraft, gegen ihn anzukämpfen – zumindest im Augenblick nicht. „Derek, bitte. Halte dich ein bisschen zurück. Du bist hier. Du hast deinen Sohn kennengelernt. Meine Wohnung ist vollgestopft mit Einkäufen. Ist das nicht genug für den Moment?"

„Ich habe eine Menge wiedergutzumachen."

In diesem Punkt würde sie ihm ganz sicher nicht widersprechen. „Tja, lass uns ein andermal damit weitermachen, ja?

Ich bin müde. Ich habe gestern Nacht noch lange an ein paar Arbeiten gesessen, die heute Morgen Termin hatten, und Grayson wacht nachts noch immer auf und muss gestillt werden. Du weißt ja, wo die Tür ist. Ich würde gern ein Nickerchen machen."

„Was für Arbeiten?"

Mit unverhohlener Ungeduld erklärte sie es ihm noch einmal. „Ich tippe Schriftstücke oder Mitteilungen für örtliche Büros, wenn eine Sekretärin mal krank ist, und Semesterarbeiten und so etwas für College-Studenten. Ich bin mir sicher, dass du dich erinnerst, dass ich eine Spitzenbüroausstattung habe, auch wenn mein Computer nicht mehr der jüngste ist."

„Du musst nicht arbeiten. Ich kann dir Geld geben."

Einfach so erwartete er von ihr, sich vollkommen abhängig von ihm zu machen. Am liebsten wollte sie aufstehen und ihm dafür eine Ohrfeige verpassen. Und sie wollte weinen. Doch keine dieser Möglichkeiten hätte sie weitergebracht. „Ich werde einfach so tun, als hättest du das nicht gesagt."

Er stand da, offensichtlich unentschlossen, und sie wartete. Aber er lächelte sie nur mit reumütigem Blick an. „Komm schon, ich helfe dir ins Bett."

Panik mischte sich in ihre Erschöpfung. Sie wollte nicht, dass er sie wieder berührte, wollte nicht, dass er ihr wieder nahe kam. Er hatte sie geküsst, und diese kurze Berührung hatte sie aus der Fassung gebracht, hatte ein Kribbeln in ihrem Bauch ausgelöst. Beim unverhofften Anblick seines nackten Oberkörpers vorhin hätte sie beinahe aufgestöhnt. Er war ihr erster, ihr einziger Liebhaber gewesen. Und an seinem Körper hatte sie nie etwas auszusetzen gehabt. Obwohl ihre einzige Nacht zusammen nicht großartig gewesen war, wusste sie, dass es vor allem an ihrer Unsicherheit gelegen hatte. Und jetzt fehlte ihr diese Nähe, fehlte es ihr, mit einem Mann zusammen zu sein. Nicht unbedingt in sexueller Hinsicht, sondern sie vermisste die Zärtlichkeit und Fürsorge, diese besondere Freundschaft zwischen zwei Menschen, die wissen, dass es ihre Bestimmung ist, sich zu lieben. Oder die in der Vergangenheit zusammen gewesen waren. Die Vertrautheit war da – ob sie ihn nun verachtete oder nicht.

Doch genau genommen verachtete sie ihn gar nicht mehr. Er war so verdammt verändert.

„Nein danke", murmelte sie, aufgewühlt durch diese Erkenntnisse und ihre eigene Schwäche fürchtend. Aber erwartungsgemäß hörte er nicht auf sie und hatte sie vom Sofa hoch an seine Seite gezogen, bevor sie ihm entgehen konnte. Einen seiner starken Arme um ihre Taille gelegt und die andere Hand an ihrem Ellbogen, trug er sie praktisch in ihr Zimmer. Sie konnte seine Hitze, seine Kraft spüren, und es fühlte sich gut an, verwöhnt und entlastet zu werden, auch wenn es nur körperlich war.

Die Augen zu schließen half nicht. Im Gegenteil – so war sie sich des Spiels seiner Muskeln, der Härte seines Körpers, seiner unglaublichen Hitze und seines verführerischen Duftes nur noch bewusster. Der Mann roch sogar anders, viel einladender, viel behaglicher. Viel aufregender.

Die Tür zu ihrem Schlafzimmer war bis jetzt verschlossen gewesen, und als Derek das Zimmer betrat, blieb er erst einmal stehen und sah sich um. Mit zitternden Händen löste sie sich von ihm. Behutsam ergriff er wieder ihren Ellbogen und half ihr zum Bett. Ihr Humpeln war ihr peinlich.

„Wirklich, Derek. Wie, glaubst du, bin ich zurechtgekommen, als du nicht da warst?"

Wenn sie sein Stirnrunzeln so betrachtete, war ihr Sarkasmus nicht angekommen. „Das habe ich mich selbst auch schon gefragt." Er hob ihre Beine aufs Bett und zog die Decke über sie. „Fühlst du dich so wohl?"

Wenn er sich über sie beugte, während sie in einem Bett

lag? Seine Schultern waren muskulös, seine Brust breit. Als sie ihn ohne Hemd gesehen hatte, war ihr eine leichte Sonnenbräune aufgefallen. Er musste vor Kurzem irgendwo gewesen sein, wo es warm war, und hatte sich gesonnt.

Sein Haar fiel ihm in die Stirn, weich, seidig und dunkel, und ein leichter Bartschatten zeigte sich auf seinem Kinn. Nein, sie fühlte sich alles andere als „wohl". „Mir geht es gut."

„Das ist ein hübsches Zimmer. Es … passt zu dir", sagte er und richtete sich wieder auf.

Die Dinge, die er von sich gab, kamen ihr so fremd vor – als hätte ein anderer Mann seinen Körper übernommen. Derek hatte noch nie eine Bemerkung zu Möbeln gemacht. Soweit sie wusste, war ihm so etwas nicht einmal aufgefallen. Ihre persönlichen Sachen waren hübsch, aber sie waren nicht von einem Innenarchitekten ausgesucht worden wie bei ihm zu Hause.

Trotzdem waren es ihre Sachen, und sie liebte sie. Sie hatte nicht gern ihre schrumpfenden Ersparnisse für ein Umzugsunternehmen ausgegeben, als sie aus ihrer alten Wohnung ausgezogen war. Doch sie hatte die Arbeit nicht allein erledigen können, hatte keine Freunde gehabt, an die sie sich hätte wenden können, und sie hatte nicht mit den Möbeln anderer Leute leben wollen.

Außerdem vermittelten die vertrauten Dinge ihr ein tröstliches Gefühl, als wäre nicht ihr gesamtes Leben durch die rachsüchtige Hand des Schicksals komplett auf den Kopf gestellt worden.

„Das Bett ist neu", konnte sie sich nicht verkneifen zu sagen.

„Ach?" Er betrachtete es, doch sie konnte ihm ansehen, dass es ihm nicht aufgefallen war.

„Ich habe kurz darüber nachgedacht, das andere Bett zu verbrennen – als eine Art Exorzismus, wenn ich an die abscheulichen Erinnerungen denke, die damit verbunden waren –, aber das schien mir in meiner finanziellen Zwangslage nicht angebracht. Egal, was für Gefühle an dem Bett hingen." Sie schob sich ein Kissen hinter den Kopf und lächelte ihn an. Sie genoss seinen finsteren Blick und die geröteten Wangen. „Stattdessen habe ich es verkauft. Billig."

Wie ein Raubtier, das sich in Bewegung setzte, näherte Derek sich wieder ihrem Bett und beugte sich über sie, ohne den Blick von ihr zu wenden. Er stützte seine Arme neben ihrem Kopf ab und neigte sich zu ihr herunter, bis sie nur noch Zentimeter voneinander entfernt waren. Angel legte sich zurück in ihr Kissen und hielt den Atem an.

Seine Stimme klang leise und rau, fesselnd. „Du hörst einfach nicht auf, mich zu reizen, Süße. Mit deinen großen grünen Augen forderst du mich praktisch heraus."

Er wandte den Blick von ihren Augen zu ihrem Mund, und sie biss sich auf die Unterlippe. „Derek …"

„Schh." Seine Lippen berührten die ihren, leicht, aufreizend. „Ich habe dir gesagt, dass ich dir nie wieder wehtun werde. Du kannst mir glauben. Im Übrigen mag es für vieles zu früh sein, aber nicht für das hier."

Und ohne weitere Vorwarnung legte er seinen warmen Mund auf ihre Lippen und verschlang sie. Angel keuchte auf, griff in das Laken neben ihren Hüften und ballte die Hände zu Fäusten, um sich davon abzuhalten, seinen Kuss zu erwidern. Doch es war unmöglich. So etwas war ihr noch nie passiert. Ganz sicher war es noch nie so gewesen wie jetzt – daran hätte sie sich erinnert.

Hitze explodierte in ihrer Mitte und breitete sich in kribbelnden Wellen in ihre Arme und Beine aus. Hinter ihren geschlossenen Lidern sprühten winzige Funken. Sie wand sich – und spürte seine Zunge, als er aufstöhnte, sodass sie die Vibrationen tief in sich fühlen konnte. Feucht und warm. Er neigte den Kopf, um sie besser erreichen zu können, und begierig nach mehr bog sie sich ihm entgegen.

Es schien eine Ewigkeit vergangen zu sein, ehe der Kuss endete, ehe Derek sich langsam von ihr löste, sich mit vielen kleinen, entschuldigenden Küssen zurückzog. Sein Atem ging schwer, aber als er den Kopf hob, spielte ein liebevolles Lächeln um seinen Mund.

Angel traute sich nicht, etwas zu sagen.

„Schau nicht so“, sagte er leise spöttelnd.

„Wie … wie denn?“

„Als hättest du Angst. Und als würdest du es bereuen.“ Mit dem Daumen strich er über ihren Mundwinkel. „So oder so – alles wird gut.“

Die Realität brach wieder über sie herein. „Derek, versprich mir, dass du niemandem von Grayson erzählst.“

„Wirst du mir das denn glauben?“

Tränen schimmerten in ihren Augen. „Habe ich eine andere Wahl? Ich will nicht wieder weglaufen. Ich will nicht …“

„Wieder?“

Er hatte sie verunsichert. Das war die einzige Erklärung, warum ihr so ein Fehler unterlaufen konnte. Kopfschüttelnd entgegnete sie: „Wenn du deiner Familie von Grayson erzählst, bin ich weg.“

Sanft legte er seine starke, warme Hand auf ihre Wange. „Ich werde nicht zulassen, dass sie dich belästigen, und ich lasse dich nicht gehen.“

Sie fürchtete, dass die Belästigung längst ihren Lauf genommen hatte, denn ihr fiel kein anderer Feind ein, der sie bedrohen könnte. Warum sie ihr allerdings wehtun wollten, konnte sie sich nicht vorstellen. Es sei denn, sie wussten über Grayson Bescheid und hatten Angst, dass sie von Derek verlangen könnte, sie zu heiraten. Sie wusste nicht, wie weit seine Familie gehen würde, um den Sohn und Bruder vor einer Frau zu beschützen, die ihrer Meinung nach seiner nicht würdig war.

Ihre Hände zitterten genau wie ihre Stimme. „Wie könntest

du sie aufhalten, wenn sie es wüssten? Vor allem deinen Bruder?“ Sie erschauderte und wusste, dass ihre Furcht vor seinem Bruder vollkommen übertrieben war, dass sie sich allein auf Dereks übertriebene Wichtigtuerei und ihre eigene blühende Fantasie gründete. Doch in ihrer Vorstellung war er zu ihrem persönlichen Albtraum geworden, und sie hatte Angst. „Von ihnen allen fürchte ich mich vor ihm am meisten.“

Er setzte sich auf und betrachtete sie aufmerksam. „Angel …“

„Nein! Sie dürfen es nicht erfahren. Niemals. Und wenn du das egoistisch findest, ist mir das egal.“ Obwohl sie noch immer die Decke umklammerte, bebten ihre Hände. Denn sie wusste, wenn er sich entscheiden sollte, ihr das Kind wegzunehmen, hätte sie keine Chance gegen ihn. Schon jetzt merkte sie, wie hilflos sie ihm gegenüber war. „Ich bin eine gute Mutter, Derek, ich schwöre es.“

Mit einem Seufzer versicherte er ihr: „Daran habe ich nie gezweifelt, Süße.“ Zögerlich erhob er sich vom Bett und zog einen Stift aus seiner Tasche. Auf den Notizblock, der auf dem Nachttisch lag, schrieb er einige Zahlen. „Ich lasse dir meine Nummer hier.“

„Die habe ich schon.“

Er hielt inne, wirkte für einen Moment angespannt und schüttelte dann den Kopf. „Im Augenblick ist es schwierig, mich telefonisch zu erreichen. Hier sind die Nummern von meinem Handy und meinem Piepser. Darüber kannst du jederzeit mit mir in Verbindung treten. Falls du mich brauchst, wann auch immer, ruf eine dieser Nummern an.“

Angel nickte und schämte sich für ihren Ausbruch. Sie war nur so müde, war es so leid, Angst zu haben. Wieder legte er seine Hand auf ihre Wange.

„Ich bin morgen wieder da.“ Fragend blickte er sie an. „Wirst du dann hier sein?“

„Ja."

„Gut." Er beugte sich vor und küsste sie. Es war ein zärtlicher, leichter Kuss, bei dem ihr ein Schauer über den Rücken rieselte. „Bald schon wirst du nicht mehr so ängstlich aussehen, Angel. Und du wirst mir vertrauen. Das verspreche ich dir."

Als er das Zimmer verließ, sah Angel auf den Zettel mit den Nummern. Irgendwie fühlte sie sich mit der Möglichkeit, jederzeit jemanden anrufen zu können, schon viel sicherer.

Sie hörte, wie die Eingangstür ins Schloss fiel und wie abgesperrt wurde, und sank zurück in die Kissen. Erschöpft machte sie die Augen zu. Und als sie in den Schlaf fiel, hielt sie noch immer den Zettel in der Hand.

4. KAPITEL

„Ich bin gestern Abend verfolgt worden", sagte Dane, als Alec Platz genommen hatte. Er blickte seinen engsten Freund an und wartete auf seine Reaktion.

„Von der Wohnung der Frau aus?"

„Zum Glück nicht. Später, von meinem Haus aus. Es war dunkel, und ich habe keine Ahnung, wer es gewesen sein könnte, aber es gefällt mir nicht. Ich möchte, dass du jemanden vor ihrer Wohnung postierst. Irgendetwas ist ganz sicher im Gange, und ich will nicht, dass ihr etwas zustößt."

„Der Mann, der gestern bei ihr war?"

Dane schüttelte den Kopf und erinnerte sich daran, wie fürsorglich Mick gewesen war. „Nein, er ist noch ein Junge, und ein Segen für sie, soweit ich das beurteilen kann. Wenn er nicht gewesen wäre, hätte sie es vermutlich nicht geschafft."

Alec sagte nichts. Das war eine der Eigenschaften, die Dane besonders an ihm mochte: Er steckte seine Nase nicht in Dinge, die ihn nichts angingen. Tatsächlich war er einer der schweigsamsten und zurückhaltendsten Menschen, die Dane je kennengelernt hatte.

„Irgendetwas an ihr, an ihrem Verhalten ergibt keinen Sinn. Es scheint, als wollte sie Dereks Nähe – aber nur, weil sie dazu gezwungen ist." Wieder schüttelte er den Kopf. „Nein, das stimmt auch nicht ganz. Da ist etwas – doch es ist ganz sicher weder Vertrauen noch Freundschaft. Sie hat das alles angefangen, aber nachdem ich oder besser Derek nun Interesse zeigt, versucht sie anscheinend, sich wieder zurückzuziehen. Ich glaube, ich bin ihr mehr entgegengekommen, als sie von Derek erwartet hätte."

„Willst du, dass ich mir ihre Vorgeschichte ansehe? Die Zeit, die sie mit deinem Bruder zusammen war?" Alecs Augen wirkten beinahe schwarz, fast wie sein Haar, und er blickte ihn eindringlich an. Dane wusste, dass er alles herausfinden konnte, was er wollte. *Wie* er an seine Informationen gelangte, konnte Dane sich allerdings nicht immer erklären.

„Nein." Er wollte nicht, dass irgendjemand außer ihm selbst in Angels Vergangenheit herumschnüffelte. Er hatte keine Ahnung, welche Hinweise auf eine mögliche Mitwirkung an Dereks Tod er entdecken würde, doch das ging nur ihn etwas an und sonst niemanden. Er würde herausfinden, was mit seinem Bruder passiert war, aber er würde es auf seine Art herausfinden und Angels Verstrickung in die Angelegenheit davon losgelöst betrachten, so gut es ging. Schließlich war sie die Mutter seines Neffen, das war ihm im Augenblick Entschuldigung genug. „Ich werde mich selbst darum kümmern. Zu diesem Zweck habe ich Raymond gebeten, heute vorbeizukommen."

Alec schnaubte verächtlich und rutschte ungeduldig auf seinem Stuhl herum. Er trug wie immer eine Jeans und ein Flanellhemd und hatte seine Haare zu einem Pferdeschwanz zusammengebunden. Groß und stark wie er war, sah er aus wie ein Straßenräuber oder eben ein typischer „schlimmer Finger". Dane lächelte.

„Du magst ihn auch nicht? Warum?"

Alec zuckte gleichgültig die Schultern. „Ich kenne ihn ja eigentlich nicht."

„Verdammt, Alec …"

„Irgendetwas stimmt mit ihm nicht. Das weißt du doch selbst."

„Ja. Und ich weiß, dass du so ziemlich jedem Menschen gegenüber misstrauisch bist." Dane nahm an, dass seine Abneigung Raymond gegenüber persönlicher Natur war. Raymond war mit Danes Schwester Celia verlobt und erinnerte ihn einfach zu sehr an seine eigene Familie – skrupellos und viel zu geschäftsorientiert. Vermutlich passte er zu Celia wie kein anderer.

„Ich habe ein paar Informationen für dich."

Unwillkürlich straffte Dane die Schultern, die Gedanken mit einem Schlag wieder fokussiert. „Raus damit."

„An der Stelle, an der der Wagen deines Bruders von der Straße abgekommen ist, wurden Bremsspuren eines weiteren Fahrzeugs gefunden. An dem Tag sind anscheinend zwei Autos dort viel zu schnell gewesen, und zwei Autos haben eine Vollbremsung gemacht. Leider war dein Bruder derjenige, der die Böschung hinabgerast ist." Alec reichte ihm die Akte. „Ich habe mich mit den Polizeibeamten unterhalten, die an dem Tag Dienst hatten. Sie meinten, dass es eine gefährliche Kurve sei, dass schon viele Leute dort mit quietschenden Reifen gebremst hätten und dass die zusätzlichen Reifenspuren nichts zu bedeuten hätten und schon älter sein könnten. Aber das glaube ich nicht."

Dane nahm die Akte. Bei dem Gedanken, dass sein Bruder versucht haben könnte, dem anderen Wagen zu entkommen, kochte Wut in ihm hoch. Er würde herausfinden, was geschehen war.

„Da ist noch etwas."

Dane blickte auf.

„Dein Bruder war in einer Bar. Nicht gerade ein stilvolles Lokal, was mich stutzig gemacht hat. Und er hat dort direkt vor dem Unfall einiges getrunken. Der Barkeeper meinte, dass Derek jemanden getroffen habe, dass ihm aber nichts Ungewöhnliches aufgefallen sei. Er konnte keine Beschreibung liefern, er wusste nur noch, dass es ein Mann war."

„Verflucht!" Dane sprang auf und ging um seinen Schreibtisch herum. Die Rolle seines Bruders zu spielen ging ihm allmählich an die Nerven. Dereks Büro und seinen Namen zu benutzen machte ihn nervös. Schon vor langer Zeit hatte er dieses Leben eigentlich hinter sich gelassen. Und obwohl er nicht weit weggezogen war, hatte er es geschafft, eine emotionale Distanz zu wahren – doch jetzt hatten ihn die schlimmstmöglichen Umstände gezwungen, zurückzukehren. „Warum sind die Cops dem nicht nachgegangen?“

„Du weißt genauso gut wie ich, dass dein Bruder sich in den letzten Wochen vor seinem Tod mehr als seltsam benommen hat. Sie haben das alles auf den Stress geschoben.“

„Unsinn. Mein Bruder konnte zwei Unternehmen leiten und dabei noch locker und entspannt sein Leben leben. Er wurde darauf vorbereitet und dazu erzogen, genau das zu tun. Und er ist mit dem Erfolg aufgeblüht.“ Im Gegensatz zu Dane, der jeden Augenblick eines jeden Geschäftstages in der Firma gehasst hatte. Er fragte sich, warum seiner Mutter das alles nicht seltsam vorkam, warum sie nicht nach der Wahrheit suchte.

„Hey, ich gebe nur das wieder, was die Cops gesagt haben.“

Eine Faust gegen seine Stirn gepresst murmelte Dane: „Also, was hat Angel mit alldem zu tun? Ich glaube nicht, dass sie in einem direkten Zusammenhang mit Dereks Tod steht. Aber es ist denkbar, dass sie dem Mörder den Weg geebnet hat – vermutlich sogar unwissentlich. Sie ist vielleicht die einzige Spur zur Wahrheit, da sie die letzte Person war, die Derek nahegekommen ist. Aber welchen Grund hatte Derek, sie so schlecht zu behandeln?“

Alec zuckte die Achseln, ohne ihm eine Antwort zu geben.

Als ein Klopfen an der Tür erklang, drehten beide Männer abrupt den Kopf. „Herein!“

Raymond Stern trat ein. Sein dreiteiliger Anzug war makellos, das Haar perfekt gestylt. Bei seinem Anblick wand sich Dane innerlich. Dieser Mann verkörperte – auch wenn er noch so freundlich tat – alles, was Dane an der Geschäftswelt und seiner Familie verabscheute. „Danke, dass du vorbeigekommen bist, Raymond.“

Mit einem argwöhnischen Stirnrunzeln sah Raymond zu Alec hinüber. „Kein Problem. Du hast gesagt, dass du mit mir reden willst?“

Dane nickte und setzte sich wieder an seinen Schreibtisch, während sich Alec erhob. „Ich werde dann jetzt mal gehen. Es sei denn, du brauchst noch irgendetwas?“

Ehe er antwortete, verstaute Dane die Akte in einer Schublade. „Nein. Ich melde mich dann später bei dir.“

Als Alec mit einem kurzen Blick auf alles und jeden im Raum verschwunden war, fragte Raymond: „Einer von deinen Kumpanen?“

„Einer meiner besten Männer.“

Kurz huschte ein ungläubiger oder vielleicht verärgerter Ausdruck über Raymonds Gesicht. „Arbeitet er gerade an einem Fall?“ Ehe Dane ihm antworten konnte, fuhr Raymond fort: „Ich halte diesen Job als Privatdetektiv für faszinierend – egal, wie deine Schwester darüber denkt.“

„Ach?“ Dane hob eine Augenbraue und wünschte sich, er könnte Raymond mit der Faust ins Gesicht schlagen. „Und was genau denkt Celia?“

Er lachte leise. „Dass du diese Phase irgendwann einmal überwinden wirst. Sie scheint zu glauben, dass du jetzt, da du wieder zurück in der Firma bist, auch bleiben wirst.“

In seinen Worten schwang eine unausgesprochene Frage mit. Dane wollte dem Mann schon versichern, dass er nach der Hochzeit mit Celia seinen Segen habe, die Firma zu übernehmen. In Wahrheit wollte Dane gar keinen Anteil an dem Unternehmen. Er war schon jetzt gelangweilt vom endlosen Papierkram und den ermüdenden Vorstandssitzungen. Aber er entschied sich dagegen. Sollte Raymond ruhig noch ein bisschen schmoren. Sollte er sich doch fragen, ob die Firma Teil der Aussteuer war.

„Celia fand es nie gut, dass ich mich aus den Familienangelegenheiten zurückgezogen habe.“

„Ich finde es unglaublich, dass du ganz in der Nähe wohnst und ich dich trotzdem noch nie getroffen habe.“

„Meine eigenen Büroräume sind nicht weit von hier entfernt, das stimmt, aber ich bin vor allem in den letzten Jahren sehr viel gereist. Einige Fälle bedürfen ständiger Kontrolle, und das bedeutet, dass man jeder Spur folgen muss – egal, wohin sie einen führt." Er fügte nicht hinzu, dass er den Kontakt zu seiner Familie absichtlich nicht aufrechterhalten hatte. Dass er ihnen absichtlich nicht verraten hatte, wo er war und wie lange er dort bleiben würde.

Und jetzt war sein Bruder tot, und er war nicht einmal zu seiner Beerdigung da gewesen.

Eilig schob er den Gedanken beiseite und wandte sich einem anderen Thema zu. „Ich habe dich hierher gebeten, weil ich weiß, dass du aus der *Aeric Corporation* herübergewechselt hast."

Raymond straffte stolz die Schultern. „Das stimmt. Derek war oft da, nachdem seine Absichten klar waren. Dort haben er und ich uns auch kennengelernt. Ich war genau wie er der Meinung, dass es eine beinahe unvermeidliche Übernahme war: eure Produktion von Gesundheitsprodukten und die Forschungsmöglichkeiten von *Aeric* haben sich einfach perfekt ergänzt. Als Derek das Geschäft abgeschlossen hatte, bat er mich, ihn hier zu unterstützen."

„Warst du auf der Beerdigung?"

Kopfschüttelnd senkte Raymond fast reumütig den Blick. „Nein. Leider habe ich es auch verpasst." Er blickte wieder auf und wirkte niedergeschlagen. „Ich habe erst eine Woche später erfahren, was passiert war. Derek hatte mir Zeit gegeben, um meine Angelegenheiten zu regeln. Ich habe noch zwei letzte Wochen bei *Aeric* verbracht und dann eine Pause gemacht, um mein Haus zu verkaufen und mir näher bei der Firma etwas Neues zu suchen. Als ich mich hier gemeldet habe, um die Stelle anzutreten, wurde ich über Dereks Tod informiert. Und an dem Tag habe ich auch deine Schwester kennengelernt." Ein leichtes Lächeln umspielte seine Mundwinkel.

„Ich verstehe."

„Als ich um einen Termin bei Derek bat, wurde ich an Celia verwiesen. Es war noch immer alles in Aufruhr, deine Mutter war außer sich und Celia stand ständig kurz davor, in Tränen auszubrechen. Sie konnten dich nicht finden und sie wollten, dass über die ganze schreckliche Angelegenheit Stillschweigen bewahrt wurde. Dereks Tod hat sie alle schwer getroffen …" Raymond verstummte. „Es tut mir leid. Das sollte kein Vorwurf sein. Ich weiß ja, dass es für dich bestimmt auch sehr schwer war."

„Ja." Dane wusste, dass Raymond aufgetaucht war, als die Firma ihn am dringendsten gebraucht hatte. Dank seiner Erfahrung und der Tatsache, dass er nicht in das emotionale Chaos von Dereks Tod verstrickt war, war er der ideale Mann gewesen, um vorübergehend die Leitung des Unternehmens zu übernehmen. Außerdem hatte er eine schriftliche Empfehlung von Derek vorgelegt. Es waren keine Mühen gescheut worden, um zu verhindern, dass die Aktionäre in Panik gerieten. Zumindest dafür schuldete er Raymond ein bisschen Dankbarkeit.

Doch Dane verlor bewusst kein Wort zu viel, denn er hoffte, dass Raymond dadurch mehr sagen würde. Seiner Schwester oder seiner Mutter Informationen zu entlocken, hatte sich als echte Herausforderung herausgestellt. Jedes Mal, wenn er Dereks Namen erwähnte, wurden sie furchtbar bedrückt, überwältigt vom Schmerz des Verlustes. Die gesamte Übernahme von *Aeric* schien seltsam still im Hintergrund verlaufen zu sein.

„Wie dem auch sei … Man kann wahrscheinlich sagen, dass es zwischen deiner Schwester und mir gleich gefunkt hat. Ich mag sie wirklich sehr."

Genau wie die Firma, dachte Dane, sagte jedoch nichts dazu. Seine Schwester war alt genug und ganz sicher auch klug genug, um sich ihren Ehemann allein auszusuchen.

„Hatte Derek denn bei *Aeric* noch mit jemandem außer dir regelmäßigen Kontakt?“

Raymond zuckte die Achseln. „Mit so ziemlich allen Vorstandsmitgliedern, den Managern, den …“

„Nein, ich meine zwischenmenschlich.“

„Na ja, da gab es eine Frau, Sekretärin in der F&E-Abteilung.“

Forschung und Entwicklung. Dane wusste bereits, welche Position Angel in dem anderen Unternehmen innegehabt hatte. Irgendwie war Derek über sie an Informationen gekommen, die es ihm ermöglicht hatten, die Firma zu übernehmen.

Und dann hatte er Angel eiskalt fallen lassen.

„Waren sie eng befreundet?“

Wieder zuckte Raymond die Schultern und blickte nachdenklich vor sich hin. „Alle dachten das. Sie hatte sich sonst nicht oft mit Männern verabredet und plötzlich schien sie einen festen Freund zu haben. Zu der Zeit ahnte noch niemand, dass Derek es auf die Firma abgesehen hatte. Doch eigentlich hätte es klar sein müssen, dass er sie nur benutzt hat. Diese Angel Morris war ein Mauerblümchen, nicht sehr gesprächig, verschlossen, aber offensichtlich gut in ihrem Job. Gut genug jedenfalls, dass der Leiter der F&E-Abteilung ihr per Postfach oft streng geheime Daten zukommen ließ, die sie dann zu Hause bearbeiten sollte.“

„Ein Postfach? Das ist ungewöhnlich.“ Dane erinnerte sich an die Adresse, die Angel ihm gegeben hatte – es war nicht ihre eigene, sondern die anonyme Adresse eines Postamtes gewesen.

„Ihr Vorgesetzter war ein Mann der alten Schule und traute den Computern in der Firma nicht. Er behauptete, es wären schon zu viele Geheimnisse gestohlen worden. Doch stattdessen setzte er sein Vertrauen in die falsche Person. Morris bekam brühwarm die letzte Information über einen großen

Durchbruch – ein Vermögen wert –, der den Übernahmeversuch zum Scheitern gebracht hätte. Und sie hat dieses Wissen an Derek weitergegeben. Natürlich haben wir das alles herausgefunden, nachdem Derek sie hat fallen lassen." Er lachte. „Ihr wurde fristlos gekündigt. Fast alle anderen konnten ihre Jobs behalten."

„Ich verstehe."

„Warum fragst du?" Raymond straffte die Schultern. „Sie hat dich doch nicht etwa um einen Job gebeten, oder?" Schon beim bloßen Gedanken daran wirkte Raymond entsetzt.

„Nein, natürlich nicht. Ich überlege nur, ob ich Kontakt zu ihr aufnehmen sollte, um mit ihr über Derek zu reden."

„Warum?" Raymond kniff ganz leicht die Augen zusammen und beugte sich etwas nach vorn. „Was hast du vor?"

In einem ruhigen, fast gelangweilten Tonfall entgegnete Dane: „Nichts. Ich habe meinen Bruder eine ganze Weile nicht gesehen. Ich würde gern mit den Leuten sprechen, die ihm nahe standen und ihn kannten." Raymond entspannte sich, und Dane fragte: „Was ist aus ihr geworden? Weißt du das?"

Seine Hände musste er unter dem Schreibtisch verstecken. Er hatte sie zu Fäusten geballt, als Raymond geredet hatte und er sich Angels Demütigung und ihren Schmerz vorgestellt hatte. Es fiel ihm nicht leicht, so wütend auf einen Toten zu sein – vor allem nicht, wenn dieser Tote sein Zwillingsbruder war. Die widersprüchlichen Empfindungen nagten an seiner Selbstbeherrschung.

„Ich habe keine Ahnung. Ich habe sie nicht mehr gesehen, seit ich *Aeric* verlassen habe. Und Derek hat die Affäre mit ihr während einer Vorstandssitzung beendet. Jeder hat es mitbekommen. Er hat sie gebeten, beim Meeting dabei zu sein, und dann ganz offen allen Anwesenden erklärt, woher er seine Informationen bekommen hat. Das war der Beweis, dass sie für die Firma untragbar geworden war und dass man ihr nicht vertrauen konnte."

„Mein Gott." Vor Entsetzen drehte sich Dane der Magen um.

Raymond lachte. „Ja, sie war gelinde gesagt erstaunt. Aber vermutlich war ihr das eine Lehre, Geschäftliches vertraulich zu behandeln. Wie du sicherlich weißt – auch wenn du eine ganze Weile weg warst –, ist in der Geschäftswelt kein Platz für Betrug und Hinterlist. Man muss seinen Angestellten blind vertrauen können. Vor allem, wenn sie eine so wichtige Position in der Firma einnehmen wie Miss Morris."

Dane war so außer sich vor Wut, dass er kaum etwas um sich herum wahrnahm. Der Zorn jagte glühend heiß durch seinen Körper, und er wollte nur noch weg. Zu Angel, um sich zu entschuldigen, um … Abrupt stand er auf und kam um seinen Schreibtisch herum. Er ging zum Kleiderständer und schnappte sich seinen Mantel. Raymond erhob sich ebenfalls und wandte sich zu ihm um.

Dane musste zweimal tief durchatmen, ehe er es wagen konnte, das Wort an Raymond zu richten, ohne auszurasten und ihm die Nase zu brechen. Genau das war der Grund, warum er das Unternehmen hasste und warum er sich von seiner Familie entfernt hatte. Sie waren skrupellose Geldhaie, jeder einzelne von ihnen. Keiner von ihnen hatte einen Sinn für Menschlichkeit oder Würde. Es machte ihn krank.

Argwöhnisch blickte Raymond ihn an. „War das alles?"

„Ja, danke." Er konnte es nicht ertragen, diesem Mann auch noch die Hand zu schütteln. Stattdessen drehte er sich zur Tür um und hielt sie auf. „Ich weiß deine Hilfe zu schätzen, Raymond. Leider habe ich gleich einen Termin in meiner eigenen Firma, also muss ich dich bitten, jetzt zu gehen."

„Ja, natürlich." Er zögerte. „Weißt du, Derek und ich waren vor seinem Tod mehr als nur Geschäftspartner und Kollegen. Falls du mal über ihn reden möchtest oder irgendetwas über ihn wissen willst, erzähle ich dir gern alles, woran ich mich erinnern kann."

Danes Lächeln war beinahe schmerzhaft, doch er brachte es trotzdem zustande. „Danke. Ich werde es im Hinterkopf behalten."

„Kommst du heute Abend auch zum Dinner?"

Verdammt, er hatte glatt vergessen, dass seine Mutter eine Familienzusammenkunft geplant hatte. Er hatte eigentlich gehofft, mit Angel zu Abend essen zu können, um sie besser kennenzulernen. „Wahrscheinlich", erwiderte er. Er wusste, dass seine Mutter eine wirklich überzeugende Erklärung verlangen würde, wenn er nicht zum Essen erschien. Es würde ein formelles Dinner in Vorbereitung auf die Hochzeit seiner Schwester mit Raymond werden, bei dem auch Firmenangelegenheiten besprochen werden sollten.

„Ich weiß, dass es schwierig für dich ist, hier einzuspringen und gleichzeitig deine eigene Firma zu führen. Wenn ich dir irgendwie helfen kann …"

„Auch das werde ich im Hinterkopf behalten. Danke."

Schließlich verließ Raymond zögerlich das Büro. Er wirkte, als hätte er zwar noch mehr sagen, aber auch nicht drängen wollen. Dane wusste, dass er spürte, wer im Augenblick das Sagen hatte. Doch das entsprang alles der Fantasie seiner Mutter. Er wollte die verdammte Firma nicht. Genau genommen hatte er vor, nur so lange bleiben, wie es unbedingt nötig war, um herauszufinden, was Derek zugestoßen war, und um die Wahrheit aufzudecken.

Und um die Angelegenheit mit Angel zu klären.

Langsam legte Angel auf. Ihre Finger umklammerten den Telefonhörer, um zu verhindern, dass ihre Hand zitterte. Warum hörte es nicht auf? Sie hatte niemandem etwas getan und besaß weder Macht noch Einfluss. Und vor allem besaß sie nicht das, was der unheimliche Anrufer von ihr zu erpressen versuchte – was auch immer es war.

Einen verrückten Moment lang wollte sie Derek anrufen, aber diesen absurden Gedanken verwarf sie sofort wieder. Sie würde sich nicht mehr auf ihn verlassen. Nie mehr. Immerhin war es durchaus möglich, dass er selbst hinter alldem steckte. Bei der Vorstellung wurde ihr flau im Magen.

Mit vorsichtigen Schritten ging sie ins Badezimmer und spritzte sich kaltes Wasser ins erhitzte Gesicht. Dann stützte sie sich auf das Waschbecken und atmete tief durch.

Als es Sekunden später an der Tür klopfte, zuckte sie zusammen und fuhr sich unwillkürlich mit einer Hand an den Hals. Im Apartment war es ruhig, und Grayson schlummerte tief und fest in seinem Bettchen. Mick konnte es nicht sein, denn er war zur Schule gegangen, nachdem er ihr einige Unterlagen zum Abtippen vorbeigebracht hatte. Und außer ihm kam nie jemand zu Besuch. Derek war mit Sicherheit bei der Arbeit und …

Wieder erklang das Klopfen, diesmal etwas lauter. Sie fürchtete, dass Grayson aufwachen könnte. Eilig ging sie zur Tür, zögerte nur einen kurzen Moment und rief dann: „Wer ist da?“

„Aha“, hörte sie eine dunkle, zufriedene Stimme, „das ist schon viel besser, als jeden einfach hereinzulassen. Ich merke, dass du etwas gelernt hast.“

„Derek?“ Sie öffnete das Bolzenschloss, sperrte auf und zog die Tür auf. „Ich schließe eigentlich immer ab – es sei denn, ich erwarte Mick.“ Sie musterte ihn, wie er lässig am Türpfosten lehnte, das Hemd am Hals aufgeknöpft, was so untypisch für ihn war. „Was machst du hier zu dieser Uhrzeit?“

Sein Blick glitt über ihren Körper. Sie trug einen langen Kaftan aus gedeckt grau-blauem Karostoff. Er war alt und verschlissen, und der Stoff umschmeichelte ihre Silhouette. Vorn konnte man einen Reißverschluss öffnen, sodass es leicht für sie war, Grayson zu stillen. Im Moment war der Reißverschluss gerade weit genug geöffnet, um einen Blick auf ihr Dekolleté preiszugeben. Und mit Sicherheit konnte Derek erkennen, dass sie keinen BH trug. Wie so oft in letzter Zeit lief sie barfuß in der Wohnung herum. Zu Hause machte sie sich nicht die Mühe, Schuhe anzuziehen.

Ein lang gezogenes leises Pfeifen erfüllte die Luft zwischen ihnen, und Angel spürte, wie sie rot wurde. Verlegen versuchte sie, ihr Haar glatt zu streichen, das ihr offen über die Schultern hing. Als ihr jedoch auffiel, was sie tat, ließ sie ihre Hand sinken und runzelte die Stirn. „Solltest du nicht eigentlich bei der Arbeit sein?"

„Ja, aber du hast mir gefehlt, also bin ich stattdessen hier."

Bevor sie sich rühren oder nur ahnen konnte, was er vorhatte, beugte er sich vor und küsste sie. Die Berührung seiner Lippen war warm und weich und flüchtig. Überrascht blickte sie ihn an. Derek schob sich an ihr vorbei und ging in die Wohnung, als wäre er ganz selbstverständlich willkommen. Mit einem leisen Klicken fiel die Tür ins Schloss.

„Mach so was nicht."

„Warum nicht? Dir gefällt es, und ich kann dir versichern, dass ich es liebe." Sie spürte, wie Wut in ihr hochkochte, und er hob beschwichtigend beide Hände. „Okay, okay. Dir gefällt es nicht. Du bist vollkommen abgestoßen."

„Derek …"

„Ja?" Er lächelte sie an. Es war ein wundervolles Lächeln, und sie wandte den Blick ab. „Ich habe es wirklich genossen, Süße. Und ich habe dich ehrlich vermisst." Wieder trat er näher zu ihr. Sein Blick war leuchtend und forschend. „Gestern in meinem Büro hat es dir nichts ausgemacht. Du hast mich sogar gebeten, dich zu küssen."

Angel hatte kein Glück. Er hatte recht, sie hatte die Sache vorangetrieben. Doch das war zu dem Zeitpunkt gewesen, als sie noch geglaubt hatte, er wäre nicht interessiert und bräuchte einen Anstoß.

Einen kleinen Moment lang fragte sie sich, ob er mit ihr spielte, doch seine Miene war undurchdringlich und unmöglich zu deuten. „Es ist gerade unpassend“, sagte sie argwöhnisch und entschlossen, seinem Charme nicht zu verfallen. „Ich habe unglaublich viel zu tun.“

„Ich kann dir helfen.“

„Derek …“

Er sah aus, als schluckte er gerade noch ein Lachen hinunter. „Okay. Es tut mir leid. Ich dränge dich schon wieder. Aber verdammt, ich habe so viel wiedergutzumachen und ich will endlich damit anfangen.“

Perplex ging sie an ihm vorbei, stellte einen großen Korb mit Wäsche, die noch zusammengefaltet werden musste, von der Couch und setzte sich. „Die Vergangenheit liegt hinter uns, Derek. Du kannst nicht auslöschen, was war. Und da du in all der Zeit keinen Kontakt zu mir aufgenommen hast, muss ich davon ausgehen, dass es dir ziemlich egal gewesen ist. Bis jetzt.“

„Du bist überrascht, dass ich die ganze Situation plötzlich so einfach akzeptiert habe?“

Mehr als überrascht. Das alles war ihr ein Rätsel.

Die Hände tief in den Hosentaschen vergraben und den Mantel zurückgeschlagen, wippte er auf den Zehenspitzen, als würde er nachdenken. Schließlich nahm er mit gesenktem Kopf neben ihr Platz. Zwischen ihnen breitete sich ein drückendes Schweigen aus. Er wandte sich ihr zu. „Es tut mir leid.“ Ernst sah er sie an und zuckte seine breiten Schultern. „Ich finde keine Entschuldigung, keine Erklärung, warum ich ein solcher Mistkerl gewesen bin. Ich wünschte, ich könnte es. Ich wünschte, ich könnte mit einer glaubhaften Geschichte aufwarten, um die Dinge wieder ins Lot zu bringen und um dir den Schmerz zu nehmen. Aber was ich dir angetan habe, ist unverzeihlich. Ich weiß das. Und trotzdem möchte ich, dass du mir vergibst." Sprachlos angesichts dieser Eröffnung, erlaubte sie ihm, ihre Hand zu nehmen und sie zu halten, statt sie wie sonst wegzuziehen. „Glaubst du, dass du das kannst?" Als sie ihn nur stirnrunzelnd anblickte, fügte er hinzu: „Für Grayson?"

Angel starrte ihn an. So viele Dinge, die er gesagt hatte, gingen ihr im Kopf herum. Er wollte Vergebung, obwohl er zugab, dass es für sein Verhalten keine Entschuldigung gab? Und das Wohl ihres Kindes gegen sie zu verwenden ... Andererseits war genau das ihre größte Sorge und der Grund, warum sie überhaupt wieder Kontakt zu ihm aufgenommen hatte.

Nur verhielt er sich nicht so, wie sie es erwartet hätte, wie sie es geplant hatte. Sie hatte damit gerechnet, dass er ihr widerwillig dabei helfen würde, seine Familie zurückzupfeifen – falls es tatsächlich sie waren, die hinter den Drohungen steckten. Dass ihr Feind jemand anders sein könnte, daran wollte sie nicht einmal denken.

Sie wollte doch nur in Frieden leben und für sich selbst und ihren Sohn sorgen, ohne Angst vor irgendwelchen Gefahren haben zu müssen.

Seine Hand war stark und warm, und wieder bemerkte sie diese Rauheit, die ihr früher nicht aufgefallen war. Um ein bisschen Zeit zu gewinnen, sagte sie: „Was hast du gemacht?" Sie drehte seine Hand um und betrachtete sie. „Du hast Schwielen."

Verwirrt blinzelte er sie an und sah dann auf seine Hand herunter. Mit einem schiefen Lächeln entgegnete er: „Ob du es glaubst oder nicht, ich habe Holz gehackt."

„Das zu glauben, fällt mir tatsächlich schwer."

„Ich weiß. Normalerweise bin ich nicht der körperliche Typ."

Sie schüttelte den Kopf. „Nein, du bist in Form. Das warst du immer. Aber eben durch das Training im Fitnessstudio und nicht durch körperliche Arbeit."

Sie musterte noch immer seine Hand. Unvermittelt nahm er sie hoch, legte sie auf ihre Wange und hob ihr Gesicht an, sodass sie ihn ansehen musste. Seine Augen waren leuchtend, sein Blick eindringlich. „Ich bin froh, dass es dir aufgefallen ist, aber es ist nicht von Bedeutung. Wirst du versuchen, mir zu verzeihen?"

Seine Stimme hatte so sanft, so schmeichelnd geklungen. Sie hasste sich selbst dafür, ihm wieder glauben zu wollen und sich so viele lächerliche Dinge von ihm zu wünschen. Doch sie war so lange so allein gewesen. In ihrem Kopf überschlugen sich die Gedanken, als sie nach Antworten suchte und nach einer Möglichkeit, ihn dazu zu bringen, sich etwas zurückzuhalten.

„Wir könnten noch mal von vorn beginnen", sagte er. „Ich habe mich verändert. Alles wird anders. Sobald ich in meine alten Muster verfallen und dich oder Grayson enttäuschen sollte, kannst du mich rauswerfen." Als er ihren skeptischen Blick bemerkte, malte er mit den Fingern ein Kreuz auf seine Brust. „Ich schwöre es. Die Entscheidung liegt bei dir. Du hast recht, was meine Familie angeht. Zum gegenwärtigen Zeitpunkt wären sie Grayson keine guten Verwandten, und sie würden dir das Leben wahrscheinlich schwer machen."

Wenn Angel mit ihrer Vermutung richtig lag, machten sie ihr das Leben bereits jetzt zur Hölle – und waren entschlossen, alles noch schlimmer zu machen. Aber sie behielt diesen Gedanken erst einmal für sich.

Derek lächelte. „Und da ich vorhabe, mich einzubringen, bedeutet das, dass sie mein Leben damit ebenfalls erschweren. Sie müssen nichts von Grayson oder von dir erfahren. Zumindest nicht, solange du noch nicht bereit dazu bist.“ Als sie den Mund zu einer Erwiderung öffnete, fügte er hinzu: „*Falls* du jemals dazu bereit sein solltest.“

Seinem Optimismus und seiner guten Laune hatte sie nichts entgegenzusetzen. Es war ihr nicht möglich, länger so missmutig und abwehrend zu sein, wenn er doch all das war, was sie sich erhofft hatte – zu Graysons Wohl. „Also gut.“

Sein Lächeln war breit, sexy und anzüglich. „Danke. Himmel, du weißt, wie man einen Mann auf die Folter spannt. Ich hoffe, das war das letzte Mal, dass du mich testest – noch mal kann mein Herz das nicht verkraften.“

Sie schnaubte verächtlich. Noch immer konnte sie nicht glauben, dass er tatsächlich mit dem Herzen dabei war. Doch plötzlich stellte er den Wäschekorb zwischen sie beide und begann, Babydecken zu falten. Angel starrte ihn ungläubig an.

„Jetzt habe ich dich geschockt, oder? Ha, das hast du dir verdient. Gott weiß, dass du mich in letzter Zeit mehr als einmal kalt erwischt hast.“ Er nahm einen kleinen Strampler in die Hand, kämpfte eine Weile damit, ihn zusammenzulegen, und reichte ihn ihr. „Ich glaube, ich überlasse die etwas komplizierteren Teile dir und bleibe lieber bei den Decken und …“ Seine Stimme erstarb, als er einen Slip aus dem Wäschekorb nahm. Er war pink und glänzte seidig. Angels Gesicht war mit einem Mal so heiß, dass sie wusste, sie musste knallrot angelaufen sein. Sie riss ihm das Höschen aus der Hand.

„Ein Wort und du kannst gehen.“

„Ich bin schon still.“ Schweigend fuhr er fort, die Sachen zusammenzufalten, aber sein kleines teuflisches Lächeln entging ihr nicht.

Er war so verändert, so ganz anders als der Derek, den sie gekannt hatte, der Mann, dem sie niemals verzeihen oder ihn gern haben konnte – nicht, nachdem er sich so von ihr abgewandt hatte. Dieser Derek war aufmerksam und warmherzig und irgendwie … mehr Mann, weil er so war. In der Vergangenheit hatten seine Selbstsicherheit, sein gutes Aussehen und seine Erfahrenheit sie angezogen. Seine Aufmerksamkeit hatte sie überwältigt und sie hatte sich so geschmeichelt gefühlt, dass sie keinen klaren Gedanken hatte fassen können. Doch vollkommen unvermutet hatte er sie dann auf jede nur erdenkliche Art in Verruf gebracht.

Nur Dereks Summen durchbrach die Stille, als sie wortlos Seite an Seite arbeiteten, bis die gesamte Wäsche zusammengelegt und weggeräumt war. Nachdem Angel die etwas privateren Wäschestücke in ihre Kommode gelegt und es Derek überlassen hatte, die Babykleidung wegzuräumen, fand sie ihn an Graysons Bettchen stehend. Still sah er zu, wie das Baby schlief. Als sie hereinschlich, um sich neben Derek zu stellen, fühlte es sich irgendwie richtig an, zusammen zu sein und die Freude zu teilen, das Baby zu sehen und es leise atmen zu hören. Unvermittelt gab Grayson im Schlaf einen grummelnden Laut von sich, und Derek lächelte. Es war ein kleines, stolzes Lächeln, das Angel tief im Herzen berührte. Ein warmherziges und erfülltes Gefühl breitete sich in ihr aus. Sie drehte sich um und schlich leise hinaus.

Kaum hatte sie die Küche erreicht, als sie Dereks Hand schwer auf ihrer Schulter spürte. Ihr Herz raste, und ihr Atem ging schneller. Langsam drehte er sie zu sich herum. „Angel“, flüsterte er. Seine Stimme klang dunkel und heiser. Ein Gefühl schwang darin mit, das sie weder beschreiben noch verstehen konnte. Noch bevor sich ihre Blicke trafen, wusste sie, dass er sie küssen würde. Sie versuchte, sich einzureden, dass es notwendig sei und dass sie seine Aufmerksamkeit fesseln, sein Interesse wachhalten müsse, um seine Hilfe zu bekommen. Doch sie wusste, dass sie sich selbst etwas vormachte. Sie wollte diesen Kuss.

Und er enttäuschte sie nicht. Es war kein flüchtiger Kuss,

wie er ihn ihr bei seiner Ankunft gegeben hatte. Nein, diesmal nahm er sie ganz in Besitz, ohne zu zögern, heiß und begierig. Sofort tauchte seine Zunge in ihren Mund, während er ihr Gesicht in den Händen hielt.

Nur das, und sonst nichts. Er berührte sie nirgends sonst, schlang nicht seine Arme um sie und zog sie auch nicht an sich, um seinen Körper an ihren zu drängen. Sie spürte seine Hitze, auch wenn sie einige Zentimeter voneinander trennten, und sie wollte ihm näher sein. Aber in der körperlichen Liebe war sie noch unerfahren, und sie war sich nicht sicher, wie sie es anfangen sollte – und ob sie es überhaupt wollte.

Derek neigte seinen Kopf, rauh streifte sein Atem ihr Ohr, und ein tiefes Stöhnen entrang sich seiner Brust. Im nächsten Moment löste er seine Lippen von ihr, legte ihren Kopf an seine Schulter und schloss sie endlich in die Arme. „Das ist doch verrückt. Ich kann nicht glauben, welche Wirkung du auf mich hast."

Angel wusste nicht, was sie darauf erwidern sollte. Verrückt? Es fühlte sich ganz sicher seltsam an, aber auf eine großartige, wunderbare Weise. Ihre Hände waren zwischen ihnen gefangen, und sie konnte seinen Herzschlag spüren – wild und schnell. „Warum ist es diesmal so anders?", fragte sie laut, und die gesamte Verwirrung, die sie empfand, schwang in dieser Frage mit.

Derek lachte. Dann stöhnte er und zog sie an sich, bis ihre Körper schließlich doch eng aneinandergeschmiegt waren. „Weil es einfach so ist. Weil ich anders bin." Er schob sie ein Stück zurück, sodass er ihr Gesicht betrachten konnte, und lächelte sie an. „Ich würde dich gern zum Mittagessen ausführen."

Der Themenwechsel kam so abrupt, dass Angel überrumpelt war. „Ich … ich kann hier nicht weg. Grayson …"

„Wir nehmen ihn einfach mit."

Sie schüttelte den Kopf und wollte nicht einmal über die Möglichkeit nachdenken, gemeinsam mit ihm und dem Baby in der Öffentlichkeit gesehen zu werden. „Nein, ich habe schon gegessen." Sie sann über alles nach, was passiert war und was er bis jetzt getan hatte, und schlug dann vor: „Warum kommst du nicht stattdessen zum Abendessen vorbei?" Sie fühlte sich lächerlich, ein solches Friedensangebot zu machen. Doch sie mussten sich neu kennenlernen; Angel musste für sich herausfinden, ob und wie weit sie ihm vertrauen wollte. Sie atmete tief ein und fuhr fort: „Ich könnte uns etwas kochen."

Er musterte ihr Gesicht, und sein Schweigen weckte in ihr den Wunsch, das Angebot zurückzuziehen. Dann schüttelte er den Kopf. „Verdammt, das würde mir gefallen. Ich schwöre es. Ich kann mir keine schönere Art vorstellen, meinen Abend zu verbringen."

„Aber?"

Zögernd ließ er sie los und wandte sich ab. „Meine Mutter hat ein Dinner geplant." Er versuchte zu erklären. „Meine Schwester heiratet bald, und es ist eine Art Feier. Die ganze Familie wird erwartet."

„Ich verstehe."

Abwesend strich er sich mit der Hand durchs Gesicht und lachte dann. „Das bezweifle ich. Aber auf jeden Fall weiß ich das Angebot zu schätzen. Verschieben wir es einfach?"

„Ja, sicher."

Er sah sie an, mit einem Blick, der bis auf den Grund ihrer Seele zu reichen schien, und Angel erschauerte. Sacht legte er seine Hand auf ihre Wange. „Ach, Angel, du weißt wirklich ganz genau, wie man einen Mann verrückt macht."

Sie wusste nicht, was er damit meinte, also ging sie nicht weiter darauf ein. „Falls du jetzt Hunger hast, könnte ich dir ein Sandwich machen."

Wie ein Verhungernder nahm er das Angebot an. „Danke.

Das wäre großartig. Und während ich esse, erzählst du mir mehr über Grayson und über dich selbst?“

Was für eine seltsame Bitte. Während sie den Aufschnitt aus dem Kühlschrank nahm, sah sie ihn neugierig an und sagte: „Du weißt doch schon alles über mich.“

„Das stimmt nicht. Erzähl mir von der Schwangerschaft, wann du es herausgefunden hast …“

Langsam drehte Angel sich zu ihm um. Sie fühlte sich, als hätte er sie mit einer Ladung Eiswasser übergossen. Mit Nachdruck warf sie eine Packung Käse auf den Tisch. Es war der Käse, den er gekauft hatte, also mochte er ihn wahrscheinlich. „Die Schwangerschaft … Warum willst du Näheres darüber wissen?“

Vorsichtig zuckte er die Schultern. „Ich bin nur neugierig.“

„Ich verstehe. Versuchst du, irgendwie nachzuprüfen, ob Grayson wirklich dein Sohn sein kann? Warst du deshalb so gemein, als ich dich anrief, um dir von der Schwangerschaft zu erzählen? Dachtest du, dass ich dich anlügen und dir das Kind unterschieben würde?“

„Natürlich nicht!“

„In deinem Büro hattest du Zweifel. Du hast immerhin die Frechheit besessen, mich zu fragen, ob ich mir sicher bin.“

Seine Miene wirkte angespannt, die Lippen hatte er aufeinandergepresst. „Es war eine berechtigte Frage, Angel.“ Er geriet ins Stocken und sah mit einem Mal gequält aus. „Ich habe nur nicht erwartet, dass du …“

„*Berechtigt?* Wenn du doch der einzige Mann warst, mit dem ich je zusammen war?“

Einen Herzschlag lang herrschte Schweigen. „Jemals?“ Ungläubig zog er die Augenbrauen hoch.

Sie knallte ein Messer auf den Tisch. „Dachtest du, dass ich einfach so mit dem nächsten Mann ins Bett hüpfe, nachdem du mich gedemütigt, nachdem du mich *benutzt* hast? Dachtest du, dass ich meine einzige sexuelle Erfahrung so erregend fand, dass ich gleich mehr wollte und mit dem Nächstbesten geschlafen habe, weil du nicht mehr zur Verfügung standest?“

Während sie gesprochen hatte, war ihre Stimme immer lauter, fast zu einem Schrei geworden. Mit einem Schlag war alles wieder da, all der Schmerz und die Kränkung. Sie lachte, aber es war kein fröhliches Lachen. Derek saß da, starrte sie an und seine Miene war beinahe komisch leer.

Na ja, er war es nicht gewohnt, sie schreien zu hören. Ihm gegenüber war sie immer sanft und verträglich gewesen – so sehr, dass sie es ihm verflucht leicht gemacht hatte. Er hatte sie mit seiner überlebensgroßen Persönlichkeit überwältigt. Doch das war nun vorbei. Sie hatte sich verändert; auch dank der Art, wie er ihr Leben zerstört hatte. Und er hatte sich ebenfalls verändert.

„Glaub mir, Derek, du warst der Einzige. Und ein Mal mit dir war mehr als genug.“

Es war ein höhnischer Ton, der ihm ihre Verachtung zeigen sollte, aber es funktionierte nicht.

Vor Wut und Schmerz zitterte sie, und plötzlich war Derek bei ihr. Seine Arme hatte er um sie geschlungen, seine Lippen streiften ihre Schläfe. „Schh, Baby. Es tut mir leid. So leid.“

„Geh einfach zurück zur Arbeit, Derek. Lass mich in Ruhe.“

„Das kann ich nicht.“ Er lehnte sich zurück und löste ihre Oberkörper ein Stück voneinander, während seine Hüften noch immer an die ihren geschmiegt waren. „Du willst auch gar nicht, dass ich das tue. Aus welchem Grund auch immer, Angel – du hast Kontakt zu mir aufgenommen.“

Sie öffnete den Mund, doch ihr fiel nichts ein, was sie hätte sagen können.

„Schh. Schon gut. Du muss es mir nicht jetzt erklären. Ich werde warten, bis du bereit dazu bist.“

Dass er vermutete, dass sie Hintergedanken hatte, hätte sie alarmieren sollen, aber sie war zu müde, um sich mit ihm zu streiten. Und da sie auf sein Entgegenkommen angewiesen war, nickte sie. Erleichtert entspannte sie sich und sank an ihn.

„Ich habe mich gestern im Büro wie ein Idiot verhalten. Natürlich weiß ich, dass du mit keinem anderen zusammen warst. Manchmal sagen Männer einfach … dumme Dinge.“ Er schien um die richtigen Worte zu ringen, während er mit den Händen beruhigend über ihren Rücken streichelte. „Wir werden das nicht mehr erwähnen, ja?“

Zögerlich nickte sie wieder.

„Gut.“ Er trat zurück. Doch statt sich wieder an den Tisch zu setzen, machte er sich sein Sandwich selbst. „Ich möchte alles hören – egal, wie unwichtig es erscheinen mag –, was dir passiert ist, seit wir getrennt waren.“ Er warf ihr einen eindringlichen, abwägenden Blick zu. „Ich habe einiges nachzuholen. In Ordnung?“

„Ja.“ Die Ablenkung einer einfachen Unterhaltung würde ihr dabei helfen, ihr inneres Gleichgewicht wiederzufinden. Sie wollte ihm noch nicht vertrauen – nicht, solange sie nicht sicher sein konnte, dass Grayson bei ihm gut aufgehoben und beschützt war. „Ja, ich werde dir … alles erzählen.“

Er blieb länger, als sie erwartet hätte, und er stellte ihr mehr Fragen, als sie beantworten konnte. Als Grayson aufwachte, zog Derek den Kleinen um und schmuste mit ihm. Erst als Grayson gestillt werden wollte, ging Derek schließlich. Aber er versprach, am folgenden Tag wiederzukommen.

Und obwohl sie sich über sich selbst ärgerte, freute Angel sich auf seinen nächsten Besuch.

5. KAPITEL

Das Dinner schien sich ewig hinzuziehen. Dane wünschte sich eigentlich nur, nach Hause zu gehen und über Angels offene Worte nachzudenken. *Sie war Jungfrau gewesen.* Gott, er war noch immer erstaunt. Und viel zu aufgewühlt.

Nach allem, was sie erzählt hatte, war sie nur ein einziges Mal mit Derek zusammen gewesen, und es war eine Enttäuschung gewesen.

Besitzergreifende Hitze durchströmte ihn. Sie hatte nie wirklich zu Derek gehört. Jedenfalls nicht so, wie eine Frau einem Mann gehören sollte, nicht so, wie sie ihm gehören würde. Schuldgefühle quälten ihn, als er darüber nachdachte, sie zu erobern, auch weil er wusste, dass Derek ihr erster und einziger Mann gewesen war. Doch mit jeder Minute, die verstrich, wuchs seine Entschlossenheit, sich an sie zu binden. Es gab unzählige Gründe, die dafür sprachen – keiner davon war hundertprozentig aufrichtig, denn sie kannte die Wahrheit noch immer nicht, aber dennoch erfüllten sie ihren Zweck …

Zum einen vergötterte er Grayson und liebte ihn schon jetzt, als wäre der Kleine sein eigener Sohn. Dane hätte es nie für möglich gehalten, einmal des Wortes *Vater* würdig zu sein, denn seine Gelegenheit dazu war vor langer Zeit vereitelt worden. Doch dass er diese Chance verpasst hatte – und auf welche Weise –, war genau der Grund dafür, warum er Grayson beschützen wollte. Angel hatte recht damit, Angst vor seiner Familie zu haben. Wenn er es zuließ, würden sie ihr die Zügel aus der Hand nehmen, ohne Angel eine Chance zu geben. Aber ihre Sorge wirkte auch übertrieben und ein wenig sinnlos. Früher oder später würde die Familie ja doch von dem Baby erfahren. Es war unvermeidlich.

Und er wollte da sein, wenn sie es herausfanden, um Angel zu beruhigen und ihre Ängste zu zerstreuen.

Zum anderen verdiente auch Angel seinen Schutz und den Luxus, den der Name Carter mit sich brachte. Was auch immer aus Derek geworden war, er war immer noch ein wohlhabender Mann gewesen. Grayson hatte ein Geburtsrecht, das ihm seinen Weg in die Welt ebnen würde. Derek hätte dafür sorgen müssen, dass Grayson seinen Anteil bekam. Aus unerfindlichen Gründen hatte er das nicht getan, und Dane war entschlossen, dieses Versäumnis zu korrigieren.

Außerdem glaubte er immer noch, dass Angel der Schlüssel zur Wahrheit über die Todesumstände seines Bruders war. Bisher schien nichts einen Sinn zu ergeben. Derek war durchaus zu skrupellosem Verhalten imstande gewesen, doch die Art, wie er Angel behandelt hatte, war selbst für seine Verhältnisse extrem gewesen. Viel von der Grausamkeit war vorsätzlich und vollkommen unnötig gewesen. Warum hatte Derek das getan? Und was war der wahre Grund, aus dem Angel sich wieder mit ihm getroffen hatte – abgesehen von der Vergangenheit, die sie teilten? Es gab Geheimnisse, Dinge, die er ergründen musste, und das war ebenfalls ein guter Grund, um mit Angel Morris in Kontakt zu bleiben.

Aber der wichtigste und schwerwiegendste Grund dafür war die Chemie zwischen ihnen. Wenn er Angel berührte, explodierten seine Sinne wie niemals zuvor. Und nicht einmal die Erinnerung an die vergangenen Erfahrungen mit Derek konnte ihre Reaktion auf ihn dämpfen; es brachte ihn um den Verstand.

Er verfluchte seinen Bruder, weil er alles unnötig erschwert hatte, weil er Angel verletzt hatte. Und vor allem, weil er sich hatte umbringen lassen. Was hatte Derek im Schilde geführt?

„Dane?“

Aus seinen Grübeleien gerissen sah Dane auf, um den Blick

seiner Mutter aufzufangen, die ihn quer über den Tisch hinweg finster anfunkelte. Das kann sie gut, dachte er, als er ein Stückchen Spargel aufspießte und bedächtig kaute. Ihr Blick war so unfreundlich, dass die meisten Menschen sich schon entschuldigten, ehe sie überhaupt wussten, was sie falsch gemacht hatten. Mit ihren sechzig Jahren war sie noch immer eine attraktive schlanke Frau. Ihr hellbraunes Haar hatte sie modisch hochgesteckt, und ihre braunen Augen spiegelten ihre Intelligenz. Sie achtete darauf, körperlich in Bestform zu bleiben; ihr Stolz gestattete ihr nichts anderes.

Dane unterdrückte ein gelangweiltes Gähnen. Er hatte vor langer Zeit aufgehört, die Spielchen seiner Mutter mitzuspielen. „Wolltest du etwas, Mutter?"

Angesichts seines mangelhaften Benehmens und seiner fehlenden Achtung ihr gegenüber kniff sie missmutig den Mund zusammen. „Wo, um alles in der Welt, bist du nur mit deinen Gedanken? Du hast die Unterhaltung offensichtlich nicht mitverfolgt."

Celia schenkte ihm ein Lächeln. „Führst du gerade wichtige Ermittlungen, die dich beschäftigen, Bruderherz?"

Er warf ihr einen tadelnden Blick zu. Celia hatte ihn wegen seiner Arbeit als Privatdetektiv aufgezogen, seit er durch die Tür gekommen war. Sie hatte sogar die Unverfrorenheit besessen, ihn zu fragen, ob er eine Spionageausrüstung dabeihabe. Seine Schwester war anders, als er sie in Erinnerung hatte – unbeschwerter und verspielter. Ihm gefiel die Veränderung.

Zu seiner Überraschung platzte Raymond heraus: „Du machst dir doch nicht immer noch Gedanken über diese Miss Morris, oder?"

Seine Mutter straffte unwillkürlich die Schultern und sprang offenbar sofort auf das Thema an. Dane wusste, dass sie Pläne für ihn hatte. Sie hatte ihn ans Kopfende des Tisches gesetzt – ein großes Zugeständnis für sie und ein Hinweis darauf, was sie in Zukunft von ihm erwartete. Alles, was ihre Pläne durchkreuzen könnte, war ihr ein Dorn im Auge. Und sein Interesse an jemandem oder etwas außerhalb der Firma wäre für sie eine klare Bedrohung.

Er hatte ihr noch nicht von seinen Absichten hinsichtlich der Familie und des Unternehmens erzählt – beziehungsweise von der Tatsache, dass er eben keine Absichten hegte. Er wollte erst alles geregelt haben, ehe er ihr die Neuigkeiten verkündete.

„Was soll das heißen, Dane?“ Ihr Gesicht war alarmierend bleich, und ihre Augen funkelten. „Wovon spricht Raymond?“

„Nichts von Bedeutung, Mutter. Ich habe Raymond nur ein paar Fragen über Angel Morris gestellt. Ich war neugierig, weil Derek sich eine ganze Weile mit der Frau getroffen hat.“

Celia schwieg und widmete sich scheinbar hochkonzentriert ihrem Essen. Seine Mutter war nicht so zurückhaltend. Sie ballte die Hände auf dem Tisch zu Fäusten, schaffte es jedoch, mit relativ ruhiger Stimme zu sprechen. „Er hat sich nicht mit ihr *getroffen.* Er hat nur den Kontakt zu ihr gepflegt, um die Übernahme zu erleichtern. Sie war eine Art Sekretärin, niemand von Bedeutung. Und für Derek war sie ganz sicher nicht von Bedeutung.“

Mühsam riss Dane sich zusammen und heuchelte ein gewisses Desinteresse, als er fragte: „Weißt du, was aus ihr geworden ist?“

Seine Mutter legte bedächtig die Gabel zur Seite und blickte ihn dann von oben herab an. Sie saß zu seiner Rechten, Celia und Raymond an seiner linken Seite.

„Nachdem sie entlassen worden ist, meinst du? Was kümmert es dich?“ Sie schnaubte verächtlich. „Du hast doch sicher nicht von uns erwartet, dieser Frau einen Job anzubieten, oder? Nicht, nachdem sie Firmengeheimnisse weitergegeben hat.“

Zum ersten Mal ergriff Celia das Wort. Ihre Stimme klang

beherrscht, ihre Miene war ernst. „Ich habe dir schon gesagt, Mutter, dass Derek ihr die Informationen gestohlen hat."

Dane fühlte sich, als hätte er einen Schlag ins Gesicht bekommen. Seine Mutter gab einen wütenden Laut von sich, und Raymond saß mit einer irgendwie zufrieden wirkenden Miene daneben und beobachtete die beiden. Dane starrte seine Schwester an und bemerkte, dass ihre Wangen gerötet waren. „Was hast du gesagt?"

Celia blickte ihre Mutter noch immer finster an und wandte sich dann Dane zu. „Mutter besteht darauf, diese Frau als eine Verbrecherin darzustellen, obwohl ich ihr schon mehrfach erklärt habe, dass das nicht der Wahrheit entspricht. Wenn überhaupt, war sie das Opfer, und wir hätten ihr als Wiedergutmachung auf jeden Fall eine Stelle anbieten müssen. Derek selbst hat mir gesagt, dass Angel ihm die Informationen nicht freiwillig gegeben hat. Er hat ihre persönlichen Dinge durchstöbert, bis er gefunden hatte, was er suchte."

Raymond hielt seine Gabel hoch und unterstrich damit, was er sagen wollte. „Gut. Aber sie hätte dafür sorgen müssen, dass das brisante Material sicher ist. Das lag in ihrer Verantwortung. Die Führungskräfte von *Aeric* haben ihr vertraut, und sie hat sie enttäuscht."

„Ich nehme an, dass sie eine Mitschuld trägt", stimmte Celia in spitzem Tonfall zu, „weil sie Derek zu sehr vertraut hat und weil sie geglaubt hat, er wäre ehrenhaft ..."

Danes Mutter keuchte auf und erhob sich empört. Sie schlug mit den Händen auf den Tisch, während ihre Stimme beinahe zu einem Schreien anschwoll. „Wie kannst du es wagen, etwas anderes zu behaupten, Celia Carter? Er war dein Bruder!"

Mit einem angriffslustigen und sturen Ausdruck auf dem Gesicht zwang Celia sich zu einem Schulterzucken und blickte ihre Mutter an. „Mutter, er hat ihr die Informationen *gestoh-*

len. Er hat sie verführt, hat sie glauben gemacht, er würde etwas für sie empfinden, und hat sie dann hinterhältig ausgenutzt. Hättest du lieber, dass ich dieses Verhalten als ‚ehrenhaft' bezeichne?"

Raymond tätschelte Celias Hand. „Liebling, er hat doch nur getan, was das Beste für die Firma war. Das stand für ihn immer an oberster Stelle." Sein Blick fiel auf Dane. „Wie es sich für jeden Geschäftsführer gehört."

Dane wartete und beobachtete, wie seine Mutter sich sichtlich bemühte, ihre Selbstbeherrschung wiederzuerlangen. Solch ein Ausbruch von ihr überraschte ihn und weckte seine Neugierde. Missmutig nahm sie wieder Platz und tat so, als hätten Raymonds Worte sie beschwichtigt. Raymond hatte gerade einen Bissen von seinem Schmorbraten in den Mund geschoben, als Dane fragte: „Willst du damit sagen, Raymond, dass du kein Problem damit hättest, eine Frau derart auszunutzen?"

Raymond verschluckte sich prompt und hielt sich die Serviette vor den Mund.

„So, Dane, genug von dem Unsinn!", protestierte seine Mutter. „Raymond war eine enorme Hilfe für uns, und er hat ein bisschen mehr Respekt von dir verdient."

Celia sah Dane an. Ein boshaftes anerkennendes Lächeln umspielte ihre Mundwinkel. Dann schlug sie ihrem Verlobten auf den Rücken, bis er wieder zu Atem gekommen war. Dane lehnte sich auf seinem Stuhl zurück. Zum ersten Mal an diesem Abend genoss er das Dinner.

Verdammt, es gab so vieles, über das er nachdenken musste. Also war Angel tatsächlich unschuldig. Bei dem Gedanken zog sich sein Innerstes zusammen, und er fühlte sich furchtbar, als wäre er selbst derjenige gewesen, der sie so betrogen hatte. Er war entschlossen, es irgendwie wiedergutzumachen. Ob sie ihn nun wollte oder nicht.

Eine Stunde später, als sie zusammen im Salon waren, um

einen Drink zu nehmen und sich zu unterhalten, suchte Dane mit seiner Schwester das Gespräch unter vier Augen. Raymond war damit beschäftigt, mit ihrer Mutter zu plaudern, und Celia stand allein am Fenster und starrte in die dunkle Nacht hinaus. Als er sich ihr näherte, senkte sie den Blick und betrachtete den Drink in seiner Hand.

„Ich dachte, du trinkst keinen Alkohol."

Er hob sein Glas wie zum Toast. „Nur Cola und Eis. Sonst nichts."

„Wusstest du, dass es Mutter ärgert? Dass du auch in Gesellschaft kein Gläschen Alkohol mittrinkst?"

Dane dachte an Mick, der so trotzig gewirkt hatte, als er erklärt hatte, dass seine Mutter Alkoholikerin war. „In meinem Beruf sehe ich so viele Fälle, in denen Alkohol eine Rolle spielt. Männer und Frauen, die wegen des Alkohols ihre Familien verlassen. Bei allen hat es damit angefangen, in geselliger Runde ein Gläschen zu trinken." Die plötzliche Spannung abschüttelnd lächelte er Celia zu. „Im Übrigen gefällt es mir, Mutter zu ärgern."

Zu seiner Überraschung wurde seine Stichelei nicht erwidert. Celia drehte sich zu ihm um und sah ihn an. „Wie machst du das, Dane? Wie kannst du allem einfach den Rücken kehren? Wie kannst du uns allen einfach die kalte Schulter zeigen?"

Ein Frontalangriff. Von seiner Schwester hatte er das nicht erwartet, aber er schätzte ein reinigendes Gewitter. In der Zeit, in der er fort gewesen war, hatte er sie vermisst. Obwohl sie seiner Mutter sehr ähnelte und ihre Kraft und Entschlossenheit nicht zu unterschätzen waren, war sie auch eine Frau, die selbstständig dachte und die die Weisungen ihrer Mutter nicht blind hinnahm. Das hatte er an diesem Abend herausgefunden. In den Jahren seiner Abwesenheit hatte sie sich weiterentwickelt und zeigte nun, zu was sic imstande war.

Zu lange, zu verdammt lange. „Hier hält mich nichts mehr, Celia. Du weißt das. Mutter hat sich schließlich die größte Mühe gegeben, mich zu vertreiben …“

„Das tut ihr leid, Dane.“ Celia berührte seinen Arm. Ihre Augen, die dieselbe haselnussbraune Farbe hatten wie seine, waren dunkel vor Sorge. „Sie hat begriffen, dass du Anna wirklich geliebt hast und dass sie sich nicht hätte einmischen dürfen.“

Er schnaubte verächtlich. „Nennt ihr das so? Einmischen? Sie hat ganz bewusst mein Leben zerstört und meiner Verlobten furchtbare Dinge unterstellt. Und das alles nur, weil sie nichts von Annas Familie hielt.“

Celia biss sich auf die Unterlippe und drängte dann weiter. „Ihr wart beide so jung. Im Übrigen hat sie das Geld genommen, Dane. Mutter hat es ihr nicht aufgezwungen.“

„Sie hat Anna das Gefühl gegeben, als wäre das ihre einzige Chance, als könnte sie unter keinen Umständen meine Frau werden. Mutter hat dafür gesorgt, dass Anna glaubte, niemals in unsere Familie zu passen.“ Als er die Worte aussprach, nahm er hin, dass er nicht hundertprozentig ehrlich zu ihr und zu sich selbst war. „Anna war schwanger, schon gewusst? Nachdem sie weggelaufen ist, hat sie das Baby verloren. Mein Baby.“

Celia schlug eine Hand vor den Mund. „O nein. Das wusste ich nicht. Das tut mir so leid.“

„Ich habe es Mutter erzählt. Ich war wütend und verletzt und ich wollte, dass sie versteht, was ihre Machenschaften mich gekostet haben. Weißt du, was sie erwidert hat?“

Wie betäubt schüttelte Celia den Kopf.

„Sie sagte, es sei das Beste so.“

Celia legte ihre Stirn auf Danes Schulter. Ihre Stimme war leise, beinahe ein Flüstern. „Mutter ist stur und festgefahren, Dane. Sie meint es gut, und sie liebt dich wirklich. Manchmal denkt sie nur einfach nicht nach.“

Dazu hatte er nichts mehr zu sagen. Es erstaunte ihn, dass seine Schwester immer versuchte, ihre Mutter zu verteidigen – egal, was sie tat.

„Wirst du diesmal in der Firma bleiben? Wir brauchen dich hier."

Dane hob eine Hand zu den blonden Haaren seiner Schwester und zupfte lächelnd an einer seidigen Locke. „Du kennst die Antwort."

Sie seufzte. „Ich fürchte, ja. Aber man wird doch noch hoffen dürfen."

„Das ist nichts für mich, Schwesterchen. Ich fühle mich hier nicht wohl und außerdem spiele ich viel zu gern Detektiv, um den Beruf aufzugeben."

Sie lächelte ihm zu und wandte sich dann ab, um wieder aus dem Fenster zu blicken. „Ich vermisse ihn so."

„Ich auch. Obwohl wir in letzter Zeit nicht so viel Kontakt hatten, wusste ich doch immer, dass er hier war. Uns haben nur wenige Kilometer getrennt, und ich konnte mir sicher sein, dass wir uns sehen konnten, wenn wir wollten." Dane wollte ihr erzählen, dass er vermutete, Derek sei ermordet worden, doch er schwieg. Seine Schwester hatte im Augenblick schon genug zu verarbeiten. „Es macht mich stolz zu sehen, wie du dich gegen Mutter behauptet hast."

Sie gab einen verächtlichen Laut von sich. „Sie leidet. Und es macht sie wütend, wenn jemand auch nur andeutet, dass Derek vielleicht nicht perfekt gewesen sein könnte. Aber ich kann nicht einfach tatenlos zusehen, wie sie eine unschuldige Frau schikaniert."

Dane dachte, dass seine Schwester sich in diesem Moment ziemlich bewundernswert verhielt, und mehr denn je bereute er es, dass er so viel Zeit hatte verstreichen lassen, ohne seine Familie zu sehen.

„Wie lange willst du hier einspringen?"

Bis ich sehe, dass alles geklärt ist, schoss es ihm durch den Kopf, doch er zuckte nur die Achseln. „Ich weiß nicht. Mal sehen. Im Moment ist jeder Mitarbeiter meiner Firma voll ausgelastet. Alle arbeiten an zwei oder mehr Fällen gleichzeitig. Und zwischen den Büros zu pendeln wird auch nicht einfacher.“ Vor allem nicht, wenn man versuchte, einen Mord aufzuklären.

Er sah im richtigen Augenblick auf, um zu bemerken, wie Raymond ihn beobachtete. Seine Mutter sagte Raymond gerade etwas ins Ohr – ohne Zweifel unterhielt sie ihn mit Geschichten von alten Bekanntschaften, Geld und Macht. Das war alles, was seine Mutter kannte, alles, was ihr etwas bedeutete, und Raymond war mit seinem Wunsch, sich einzuschmeicheln, der perfekte Zuhörer. Dane nickte ihm zu und wandte dann den Blick ab. „Liebst du ihn?“

Celia lachte. „Aus deinem Mund klingt es so, als wäre es unvorstellbar.“

„Ich will nur, dass du glücklich bist.“

„Ich wäre glücklich, wenn du bleiben würdest.“ Schnell hob sie die Hände. „Aber ich verstehe, warum du nicht kannst. Dane, warum interessierst du dich für Angel Morris?“

Sie hatte ihn geschickt abgelenkt, und er rieb sich das Kinn und fragte sich, was er ihr erzählen sollte. Schließlich sagte er: „Ich denke, ich war einfach nur überrascht über Dereks Verhalten. Ich mag nicht glauben, dass er zu so etwas fähig war. Kannst du dir auch nur im Entferntesten vorstellen, wie sich die Frau gefühlt haben muss?“

Celia lehnte sich an ihn, und ihre Schultern berührten sich. „Falls es ein Trost ist – ich glaube, er hat es bereut. Er war in den letzten Wochen sehr fahrig und abgelenkt. Und unglücklich. Er hat mir mal erzählt, dass Angel ihm niemals vergeben würde und dass er ihr das nicht einmal verübeln könne. Es klang beinahe so, als wäre er *gezwungen* gewesen, ihr wehzutun, auch wenn ich den Grund dafür nicht begreife. Ich wollte ihn danach fragen, wollte ihn verstehen, aber er starb."

Dane verstand es auch nicht, doch er fühlte sich nach dem Gespräch mit seiner Schwester auf jeden Fall besser. Seiner Mutter hoffte er heute Abend aus dem Weg gehen zu können, damit sie nicht versuchen konnte, ihn auf seine Absichten festzunageln. Er wollte nicht, dass jemand von seinen Plänen erfuhr, bis er alles herausgefunden und durchschaut hatte. Zum jetzigen Zeitpunkt wusste er nicht, wem er vertrauen konnte, also vertraute er niemandem.

Nicht einmal Angel. Je mehr er aufdeckte, desto mehr fragte er sich, warum sie überhaupt wieder Kontakt zu Derek aufgenommen hatte. Eigentlich hätte sie ihn für alles, was er ihr angetan hatte, hassen müssen. Aber Derek hatte ihr auch Grayson geschenkt, und das Baby schien ihr das Wichtigste im Leben zu sein. Vielleicht hatte sie allein aus dem Grund etwas von ihrer Wut und ihrer Feindseligkeit ablegen können. Vielleicht war sie zu dem vernünftigen Schluss gekommen, dass Grayson einen Vater verdiente und all das, was Derek ihm bieten konnte. Es konnte nur falscher Stolz sein, der sie dazu brachte, darauf zu bestehen, dass sie nichts von ihm wollte. Der Himmel wusste, dass er es nicht leicht gehabt hatte, sie davon zu überzeugen, wenigstens die wesentlichsten Dinge von ihm anzunehmen: Essen und Windeln und das verdammte Shampoo. Sie hatte außerdem Grund genug, an diesem Stolz festzuhalten, wenn man bedachte, wie sie behandelt worden war.

Seine Mutter und Raymond kamen zu ihnen, Raymond legte seinen Arm um Celia und gab ihr einen flüchtigen, liebevollen Kuss auf die Wange. Dane beobachtete die beiden und dachte über die Idee nach, wieder von vorn zu beginnen. Nachdem Anna ihn verlassen und zugelassen hatte, dass seine Mutter sie kaufte, hatte er es vermieden, Beziehungen einzugehen. Er hatte noch keine Frau getroffen, die er mehr als zweimal hatte sehen wollen.

Anna hatte ihm nicht vertraut und hatte seiner Mutter mehr geglaubt als ihm. Er hatte es nie irgendjemandem gegenüber zugegeben, doch Annas Verhalten hatte seiner Mutter recht gegeben: Sie war nicht die richtige Frau für ihn gewesen. Er erwartete, er brauchte eine Frau, die ihm alles gab, nicht nur ihr Vertrauen, sondern ihre unerschütterliche Loyalität. Ihre Seele. Anna war nicht fähig gewesen, das zu tun. Und während er den Verlust noch immer bedauerte, war es mehr der Betrug dahinter, den er verabscheute. Schon lange war er über seine erste Liebe hinweg. Es war eine Lektion gewesen, die er hatte lernen müssen. Und er hatte sie gelernt.

Dieses Mal konnte er klarer denken. Er hatte dafür gesorgt, dass ihm mit Angel nicht dasselbe passierte. Er hatte die Entscheidungen mit seinem Kopf getroffen, nicht mit seinem Herzen, und früher oder später würde er sie für sich gewinnen. Seine Bestimmtheit war Teil seiner Natur. Immerhin war er – auch wenn er es manchmal hasste – ein Carter.

Angel hatte keine Chance.

„Das gefällt mir nicht. Du solltest es Derek erzählen."

Angel hatte es satt, immer wieder dieselben Worte von Mick zu hören. Er und Derek verstanden sich großartig. Aber wer kam andererseits nicht gut mit ihm klar? Derek war großzügig, zuvorkommend, aufmerksam und fürsorglich. In der letzten Woche war er jeden Tag zu Besuch gekommen und hatte bei allem geholfen – vom Baden des Babys übers Einkaufen bis hin zur Hausarbeit. Zweimal hatte er das Abendessen vorbeigebracht und anschließend alles aufgeräumt, damit Angel sich ihrer Arbeit widmen konnte. Er hatte versucht, ihr Geld zu geben, doch nachdem sie ihm unmissverständlich klargemacht hatte, was sie von der Idee hielt, hatte er es nie wieder erwähnt.

Stattdessen hatte er ihr Fragen gestellt, unzählige Fragen. Manchmal machte sie das richtig nervös, obwohl sie nicht genau erklären konnte, warum es so war. Er war einfach so … verändert.

„Er hat schon genug für uns getan, Mick“, versuchte sie die Sorge des Jungen abzuwiegeln.

„Und wie! Der Job, den er mir verschafft hat, ist echt cool.“

Sie lächelte angesichts Micks Begeisterung. Er war seit sechs Uhr bei ihr, und sie waren gemeinsam seine Hausaufgaben durchgegangen. Inzwischen war es neun, und er hatte in den Pausen zwischen Mathe und dem Konjugieren spanischer Vokabeln nichts anderes getan, als über Derek zu reden. „Also gefällt es dir?“

„Machst du Witze? Was sollte mir daran nicht gefallen? Es ist eine Privatdetektei, und die Leute da sind absolut lässig und superfreundlich. Es ist wie eine große Familie.“

Angels Herz stockte. Mick hatte nie eine Familie gehabt, mit der er hatte angeben können. Seine Mutter war mehr weg gewesen als für ihn da. Und wenn sie doch einmal greifbar gewesen war, hatte sie nicht gerade eine mütterliche Ader bewiesen. Mick hatte sich so gut wie selbst erzogen, und Angel wusste, wie einsam das sein konnte.

„Sie haben mir von einigen Fällen erzählt, an denen sie arbeiten. Unglaubliche Sachen wie Schießereien und Drogenrazzien und solche Dinge. Dieser eine Typ, Alec Sharpe, ist eigentlich sogar selbst ziemlich Furcht einflößend – aber sag Derek nicht, dass ich dir das erzählt habe.“

Angel lächelte verblüfft. Wenn der Mann sogar Mick Angst einjagte, der sonst vor nichts Angst zu haben schien, musste er wirklich ein furchterregender Kerl sein. Sie tat so, als würde sie ihre Lippen mit einem Schlüssel abschließen. „Kein Wort, versprochen.“

„Der Typ hat die dunkelsten Augen, die ich je gesehen habe,

und er ist total verschwiegen. Wenn er mal spricht – auch wenn er dann nur nach einem Kaffee fragt –, halten alle Leute um ihn herum den Mund und hören ihm zu. Ich glaube irgendwie, er hat in dem Laden was zu sagen."

Angel sammelte die Stifte ein und verstaute den Taschenrechner. „Was musst du dort machen?"

Mick verzog das Gesicht. „Alles Mögliche … Putzen, Donuts kaufen, Kaffee kochen und Akten wegräumen. Aber sie sind alle wirklich nett. Sie verhalten sich nicht, als würde ich dafür bezahlt werden, sondern so, als würde ich ihnen einen großen Gefallen tun, den sie echt zu schätzen wissen. Und Alec hat mir dieses coole Auto zur Verfügung gestellt, das ich fahren darf. Da ist eine tolle Anlage drin."

Angel wusste, dass Mick mehr Geld bekam, als er mit den beiden anderen Jobs zusammen verdient hatte. Und es war vereinbart worden, dass er an Schultagen nicht länger als bis sechs arbeitete und an Wochenenden nur bis zum Nachmittag. Sie war Derek so unglaublich dankbar, seit sie die Veränderung an Mick bemerkte. Er wirkte nun eher wie ein ganz normaler Teenager – glücklich und stolz. Und er vergötterte Derek.

Natürlich wusste Mick nicht über alles Bescheid, was in der Vergangenheit zwischen Angel und Derek vorgefallen war. Und sie würde es ihm auch niemals erzählen. Derek tat sein Bestes, um ihr zu beweisen, dass die Vergangenheit endgültig abgeschlossen war; nicht um alles in der Welt würde sie Micks Glück zerstören.

„Warum lehnst du ihn immer noch ab, Angel?"

„Mick …"

„Er könnte helfen", entgegnete Mick, der begierig war, sie zu überzeugen. „Die Drohanrufe waren schon schlimm genug. Aber jetzt der Brief …"

Sie rieb sich die Stirn. „Ich weiß. Der Brief beweist, dass wer auch immer es sein mag jetzt weiß, wo er mich finden kann. Ich habe viel darüber nachgedacht." Sie zögerte und hatte beinahe Angst, ihren Verdacht laut auszusprechen. „Es könnte sein, dass Derek derjenige ist, der hinter alldem steckt."

Mick blickte sie eindringlich an, sprang dann auf und lief auf und ab. „Das kannst du nicht ernsthaft glauben."

Sie wollte es nicht glauben. Doch der Brief bewies, dass ihr Deckname nicht funktioniert hatte – ein Deckname, den Derek bei seinem ersten Besuch in ihrem Apartment sofort enttarnt hatte. Sie wollte nicht glauben, dass er so rachsüchtig sein konnte, aber vielleicht war es ihm seiner Familie gegenüber rausgerutscht und sie nutzten die Information nun, um sie zu vertreiben. Das konnte sie sich sehr gut vorstellen.

„Ich weiß zwar nicht, was zwischen euch beiden abgeht, aber dass du in Schwierigkeiten steckst, weiß ich mit Sicherheit. Du wirst gestalkt, und wer auch immer hinter den Anrufen steckt, kann deine Nummer von überallher haben – möglicherweise sogar aus den Anzeigen, mit denen du nach Schreibaufträgen suchst. Aber jetzt weiß er, wo du wohnst. Der Brief beweist das. Wenn du es noch länger vor dir herschiebst, mit Derek darüber zu reden, könnte dir was passieren."

„Tja, heute Abend kann ich sowieso nichts mehr tun. Derek hat Verpflichtungen und kann nicht kommen. Und das ist keine Angelegenheit, die man am Telefon besprechen könnte."

Mick nickte langsam, als er in seine Jacke schlüpfte. „Ich halte die Augen offen, Angel. Ich lasse nicht zu, dass dir jemand wehtut, wenn ich es verhindern kann. Aber ich kann nicht immer da sein."

Ihr gefror bei seinen Worten das Blut in den Adern. „Mick, falls du jemals, *jemals* etwas Verdächtiges hören oder jemanden in der Nähe der Briefkästen herumschleichen sehen solltest, kannst du die Polizei rufen. Aber wage es ja nicht, dieser verdächtigen Person selbst gegenüberzutreten."

Er ging nicht darauf ein, sondern lief nur zur Tür. „Ich werde hinter mir abschließen."

„Mick?"

„Ruf ihn an, Angel. Sag ihm, was los ist. Er hat dich gern und Grayson auch. Ich weiß es."

Es wäre schön gewesen, wenn Mick sich nicht wie der typische dominante überfürsorgliche Mann verhalten hätte. Warum waren Männer jeden Alters nur so verdammt stur? Sie seufzte. „Ich werde es mir durch den Kopf gehen lassen."

Mick sah sie noch einen Augenblick an und nickte schließlich. „Also gut. Wir sehen uns dann morgen?"

Sie lächelte ihn an. Was für ein Glück sie gehabt hatte, ihn zur richtigen Zeit getroffen zu haben. Ihn zu kennen und seine Freundschaft zu genießen hatte ihr Leben sehr viel einfacher gemacht. „Ja. Und jetzt schlaf dich aus, damit du für den Test morgen ausgeruht bist."

„Jawohl, Ma'am."

Nachdem sie noch einmal geprüft hatte, ob die Tür auch wirklich sicher verschlossen war, sah Angel nach Grayson. Er schlief tief und fest. Das gab ihr die Chance, kurz zu duschen. Dank Dereks Hilfe in der letzten Zeit hatte sie die Möglichkeit gehabt, ihrem Bein etwas Ruhe zu gönnen. Es tat nicht mehr so oft weh, doch an diesem Abend war es schlimm. Sie hatte zu lange am Schreibtisch gesessen und getippt, und ihre Muskeln fühlten sich verkrampft an. Für gewöhnlich half eine heiße Dusche.

Bei offener Badezimmertür, sodass sie Grayson hören konnte, falls er weinen sollte, schlüpfte sie aus ihren Kleidern und griff in die Dusche, um die Temperatur einzustellen. Als Dampf aus der Kabine waberte, stellte sie sich unter das fließende Wasser.

Es fühlte sich wundervoll an, die Haare endlich wieder mit einem duftenden Shampoo waschen und all die Toilettenartikel benutzen zu können, die sie sich nicht mehr hatte leisten können. Zuerst hatte sie Derek die Sachen zurückgeben wollen, aber schließlich hatte sie ihm den Wunsch nicht abschlagen können: Zum einen hatte er sehr ernsthaft versichert, dass er wolle, dass sie sie behielt, und zum anderen war er begierig gewesen, die *Schuld, die er mit seinen vergangenen Fehlern auf sich geladen hatte, wiedergutzumachen* – seine Worte für sein abscheuliches Verhalten in der Vergangenheit.

Sie duschte eine ganze Weile, entspannte sich in der Wärme des Dampfes und in dem heißen Wasser, bis sie schläfrig wurde und wusste, dass sie ins Bett gehen sollte. Grayson wachte noch immer nachts auf, um gestillt zu werden, und war für gewöhnlich schon im Morgengrauen wieder munter.

Sie hatte gerade einen Fuß aus der Duschwanne gesetzt, als das Telefon klingelte.

Ihr erster Gedanke war, dass es vielleicht Derek war, und albernerweise machte ihr Herz einen Sprung. Er hatte es sich angewöhnt, mehrmals am Tag anzurufen. Vorher hatte ihr Telefon nur selten geklingelt. Oft meldete er sich einfach, um ihr einen guten Morgen zu wünschen oder eine gute Nacht – selbst wenn er vorher stundenlang bei ihr zu Hause gewesen war.

Angel schlang ein flauschiges weißes Handtuch um sich und hastete aus dem Badezimmer in die Küche, um den Hörer abzunehmen. Lächelnd sagte sie: „Hallo?"

Sie hörte nur ein heiseres Atmen, das zu einem Knurren wurde. Mit einem Schlag erstarb ihr Lächeln.

Geschockt wollte Angel gerade den Hörer wieder auflegen, als sie eine Stimme vernahm. „Miststück. Gib mir endlich, was ich will."

Die rauen Laute klangen kaum menschlich, und das Blut schien ihr aus dem Kopf zu weichen. Ihr war schwindelig. „Ich weiß nicht, was Sie wollen", erwiderte sie. Ihre Stimme zitterte, obwohl sie sich bemühte, möglichst ungerührt zu klingen.

„Doch, das weißt du." Es erklang ein Lachen, höhnisch und schrill. „Du bist nicht so unschuldig, wie du die anderen immer gern glauben machst, Angel *Morton.* Aber deine Zeit ist abgelaufen. Hast du verstanden?"

„Ich lege jetzt auf", sagte sie und war entschlossen, den Anrufer nicht die Oberhand gewinnen zu lassen.

„Hast du meinen Brief erhalten? Ich weiß, wo du jetzt bist. Du solltest in Zukunft gut aufpassen …"

Angel knallte den Telefonhörer auf die Gabel. Ihr Herz schlug so schnell, dass sie am ganzen Leib bebte. Sie schlang die Arme um sich. Nur vage bekam sie mit, dass ihr das Wasser aus den Haaren über den Rücken tropfte und auf dem Fußboden eine kleine Pfütze bildete. Eine Gänsehaut überlief sie, doch Angel war wie erstarrt und konnte sich nicht rühren.

Als es an der Tür klopfte, entrang sich ihr ein überraschter kurzer Schrei. Sie machte unwillkürlich einen Satz zurück und stieß gegen den Küchentisch. Ein Stuhl fiel um und landete krachend auf dem Boden. Davon wachte Grayson auf, und sein missmutiges Weinen durchbrach die ansonsten atemlose Stille.

Sie hörte Derek. „Angel!", rief er, während im selben Moment ein Schlüssel im Schloss gedreht wurde. Die Tür ging auf, und Angel konnte nicht umhin, Derek anzustarren, der auf der Schwelle stand. Wieso tauchte er ausgerechnet jetzt auf? Hatte er geahnt, dass sie ihn in genau diesem Augenblick am meisten brauchte?

Aber in der nächsten Sekunde erhoben sich Zweifel. Sie fragte sich, ob es ein Zufall war oder Teil eines Plans. War es möglich, dass er mit seiner Familie unter einer Decke steckte, um sie loszuwerden? Hatte sie sich unbeabsichtigt in die Höhle des Löwen begeben?

Wie ein Racheengel kam Derek hereingestürzt, nahm mit einem knappen Blick wahr, dass sie mit nichts als einem Badetuch bekleidet war, und durchquerte dann mit langen, wütenden Schritten das Zimmer. Er packte sie an den Schultern. „Was ist los? Was ist passiert?“

Angel gelang es, sich aus ihrer Erstarrung zu lösen. Sie umklammerte mit der Faust ihr Badetuch. „Was machst du hier?“

Angesichts der ganz ruhig vorgetragenen Frage wirkte er überrascht. Sein Griff um ihre Schultern verstärkte sich. „Ich wollte dich sehen.“ Er wandte den Blick in die Richtung, aus der Graysons Weinen kam, und runzelte die Stirn. „Seid ihr beide in Ordnung?“

„Ja, natürlich.“

„Du hast aber geschrien.“ Er drehte den Kopf wieder zu ihr um. Als sie etwas sagen wollte, hob er die Hand und schüttelte den Kopf. „Das Wichtigste zuerst. Trockne dich erst einmal ab. Ich hole in der Zwischenzeit das Baby.“

Sie zitterte am ganzen Körper, doch glücklicherweise sagte er dazu nichts. „Danke. Ich glaube, das Telefon hat ihn geweckt, und dann dein Klopfen …“

Derek schob sie sanft Richtung Schlafzimmer. „Ich verstehe, Baby. Jetzt geh. Wir sprechen gleich darüber.“

Ohne Dereks Worte zu beachten, folgte Angel ihm in das Kinderzimmer und sah nach, ob alles in Ordnung war. Sie ließ Grayson niemals weinen, und selbst jetzt, als sie so aus der Fassung war, konnte sie es nicht ertragen, ihn wimmern zu hören. Derek kuschelte ihn an seine Brust, wiegte ihn sacht hin und her und murmelte ihm tröstliche Worte ins Ohr. Und tatsächlich wurde Grayson sofort ruhiger. Seine Schreie wurden zu kleinen Hicksern, als er den Duft und die Stimme seines Vaters erkannte. Derek schmiegte seine Wange an Graysons, liebkoste ihn, küsste sein winziges Öhrchen, seine Wange, und strich mit seiner starken Hand über Graysons Rücken. Angel spürte einen Kloß im Hals und bemerkte, wie sich ihr das Herz schmerzhaft zusammenzog.

Als ihm klar wurde, dass Angel ihm gefolgt war, drehte er sich abrupt um. Langsam ließ er seinen Blick über sie gleiten, und hielt, wie ihr bewusst war, einen Moment an den noch immer üblen Narben an ihrem linken Bein inne. Dann wandte er seine Aufmerksamkeit wieder dem Baby zu. „Zieh dir etwas an, Angel, bevor du dich noch erkältest.“

Sie fragte sich, ob der Anblick ihres Beines ihn abgestoßen hatte. Seine Stimme hatte ungewöhnlich schroff und leise geklungen. Es waren wirklich hässliche Narben, und außerdem sah sie im Moment insgesamt aus wie ein begossener Pudel. „Also gut. Ich … ich bin gleich wieder da.“

Zurück im Badezimmer trocknete sie sich schnell ab, fuhr sich mit einem Kamm durch ihr zerzaustes Haar und zog sich dann ihren Bademantel an. Er war lang und flauschig und bedeckte sie vom Kopf bis zu den Zehen. Eilig ging sie zurück in Graysons Zimmer. Das Baby hatte sich inzwischen die ganze Faust in den Mund geschoben und schmatzte laut. Angel wusste aus Erfahrung, dass der Kleine sich nicht lange damit zufriedengeben würde.

„Gib ihn mir. Nachdem ich ihn gestillt habe, sollte er wieder einschlafen.“

Lange sah Derek sie an, ehe er nickte. „Ich will ihn zuerst wickeln und umziehen.“

Er verschwand im Nebenzimmer, und Angel ging rastlos auf und ab. Der Brief von heute Nachmittag, dann der erneute Drohanruf … Wieder stellten sich die Härchen an ihren Armen auf, und sie senkte den Kopf. Ihre Gedanken überschlugen sich. Mick hatte recht; sie musste Derek vertrauen, musste ihm von ihrem Verdacht erzählen. Doch sie würde ihm nicht alles sagen. Sie würde ihn nur über die letzten Ereignisse informieren. Wenn sie dann gesehen hatte, wie er darauf reagierte, würde sie sich überlegen, ob sie ihm den Rest ebenfalls erzählen sollte.

Als er ihre Schulter berührte, zuckte sie wieder zusammen, griff sich mit der Hand an den Hals und wirbelte zu ihm herum. Seine Miene war ernst, seine Augen zu schmalen Schlitzen verengt, und sie zwang sich zu einem nervösen Lachen.

„Tut mir leid. Du hast mich erschreckt."

„Offensichtlich. Aber wir reden gleich darüber."

Sie nahm ihm das Baby ab, setzte sich auf die Couch und blickte dann Derek an. Eigentlich verließ er immer das Zimmer, wenn sie Grayson fütterte, um ihr die Ungestörtheit zu geben, die sie brauchte. Doch dieses Mal sah er sie nur an. Ganz langsam und ohne den Blick von ihr zu wenden, nahm er in dem Sessel Platz, der ihr gegenüberstand. Hitze breitete sich in ihr aus. „Derek ..."

„Keine Geheimnisse mehr, Angel."

Grayson zappelte ungeduldig und hungrig auf ihrem Schoß, und sie wusste, als sie Dereks Miene sah, dass es zwecklos war, mit ihm zu streiten. Sie schlug die Augen nieder, beachtete ihren aufmerksamen Zuschauer nicht länger, und begann, ihr Baby zu stillen. Trotzdem war sie verkrampft, konnte sich nicht entspannen und unzählige Gedanken gingen ihr im Kopf herum.

Nach einer Weile erhob sich Derek aus dem Sessel und setzte sich neben sie. Die weichen, zerschlissenen Kissen des Sofas gaben unter seinem Gewicht nach, und Angel sank ein Stückchen zur Seite, bis ihre Hüfte ihn berührte. Er fühlte sich warm und stark an, seine Gegenwart war überwältigend. Angel war sich mit einem Mal der ungeteilten Aufmerksamkeit bewusst, die er auf ihre Brust gerichtet hatte. Sie hingegen konzentrierte sich ganz auf Grayson.

Derek legte locker seinen Arm um ihre Schultern. Plötzlich hatte sie Schwierigkeiten zu atmen. Sie nahm Grayson an die andere Brust, näher zu Derek, und während der Kleine trank, schlief er wieder ein. Er sah so engelhaft aus, und sie konnte ein Lächeln nicht unterdrücken.

„Er ist wunderschön, Angel." Dereks warmer Atem strich über ihre Schläfe, und Angel erschauerte. „Du bist wunderschön."

In seiner Stimme schwang Bewunderung mit, und als er noch näher an sie rückte und sie mit seiner Hitze und seinem Duft und seiner Stärke einzuhüllen schien, spürte sie, wie sie sich entspannte. Es fühlte sich richtig an. Derek tat nichts Unpassendes, sondern beteiligte sich nur an etwas, das ihm rechtmäßig zustand. Seine linke Hand wanderte über ihren Bauch hinweg zu seiner rechten auf ihrer Schulter, mit seinem Arm stützte er das Baby und hielt Mutter und Sohn in dieser Umarmung fest. Er hauchte einen Kuss auf ihre Schläfe. Es war ein leichter, liebevoller Kuss. Langsam gab Grayson ihre Brustspitze frei, und ein Tropfen Milch rann ihm übers Kinn. Mit der Fingerspitze wischte Derek ihn fort.

Sie bewegten sich beide nicht. Angel wusste, dass Derek sie ansah, sie musterte, doch es war nichts Schmutziges an diesem Blick. Er neigte den Kopf und küsste Grayson auf das seidige Haar. „Soll ich ihn nehmen, bis er sein Bäuerchen gemacht hat, und ihn dann ins Bett bringen?", fragte er leise.

Angel nickte.

Als er hochgehoben wurde, streckte Grayson sich und seufzte und machte dann ein lautes Bäuerchen. Alle weiteren Bemühungen waren damit überflüssig. Derek schmunzelte, als er den Kleinen an seine Schulter legte und aufstand. Er sah Angel an. „Ich bin gleich wieder da", flüsterte er. „Rühr dich nicht."

Abgesehen davon, dass sie ihr Oberteil wieder schloss und nervös auf dem Sofa hin- und herrutschte, fügte sie sich.

Es war spät, beinahe elf Uhr, doch sie war alles andere als müde. So viele Empfindungen verwirrten sie – Angst und Aufregung und gespannte Erwartung, aber auch eine tiefe Zufriedenheit. Derek war alles, was ein Vater sein sollte, und sie konnte nicht mehr die Energie aufbringen, ihm zu misstrauen. Es bedurfte all ihrer Kraft, um dagegen anzukämpfen, sich in ihn zu verlieben. Ihn zu verachten war inzwischen ausgeschlossen.

Derek trat aus dem Kinderzimmer und zog leise die Tür hinter sich ins Schloss. Eine Zeitlang blickte er Angel am anderen Ende des Zimmers einfach nur an. Die Stunde der Wahrheit, dachte sie.

Sie war wie erstarrt, konnte sich nicht bewegen, während ihr Herz begann zu rasen und ihre Handflächen feucht wurden. Sie sah, wie Derek die Zähne zusammenbiss, sah, wie seine Schultern sich spannten und wieder entspannten. Und ohne dass er ein Wort gesagt hatte, wusste sie, dass er seinen machtvollen Gefühlen ebenso hilflos ausgesetzt war wie sie.

Was als Nächstes passieren würde, wusste sie nicht, aber sie war begierig, es herauszufinden.

Und dann klingelte das Telefon.

Angel keuchte auf. Misstrauisch und verärgert über die Störung starrte sie in Richtung Küche, wo sich der Apparat befand.

Stirnrunzelnd blickte Derek sie an. „Soll ich für dich rangehen?“

„Nein, ich …“ Sie schüttelte den Kopf und rieb sich mit den Handflächen über die Oberschenkel. Und noch immer saß sie auf dem Sofa und sah das Telefon an.

Mit einem neugierigen Blick auf Angel ging Derek in den Küchenbereich und nahm beim fünften Klingeln den Hörer auf. „Hallo?“ Er wandte seine Augen dabei nicht von Angel, und sie versuchte, möglichst ungerührt zu wirken. Doch sie konnte ihm ansehen, dass er schon viel zu viel in ihrem Gesicht gelesen hatte.

„Hallo?“, wiederholte er etwas lauter. Er sah den Hörer an und legte dann behutsam wieder auf. Als er zu Angel trat, sich vor ihr aufbaute und über ihr emporragte, sah sie unzählige Fragen in seinen Augen. „Was ist los, Süße?“ Seine Stimme klang leise, warnend.

Sie schüttelte den Kopf. „Ich weiß es nicht.“

Er wartete, rührte sich nicht und sagte auch nichts. Sie erkannte seine sture Miene wieder, aber jetzt standen eine Drohung und mehr Entschlossenheit darin als jemals zuvor.

„Manchmal bekomme ich Drohanrufe.“

Eigentlich hatte sie nicht vorgehabt, ein solch nüchternes Geständnis zu machen, doch es war ihr einfach so herausgerutscht. Sie atmete tief durch, während er ermutigend eine Augenbraue hob, und fuhr fort: „Einige Male – bisher vielleicht acht- oder zehnmal – hat ein Mann angerufen und … etwas von mir gefordert. Heute hat er mich zum ersten Mal wirklich wüst angegriffen. Er … hat Sachen zu mir gesagt.“ Sie sah auf und sein Blick fesselte sie. „Das war kurz bevor du gekommen bist.“

Dereks Blick verdunkelte sich. Er zog die Augenbrauen zusammen. Im nächsten Moment kniete er vor ihr und hielt ihre Hände ganz fest, ohne ihr jedoch wehzutun. Es gab ihr das Gefühl, nicht weglaufen zu können, selbst wenn sie es versucht hätte.

Der Ausdruck in seinen Augen war so intensiv, so forschend, dass sie sich unwillkürlich wand. „Du hast gedacht, dass ich dahinterstecken könnte“, sagte er anklagend.

Er klang nicht wütend, auch wenn sie die vorherrschende Empfindung in seiner Stimme nicht genau ausmachen konnte. Sie straffte die Schultern und erwiderte seinen finsteren Blick. „Ich habe anfangs daran gedacht. Ich habe keine Feinde, jedenfalls nicht, dass ich wüsste. Es gibt keinen Grund, mich zu bedrohen. Du bist der einzige Mensch, der mich jemals zu verachten schien, und ich habe eigentlich nie verstanden, warum das so war.“

So, darüber kann er erstmal nachgrübeln, dachte sie und

löste sich von ihm, um vorsichtig in die Küche zu gehen. Sie brauchte etwas zu trinken, einen heißen Tee. Und sie musste seinem prüfenden Blick entkommen.

Aus den Augenwinkeln beobachtete sie, wie Derek aufstand und dann in ihrem winzigen Wohnzimmer auf und ab ging. Er hatte die Hände wieder in die Hosentaschen geschoben und nachdenklich den Kopf gesenkt. Sie kannte diese Haltung inzwischen, dieses Vorbild ernster Selbstbetrachtung. In letzter Zeit hatte sie das oft miterlebt, obwohl sie sich nicht erinnern konnte, dass Derek sich in der Vergangenheit je selbst in Zweifel gezogen oder über etwas, das sie betraf, so intensiv nachgedacht hätte.

Sie stellte Wasser auf den Herd. „Möchtest du auch einen Tee?“

„Danke.“

Nachdem sie den umgekippten Stuhl wieder aufgestellt hatte, setzte sie sich an den kleinen Küchentisch und wartete darauf, dass das Wasser endlich kochte. Kurz darauf spürte sie Dereks Hände auf ihren Schultern, stark und warm.

„Das Problem ist“, flüsterte er, „dass ich nicht hinter den Anrufen stecke. Und ich verachte dich auch nicht.“ Mit den Händen fuhr er zärtlich zu ihrem Hals hinauf und strich ihr dann das immer noch leicht feuchte Haar hinter die Ohren. „Im Gegenteil, Angel, ich will mich um dich kümmern.“

Vor Wut verengte sie die Augen. Sie wollte ihm glauben, wollte verstehen und seine Hilfe annehmen. Sie drehte sich, um ihn anzusehen. „Warum? Warum jetzt, nachdem du mir vor Monaten unmissverständlich klargemacht hast, was du empfunden hast? Mit voller Absicht hast du mich vor meinen Vorgesetzten gedemütigt. Du hast die Sache zwischen uns nicht einfach beendet, du wolltest mich sogar zerstören. *Warum?*“

Er schloss die Augen und wandte sich ab. „Du hast natürlich recht. Ich kann die Vergangenheit nicht ungeschehen machen. Ich kann nur Reue empfinden – was allerdings auch nicht viel bringt. Aber ich bin jetzt hier und ich will helfen."

Da sie sich das schon die ganze Zeit gewünscht hatte, weil genau das das Ziel ihrer Pläne gewesen war, hätte sie eigentlich erleichtert sein müssen. Doch irgendwie war alles anders, als sie es erwartet hätte. Er war nicht mehr derselbe Mann, und es war nicht so leicht, ihm gegenüber Gleichgültigkeit zu empfinden. Der Derek, der sie damals verletzt hatte, war für sie eine Illusion gewesen, der Inbegriff von Stärke und Macht, dessen Wirkung sie verfallen war. Den Mann selbst hatte sie eigentlich gar nicht gekannt, nur oberflächlich. Sie hatte schlicht und einfach seine Erscheinung anziehend gefunden. Aber inzwischen mochte und respektierte sie ihn. Wenn sie die Vergangenheit ausblenden konnte, machte es Spaß, mit ihm zusammen zu sein. Und wenn er Grayson im Arm hielt, erfüllte die Liebe in seinem Blick sie mit einer sich unmerklich ausbreitenden Wärme, und ihr Herz wurde weit. Meistens verstand sie einfach nicht, was sie empfand.

Nur eines war sicher: Grayson schwebte in Gefahr, wenn sie nicht irgendwie Schutz fand.

Sie stand auf, um den Tee zu servieren, und sammelte ihre Gedanken. Nachdem sie ihm eine Tasse auf den Tisch gestellt hatte, sagte sie: „In der letzten Zeit habe ich ein paar anonyme Anrufe bekommen. Öfter als bisher. Normalerweise sagt er nur, ich soll ihm geben, was er will. Ich wüsste schon, was das ist. Die Anrufe fingen an, als ich noch in meiner alten Wohnung wohnte. Nachdem ich hierhergezogen bin, hörten sie für eine Weile auf, und ich dachte schon, ich wäre den Anrufer – wer auch immer es war – endgültig los. Aber vor Kurzem fing es wieder an. Möglicherweise hat er die Nummer von den Anzeigen, die ich in den Colleges verteilt habe. Die Aushänge sind ganz allgemein gehalten, ich biete darin einen Schreibservice an. Aber da ich schon seit dem Unfall für Colleges schreibe, auch schon in meiner alten Wohnung, könnte es sein, dass der Unbekannte mich darüber wiedergefunden hat."

Derek nickte. „Ziemlich wahrscheinlich. Doch derjenige, der hinter den Anrufen steckt, muss wirklich entschlossen sein."

Angel schauderte. „Heute ist er zum ersten Mal richtig ausfallend geworden. Er sagte unmissverständlich, dass ich mich nicht verstecken könne. Er hat mich ... beschimpft und mich dann wieder aufgefordert, ihm zu geben, was er wolle."

Sie bemerkte, wie Derek den Kiefer anspannte. Er blickte sie an, und sie zuckte hilflos die Schultern. „Ich weiß nicht, was er will. Ich wünschte, ich wüsste es."

„Erzähl weiter."

„Ich habe außerdem einen Brief in meinem Briefkasten gefunden."

„Wo ist er?"

Sie zog einen Umschlag aus einem Korb auf ihrem Kühlschrank und reichte ihn Derek. Der Brief war inzwischen vom vielen Lesen ein bisschen zerknittert, aber Derek hatte keine Schwierigkeiten damit, die getippte Nachricht zu entziffern. „Ich habe dich gefunden", las er vor. Eine ganze Weile schwieg er, die Miene finster und angespannt. Er warf den Brief auf den Tisch und drehte sich zu ihr um. „Du hast geglaubt, *ich* würde dahinterstecken?", presste er zwischen zusammengebissenen Zähnen hervor. Seine Wangen waren gerötet. „Du hast geglaubt, ich könnte auf die Idee kommen, herumzuschleichen und Drohbriefe in den Briefkasten einer Frau zu stecken? In *deinen* Briefkasten?"

Seine Reaktion war aufrichtig. Zum ersten Mal war sie absolut davon überzeugt, dass er nichts mit alldem zu tun hatte.

Es konnte jetzt nicht schaden, ihm einen Teil der Wahrheit zu verraten. Das Problem war nur, dass ihr, als sie es versuchen wollte, Tränen in die Augen schossen. Sie konnte nicht den Mut aufbringen, seine Familie als ihre Hauptverdächtigen zu beschuldigen. Noch nicht.

Sie schüttelte den Kopf. „Nein“, sagte sie und bemühte sich, sicher zu klingen. „Ich glaube eigentlich nicht, dass du dahintersteckst. Aber der Brief ist angekommen, nachdem ich Kontakt zu dir aufgenommen hatte. Vorher habe ich immer nur Telefonanrufe bekommen. Und an dem Tag hast du auch den falschen Namen an meinem Briefkasten bemerkt. Heute Abend bist du dann direkt nach dem Anruf aufgetaucht. Das sind doch eine Menge Zufälle.“ Forschend betrachtete sie sein Gesicht und hoffte, dass er verstehen würde. „Ich musste dich doch in Betracht ziehen, Derek. Ich konnte Graysons Sicherheit nicht aufs Spiel setzen.“

Sekunden verstrichen, bevor er schließlich nickte.

Erleichtert atmete sie auf. „Der Grund, warum ich wieder Kontakt zu dir aufgenommen habe, der einzige Grund, warum ich dir Grayson vorgestellt habe, ist der, dass ich dir tief in meinem Inneren aus irgendeinem unglaublich verrückten Grund immer noch vertraue. Trotz allem, was passiert ist, dachte ich … dachte ich, dass du mir helfen würdest. Ich habe *gehofft,* dass du mir helfen würdest.“ Sie schluckte hörbar, beinahe erstickt. „Derek … Ich hatte solche Angst, und ich habe niemanden, an den ich mich wenden kann.“

Ein erstauntes Schweigen breitete sich zwischen ihnen aus. Sie konnte die Gefühle spüren, die in Wellen von ihm auszugehen schienen – Wut und Reue und Verlangen. Im nächsten Moment fand sie sich in seinen Armen wieder, und es fühlte sich so gut, so richtig an, dass sie sich enger an ihn kuschelte und versuchte, sich ganz an seinen starken Körper zu schmiegen. Leidenschaftlich, fast ungeduldig schlang er die Arme um sie, während er ihr Gesicht mit kleinen, begierigen Küssen bedeckte, bis er ihre Lippen erreichte. Mit einem heißen Kuss verschlang er sie, und sie war glücklich, so unglaublich glücklich.

6. KAPITEL

Dane wusste, dass er sich zurückziehen sollte und dass er gerade einen schlimmen taktischen Fehler beging. Er hatte die Situation nicht vollkommen unter Kontrolle, obwohl er das sollte. Doch im Augenblick konnte er es nicht ertragen, auch nur einen Zentimeter von ihr entfernt zu sein. Er wollte und brauchte sie. Jetzt. Sogar zwei Sekunden warten zu müssen, wäre ihm zu viel gewesen. Und Angel fühlte sich so zart an und kam ihm so begierig entgegen. Sie schmiegte ihre Brüste an seinen Oberkörper und ihre Hüften an die seinen. Sie wollte ihn auch, und das war alles, was zählte. Um die Täuschungen und die Sorgen konnten sie sich am nächsten Morgen noch kümmern. Er würde alles irgendwie in Ordnung bringen, aber im Augenblick wollte er kein Wort sagen, das ihre Begierde bremsen könnte.

Mit einem leisen Stöhnen strich er mit den Händen über ihren Rücken und zog sie noch enger an sich. Sie fühlte sich so verdammt gut an.

„Angel."

Sie legte ihr Gesicht an seinen Hals und erschauerte. „Ich verstehe das nicht, Derek", flüsterte sie in einem verwirrten Ton. „Ich habe noch nie so etwas empfunden."

Wie sollte er ihr erklären, was er selbst nicht verstand? Er wusste, dass sie ihn mit dem Derek vergleichen würde, den sie gekannt hatte. Und sosehr er seinen Bruder auch geliebt hatte, sosehr ihm auch daran gelegen war, die Wahrheit herauszufinden, war das Begehren nach ihr im Augenblick stärker als alles andere.

Mit seinen Küssen brachte er sie zum Schweigen. „Ich habe so etwas auch noch nie empfunden, Süße. Mach dir jetzt keine Sorgen darüber. Lass mich dich einfach lieben."

Sie öffnete den Mund und knabberte zärtlich an seinem

Hals, küsste ihn. Aufkeuchend hob er sie hoch, wobei er auf ihr verletztes Bein achtete, und trug sie in ihr Schlafzimmer. Vorsichtig gab er der Tür einen Stoß, und sie fiel leise ins Schloss. Er wollte nicht das Risiko eingehen, Grayson zu wecken. Er wollte überhaupt keine Störungen.

Er legte sie nicht aufs Bett, sondern ließ sie daneben herunter. Im Augenblick wollte er, dass sie nackt war, und er wollte sie betrachten. Es fühlte sich an, als würde er schon ewig auf diesen Moment warten.

Als er nach dem Gürtel ihres Bademantels griff, um ihn zu lösen, packte sie seine Handgelenke. Er sah ihr ins Gesicht und war erstaunt, wie sinnlich der Ausdruck in ihrem Blick mit einem Mal geworden war, wie sie die langen Wimpern gesenkt hatte und wie die grünen Augen begierig leuchteten. Ihre Wangen waren zart errötet, jedoch vor Verlangen und nicht vor Verlegenheit. Sie holte leise Luft, als sie ihn ansah.

Mit der Zungenspitze fuhr sie sich über die Lippen, und selbst dieser unschuldig verführerische Anblick ließ ihn erzittern.

„Ich will dich nicht enttäuschen, Derek."

Noch nie hatte es ihn gestört, mit seinem Zwillingsbruder verwechselt zu werden. Sein ganzes Leben lang war es Leuten passiert, manchmal sogar seinen Eltern. Bevor ihr Vater gestorben war, hatten er und Derek ihm oft Streiche gespielt und ihn absichtlich verwirrt.

Doch jetzt hasste er es. Er musste nach Atem ringen. Er gab ihr einen schnellen, stürmischen Kuss, der im nächsten Moment zärtlich, verlangend und süß wurde. Als er sich schließlich von ihr zurückzog, schien es ihr viel Mühe zu bereiten, ihre Augen aufzuschlagen. Er lächelte. „Unter keinen Umständen kannst du mich enttäuschen, Süße."

„Mein Körper hat sich verändert. Das Baby …"

Ohne den Blick von ihren Augen zu wenden, öffnete er

den Bademantel und schob ihr den flauschigen Stoff von den Schultern. Sie ließ die Arme sinken, und der Mantel glitt an ihr herab auf den Boden. Angel senkte den Kopf und wandte sich leicht ab.

Fast eine Minute lang war er sprachlos. Sie war schöner, als eine Frau es eigentlich sein durfte. An ihren vollen, festen Brüsten mit den aufgerichteten, dunklen Spitzen war nichts Mütterliches. Ihr Brustkorb hob und senkte sich bei jedem unregelmäßigen Atemzug, und ihr Bauch wirkte zart, sanft gerundet und hellhäutig. Er legte eine starke Hand auf ihren Bauch und hörte, wie Angel aufkeuchte.

„Derek …“

„Schh. Ich habe noch nie eine Frau so begehrt, wie ich dich begehre, Angel. Glaub mir, wenn ich dir sage, dass es an dir nichts gibt, was mich enttäuschen kann.“ Ihre Beine waren lang und sexy. Selbst die schlimmen Narben an ihrem linken Schienbein konnten daran nichts ändern. Sofort stellte er sich vor, wie sie diese langen Beine um ihn schlang, wie sie die Fersen in seinen Rücken presste, ihn in sich drängte. Er stöhnte leise auf, als seine Erregung immer weiter wuchs und pulsierend Erlösung forderte.

Bedächtig, um sie nicht zu erschrecken, fuhr er mit der Hand nach unten, bis er sie berührte. Unter seinen Fingern spürte er ihre Löckchen. Sie fühlten sich feucht und weich an. Betörend nahm er den Duft ihrer Erregung wahr, spürte, wie bereit sie für ihn war, und bemühte sich, langsam und tief durch die Nase einzuatmen, um die plötzliche Enge in seiner Brust zu lösen. Er hielt still, hielt sie einfach nur fest, ließ sie die Hitze seiner Hand spüren, ließ die gespannte Erwartung noch höher wachsen.

Angel stöhnte auf und trat noch näher an ihn heran. Mit den Händen packte sie seine muskulösen Oberarme und legte ihre Stirn an seine Schulter.

Dane schluckte und lächelte grimmig. „Kannst du dich daran erinnern, als ich dich in meinem Büro berührt habe?“, fragte er, die Lippen an ihrer Schläfe.

Wortlos nickte sie.

Er leckte über ihr Ohr und knabberte dann zärtlich an ihrem Ohrläppchen. „Du standest so kurz davor, Angel, und ich habe nicht einmal viel getan. Kaum mehr, als dich zu küssen.“ Beim Gedanken daran hätte er beinahe aufgestöhnt.

Ihre Hüften zuckten, ermutigten ihn. Ihre Reaktion vorausahnend strich er mit seinen Fingern tiefer, glitt über ihre zarte, feuchte Haut, öffnete sie, erkundete sie. Sie war unglaublich erregt, seidig, und es erstaunte ihn, wie heftig sie auf seine Berührungen reagierte. Die Mischung aus Lust und überwältigender Zartheit brachte ihn fast um den Verstand.

Ihr Körper an seinem schien erstarrt zu sein. Angel stand ganz still, wartend. Sogar ihr Atem stockte, als hätte sie Angst, etwas zu verpassen, wenn sie sich rührte. Ein Gefühl der Entschlossenheit breitete sich in ihm aus. Er würde ihr keinen Grund zur Klage geben; ihre Ansichten über die Freuden der körperlichen Liebe würden sich grundlegend ändern.

„Öffne deine Beine noch ein bisschen weiter für mich, Angel.“ Er nahm wahr, wie sie auf seine Worte reagierte, und er wollte sie nicht enttäuschen. „Ich will dich spüren. Alles von dir.“

Erschauernd und den Kopf noch immer an seiner Brust verborgen, spreizte sie vorsichtig die Beine. Sofort tauchte er einen Finger in sie und schlang seinen freien Arm um ihre Taille. Sie brauchte seinen Halt.

Ihr gesamter Körper und all ihre Muskeln spannten sich abwechselnd an und gaben dann nach. Er hielt sie an sich gepresst und war sich ihres heftigen Atmens, ihres sanften Stöhnens und der Art, wie sie die Finger in seiner Brust vergrub, überaus bewusst. Sanft streichelte er sie. Er konnte fühlen, wie sie sich anspannte, spürte die kleinen Schauer, die ihr über den Körper jagten. Er schob sie ein kleines Stückchen von sich, und sie ließ es zu. Sie ließ den Kopf in den Nacken fallen, und ihr Haar hing herab und kitzelte an seinem Arm. Er sah, wie sich ihre Brüste hoben und senkten und neigte den Kopf, um eine der verführerischen Brustspitzen in den Mund zu nehmen.

„Ohhhh …“

Er leckte mit seiner Zunge über ihre Knospe, knabberte zärtlich daran, reizte sie. Angel strich mit den Händen von seiner Brust bis zu seinem Kopf hinauf. Die Finger in seinen Haaren vergraben, zog sie sacht, um ihm noch näher zu sein.

„Ich muss mich setzen“, stöhnte sie.

„Nein.“ Er blies über ihre feuchte Brustspitze und sah zu, wie sie sich aufrichtete. Die Schwangerschaft hatte ihre Brüste ohne Zweifel noch empfindlicher gemacht, und er hatte vor, das auszunutzen. „Genau hier, Angel. Ins Bett gehen wir gleich erst.“

Er widmete sich der anderen Brust und hörte, wie Angel verzückt seufzte, fast aufschluchzte. Willig spreizte sie die Beine noch weiter und drängte sich an ihn. Er zog seine Finger zurück, löste sich von ihr und streichelte sie, um dann wieder fest und tief in sie einzutauchen. „Du bist so erregt, Süße“, stöhnte er erstaunt und begeistert und selbst so aufgewühlt, dass er es kaum noch aushielt.

Wild und fordernd zog sie seinen Kopf hoch, bis ihre Lippen sich berührten. Dieses Mal küsste sie ihn. Sie war etwas unsicher, aber so begierig, dass er dachte, er würde zerspringen. Er drängte seine harte Männlichkeit an sie, während er sie weiter liebkoste. Schon bald fand er einen Rhythmus, der ihr gefiel, und führte sie ganz allmählich auf den Gipfel der Lust. Bewusst zog er sich nicht aus, legte sich nicht mit ihr aufs Bett. Denn er wusste, dass es mit seiner Selbstbeherrschung jederzeit zu Ende sein konnte. In diesem Augenblick hätte eine Kleinigkeit gereicht, um ihn zum Explodieren zu bringen. Und er wollte nicht wagen, selbst die Erfüllung zu finden, ehe er sie zum Höhepunkt gebracht hatte.

Innerhalb weniger Minuten seufzte sie auf, ihr Körper angespannt und zitternd, mit den Händen wie im Rausch über seinen Rücken und seine Schultern streichend. Sanft brachte er sie dazu, sich auf die Bettkante zu setzen, sodass ihre Beine über die Kante hingen. Dann kniete er sich zwischen ihre Schenkel. Sie ließ sich nach hinten sinken und vergrub die Hände im Bettlaken. Unablässig bewegte sie ihre Hüften. Dane hob ihre Beine an und legte sie auf seine Schultern. Und bevor sie irgendetwas einwenden konnte – falls sie es so kurz vor dem Orgasmus tatsächlich hätte tun wollen –, umschloss er mit den Händen ihre Hüften und senkte seinen Mund auf sie.

Sie schmeckte süß und heiß. Längst spielte er nicht mehr mit ihr, denn auch er stand kurz davor, zu explodieren. Sein Herz pochte wild, und ihr Duft umgab ihn, als er sie verwöhnte und dabei selbst Schritt für Schritt den Gipfel der Lust erklomm. Als er mit der Zunge über ihre Haut strich, als er ihren geheimsten Punkt fand und ihn küsste, mit der Zunge berührte, zärtlich daran knabberte, stieß sie einen Schrei aus und wurde von ihrem Höhepunkt mitgerissen.

Er wollte sie spüren und drang mit den Fingern in sie. Ihr Innerstes schloss sich um ihn, die Zuckungen wurden immer stärker, als sie das Gefühl auskostete, sich gegen seinen Mund drängte und dabei schrie, stöhnte und ihn unglaublich erregte. Es ging immer weiter, und beinahe hätte er die Beherrschung verloren. Er zitterte am ganzen Körper, als sie schließlich wieder ruhiger wurde. Ihre Augen waren geschlossen, ihre Wimpern lagen feucht auf ihren Wangen. Den Mund hatte sie leicht geöffnet und rang nach Atem.

Sie öffnete die Augen nicht, als er sanft ihre Beine auf das Bett legte und sich aufrichtete, um sie zu betrachten. Ganz langsam und den Anblick ihres entspannten, zufriedenen Körpers in sich aufnehmend, zog er sein Hemd aus der Hose und begann, es aufzuknöpfen. Er zwang sich dazu, es ruhig angehen zu lassen und den Moment der Eroberung zu genießen. Selbst in seinen eigenen Augen erschienen ihm seine Gedanken, seine Reaktionen primitiv, vielleicht sogar skrupellos. Doch er wollte, dass sie ihm gehörte, ihm allein – ein Gefühl, das er so noch nie erlebt hatte, nicht einmal mit Anna. Er wollte sie ganz nehmen, sie vollkommen besitzen, sodass sie ihm alles verzeihen und ihm ganz und gar vertrauen würde.

Sie stieß ein zittriges Seufzen aus, legte erschöpft eine Hand an ihre Stirn und schob sich die Haare aus dem Gesicht. Dane beobachtete sie und war so erfüllt von Verlangen, dass ihm ihr Bild vor Augen verschwamm.

Während er mit einer Hand den Gürtel öffnete, strich er mit der anderen über ihre zarten Schenkel. Ihre Haut fühlte sich wie warme Seide an und reizte ihn mehr, als gut war.

Ihre Wimpern flatterten, als er langsam höher glitt, und schließlich schlug sie die Augen auf. Sie wirkte benommen und entspannt, so als würde sie jeden Moment einschlafen. Er lächelte und zog vorsichtig seinen Reißverschluss auf. „Du schreist gern, Angel. Das gefällt mir."

„Oh." Eine leichte Röte überzog ihre Wangen, und sie schluckte. Als ihr Blick auf seine offene Hose fiel, riss sie die Augen auf. *„Oh."*

Dane nahm neben ihr auf dem Bett Platz. Seine Hand lag noch immer auf ihrem Bein. „Nein, nicht aufrichten. Ich mag es, wie du daliegst." Sie ließ sich wieder in die Kissen sinken, und er schlüpfte aus seinen Schuhen, ohne den Blick von ihrem Körper zu wenden. Mit dem Finger umkreiste er ihre Brustspitze, weiter und weiter, bis Angel einen kleinen Protestlaut ausstieß. Dann fuhr er mit dem Finger über ihre Rippen bis zu ihrem Bauch. Abrupt wand sie sich unter seiner Hand weg.

„Bist du etwa kitzelig?“

„Derek …“

Er beugte sich vor und hauchte einen Kuss auf ihren Nabel. „Ich liebe deinen Geschmack, Süße.“

Mit wiedererwachter Lust stöhnte sie leise. Dann versuchte sie, sich von ihm abzuwenden. Er hielt sie an den Hüften fest und hinderte sie daran.

„Derek, du kannst nicht von mir erwarten …“

„Doch, das tue ich.“ Wieder glitt er mit seinen Fingern zwischen ihre Beine und hielt sie fest, während er eine Spur von Küssen von ihrem Bauch bis zu ihren Brüsten hauchte. „Ich erwarte von dir, dass du dich von mir verwöhnen lässt, und ich erwarte von dir, dass du weiterhin meine Bemühungen genießt.“ Für einen Moment hob er den Kopf und fixierte sie mit seinem Blick. „Du hast einen wundervollen, langen und intensiven Höhepunkt genossen, Angel. Und wenn ich mich nicht irre, war es dein erster. Also versuch nicht, das abzustreiten.“

Sie keuchte auf. „Das hatte ich auch nicht vor!“

„Gut.“ Als er eine ihrer Brustspitzen mit seinem warmen Mund umschloss, drängte Angel sich an ihm und vergrub ihre Finger in seinem Haar.

„Nein, Derek.“

Er richtete sich abrupt auf und hielt ihre Hände neben ihrem Kopf fest. „Doch.“

Bevor er sie küssen konnte, sagte sie schnell: „Ich möchte, dass du dein Hemd ausziehst. Ich möchte dich auch sehen. Es ist nicht fair, dass ich hier so … entblößt liege, während du noch vollständig angezogen bist.“

Langsam breitete sich ein schamloses Lächeln auf seinem Gesicht aus. Er wusste es, aber es war ihm egal. Sie wies ihn nicht zurück, wie er es zuerst gedacht hatte. Sie bestand nur auf Gerechtigkeit. „Also gut.“

Er schlüpfte aus seinem Hemd und griff nach seinem Hosenbund. Dann stellte er sich zwischen ihre Beine und streifte die Hose zusammen mit seinen Boxershorts ab. Als er sich wieder aufrichtete, war er nackt.

Angel ließ den Blick über ihn schweifen, und wieder überzog Röte ihr Gesicht. Er unterdrückte ein Lachen und war einfach begeistert von ihr. Ihre besondere Unschuld, ihre Sinnlichkeit machten ihn verrückt. Er liebte es. Er liebte … Nein, seine Gedanken wollten sich nicht weiter in diese Richtung bewegen. Sein Entschluss stand fest.

Mit einem Knie spreizte er ihre Beine noch weiter und legte sich auf sie. Auf seine Ellbogen gestützt lächelte er sie an. „Hi."

Statt sein Lächeln zu erwidern, zeichnete sie sein Gesicht nach, über seine Augenbrauen, den Nasenrücken, das Grübchen in seinem Kinn. „Du hast mich überrascht, Derek. Alles ist so anders …"

„Das hast du schon gesagt." Er wollte im Augenblick nicht darüber reden. An seinen Bruder zu denken, wie er mit ihr zusammen im Bett war, reichte aus, um ihn um den Verstand zu bringen.

„Was passiert ist, war … unerwartet."

„Aber schön?" Wieder ergriff er ihre Hände und hielt sie über ihrem Kopf fest. Sie war seinem Willen hilflos ausgeliefert.

Nachdenklich betrachtete sie weiter sein Gesicht. „Sehr schön. Unglaublich, um ehrlich zu sein. Seit ich dich wiedergesehen habe, ist das so. Du siehst mich an, und mir wird heiß. Du berührst mich, und ich kann keinen klaren Gedanken mehr fassen. Ich versuche, dich zu verachten, ich habe schließlich allen Grund dazu, aber ich kann es nicht. Es ergibt alles keinen Sinn. Es sei denn, das Baby hat mich so verändert."

„Angel." Ihre Worte wühlten ihn auf, doch er wusste nicht, wie er ihr das sagen sollte.

„Nach allem, was zwischen uns passiert ist, dachte ich, ich würde dich für immer hassen."

Er stöhnte. „Nein, Baby." Er küsste sie voller Leidenschaft und tauchte seine Zunge in ihren Mund. Mit seiner breiten Brust berührte er ihre empfindlichen Knospen und spürte, wie sie die Beine beugte und ihren Schoß hob, um seinen Hüften näher zu kommen. Zwischen ihren Beinen zu liegen war eine bittersüße Qual, ihre feuchten Löckchen an seinem Bauch zu spüren und ihre zarten Schenkel, die ihn umschlossen. Er schmiegte sich an sie, und seine Muskeln waren so angespannt, als würde er jeden Augenblick zerbersten.

Sie verlagerte sich, und seine harte Männlichkeit berührte ihren geheimsten Punkt. Angel bewegte sich mit ihm im Einklang, die Münder noch immer aufeinandergepresst, ihr Atem hastig, stoßweise.

Sie zuckte, löste ihren Mund von ihm und schrie auf.

Dane war überrascht, wie schnell sie wieder ihren Höhepunkt erreicht hatte und unter ihm erschauerte, den Kopf in den Nacken gelegt und die Fersen gegen seine Schenkel gepresst.

Mit seiner Selbstbeherrschung war es zu Ende. Zitternd griff er nach seiner Hose und suchte fieberhaft nach seiner Brieftasche. Er fand ein Kondom und riss die Verpackung ungeduldig mit den Zähnen auf. Angel rang noch immer atemlos nach Luft, und als er sie packte, ihre Knie in seine Ellbogenbeuge legte, ihre Beine spreizte und dann hungrig in sie eindrang, schrie sie wieder auf.

Er konnte keinen klaren Gedanken mehr fassen. Sein Hirn pochte, ihm schien alles vor den Augen zu verschwimmen, und er spürte und roch und schmeckte nur noch sie. Angel war in sein Herz, in seine Seele gedrungen. Er war derjenige, der sich fühlte, als hätte sie Besitz von ihm ergriffen, und er wehrte sich dagegen, auch wenn er spürte, dass es um ihn geschehen war und er nichts mehr dagegen tun konnte. Stöhnend schloss er die Augen und bewegte sich in ihr. Als er hörte, wie Angel wieder aufkeuchte, wusste er, dass sie wieder gemeinsam auf dem Weg zu einem Höhepunkt waren. Das war zu viel für ihn. Es fühlte sich an, als würde er zerbersten. Sein gesamter Körper war ergriffen von schmerzlicher Lust, doch es war so wundervoll, dass er nicht wollte, dass es jemals endete …

Es dauerte eine ganze Weile, bis er wieder in die Wirklichkeit zurückfand, bis er Angels sanftes Atmen wahrnahm, die Schauer, die ihr über den Körper jagten. Langsam und benommen stützte er sich auf seinen Ellbogen auf. Tränen hingen in ihren Wimpern, und ihre Lippen wirkten rot und leicht geschwollen. Sein Herz zog sich zusammen.

Verdammt, ihr Bein. Ihre Beine lagen noch immer in seinen Armbeugen, und er wusste, dass sie Schmerzen haben musste. Er hatte sie unsanft, fast brutal genommen. Bei dem Gedanken, dass er ihr wehgetan hatte, verzog er voller Selbsthass das Gesicht. Behutsam richtete er sich auf und legte ihre Beine ab. Sie stöhnte und wandte den Kopf ab, weg von ihm.

Er umschloss ihr Kinn und drehte sie wieder zu sich um. „Angel, Süße, es tut mir so leid."

Sie schüttelte den Kopf.

„Baby, sieh mich an."

Sie hob die Wimpern und sah ihn an. Beim Anblick der Tränen in ihren Augen krampfte sich sein Magen zusammen. Er legte seine Stirn an die ihre und küsste sie zärtlich. „Es tut mir so leid, Süße. Ich wollte dir nicht wehtun."

Sie runzelte die Stirn.

„Ich habe mich da ein bisschen hinreißen lassen." Er versuchte zu lächeln, doch es fühlte sich wie eine Grimasse an. „Du hast gestöhnt, und ich war zu keinem vernünftigen Gedanken mehr in der Lage. Entschuldige." Er klang wie ein Papagei, wie er wieder und wieder um Verzeihung bat.

„Derek, bitte …“

Verdammt, er hasste es, dass sie ihn so nannte. „Schh. Es ist schon gut.“ Ihr Haar, das inzwischen trocken und vollkommen zerzaust war, lag auf dem Kissen. Er versuchte, es glatt zu streichen. „Kann ich dir irgendetwas holen? Aspirin oder so?“ Er fühlte sich wie ein Idiot – zuerst hatte er Sex mit einer Frau und bot ihr dann ein Medikament gegen die Schmerzen an.

Wieder schüttelte sie den Kopf. Als sie nun sprach, klang ihre Stimme zögerlich und leise wie ein Flüstern. „Mir geht es gut. Ich bin nur ein bisschen … überwältigt. Ist es immer so?“

Jetzt war er verwirrt. Um etwas Zeit zu gewinnen, setzte er sich auf und rutschte vorsichtig an ihre Seite. Ihr Körper war von ihren Anstrengungen und ihrer gemeinsamen Hitze feucht gewesen, und nun zitterte sie in der kühlen Abendluft. Er zog eine Ecke der Bettdecke heraus, um sie zuzudecken, ließ jedoch ihr linkes Bein frei. Behutsam massierte er ihren Unterschenkel und bemerkte, wie sie zusammenzuckte.

„Verdammt, ich bin ein gedankenloser Mistkerl. Ich …“

Sie lachte, ergriff seine Hand und verschlang ihre Finger ineinander. „Nein, das bist du nicht. Mir geht es gut, Derek.“

Entschlossen ignorierte er, dass sie ihn fortwährend beim Namen seines Bruders nannte. „Warum weinst du dann?“

Sie setzte sich auf, schlang die Arme um ihn und schmiegte sich an ihn. „Weil es so wundervoll war.“

Mit klopfendem Herzen erwiderte Dane ihre Umarmung. „Ich habe dir also nicht wehgetan?“

Sie lachte wieder. „Vielleicht ein bisschen, aber es ist mir gar nicht aufgefallen … erst danach.“

Sanft drückte er sie in die Kissen zurück und erhob sich. „Ich bin gleich wieder da.“ Mit diesen Worten und einem letzten Blick auf ihren nackten Körper verließ er das Schlafzimmer. Er wollte sich überzeugen, dass das Apartment für die Nacht sicher abgeschlossen war. Es gab drei Fenster: eines in der Küche über der Spüle, das allerdings zu klein für einen Eindringling war, und eines im Wohnzimmer an derselben Wand. Er sah nach, ob es abgeschlossen war, und stellte dann fest, dass es so alt und verzogen war, dass es vermutlich unmöglich war, es zu öffnen. Und im Schlafzimmer würde er selbst sein, also machte er sich über das Fenster dort auch keine Sorgen. Die Eingangstür hatte er schon abgeschlossen, als er hereingekommen war. Er sah zum Telefon, und sein Blick verfinsterte sich, aber diese Sorge schob er zur Seite. Im Moment wollte er sich nur auf Angel konzentrieren.

Er sah auch nach Grayson, der tief und fest schlief. Er hatte Angst gehabt, ihr Liebesspiel hätte das Kind gestört, aber Grayson schlummerte warm und behaglich eingepackt in seinem Bettchen. Der Kleine lag auf der Seite, eine rundliche Wange war ganz zerknautscht und sein Mündchen stand leicht offen.

Verdammt, Dane fühlte sich gut. Seit ewigen Zeiten ... Eigentlich hatte er sich *noch nie* so gut gefühlt. Angel war dic perfekte Partnerin im Bett – wild und hingebungsvoll und empfänglich. Sie brachte ihn um den Verstand. Außerdem war sie sanft und liebevoll, warmherzig und stark.

Und sie hatte seinen Neffen Grayson, die stärkste Verbindung, die es noch zu seinem Bruder gab. In seinem Herzen war Grayson sein eigenes Kind.

Sobald er mit Angel alles klargestellt hatte, würden sie zusammenarbeiten, um herauszufinden, was mit Derek passiert war. Höchstwahrscheinlich standen die Drohungen gegen sie und Dereks Tod in irgendeinem Zusammenhang. Er hasste diese Ungewissheit, hasste es, wie unfähig er sich im Umgang mit diesem Problem fühlte. Irgendwie musste er das Geheimnis enträtseln und gleichzeitig Angel beschützen. Glücklicherweise waren die Drohungen gegen sie im Augenblick noch abstrakt und nicht körperlich. Schon bald, bevor es noch ernster wurde, wollte er die Angelegenheit geklärt haben. Von jetzt an würde er seine Anstrengungen verdoppeln.

Kurz darauf kehrte Dane mit einem feuchten Waschlappen ins Schlafzimmer zurück. Er hatte das benutzte Kondom entsorgt und noch zwei weitere auf den Nachttisch gelegt. Die Nacht war jung, und er war noch immer hungrig.

Angel schien schon fast zu schlafen. Die Tatsache, dass es sie nicht beunruhigt hatte, dass er in ihrem Apartment herumgelaufen war, zeigte ihm, dass sie ihm allmählich vertraute. Zumindest ein bisschen. Und es bewies zu einem gewissen Maße auch, dass sie nichts zu verbergen hatte.

Sie schlug die Augen auf und blinzelte schläfrig zu ihm auf, als er sich auf die Bettkante setzte. „Was machst du da?“

„Ich wollte es dir nur ein bisschen angenehmer machen.“ Damit fuhr er mit dem warmen feuchten Lappen über ihr Gesicht, ihren Hals und dann ihren Körper hinab. Sie lächelte und bog sich mit einem lustvollen Stöhnen seiner Hand entgegen.

„Hast du ein … ein …“

Dane hob eine Augenbraue. „Habe ich was?“

Sie deutete auf seinen Schoß. „Du weißt schon. Bevor du mit mir geschlafen hast.“

„Ein Kondom benutzt? Ich wollte kein Risiko eingehen. Sosehr ich Grayson auch liebe, ist das Letzte, was du im Augenblick gebrauchen kannst, eine weitere Schwangerschaft. Schon allein wegen deines Beines …“

„Und wegen meiner finanziellen Situation und der Drohungen.“

Dane beugte sich vor und küsste sie. „Ich werde mich um die Drohungen kümmern. Mach dir darüber keine Gedanken. Und was mich betrifft, hast du keine finanziellen Nöte. Ich kann für alles aufkommen.“ Sobald die Worte ausgesprochen waren, hob er bereits beschwichtigend die Hand. „Ich meinte das nicht so, wie es vielleicht geklungen hat.“

Aber Angel warf ihm schon einen wütenden Blick zu. „Ich habe dir mittlerweile oft genug gesagt, Derek, dass ich nichts von dir brauche."

Dane betrachtete ihre vollen Brüste, ihre erröteten Wangen und warf den Waschlappen zur Seite. „Ich würde nicht sagen, dass das so stimmt." Im nächsten Moment lagen sie wieder ausgestreckt auf dem Bett. Angel stöhnte den Namen seines Bruders.

Als er die Bettdecke wegschob, damit sie nichts mehr trennte, flüsterte er: „Ich bleibe heute Nacht hier, Süße, und morgen früh klären wir alles. Aber jetzt will ich dich."

„Derek."

Er würde möglichst schnell alles klarstellen müssen. Beim Namen eines anderen Mannes genannt zu werden, während er mit der Frau schlief, die sich immer weiter in seinem Kopf festsetzte, war untragbar.

Morgen früh, dachte er. Er würde alles am nächsten Morgen aufklären. Dann konnte Angel damit beginnen, die Dinge so zu akzeptieren, wie sie in Wirklichkeit waren. Sie konnte sich mit Dane Carter auseinandersetzen. Und er würde Sorge tragen, sie daran zu erinnern, dass sie ihn viel lieber mochte als Derek.

7. KAPITEL

Stöhnend wachte Angel auf. Ihr taten Körperstellen weh, an die sie noch nie zuvor gedacht hatte, und ihre Muskeln protestierten, als sie sich streckte. Durch den Schlafmangel fühlte sie sich seltsam benommen.

Sie und Derek hatten sich in der Nacht noch ein paarmal geliebt. Der Mann schien unersättlich zu sein, doch sie würde sich nicht beklagen. Alles, was er mit ihr gemacht hatte, war wundervoll gewesen, wenn auch ein wenig schockierend. Lächelnd blickte sie zum Fenster und sah, dass die Sonne mit einem orangeroten Leuchten aufging. Sie liebte die Morgendämmerung im Winter, das Versprechen von Sonnenschein, wenn das Wetter ansonsten so trostlos und kalt war.

Sie drehte sich wieder um und wollte den Arm nach Derek ausstrecken – aber Derek war nicht da. Angel runzelte die Stirn. Dann fiel ihr Blick auf die Uhr auf dem Nachttischchen. Acht Uhr dreißig. Grundgütiger, sie hatte schon seit einer Ewigkeit nicht mehr so lange im Bett gelegen. Sie fragte sich, ob Derek irgendwo in der Wohnung war, doch in dem Moment entdeckte sie die Nachricht auf seinem Kissen. Sie richtete sich im Bett auf und faltete das Stück Papier auseinander.

Tut mir leid, dass ich einfach so verschwunden bin, aber ich musste heute früh ins Büro. Ich wollte dich nicht stören – ich meine, nicht noch mehr, als ich dich in der vergangenen Nacht schon gestört habe.

Angel lächelte. Sie konnte den prahlerischen Tonfall seiner Stimme in den neckischen Worten fast hören.

Viel zu tun. Ruf dich später an. Bleib im Apartment und mach dir keine Sorgen. Ich kümmere mich um alles. – D.

Mach dir keine Sorgen – so, so. Was fiel ihm ein, sich plötzlich und auf wundersame Weise um alles zu kümmern? Sie ließ die Nachricht fallen, als sie gähnte und sich noch einmal streckte. Zeit aufzustehen und nach Grayson zu schauen. Zumindest hatte Derek so viel Weitblick bewiesen, die Schlafzimmertür offen zu lassen. In der Nacht hatte er sie gegen ihren Widerspruch geschlossen. Doch wie versprochen hörte er Grayson, als der Kleine aufwachte, und holte ihn sogar, sodass sie das warme Bett nicht verlassen musste. Nachdem sie das Baby gestillt hatte, brachte Derek ihn zurück in sein Bettchen. Und da sie nun beide wach waren, hatten sie noch einmal miteinander geschlafen. Selbst bei diesem letzten Mal war es wild und leidenschaftlich gewesen, und sie hatte ihm in die Schulter gebissen, um nicht laut aufzuschreien.

Bei der Erinnerung an Dereks zufriedenes Lächeln stieg ihr Hitze in die Wangen. Er hatte sich die leichten Zahnabdrücke auf seiner Schulter angesehen und stolz gegrinst.

Unerklärliche Männer. Angel lächelte.

Sie schlüpfte gerade in ihren Bademantel, als ein Klirren ertönte. Zersplitterndes Glas und ein dumpfes Geräusch, gefolgt von einem leisen Zischen. Das Herz schlug ihr bis in den Hals hinauf, und es dauerte einen Moment, bis sie sich aus ihrer Erstarrung gelöst hatte und sich in Bewegung setzte. Sie rannte aus dem Schlafzimmer und nahm sofort den Geruch von Rauch wahr. Dunkle Schwaden quollen aus der Küche und in den Rest der winzigen Wohnung.

„Oh, mein Gott." Angel starrte entsetzt auf den Qualm und rannte dann los, um Grayson zu holen. Der Kleine war aufgeschreckt, und seine Miene war nur eine Sekunde lang ausdruckslos, ehe er zu weinen begann. Sie riss ihn hoch, in ihre Arme, schlang ganz fest eine Decke um sie beide und rannte zur Vordertür. Sie brauchte zu lange, um das Schloss aufzubekommen, und fluchte, als sie endlich die Tür öffnen konnte. Im

Flur erstarrte sie und fragte sich, was sie machen sollte. Möglicherweise war das Feuer ja absichtlich zu dem Zweck gelegt worden, sie aus dem Apartment zu locken, sodass sie schutzlos im Korridor stand. Zitternd und mit wild pochendem Herzen versuchte sie, Grayson zu beruhigen, während sie den Flur entlang zu Micks Apartment rannte.

Sie hämmerte mit der Faust gegen die Tür und sah sich dabei gehetzt um, um eventuelle Gefahren zu erkennen. Die Tür ging auf, und Micks Mutter stand da. Ihr Gesicht zeigte deutliche Spuren einer langen Nacht, und ihre Kleider waren so zerknittert, als hätte sie darin geschlafen. Sie sah sehr unsicher auf den Beinen aus – und verärgert. Bevor Angel etwas sagen konnte, kam Mick um seine Mutter herum zu ihr.

„Was ist passiert?“ Er zog Angel in die Wohnung und musterte sie von Kopf bis Fuß. Sie war sich bewusst, dass sie ihren Bademantel nur flüchtig zusammengeknotet hatte, und sie nahm Grayson etwas anders auf den Arm, um sich besser bedecken zu können.

„Ein Feuer. In meinem Apartment. Irgendjemand hat, glaube ich, eine Scheibe eingeworfen.“

Mick starrte sie an und wollte sie dann – entschlossen, der Sache auf den Grund zu gehen – zur Seite schieben. Angel ergriff seinen Arm. „Nein! Ruf einfach nur die Feuerwehr an, um Himmels willen.“

Er schüttelte ihre Hand ab und warf seiner Mutter einen Blick zu. „Ruf an. Ich bin gleich wieder da.“

Mrs Dawson unternahm keinen Versuch, ihren Sohn aufzuhalten, und das enttäuschte Angel über alle Maßen. Sie beobachtete, wie die Frau den Hörer aufnahm und sich bemühte, diesen Telefonanruf zu tätigen, doch sie hatte ganz offensichtlich einen Kater.

Behutsam nahm Angel ihr den Hörer aus der Hand und gab der Notrufzentrale der Feuerwehr so gut es ging die Details durch. Der Mann am anderen Ende forderte sie auf, das Gebäude zu verlassen und versprach, dass so schnell wie möglich jemand kommen würde. Angel betete, dass Mick gleich zurückkehren würde. Noch nie in ihrem Leben hatte sie so viel Angst gehabt.

Mick kam zurückgerannt, als Angel gerade versuchte, Grayson vernünftig einzuwickeln. „Es ist alles gut. Es war nur ein kleines Feuer, und es ist gelöscht. Aber um sicher sein zu können, sollten wir draußen auf die Feuerwehr warten." Er ging in sein Zimmer, holte zwei Decken für Angel und zog sich dann seine Jacke an.

Seine Mutter gab grummelnde Geräusche von sich und hielt sich den Kopf. „Ich glaube, ich gehe mal rüber zu *Jerry's.* Du kommst hier doch klar, oder, Mick?"

Mick nickte ihr knapp zu. „Ja." Mrs Dawson schnappte sich ihren Mantel und verschwand, die eine Hand noch immer an den Kopf gelegt, aus der Wohnung. Micks Gesicht wirkte wie in Stein gemeißelt.

Er nahm Angels Arm und ging mit ihr nach draußen. In der Ferne konnten sie bereits die Sirenen hören. Behutsam legte er seinen Arm um Angel und das Baby, um ihnen seine Wärme zu geben und Trost zu spenden.

Angel wünschte sich von Herzen, er wäre ihr Sohn. „Danke, Mick."

Er ging nicht darauf ein. „Sobald hier alles wieder in Ordnung ist, wirst du als Erstes Derek anrufen."

Sie schluckte. „Also gut."

„Du musst ihm alles erzählen, Angel. Keine Spielchen mehr."

„Ich weiß."

Sie konnte richtig spüren, wie angespannt er war. Seine Wut war beinahe mit Händen greifbar. „Verdammt, ich wünschte, ich hätte den Täter gesehen."

Angel war dankbar, dass er ihn nicht gesehen hatte.

Die Feuerwehr brauchte nicht lange, um zu bestätigen, was Mick gesagt hatte. Jemand hatte mit einem Stein das kleine Fenster in ihrer Küche eingeworfen und dann ein paar mit Benzin getränkte Lappen hineingeschmissen. Es war mehr Qualm als ein Feuer gewesen. Sehr zum Unwillen der Feuerwehr hatte Mick die flackernden Flammen mit einer Decke erstickt. Er bekam einen Vortrag in Sachen Sicherheit zu hören und darüber, dass es wichtiger war, sich von einem Feuer wegzubewegen und die Feuerwehr zu alarmieren, als zu versuchen, es selbst zu löschen. Angel merkte, dass Mick den Worten der Feuerwehrleute nur halbherzig lauschte.

Endlose Befragungen folgten, doch schließlich einigte man sich darauf, dass es sich um einen geschmacklosen Scherz gehandelt hatte. Für die Feuerwehr stand fest, dass es nicht die Absicht des Täters gewesen war, einen schweren Brand auszulösen. Nur ein Streich, sagten sie, und Verärgerung schwang in den Worten mit. Angel erzählte ihnen nichts von den anderen Drohungen – den Anrufen und dem Brief. Sie wollte zuerst mit Derek sprechen. Sie hatte das Gefühl, dass er an ihrer Seite sein wollte, wenn sie sich an die Polizei wandte.

Mick ging an diesem Tag nicht zur Schule und bot an, stattdessen bei Angel zu bleiben. Er hatte die Vormittagsstunden sowieso schon verpasst, weil er sich mit seiner Mutter gestritten hatte, die wieder einmal vollkommen betrunken nach Hause gekommen war. Angel fühlte mit ihm, auch als sie nun dankbar sein Angebot annahm.

Die Wohnung war chaotisch, der Geruch nach Qualm lag über allem. Alle Kleider stanken. Ihre Jeans musste sie so anziehen, aber Mick lieh ihr ein frisches Sweatshirt, das sie überziehen konnte. Sie waren nur kurz in ihrem Apartment, gerade lange genug, damit sie das Nötigste für Grayson und einige ihrer eigenen Sachen einpacken konnte. Sie hatte keine Hausratversicherung, und der Gedanke an die Kosten, die anfallen würden, wenn sie einige Dinge ersetzen musste, überforderte sie. Die Feuerwehrleute hatten vorgeschlagen, einen professionellen Reinigungsservice zu beauftragen, um den Schaden zu beseitigen und die verrußten Bereiche in der Küche zu säubern. Aber sie wusste, dass sie sich das nicht leisten konnte. Das Putzen würde sie selbst übernehmen müssen.

Mick blieb vor ihr stehen, als sie sich auf die Couch in der Wohnung seiner Mutter sinken ließ. Er reichte ihr das Telefon. „Ruf Derek jetzt an. Du hast es lange genug vor dir hergeschoben."

Sie seufzte, denn sie wusste, dass er recht hatte, aber sie war sich nicht sicher, wie sie es Derek erzählen sollte. Er würde mit Sicherheit wütend werden. Und ihre Gedanken waren noch immer vollkommen ungeordnet.

Sie gewann etwas Zeit, indem sie durch ihr persönliches Telefonbüchlein blätterte, das sie von ihrem Schreibtisch mitgenommen hatte. Unwillkürlich schloss sie die Augen, als sie an all die Papiere dachte, die sie noch abtippen musste – und alle waren grau vor Ruß. Wie ein so kleines Feuer einen solchen Schaden hatte anrichten können, war ihr noch immer nicht klar. Im Augenblick schien ihre Welt sich immer schneller um sie herum aufzulösen, und ihre Alternativen fielen nach und nach weg, bis ihr nur noch eine Möglichkeit blieb: Sie brauchte Derek. Die Vorstellung machte ihr weniger Angst als noch vor einer Woche.

Entschlossen, nicht länger zu zögern, fand sie Dereks Büronummer und wählte sie. Eine Sekretärin meldete sich.

Angel räusperte sich. „Ich würde gern mit Derek Carter sprechen."

Eine sehr höfliche Stimme lehnte ihre Bitte ab. „Es tut mir leid, Ma'am. Mr Carter kann Ihren Anruf nicht entgegennehmen."

Um sich zu beruhigen, atmete Angel einmal tief durch

und versuchte, sich zusammenzureißen. Eine Sekretärin anzuschreien würde ihr nicht weiterhelfen. „Sie verstehen nicht. Ich *muss* mit ihm sprechen. Es ist ein … ein Notfall."

Es entstand ein winziges Zögern, ehe die Sekretärin sagte: „Einen Augenblick, bitte."

Doch es war nicht Derek, der an den Apparat kam. Angel erkannte die ungeduldige Stimme nicht wieder, aber auf die Nachfrage des Mannes hin wiederholte sie ihre Bitte.

Misstrauen schlich sich in seine Stimme, als er fragte: „Wer ist da?"

Weil sie verunsichert und nervös war, antwortete Angel, ohne groß nachzudenken. „Angel Morris."

Ein erstauntes Schweigen folgte, dann ein raues Lachen, das schnell unterdrückt wurde. „So, so. Es tut mir leid, dass ich es Ihnen mitteilen muss, Herzchen. Aber Derek Carter ist tot." Wieder entstand ein kurzes Schweigen, und Angel konnte ihr eigenes Herz schlagen hören. Dann fügte er hinzu: „Vielleicht kann ich Ihnen helfen? Was brauchen Sie?"

Angel ließ den Telefonhörer fallen, als ihr Herz sich vor Panik überschlug. Sie konnte nicht mehr richtig durchatmen. Mick blickte sie stirnrunzelnd an und nahm den Hörer auf. „Angel?"

Sie schüttelte den Kopf und erhob sich langsam. Ihr war bewusst, dass sie weiß wie die Wand war und dass ihr Atem zu schnell ging. Es konnte nicht wahr sein; es war wahrscheinlich Teil der Drohungen, ein teuflisches Spiel, um sie zu quälen und zu verwirren.

Eine reinigende Welle der Wut durchströmte sie. Erst die Schäden an ihrem Apartment und jetzt dieser widerwärtige Scherz. Sie weigerte sich zu glauben, dass es mehr gewesen war.

Mick wollte etwas ins Telefon sagen, doch Angel riss ihm den Hörer aus der Hand und knallte ihn auf die Gabel. „Nein. Sprich nicht mehr mit ihm."

„Mit ihm? Was ist los, Angel?“

Angespannt und wütend ging sie vor Mick auf und ab. „Er hat gesagt, Derek wäre tot, aber ich weiß, dass das nicht wahr sein kann! Es kann nicht wahr sein.“

Micks Blick verfinsterte sich. Sein Gesicht wurde vor Verwirrung und Besorgnis blass. „Natürlich ist es das nicht.“ Einen Moment lang wirkte er unsicher, ehe Entschlossenheit alle anderen Emotionen auf seinem Gesicht verdrängte. „Komm schon.“ Er packte Angel fest am Arm und zog sie hinter sich her.

„Wohin gehen wir?“

„In seine Firma. Du wirst mit eigenen Augen sehen, dass es Derek gut geht, und dann wirst du ihm alles erzählen. Das alles fängt allmählich an, sehr seltsam zu werden.“

„Ja.“ Angel nickte. Über ihre nicht zusammenpassenden Kleider, ihr zerzaustes Haar oder ihr rußverschmiertes Gesicht machte sie sich im Augenblick keine Gedanken. Sie wollte einfach nur Derek sehen – lebendig und wohlbehalten.

Ihr Verhalten war vielsagend, doch sie wollte sich nicht näher damit befassen. Es ging ihm gut. Sie war sich sicher, dass es ihm gut ging. Ihre Hände zitterten vor Wut, und ihr Herz zog sich schmerzhaft zusammen, als sie Grayson in eine Decke einwickelte und Mick aus der Wohnung folgte. Sobald sie wusste, dass es Teil der Drohungen war und dass mit Derek in Wahrheit alles in Ordnung war, würde sie ihm alles erzählen.

Sie würde nie wieder an ihm zweifeln.

Dane sah in die ernsten Gesichter, die ihn anblickten. Er wusste, dass seine Mutter das kleine Treffen, das er einberufen hatte, nicht guthieß, aber bisher hatte sie sich ruhig verhalten. Schon das allein verwirrte ihn, weil seine Mutter eigentlich kein Mensch war, der mit großer Umsicht handelte. Sie hatte normalerweise den Hang dazu, ihre Ziele mit der Kraft eines Rammbocks zu verfolgen.

Was es noch seltsamer machte, dass sie Dereks „Unfall“ einfach so hingenommen hatte. Er schob diesen Gedanken für den Moment zur Seite.

Es war kein offizielles Treffen mit dem Vorstand der Firma. Es war eine Familienangelegenheit, und Dane hatte vor, sie auch als solche zu betrachten. Seine beiden Onkel – beide schon älter und von Natur aus ruhig – waren zwar Vorstandsmitglieder, doch der eigentliche Grund für ihre Anwesenheit war abgesehen von ihren Leitungsfunktionen in unterschiedlichen Abteilungen vor allem die Tatsache, dass sie zur Familie gehörten. Seine Mutter saß wieder einmal zu seiner Rechten. Sein Cousin, ein freundlicher Typ, der den Bereich Vertrieb leitete, hatte am Ende des Tisches Platz genommen. Sie warteten auf Raymond und Danes Schwester Celia, die beide vorher noch an anderen Meetings hatten teilnehmen müssen.

Seine Schwester kam zuerst herein. In ihrem stylishen Kostüm sah sie elegant aus. Das blonde Haar trug sie offen, ihr Gesicht war blass. Sie weiß es, dachte Dane. Seine Schwester war sich bewusst, wie er dazu stand, hier den Geschäftsführer spielen zu müssen; sie musste keine Hellseherin sein, um zu wissen, dass er das Unternehmen verlassen würde. Er hoffte, dass seine Mutter in Betracht ziehen würde, die Position des Geschäftsführers eher mit Celia als mit Raymond zu besetzen. Das würde er vorschlagen – zusammen mit dem Versprechen, dass er öfter zu Besuch kommen würde, wenn man auf seine Wünsche einging. Es war eine Art Erpressung und damit etwas, das seine Mutter verstehen konnte und zu schätzen wüsste.

Direkt hinter Celia kam Raymond hereingeeilt. Er richtete seine Krawatte und schob sich das Hemd noch tiefer in die Hose. Sein Haar war leicht zerzaust, sein Gesicht etwas gerötet. Sehr untypisch für Raymond, der sich sehr viel Mühe gab, immer besonders tadellos und beherrscht auszusehen. Dane hatte das ungute Gefühl, dass die beiden zusammen gewesen waren und vielleicht ein bisschen herumgemacht hatten, statt sich um das Geschäft zu kümmern. Was um alles in der Welt seine Schwester in diesem Mann sah, wusste er nicht. Dane bemerkte, wie Celia Raymond prüfend betrachtete, wie Raymond daraufhin flüchtig lächelte, ihr den Stuhl heranzog und sich dann neben sie setzte. Vielleicht sind sie doch nicht zusammen gewesen, dachte er, als er den finsteren Blick seiner Schwester sah. Aber in dem Moment räusperte seine Mutter sich ungeduldig.

Dane erhob sich. Er wollte es schnell hinter sich bringen. Er war seit Stunden im Büro und wünschte sich eigentlich nur, möglichst bald wieder bei Angel zu sein. Als er sich vorstellte, wie sie zart und warm und erschöpft in ihrem Bett lag, spürte er, wie seine Erregung wuchs. Eigentlich hätte er längst befriedigt sein müssen, doch er fing an zu glauben, dass es, unabhängig davon, wie viel Zeit er mit ihr verbrachte, niemals genug sein könnte.

Er musste ihr alles sagen, musste alle Geheimnisse zwischen ihnen aus dem Weg räumen. Eigentlich hätte er das schon tun müssen, bevor er mit ihr geschlafen hatte, aber er hatte nicht riskieren wollen, abgewiesen zu werden. Jetzt brauchte er ihre Hilfe, um einerseits die Wahrheit hinter Dereks Tod aufzudecken und um andererseits die Quelle der Drohungen gegen sie zu finden. Tief in seinem Innern wusste er, dass beides untrennbar miteinander verbunden war, und sie mussten miteinander reden, um die Wahrheit ans Licht zu bringen.

Dane hatte nun zwei Ziele: seinen Bruder zu rächen und Angel zu schützen. Keines dieser Ziele konnte er erreichen, indem er weiterhin die Rolle seines Zwillingsbruders spielte – weder in Gegenwart von Angel noch im Büro.

Er sah in die neugierigen Gesichter seiner Verwandten, die um den Tisch saßen. „Ich habe ein paar Ankündigungen zu machen, dann könnt ihr euch wieder an eure Projekte begeben."

Seine Mutter blickte wie versteinert geradeaus, mit verkniffenem Mund, der Ausdruck in ihren Augen hart. Zum ersten Mal bemerkte Dane die Anzeichen ihres Alters, die Müdigkeit, die Zerbrechlichkeit, die mit einem Mal ein Teil von ihr zu sein schienen. Er wandte sich seiner Schwester zu und sah, dass sie auf ihre Hände starrte.

Nur Raymond passte auf und wirkte beinahe begierig. Dane wünschte sich, es gäbe eine Möglichkeit, den Mistkerl auszuschließen und ihn hochkant rauszuschmeißen. Doch als Celias Verlobter und erste Wahl seiner Mutter hatte der Mann das Recht, in allen geschäftlichen Meetings dabei zu sein.

„Zu sagen, dass ich gern für meinen Bruder eingesprungen bin, wäre eine Lüge. Ihr alle wisst, dass ich meine eigene Firma leiten muss, und die Fälle stapeln sich, wenn ich so oft weg bin."

Seine Mutter rutschte auf dem Stuhl hin und her und schlug ihre Beine andersherum übereinander.

„Ich wollte nie ein Teil dieser Firma sein – zumindest für viele Jahre nicht. Jetzt ist alles wieder in Ordnung. Ich glaube, es ist an der Zeit, dass ich …"

Ein Aufruhr im Vorzimmer lenkte alle ab. Dane runzelte die Stirn, starrte auf die geschlossene Tür und lauschte den lauten Stimmen, die hereindrangen. Seine Mutter stand auf. „Was um alles in der Welt …"

Raymond erhob sich ebenfalls. Er hatte die Brauen zusammengezogen, und seine Augen flackerten. „Soll ich nach draußen gehen und nachsehen, was los ist?"

Seine Onkel warfen unbeteiligte Blicke über die Schultern, und alle begannen auf einmal zu murmeln.

Die Tür wurde aufgestoßen, und Angel stürmte ins Zimmer, obwohl Danes Sekretärin sie am Arm gepackt hatte. Angel wirkte zerzaust, angespannt und entschlossen. Dane spürte, wie ihm vor Überraschung der Mund offen stand. Sein Herz geriet ins Stocken. Hinter Angel stand Mick, der Grayson im Arm hielt.

Angel beachtete niemanden sonst, ihr Blick richtete sich allein auf ihn. Plötzlich bröckelte ihre entschlossene Fassade, und sie schluchzte auf. Offensichtlich hatte sie ihr Bein überanstrengt, denn als sie nun auf ihn zustürzte, bemerkte er, dass sie humpelte.

Dane ging um das Ende des Tisches herum und traf sie auf halber Strecke. Verwirrt nahm er sie in die Arme. „Angel?“ Über ihren Kopf hinweg sah er Mick an, der entschieden zu grimmig aussah.

Sie lehnte sich in seiner Umarmung ein bisschen zurück und umklammerte sein Hemd. „Sie haben gesagt, du wärst tot!“ Sie schrie ihm die Worte entgegen und schien eher wütend als alles andere zu sein. Ihr Gesicht war verschmiert, und ihr Haar war unordentlich. „Ich wollte mit dir reden, wegen des Feuers“, plapperte sie hastig drauflos, „aber mir wurde gesagt, du wärst beschäftigt, und dann haben sie mir einfach gesagt, du wärst tot! Ich musste mich selbst überzeugen. Ich musste sehen, ob es dir gut geht. Als ich hier ankam, sagten sie mir, Mr Carter sei in einer Besprechung und könne nicht gestört werden, aber verstehst du denn nicht, dass ich einen Beweis brauchte?“ Mit ihren Händen strich sie über sein Gesicht, versicherte sich, dass es ihm gut ging, dass er in Ordnung war.

Dane blickte in die erstaunten Gesichter, die ihnen zugewandt waren. Er war sich der wachsenden Anspannung bewusst, der heiklen Situation. Inzwischen waren alle aufgestanden und sahen ihn erwartungsvoll an. Angels hastig hervorgestoßene Worte ergaben kaum einen Sinn, und er wollte sie nicht noch mehr aufregen. Nur wenige Menschen wussten, dass Derek tot war – also, wer zum Teufel hatte ihr davon erzählt? Doch eines nach dem anderen. „Was für ein Feuer?“, wollte er wissen und konzentrierte sich damit auf die einzige Sache, die ihn selbst garantiert nicht in Erklärungsnot bringen würde.

Angel atmete zitternd ein. „Oh, Derek. Jemand hat mir brennende Lumpen durchs Küchenfenster geworfen! Alles in der Wohnung stinkt nach Rauch."

Seine Mutter keuchte auf und wurde noch ein wenig blasser. Halt suchend klammerte sie sich am Konferenztisch fest. „Dane, was ist hier los? Wer ist diese Person?"

Die Muskeln in seinem Gesicht fühlten sich an wie Stahl. „Gib mir einen Augenblick, Mutter."

„Oh, mein Gott. Das ist Angel Morris, oder?" Celia trat vor und versuchte, einen besseren Blick auf Angel zu bekommen. „Was um alles in der Welt ist mit ihr passiert?"

Dane schloss die Augen. Er hörte, wie die Tür zuknallte, und blickte auf. Mick hatte sich mit Grayson im Arm vor die Tür gestellt und sah so entschieden aus, dass er noch reifer wirkte als ohnehin schon.

„Ich rufe den Sicherheitsdienst!", bellte Raymond und griff nach dem Telefon. Seine Bewegungen waren ruckartig und hektisch.

„Nein." Dane hielt ihn zurück, und alle anderen schienen verwirrt und schockiert zu erstarren.

„Das ist doch verrückt", entgegnete Raymond. „Sie regt die Frauen auf!" Und wieder wollte er nach dem Hörer greifen.

Dane ließ Angel los, die langsam von ihm zurückwich. „Nein, Raymond, es ist alles in Ordnung."

„In Ordnung?", erwiderte Raymond zutiefst empört. „Die Frau ist wahnsinnig. Platzt hier einfach herein und nennt dich beim Namen deines verstorbenen Bruders. Mein Gott, deine Mutter und deine Schwester haben in letzter Zeit schon genug durchgemacht."

Seine Mutter sah erschüttert, blass, angespannt und verwirrt aus. Celia hingegen wirkte beinahe freudig erregt. Ihre Augen leuchteten und waren weit aufgerissen. Sie wandte den Blick nicht von Angels Gesicht. „Sie sind Angel Morris, stimmt's?"

Angel sah in die Runde, in all die begierigen, fragenden Mienen, und begann zu schwanken. Dane griff nach ihr, aber sie zuckte zurück. Der Ausdruck auf ihrem Gesicht war so finster, so anklagend, dass er es fast wie einen Schlag spürte. Ihre blutleeren Lippen bewegten sich stumm, ehe sie schließlich flüsternd ein paar Worte hervorbrachte. „Du bist nicht Derek?"

Erneut wollte Dane sie packen und hielt ihre Schultern fest, während sie versuchte, sich aus seinem Griff zu befreien. „Verdammt, Angel, setz ich, bevor du umkippst." Dann sah er sich im Zimmer um und knurrte: „Raus – alle!" Seine Mutter wollte widersprechen, doch er sagte: *„Sofort!"*

Grayson wählte diesen ungünstigen Zeitpunkt, um einen kleinen Protestschrei auszustoßen. Dane vermutete, dass es vielleicht Micks fester Griff war, auf den das Baby so missmutig reagierte.

Wieder erstarrten alle.

Ein allerletztes Mal versuchte Dane, die Kontrolle über die Situation zu gewinnen. „Mick, ich möchte, dass du bleibst. Bitte, setz dich hin, damit alle anderen gehen können."

Bereitwillig und mit einer Miene, als wäre er sowieso nicht gegangen, lief Mick zur Ledercouch und nahm Platz. Er flüsterte Grayson irgendwelche ausgedachten Wörter ins Ohr und funkelte jeden wütend an, der dem Baby näher kommen wollte.

Dane führte Angel ebenfalls zur Couch. Er wollte sie stützen, als er bemerkte, wie schlimm sie humpelte, aber sie wich ihm aus, als würde sie ihn abstoßend finden. Als sie sich hingesetzt hatte, ging Dane zur Tür und hielt sie auf. „Bitte, wartet alle draußen. Ich werde gleich alles erklären."

Einer seiner Onkel schüttelte den Kopf. „Ich kann es kaum erwarten, *diese* Erklärung zu hören."

Der andere stimmte zu. „Ich habe ja schon immer gesagt, dass der Junge weiß, wie man Leben in die Bude bringt." Gemeinsam verließen sie das Konferenzzimmer, um im Vorzimmer zu warten. Sein Cousin warf ihm einen unsicheren Blick aus aufgerissenen Augen zu und eilte ebenfalls hinaus.

Raymond blieb stehen. Er stützte Danes Mutter mit seinem Arm. „Bist du dir sicher, dass du den Sicherheitsdienst nicht rufen willst?", fragte er. „Ich könnte sie heraufbitten – nur für den Fall. Oder ich könnte zur Vorsicht bei dir bleiben. Bei Verrückten kann man gar nicht vorsichtig genug sein."

Dane biss die Zähne zusammen. Auf die wütende, angespannte Miene seiner Mutter warf er nur einen flüchtigen Blick. „Raus, Raymond."

Doch seine Mutter gab nicht nach, bis Dane sie ansah. „Glaub nichts von dem, was diese Frau dir über Derek erzählt."

„Mutter …"

„Du hast einen Vertrauensbonus bei mir, mein Sohn. Tu das, was richtig ist – für uns und für dich selbst." Mit diesen warnenden Worten ging sie an Raymonds Arm hinaus.

Celia blieb vor Dane stehen. Ihre Lippen bebten, in ihren Augen schimmerten Tränen. Doch sie versuchte standhaft, die Beherrschung zu wahren und nicht noch mehr zum Chaos beizusteuern. „Ich hoffe, dir ist bewusst, dass ich dieses Vorzimmer erst verlassen werde, wenn du mir alles erklärt hast."

Dane nickte und wusste ihre Zurückhaltung zu schätzen.

Nervös fuhr Celia sich mit der Zungenspitze über die Lippen und wagte einen Vorstoß. „Ich könnte das Baby halten, während ihr beide euch unterhaltet."

„Nein!" Angel rutschte auf dem Sofa nach vorn, aber Dane beachtete sie nicht. Er richtete seine ganze Aufmerksamkeit allein auf seine Schwester.

„Danke, Süße, aber Mick kommt schon zurecht und das Baby kennt ihn bereits." Celia wirkte so niedergeschlagen, dass Dane sanft über ihre Wange streichelte und dann leise hinzufügte: „Hol Mutter etwas zu trinken. Sie sieht aus, als würde sie jeden Moment in Ohnmacht fallen. Und sei geduldig, bitte."

Celia nickte ihm zu und schenkte ihm ein zittriges Lächeln. „Viel Glück."

Als er die Tür hinter ihr schloss, murmelte Dane: „Hierbei werde ich mehr als nur Glück brauchen." Er atmete einmal tief durch, ehe er sich zu Angel umwandte. Die Warnung seiner Mutter klang ihm noch in den Ohren. Hätte Derek sein Handeln als Betrug empfunden? Hatte sein Bruder sich im Recht gesehen, wie er Angel behandelt hatte? Am Anfang war Dane alles so einfach erschienen. Und jetzt steckte er in einem Sumpf aus widersprüchlichen Empfindungen. Aber eines war sicher: Er konnte sie nicht länger anlügen.

Angels gesamte Haltung drückte aus, wie verletzt sie war. Körperlich und emotional. Mit kriegerisch vor der Brust verschränkten Armen starrte sie Dane an. Wie sie es seit Graysons Geburt ständig tat, riss sie sich mit purer Willenskraft zusammen.

Etwas in Dane fühlte sich an, als würde es auseinanderbrechen. Trotz der Warnung seiner Mutter, trotz seiner Loyalität gegenüber seinem Zwillingsbruder wusste Dane, dass er Angel nie wieder wehtun könnte. Und das bedeutete, dass er ihr die volle Wahrheit sagen musste. „Derek ist tot. Er ist vor einigen Monaten ums Leben gekommen."

Ungefähr zehn Sekunden lang wirkte sie geschockt, dann sprang sie auf. Die Erkenntnis dämmerte auf ihrem Gesicht, und entsetzt riss sie die Augen auf. „Oh, mein Gott."

Dane nickte langsam. „Ja. Und ich bin der gefürchtete böse Zwilling." Bedächtig machte er einen Schritt auf sie zu. „Ich kann dir alles erklären, Süße."

Ein zorniger Ausdruck trat in ihre Augen. „Komm mir nicht näher. Ich will nichts von dem hören, was du zu sagen hast."

„Tja, du wirst es trotzdem hören", entgegnete er und wappnete sich gegen ihre Verachtung. Er war sich durchaus bewusst, was sie von ihm hielt und welcher Ruf ihm vorauseilte, den Derek sicherlich noch etwas ausgeschmückt hatte. Trotzdem tat es ihm weh zu spüren, wie sie sich emotional von ihm zurückzog und wie die Distanz zwischen ihnen größer wurde. Er unterdrückte einen Fluch. Ihm war bewusst, dass er sie verlieren würde – und mit ihr die Möglichkeit, herauszufinden, was wirklich mit Derek passiert war –, wenn er jetzt nicht weiter drängte. „Angel ..."

Alle Anzeichen von Angst wurden von Wut überlagert. Ihre Wangen röteten sich, und ihr Körper zitterte praktisch vor Zorn. „Du elender, verlogener Mistkerl."

Dane schloss die Augen und ließ den Kopf in den Nacken sinken. Er hörte Angels wütendes Flüstern, hörte, wie Mick leise eine Antwort gab, und sah sie wieder an. „Du gehst nirgendwohin, Baby."

„Und ob ich das verdammt noch mal tue!" Sie wollte Mick das Baby abnehmen, doch er gab ihr den Kleinen nicht. Wieder richtete sie ihre Wut auf Dane. „Du kannst mir keine Vorschriften machen, und ich werde mir ganz sicher keine weiteren Lügen anhören. Für das, was du getan hast, gibt es keine Entschuldigung!"

Mick funkelte Dane an, sprach jedoch mit Angel. „Nichts hat sich geändert. Es gibt noch immer jemanden, der dir wehtun will, und dein Apartment ist immer noch das reinste Chaos. Denk an Grayson. Hör zumindest ..." Er sah Dane an und zuckte die Schultern. „Hör zumindest zu, was er zu sagen hat. Wer auch immer er ist."

Dane biss die Zähne zusammen. „Dane Carter." Diese formelle Vorstellung war lächerlich.

Angel lächelte sarkastisch. „Derek hat mir alles über dich erzählt. Du bist der Schlimmste von der ganzen Bande."

„Ich wollte dir heute alles erklären, Angel. Genau genommen habe ich meiner Familie gerade eröffnet, dass ich nicht weiter für die Firma arbeiten werde …"

„Es ist mir egal, was du ihnen erzählt hast."

„Angel." Er fühlte sich leer. „Süße, du musst mir zuhören. Es gibt einen einzigen Grund, warum ich überhaupt in das Unternehmen zurückgekehrt bin: Ich glaube, dass Derek ermordet wurde."

Er hätte nicht so damit herausplatzen sollen, aber ihm war klar, dass er sie irgendwie dazu bringen musste, ihm zuzuhören. Angel schlang die Arme um sich und ließ sich wieder auf das Sofa sinken. Langsam wiegte sie sich vor und zurück. „Nein, nein, das kann alles nicht wahr sein."

Dane kniete sich vor sie hin. „Es tut mir leid, Süße. Als du Kontakt zu mir aufgenommen hast, war ich zuerst misstrauisch dir gegenüber. Ich dachte, du hättest mehr Grund als jeder andere, Derek zu hassen und dir seinen Tod zu wünschen. Ich dachte, du hättest vielleicht geholfen, ihm eine Falle zu stellen. Und hast dann gedacht, es hätte nicht funktioniert, als ich seine Rolle übernommen habe. Es hat nie eine offizielle Mitteilung über Dereks Tod gegeben, und meine Familie hat alles getan, um die Nachricht geheim zu halten." Er sprach schnell und hoffte, er würde seine Erklärung abschließen können, solange sie noch zuhörte.

Sie stieß ein raues, verletztes Lachen aus und wiegte sich weiter vor und zurück.

„Ich habe nicht lange gebraucht, um festzustellen, dass diese Theorie lächerlich war."

„Nein, das war sie nicht", erwiderte sie, und ihr Lächeln war verzerrt und böse. Herausfordernd. „Ich habe ihn verachtet. Fast genauso sehr wie ich dich verachte."

„Angel“, versetzte er knapp. „Das meinst du nicht so. Nicht nach allem, was in der vergangenen Nacht passiert ist.“

Er fing ihre rechte Faust nur Zentimeter vor seinem Gesicht ab. Ungläubig starrte er sie an. „Verdammt, Angel, das wäre mehr als nur ein leichter Klaps gewesen! Versuchst du …“

Den Bruchteil einer Sekunde später traf ihre linke Faust seine Schläfe und brachte ihn fast aus dem Gleichgewicht und sein Hirn zum Klingeln. „Verflucht noch mal!“ Dane packte Angel bei beiden Händen und zog sie auf die Beine, während er sich aufrichtete. Er hatte seine liebe Mühe, sie zu bändigen. „Wenn du es unterlassen könntest, deine teuflische Wut an meinem Kopf auszulassen, könnten wir das alles klären!“

Angel zog an ihren Händen. Offenbar sah sie ein, dass er nicht vorhatte, sie freizugeben, und hielt still. „Lass mich los.“

„Nie im Leben. Wir haben eine ganze Menge zu besprechen, und ich glaube, das können wir besser, wenn mein Gehirn noch funktioniert.“ Er senkte seine Stimme zu einem leisen Tadel, irgendwie belustigt über sie, obwohl seine Ohren noch immer klangen. „Ich hatte keine Ahnung, dass du so eine Furie sein kannst. Warum beruhigst du dich nicht und benimmst dich?“

Sie knurrte, und Zorn färbte ihre Wangen rot. „Mich benehmen? *Mich benehmen?!* Du meinst, ich sollte es mit hinterhältig, manipulativ und verlogen versuchen!“ Sie zerrte wieder an ihren Händen, aber er hielt sie fest. „Du und dein Bruder, ihr seid euch sehr ähnlich.“

Das ernüchterte Dane. „Nein, das sind wir eigentlich nicht.“ Er ließ sie los und machte zwei Schritte von ihr weg, sodass er außer Reichweite war. „Angel, das ist das erste Mal seit Jahren, dass ich meine Familie sehe. Wir sind nicht gut miteinander ausgekommen – und zwar genau deshalb, weil ich nicht so bin wie sie. Ich heiße nicht gut, was Derek dir angetan hat …“

„Was du mir angetan hast, war noch schlimmer“, versetzte

sie wütend und ließ sich dann widerwillig zurück aufs Sofa fallen.

Sie wirkte besiegt, und er hasste es. „Ich nehme an, du hast recht, ganz egal, was meine Entschuldigung dafür ist. Aber ich will es wiedergutmachen. Das habe ich heute Morgen versucht. Ich will mich um dich und Grayson kümmern, und schüttle jetzt nicht deinen wunderschönen Kopf! Die Drohungen gegen dich sind sehr real, verdammt. Derek ist tot, und irgendwie gibt es da eine Verbindung zu dir!“

Verächtlich sah sie zu ihm hoch. „Meinst du, ich weiß nicht, wie ernst es ist? Jemand hat versucht, mich von der Straße zu drängen. Das war der Unfall, der meine Wehen ausgelöst hat und bei dem ich mir das Bein verletzt habe. Ich wäre fast gestorben. Offensichtlich ist derjenige, der dahintersteckt, nicht eben begeistert, dass ich überlebt habe.“

Jeder Muskel in seinem Körper war mit einem Mal angespannt, als ihm die Bedeutung ihrer Worte klar wurde. Heftig schlug sein Herz. *Sie hätte sterben können.* Und er hatte wirklich geglaubt, die Drohungen gegen sie wären nicht körperlich? „Verflucht noch mal, warum hast du mir das nicht früher erzählt?“

Sie hob die Augenbrauen. „Vertrauen funktioniert nur gegenseitig.“

Er stieß eine Reihe von Flüchen aus, bei der Mick anfing zu lachen und Angel die Stirn runzelte.

„Zuerst habe ich geglaubt, der Unfall wäre nur das gewesen – ein Unfall. Ich war lange Zeit desorientiert und hatte nach dem Unglück starke Schmerzen. Ganz zu schweigen davon, dass ich ein Neugeborenes zu versorgen hatte. In meinem Kopf gab es nicht viel Platz für Verdächtigungen. Doch dann begannen die Telefonanrufe, und ich bekam Angst. Da musste ich darüber nachdenken.“

„Und schließlich“, sagte er, und seine Stimme klang leise

und nur mühsam beherrscht, „wurde dir klar, dass du dir Hilfe suchen musst. Deshalb bist du zu Derek zurückgekommen. Nicht, weil du es wolltest, sondern weil du niemanden hattest, an den du dich sonst hättest wenden können."

Sie nickte. „Ich dachte, wenn ich schon sonst nichts zu erwarten hätte, könnte er die Sache vielleicht zumindest überprüfen."

Sie starrten einander an, und Dane konnte ihre Gedanken lesen. Sie war bereit gewesen, Derek zu verführen, um die Hilfe zu bekommen, die sie brauchte, und um Schutz für ihr Baby zu bekommen.

Sie hatte Derek wirklich verachtet, und jetzt empfand sie dasselbe für ihn. Angel war noch immer sehr blass, wirkte aber gefasster. In ihren Augen funkelte Entschlossenheit, und er wusste, dass nur ihre Sorge um Grayson der Grund war, warum sie noch immer im selben Raum mit ihm war. Er musste sich ranhalten. „Derek wurde von der Straße gedrängt. Anders als du hatte er an dem Tag nicht so viel Glück."

Angel schloss die Augen und seufzte. „Du solltest wahrscheinlich wissen, dass uns heute jemand hierher gefolgt ist. Von dem Moment, als wir aus dem Apartment gekommen sind, bis wir auf den Parkplatz gebogen sind, wurden wir beschattet."

Dane zögerte nur einen winzigen Augenblick, dann ging er zum Telefon auf seinem Schreibtisch und wählte hastig eine Nummer. Er wartete, doch dann ging die Tür zum Büro auf, und Alec schlenderte mit seinem blinkenden Handy herein. „Nicht nötig, mich anzurufen. Ich bin schon da." Raymond versuchte, ihm zu folgen, aber Alec schlug ihm die Tür vor der Nase zu.

Angel ließ sich wieder in die Kissen zurücksinken, als er hereinkam, doch Mick lebte auf. „Das ist Alec!"

Der Mann mit der finsteren Miene nickte nur knapp in ihre Richtung. „Ich bin zu spät gekommen. Sie hatten das Gebäude bereits verlassen." Sein Blick war vorwurfsvoll, als er an Dane gewandt hinzufügte: „Du bist früher gegangen, als ich gedacht hätte."

Wieder sprang Angel auf. „Wovon spricht er, De… Dane?"

Ein Gefühl tiefer Befriedigung breitete sich in ihm aus. Endlich, endlich nannte sie ihn bei seinem richtigen Namen. „Alec arbeitet für mich, Süße. Ich bin derjenige, der Mick eingestellt hat. Es war kein Freund. Und ich habe Alec darauf angesetzt, dich zu beobachten – und zwar aus mehreren Gründen. Zuerst nur, weil ich dachte, du könntest verschwinden, bevor ich herausfinde, was passiert ist und ob du irgendetwas über Dereks Tod weißt. Aber dann auch, um dich zu schützen, wenn ich einmal nicht da sein konnte."

Mit leicht zusammengekniffenen Augen sah sie ihn an. „Also hast du ihm erzählt, dass du die Nacht mit mir verbringen würdest?"

Mick gab ein ersticktes Geräusch von sich und stand auf. Er schlenderte in die andere Ecke des Zimmers und tat so, als würde seine gesamte Aufmerksamkeit Grayson gelten.

Mit dem Gefühl, in der Falle zu sitzen, bemühte Dane sich, tapfer zu sein. „Das musste ich ihm gar nicht sagen. Alec ist gut in seinem Job – sonst würde er auch nicht für mich arbeiten. Er wusste, dass ich in deine Wohnung gegangen bin, und er hat vermutlich sehr schnell durchschaut, was los war, als ich nicht sofort wieder herausgekommen bin."

Alec nickte. „So ist es. Ich hätte nur nicht gedacht, dass du so früh wieder verschwinden würdest, sonst wäre ich da gewesen, um sie zu bewachen."

„Das ist meine Schuld. Ich habe entschieden, was ich tun wollte, und sah keinen Grund, noch länger zu warten. Ich hätte dir Bescheid sagen sollen."

Angel warf die Hände in die Luft. „Irgendjemand hätte *mir* Bescheid sagen sollen!"

Die Tür zum Konferenzzimmer wurde langsam aufgemacht, und Celia versuchte, einen Blick in den Raum zu werfen. Ihre Augen wirkten riesig, und ihr Blick fiel sofort auf Alec. „Wieso darf er reinkommen und ich nicht?"

Dane stöhnte. Die Neugierde seiner Schwester war das Letzte, was er in dem ganzen Durcheinander brauchen konnte. Alec drehte sich nur um und ging Richtung Tür, während Celia schnell zurückwich. „Dane?", rief sie, doch Alec ging einfach weiter, bis sie beide draußen waren und er die Tür hinter sich geschlossen hatte. Dane konnte den lautstarken, aufgeregten Protest seiner Schwester hören.

„Ich kann mich immer darauf verlassen, dass Alec weiß, was zu tun ist." Danes Lächeln schien keine Wirkung auf Angel zu haben. Sie funkelte ihn an.

„Süße, wir haben noch einiges zu klären." Er setzte sich neben sie auf die Couch und tat so, als bemerkte er nicht, wie sie sich bemühte, von ihm abzurücken. „Zuerst einmal möchte ich, dass du weißt, dass die vergangene Nacht echt und aufrichtig war."

„Erspar mir dein Gerede über letzte Nacht, De… Dane. Ich werde dir sowieso kein Wort glauben."

Dane musste darauf vertrauen, dass sie irgendwann ihre Meinung ändern würde, aber es war kein guter Zeitpunkt, um sie zu drängen. Stattdessen konzentrierte er sich darauf, was zu tun war. „Erzähl mir von dem Brand."

Sie tat es in einem so gleichgültigen Ton, dass Dane sie schütteln wollte. Hatte ihr die letzte Nacht nichts bedeutet? Hatte es überhaupt keine Wirkung auf sie gehabt? So, wie sie sich im Augenblick verhielt, schien es, als hätte es ihre gemeinsame Nacht gar nicht gegeben. Das Timing war ungünstig, doch er hatte darauf gebaut, dass es sie ein bisschen milder stimmen würde, wenn er ihr die Wahrheit erzählte.

Mick steuerte noch ein paar Details zum Brand dazu, und

es war offensichtlich, dass ihm die Sache im Moment näherging als Angel.

Dane beschloss, kurz selbst vorbeizufahren und sich genauer im Apartment umzusehen. Vielleicht gab es einen Hinweis, den die anderen übersehen hatten. „Ich werde für die Schäden und die Reinigung aufkommen, Mick. Die Wohnung wird wieder so gut wie neu."

„Das müssen Sie nicht. Das Haus gehört meiner Mutter. Wir werden das in die Hand nehmen."

Danes Respekt vor dem jungen Mann wuchs. „Nachdem du dich um Angel und Grayson gekümmert und sie beschützt hast, ist das das Mindeste, was ich tun kann." Da ihm klar war, dass Micks Stolz es ihm gebot, noch weiter zu diskutieren, fügte er hinzu: „Angel, du und Grayson könnt solange bei mir wohnen."

Sie schnaubte verächtlich. „Nie im Leben."

Mit einem tiefen Luftzug bereitete sich Dane auf seinen letzten Versuch vor. Er hoffte nur, dass Angel sich nicht zu heftig wehren würde. Er wusste, dass es alles zu schnell ging – für ihn genauso wie für sie.

Ohne zu zögern hatte er bereitwillig das Leben seines Bruders und dessen Rolle in der Firma übernommen. Er hatte sich damit getröstet, dass er versuchte, Dereks Mörder zu finden. Selbst als er durch das Büro seines Bruders gegangen war, als er seinen Schreibtisch und seine persönlichen Notizen durchsucht hatte, war er dazu berechtigt gewesen, weil er eine Mission, einen Grund gehabt hatte. Doch nun nahm er sich auch Dereks Frau und seinen Sohn. Und das einfach, weil er sie wollte. Trotz all der ganz realen Motive, die es gab, um sein Handeln zu rechtfertigen, kannte er die Wahrheit, und das machte ihm zu schaffen.

Reue, dass er sich nicht die Zeit genommen hatte, um seinen Frieden mit Derek zu machen, machte ihm das Herz schwer.

Trotzdem musste er glauben, dass sein Bruder akzeptiert hätte, was er plante. Egal, wie Derek Angel behandelt hatte, Dane konnte sich nicht vorstellen, dass er gewollt hatte, dass sie in Angst und Schrecken lebte oder dass sein Sohn im Stich gelassen wurde. Grayson verdiente den Namen Carter sowie die Macht und den Schutz, die mit diesem Namen einhergingen.

Mit neugewonnener Entschlossenheit sagte Dane: „Zu mir zu ziehen scheint mir die beste Lösung zu sein, Süße."

„Wie kommst du darauf?"

„Weil ich dich so schnell wie möglich heiraten werde."

8. KAPITEL

Angel starrte Derek … nein, *Dane* an. Das durfte sie nicht vergessen. Dieser Mann – ein Mann, mit dem sie geschlafen hatte – war ein vollkommen Fremder. Er hatte sie betrogen und benutzt, und soweit sie es beurteilen konnte, unterschied er sich in keinster Weise von seiner Familie. *Doch alles an ihm war ihr so anders vorgekommen.*

Nein, sie vertraute ihm nicht, und es war richtig gewesen, ihn die ganze Zeit zu fürchten.

„Wir könnten an Thanksgiving heiraten“, schlug er vor und klang absurderweise begeistert. „Nicht sehr romantisch, ich weiß, aber so ist es nun mal. Ich glaube wirklich, je eher wir heiraten, desto besser.“

Angel konnte nur den Kopf schütteln. „Ich werde dich nicht heiraten.“

„Hast du meine Familie vergessen, Süße?“

Zum Totlachen. Als könnte sie das je vergessen. „Wohl kaum. Nicht, wenn ich sie von Anfang an in Verdacht hatte.“

„Du hattest *sie* in Verdacht?“ Dane klang verwirrt und zog langsam die Augenbrauen zusammen.

„Sie hatten guten Grund, mich loswerden zu wollen. Immerhin weiß ich aus erster Hand, wie skrupellos Derek sein konnte – auch wenn sie fest entschlossen sind, einen Heiligen aus ihm zu machen. Hätte ich beschlossen, an die Öffentlichkeit zu gehen …“

„So bissig zu sein bringt uns nicht weiter.“

„Ich fühle mich dann aber um einiges besser!“

„Angel, meine Familie würde niemals versuchen, dir körperlichen Schaden zuzufügen.“

„Ha!“

Er seufzte. „Okay, sieh es doch mal so. Es ist offensichtlich, dass derjenige, der versucht hat, dich von der Straße zu drängen, bei Derek Glück hatte. Und du willst nicht ernsthaft behaupten, dass meine Familie dafür verantwortlich ist, oder? Die beiden Vorfälle sind sich einfach zu ähnlich, um nicht von derselben Person oder denselben Personen eingefädelt worden zu sein."

Er hatte recht, und das machte die Gefahr umso größer. Als sie zu wissen geglaubt hatte, wer hinter ihr her war, war das schon schlimm genug gewesen. Aber es nicht zu wissen …

„Ich habe heute erst von der Sache mit Derek erfahren. Bei dem, was ich wusste, waren meine Gedankengänge durchaus folgerichtig."

„Da hast du recht. Ich hatte meine eigenen Vermutungen, warum meine Mutter Dereks Tod so einfach hingenommen hat. Zu Anfang hätte ich es durchaus für möglich gehalten, dass du gerade den Nagel auf den Kopf getroffen hast – zumindest, solange es nur Anrufe waren. Sie wusste, dass Derek rücksichtslos sein konnte, wusste, dass die Art, wie er dich behandelt hat, jeden Funken professionellen Anstands hat vermissen lassen. Ich hätte ihr zugetraut, dass sie versucht, dich mit den Anrufen zum Schweigen zu bringen, damit nicht irgendwelche Reporter Wind von der Sache bekommen. Aber sie hätte niemals mehr getan."

Angel hatte das Gefühl, dass ihr Kopf völlig überfüllt mit Fragen war und dass sie hier wegmusste, um nachzudenken. Sie sah zu Mick, aber Dane gewann schnell ihre Aufmerksamkeit zurück.

„Du brauchst noch immer meinen Schutz vor der Familie, Süße. Allerdings nicht so, wie du gedacht hast. Sieh dich an. Du hast keinen guten ersten Eindruck bei ihnen hinterlassen, und glaub mir, sie werden deinen kleinen Auftritt heute zu ihrem Vorteil nutzen. Sie werden dich eine Verrückte nennen, die hier hereingeplatzt ist, vollkommen aufgelöst und nach Qualm stinkend. Allein das und die mögliche Gefahr, die damit einhergeht, reichen aus, um ihnen einen Vorteil zu verschaffen. Sie werden bereitwillig alles tun, um dich einzuschüchtern. Meine Mutter würde dich nur zu gern für ungeeignet erklären, ein Kind aufzuziehen – angesichts deiner finanziellen Misere und deines unsicheren Lebensstils verglichen mit alldem, was ihr Geld und ihr Einfluss Grayson ermöglichen könnten …"

„Also gut!" Angel stand auf und begann, im Zimmer auf und ab zu gehen. Es schien so, als wären ihre Auswahlmöglichkeiten äußerst begrenzt, und durch ihren eigenen Plan hatte sie sich selbst in diese Lage gebracht und sich seiner Familie ausgeliefert. Sie konnte, sie würde Grayson nicht hergeben, niemandem und aus keinem Grund der Welt.

Dane stand plötzlich hinter ihr, ohne sie jedoch zu berühren. Dennoch spürte sie seine Wärme, und ihr Magen machte einen aufgeregten kleinen Hüpfer. Idiotin, dachte sie und war angewidert von sich selbst und von ihren weiblichen Reaktionen auf ihn.

Tja, sie hatte sich oft gefragt, warum jetzt alles so anders war, warum sie sich – trotz der Art, wie er sie benutzt hatte – mehr zu Derek hingezogen fühlte. Nun hatte sie ihre Antwort: die bloße Tatsache, dass es gar nicht Derek war, sondern sein Bruder. Wieder erschauderte sie, als sie an die Demütigung dachte. Alles, was Derek ihr über Dane erzählt hatte, hatte ihr unglaubliche Angst gemacht. Er war wie ein finsterer, schweigender Feind gewesen, jemand, den sie um jeden Preis meiden musste. Doch jetzt hatte sie eigentlich keine Angst mehr vor ihm. Im Gegenteil – sie war so wütend wie noch nie.

„Als meine Frau können sie dir nichts anhaben, Angel. Grayson wäre in Sicherheit, und auch du wärst in Sicherheit vor ihnen und den Drohungen."

„Warum?" Angel drehte sich abrupt um, damit sie ihn ansehen konnte. Seine Beweggründe erschienen ihr nach allem, was sie nun wusste, sehr verdächtig. Es war ihr schon bei Derek seltsam vorgekommen, dass er an ihr interessiert gewesen war. Aber dann hatte sie ja herausgefunden, dass er sie nur hatte benutzen wollen. Was trieb Dane an? „Warum solltest du mich heiraten wollen?“

Danes Blick ging kurz zu Mick, der sich in der anderen Ecke des Zimmers aufhielt. Dann beugte er sich herunter, bis ihre Stirnen sich beinahe berührten. Er sah ihr nicht ins Gesicht, sondern betrachtete stattdessen ihren Mund. „Grayson ist mein Neffe, aber ich habe ihn so gern, als wäre er mein eigenes Kind. Ich würde für ihn töten oder sterben. Und wir passen gut zusammen, Baby. Die letzte Nacht hat das bewiesen.“ Mit den Fingerspitzen berührte er sanft ihre Wange, ehe er die Hand wieder sinken ließ. „Ich denke, wir können es schaffen. Es ist die einzig folgerichtige Lösung.“

Sie fühlte sich müde und besiegt und rieb sich über die Stirn. Er hatte kein Wort darüber gesagt, dass er sie gern hatte. Seine Folgerungen waren so weit von Liebe entfernt, dass es fast schon lachhaft war. Aber schließlich liebte sie ihn auch nicht. *Sie liebte ihn nicht.* Wie konnte sie einen Mann lieben, den sie eigentlich gar nicht kannte? Sie fühlte sich sowohl durch die Umstände als auch durch ihr eigenes Verlangen gefangen und beinahe verzweifelt. „Ich will eine Zweckehe.“

Mit einem kurzen, knappen Lachen richtete Dane sich auf. „Auf keinen Fall.“

„Dane …“

„Ich liebe es, wie du das sagst, Angel. Du hast keine Ahnung, wie verdammt schwierig es für mich war, beim Namen eines anderen Mannes genannt zu werden.“

Er war unmöglich, und sie konnte nicht mit ihm umgehen. Sie wusste nicht, ob sie weinen oder hysterisch lachen sollte.

Dane ergriff ihre Schultern und hielt sie fest. „Komm, ich bring dich nach Hause. Zu mir nach Hause. Du siehst erschöpft aus, und wir können reden, ohne fürchten zu müssen, dass meine Familie jeden Moment hereinplatzt. Diesmal musst du mir alles sagen; keine Geheimnisse mehr. Und für Grayson muss alles bereit gemacht werden. Wir haben heute noch viel zu erledigen."

Da sie nicht wusste, was sie sonst tun sollte, nickte sie schließlich. Dane stieß ein erleichtertes Seufzen aus und lächelte ihr zu. „Guck nicht so mürrisch. Mich zu heiraten ist bestimmt nicht so hart, wie du jetzt denkst. Ich verspreche es."

Ihr äußerst missfallender Blick fand keine Beachtung.

Die Tür ging auf, und Danes Schwester marschierte herein. Sie wirkte sehr kämpferisch – ungefähr drei Schritte lang. Dann streckte Alec seinen Arm durch die Tür, packte Celia an der Schulter und zerrte sie wieder hinaus. Während sie noch lautstark protestierte, wurde die Tür leise geschlossen.

Dane lachte. „Ich glaube, meine Schwester will unbedingt das Baby kennenlernen."

Es war fast unmöglich, die aufsteigende Panik zu unterdrücken. „Dane …"

„Schh. Ich werde nicht zulassen, dass ihm irgendetwas passiert, Süße. Du musst mir vertrauen."

Bevor sie ihm entgegnen konnte, dass sie nicht vorhatte, ihm jemals wieder zu vertrauen, fuhr er fort: „Lass mich reden, ja? Ich will nicht, dass meine Familie schon alles erfährt. Meine Mutter könnte dann möglicherweise ihre eigene Aktion starten, um Dereks Mörder zu finden, und das könnte dich in Gefahr bringen."

„Was wirst du ihnen dann erzählen?"

Er zuckte die Achseln. „So wenig wie möglich."

Er ging zur Tür und öffnete sie. Angel konnte seine Schwester sehen, die auf Zehenspitzen stand und Alec einen ihrer manikürten Finger in die Brust stieß. Angel bewunderte, wie die Frau sich gegen ihn stellte, obwohl er so Furcht einflößend wirkte, so kalt und so hart. Doch Alec schien sie gar nicht zu beachten. Er hatte die Arme vor der Brust verschränkt und seinen Blick auf Raymond gerichtet, der am anderen Ende des Raumes saß. Danes Mutter hatte neben Raymond Platz genommen und die Hände im Schoß gefaltet.

„Celia, würdest du gern deinen Neffen kennenlernen?“

Mitten in ihrem Protest hielt Celia inne und kreischte dann so laut auf, dass Alec zusammenzuckte. „Dann ist er wirklich Dereks Sohn? Ich habe mich nicht getäuscht?“

Sie wirkte so begierig, so aufgeregt, dass Angel spürte, wie sich ihr Herz zusammenzog. Dane lachte. „Ja, er ist es wirklich.“

Mit einem knappen triumphierenden Blick zu Alec kam Celia hereingerauscht. Alec schüttelte den Kopf und lachte leise in sich hinein, als er ihr hinterhersah.

Als Celia glucksend über das Baby gebeugt stand, reichte Mick ihr bereitwillig das kleine Bündel. Angel begann zu zittern, als sie Grayson in Celias Armen sah. Genau das hatte sie verhindern wollen, genau davor hatte sie sich am meisten gefürchtet.

Noch mehr Durcheinander entstand, als Danes Familie mit ihren Fragen anfing. Dane gab ihnen eine gekürzte Fassung davon, wie und wann sie sich begegnet waren. Es gelang ihm, es als romantische Begegnung darzustellen. Über die Verdächtigungen verlor er kein Wort. Anschließend erzählte er von Grayson. Er berichtete ihnen über den Brand und warum Angel hier aufgetaucht war und so gehetzt ausgesehen hatte. Sie hatten noch viele weitere Fragen, aber Dane ging nicht darauf ein und Angel begriff, dass er nicht die Absicht hatte, ihnen mehr zu erläutern. Es schien, als wäre es ihm egal, was seine Familie dachte, und angesichts seiner verschlossenen Miene zögerten sie, ihn zu fragen.

„Woher wisst ihr, dass das Baby von Derek ist?“

Stille herrschte, als sich jeder im Raum zu Mrs Carter umwandte. Starr vom Kopf bis in die Zehenspitzen, erwiderte Angel den aufgebrachten Blick der älteren Frau, wandte nicht die Augen ab und ließ sich nicht in die Defensive drängen. Mrs Carter konnte denken, was sie wollte; Angel hatte keinen Grund, sich zu schämen.

Doch Dane lachte. „Ausgezeichnet, Mutter. Wenn du nicht glaubst, dass das Kind von ihm ist, dann muss ich mir keine Gedanken über eine Einmischung von deiner Seite machen."

Über Celias Schulter hinweg betrachtete Raymond den kleinen Grayson. „Ich kann mich nicht daran erinnern, dass Miss Morris sich je mit einem anderen Mann getroffen hätte. Eigentlich hat es einen ziemlichen Wirbel in der Firma verursacht, dass sie überhaupt mit einem Mann verabredet war – vor allem, weil es ausgerechnet Derek war, der Interesse zeigte. Aber das Baby ist … wie alt? Ein paar Monate? Dann wäre das sehr knapp."

Dane verengte die Augen zu schmalen Schlitzen und mit ei nem Mal wirkte er fast brutal. „Er ist sechs Wochen zu früh auf die Welt gekommen."

„Aha. Dann passt das Timing, nicht wahr?"

Celia strahlte. „Natürlich tut es das. Er sieht genauso aus wie Derek und Dane. Mutter, ich habe nicht den geringsten Zweifel."

Angel hatte immer zu hören bekommen, was für ein schrecklicher Drachen Mrs Carter war, doch im Augenblick wirkte sie so verletzlich, dass es Angel fast wehtat. Als sie sich dem Baby näherte, atmete Mrs Carter tief durch. Ihre Nasenflügel bebten, als sie versuchte – vergeblich – ein gewisses Maß an Selbstbeherrschung zu wahren. Sie hob die Hand, um über den Kopf des Babys zu streicheln. „Es besteht eine gewisse Familienähnlichkeit."

Celia lächelte und wiegte das Baby in den Armen.

Danes Stimme klang sehr behutsam, doch entschlossen, und nur Angel schien die Art zu bemerken, wie er seine Mutter ansah. „Ich will ja nicht drängen, aber wir müssen heute noch einiges erledigen und wir sollten jetzt lieber loslegen."

Raymond machte einen Schritt nach vorn und sah nacheinander jedes Familienmitglied an. Er sah im Gegensatz zu Alec nicht besonders Furcht einflößend aus, doch er erschien ziemlich kalt und berechnend.

„Ich würde dir gern hier in der Firma unter die Arme greifen, Dane. Es scheint, dass du im Moment alle Hände voll zu tun hast, und wie du schon vor der … äh … Unterbrechung erwähnt hast, hast du auch noch eine eigene Firma, um die du dich kümmern musst."

Angel wollte sich ihre Vertrautheit mit Dane nicht eingestehen, aber die Wahrheit war, dass sie ihn schon ziemlich genau einschätzen konnte. Und was sie sah, war eine Art boshafter Vorfreude. Er lächelte nicht, doch sie konnte die Befriedigung in seinem Blick erkennen, als er sein Gegenüber ansah. „Danke, Raymond, aber ich wollte gerade vorschlagen, dass Celia übernimmt. Der Vorstand wird sie natürlich bestätigen müssen, doch mit der Rückendeckung meiner Mutter …", er warf einen Blick zu seiner Mutter, die ihm hoheitsvoll zunickte, sich aber ansonsten nicht äußerte, „… und natürlich meiner eigenen Unterstützung dürfte das kein Problem sein. Jeder, der sich dagegenstellen will, muss sich gegen mich stellen. Und ich versichere dir, dass das keine angenehmen Aussichten sind."

Angel stellte fest, dass Dane seine Schwester gerade zu einer sehr glücklichen Frau gemacht hatte. Wie ihre Mutter schwieg sie, doch sie küsste wieder das Baby, und Angel konnte ein kleines, überschwängliches Lächeln auf ihren Lippen erkennen.

Da die Angelegenheit nun anscheinend zu seiner Zufriedenheit geklärt war, warf Dane einen Blick auf die Uhr. „Wir müssen los. Ich muss Angel und Grayson bei mir zu Hause unterbringen."

„Bei dir zu Hause?"

„Ja, Mutter. Ich habe Angel gebeten, mich, so schnell ich es einrichten kann, zu heiraten – und sie hat Ja gesagt."

Danes Ankündigung löste erneut ein Stimmengewirr aus, und Angel wünschte sich, sie könnte sich mit Grayson zusammen in Luft auflösen. Sollten sie sich doch untereinander streiten; sie wollte damit nichts zu tun haben. Mick trat an ihre Seite, und sie hatte das Gefühl, dass die Carters ihn ebenso verwirrten wie sie.

„Ich kann das Baby versorgen, während ihr in den Flitterwochen seid."

Angels Herz setzte einen Schlag lang aus, als sie Celias eifriges Angebot hörte, aber Dane überging ihre Reaktion. Er schlang seinen Arm um ihre Schultern und drückte sie leicht, wohl um sie zu beruhigen – doch wenn dieser Mann ihr so nahe war, fühlte sie sich alles andere als beruhigt.

„Danke, aber an so etwas wie Flitterwochen ist in der nächsten Zeit nicht einmal zu denken. Und Grayson ist noch zu klein, um von jemand anders versorgt zu werden. Wenn du ihn mal besuchen möchtest, kannst du zu uns nach Hause kommen und dich ein bisschen zu Angel setzen." Wieder drückte er Angels Schultern. „Ruf aber bitte vorher an und klär das mit Angel ab. Du möchtest Grayson doch sicherlich nicht aufwecken oder die beiden beim Stillen stören."

Celia sah Angel an, und in ihrem Blick war keine Spur Feindseligkeit. „Kommt ihr zu Thanksgiving zu uns? Ach, bitte! Mir ist klar, dass es ein wenig kurzfristig ist, aber das trifft in diesem Fall ja auf einiges zu. Und wir würden das Baby sehr gern näher kennenlernen." Tränen schimmerten in ihren Augen, und sie schmiegte Grayson noch etwas enger an sich. „Er ist doch alles, was uns noch von Derek geblieben ist."

Angel fuhr sich mit der Zungenspitze über die Lippen und fühlte sich in die Enge getrieben. Celias Aufrichtigkeit quälte sie, und sie fühlte sich kleinlich und gemein. Aber sie hatte noch immer Angst und traute niemandem von dieser Familie. „Ich … Dane und ich werden das später besprechen."

Dane warf ihr für ihr Taktgefühl einen bewundernden Blick zu. „Ja, wir werden es dich wissen lassen, Schwesterchen. Vielleicht findet gerade dann unsere Hochzeit statt – falls es mir gelingt, innerhalb von zwei Tagen eine Hochzeitsfeier zu organisieren. Ich habe eigentlich keine Ahnung, wie so etwas gemacht wird."

„Ich kann dir helfen."

„Nein danke. Angel und ich schaffen das schon, wenn wir die Gelegenheit bekommen, uns gemeinsam hinzusetzen und ein bisschen die Köpfe zusammenzustecken."

Mrs Carter hatte augenscheinlich ihr Selbstbewusstsein wiedergewonnen und wandte sich an Dane. „Das ist lächerlich! Ich habe gerade erst von meinem Enkel erfahren, aber du verweigerst uns jegliche Rechte. Du kannst uns nicht einfach so ausschließen. Das verbitte ich mir."

Dane lächelte seine Mutter an. „Dann pass mal auf."

„Du warst schon immer absichtlich ausgesprochen schwierig, doch dieses Mal bestehe ich darauf, dass du vernünftig bist! Wir sprechen hier über Dereks Sohn, seinen Erben, und du willst ihn uns gleich wieder wegnehmen?"

„Niemand hindert dich daran, ihn zu besuchen, Mutter, solange du es vorher mit Angel absprichst."

Röte überzog ihre Wangen. Es war offensichtlich für Angel, dass Mrs Carter es nicht gewohnt war, für irgendetwas um Erlaubnis zu bitten. „Ich soll es mit ihr absprechen? Jetzt werd mal nicht unverschämt! Wir haben genauso ein Recht darauf, das Kind zu sehen, wie jeder andere. Eigentlich sogar noch mehr." Sie verengte die Augen zu schmalen Schlitzen. „Und offen gesagt finde ich es unverschämt, dass sie es gewagt hat, das alles geheim zu halten."

Dane starrte seine Mutter mit leicht zusammengekniffenen Augen an. „Ich bin mir sicher, dass du ihre Gründe verstehen kannst."

„Verdammt, er ist mein Enkel!"

Angel hatte genug gehört und machte einen Schritt nach vorn, weg von Dane. Sie hob das Kinn an und sagte mit fester Stimme: „Aber ich bin seine Mutter."

Die beiden Frauen blickten einander an, und Angel hatte das Gefühl, dass sie stumm zu einer Einigung kamen. Es war nicht einfach, die ältere Frau niederzustarren, doch sie konnte nicht zulassen, dass Dane weiterhin alles für sie in die Hand nahm. Und nachdem die Carters nun über Grayson Bescheid wussten, war es verständlich, dass sie regelmäßigen Kontakt haben wollten.

Mrs Carter wirkte unentschieden, wie sie sich verhalten sollte, aber Celia griff ein und glättete die Wogen. „Das Wichtigste ist doch, dass du Teil der Familie bist, Angel. Ich hoffe, du lässt es mich wissen, wenn ich irgendetwas tun kann, das dir hilft, dich einzugewöhnen."

Angel wollte kein Teil dieser Familie sein; die bloße Vorstellung erschreckte sie. Doch Celias Angebot war so aufrichtig, dass Angel nicht den Mut oder die Kraft hatte, ihr das zu sagen. „Danke."

Raymond ergriff Mrs Carters Arm und tröstete sie, als wäre sie ganz furchtbar schlecht und ungerecht behandelt worden. Dane rollte mit den Augen und begann dann mit der Planung.

„Alec, könntest du mit Mick zur Wohnung fahren und holen, was auch immer Angel und Grayson noch gebrauchen könnten?"

Alec nickte, und Angel bemerkte den kleinen Blick, den die beiden wechselten. Sie wollte gerade widersprechen, aber es machte Mick offenbar so froh, unter diesem Vorwand mit Alec zusammen sein zu können, dass Angel ihn nicht enttäuschen wollte, indem sie Danes Befehl ablehnte.

Dann reichte Dane Alec eine Kreditkarte. „Und fahrt beim Supermarkt vorbei, um zu besorgen, was auch immer ersetzt werden muss.“

Wütend funkelte Angel ihn an. Es war an der Zeit, sich auch gegen Dane zu behaupten. Sie stellte sich auf die Zehenspitzen, um ihm in die Augen blicken zu können und flüsterte: „Treib es nicht auf die Spitze.“

Er lächelte kurz, doch im nächsten Moment war dieses Zeichen der Belustigung wieder verschwunden. „Äh, hast du einen besseren Vorschlag?“

„Nein. Aber du überrumpelst mich total, und das mag ich nicht. Hör auf, mich so zu behandeln, als könnte ich keine eigenen Entscheidungen treffen.“

„Habe ich das getan?“ Seine Worte klangen leise, vertraut. Die andächtigen Gesichter seiner Familie beachtete er gar nicht.

„Ja, und das gefällt mir nicht.“ Sie bemühte sich, entschlossen zu klingen und nicht sosehr beeinflusst von seinen zärtlichen Blicken.

„Ich versuche, mich zu bessern.“ Sie zweifelte daran, wie ehrlich er das meinte, doch unvermittelt küsste er sie – vor den Augen seiner Familie. „Es wird allerdings nicht leicht, Süße. Ich kümmere mich nämlich gern um dich.“

Verwirrt fragte Angel sich, ob der Kuss Teil seines Plans war, die Familie davon zu überzeugen, dass sie freiwillig heirateten und nicht, weil sie es mussten. Bevor sie ihre Gedanken allerdings sortiert hatte, übernahm Dane wieder die Führung und regelte alles so, wie er es wollte.

Innerhalb einer Stunde hatten sie es sich in seinem Haus bequem gemacht. Es war eine weitläufige Ranch mitten im Nirgendwo mit einer rundum laufenden Veranda und unzähligen Fenstern. Sie befand sich ungefähr vierhundert Meter von der Straße entfernt und war umgeben von sanft geschwungenen Hügeln und riesigen Bäumen.

Zuerst war Angel angesichts der Einsamkeit des Hauses erschaudert. Eines war sicher: Ihr Leben würde sich von nun an unwiderruflich ändern. Aber das galt für so viele Ereignisse der vergangenen Zeit: die Begegnung mit Derek, die Kündigung, der Autounfall. Graysons Geburt. Schon allein wegen des Babys konnte sie ihre unglückselige Beziehung mit Derek nicht bereuen.

Und wenn ich Derek nicht getroffen hätte, dann hätte ich auch Dane niemals kennengelernt.

Der Gedanke erschütterte sie, und endlich stellte sie sich ihren eigenen Empfindungen. In der letzten Zeit war sie so damit beschäftigt gewesen, zu überleben und einen Tag nach dem anderen zu überstehen, dass sie fast vergessen hatte, wie wertvoll das Leben sein konnte. Nicht einen Moment hatte sie daran gedacht, dass Derek tot sein könnte. Und wenn es Dane gewesen wäre? Wenn der Mörder *sie* schließlich doch noch erwischt hätte?

Das Leben war zu kurz, um nachtragend zu sein oder sich Chancen entgehen zu lassen. Die furchtbare Tatsache, dass Derek tot war, wurde ihr erst langsam bewusst, und wieder begann sie, am ganzen Leib zu zittern. Wenn sie ihre Kränkung beiseite schob, konnte sie Danes Verhalten ihr gegenüber verstehen. Er war nicht so gewissenlos gewesen wie Derek, sondern vielmehr davon getrieben, den Mörder zu finden.

Angel war entschlossen, ihm bei seinen Bemühungen behilflich zu sein.

Ohne besonderes Interesse sah sie sich im Haus um. Es war offen und luftig, die Farben leuchtend und hell. Doch offensichtlich war es von einem Profi eingerichtet worden und wirkte unpersönlich auf Angel. Eigentlich passte es nicht zu Dane.

Sie stillte Grayson, während Dane ihr zahllose Fragen stellte und sie ihr Bestes tat, um sie zu seiner Zufriedenheit zu beantworten. Dane war nervös und lief um sie herum, während er herauszufinden versuchte, wann der Unfall passiert war und wann genau die Telefonanrufe begonnen hatten. Angel hatte Derek zum letzten Mal aufgesucht, als sie im sechsten Monat schwanger gewesen war. Er hatte sie abgewiesen. Kurz darauf war er ums Leben gekommen. Zwei Monate später war ihr eigener Wagen von der Straße gedrängt worden und bei ihr hatten die Wehen eingesetzt. Das Timing regte Dane nur noch mehr auf.

Angel legte Grayson in eines der leeren Gästezimmer, damit er schlafen konnte. Inzwischen machte Dane im Wohnzimmer den Kamin an und rief Alec in Angels Apartment an. Doch obwohl Alec immer sehr gründlich war, hatte er leider keine weiteren Hinweise finden können.

Angel war müde, aber sie hatte keine Ahnung, wie die Regelung fürs Schlafen aussah. Sie nahm an, dass sie ein gewisses Maß an Intimität teilen würden. Dane war in dieser Hinsicht beharrlich gewesen, und auch nach den neuesten Enthüllungen war sie der Vorstellung nicht ganz abgeneigt. Sie wollte ihn. Inmitten all der Katastrophen war es ihnen gelungen, etwas ganz Besonderes zu finden. Bei Dane hatte sie Dinge empfunden, die sie nie zuvor erlebt hatte, Dinge, von denen sie nicht gewusst hatte, dass es sie überhaupt gab. Sie hatte keine Ahnung, wie viel Zeit sie zusammen haben würden, also hatte sie nicht vor, auch nur eine Sekunde davon zu vergeuden.

Was bedeutete, dass sie zuerst reinen Tisch machen musste. „Dane?"

Er hatte gerade das Telefonat mit Alec beendet und hob nun den Kopf, um sie anzusehen.

„Ich habe mir nie gewünscht, dass Derek etwas zustößt. Es tut mir so leid, was ihm passiert ist.“

Nur einen Augenblick später kam Dane auf sie zu und blieb Zentimeter vor ihr stehen. „Ich weiß nicht, ob es dir etwas bedeutet, Süße, doch Derek hat bereut, was geschehen ist.“ Sein Blick war forschend, warmherzig und offen. „Celia hat gesagt, sein schlechtes Gewissen habe ihn richtiggehend krank gemacht und er habe gewusst, dass du ihm niemals vergeben würdest. Sie hat erzählt, dass ihn die ganze Sache vor seinem Tod offensichtlich sehr beschäftigt und mitgenommen hat.“

Angel nickte. Das war zumindest etwas, auch wenn sie sich nicht sicher war, ob sie es glauben sollte.

Dane legte seine starken, warmen Hände auf ihre Schultern und drückte sie leicht. „Es macht mich krank, wenn ich an all die Zeit denke, die wir hätten sparen können, wenn jeder von uns einfach nur ehrlich gewesen wäre.“ Er holte tief Luft und stieß den Atem langsam wieder aus. „Du warst die ganze Zeit in Gefahr, und ich hatte keine Ahnung. Wenn dir irgendetwas passiert wäre …“

Sacht legte Angel ihm die Fingerspitzen auf den Mund. Er tat sein Bestes und war sogar bereit, sie zu heiraten, um sie zu beschützen. Das Mindeste, was sie tun konnte, war, vollkommen ehrlich zu ihm zu sein. Damit hatte er recht.

Sie neigte den Kopf und sah ihn an. Und ihr stockte der Atem, als sie den zärtlichen Ausdruck in seinen Augen bemerkte. Irgendwie hatte ihr Herz immer gewusst, dass er anders war als Derek, auch wenn er ihm zum Verwechseln ähnlich sah. Die hinterlistige Art, in der Derek sie manipuliert hatte, konnte sie immer noch nicht nachvollziehen. Aber zu wissen, dass sie nicht zweimal auf denselben Mann hereingefallen war, gab ihr ihren Stolz zurück.

Er hob einen Finger, um über ihre Wange zu streichen. Diese Geste verwirrte sie und schickte ihre Gedanken in die unterschiedlichsten Richtungen. Sie lächelte. „Dane, wenn du zugegeben hättest, wer du bist, als ich zum ersten Mal Kontakt zu dir aufgenommen habe, wäre ich verschwunden."

Bei der Vorstellung runzelte er die Stirn.

„Ich hatte solche Angst vor dir", erklärte sie. „Vor der ganzen Familie Carter, aber eben am meisten vor dir." Seine Augen verdunkelten sich zu einem goldenen Bernsteinton, und ihre Bauchmuskeln spannten sich als Reaktion darauf unwillkürlich an. Sie musste sich wieder auf den richtigen Kurs bringen.

„Derek hat mir so viele furchtbare Geschichten darüber erzählt, wie rücksichtslos und unversöhnlich du sein kannst."

Er zog sie an sich, legte ihren Kopf an seine Schulter und wiegte sie sacht. Sie hatte das Gefühl, dass er sich damit genauso tröstete wie sie. „Derek und ich hatten große Meinungsverschiedenheiten, was die Familie betraf. Und auch bezüglich der Firma. Er fühlte sich durch all die Machtspielchen herausgefordert, während ich sie satt hatte. Ich denke, ihm hat es nicht gefallen, dass ich gegangen bin." Er zögerte, ehe er flüsternd hinzufügte: „Und jetzt ist er tot."

Angel spürte, dass sie ihn beruhigen musste. Sie lehnte sich zurück und lächelte ihn an. „Er hat immer mit Bewunderung über dich gesprochen, hat dich überlebensgroß dargestellt und doppelt so Furcht einflößend. Ich habe niemandem von deiner Familie vertraut, und auch Derek habe ich nur wenig Zutrauen geschenkt. Aber tief in meinem Innern und trotz allem, was geschehen ist, bin ich davon überzeugt, dass er das Richtige für seinen Sohn getan hätte."

Dane zog sie wieder an sich. „Also willst du damit sagen, dass es eine gute Entscheidung war, dass ich mich nicht von Anfang an vorgestellt habe?" Er hauchte erst einen federleichten Kuss auf ihr Kinn, dann auf ihre Schläfe. „Wenn ich es getan hätte, dann wärst du verschwunden. Und wer weiß, was dir dann passiert wäre?"

Bei der Vorstellung erschauderte er und dann küsste er sie. All die verworrenen Gefühle des hinter ihr liegenden Tages schienen anzuschwellen, um sich zu einer Welle überwältigenden Verlangens zu vereinen. Sie war mit den sinnlichen Wünschen ihres Körpers nicht vertraut und wusste auch nicht, wie sie diese Begierde zügeln sollte. Alles, was sie in der letzten Nacht miteinander erlebt hatten, die Bilder, wie er sie berührt und beglückt hatte, überfluteten sie. Hitze breitete sich unter ihrer Haut aus, und ihre Beine fühlten sich mit einem Mal schwach und zittrig an. Sie wollte wieder unter ihm liegen, sie wollte ihn in sich spüren, wollte, dass er sie zum Erschauern brachte vor beinahe schmerzhafter Lust. Sie wollte, dass er ihr half zu vergessen – zumindest für einen Moment.

„Ich will mit dir schlafen, Angel."

Er flüsterte ihr die Worte ins Ohr, und sein warmer Atem streichelte wie eine sanfte Liebkosung über ihre Haut. Sie wollte ihn, und dieser Gedanke blendete alles andere aus.

Er hatte sie gebeten, ihn zu heiraten, damit er Grayson beschützen konnte. Er war großzügig genug, um alles Erdenkliche zu tun, damit das Baby versorgt war. Und jetzt brauchte er sie, auch wenn es nur körperlich war.

Es war ein enormes Risiko, sich mit dem Herzen auf ihn einzulassen, obwohl er seine Absichten klargemacht hatte. Doch sie hatte keine andere Wahl. All ihre Kraft für den Tag war aufgezehrt, und im Augenblick schien es ihr einfach richtig zu sein, mit Dane zu schlafen. „Ja."

Dane wollte wie ein Eroberer sein Glück herausschreien, als Angel sich willig an ihn schmiegte. Nach der Aufregung dieses Tages brauchte er weiß Gott eine Ablenkung, und er konnte sich nichts Schöneres vorstellen, als in ihren warmen Körper einzutauchen.

Und er schrie tatsächlich beinahe auf, als ihre schlanke

Hand plötzlich seine Brust hinabstrich und sich schließlich auf seinen Schritt legte. Ihm stockte der Atem, und er spürte, wie seine Erregung wuchs.

„Angel?“ Es klang wie ein raues Stöhnen, aber er konnte es nicht ändern. Zu viele Empfindungen prasselten auf ihn ein. Er hatte vorgehabt, sie langsam und bedächtig zu überzeugen, und dazu die Vorteile ins Feld zu führen, die er zu bieten hatte: Angels Liebe zu Grayson und ihr Wunsch nach Schutz verbunden mit ihrer gemeinsamen Harmonie im Bett. Grayson zu lieben fiel ihm nicht schwer; das Baby war anbetungswürdig und hatte Danes Herz schon gewonnen, als er es zum ersten Mal gesehen hatte. Und schon bevor er gewusst hatte, dass Angel nichts mit Dereks Tod zu tun hatte, war es ihm ein Bedürfnis gewesen, sie zu beschützen. Er würde eher sterben, als zuzulassen, dass sie dasselbe Schicksal wie sein Bruder ereilte.

Keine Frau hatte je eine solche Wirkung auf ihn gehabt.

Er verstand zwar nicht, warum sie plötzlich bereit war, sich ihm hinzugeben, nachdem sie vor einer Stunde noch außer sich vor Wut gewesen war, aber er hütete sich davor, sie darauf anzusprechen. Er legte seine Finger auf ihre kleine, schmale Hand und drückte sie. Ihm stockte der Atem bei dem wundervollen Gefühl, dass sie ihn hielt. Er sah, wie ihre leuchtend grünen Augen sich weiteten, sah, wie sie die Lippen ganz leicht öffnete, um tief einzuatmen, und dann küsste er sie wieder. Diesmal war er nicht zart und vorsichtig. Er nahm ihren Mund in Besitz, tauchte seine Zunge in sie und stöhnte auf, als sie sie liebkoste. Ihre Finger schlossen sich um seine harte Männlichkeit, streichelten ihn und bewiesen, wie schnell sie lernte.

Seine Bekenntnisse, seine Angst um sie und seine Enttäuschung, dass er das Rätsel um den Tod seines Bruders nicht lösen konnte, tobten in ihm. Er brauchte sie, brauchte ihren Trost, ihre Unterstützung. Mit ihr zusammen zu sein setzte alles andere außer Kraft.

Er hob seine Hand zu ihrer Brust und spielte mit ihr. Ihre Brustspitzen hatten sich bereits begierig aufgerichtet und zeichneten sich unter dem zerschlissenen Stoff des Sweatshirts ab, das sie trug. Dane strich mit den Lippen ihren Hals entlang, über die empfindliche, zarte Haut unterhalb ihres Kinns, dann zu ihrem Ohr. Als er Luft holte, bemerkte er den Geruch nach Qualm, der noch immer an ihr haftete. Er wollte sie in sich aufnehmen, sie zu einem Teil von sich machen, um sie für immer zu beschützen. Sie und Mick waren der Meinung, das Feuer wäre nur eine Drohung gewesen, ohne die Absicht, ihre Wohnung niederzubrennen. Doch er war sich nicht so sicher. Und die Vorstellung, dass jemand so leicht an sie herangekommen war, erfüllte ihn mit eiskalter Wut. Er *würde* sie beschützen.

In der Hoffnung, die verstörenden Gedanken zu vertreiben, drängte er sie ungeduldig an die Steinmauer neben dem Kamin und presste seine Hüften an sie. Er schob ihr Sweatshirt hoch und umschloss dann ihre vollen, zarten Brüste mit seinen rauen Händen. „Du gehörst jetzt mir, Angel."

Sie bewegte sich an ihm, aufreizend und ermutigend, und er reagierte augenblicklich darauf. Er machte einen kleinen Schritt zurück, senkte den Kopf und nahm dann vorsichtig eine ihrer harten Brustspitzen zwischen die Zähne. Angel schrie auf. Er wusste, dass ihre Brüste sehr empfindlich waren; er hatte es in der vergangenen Nacht herausgefunden und war sehr vorsichtig gewesen. Aber jetzt wollte er Angel beherrschen, wollte, dass sie bettelte, wollte sie dazu bringen, zuzugeben, dass sie ihn brauchte. Und zwar nicht nur, weil es bequem war und weil er ihr Sicherheit bieten konnte. Es war besorgniserregend, für diese eine Frau so tiefe Gefühle zu empfinden. Er hatte nie wieder so viel empfinden wollen. Doch nun musste er sich eingestehen, dass er so etwas wie für Angel noch nie gefühlt hatte. Es war verrückt – vor allem, da sie sich erst so kurz kannten –, aber er konnte sich nicht dagegen wehren. Und er wollte es auch nicht versuchen. Doch deshalb würde er sich nicht schuldig fühlen. Derek hatte die Chance vertan, sie zu besitzen. Dane fühlte sich für vieles verantwortlich, doch nicht dafür.

„Dane“, seufzte sie und vergrub ihre Finger in seinem Rücken. Dane genoss den kleinen Schmerz, weil er ihm ein gewisses Maß an Kontrolle zurückgab.

„Sag noch einmal meinen Namen“, forderte er sie auf, als er begann, ihre Jeans aufzuknöpfen.

„Ich will dich, Dane.“

„Jetzt, Angel, genau hier.“

Ihre Augen wurden groß, als er ihre Jeans bis zu ihren Knien herunterzog und Angel dann zur Wand umdrehte. „Stütz dich an der Kaminwand ab.“

„Dane?“ Die Augen vor Verwirrung weit aufgerissen, sah sie ihn über die Schulter hinweg an.

„Tu es, Süße.“ Ohne darauf zu warten, dass sie sich fügte, ergriff er ihre Handgelenke und legte ihre Hände an die Wand. „Rühr dich nicht.“

Er konnte hören, wie sie verzweifelt nach Luft rang und wie sie in einer Mischung aus Aufregung und Unsicherheit leise aufstöhnte. Er lächelte grimmig, als er aus seiner Hose schlüpfte. Seine Erregung war deutlich zu sehen, und er stand kurz davor, zu explodieren. Als er die Arme um sie schlang, um ihre Brüste zu liebkosen und mit den Fingerspitzen ihre Knospen zu berühren, schmiegte sich seine harte Männlichkeit an ihren wohlgeformten Po. Angel keuchte auf, legte den Kopf in den Nacken und drängte gleichzeitig ihre Hüften an ihn.

Er bewegte sein Becken und streichelte sie aufreizend. Fast blind vor Lust war er dennoch entschlossen, seine Ziele nicht aus den Augen zu verlieren. „Ich will morgen heiraten. Spätestens Mittwoch.“

„Ja.“

Ein überraschter kleiner Schrei entrang sich ihr, als er seine

Arme fester um sie schlang und sie drückte, aber seine Erleichterung war einfach so groß, dass er ihr gar nicht nahe genug sein konnte. Es gefiel ihm nicht, sie nach allem, was passiert war, zur Heirat zu drängen. Sie verdiente es, dass er um sie warb, sie verdiente Dates im Mondschein, Blumen und zärtliche Versprechungen – all die Dinge, die sie nie gehabt hatte und die sich doch alle Frauen wünschten. Doch er musste tun, was er für das Beste für sie beide hielt. Und im Augenblick war es das Wichtigste, sie an sich zu binden.

Er machte sich genauso verrückt wie sie, als er nun mit der Hand bedächtig über ihre Rippen und bis zu ihrem Bauch strich. Als sie den Atem anhielt, biss er ihr sacht in die Schulter. Dann umschloss er sie, überraschte sie und genoss den erstaunten kleinen Aufschrei, als sie zusammenzuckte und stöhnte.

Mit den Fingern streichelte er sie und spürte, dass sie bereit für ihn war. Sein Finger glitt über sie und berührte sie kaum, bis sie unwillkürlich anfing, ihre Hüften zu bewegen. Er achtete darauf, dass der Druck leicht war, locker und neckend. Sie versuchte, ihn zu drängen; ihn zu ermutigen, ihr zu geben, was sie brauchte – was sie so verzweifelt wollte –, aber er widerstand der Versuchung. Dann wollte sie die Hände sinken lassen, doch schnell stellte er sie wieder so hin, wie er sie haben wollte – ihm schutzlos ausgeliefert und bereit für ihn. Angesichts ihres keuchenden Atems und ihres Stöhnens schien es ihr genauso gut zu gefallen wie ihm.

„Dane, bitte …“

Genau wie er an ihren Brustspitzen gezupft hatte, nutzte er nun seine Fingerspitzen, um ihr wieder bittersüße Qualen zu bereiten. Aber diese Stelle war so viel empfindlicher, die Gefühle so intensiv, dass Angel aufschrie und zurückzuckte. Mit seinem freien Arm hielt er sie fest, um seinen sinnlichen Angriff auf sie fortzuführen.

„Du gehörst mir, Angel. Mir.“ Seine Worte klangen rau und

gebieterisch, als er sie an ihre Schläfe gelehnt hauchte und sich an sie drängte, ohne seine Finger stillzuhalten.

Zu seiner Zufriedenheit und tief empfundenen Freude wurde sie von einem markerschütternden Höhepunkt mitgerissen.

Ihre Arme spannten sich an, sie ließ den Kopf nach vorn fallen und ihr Körper zuckte, als sie ihre Hüften gegen ihn drängte. Dane stöhnte mit ihr, ermutigte sie und liebkoste weiter ihre empfindlichste Stelle. Als sich ihr Atem wieder beruhigt hatte, flüsterte er ihr ins Ohr, wie verrückt sie ihn machte und wie einzigartig sie war. Er hatte keine Ahnung, ob sie ihm überhaupt zuhörte, und bis auf ein befriedigtes Aufstöhnen erwiderte sie nichts.

Noch nie hatte er es bedauert, ein Kondom verwenden zu müssen, aber als er sich nun eines überstreifte, fluchte er lautlos.

Angel konnte sich kaum aufrechthalten. Sie lehnte an der Kaminwand, hatte die Arme gebeugt und ihre Wange an den warmen Stein geschmiegt. Dane fürchtete um ihre zarte Haut, deshalb zog er Angel von der Wand weg, legte sie behutsam auf den Teppich und drang zugleich in sie ein.

Ihre enge Jeans schränkte seine Bewegungen ein, aber das war egal. Er musste einfach nur in ihr sein, so wie er seinen nächsten Atemzug brauchte und das Licht des Tages und ein paar Stunden Schlaf jede Nacht. *Er brauchte sie.*

Er nahm sie hart, vertrieb die Gedanken an die Gefahr aus seinem Kopf und konzentrierte sich auf die Lust. Angel lag unter ihm und betrachtete ihn. Im Feuerschein des Kamins funkelten ihre Augen sanft, und ihr Körper gab sich seinem drängenden Rhythmus hin. Sie hob die Hand, streichelte über seine Schulter und lächelte sanft.

Zu wissen, dass sie jede seiner Bewegungen beobachtete, dass sie jede Gefühlsregung bemerkte, die über sein Gesicht huschte, zu wissen, dass sie seine Lust sehen würde, wenn er den Höhepunkt erreichte, machte alles noch viel intensiver. Er enttäuschte sie nicht und ließ sich einfach gehen. Er biss die Zähne zusammen, um nicht loszuschreien und spannte sich an. Tief in seinem Inneren wusste er, dass sie gerade sein Herz gewonnen hatte. Sein Körper versteifte sich, und er erlebte seinen eigenen Höhepunkt mit einem tiefen, nicht enden wollenden Aufstöhnen vor unbändiger Lust.

Ich liebe Angel Morris, dachte er, als er auf sie sank. Ihm wurde klar, dass er sie mehr liebte als alles andere. Er liebte sie genug, um sein Leben für sie zu geben und alles zu tun, um sie an sich zu binden.

Verdammt, dachte er, auch wenn die Anstrengung fast schmerzhaft für sein umnebeltes Gehirn war. Das machte seine selbstlosen Pläne, ihr nur seinen Schutz anzubieten, natürlich zunichte. Und es reichte, um ihm eine Heidenangst einzujagen.

9. KAPITEL

Tja, das ist nicht ganz so gelaufen, wie ich es geplant hatte."

Die Worte, so leise ausgesprochen, hingen in der Luft, aber es kostete Dane enorme Kraft, den Kopf zu heben. Er fühlte sich nicht nur körperlich entspannt, sondern auch emotional satt. Und er wollte sich nicht rühren, noch nicht, vielleicht nie mehr. Er wollte dieses Gefühl nicht verlieren, diese Nähe, und er wollte nicht, dass die Wirklichkeit, mit all den derzeitigen Problemen, so schnell wieder über sie hereinbrach. Doch schließlich gelang es ihm, sich auf die Ellbogen zu stützen.

Angel, die zart und warm und weiblich unter ihm lag, sah ihn mit einem zärtlichen Ausdruck in den leuchtenden Augen an, und ein kleines zufriedenes Lächeln umspielte ihre Mundwinkel.

Gott, er liebte sie. Diese tiefgreifende Erkenntnis erschütterte ihn. Er war unvorsichtig mit ihr umgegangen, und genau wie er seinen Bruder verloren hatte, hätte er auch sie verlieren können.

Liebevoll schob er ihr eine helle Strähne hinters Ohr. „Was ist nicht so gelaufen, wie du es geplant hast? Habe ich dich enttäuscht, Liebling?" Er stellte diese unerhörte Frage, um seinem Gehirn eine Chance zu geben, sich zu sammeln. Sie nun anzusehen, mit der Einsicht, wie leicht sie ihn überwältigen konnte, war etwas, an das er sich gewöhnen musste. Er kannte diese Angst eigentlich nicht, aber was er für Angel empfand, erfüllte ihn bis in sein tiefstes Innerstes, bis zu seinem Kern als Mann, mit Panik. Außerdem hatte er das Gefühl, jeden Moment zu zerspringen, und er spürte, dass er noch immer unglaublich erregt war. Von ihr würde er wohl niemals genug bekommen.

Aufgrund seiner Gefühle und der Erkenntnis, wie einzigartig sie war, begann er, daran zu zweifeln, was er über Derek wusste. Sein Bruder konnte Angel nicht so mitleidlos benutzt haben, wie alle dachten. Kein Mann konnte Zeit mit ihr verbringen und nicht verstehen und zu schätzen wissen, wie besonders und wie einmalig sie war.

Sie zog die zarte Stirn in Falten, als sie ihn anblickte. Er musste lachen, und glücklicherweise machte das den Moment für ihn leichter – zumindest so weit, dass er zusammenhängende Sätze herausbringen konnte und nicht fürchten musste, ihr seine unsterbliche Liebe zu erklären. Angel war von seiner Familie furchtbar behandelt worden. Und er hatte sich ihr gegenüber nicht viel besser verhalten, doch das würde sich schon sehr bald ändern. Er hatte vor, sie so schnell es ging zu heiraten. Sie nun jedoch mit dem Überfluss an Empfindungen, die er verspürte, zu belasten, bevor sie die Chance hatte, sich an den Rest zu gewöhnen, wäre äußerst ungerecht.

Und darüber hinaus fühlte er sich plötzlich furchtbar feige. Er wollte ihr im Moment seine Liebe nicht offenbaren – nicht, wenn immerhin die Chance bestand, dass sie ihn und seine Gefühle zurückweisen würde. Ohne Zweifel begehrte sie ihn körperlich. Der hitzige Duft ihres Liebesaktes hing noch immer in der Luft. Und die gemeinsame Liebe zu Grayson einte sie, eine bindende Verantwortung für sie beide. Er musste auf diese Dinge bauen und konnte nur hoffen, dass es reichte.

Mit den Fingerspitzen fuhr er über ihre zusammengezogenen Augenbrauen und lächelte. „Wie kannst du, nach allem, was wir gerade erlebt haben, nur so verlegen gucken? Deine Hose ist bis zu deinen Knien heruntergeschoben, ich kann deine aufgerichteten Brustspitzen an meiner Haut fühlen und ich bin noch immer in dir." Er beugte sich herunter und strich mit den Lippen über ihren Mund. „So eng, Angel, als würdest du mich niemals gehen lassen wollen."

„Dane." Unbewusst hob sie ihre Hüften an, und er stöhnte auf.

„Was ist nicht so gelaufen, wie du es geplant hast?"

Schüchtern senkte sie den Blick und bezauberte ihn von Neuem. Dass sie in einem Moment so stürmisch und im nächsten so scheu sein konnte, fand er sehr erregend, und es machte das Verlangen, sie an sich zu binden und sie zu beschützen, noch viel drängender.

„Ich wollte, dass es dieses Mal anders ist."

Wieder lachte er. Sie überraschte ihn immer wieder. „Anders als mit dir an eine Steinmauer gestützt zu schlafen, während dein …"

„Schh, Dane!" Sie legte ihre Hand auf seinen Mund, und er küsste noch immer leise lachend ihre Handfläche.

„Es tut mir leid", sagte er gedämpft, bis sie ihre Hand wegnahm. „Es ist so leicht, dich aufzuziehen."

„Dieses Mal wollte ich eigentlich … dir etwas Gutes tun. Es erscheint mir nicht gerecht, dass du so viel gibst und ich immer nur nehme."

Wieder rollten die überwältigenden Gefühle wie eine Welle über ihn hinweg, löschten seine Gedanken aus und seine Erregung wuchs unaufhaltsam. Er drückte sie an sich und schmiegte sein Gesicht an ihren Hals. Durch den rauchigen Duft wurde er wieder an den Brand in ihrem Apartment erinnert – und an die Tatsache, dass jemand versuchte, ihr wehzutun und wahrscheinlich seinen Bruder getötet hatte. Die Ereignisse, die sie zusammengeführt hatten, waren ihm immer gegenwärtig. Denn es waren dieselben Ereignisse, die sie auch auseinanderreißen konnten.

Er löste sich sanft von ihr und setzte sich auf. Angel betrachtete ihn unsicher und wollte es ihm gleichtun, aber er hielt sie auf, indem er ihre Füße auf seinen Schoß nahm und ihr die Schuhe auszog. „Du brauchst eine Dusche und etwas Schlaf.

Und Alec und Mick werden auch bald hier sein." Er nahm ihre Hose und streifte sie ihr ganz ab.

„Ich brauche keinen Schlaf. Ich muss den Rest deines Hauses sehen."

„Das wirst du auch." *Später, nachdem du dich ausgeruht hast.* Sie konnte sich vielleicht gut zusammenreißen, doch ihm schoss noch immer das Adrenalin durch die Adern, und er verspürte das unwiderstehliche Bedürfnis, für ihre Sicherheit zu sorgen. Mit ihr zu schlafen hatte nur die Dringlichkeit ein bisschen abgeschwächt.

Als sie von der Taille abwärts nackt war, packte er sie unter den Armen und hob sie mit sich hoch, als er aufstand. Er zog ihr das Sweatshirt aus und betrachtete mit einem Gefühl tiefer Zufriedenheit ihren nackten Körper. Dann umschloss er mit beiden Händen ihr Gesicht. „Hör mir zu, Angel Morris." Mit seinem Daumen strich er über ihre Unterlippe, und Angel nickte.

„Wir haben viel Zeit, um miteinander zu spielen. Eigentlich den Rest unseres Lebens, denn ich habe nicht vor, dich je wieder gehen zu lassen. In guten wie in schlechten Tagen, in Reichtum und Armut. Später werden wir einander erforschen. Aber denke nie, dass du mich enttäuscht hättest. Zunächst einmal ist das gar nicht möglich – nicht, wenn du so leidenschaftlich bist, wenn wir zusammen sind. Nicht, wenn ich weiß, dass diese Leidenschaft nur mir gilt. Das ist ein größeres Geschenk, als die meisten Frauen einem Mann je geben und als die meisten Männer überhaupt verdienen. Wir sind vielleicht gezwungen, zu heiraten, doch die Vorteile sind meiner Meinung nach verflucht verlockend."

Sein Blick wanderte von ihrem Mund zu ihren Brüsten, dann weiter hinunter und blieb an den dunkelblonden Löckchen auf ihrem Venushügel hängen. Sein Tonfall klang rau vor wiedererwachter Lust. „Was mich betrifft, kann ich mich nicht beklagen. Als deinem Ehemann wirst du mir Tag und Nacht zur Verfügung stehen. Und so wie ich das sehe, ist das ein verdammt gutes Geschäft. Stimmt's?"

Sie nickte, aber ihre Augen hatten sich wieder verdunkelt und der Ausdruck in ihnen war sanft und nachgiebig. Er wusste, dass seine Worte ihre Begierde neu entfacht hatten und dass seine Erklärung in ihr Bilder heraufbeschworen hatte. Ihre Reaktion zu beobachten, ließ auch vor seinem inneren Auge diese Bilder entstehen. Seit der Highschool war er nicht mehr so voller Verlangen und so unersättlich gewesen. Doch er musste sich fragen, wie viel davon auf dem verzweifelten Bedürfnis basierte, sich dessen zu vergewissern, was sie hatten, bevor es ihnen weggenommen werden würde. „Komm schon. Während du duschst, passe ich auf Grayson auf und besorge uns etwas zu essen." Er betrachtete ihren blassen nackten Körper, während er sie in den Flur zum Badezimmer begleitete. Er konnte einfach seine Hände nicht von ihrem wohlgeformten Po lassen, strich über ihre Taille und ihren Bauch. Mit einem tiefen Atemzug mahnte er sich selbst, sich zu benehmen. „Ich hole dir auch einen Bademantel, den du überziehen kannst, bis deine eigenen Sachen hier sind."

„Es fühlt sich seltsam an, Dane. Nackt mit einem Mann zusammen zu sein und nicht die Einzige zu sein, die ein Auge auf Grayson hat." Sie holte Luft und sah ihm in die Augen. „Keine Angst haben zu müssen."

Er hoffte, dass das bedeutete, dass sie inzwischen ein gewisses Maß an Vertrauen zu ihm hatte. „Ich lasse nicht zu, dass dir irgendetwas passiert, Baby. Du kannst dich jetzt ein bisschen unbesorgter ausruhen."

Sie drehte sich um, um ihn anzusehen, während er zwei flauschige Handtücher aus einem Schrank nahm und sie griffbereit ablegte.

„Am seltsamsten fühlt es sich an, überhaupt in deinem

Haus zu sein. Daran werde ich mich wohl erst gewöhnen müssen."

„Es ist *unser* Haus", entgegnete er mit fester Stimme. Er wollte, dass sie sich wohlfühlte, wollte, dass sie Teil seines Lebens wurde – und zwar sosehr ein Teil seines Lebens, dass sie gar nicht anders könnte, als ihn genauso zu lieben wie er sie. „Als ich Dereks Büro übernommen habe, wollte Mutter, dass ich auch in sein Haus ziehe. Aber da habe ich die Grenze gezogen. Die Erinnerungen dort sind zu frisch, zu erstickend. Ich fühle mich so schon wie ein Eindringling, weil ich sein Büro an mich gerissen habe, seine Unterlagen und Projekte … seine Frau."

Angel schüttelte den Kopf. „Ich war nie seine Frau. Derek und ich hatten eine kleine Affäre. Sie endete lange bevor er Besitzansprüche stellen konnte. Ich weiß nicht, ob er von Anfang an vorgehabt hat, mich zu benutzen, oder ob er einfach die Gelegenheit ergriffen hat, als sie sich bot. Doch von vornherein habe ich mehr für dich empfunden, als ich jemals für ihn gefühlt habe." Sie sah sich um und lächelte. „Ich bin froh, dass es dein Haus ist und nicht seines."

Er blickte sich ebenfalls um. „Ich habe einen Inneneinrichter beauftragt, um es zu gestalten, weil ich keine Ahnung hatte und auch keine Zeit, um mir darüber Gedanken zu machen. Ich war einfach zu oft geschäftlich unterwegs. Es ist eine Art Basis, aber für mich hat es sich immer irgendwie … kalt angefühlt. Also, falls du in der Stimmung bist und gern etwas verändern möchtest, tu dir keinen Zwang an. Lass nur niemanden herein, wenn ich nicht bei dir bin."

„Ich bin nicht blöd."

Er nickte. „Ganz und gar nicht. Aber im Augenblick will ich dich und deine Sicherheit niemand anders anvertrauen. Das Haus ist sicher – allerdings nur, solange du das Sicherheitssystem korrekt benutzt. Es gibt eine Gegensprechanlage für die Vorder- und die Hintertür. Geh kein Risiko ein, okay?“

Ernst nickte sie. Er wollte ihr keine Angst machen, doch ihnen beiden war bewusst, wie groß die Gefahr war, in der sie schwebte. Hoffentlich würde sie in Sicherheit sein, wenn sie bei ihm lebte, während er Nachforschungen über Dereks Tod anstellte. Wahrscheinlich würde er schon bald die Polizei einschalten, wenn sich erst einmal die Möglichkeit ergab, mit Alec über alles zu sprechen.

Die Zukunft lag vor ihm, und zum ersten Mal seit vielen Jahren sah er mehr als nur endlose, triste Leere. Er wollte eine Zukunft mit Angel, mit Grayson.

Und er würde nicht zulassen, dass sich ihm jemand in den Weg stellte. Nicht einmal ein Mörder.

Mutter Natur hatte sich gegen sie verschworen.

Angel sah aus dem Küchenfenster, nippte an ihrem Kaffee und seufzte. Endlich schien die Sonne mal wieder, aber sie wusste, dass der Himmel nicht lange so wolkenlos bleiben würde. Für den Rest der Woche waren rekordverdächtige Tiefdruckgebiete angekündigt.

Sie wusste auch, dass Dane frustriert war, denn wenn es nach ihm gegangen wäre, dann wären sie schon längst verheiratet. Doch dem schlimmsten Schneefall des Jahres – mehr als dreißig Zentimeter hatte es geschneit – war Thanksgiving praktisch zum Opfer gefallen. Niemand hatte das Haus verlassen können, und so war eine Hochzeit unmöglich gewesen. Außerdem hatte das Wetter seine Ermittlungen zum Erliegen gebracht, weil persönliche Befragungen nicht mehr möglich gewesen waren.

Den Plan, bei seiner Familie Thanksgiving zu feiern, hatte Dane verworfen und stattdessen ein eigenes Essen improvisiert – zu Angels Erleichterung und Celias Enttäuschung. Da er keinen Truthahn hatte, machte er einen köstlichen Schweinebraten und überraschte Angel mit seinen kulinarischen Fähigkeiten.

Es hatte sich irgendwie richtig angefühlt, einen Abend mit Dane in der Küche zu verbringen, sich ab und an spielerisch mit den Hüften anzustoßen, sich die Aufgaben zu teilen und gemeinsam zu arbeiten. Grayson saß in seiner Babyschale und sah ihnen zu. Die Szene wäre perfekt gewesen, hätte es da nicht jemanden gegeben, einen bösen Menschen, der noch immer auf der Lauer lag. Der noch immer eine Bedrohung war und der sie beide noch immer nervös machte, auch wenn sie sich alle Mühe gaben, sich nichts anmerken zu lassen.

Das Wetter war die ideale Entschuldigung, um im Bett zu bleiben und die dunklen Wolken der Gefahr durch ein Übermaß an Sinnlichkeit zu vertreiben. Erst vor ein paar Stunden hatte Dane sie mit seinen warmen Händen und seinem noch wärmeren Mund aus dem Schlaf gelockt. Sanft hatte er sie höher und höher dem Gipfel der Lust entgegengetrieben, bis sie ihr Gesicht im Kissen hatte vergraben müssen, um ihre Schreie zu dämpfen. Es erstaunte sie, dass jedes Mal mit ihm noch besser, noch intensiver zu sein schien. Sie wusste nicht, wie viel sie noch aushalten konnte, aber sie war begierig, es herauszufinden.

Träge und erschöpft hatte er sie im Bett zurückgelassen. Zum Abschied hatte er ihre Nasenspitze geküsst, hatte versprochen, in ein paar Stunden wieder zu Hause zu sein, und zärtlich über ihre Brust gestreichelt, ehe er sich umgedreht hatte und hinausgeeilt war. Dane beeilte sich oft, von ihr fortzugehen – als hätte er Angst, wenn er nicht sofort verschwinden würde, könnte er sie nie wieder verlassen.

Angel hatte sich noch nie so umsorgt und so geliebt gefühlt. Auch wenn er noch nie von Liebe gesprochen hatte.

Es machte ihr fast Angst, wie leicht sie sich daran gewöhnt

hatte, mit Dane zusammen zu sein. Er war der perfekte Vater für Grayson und der perfekte Freund und Partner für sie, obwohl er manchmal dazu neigte, etwas gebieterisch zu sein.

Sie verstand seine Sorge, denn sie teilte sie. Wie oft sie auch gemeinsam darüber nachdachten, fiel ihnen doch kein Grund ein, warum jemand Derek getötet hatte und sie umbringen wollte. Die Vorstellung, es vielleicht niemals herauszufinden und immer auf der Hut sein zu müssen, machte sie wütend.

Gerade kam sie mit einem großen Korb voll frisch gewaschener Wäsche aus dem Keller, als aus dem Augenwinkel etwas ihre Aufmerksamkeit erregte. Neugierig trat sie ans Fenster, den Wäschekorb mit einer Hand auf der Hüfte balancierend. Draußen im Schnee stand jemand, halb verborgen zwischen den verschneiten Sträuchern in der Auffahrt. Sie vermutete, dass es Alec war, der nach dem Rechten sehen wollte, und hob die Hand, um ihm zuzuwinken.

Doch die Gestalt duckte sich plötzlich, schien sich ertappt zu fühlen, und im nächsten Moment hatten sich die feinen Härchen in ihrem Nacken aufgestellt und eine Gänsehaut überzog ihre Arme. *Nein.* Sie zwang sich, ruhig zu bleiben, und sagte sich, dass Alec bestimmt nur nicht mit ihr gerechnet hatte und sicher gleich zum Haus käme. Doch die Gestalt war jetzt verschwunden, und an der Straße hörte sie ein Auto starten und mit im Schnee durchdrehenden Reifen davonfahren.

Erstarrt stand sie da und versuchte, sich einzureden, dass jemand sich verfahren hatte, dass es ein Zufall gewesen war. Seit sie zu Dane gezogen war, hatte es keine Drohanrufe mehr gegeben. Es gab keinen Grund zu glauben, dass jemand außerhalb von Danes Familie wusste, wo sie war. Sie holte tief Luft und redete sich ein, dass es so sein musste.

In dem Moment kam Dane herein. Schneeflocken glitzerten in seinem Haar, und in seinen sanften braunen Augen stand ein warmer, herzlicher Ausdruck.

Als er sie so dastehen sah, eilte er zu ihr und nahm ihr den Wäschekorb ab. „Angel, geht es dir gut? Tut dein Bein wieder weh?"

Sie schluckte und wiederholte automatisch die Worte, die sie in letzter Zeit schon so oft benutzt hatte. Dieser Mann war einfach viel zu fürsorglich. „Hör auf, mich zu verhätscheln, Dane. Es wird langsam lästig."

„Ich habe eine Putzfrau für solche …"

„Eine Putzfrau, die angestellt ist, um *deine* Wäsche zu machen und nicht meine und Graysons. Im Übrigen bin ich durchaus in der Lage, mich um mich selbst zu kümmern. Ich möchte nicht, dass ein Fremder sich durch meine Sachen wühlt. Und", fügte sie hinzu, als sie bemerkte, dass er noch mehr Argumente bereithielt, „das Mädchen konnte bei diesem Wetter nicht herkommen. Grayson hat Wäsche, die jeden Tag gemacht werden muss."

„Oh." Einen Moment lang wirkte er abgelenkt. Dann plötzlich schloss er sie in die Arme und drehte sich mit ihr im Kreis. „Also gut. Für den Augenblick lasse ich es gut sein. Aber nur, weil ich ein paar Überraschungen für dich habe, und ich glaube nicht, dass du sie richtig zu schätzen weißt, wenn du wütend bist."

„Du hast etwas herausgefunden?", fragte sie, und ihr gesamter Körper spannte sich voller Hoffnung an.

Dane küsste sie entschuldigend auf den Nasenrücken. „Nein, tut mir leid, Baby. Bis jetzt haben wir noch nichts, doch wir arbeiten dran. Ich habe ein paar Freunde bei der Polizei angerufen, und sie überprüfen einige Dinge für mich und sehen sich einiges noch einmal an. Ich verspreche dir, dass sich schon bald etwas ergeben wird."

Angel biss sich auf die Lippe, als sich ein Gefühl der Enttäuschung in ihr breitmachte. Sie glaubte kaum, dass sie noch viel länger warten konnte. Und sie wusste, dass es für Dane noch schwieriger war. Er fühlte sich gezwungen, seinen Bruder zu rächen und sie und Grayson zu beschützen. Für sie hatte er einiges auf sich genommen, und sie machte sich seinetwegen Sorgen. Wenn ihm ihretwegen etwas zustieß …

„Hey, mach kein langes Gesicht, Süße." Wieder küsste er sie, aber diesmal etwas länger. „Ich will dich lächeln sehen, nicht die Stirn runzeln."

Sie dachte darüber nach, ihm von der Gestalt in der Auffahrt zu erzählen, doch im Moment war seine Miene so erwartungsvoll und glücklich … Später hätte sie noch Zeit genug, um mit ihm darüber zu reden. Falls es überhaupt wichtig war, woran sie allmählich zu zweifeln begann. Bei dem letzten Drohanruf in ihrer Wohnung hatte jemand sie wütend beleidigt, und die Person zwischen den Sträuchern vorhin hatte sich nur umgeschaut. Wahrscheinlich gab es keinen Zusammenhang, sondern es hatte sich wirklich lediglich jemand verfahren.

„Wohin musstest du heute Morgen so schnell?", fragte sie und schob das ungute Gefühl beiseite.

Dane ging mit Angel im Arm zu einem Küchenstuhl, setzte sich und zog sie auf seinen Schoß. Sein schwerer Mantel war feucht vom Schnee. Dane kämpfte sich heraus und legte ihn auf den Tisch, neben den Wäschekorb. Mit einer rauen Fingerspitze fuhr er ihr über die Wange. „Meine Schwester kann es kaum erwarten, wieder hierherzukommen und Grayson zu sehen. Und dich. Sie quillt über vor Fragen und Neugierde."

Celia rief mindestens einmal täglich an und sie war immer freundlich und neugierig, aber auch vorsichtig, als würde sie sich bemühen, nicht aufdringlich zu sein. Angel konnte gar nicht anders, als sie zu mögen. Der Rest der Familie hatte sich dagegen verdächtig ruhig verhalten.

„Was würdest du davon halten, wenn sie und Raymond in den nächsten Tagen zum Abendessen vorbeikommen würden? Heute sehen die Straßen schon viel besser aus, und da kein weiterer Schneefall vorhergesagt ist, sollten sie am Dienstag wieder frei sein."

Angel dachte über die Gründe für die plötzliche Einladung nach, sagte jedoch nur: „Sie ist deine Schwester, Dane. Wenn du sie hierher einladen möchtest, ist das in Ordnung." Sie zögerte und fügte dann hinzu: „Vielleicht solltest du auch deine Mutter einladen. Das könnte helfen, die Dinge zwischen euch wieder ins Lot zu bringen."

„Noch nicht." Er sagte das locker daher, doch Angel nahm wahr, wie er sich unwillkürlich verspannte.

„Dane, was ist zwischen dir und deiner Mutter vorgefallen? Derek hat mir zwar einmal erzählt, dass ihr nicht immer einer Meinung wart, aber ..."

Sein Lachen, das fast ein bisschen bitter klang, unterbrach sie. „Eine Meinungsverschiedenheit, ja? Tja, da hatte Derek recht. Aber das ist Schnee von gestern, Süße, und ich will dich nicht langweilen."

„Sollte ich nicht wissen, was los ist? Die Vergangenheit spielt ja wahrscheinlich eine Rolle in den derzeitigen Spannungen, oder? Was, wenn deine Mutter etwas andeutet? Ich werde nicht gern im Ungewissen gelassen."

„Es betrifft dich nicht."

Und das, dachte sie, ist schon der Kernpunkt des Problems. Sie wollte, dass alles von ihm auch sie betraf. „Es tut mir leid." Sie wollte von seinem Schoß klettern, doch Dane gab ein leises Knurren von sich, als sie sich bewegte, und zog sie enger an sich.

„Verdammt, ich habe das nicht so gemeint, wie es vielleicht geklungen hat." Er sah sie frustriert an und zuckte dann die Schultern. „Okay, wenn du unbedingt einen Seelenstriptease von mir willst, werde ich das schon überleben."

Seine Laune war seltsam: zuerst scherzend, dann ernst, dann wieder scherzend. „Ich will dich nicht drängen."

„Ha! Also gut, es tut mir leid." Er nahm sie noch fester in die Arme. „Geh nicht."

Angel sah ihn ungeduldig an.

„Na schön, verdammt, aber sobald ich diese dumme Leidensgeschichte erzählt habe, widmen wir uns deiner Überraschung, ja?" Nach einem kurzen Zögern sagte er: „Ich war schon einmal verlobt und wollte heiraten." Er hielt sie in seinen Armen und starrte ohne ein bestimmtes Ziel zur Seite – nur um ihrem Blick auszuweichen.

„Mutter hieß meine Entscheidung natürlich nicht gut, doch ich hatte mich ihr ja auch sonst schon in beinahe allem widersetzt. Derek ging auf das College *ihrer* Wahl, ich ging auf ein staatliches College. Rückblickend betrachtet weiß ich jetzt, wie kindisch ich mich benommen habe. Ich habe ihr um des Widersprechens willen widersprochen. Aber sie war auch so verflucht herrschsüchtig, dass ich mich dagegen auflehnen *musste.*"

Angel konnte sich nicht vorstellen, wie jemand versuchte, Dane zu gängeln. Die bloße Vorstellung war lächerlich.

„Derek und ich haben unser kaufmännisches Diplom in dem Jahr gemacht, als unser Vater starb. Er und Mutter hatten immer gewollt, dass wir die Firma übernehmen – allerdings nicht so bald schon. Sein Herzinfarkt hat alle kalt erwischt. Mutter, die noch nie der Mensch war, der lange trauert, wollte, dass wir gemeinsam in die Firma einsteigen. Ich wollte dagegen noch meinen Magister in Betriebswirtschaft machen. Derek war geboren, um ein Unternehmen zu leiten, und er war begierig, anzufangen, doch ich habe mich Mutters Wunsch widersetzt. Ich war froh, dass Derek sich um alles gekümmert hat, und trotz all ihrer Nörgelei und ihres Gejammers bin ich wieder zurück auf die Uni gegangen."

Ein drückendes Schweigen entstand, und Angel spürte, wie er sich leicht bewegte, als würde er sich unwohl fühlen.

„An der Uni lernte ich eine Frau kennen und wollte heiraten. Da das nicht in die Pläne meiner Mutter passte, tat sie alles, was in ihrer Macht stand, um mich zu entmutigen und davon abzubringen – inklusive, mich zu enteignen, sodass ich nicht an mein Erbe konnte. Doch je mehr sie unternahm, desto entschiedener verfolgte ich meinen Plan. Als ich ihr dann sagte, dass ich fest entschlossen sei, zu heiraten, hat sie … hat sie Anna bestochen."

Angel wusste nicht, was sie dazu sagen sollte. Sie wartete und hoffte, dass er fortfahren würde. Und schließlich erzählte er weiter.

„Ich mag nicht glauben, dass es das Geld war, das Anna gereizt hat. Sie stammte aus anderen Verhältnissen als ich, und meine Mutter hat ihr eine Riesenangst eingejagt. Sie legte ihr das anspruchsvolle Leben dar, dem Anna gerecht werden sollte, und das versetzte sie in Panik. Als meine Mutter ihr das Geld anbot, nahm sie es und verschwand."

Wie dumm, dachte Angel. Sie wusste, dass Dane Geld besaß, aber er stellte seinen Wohlstand nicht zur Schau. Sein Haus war sehr schön, doch es war nicht protzig. Alles an ihm war natürlich und selbstsicher und unaufdringlich. Anna konnte ihn nicht richtig gekannt haben, wenn sie diesen Unsinn geglaubt hatte. Oder vielleicht war es ihr auch einfach egal gewesen. „Das tut mir leid."

Ungeduldig schüttelte Dane den Kopf. „Das Schlimmste war, dass sie schwanger von mir war."

Angel verspannte sich unwillkürlich, ergriffen von einer Mischung aus Eifersucht und Verwirrung. Wo war das Kind jetzt?

Als hätte er ihre Gedanken erraten, drückte Dane sie liebevoll. „Als ich Anna gefunden hatte, erzählte sie mir, sie habe das Kind verloren."

Er sah so aufgewühlt aus, dass Angel sich an seine Brust

schmiegte und sich an ihn kuschelte. Sie hatte Dane noch nie so erlebt, und es gefiel ihr nicht. Dereks Tod hatte ihn mit berechnender Entschlossenheit erfüllt. Er hatte eine Absicht verfolgt. Über die Geringschätzung seiner Mutter hatte er sich scheinbar nur amüsiert. Aber jetzt klang er zutiefst verletzt. Da bevorzugte sie seine Anmaßung. Und in diesem Moment hätte sie viel gegeben, um seinen Schmerz zu lindern.

Er legte seine starke Hand an ihren Hinterkopf und vergrub seine Finger in ihrem Haar. „Ich habe das noch nie vor jemandem zugegeben, doch bis heute bin ich mir nicht sicher, ob Anna nicht vielleicht eine Abtreibung hatte. Die Schuld daran habe ich meiner Mutter gegeben. Das war viel leichter, als zu akzeptieren, dass ich mich in Anna getäuscht hatte und dass es ein Riesenfehler gewesen wäre, eine Frau zu heiraten, der ich nicht genug bedeutete, damit sie an mich glaubte. Sie erzählte mir ziemlich tränenreich, sie hätte Angst gehabt und die einzige Möglichkeit darin gesehen, das Bestechungsgeld meiner Mutter anzunehmen."

Angel konnte seinen Herzschlag fühlen, der inzwischen ein bisschen schneller ging. Sie schob ihre Hand in sein Hemd und strich mit den Fingern über seine warme behaarte Brust. Dane hielt still, während sein Atem mit einem Mal rauer und schneller ging. Angel zog sein Hemd aus seiner Hose und schob es hoch. Sie küsste seine Brust, seine kleinen aufgerichteten Brustwarzen. Dane stöhnte und zog sich hastig das Hemd über den Kopf.

„Sie hätte zu dir kommen können. Das ist es, was dich am meisten beschäftigt, oder?"

Dane legte den Kopf an die Rückenlehne des Stuhls. „Sie hat mir nicht vertraut."

„Ich vertraue dir. Ich habe dir nicht nur mein eigenes, sondern auch Graysons Leben anvertraut." Er wollte etwas erwidern, aber sie richtete sich auf, umfasste sein Gesicht mit beiden

Händen und hielt seinen Kopf still, während sie ihn leidenschaftlich küsste. Wieder stöhnte Dane auf, und Angel nahm das als Stichwort. Während ihre Lippen sich noch immer berührten, flüsterte sie: „Ich bin nicht wie sie, Dane. Deine Mutter kann mich nicht wegschicken. Nur du kannst das jetzt noch tun."

Statt zu antworten, küsste er sie wieder. Aus der Art, wie er sie festhielt und wie sein Mund über ihren strich, sprach sein Verlangen. Er mochte sie vielleicht nicht lieben, doch er brauchte sie, und daraus konnte Liebe entstehen.

Mit einem ungeduldigen rauen Stöhnen löste er sich von ihr. „Verdammt, du verwirrst mich."

„Das freut mich."

Lachend wich er ihrem Mund aus, als sie ihn wieder küssen wollte. „Deine Überraschung. Schon vergessen?"

„Können wir das nicht auch später machen?"

„Du Unersättliche. Hör auf!" Er packte ihre Hände und zog sie weg von seinem Gürtel. Als sie so tat, als würde sie schmollen, schmunzelte er. „Zeig nur ein Fünkchen Geduld, ja? Also, zuerst einmal hat Mick dein Apartment wieder vermietet. Darüber musst du dir keine Gedanken mehr machen."

Damit hätte sie nicht gerechnet. Dane hatte gegen ihren und Micks Willen darauf bestanden, die Miete so lange weiterzuzahlen, bis Mick einen neuen Mieter gefunden hatte. Angel wusste, dass Mick und seine Mutter das Geld brauchten, und sie hatte sich nicht gut dabei gefühlt, ohne Kündigung einfach zu gehen. Aber Dane hatte natürlich nichts davon hören wollen, dass sie die Miete selbst bezahlte. Und Mick hatte von keinem von beiden Geld haben wollen. Er war ein so stolzer junger Mann.

„Wer ist es?" Angel machte sich noch immer Sorgen um Mick. Sie sprach oft mit ihm, doch ihr fehlten die täglichen gemeinsamen Nachhilfestunden. Sobald das Wetter es zuließ, hatte sie vor, wieder mit dem Nachhilfeunterricht zu beginnen. Dane unterstützte ihre Idee.

„Von selbst wirst du nicht drauf kommen, also verrate ich es dir.“ Er nahm sich einen Moment, um die Spannung aufzubauen, aber als sie ungeduldig knurrte, schmunzelte er und sagte: „Alec.“ Er nickte, als er ihren überraschten Gesichtsausdruck sah. „Ja, ihm gefiel die Wohnung schon, als er deine Sachen nach dem Brand geholt hat. Sie ist nicht weit vom Büro entfernt, und Mick ist ein fantastischer Verwalter – vor allem für einen Jungen in seinem Alter.“

„Und du wolltest, dass Alec dort wohnt, um ein Auge auf ihn zu haben und dafür zu sorgen, dass es ihm gut geht?“

„Nicht direkt. Ich wusste zwar, dass du dir Sorgen machst, und ich habe angenommen, dass diese Lösung dich ein bisschen beruhigen würde. Aber Alec war tatsächlich auf der Suche nach einer neuen Bleibe, und er mochte die Wohnung.“

Angel lächelte ihn an. „Das ist eine wundervolle Überraschung. Danke.“

„Das ist nur ein Teil der Überraschung. Und jetzt werd nicht böse, bevor ich fertig bin, ja?“

Wie ein Warnsignal, das ihr vor die Nase gehalten wurde, versetzten seine Worte sie direkt in Alarmbereitschaft. Unwillkürlich straffte sie die Schultern. „Was hast du angestellt?“

„Wir haben uns darauf geeinigt, dass es das Beste ist, zu heiraten. Und das bedeutet, dass ich alles tun möchte, was in meiner Macht steht, um dafür zu sorgen, dass du und Grayson versorgt seid. Ich weiß, wie du über Geld denkst, doch das ist albern. Dank meines Erbes …“

„Ich dachte, deine Mutter hätte das Geld!“

Er zuckte die Schultern. „Sie hat es zurückgegeben – ebenfalls eine Art Bestechungsversuch, um mich in den Schoß der Familie zurückzuholen. Bisher hat es nur auf der Bank gelegen und Zinsen angehäuft, weil ich keine Verwendung dafür hatte.“

„Ich will aber nicht, dass du meinetwegen gegen deine Prinzipien verstößt, Dane Carter!“

Er lachte. „Das hat nichts mit Prinzipien zu tun. Es war nur Sturheit und die Tatsache, dass ich es liebe, meine Mutter bei jeder Gelegenheit zu ärgern. Aber da wir am Dienstagmorgen heiraten …“

„Moment!“ Angel hob die Hände und war überrascht, wie viele Informationen da gerade auf sie eingeprasselt waren. Sie brauchte ein paar Minuten, um das alles aufzunehmen. „Was meinst du damit, dass wir am Dienstagmorgen heiraten? Seit wann ist das denn beschlossene Sache?“

Wenigstens zeigte er ein bisschen Verlegenheit. „Äh … Eigentlich erst seit heute. Das war noch ein Teil deiner Überraschung. Ich habe mit meinem Arzt geredet, und die Leute im Labor werden die gesetzlich vorgeschriebenen Bluttests morgen durchführen. Sobald das erledigt ist, fahren wir in die Stadt und besorgen die Lizenz. Ein Pastor aus der Kirche meiner Schwester hat sich bereit erklärt, die Trauung am Dienstag zu vollziehen.“

Es gab eine kurze Rangelei, als Angel versuchte, von seinem Schoß zu klettern, und Dane sich mindestens ebenso entschlossen bemühte, sie festzuhalten.

Dane gewann.

„Du warst einverstanden, mich zu heiraten, Süße.“ Er hielt sie in seinen Armen und ließ sie nicht aus den Augen. Auf seinem Gesicht war ein herausfordernder Ausdruck. Doch da war noch etwas anderes – etwas, das sie nicht so leicht in Worte fassen konnte. „Wir beide haben einen Deal. Grayson braucht mich, und ich habe nicht vor, ihn im Stich zu lassen. Weder jetzt noch sonst irgendwann. Falls du mit dem Gedanken spielst, deine Meinung zu ändern, ist es zu spät dafür.“

Die Erkenntnis traf sie, und ihr stockte der Atem. Er wollte alles absichern, er wollte eine Garantie und er hatte Angst, ihr die Entscheidung zu überlassen, weil er glaubte, dass sie doch noch einen Rückzieher machen könnte. Dass er sich Grayson gegenüber so verpflichtet fühlte und dass er fürchtete, das Baby verlieren zu können, war ein Bekenntnis. Aber sein despotisches Vorgehen konnte sie nicht einfach so stillschweigend hinnehmen. Er würde sich in kürzester Zeit in einen Tyrannen verwandeln, wenn sie das zuließ.

Finster sah sie ihn an. „Beim nächsten Mal sprichst du vorher mit mir, ehe du irgendetwas vereinbarst."

Seine Augen weiteten sich, und die Anmaßung war zurück in seinem Blick – zusammen mit einer großen Portion Erleichterung. „Es wird kein nächstes Mal geben, Süße. Ich habe dir gesagt, dass es ungeachtet der Gründe für unsere Ehe für immer sein wird." Nachdem er das gesagt hatte, beugte er sich vor und küsste sie lang, bedächtig und voller Leidenschaft. Als er sich von ihr löste, flüsterte er: „Ich denke, ich sollte jetzt auch noch den Rest hinter mich bringen."

„Es gibt noch mehr?"

„Ich fürchte, ja." Er holte tief Luft und platzte dann heraus: „Ich habe deine und Graysons Arztrechnungen beglichen."

Mit so etwas hätte sie rechnen müssen. Doch bei allem, was in den vergangenen Tagen geschehen war, waren die Arztrechnungen, die sich angesammelt hatten, das Letzte gewesen, an was sie gedacht hatte. Auf eine Art war es fast eine Erleichterung, diese Last von den Schultern zu haben. Aber andererseits wollte sie nicht, dass es in ihrer Beziehung darum ging, was er ihr an materiellen Dingen zu bieten hatte. Sie wollte mehr als das.

Als sie ihn nun mit leicht zusammengekniffenen Augen anblickte, fuhr er – offensichtlich ermutigt durch ihr Schweigen – fort: „Ich habe außerdem in deinem Namen ein Konto eröffnet. Du kannst dein eigenes Geld einzahlen, wenn du möchtest, doch es ist schon eine ganz anständige Summe auf dem Konto. Es läuft ausschließlich auf deinen Namen, also kannst du damit machen, was du willst. Das Geld ist allerdings nicht für den Haushalt gedacht. Falls du das Haus umgestalten willst – übrigens bin ich der Meinung, dass Graysons Zimmer ein bisschen Farbe vertragen könnte …“

„*Dane.*“

„Komm schon, Süße. Sei nicht so empfindlich.“ Er strich sich über den Kopf, und seine Frustration war fast mit Händen greifbar. Angel musste sich ein Schmunzeln verbeißen. „Was mich betrifft, gehört alles, was ich habe, schon dir – du bist nur zu dickköpfig, um zuzulassen, dass ich mich um dich kümmere.“

„*Dickköpfig?* Wirklich sehr süß … Du weißt echt, wie man eine Frau um den Finger wickelt.“

„Verdammt, Angel. Ich bin nicht mein verfluchter Bruder! Du musst dir keine Sorgen machen, dass ich irgendwelche Hintergedanken haben könnte.“

„Und ich bin nicht Anna“, erwiderte sie mit fester Stimme. „Ich lasse mich nicht bestechen. Du willst dafür sorgen, dass ich Geld habe, damit ich nicht in Versuchung gerate, falls deine Mutter mir etwas anbieten sollte.“

Er senkte den Blick, sein ganzer Körper war angespannt, seine Schultern waren starr. Für Angel war das ein Schuldeingeständnis. Als er sie wieder ansah, war der Ausdruck in seinen Augen hart und bohrend. „Wärst du denn versucht?“

„*Nein!*“ Um sich zu beruhigen und gleichzeitig die Worte zu finden, die gesagt werden mussten, holte sie tief Luft. Und dann noch einmal. Aber es half nichts. „Dane, wir müssen reden. Es gibt da etwas, das ich dir sagen muss.“

Er straffte die Schultern, als müsste er sich innerlich wappnen. „Ich höre“, sagte er, doch seine Miene blieb gefasst.

Grayson wählte genau diesen unpassenden Moment, um seinen patentierten „Ich bin wach und will jetzt Aufmerksamkeit“-Schrei auszustoßen. Sehr erfolgreich gelang es ihm damit, sie beide zu trennen. Angel warf Dane einen langen Blick zu, ehe sie aus der Küche eilte. Hinter sich hörte sie ein leises Fluchen.

Es war beinahe eine Erleichterung, abgelenkt zu werden. Sie liebte ihn, und er hatte es verdient, das zu erfahren. Andererseits gingen ihm gerade so viele Dinge durch den Kopf, dass es möglicherweise leichter für ihn war, wenn er nicht auch noch mit ihrer Liebe belastet wurde. Er heiratete sie schließlich nicht aus Liebe, also würde er ihre Gefühle vielleicht gar nicht gern sehen.

Sie musste erst noch einmal über alles nachdenken, bevor sie irgendwelche großen Erklärungen machte. Ein guter Zeitpunkt dazu wäre, nachdem die Drohungen aus der Welt geschafft wären – aber da Dane nun auf eine schnelle Hochzeit drängte, stand das nicht länger zur Diskussion.

Sie wechselte Graysons Windel, während das Baby vor sich hin brabbelte und es kaum erwarten konnte, endlich gestillt zu werden. Dann zog sie den Schaukelstuhl in seinem Zimmer hervor. Sie hatte den Kleinen gerade angelegt, als Danes Stimme erklang.

„Er ist ein kleiner Nimmersatt."

Dane stand in der Tür und sah besser und verführerischer aus, als erlaubt sein dürfte – vor allem in diesem Moment, mit dem jungenhaften verwunderten Ausdruck auf dem Gesicht, als er zusah, wie das Baby gierig saugte. Er hatte sein Hemd wieder angezogen, die Knöpfe geschlossen und die Ärmel bis zum Ellbogen aufgerollt.

Als sie schwieg, kam er ins Zimmer und kniete sich neben dem Schaukelstuhl auf den Boden. „Ich fühle mich so schuldig, Angel, wenn ich darüber nachdenke, was Derek alles verpassen wird."

Wortlos betrachtete Angel ihn, als er mit dem Finger ganz sacht über Graysons Wange strich. „Abgesehen von der Art, wie er dich behandelt hat – was ich übrigens nicht verstehen kann –, war er ein guter Mensch. Und er war ein verdammt guter Bruder. Er hat mich nie aufgegeben und hat sich nie gegen mich auf die Seite der Familie geschlagen. Als wir aufwuchsen, waren wir meist unzertrennlich und nicht nur Brüder, sondern auch beste Freunde. Ich habe ihn sehr geliebt. Doch ich kann es nicht ändern, dass ich verdammt froh bin, dass *ich* hier mit dir und Grayson zusammen sein kann.“

„Oh, Dane.“ Angel spürte, wie Tränen in ihr aufstiegen. Sie konnte sich vorstellen, was er gerade durchmachte, und sie konnte ihm nicht helfen.

Er schloss die Augen und sein Kiefer spannte sich. „Ich muss herausfinden, was ihm zugestoßen ist. Das ist das Mindeste, was ich für ihn tun kann, und ich schulde es ihm – dafür, dass ich mein Leben noch habe, während seines verloren ist, und dafür, dass ich dort übernehme, wo er aufhören musste.“

„Derek hat seine eigenen Entscheidungen getroffen, seine eigenen Wege gewählt. Du kannst dir nicht die Schuld dafür geben.“

Er wandte den Blick ab, und seine Miene wirkte finster. „Wenn ich zurückgekommen wäre, statt so stur zu sein, hätte ich ihm vielleicht helfen können. Er könnte noch leben.“

Und wir hätten einander nie gefunden. Angel erschauderte bei dem Gedanken und fühlte, wie Schuldgefühle sie ergriffen.

Das Baby, das Danes Stimme erkannte, ließ Angels Brustspitze los und wandte den Kopf um. Der Kleine starrte Dane an. Seine blauen Augen wirkten wachsam. Dane lächelte, obwohl seine Miene noch immer traurig war. „Ich liebe ihn, weißt du?“

Angel nickte und spürte einen Kloß im Hals.

Dane erhob sich und schob die Hand in die Hosentasche. „Ich habe dir heute das hier gekauft. Diesmal kannst selbst du keine Einwände haben, dass ich Geld für dich ausgegeben habe – immerhin ist es das traditionelle Recht des Bräutigams." Er reichte ihr eine kleine schwarze Schatulle und richtete seine Aufmerksamkeit dann auf Grayson. Das Baby sah ihn noch einen Moment lang an, ehe es sich wieder dem Trinken widmete. Einige Dinge waren einfach wichtiger als andere.

Verlegen öffnete Angel die kleine Schachtel. Ihre Hände zitterten, und es war schwierig, sich mit dem Baby auf dem Schoß zu bewegen. In der Schatulle, in cremefarbenen Samt eingebettet, befand sich der schönste diamantene Verlobungsring, den sie je gesehen hatte. Er war groß, aber nicht *zu* groß. Ein ovaler Diamant, umgeben von kleinen Rubinen. Atemlos flüsterte sie: „Er ist unglaublich."

„Dann gefällt er dir?"

„Dane ..." Sie streckte den freien Arm nach ihm aus, und irgendwie gelang es ihm, sie beide zu umarmen. Grayson schien das nicht zu gefallen, denn er begann zu zappeln.

„Warum erzählst du mir nicht das, was du mir eigentlich hattest sagen wollen, ehe ich wieder weg muss?"

„Wohin musst du?", fragte sie überrascht.

Dane nahm ihr den Ring aus der Hand und steckte ihn ihr an. Er schien sehr zufrieden zu sein, dass das Schmuckstück so gut passte. „Ich werde dein Postfach kündigen. Es ist einfach zu weit von hier entfernt. Und im Übrigen ..." Herausfordernd blickte er sie an. „Im Übrigen will ich, dass alles, was dich betrifft, über mich läuft – zumindest, bis die Gefahr vorüber ist."

Angel ballte die Hand mit dem Ring zur Faust. „Das ist in Ordnung. Ich habe das Postfach sowieso seit Ewigkeiten nicht mehr benutzt. Zuletzt, als ich noch für *Aeric* gearbeitet habe. Ich suche dir gleich den Schlüssel aus meinen Sachen."

Dane konnte seine Zufriedenheit nicht verhehlen. Doch in

dieser Angelegenheit sah sie keinen Grund, ihm zu widersprechen, da sie das Postfach sowieso nicht mehr benutzte. „Also, was wolltest du mir sagen?“

Ich brauche mehr Zeit, dachte sie. Heute Abend, beim Essen und ohne Störungen oder die Ablenkung durch Hochzeitstermine oder erstickende Schuldgefühle, würde sie ihm sagen, dass sie ihn liebte. Doch nicht im Augenblick, nicht, wenn sie beide verwirrt waren und er schon mit einem Fuß aus der Tür war.

„Angel?“

„Ich will nicht, dass Grayson ein Einzelkind bleibt.“

Überrascht blinzelte Dane sie an. „Was hast du gesagt?“

Hitze stieg ihr in die Wangen, aber zumindest sagte sie ihm schon mal einen Teil der Wahrheit. „Ich hatte keine Brüder oder Schwestern und fand es grauenvoll. Ich … ich weiß, dass wir nur aus praktischen Gründen heiraten, aber ich will noch ein Kind. Ich dachte, du solltest das wissen, ehe wir heiraten. Nur damit du … vorbereitet bist.“

Schweigend betrachtete Dane einige Augenblicke lang ihr Gesicht und wirkte eher erschrocken als bestürzt. Ganz allmählich erstrahlte ein Lächeln auf seinem Gesicht. Er sah Grayson an und lachte leise, als der Kleine grunzende, schmatzende Geräusche von sich gab, während er nuckelte. „Nichts würde mich glücklicher machen, Süße. Solange wir noch etwas warten, damit du nicht überlastet wirst. Ich möchte, dass dein Bein vollkommen gesund wird, und ich will nicht, dass Grayson um sein Babysein betrogen wird. So, wie du keine Geschwister hattest, hatte ich einen Bruder, der die Hälfte der elterlichen Aufmerksamkeit für sich beansprucht hat. Ich will mich nicht beklagen, aber ich denke, es muss eine goldene Mitte geben. Und vergiss nicht, dass die Möglichkeit besteht, von mir Zwillinge zu bekommen. Drei Babys in Windeln wären selbst für die entschlossensten Eltern zu viel.“

Er hatte die praktischen Gründe für die Hochzeit nicht bestritten, doch dadurch ließ sie sich nicht entmutigen. Die praktischen Gründe bestanden nun einmal, aber da war noch die Liebe, die sie spürte. Und heute Abend würde sie es ihm sagen.

10. KAPITEL

Dane stand unter dem Vordach des Postamtes, während der eiskalte Wind ihn umwehte, in seinen offenen Mantel blies und sein Gesicht mit Schneeflocken bedeckte, die von den eisigen Böen aufgewirbelt wurden. Nichts konnte die Hitze seines Zorns durchbrechen.

Bedächtig öffnete er die Faust und starrte wieder auf den Namen, der auf dem großen braunen Briefumschlag stand. Sein Bruder hatte Angel eine letzte Nachricht geschickt.

Dem überwältigenden Drang, den Umschlag aufzureißen, konnte Dane nur schwer widerstehen. Doch tief in seinem Inneren wusste er, dass er den Umschlag zu Angel bringen musste. Es wäre nicht nur ein Eingriff in ihre Privatsphäre, den Brief zu öffnen. Sie könnte es auch als ein Zeichen von Misstrauen verstehen. Immerhin war es möglich, dass es sich um einen Liebesbrief handelte. Oder aber er konnte die Informationen beinhalten, den fehlenden Hinweis, den sie suchten.

Er wollte nicht, dass sie verletzt wurde.

Er wollte nicht, dass das, was sein Bruder in den Umschlag getan hatte, Angel noch mehr Kummer bereitete. Und er wollte die glühend heiße Eifersucht nicht spüren, die er im Moment empfand und die ausreichte, um das Schlimmste abzuwehren, was der Winter zu bieten hatte. *Verdammt.* Er wollte nicht, dass sein Bruder doch noch einen besonderen Platz in Angels Herz einnahm, wenn es ein letzter Gruß war.

Widersprüchliche Gefühle von Trauer, Schuld und Besitzansprüchen verwirrten ihn.

Der Postbeamte hatte ihn argwöhnisch angeschaut, als Dane kurzerhand den Inhalt des Faches in eine große Postkiste geworfen hatte. Dane hatte die unzähligen Anzeigen, Magazine und Angebote nur flüchtig betrachtet, ehe ihm Dereks Brief ins Auge gefallen war. Jetzt ging er hastig und angespannt zu seinem Auto. Er konnte seine eigene Eile nicht verstehen; alles, was er wusste, war, dass er bei Angel und Grayson sein wollte. Er musste wissen, ob es ihnen gut ging.

Es dauerte keine fünf Minuten, bis ihm klar war, dass er verfolgt wurde. Ungeduldig wählte er auf seinem Handy Alecs Nummer.

„Sharpe."

„Ich werde verfolgt", sagte Dane. Weitere Erklärungen waren überflüssig.

„Ich bin dran."

Im Laufe der vergangenen Tage war Dane aufgefallen, dass er beschattet wurde. Er kam nicht nahe genug an seinen Verfolger heran, um herauszufinden, wer es war. Also hatte er Alec gebeten, ihm Rückendeckung zu geben. Dane hatte Angel gesagt, er wolle nicht, dass sie in die Kälte müsse, aber in Wahrheit hatte er das Risiko nicht eingehen wollen, dass derjenige, der ihn verfolgte, sie in die Finger bekam. Ihm war wohler, wenn sie zu Hause war, hinter verschlossenen Türen, in Sicherheit und weit weg von allen Gefahren.

An diesem Morgen hatte er eigens ein Konto auf ihren Namen eröffnet, damit sie finanziell abgesichert war, falls ihm etwas zustieß. Sie hatte ihm vorgeworfen, ihr nicht zu vertrauen, doch das entsprach schon längst nicht mehr der Wahrheit. Er wollte ihre Zukunft nur einfach nicht dem Schicksal überlassen.

Obwohl er ihr gesagt hatte, dass die Summe auf dem Konto beträchtlich sei, wusste er, dass sie die wahre Höhe nicht einmal erahnte. Und das war auch seine Absicht gewesen. Angel hatte eine stolze Neigung, sich gegen jede noch so winzige Kleinigkeit zu wehren, die er ihr geben wollte. Wenn sie irgendwann die Kontoauszüge zu Gesicht bekam, würde sie ausflippen. Er lächelte erwartungsvoll. Auf eine seltsame Art gefiel es ihm genauso, mit ihr zu streiten, wie es ihm gefiel, mit ihr zu schlafen. Zwischen ihnen würde es nie beschaulich zugehen oder langweilig werden – das war sicher.

Alec sollte nicht weit entfernt sein. Nach Danes Anruf würde er den Abstand zwischen ihnen schnell verringern und die Lücke schließen, sodass sie den Fahrer zwischen sich haben würden.

„Verdammt!", murmelte Dane in sein Handy, als er beobachtete, wie der Wagen abbog.

„Ist das das Auto des Verfolgers, das gerade auf den Highway fährt?"

Dane musste mit ansehen, wie sein Verfolger davonraste, und er wusste, dass der Kerl – wer auch immer es war – ihre Absichten durchschaut hatte. „Ja, das war er. Wie ist er dahintergekommen?"

Dane hatte das Gefühl, Alecs Schulterzucken praktisch hören zu können. „Vielleicht wusste er es gar nicht. Vielleicht wollte er von Anfang an den Weg nehmen."

„Nein, er war hinter mir her. Das weiß ich."

„Soll ich mich an ihn hängen?"

Dane dachte kurz darüber nach, schüttelte dann aber den Kopf und sagte: „Nein, das hat keinen Sinn. Ich fahre nach Hause zu Angel und bleibe da. Auch wenn ich nicht glaube, dass es etwas bringt, kannst du die Nummernschilder schnell prüfen lassen. Möglicherweise haben wir ja doch Glück." Dane zweifelte keinen Augenblick daran, dass Alec sich das Kennzeichen gemerkt hatte. Ihm entging so gut wie nie etwas.

„Ich melde mich wieder."

Weniger als drei Minuten später hatte Alec die Informationen. Er und Dane pflegten Kontakt zu Leuten in jeder Abteilung der Polizei. Die Informationen, die sie bekamen, stammten manchmal aus fragwürdigen Quellen, und die Art, wie sie sie bekamen, war nicht immer ganz vorschriftsmäßig. Doch für gewöhnlich lohnte es sich für alle, also arbeiteten die Cops eigentlich gern mit ihnen zusammen. „Die Nummernschilder gehören zu einem Mietwagen."

„*Verflucht.*" Dane schlug mit der Faust auf das Lenkrad. Er war vollkommen frustriert. „Das bedeutet, dass der Name, unter dem der Wagen angemietet wurde, höchstwahrscheinlich falsch ist."

„Ja, das fürchte ich auch. Soll ich bei der Autovermietung nachprüfen, woher der Wagen kam?"

„Das hat keinen Zweck. Wer auch immer der Kerl ist, er sichert sich nach allen Seiten hin ab. Ich glaube kaum, dass er zu diesem Zeitpunkt noch einen entscheidenden Fehler machen wird." Mit einem ärgerlichen Seufzen schlug Dane vor: „Du kannst den Rest des Tages freimachen. Ich werde mich bei dir melden, falls irgendetwas passiert."

„Also gut. Ich muss mich sowieso um einige persönliche Angelegenheiten kümmern."

Die Verbindung wurde unterbrochen, ehe Dane diesen rätselhaften Kommentar hinterfragen konnte. Es war das erste Mal, seit sie sich kannten, dass Alec angedeutet hatte, ein Privatleben zu haben. Obwohl Dane nicht bezweifelte, dass dem so war, hatte Alec es zuvor noch nie erwähnt.

Dane brauchte weitere fünfzehn Minuten, ehe er in seine Garage fuhr. Wie er es empfohlen hatte, hatte Angel die Alarmanlage eingeschaltet und die Fenster und Türen verriegelt. Es war ein schwieriges Leben, wenn man immer auf der Hut sein musste, aber vielleicht gelang es ihnen mit Dereks Brief ja, die Vergangenheit endlich hinter sich zu lassen und die Gefahr zu bannen.

Nachdem er den Motor abgestellt hatte, benutzte er seine Fernbedienung, um das Garagentor zu schließen. Als er durch die Tür in die Küche trat, hörte er Angel lachen. Den Umschlag in der Hand, folgte er dem fröhlichen Klang und fand sie auf dem Teppich vor dem Kamin liegend. Sie hielt Grayson über sich in der Luft. Jedes Mal, wenn das Baby gluckste, lachte sie und ließ ihn herunter, um ihm auf das runde Bäuchlein zu prusten.

Ohne sie zu stören, beobachtete Dane ihre Spielchen. Ein kleines Lächeln umspielte seine Mundwinkel. Verdammt, er liebte sie. Das Gefühl war ihm allmählich vertraut – nicht mehr beängstigend, sondern vielmehr wie ein notwendiger Teil von ihm, der endlich so funktionierte, wie er sollte. Er stellte sich Angel mit einem kleinen Mädchen vor, seiner Tochter, einem Kind, das aussehen würde wie seine Mutter und dieselben grünen Augen hätte. Die Schwangerschaft mit Grayson hatte er verpasst, doch dieses Mal würde er dabei sein. *Es tut mir leid, Derek. Aber sie wird meine Ehefrau.*

„Wann bist du reingekommen?“

Dane war gar nicht aufgefallen, dass sie sich zu ihm umgedreht hatte. Er war so gefangen gewesen von den Bildern von Baby, Heim und Herd, von Bildern, die er eigentlich schon vor langer Zeit abgeschrieben hatte. „Gerade erst.“ Er trat zu ihnen und setzte sich im Schneidersitz neben die beiden. Dann streckte er die Arme aus, um Grayson auf den Schoß zu nehmen.

„Was hast du da?“ Angel warf einen neugierigen Blick auf den Briefumschlag.

„Der ist für dich, Süße.“ Mit seinem ernsten Tonfall ließ er keinen Zweifel daran, wie wichtig der Umschlag war. „Derek hat ihn dir offenbar geschickt. Der Brief ist vor einiger Zeit abgestempelt worden, noch vor Dereks Tod. Hast du dein Postfach überhaupt nicht mehr geleert?“

Angel starrte den Umschlag an, als wäre er giftig. „Es gab keinen Grund dazu. Ich habe es nur für die Informationen genutzt, die mein Vorgesetzter mir geschickt hat, damit ich zu Hause damit arbeiten kann. Akten, die ich vorbereiten sollte, bevor er eine Präsentation halten musste. Er hat nicht vielen

Menschen vertraut. Und erst recht nicht der normalen Post. Er nahm an, dass ein abgeschlossenes Postfach die sicherste Lösung war. Niemand kannte die Nummer – außer uns beiden."

„Und Derek."

Sie nickte. „Für gewöhnlich hielt ich die Akten unter Verschluss. Aber eines Tages war ich so … aufgeregt, Derek zu treffen, dass ich sie nur in eine Schreibtischschublade gelegt habe, als er anrief, um mir zu sagen, dass er kommen würde. Ich hätte nie damit gerechnet, dass er meine persönlichen Sachen durchwühlen würde. Er muss die Nummer für das Postfach auf einem Umschlag gelesen haben."

Dane hasste es, von ihr und Derek zu hören. Er bereute es nicht, Angel zu lieben – das konnte er auch gar nicht –, doch manchmal fühlte er sich, als hätte er Derek alles Gute geraubt. Seinen Platz in der Familie zu untermauern war ihm nie wichtig gewesen, aber für Derek hatte es alles bedeutet. Jetzt hatte Dane Dereks Platz in der Familie und im Unternehmen eingenommen.

Allzu gern hätte er diese beiden fragwürdigen Vergünstigungen aufgegeben. Auf Angel oder Grayson wollte er hingegen nie wieder verzichten müssen.

Er wusste, dass Derek in der Nacht, in der er die Informationen an sich gebracht hatte, auch mit Angel geschlafen hatte. Aus dem Grund – mehr als aus allen anderen – hatte er gezögert, mit Angel darüber zu reden. Der Gedanke an sie und Derek und daran, wie sehr er sie verletzt hatte, war zu schwierig zuzulassen.

„Ich habe geschlafen, als Derek meinen Schreibtisch durchwühlt hat", sagte sie tonlos. „Danach waren wir nie wieder … intim, und einen Monat später hat er mich fallen gelassen."

Ein Schweigen entstand. Dann wollte Dane ihr den Umschlag geben. „Mach schon. Öffne ihn."

Mit einem Erschaudern zog Angel sich zurück. „Nein danke. Mir wäre es lieber, wenn du das machst."

„Bist du dir sicher?" Während er das fragte, legte er schon Grayson auf die Decke neben sich. Das Baby drehte den Kopf und betrachtete aufmerksam die hellen Flammen im Kamin. Dane schob einen Finger unter die Lasche des Umschlags und öffnete ihn.

Im Inneren befanden sich einige Ausdrucke. Dane überflog sie. „Das sind Details zu einem Fall von Industriespionage bei *Aeric.*" Als er an die Konsequenzen dachte, schoss das Blut schneller durch seine Adern. Er nahm ein Blatt Papier nach dem anderen in die Hand, bis er schließlich auf eine persönliche Notiz traf, die an Angel gerichtet war.

„Was ist?" Angel rutschte näher zu ihm, um ihm über die Schulter zu blicken. Sie nahm die abgelegten Ausdrucke und betrachtete sie genauer.

Dane legte gerade das letzte Blatt zur Seite und starrte An gel an. Als sie seinen Blick auf sich spürte, sah sie auf.

„Es tut mir leid, Süße."

„Was ist denn, Dane?"

Er berührte ihre Wange. „Derek hat versucht, dich zu beschützen." Dane hob die Ausdrucke auf und reichte sie ihr. „Er hat dir die Unterlagen als Erklärung geschickt, warum er sich so viel Mühe gemacht hat, dich von sich zu stoßen, und warum er es in aller Öffentlichkeit getan hat. So wollte er alle glauben machen, dass ihr getrennt wärt und dass du ihm nichts mehr bedeuten würdest. Nachdem ihm in den Forschungsakten von *Aeric*, die er kurz zuvor von dir gestohlen hatte, einige Ungereimtheiten aufgefallen waren, hat er eine gewisse Gefahr gesehen. Er war sich nicht sicher, was vor sich ging, doch als er die Recherchen fortsetzte, passierten ihm immer öfter kleine Unfälle. Er hatte Angst, dich damit ebenfalls in Gefahr zu bringen." Sacht streichelte er ihr über die Wange und zwang sich dann weiterzusprechen, obwohl er einen riesigen Kloß im Hals hatte. „Derek hatte kein Problem damit, das zu tun, was für die Übernahme getan werden musste. Er sah das als gutes Geschäft, und als Teil des Spiels in der Wirtschaftswelt. Aber er hatte nie geplant, dich bei dem Deal zu verletzen. Er hatte dich wirklich gern, Süße."

Angel schloss die Augen und schluckte, während sie Danes Hand drückte. Dane wusste, ohne zu fragen, dass sie Bedauern empfand, denn ihm ging es nicht anders.

Das Geräusch einer Waffe, die entsichert wurde, klang in der Stille des Raumes beinahe ohrenbetäubend laut. Angel und Dane hoben abrupt die Köpfe und sahen Raymond im Zimmer stehen. Die Fünfundvierziger in seiner Hand passte nicht so recht zu seinem dreiteiligen Anzug und seinem makellosen Erscheinungsbild. „Tja, Dane, ich kann dein Talent als Detektiv nur loben. Aber natürlich musste dein verdammter Bruder dich mit der Nase drauf stoßen, nicht wahr? Ich wusste, dass er zu gründlich und genau war, um nichts schriftlich festgehalten zu haben. Und es erschien mir am wahrscheinlichsten, dass Miss Morris die Informationen hat."

Dane bemühte sich, seinen Schrecken zu verbergen und ruhig und beherrscht zu handeln. Er war sich bewusst, dass Angel wie erstarrt neben ihm saß. „Das war also der Grund dafür, dass du sie belästigt hast?"

Raymond zuckte die Schultern. „Ich hatte sie eine Weile verloren, nachdem sie umgezogen war. Ihre Telefonnummer herauszufinden, war keine Herausforderung, aber ich hatte keine Ahnung, wo genau sie steckte. Im Gegensatz zu dir verfüge ich da über keine hilfreichen Beziehungen. Es war ziemlich frustrierend, nicht zu wissen, wann sie wieder auftauchen würde und ob sie versuchen würde, mich mit den Informationen, die dein Bruder zusammengestellt hat, in Verruf zu bringen. Ich habe mich bemüht, mich nach allen Seiten hin abzusichern, indem ich deiner Mutter – voller Bedauern natürlich – erzählt habe, was für eine Schlampe Angel wäre, wie sie Derek benutzt hätte und dass sie wahrscheinlich herumschnüffeln würde, um die Familie zu erpressen. Ich habe gehofft, deine Mutter würde Angel für mich ausfindig machen, doch sie wird alt und hat kein Interesse an Rache. Sie wollte nur einen Skandal vermeiden. Zu meinem Glück bist du, was die familiären Pflichten angeht, nicht annähernd so nachlässig." Raymond grinste. „Du hast mich direkt zu ihr geführt."

„*Mistkerl.*" Ruhig erhob Dane sich und stellte sich bewusst vor Angel und Grayson, um sie abzuschirmen. „Du hast Derek getötet."

„Also das", entgegnete er achselzuckend, „war ein echter Unfall. Ich wusste, dass er Detektiv gespielt hat – lustig, dass ihr beide euch ähnlicher wart, als ihr geahnt habt. Aber es hat sich herausgestellt, dass er darin ziemlich geschickt war. Ich habe ein paar kleinere Sachen ausprobiert, um ihm Angst einzujagen, und eine Weile habe ich sogar geglaubt, es hätte funktioniert. Doch der Mistkerl hat nur auf den richtigen Augenblick gewartet, hat Monate verstreichen lassen und darauf geharrt, dass ich den nächsten Schritt mache. Er extra nicht die Behörden eingeschaltet, um mich nicht zu verschrecken." Raymond hob die Hand und hielt Daumen und Zeigefinger nur Millimeter voneinander entfernt. „Er stand so kurz davor, bei seinen Recherchen auf meinen Namen zu stoßen. Und ich hatte schon geglaubt, dass die Luft rein wäre."

„Mein Bruder war nicht dumm. Und er hätte jeden Diebstahl in einer Firma, die ihm gehörte, als persönliche Beleidigung empfunden."

Raymond lachte. „Er war ein gerissener Mistkerl, das muss ich ihm lassen."

Es klang fast so, als hätte Raymond Derek respektiert, ihn vielleicht sogar gemocht. Dane war übel vor Ekel.

„Unnötig zu erwähnen, dass ich den Druck erhöhen musste, um ihn dazu zu bringen, endlich von den Nachforschungen abzulassen. Tja, leider konnte der Idiot nicht so gut Auto fahren wie Miss Morris."

Dane musste den Drang unterdrücken, sich auf Raymond zu stürzen. Nur die Tatsache, dass er damit Angel in Gefahr gebracht hätte, hielt ihn zurück – auch wenn es ihm nicht gefiel. Jeder Muskel in seinem Körper war angespannt und begierig, seinem Gegenüber körperlichen Schaden zuzufügen. „Wie bist du hier hereingekommen?"

„Ich habe dich auf dem Weg überholt. Ja, der Verfolger war ich. Sobald mir klar war, dass du deinen Wachhund auf mich angesetzt hast, bin ich natürlich abgebogen. Mr Sharpe sieht wirklich zum Fürchten aus. Der Kerl ist mir nicht geheuer."

„Alec beherrscht seinen Job."

„Das ist ja nun auch egal, oder?" Raymond setzte sein perfektes falsches Lächeln auf. „Wie ich schon sagte: Es war ganz einfach, einen kleinen Umweg zu machen. Und mit dem Bleifuß auf dem Gaspedal war ich vor dir hier. Ich habe mich im Gebüsch versteckt. Nicht sehr würdevoll, aber andererseits hast du mir auch keine andere Wahl gelassen. Als du das Garagentor heruntergelassen hast, habe ich ein Stück Holz daruntergeschoben, und statt sich zu schließen, ging das Tor von selbst wieder auf. Dann habe ich noch etwas gewartet, um zu sehen, ob du das Tor noch mal überprüfen würdest. Doch du hattest es zu eilig, dein Liebchen zu sehen. So eilig übrigens, dass ich mir schon fast vorstellen kann, dass ihr zwei gleich zum Heiraten miteinander durchbrennen werdet …" Er grinste höhnisch.

Dane versuchte, sein hämmerndes Herz und seinen Zorn zu beruhigen. Er brauchte einen kühlen Kopf, um sich mit Raymond auseinanderzusetzen. Er wünschte sich nur, er hätte früher auf seinen Instinkt gehört und Raymond keinen Vertrauensbonus gewährt. Er hätte die Einzelheiten aus ihm herausprügeln sollen, als er die Chance dazu gehabt hatte.

Fest entschlossen, Raymond dazu zu bringen, weiterzureden, fragte er: „Warst du der Kerl, den Derek in der Nacht seines Todes in der Bar getroffen hat?"

Einen Moment lang wirkte Raymond überrascht. „Du bist gut. Und ja, das war ich. Ich habe angeboten, mit Derek was trinken zu gehen, weil er wegen der Rechercheergebnisse und der Reue wegen Miss Morris so niedergeschlagen war. Daher wusste ich auch, dass die Sache zwischen den beiden noch nicht vorbei war. Frauen haben sich deinem Bruder reihenweise an den Hals geschmissen, aber er hat sie alle abgewiesen."

Angel stieß ein gequältes Stöhnen aus, doch Dane beachtete sie nicht weiter. Er wollte nicht, dass sich Raymonds Aufmerksamkeit auf sie richtete.

„Ich hatte gehofft, er würde mir vertrauen, aber er hat in dieser Nacht seine Geheimnisse für sich behalten, auch wenn ich ihm noch so viel zu trinken spendiert habe."

Dane unterdrückte ein Knurren. „Alec war derjenige, der herausgefunden hat, dass Derek in jener Nacht noch eine Bar besucht hat. Außerdem hatte er von Anfang an eine instinktive Abneigung gegen dich. Falls ich verschwinden sollte, wird er dir keine ruhige Minute mehr lassen."

Bei dieser Aussicht schien Raymond kurz beunruhigt, doch im nächsten Moment war die alte Selbstsicherheit wieder zurück. „Sobald ich Celia geheiratet habe, wird er es nicht mehr wagen, mich anzufassen."

Mit leicht zusammengekniffenen Augen sah Dane ihn an und versuchte, weiterzudenken. „Meine Schwester ist nicht dumm. Sie wird dich niemals heiraten."

Raymond lachte. „Sie kann es kaum erwarten, verheiratet zu sein." Sein Blick fiel auf Angel und ging dann wieder zurück zu Dane. „Und deine Mutter ist entschlossen, die Firma in meine fähigen Hände zu legen, nachdem du zum feindlichen Lager übergewechselt bist. Genau genommen glaube ich sogar, dass deine Mutter mir die Leitung auf jeden Fall übertragen würde – ob Celia mich nun heiratet oder nicht. Aber ich habe beschlossen, dass ich Celia will. Es scheint mir eine nette kleine Versicherung zu sein, falls irgendjemand jemals herausfinden sollte, dass ihr doch nicht durchgebrannt seid."

„Ich werde dich umbringen."

Raymond lachte nur über diese Drohung. „Nicht, dass deine Mutter die Geschichte mit dem Durchbrennen anzweifeln wird, oder, Dane? Immerhin wäre es nicht das erste Mal, dass du deine Familie ohne einen Blick zurück im Stich lässt – und in beiden Fällen war eine Frau im Spiel. Deine Mutter hat tapfer versucht, den Mund zu halten und solch eine Situation zu vermeiden. Sie hat gehofft, einiges wiedergutmachen zu können. Ach, das wusstest du nicht, stimmt's? Ich bin inzwischen so etwas wie ihr Vertrauter, und sie hat mir alles darüber erzählt, wie sie die Vergangenheit bedauert. Zu schade, dass du nicht die Möglichkeit haben wirst, ihr zu vergeben, damit ihr Gewissen endlich Ruhe findet. Ihre Schuldgefühle werden sie für den Rest ihrer Tage quälen."

Angel kam neben Dane auf die Beine, und obwohl er versuchte, sie wieder hinter sich zu schieben, drängte sie nach vorn. „Sie haben da nur ein kleines Problem, Raymond."

„Und das wäre?", fragte er leicht amüsiert. Augenscheinlich glaubte er, alles unter Kontrolle zu haben.

„Ich habe Sie schon länger in Verdacht. Und ich habe einigen Leuten davon erzählt. Die Polizei weiß, dass ich dachte, jemand würde versuchen, mich umzubringen."

„Sie haben Ihnen allerdings nicht geglaubt, oder irre ich mich?" Raymonds Grinsen wirkte selbstzufrieden. „Ihnen fehlten die Beweise. Und ich habe selbst bei dem Schwelbrand darauf geachtet, die Bedrohung nicht zu ernst wirken zu lassen und nicht zu viel Aufmerksamkeit zu erregen.“ Er lachte über Angel, als ihr einiges klar wurde. „Ja, das war eine nette Geste, oder? Sie aus Ihrem Apartment zu vertreiben und dann Ihren Anruf im Büro abzufangen. Sie haben genau so reagiert, wie ich es geplant hatte, als Sie wie eine Furie in der Firma aufgetaucht sind und Antworten gefordert haben. Ich hatte gehofft, dass Sie stolz genug sein würden, um Dane zu verlassen, wenn Sie die Wahrheit erfahren und erkannt hätten, dass er Sie nur benutzt hat. Das hätte Sie noch verwundbarer gemacht. Aber nein, Sie haben sich ja entschieden, den Mistkerl zu heiraten.“

Einen Moment lang wirkte er mehr als verärgert, fast schon zornig. Dane wappnete sich innerlich, doch Raymond schüttelte seine Wut ab und setzte wieder ein Grinsen auf. „Ich habe alles geplant. Schade für euch, aber Celia und Mrs Carter werden die Theorie, dass ihr durchgebrannt seid, unterstützen. Dank der Informationen, die ich bei *Aeric* verkauft habe, und dank des Anteils deiner Schwester am Familienbesitz, werde ich von nun an ein ziemlich komfortables Leben führen.“

Dane machte einen kleinen Schritt nach vorn. „Du bist ein Idiot, Raymond. Wird irgendjemand glauben, dass ich meine eigene Firma einfach so im Stich lasse? Denk darüber nach. Ich habe meiner Familie vielleicht den Rücken gekehrt, aber ich habe mich nie vor meiner Verantwortung gedrückt.“

Wieder zuckte Raymond vollkommen unbeeindruckt die Schultern. „Jetzt bist du allerdings verliebt. Wer kann schon sagen, was du in dieser Situation als Nächstes tust?“

Plötzlich gab Grayson einen gurgelnden Laut von sich, und für einen winzigen Moment war Raymond abgelenkt. Dane wollte die Gelegenheit nutzen, doch schon war die Waffe auf seinen Kopf gerichtet. „Nein, nein, nein. Ich will die Schweinerei nicht hier im Wohnzimmer haben.“

Neben ihm rührte sich Angel, und Dane ergriff ihren Arm. „Sie werden meinem Baby nicht wehtun“, sagte sie mit leiser, entschlossener Stimme, während sie sich aus Danes Griff wand.

„Ich zögere wirklich. Schließlich bin ich kein Monster. Und das Kind scheint Mrs Carter ein bisschen weicher gemacht zu haben. Aber ich sehe leider keinen anderen Ausweg."

Angel erstarrte. Als sie sprach, war ihr Tonfall so kalt, dass selbst Dane überrascht blinzelte. „Sie können uns nicht beide gleichzeitig umbringen", entgegnete sie. „Versuchen Sie es, und einer von uns beiden wird Sie überwältigt haben, ehe Sie zum zweiten Mal zielen können." Sie entfernte sich weiter von Dane und machte es Raymond durch den Abstand zwischen ihnen immer schwieriger, die Situation unter Kontrolle zu halten.

Durch ihre Provokation aus der Fassung gebracht, hob Raymond den Arm und zielte geradewegs auf sie. Er verengte die Augen zu schmalen Schlitzen und presste die Lippen aufeinander. Dane spürte, wie Angel sich neben ihm anspannte. Entsetzt wurde ihm klar, was sie vorhatte. Sie würde Raymond angreifen, um Dane dadurch einen Vorteil zu verschaffen. Diese kleine Närrin würde sich opfern. In Panik richtete Dane sich darauf ein, ihr zuvorzukommen und sich mit voller Kraft auf Raymond zu stürzen. Er konnte nur hoffen, dass Angel den Moment nutzen würde, um sich das Baby zu schnappen und wegzurennen.

Im nächsten Moment erfüllte ein schriller Schrei die Luft, laut und aufgebracht. Instinktiv sprang Dane zu Angel und schob sie hinter sich, während er sich auf die neue Bedrohung einstellte. Doch sie waren nicht in Gefahr.

Mit aufgerissenen Augen versuchte Raymond herumzuwirbeln. Er war nicht schnell genug.

Schreiend und mit einem schweren Brecheisen bewaffnet, stürmte Celia hinter der Ecke zwischen Küche und Wohnzimmer hervor. Raymond duckte sich geistesgegenwärtig, aber das Brecheisen traf mit ziemlicher Wucht seinen Ellbogen. Ein Übelkeit erregendes Krachen war zu hören, als der Knochen nachgab. Die Pistole fiel zu Boden. Raymond brüllte vor Schmerz auf, und sein Arm hing seltsam verdreht an seinem Körper herab.

„Du elender Wurm!“, schrie Celia. Sie wirkte wie der Inbegriff einer zornigen Frau. Wieder schlug sie Raymond, als er versuchte, zur Seite wegzuspringen. Dieses Mal traf sie seinen Schenkel. Raymond heulte auf und ging zu Boden. Ohne Zweifel war der Arm des Mannes gebrochen, und bei seinem Bein war Dane sich auch nicht sicher. Fluchend griff er nach der Pistole. Celia holte indes aus, um Raymond einen letzten Schlag auf den Kopf zu verpassen, doch in diesem Moment kam Alec hereingestürzt und packte sie von hinten. Sie wehrte sich, und Alec hatte seine liebe Mühe, sie zu bändigen, aber schließlich beruhigte sie sich.

Alec hielt sie noch immer fest, die Arme um sie geschlungen, und flüsterte ihr leise beruhigende Worte ins Ohr, bis das Brecheisen auf den Teppich zu ihren Füßen fiel. Celia drehte sich in seinen Armen um und weinte.

Dane sah Angel an. Er atmete schwer, und das Adrenalin schoss durch seinen Körper. „Geht es euch gut?“

Sie hielt Grayson fest im Arm, wiegte ihn sacht und küsste ihn. Tränen rollten ihr über die blassen Wangen. Das Baby und Raymond schienen darum zu wetteifern, wer am lautesten schreien konnte – Raymond vor Schmerz, Grayson vor Aufregung. Angels tränenverschleierter Blick traf Dane, und sie nickte. Er konnte sehen, wie sie am ganzen Leib bebte, als sie nun Luft holte. „Ja. Uns geht es gut.“

Dane zog sie an sich und bemühte sich, sie so gut es ging zu beruhigen, doch er selbst zitterte noch immer vor Angst. Nie in seinem Leben hatte etwas ihn so in Panik versetzt wie die Vorstellung, dass Angel hätte angeschossen oder gar getötet werden können. Er küsste sie auf die bebenden Lippen, musste sich vergewissern, dass sie in Sicherheit war, lebendig und warm. Dann wandte er sich mit Angel im Arm zu seinem Freund um. Er wusste nicht, ob er sie jemals wieder loslassen würde.

„Verdammt, es tut echt gut, dich zu sehen, Alec." Es war egal, dass seine Stimme unsicher klang, dass seine Augen feucht schimmerten. Alles, was zählte, war das Gefühl, Angel sicher an seiner Seite zu wissen.

Alec strich mit seinen starken Händen über Celias Rücken. „Ich bin ihr gefolgt. Keine Ahnung, woher sie überhaupt wusste, was los war, aber ich konnte ihr ansehen, dass sie aufgewühlt war."

Celia löste sich von ihm und sah ihn an. „Du bist mir gefolgt?"

Alec blickte sie an, legte ihren Kopf wieder an seine Schulter und sagte: „Ja."

Dane lächelte. Inmitten dieses riesigen Chaos fand er Alecs Handeln unglaublich lustig. „Teufel auch."

„Ich habe die Polizei bereits verständigt", sagte Alec und beachtete Danes Lachen nicht. „Sie sollten jeden Moment hier sein. – Verdammt, können Sie endlich mal den Mund halten?", sagte er zu Raymond, ohne Celia loszulassen. „Sie können sich glücklich schätzen, dass ich nicht zugelassen habe, dass sie Sie umbringt."

Wieder löste Celia sich von ihm, um ihn anzusehen. „Warum hast du mich aufgehalten? Er hat es verdient."

„Es hätte die ganze Sache nur unnötig verkompliziert – vor allem für dich."

„Oh."

Angel entfernte sich von Dane und ging dann vorsichtig um Raymond herum, der folgsam keinen Laut mehr von sich gab. Als sie Celia erreichte, berührte sie sie an der Schulter. „Danke. Du hast uns das Leben gerettet."

Celia schniefte und wand sich aus Alecs starker Umarmung, blieb jedoch ganz nah bei ihm stehen. Sie wischte sich die Tränen fort und blickte Alec finster an, als wäre dieses ganze Drama teilweise auch seine Schuld. Trotzdem kostete es sie augenscheinlich etwas Kraft, sich von ihm abzuwenden und mit Angel zu sprechen. „Ich habe Raymond heute dabei erwischt, wie er mich belogen hat. Er hat behauptet, er wäre in der Firma gewesen, dabei war das Auto voll mit Schnee und Streusalz von außerhalb."

Angel warf Dane einen flüchtigen Blick zu, und er runzelte die Stirn. War etwas vorgefallen, das sie ihm verschwiegen hatte? „Angel?"

Sie zuckte mit den Schultern, doch er konnte ihr ansehen, wie viel Kraft sie das kostete. „Es ist nichts passiert, Dane. Ich habe nur jemanden in der Auffahrt gesehen und dachte, er hätte sich verfahren. Ich wollte es dir erzählen, aber wir wurden … unterbrochen."

Dane hätte dazu noch einiges zu sagen gewusst, doch Celia schniefte wieder. „Raymond war des Öfteren nicht im Büro, wenn er eigentlich hätte da sein sollen. In den letzten Tagen hat er sich sehr seltsam verhalten. Ich dachte, er würde mich betrügen. Ich wusste, dass er etwas im Schilde führte, aber ich habe geglaubt, es würde eine andere Frau dahinterstecken und nicht … nicht das hier!" Mit einer ausholenden Handbewegung wies sie auf das Durcheinander.

Alec knurrte. „Warum zum Teufel sollte er hinter einer anderen Frau her sein?"

„Woher soll ich das wissen?", versetzte sie knapp. „Er hat sich heimlich fortgestohlen und ist erst spät wieder aufgetaucht. Dann habe ich das Empfehlungsschreiben prüfen lassen, das er angeblich von Derek hatte, und es hat sich herausgestellt, dass es gefälscht war."

Alec wirkte wütend. „Also hast du einfach beschlossen,

ihm zu folgen. Du hättest selbst getötet werden können!" Er beugte sich herunter, sodass er praktisch Nase an Nase mit Celia stand. „Was zur Hölle hast du überhaupt an diesem Kerl gefunden?"

Angel schmunzelte Dane zu, während die beiden weiterstritten. Dane schüttelte den Kopf und zog Angel wieder an sich. Er hatte fast Angst, sie nicht mehr zu berühren. Der Drang, sicherzugehen, dass es ihr auch wirklich gut ging, war fast übermächtig. „Wenn das nicht das Seltsamste ist, was mir je passiert ist, weiß ich es auch nicht."

Als Dane mit ihr redete, wandte Angel den Blick zu Raymond. Der würde nicht so bald wieder allein gehen können. Angel erschauderte, und das machte Dane wieder wütend.

„Ich würde ihn gern eigenhändig umbringen."

Besänftigend berührte Angel seinen Mund. „Schh. Sag so etwas nicht, Dane. Es war grauenvoll, und du hast so viel verloren, aber ich will, dass es jetzt vorbei ist. Um unser aller willen."

Grayson schluchzte noch einmal zittrig auf und schmiegte sich an sie.

Dane presste seine Lippen auf die Stirn des Babys. „Das will ich auch. Gott, ich hatte solche Angst um dich und Grayson."

Angel seufzte. „Oh, Dane. Ich fühle mich furchtbar. Dein Bruder war doch nicht das skrupellose Monster, für das ich ihn gehalten habe. Er wollte mich schützen."

Sanft strich Dane ihr das Haar aus der Stirn. „Das wird ein Trost für meine Mutter sein, denke ich."

„Deine Mutter!" Angel blinzelte ihn an. „Raymond hat gesagt, es würde ihr leidtun. Sie hat uns nicht deshalb ignoriert, weil sie wütend war, sondern weil sie sich zusammengerissen hat, bloß nichts zu sagen, was dich wieder vertreiben könnte. Du musst unbedingt mit ihr reden, Dane. Wenn ich daran denke, wie sie gelitten hat …"

In der Ferne erklangen Polizeisirenen. „Ich werde die Angelegenheit mit meiner Mutter klären, Süße – sobald wir hier alles geregelt haben. Und dann“, fügte er hinzu, umschloss ihr Gesicht und schmiegte sich an sie, „werden wir beide uns unterhalten. Ich habe dir noch einiges zu sagen, Angel Morris. Und egal, wie wütend du auch wirst, du wirst mir zuhören.“

Angel beobachtete, wie Dane durchs Schlafzimmer wanderte, während Grayson in seinen starken Armen einschlief. Dane trug nur eine Hose, deren oberster Knopf offen stand. Seine bloßen Füße hinterließen Abdrücke in dem dicken Teppich, und sie genoss den Anblick seiner angespannten Unterarmmuskeln.

Liebe breitete sich in ihr aus und durchlief sie wie ein warmer Schauer.

Es war ein langer Tag gewesen, mit zahllosen Polizeivernehmungen und Fragen und einer Gegenüberstellung. Grayson war nicht zur Ruhe gekommen. Zu viele Fremde waren auf einen Schlag in seine kleine Welt eingedrungen. Doch er hatte nicht nur die Polizisten bezaubert, die die Ermittlungen geleitet hatten, sondern auch Danes Mutter, als sie aufgetaucht war. Angel lächelte. Allmählich fing sie wirklich an, Mrs Carter zu mögen. Wie konnte sie sie nicht mögen, wenn die Frau ihren Sohn und Enkelsohn genauso anbetete, wie Angel es tat? Oh, Mrs Carter versuchte natürlich, es zu verbergen, aber an diesem Abend war ihre Abwehr ein wenig ins Wanken geraten, und Angel hatte die Frau hinter der sonst so undurchdringlichen Fassade gesehen.

„Meinst du, es ist in Ordnung, wenn ich ihn jetzt in sein Bettchen lege?“, flüsterte Dane, ohne seinen langsamen Spaziergang durchs Zimmer zu unterbrechen. Grayson lag eingekuschelt an Danes breiter nackter Brust und hatte ein Händchen in seinem Brusthaar zur Faust geballt.

Angel lächelte und legte die Bürste zur Seite. Sie war frisch geduscht, trug ein Nachthemd und fühlte sich gleichzeitig erschöpft und beschwingt. Alles war vorbei, all die Angst, die unguten Gefühle, die Verletzungen waren überstanden. Ihr Liebesgeständnis hatte ihr auf der Zunge gelegen, als Grayson angefangen hatte zu weinen. „Soll ich ihn dir abnehmen?"

„Nein, ich schaffe das schon." Dane warf ihr einen langen, glühend heißen Blick zu. „Warum gehst du nicht ins Bett? Ich bin gleich wieder da."

Ihr Herz schlug schneller, als sie unter die Decke schlüpfte. Als Dane zurückkehrte, zog er seine Hose aus, hängte sie über die Rückenlehne eines Stuhls und wandte sich dann, die Hände auf die nackten Hüften gelegt, zu ihr um.

Angel lächelte. „Wenn du so eine Vorstandssitzung leiten würdest, könntest du dir der ungeteilten Aufmerksamkeit aller sicher sein."

Einen Moment lang wirkte er empört, dann ließ er die Arme sinken und ging zu ihr. „Im Augenblick will ich nur deine Aufmerksamkeit."

Angel betrachtete seinen nackten Körper. „Die hast du."

„*Angel …*" Er stöhnte ihren Namen, als er sich zu ihr ins Bett legte.

„Deine Mutter ist eine stolze Frau, Dane. Es hat mir wehgetan, zu erleben, wie sehr das alles sie mitgenommen hat."

Er war gerade dabei gewesen, ihr das Nachthemd auszuziehen, und hielt nun abrupt inne. „Ich weiß, was du meinst. Es hat mir fast das Herz gebrochen, zu hören, wie sie all die Schuld auf sich genommen hat. Sie sagte, es sei so schwer gewesen, Derek zu verlieren. Ihr einziger Trost war die Hoffnung, dass ich ihr endlich vergebe."

Angel streichelte ihm über den Kopf und wusste, was das Geständnis seiner Mutter in ihm ausgelöst hatte. „Ich bin stolz auf dich. Stolz, wie du damit umgegangen bist."

„Ich wünschte, ich hätte schon viel früher gewusst, was sie empfindet. Vielleicht hätte es dann nicht so lange gedauert."

„Ihr seid beide viel zu stolz. Aber deine Mutter versucht zumindest, mich zu akzeptieren."

„Ha!" Dane schob den rechten Träger ihres Nachthemdes herunter und umschloss mit seiner rauen Hand ihre zarte Brust. „Meine Mutter *vergöttert* dich. Sie kann es gut verstecken, doch so ist sie nun einmal. Ich glaube, sie sieht in dir eine Verbindung, eine Möglichkeit, unsere Wiedervereinigung noch reibungsloser zu machen – obwohl ich ihr versichert habe, dass alles in Ordnung ist. Und sie hatte Tränen in den Augen, als sie endlich Grayson im Arm halten konnte." Er küsste den Ansatz ihrer Brust, und sein Mund fühlte sich warm und zart an. „Das ist das erste Mal, dass ich sie habe weinen sehen. Sie wird ihn wahrscheinlich nach Strich und Faden verwöhnen."

„Danke, dass du das Angebot von ihr und Celia abgelehnt hast, auf Grayson aufzupassen. Ich bin noch nicht so weit, jetzt schon von ihm getrennt zu sein. Nicht, nachdem ich so lange Angst um ihn hatte."

„Ich auch nicht. Vielleicht schaffe ich es, ihn aus den Augen zu lassen, wenn ich alt und grau bin. Aber im Moment können sie ihn hier besuchen, und wir werden, so oft es geht, zu ihnen fahren."

Sie schwiegen einen Augenblick lang. Während Dane damit beschäftigt war, Angels Haut zu betrachten, sie zu liebkosen und zu küssen, versuchte Angel, die Worte zu formulieren, die sie sagen wollte.

„Meine Schwester hält sich gut", murmelte Dane.

Zerstreut entgegnete Angel: „Hattest du die Gelegenheit, allein mit ihr zu reden?"

„Ja. Ich glaube nicht, dass sie die Hochzeit mit Raymond durchgezogen hätte. Sie war ihm gegenüber genauso misstrauisch wie ich." Angel spürte seine Anspannung und wusste, dass er den Schrecken des Nachmittags noch einmal durchlebte. Er zog sie an sich und schmiegte seinen Kopf an ihre Brüste. „Du hättest verletzt werden können. Ich glaube, ich hatte in meinem ganzen Leben noch nie so viel Angst."

Angel küsste ihn auf die Schläfe. „Gott sei Dank war deine Schwester da."

„Alec will sie." Er hob seinen Kopf, und wieder umspielte ein Lächeln seine Mundwinkel. „Verdammt, ich kann es kaum glauben. Alec und Celia. Irgendwie passt das nicht zusammen."

„Moment. Da hat Celia auch noch ein Wörtchen mitzureden. Sie hat mir erzählt, dass sie es im Augenblick nicht eilig habe, sich wieder auf einen Mann einzulassen. Raymond hat sie wirklich verletzt."

„Vor allem ihren Stolz. Doch sie ist hart im Nehmen. Sie wird darüber hinwegkommen."

„Und Alec hat auch nichts weiter zu ihr gesagt, als er gegangen ist."

Dane zuckte die Schultern. „Er ist immer ruhig. Das ist seine Art."

Sie war nicht überzeugt. „Mach dir nicht zu große Hoffnungen, Dane. Ich merke, dass du dir wünschst, dass die beiden ein Paar werden, aber objektiv betrachtet könnte eine Beziehung zwischen ihnen schwierig werden."

„Das habe ich über uns auch gedacht. Und jetzt schau dir an, wie sehr ich dich liebe."

Angel wäre aus dem Bett gefallen, wenn Dane nicht ausgestreckt auf ihr gelegen hätte. „Was hast du gesagt?"

„Jetzt guck nicht so schockiert." Er streifte auch noch den anderen Träger des Nachthemds über ihre Schulter und zog den Stoff bis zu ihrer Taille herunter. „Ich weiß, dass ich dich von Anfang an hintergangen habe und dass ich manchmal ziemlich rücksichtslos war, um zu bekommen, was ich wollte."

„Wann warst du rücksichtslos?“ Angel fühlte sich gleichzeitig wie betäubt und freudig erregt. Sie konnte kaum glauben, was er da sagte.

„Ich habe dich überredet, zu heiraten, weil du Schutz brauchtest. Dabei hätte ich dich auch ohne eine Hochzeit beschützen können. Ich habe gelogen, um dich dorthin zu bekommen, wo ich dich haben wollte.“

„Das hast du?“ Angel schüttelte den Kopf und versuchte, einen klaren Gedanken zu fassen. „Ich meine, du hast gesagt, du würdest mich heiraten wollen, damit Grayson ein richtiges Zuhause hat.“

„Ich habe genug Geld, um dafür zu sorgen, dass Grayson glücklich und gut versorgt ist, ohne dich zu heiraten. Das erschien mir nur ein praktischer Weg, um dich in die Falle zu locken.“

Ihr Herz hämmerte gegen ihre Rippen – so stark, dass sie fast fürchtete, sie könnten brechen. „Ich habe aber nicht das Gefühl, in der Falle zu sitzen.“

Seine Augen wurden dunkel, sein Blick wirkte mit einem Mal unsagbar warm und zugleich forschend. „Gut, denn ich will immer noch, dass du mich heiratest. Und es soll keine Geheimnisse mehr zwischen uns geben. Ich liebe dich.“

Angel fuhr sich mit der Zungenspitze über ihre plötzlich trockenen Lippen. „Du bist mir zuvorgekommen. Ich wollte dir heute Abend dasselbe sagen.“

Ganz langsam erstrahlte ein kleines, glückliches Lächeln auf seinen Lippen. Dane beugte sich vor und küsste sie. „Ist das wahr?“

„Ja.“ Sie seufzte auf, als sein warmer Atem sie berührte. „Ich weiß schon seit Langem, dass ich dich liebe.“

„Du kennst mich doch noch gar nicht so lange, Süße. Verflucht, unser Kennenlernen hat ja wohl nicht länger als einen Herzschlag gedauert.“

„Tja", entgegnete Angel, schlang ihre Arme um ihn und hielt ihn fest, „es war lange genug, um mich unwiderruflich und wie wahnsinnig in dich zu verlieben."

Lächelnd zog Dane den Saum ihres Nachthemds hoch und stöhnte auf, als er ihren zarten, nackten Bauch an seinem spürte. „Das ist verdammt gut, denn ich habe nicht vor, dich je wieder gehen zu lassen."

„Deine Mutter hat mir schon erzählt, was für ein geschickter und kluger Geschäftsmann du bist."

Er strich mit den Händen sacht über ihre Rippen, dann weiter herunter, mit den Fingern tastend. Als er schließlich fühlte, dass sie bereit für ihn war, schloss er die Augen. „Ich erkenne einen guten Deal, wenn ich ihn sehe. Und du, Angel Morris – zukünftige Mrs Carter – bist ein echter Glückstreffer."

EPILOG

„Mick, Mick!“ Grayson kam um die Ecke geflitzt, die pummeligen Ärmchen in die Luft gestreckt, und warf sich an Micks lange Beine. Jedes Mal, wenn Mick nach der Schule vorbeikam, wurde er mit derselben Begeisterung empfangen. Er war eine von Graysons wichtigsten Bezugspersonen und so etwas wie sein Ersatzbruder.

Mick hob das siebzehn Monate alte Kleinkind hoch. „Hey, Kumpel.“

„Mick, Mick!“

Angel folgte ihrem Sohn auf dem Fuße und ließ sich auf die Couch fallen. „Gott sei Dank, endlich bist du da. Er hat schon den ganzen Tag deinen Namen gekreischt. Ich kann dir nicht sagen, wie froh ich bin, dass die Schule bald vorbei ist.“

Mick, der mit seinen achtzehn Jahren und einer stattlichen Größe von über eins achtzig umwerfend gut aussah, schenkte Angel sein unvergleichliches Lächeln, während er Grayson in die Luft warf und den kleinen Jungen damit ermutigte, noch lauter zu schreien. „Du siehst müde aus, Angel. Erledigt dich dieser kleine Mann hier?“

Mit einem glücklichen Lächeln erwiderte sie: „Ich glaube, das liegt eher an seinem kleinen Bruder oder seiner kleinen Schwester.“

Überrascht über die Neuigkeit hielt Mick Grayson mit einem Arm fest und lehnte sich an den nächsten Sessel. „Du bist schwanger?“

Sie lächelte und war zufrieden mit seiner Reaktion – jetzt war sie gespannt, wie Dane es aufnehmen würde. Als sie hörte, wie die Eingangstür geöffnet wurde, beugte sie sich zu Mick herüber. „Ich hatte gehofft, ein paar Minuten mit Dane allein zu haben, wenn du …“

„Ich gehe mit dem Kurzen nach draußen zur Schaukel.“

„Mick, Mick!“

Doch als Dane ins Haus kam und rief: „Ich bin wieder da!“, begann Grayson zu zappeln und wollte sich aus Micks Armen winden. Angel rang erschrocken nach Luft, aber Mick reagierte geistesgegenwärtig. Es gelang ihm, den Kleinen unter Kontrolle zu halten, bis er ihn mit beiden Beinchen sicher auf den Boden stellen konnte. Und im nächsten Moment war Grayson auch schon wieder losgesaust.

„Daddy! Daddy!“

Mick lachte. „Wenn man bedenkt, was für ein friedliches Baby er war …“

Dane kam mit Grayson auf den Schultern ins Wohnzimmer. Er ging direkt zu Angel, die ihren Kopf in den Nacken legte, um ihn zu küssen. „Meine Mutter hat gesagt, du hättest mir etwas zu erzählen.“

Angel starrte ihn empört an. „Sie hat es versprochen!“

„Was hat sie versprochen?“

Mick nahm Grayson von Danes Schultern. „Der Zwerg und ich gehen schaukeln.“

„Einen Augenblick, Mick. Ich habe etwas für dich.“ Dane griff in seine Tasche und zog einen Umschlag heraus.

„Was ist das?“

Wie üblich war Mick bei Geschenken noch immer zögerlich. Doch Dane, der es genoss, Mick genauso zu verwöhnen wie Angel, lachte nur. „Ich weiß, dass das akademische Stipendium nicht alle Kosten abdeckt, also wird dir das hier helfen, einige Rechnungen bezahlen zu können.“

Mick blickte ihn nur stumm an, bis Dane schließlich vor Ungeduld übertrieben aufseufzte und den Umschlag selbst öffnete. Er wedelte mit einem Papier vor Micks Nase herum. „Es ist von der Firma. Jedes Jahr spenden wir eine gewisse Summe. Die Spende können wir steuerlich absetzen. Dieses Jahr hat meine Mutter beschlossen, diese Unterstützung um Stipendien zu erweitern. Beides miteinander kombiniert sollte den größten Teil deiner Ausgaben für die Schule abdecken. Und sei gewarnt: Falls du den Gedanken hegst, das alles abzulehnen, musst du das meiner Mutter erklären. Seit Celia die Firma verlassen hat und Mutter wieder am Steuer sitzt, ist sie energischer als je zuvor. Ich glaube, sie hat es im Grunde genommen vermisst. Und inzwischen singt sie Loblieder auf dich, also denk nicht einmal daran, ihr in dieser Angelegenheit zu widersprechen."

Mick sah aus, als würde er jeden Moment in Ohnmacht fallen. Mit starrer Miene nahm er Dane den Zettel aus der Hand und las ihn. Schweigend nahm Angel ihren Sohn an sich, der ihr prompt einen feuchten Schmatzer auf die Wange drückte und dann seinen Kopf an ihre Schulter schmiegte. Bei allen anderen war er andauernd in Bewegung. Mit Angel kuschelte er gern.

Ganz langsam erstrahlte ein Lächeln auf Micks Gesicht. Mit einem lauten Freudenschrei sprang er hoch und klatschte die Decke ab. Angel traten jedes Mal Tränen in die Augen, wenn er sich so verhielt, wie es sich für einen so jungen Mann gehörte, und nicht wie der Erwachsene, der zu sein er gezwungen gewesen war. Seit dem Tod seiner Mutter verbrachte er mehr Zeit mit ihr und Dane, und sie standen einander so nahe wie eine Familie.

Nachdem er Angel sanft und ihren Mann stürmisch umarmt hatte, nahm Mick Grayson hoch und verschwand mit ihm nach draußen.

„Er hat sich verändert, nicht wahr?"

Sie lächelte Dane an. „Du hast einen guten Einfluss auf ihn."

Er schnaubte. „Wenn ich dasselbe doch nur in Bezug auf meine Schwester sagen könnte."

„O nein, was hat sie jetzt wieder angestellt?" Vor über

sechs Monaten hatte Celia beschlossen, sie hätte genug von der Geschäftswelt und wolle genau wie ihr Bruder Privatdetektiv werden. Dane war entsetzt gewesen, aber er hatte keine Ahnung gehabt, wie er sie davon abbringen sollte. Um wenigstens ein Auge auf sie haben zu können, hatte er ihr einen Job in seiner Detektei gegeben – was Alec noch immer gewaltig zu schaffen machte. Wie Angel es vorausgesagt hatte, war es zwischen den beiden zu keiner Romanze gekommen. Stattdessen trieb ihr ständiges Gezänk Dane fast in den Wahnsinn.

Er warf Angel einen vielsagenden Blick zu. „Sie hätte sich beinahe erschießen lassen, das hat sie getan. Sie sollte den kleinen Idioten, der nicht vor Gericht erschienen ist, nur *ausfindig* machen, und nicht versuchen, ihn zu überwältigen und mitzubringen. Ich kann mich nicht daran erinnern, wann ich Alec zum letzten Mal so wütend erlebt habe."

„Warum war Alec wütend?"

„Weil *er* derjenige war, der *tatsächlich* angeschossen wurde." Dane nahm sie schnell in die Arme, als sie bleich wurde. „Hey, Angel, es geht ihm gut. Es ist nur eine Fleischwunde. Die Kugel hat seinen Oberschenkel gestreift. Aber er hat in den letzten zwei Stunden deswegen einen Riesenaufstand veranstaltet. Celia, diese kleine Hexe, ist der Auseinandersetzung ausgewichen, was bedeutet, dass ich mir die ganze Sache anhören musste."

Das war zu viel, und Angel brach in Lachen aus. Sie hatte sich solche Sorgen um Celia gemacht, die sich nach der seelischen Verletzung durch Raymond vollkommen zurückgezogen hatte. Doch inzwischen war Danes Schwester entschlossen, alles auszuprobieren, was das Leben zu bieten hatte, und niemand konnte sie davon abhalten. Nicht einmal Alec. Und er hatte es wirklich versucht. Erwachsene Männer machten einen großen Bogen um ihn – Celia hingegen suchte immer und immer wieder die Auseinandersetzung mit ihm.

„Freut mich, dass du es so komisch findest. Mit Mutter, die mich die ganze Zeit wieder zurück in die Firma locken will, auf der einen Seite und Celias Eskapaden auf der anderen Seite habe ich gute Lust, mir einfach die Decke über die Ohren zu ziehen und nichts mehr mitzubekommen." Er lächelte Angel an. „Willst du mit mir kommen?"

„Vielleicht. Aber erst muss ich mit dir reden."

Dane stöhnte. „Sag, dass es keine schlechten Neuigkeiten sind, Baby. Ich kann heute keine schlechten Neuigkeiten mehr ertragen."

Angel holte tief Luft. „Ich habe deiner Mutter schon gesagt, dass ich in etwa sechs Monaten eine längere Pause brauche." Angel hatte sich bereit erklärt, in der Firma für Sekretärinnen einzuspringen, die im Urlaub waren. Eigentlich hatte sie damit gerechnet, dass es sich um eine Woche Arbeit pro Monat handeln würde, doch wie sich herausgestellt hatte, waren es meist fast drei Wochen. Irgendetwas schien immer zu sein, sodass ihre Hilfe benötigt wurde. Zum Glück war es für ihre Schwiegermutter in Ordnung, wenn sie den Großteil der Arbeit von zu Hause aus erledigte, um bei Grayson sein zu können. An den Tagen, an denen sie im Büro sein musste, legte Dane seine Termine so, dass er aufpassen konnte. Und manchmal passten auch Mick oder Celia oder sogar Alec auf …

„Geht meine Mutter dir auf die Nerven? Ich dachte, ihr zwei würdet gut miteinander auskommen …"

„Darum geht es nicht. Dane, erinnerst du dich daran, als wir zum ersten Mal darüber sprachen, zu heiraten?"

Er setzte sich und zog sie auf seinen Schoß. „Wenn du mit dem Gedanken spielst, einen Rückzieher zu machen, ist es zu spät. Du hast die Heiratsurkunde schon vor langer Zeit unterschrieben."

Angel boxte ihm spielerisch gegen die Schulter. „Genau. Und außerdem bin ich schwanger."

Einen Herzschlag lang erstarrte er, dann breitete sich ein umwerfendes Lächeln auf seinem Gesicht aus. „Schwanger?“

Sie nickte. „Ich wollte erst zum Arzt, um sicherzugehen.“

Er legte seine starke Hand auf ihren Bauch, und wie üblich ging ihr Atem bei seiner Berührung ein bisschen schneller. „Es werden doch keine Zwillinge?“, fragte er und betrachtete ihren Körper.

„Der Arzt glaubt das nicht, also kannst du dich entspannen.“

Das tat er und grinste noch breiter. Mit der Hand begann er, ihren Bauch zu streicheln, und küsste ihren Hals. „Dieses Mal wird alles anders, . Ich werde mich um dich kümmern.“

„Dane, ich bedaure keinen Augenblick meiner Schwangerschaft mit Grayson. Wenn die Dinge nicht so gelaufen wären, wie sie gelaufen sind, hätte ich Grayson vielleicht nie bekommen und ich hätte dich wahrscheinlich auch nicht kennengelernt.“

„Angel.“ Er küsste sie und hatte seine Hand noch immer auf ihrem Bauch, in dem sein Kind heranwuchs. „Ich liebe dich, mein Schatz.“

Angels Lächeln war zittrig und voller Liebe. „Das Einzige, was beim ersten Mal gefehlt hat, warst du.“

Wieder küsste Dane sie. „Aber dieses Mal bin ich da.“

„Ja. Dieses Mal ist alles perfekt.“

– ENDE –

Lori Foster

Liebe, Lust und Teufel

Roman

Aus dem Amerikanischen von
Annette Hahn

MIRA®

1. KAPITEL

Celia biss sich auf die Unterlippe. In ihrem engen hautfarbenen Kleid kam sie sich nackt und mit all der Schminke im Gesicht schrecklich angemalt vor. Sie war sich ihrer bloßen Arme und des tiefen Dekolletés nur allzu deutlich bewusst. Trotz der surrenden Klimaanlage stieg ihr die Röte in die Wangen.

Mehrere Augenpaare blickten ihr nach, während sie durch den abgedunkelten Raum direkt auf die Bar zusteuerte. Sie wollte nicht zu genau hinsehen, war sich aber sicher, dass dieser Mistkerl Jacobs auch irgendwo saß. Sie kannte seine Beschreibung auswendig und wusste, dass dies sein bevorzugtes Jagdrevier war. Hoffentlich würde er anbeißen und auch auf sie Jagd machen.

Bedächtig schob sie sich auf einen Barhocker, um Jacobs' Aufmerksamkeit zu erregen. Das Herz klopfte ihr bis zum Hals. Zwar konnte sie ihre Furcht nicht leugnen, gleichzeitig jedoch genoss sie die Aufregung. Es war lächerlich einfach gewesen, ihr altes „normales" Leben hinter sich zu lassen, auch wenn ihre Freunde und Verwandten immer noch Mühe hatten, sich damit abzufinden. Sie rechneten jeden Tag damit, dass Celia im braven Kostüm und mit streng hochgestecktem Haar im Büro auftauchen und um Wiedereinstellung betteln würde. Nun, da konnten sie lange warten.

Es spielte keine Rolle, dass ihr niemand eine Aktion wie diese hier zutraute. Sie musste sich selbst beweisen, dass sie weder zu behütet noch zu zartbesaitet war, die Sache durchzuziehen und einer fremden Frau aus einer verfahrenen Situation helfen konnte.

Sie lächelte dem Barkeeper, der ihre Bestellung entgegennahm, aufreizend zu. In einem kurzen Gespräch deutete sie an, dass sie allein stehend und neu in der Stadt sei und weder Verwandte noch Freunde in der Gegend habe. Er erkundigte sich, wie lange sie wohl in der Stadt bliebe, ob sie Arbeit habe. Dann warnte er sie, vorsichtig zu sein, und sie hätte beinahe losgelacht. Er arbeitete mit Jacobs zusammen, da war sie ganz sicher.

Während sie an ihrem Drink nippte, sah sie ihm nach, wie er nach hinten verschwand. Der kühle Luftzug eines Deckenventilators strich über ihren nackten Schenkel, wo der Seitenschlitz ihres Kleides sich geteilt hatte. Seit ihr Exverlobter wegen Verbrechen eingesperrt worden war, die zu schrecklich waren, um darüber nachzudenken, hatte sie alles Mögliche getan, um ihr sexuelles Verlangen zu vergessen und ihre sinnliche Ausstrahlung zu verbergen. Und dennoch saß sie jetzt saß hier und war fest entschlossen, alles zu tun, um mit ihrem Körper die Aufmerksamkeit eines Mannes zu erringen.

Verstohlen blickte sie an der langen Theke entlang zu dem kleinen runden Tisch im hinteren Halbdunkel der Bar. Der Mann, der dort saß, blond und sehr gut aussehend, entsprach haargenau der Beschreibung, die sie erhalten hatte. Tatsächlich wirkte Jacobs ebenso elegant, stilvoll und strahlend wie Celias Exverlobter – ein Aussehen, das sie mittlerweile als schmierig und dubios interpretierte.

Als sie merkte, wie sein durchdringender Blick von ihren offenen ungebändigten Locken bis zu ihren hochhackigen Sandaletten wanderte, musste sie sich mit aller Macht zusammenreißen, um nicht auffällig zu reagieren. Sie wandte den Kopf und schob sich ihre langen blonden Haare über die halb nackten Schultern.

Wenige Sekunden später begann ihr Puls zu rasen, denn sie spürte, dass ein Mann sich ihr näherte. Sie drehte sich nicht um, doch sie konnte seine Ausstrahlung spüren und den Duft seines Rasierwassers wahrnehmen. Hurra, Jacobs hatte angebissen. Ihre Handflächen wurden feucht vor Nervosität, und als der Mann leicht ihren Körper streifte, während er sich auf den Hocker neben ihr setzte, fühlte sie zu ihrer Überraschung ein leichtes Prickeln auf der Haut. Sie bemühte sich, ruhig weiterzuatmen, während sie seinen begehrlichen Blick wie eine Berührung auf ihrem Körper spürte.

Nachdem sie im Geist den vorbereiteten Text wiederholt hatte, drehte sie sich nun mit strahlendem Lächeln und leicht nach vorn geneigt langsam zu ihm herum, um ihm den bestmöglichen Ausblick auf ihr Dekolleté zu ermöglichen. Dann ließ sie ihren Blick nach oben wandern, sah in sein Gesicht – und wurde starr vor Entsetzen.

„Oh, nein!"

„Hallo, Celia." Der Mann sprach mit vertraut tiefer Stimme, doch sein Lächeln war keineswegs freundlich und verursachte ihr Gänsehaut. „Machen Sie den Mund zu, Süße, sonst werden Sie noch Ihre Tarnung verraten. Und ich habe heute Abend keine besondere Lust, mich hier rausboxen zu müssen. Andererseits, wenn ich Sie in diesem Kleid so angucke, ist ein kleiner Boxkampf jetzt vielleicht genau das, was ich brauche."

Sie biss sich auf die Lippen. Die Augen, die sie musterten, waren weder blau noch bewundernd, noch gehörten sie dem Mann, hinter dem sie her war – der saß nämlich immer noch in einiger Entfernung und beobachtete sie nun neugierig. Die Augen ihres Tresennachbarn waren ihr nur allzu vertraut: kalt und schwarz und im Augenblick voller Wut.

Celia zwang sich zu einem Lächeln. „Was wollen Sie denn hier, Alec?", flüsterte sie und bemühte sich, es wie lockeres Bargeplauder aussehen zu lassen. Sie musste ihre Tarnung aufrechterhalten, und Alec wusste das genau.

Anstatt zu antworten, schob er sich eine Hand voll Erdnüsse in den Mund. Sein schwarzes Haar, das sich an den Spitzen lockte, trug er heute offen, sodass es auf seine breiten Schultern fiel und den Schein der getönten Barbeleuchtung reflektierte. Dieselben Reflexe blitzten auch in seinen Augen auf – Augen, die schon so manchen Mann zu stillschweigendem Rückzug bewogen hatten. Seine scharfen, harten Gesichtszüge waren wie aus Stein gemeißelt und gaben exakt seine Stimmung wieder.

Alle Gäste der Bar schienen Celia und Alec erwartungsvoll anzustarren, doch Alec war diese Reaktion gewöhnt. Von ihm ging etwas Bedrohliches aus; er trug seinen kleinen goldenen Ohrring und die Tätowierung ohne jede Affektiertheit. Sein reguläres Outfit – Jeans, abgewetzte Stiefel und schwarzes T-Shirt – passte nicht gerade in diese schicke Bar, aber Celia bezweifelte, dass irgendjemand es wagen würde, ihn zum Gehen aufzufordern.

Nur sie würde es riskieren. „Hören Sie, Alec …"

Sein düsterer Blick wanderte über ihren Körper und erstickte ihren Protest. Bei ihren kleinen, dank des Wonderbra wirkungsvoll im Ausschnitt zusammengepressten Brüsten machte er Halt. Nervös rutschte sie auf dem Hocker hin und her.

Alec ließ den Blick über ihren Bauch und die kaum bedeckten Schenkel wandern. Sie hätte ihn am liebsten geohrfeigt, weil er sie so aus dem Konzept brachte, aber dieser Impuls war für sie nichts Neues, denn Alec verwirrte und verärgerte sie mehr als jeder andere Mann, den sie kannte. Aber das Schlimmste war, dass er sie allein durch seine Anwesenheit an ihre so mühsam unterdrückten Sehnsüchte erinnerte, und das war ihr absolut zuwider. Sie wollte ihn nicht begehren – nicht, wenn sie sich im Grunde ein wenig vor ihm fürchtete, weil ihn eine Aura von ungezähmter Wildheit und ursprünglicher Männlichkeit umgab.

„Antworten Sie mir, Alec."

Er grinste eisig. „Ich schätze, ich bin hier, um Ihren süßen kleinen Hintern zu retten, obwohl es, ehrlich gesagt, nicht das ist, was ich mir beim Anblick desselben als Erstes wünsche."

Hitze stieg in ihr auf. Was, um alles in der Welt, wollte er damit sagen? Sie wusste nicht genau, ob es sich um die Androhung physischer Gewalt handelte, was sie leicht ignorieren konnte, oder um ein sinnliches Versprechen, das sie in Unruhe versetzte. Alec machte immer wieder derart anzügliche Andeutungen, die unerwünschte Gefühle in ihr wachriefen. Ihre bisher einzige Beziehung zu einem Mann hatte ein unglückliches Ende genommen, und Celia hatte sich geschworen, ihre Sehnsucht nach erfüllender Sexualität in Zukunft lieber zu missachten. Damals hatten sie ihre Vernunft einfach ausgeschaltet, doch von nun an würde sie nie mehr die Menschen in Gefahr bringen, die sie liebte. Stattdessen wollte sie dazu beitragen, Frauen vor miesen Kerlen wie ihrem Exverlobten zu beschützen.

Als sie und Alec sich das erste Mal begegneten, hatte er sein Interesse an einer Affäre und sein Desinteresse an einer Heirat deutlich gemacht. Celia war weder auf das eine noch das andere erpicht gewesen, also tat sie ihr Bestes, seine Annäherungsversuche zu missachten – keine einfache Sache angesichts der Tatsache, dass Alec kein leicht zu ignorierender Typ war. Doch dann hatte Celia den Familienbetrieb verlassen und war in die Detektei ihres Bruders eingestiegen, in der auch Alec arbeitete, der sich sofort zu ihrem Bodyguard ernannt hatte und jeden ihrer Schritte mit Argusaugen bewachte. Nun war nichts mehr so wie vorher. Vor allem nicht, seit er vor einigen Wochen ihretwegen angeschossen worden war.

Celia zuckte schuldbewusst zusammen. „Dürfen Sie eigentlich schon wieder herumlaufen? Ist Ihr Bein schon wieder in Ordnung?"

Er kniff die Augen zusammen, sodass seine Pupillen unter den langen schwarzen Wimpern kaum noch zu sehen waren. „Stimmt, das ist unsere erste Begegnung, seit diese Kugel in mein Bein schlug. Haben Sie sich Sorgen um mich gemacht, Süße?“

Ihre Nackenhaare sträubten sich. Alec nutzte schonungslos jede Gelegenheit, um auf ihre Unzulänglichkeiten hinzuweisen. Sie schüttelte den Kopf und ließ ihren Blick durch die Bar schweifen. „Nicht im Geringsten. Ihre Haut ist zäh wie Leder, und Dane sagte, es sei nur eine Fleischwunde gewesen.“

„Trotzdem sind Sie mir aus dem Weg gegangen.“

„Seien Sie nicht albern. Ich hatte einfach viel zu tun.“

Alec umfasste ihr Kinn, drehte ihren Kopf zu sich und sah sie ernst an. Allein die Berührung ließ Celia erschauern. „Die Kugel war für Sie bestimmt“, sagte er rau. „Wenn ich nicht gewesen wäre, wären Sie jetzt tot. Ich dachte, Sie hätten Ihre Lektion daraus gelernt, aber anscheinend sind Sie doch nicht so klug, wie ich ursprünglich angenommen hatte, denn sonst würden Sie wohl kaum hier sitzen.“

Diese Beleidigung konnte sie ihm nicht durchgehen lassen. Sie wollte sich losreißen, dachte dann aber an ihre Zuschauer. Wenn sie jetzt mit Alec herumstritt, wäre ihre Tarnung dahin. Denn das hatte Dane hatte ihr Erstes beigebracht: dass die Tarnung die wichtigste Sicherheitsvorkehrung war. Wenn sie sich nicht entsprechend verhielt, würde sie nicht nur sich selbst, sondern auch den Klienten und andere Detektive in Gefahr bringen – in diesem Fall Alec.

Also lehnte sie sich vor und hörte, wie er verblüfft die Luft einsog, als ihre Lippen wenige Millimeter vor seinen verharrten. Sie erschrak selbst über ihre Kühnheit, aber sie hatte endgültig genug davon, dass er ständig in die Rolle ihres Aufpassers schlüpfte und ihr nachspionierte. Die Schusswunde war doch hauptsächlich sein eigener Fehler gewesen! Hätte er sie nicht durch sein unerwartetes Auftauchen abgelenkt, hätte sie die Gefahr bestimmt rechtzeitig erkannt.

Sie spürte die Wärme seines Körpers, atmete seinen männlichen Duft ein und spürte seinen Atem über ihre geöffneten Lippen streichen. Während sie geradewegs ins seine dunklen Augen starrte, merkte sie, wie ihre Nervosität einem Gefühl weiblicher Überlegenheit wich. Es war beinahe so, wie würde sie allein durch ihren Blick ein wildes Tier bezwingen – ein erhebendes und gleichzeitig verblüffendes Erlebnis.

„Ich bin schlau genug zu wissen, dass Sie nicht darüber zu bestimmen haben, was ich tue oder nicht, Alec Sharpe“, flüsterte sie. „Warum also tun Sie nicht so, als seien Sie nicht weiter an mir interessiert, und verziehen sich dahin, wo Sie hergekommen sind, damit ich meinen Job erledigen kann?“

Doch anstatt sich verärgert zurückzuziehen, wie sie es erwartet hätte, legte er seine Hand fest um ihren Nacken. Sie nahm sein selbstzufriedenes Grinsen wahr, ehe er leicht den Kopf neigte. Celia riss erschrocken die Augen auf, als sie seine Absicht durchschaute. Und schon lagen seine warmen, festen Lippen auf ihrem Mund.

Plötzlich schien die Zeit stillzustehen. Celia hörte weder das Stimmgemurmel der anderen Gäste, noch spürte sie den Hocker unter sich oder den kühlen Luftzug der Klimaanlage. Sie vergaß, warum sie hergekommen war. Nichts drang in ihr Bewusstsein außer Alec und dem, was er sie fühlen ließ.

Du meine Güte, konnte der Mann küssen!

Neckend biss er leicht in ihre Unterlippe, und als Celia nach Luft schnappte, drang er zielstrebig mit der Zunge vor, um ihren Mund zu erkunden. Überrascht und erregt stöhnte sie auf, während er den Kuss vertiefte. Es schien eine Ewigkeit zu dauern, ehe Alec sich behutsam zurückzog. Celia war so perplex, dass sie sich einen Moment Zeit ließ, bis sie die Hände von seinen Schultern wegzog. Ihre erste Empfindung war Enttäuschung über das Ende seines Kusses und dann heiße Scham.

Celia war schon lange Zeit nicht mehr geküsst worden, schon gar nicht auf solche Weise, und hatte dementsprechend heftig darauf reagiert. Sie kniff die Augen fest zusammen und versuchte die Wahrheit zu leugnen, doch es gelang ihr nicht. Sie hatte gehofft, die unselige Zeit mit ihrem Exverlobten hätte sie von ihrer allzu ausgeprägten Leidenschaft kuriert. Doch Alec – ein Mann, der sich nichts aus ihr machte, der sie fortwährend beleidigte und bei jeder Gelegenheit tyrannisierte –, hatte sogar noch heftigere Gefühle in ihr wachgerufen als Raymond. Wie hatte sie nur so begeistert seinen Kuss erwidern und jeden Sinn für die Realität verlieren können? Wo, um alles in der Welt, war ihr Stolz geblieben?

Es dauerte einige Minuten, ehe sie ihre Fassung wiedererlangt hatte. Und dann half Alec ihr vom Hocker. Er hatte bereits gezahlt und hielt ihre Handtasche, während er Celia sanft, aber bestimmt zum Gehen drängte.

O nein! Sie hatte diesen Abend doch noch gar nichts erreicht! Celia versteifte sich, doch Alec fasste sie um die Taille. Celia wollte sich ihm entziehen, doch er verstärkte den Druck seiner Finger und stellte sich leicht hinter sie, sodass seinen athletischen Körper an ihrem Rücken spürte. Alec war ganz eindeutig erregt, das fühlte sie, und wieder durchströmte es sie heiß.

Er beugte sich vor und berührte mit den Lippen ihr Ohr. Den Zuschauern musste es wie zärtliches Geturtel erscheinen, für Celia war es eine Bedrohung. „Sehen Sie sich ja nicht um, sonst verraten Sie sich. Jeder Mann hier wird der glauben, ich hätte mit Ihnen gerade Vereinbarungen für die Nacht getroffen. Das war Ihr Ziel, und deshalb sind Sie im Moment sicher." Er hauchte einen überraschend zärtlichen Kuss auf ihre Schläfe und fügte hinzu: „Ich meine vor den Typen, auf die Sie es abgesehen haben."

Was bedeutete, dass sie sich immer noch mit ihm herumschlagen musste, und das konnte weitaus anstrengender werden als mit den Kerlen in der Bar. Aber Celia wusste, dass Alec recht hatte. Diese Nacht konnte sie im Hinblick auf ihren Fall nichts weiter unternehmen. Sie konnte nur morgen wiederkommen und hoffen, dass sie durch Alecs Verhalten noch glaubwürdiger wirkte. Mr Jacob, der blonde blauäugige Schurke, den sie hatte kennenlernen wollen, sollte in ihr eine Frau sehen, die leicht zu haben war.

Celia verscheuchte in Gedanken die Warnungen ihrer inneren Stimme, die behauptete, dass ihre Tarnung gar keine sei. Sich von Alec küssen zu lassen war ein Fehler gewesen, den sie nicht wiederholen würde. Sie war für keinen Mann eine leichte Beute – jedenfalls nicht mehr. Sie wollte einzig und allein ihre Arbeit tun. Irgendwie würde sie ihr Bedürfnis nach Intimität und sinnlicher Zärtlichkeit schon in den Griff kriegen und den Mann festnageln, der so rücksichtslos das Leben vieler junger Frauen zerstört hatte.

Mr Jacobs schleppte allein stehende Frauen ab und erzählte ihnen, er wolle Models aus ihnen machen. Ein paar ihrer Fotos wurden tatsächlich sogar in kleineren Zeitschriften veröffentlicht. Aber das war nicht sein eigentliches Ziel. Und Celia wollte das beweisen. Sie hoffte nur, dass sie attraktiv genug wirkte, um seine Aufmerksamkeit zu erregen.

Jacobs zu überführen und der Polizei auszuliefern würde ihr ein ganz spezielles Vergnügen bereiten. Doch zuallererst wollte sie eine bestimmte Frau retten. Nein, sie dufte Hannah auf keinen Fall vergessen.

Während Alec sie zu seinem Transporter führte, überlegte Celia, was sie ihm sagen wollte. Es war eine schwüle Julinacht, und sie begann unter dem engen Kleid zu schwitzen. Er ging noch immer dicht hinter ihr, und sie wäre am liebsten fortgerannt. Alec Sharpe, der beste Detektiv ihres Bruders, hatte sie mit seinem Kuss verwirrt. Selbst jetzt, wo er sie losgelassen hatte, um die Beifahrertür zu öffnen, glaubte sie noch seine warme Hand auf ihrer Taille zu spüren. Was für ein Wahnsinn, dachte sie. Ich will das nicht!

„Ich kann allein nach Hause fahren“, erklärte sie.

„Sie sind ohne Auto hier, und ich lasse Sie ganz bestimmt nicht in einen Bus steigen oder auf ein Taxi warten.“

Sie starrte ihn wütend an. „Sie haben mir keine Vorschriften zu machen.“

„Wollen Sie wetten, dass ich es trotzdem tue?“

Drei Sekunden lang fochten sie einen stummen Kampf, dann wurde Celia klar, dass sie ihm so nahe an der Bar keine Szene machen konnte.

Ihr Schweigen als Zustimmung deutend, öffnete Alec die Beifahrertür und hob Celia auf den Sitz. Nachdem ihr die Handtasche auf den Schoß gelegt hatte, stieg er ebenfalls in den Wagen.

Verdammt noch mal! Seit Celia ihn das erste Mal gesehen hatte, wusste sie, dass er Ärger machen würde. Es war ihr egal, dass ihr Bruder Dane ihm mehr vertraute als jedem anderen Menschen, den er kannte, und dass ihre Schwägerin Angel ihn sogar als Babysitter für ihren süßen kleinen Sohn einspannte. Ebenso interessierte es Celia nicht, dass er seine Arbeit immer korrekt erledigte, ihr nie etwas getan und vor Kurzem sogar eine für sie bestimmte Kugel abgefangen hatte.

Es zählte einzig und allein die Tatsache, dass er sie total verwirrte. Er hatte sie geküsst, und es hatte ihr gefallen. Die Absicht hinter diesem Kuss war allerdings nur gewesen, sie ohne weitere Diskussion aus der Bar zu schaffen. Er hatte den Kuss gegen sie eingesetzt, so wie ihr Exverlobter ihre Sexualität gegen sie verwendet hatte. Und das leider mit Erfolg.

Nein, sie konnte und wollte sich auf gar keinen Fall mit Alec einlassen. Die letzten anderthalb Jahre hatte sie ihren Hunger nach Zärtlichkeit und Liebe unterdrückt, und das würde sie auch weiterhin tun. Sobald sie im Motel wäre, würde sie Dane anrufen und ein Machtwort von ihm fordern. Am Anfang hatte sie das nicht tun wollen, weil sie nicht ihre persönlichen Beziehungen zum Chef ausspielen wollte. Aber jetzt wurde es kritisch.

Nach dem Drama mit Raymond hatte sie den Männern fürs Erste abgeschworen. Ihre Lust hatte sie für die Realität blind gemacht, und sie schämte sich deswegen noch immer. Inzwischen jedoch war sie älter und reifer und entschlossen, ein neues Leben zu führen und vergangene Fehler wiedergutzumachen.

Dane würde Alec zwingen müssen, sie in Ruhe zu lassen.

2. *KAPITEL*

„Legen Sie den Gurt an!“

Alec merkte, dass Celia sich nicht wohl in ihrer Haut fühlte, aber er war noch nicht bereit, sie zu besänftigen. Seine angedeutete Androhung, ihr den Hintern zu versohlen, war kein Scherz gewesen. Als er sie in dieser Bar den aufgedonnerten Vamp spielen sah – und noch dazu so überzeugend –, hätte er sie am liebsten sofort übers Knie gelegt. Aber er vermutete, dass er kaum an körperliche Züchtigung denken könnte, wenn er Celia Carter in solch verfänglicher Körperlage vor sich hätte. Er wusste, er könnte ihr nie wehtun. Teufel auch, er hatte eine Kugel abgefangen, damit sie nicht verletzt wurde! Diese Frau machte ihn verrückt mit ihrem Sex-Appeal und ihrer Widerspenstigkeit.

Es war ihm nicht entgangen, dass sie ihm gegenüber immer all ihren Mut zusammennahm, und das faszinierte ihn. Ausgewachsene Männer machten seit seiner Teenagerzeit einen weiten Bogen um ihn, aber Celia hatte ihm von Anfang an tapfer die Stirn geboten, immer jedoch mit einem Anflug von Angst in den sanften braunen Augen. Sie hatte mit ihm gestritten, ihn beschimpft, und doch dabei vor Nervosität gezittert. Dass sie sich trotz ihrer Angst gegen ihn behaupten wollte, zeugte von einer gehörigen Portion Mumm – und das imponierte ihm an einer Frau. Tatsächlich imponierte ihm Celia Carter ganz außerordentlich.

Was er allerdings nicht bewunderte, war ihre ungestüme Abenteuerlust, die sie stets in gefährliche Situationen brachte. Warum sie unbedingt bei ihrem Bruder als Detektivin arbeiten wollte, konnte er sich noch immer nicht erklären. Ihr Exverlobter war ein Schweinehund ersten Grades gewesen – na und? Davon gab es genug auf der Welt, und man konnte Celia bestimmt nicht vorwerfen, dass sie zu naiv gewesen war, Raymonds Tricks zu durchschauen. Alec hatte mit Dane bereits daran gearbeitet, Raymond wegen seiner zahlreichen Verbrechen festzunageln, unter anderem für den Mord an Celias und Danes Bruder. Damals waren sie nicht hundertprozentig sicher gewesen, dass Raymond der Schuldige war. Am Ende hatte Celia dann ihren Verdacht bestätigt, indem sie Raymond nachgeschlichen war und ihn mit einem Stemmeisen außer Gefecht setzte, während der Mistkerl Dane und Angel mit seiner Waffe in Schach hielt. Alle fanden, dass sie sich damit gründlich rehabilitiert hatte.

Die einzige, die das nicht so sah, war sie selbst.

Alec wusste, dass Raymond ihre Gefühle verletzt hatte, indem er versuchte, sie für seine Pläne auszunutzen. Sie zu benutzen, war das Schlimmste, was ein Mann einer Frau antun konnte. Offensichtlich war ihr ganz elend zumute, weil sie ihm vertraut hatte. Insgeheim fragte Alec sich, was sie an Raymond gefunden hatte. Er hatte diesen Mann von Anfang an nicht gemocht, weil er verschlagen und durchtrieben war. Celia hingegen war ihren lautstarken gegenteiligen Behauptungen zum Trotz ein unschuldiges, gutgläubiges Mädchen.

Warum also begab sie sich jetzt tagein, tagaus freiwillig in Gefahr? Wollte sie dadurch ihre Integrität beweisen? Alec packte erneut die Wut, und er brummte mit rauer Stimme: „Sie gehen da nicht wieder rein, also können Sie Ihre Pläne getrost aufgeben."

Sie starrte ihn an. „Ich werde mit Dane reden. Sie sind nicht mein Boss, und ich will, dass Sie aufhören, sich so aufzuführen."

Er verspürte ein Gefühl tiefster Befriedigung. „Nun, in diesem Punkt irren Sie sich."

Sofort merkte er, wie ihr Misstrauen zurückkehrte. Er fühlte sich ihr so sehr verbunden, dass er immer zu wissen schien, was sie fühlte und dachte. Das nervte ihn ebenso sehr, wie es ihn reizte und noch entschlossener machte, sie zu bekommen. Zwischen ihnen bestand eine geheimnisvolle Verbindung, die sie aufs Energischste leugnete. Doch das wollte er nicht länger dulden. Wenn sie erst nackt in seinen Armen lag, würde er schon dafür sorgen, dass sie nur noch an ihn und das Vergnügen dachte, dass er ihnen beiden bereitete. Dann gäbe es keinen Raum mehr für Zweifel oder Ablehnung.

„Was meinen Sie damit?“

Alec fuhr los und genoss einen Augenblick schweigend sein Wissen um das inzwischen berichtigte Machtverhältnis zwischen ihnen. Es hatte ihm nicht im Mindesten gefallen, dass Dane ihr oberster Boss war und er, Alec, damit keinerlei Einfluss darauf hatte, welche Aufträge Celia übernahm. Das hatte sich nun geändert, und wie es nach ihrem Auftritt in der Bar aussah, keinen Augenblick zu früh.

Glücklicherweise verbarg die Dunkelheit sein Lächeln, aber die Zufriedenheit schwang in seiner Stimme mit. „Jetzt, wo Angel wieder schwanger ist, hat Dane sich zu einem ausgedehnten Urlaub entschlossen. Er hat in der Karibik ein Haus gemietet, und die ganze Familie wird einen Monat dort bleiben. In dieser Zeit habe ich das Sagen.“ Und um allen Missverständnissen vorzubeugen, fügte er hinzu: „Sie sehen also, ich bin doch Ihr Boss, Miss Carter.“

„Das werde ich nicht zulassen.“

„Sie haben keine andere Wahl, Celia.“ Sie ballte die Hände und spannte sich an. Alec hätte sie am liebsten in seine Arme gezogen und getröstet – ein Impuls, den er seit fünfzehn Jahren keiner Frau gegenüber mehr empfunden hatte, und er fühlte sich nicht wohl dabei. Er zwang sich, hart zu bleiben. Es geschah schließlich zu ihrer eigenen Sicherheit, dass er sich einmischte.

„Jetzt hören Sie mal gut zu, Süße. Wenn ich mitkriege, dass Sie über diesen Fall auch nur nachdenken, schmeiße ich Sie augenblicklich raus. Von jetzt an werde ich Ihnen sagen, welche Aufträge Sie übernehmen. Und Sie können darauf wetten, dass Sie sich dabei nicht mehr als leichtes Mädchen auftakeln und mit Ihrem süßen kleinen Po in zwielichtigen Bars herumwackeln dürfen."

So, das wäre klargestellt, dachte er, doch als er den Wagen vor der nächsten Kurve verlangsamte, ließ Celia ihren Sicherheitsgurt aufschnappen und öffnete die Tür.

Fluchend trat Alec auf die Bremse und versuchte den Wagen in der Spur zu halten. Binnen weniger Sekunden blieb das Auto stehen. Alec sah rot und griff nach Celia. Die Vorstellung, sie übers Knie zu legen, wurde immer verlockender. Doch sie war bereits hinausgesprungen, unsicher auf ihren hohen Absätzen gelandet, auf den Allerwertesten gefallen und blitzschnell wieder aufgestanden. Hätte er den Wagen nicht so schnell zum Stehen gebracht, hätte sie sich vermutlich den Hals gebrochen.

Ein älteres Ehepaar unterbrach seinen Nachtspaziergang, um Celia anzustarren. Sie klopfte ihr Kleid ab, nickte den beiden kurz zu und humpelte den Fußweg entlang. Schnell zog Alec den Wagen den Zündschlüssel ab, stieg aus und folgte ihr. Diese verdammte Nervensäge! Ihr Bruder war ein messerscharfer Denker, vernünftig und berechenbar. Nie handelte er impulsiv oder unbedacht. Er und Alec arbeiteten perfekt zusammen – zweckmäßig, methodisch, vernünftig. Wo, zum Teufel, hatte Celia nur ihre leichtsinnige, unvernünftige Art her?

Alec packte sie am Arm. Sie schwang ihre Handtasche, und er duckte sich. „Jetzt beruhigen Sie sich doch, bevor Sie sich noch selbst verletzen." Er umklammerte ihre beiden Arme, sodass sie sich nicht mehr rühren konnte, und stieß zwischen zusammengebissenen Zähnen hervor: „Benutzen Sie bitte nur dieses eine Mal Ihren Verstand, Celia."

„Oh, das tue ich", gab sie mit funkelnden Augen zurück. „Ich werde bis zur nächsten Ecke gehen, mir ein Taxi rufen und in Zukunft nichts mehr mit Ihnen zu tun haben. Sie wollen mich rausschmeißen? Ha! Ich kündige!“

Alec warf den immer noch wie angewurzelt dastehenden Spaziergängern einen finsteren Blick zu, woraufhin sie sich schnell verzogen. Er schob Celia in einen schmalen dunklen Ladeneingang und zwang sich, drei Mal tief durchzuatmen. Ihre Aussage, dass sie nichts mehr mit ihm zu tun haben wolle, war ihm wie ein Stich ins Herz gefahren. Verdammt noch mal, sie sollte ihn nicht aus ihrem Leben ausschließen!

„Sie sind unvernünftig“, sagte er schließlich betont ruhig.

Noch keiner hatte ihn je derart kühl abserviert, aber mit Celia war es von Anfang an so gewesen. Sie weckte mehr Gefühle in ihm als jeder andere Mensch. Sie konnte ihn mit einem Wort wütend machen, ihn mit ihren Gefühlsausbrüchen belustigen oder mit einem einzigen scheuen Blick so sehr erregen, dass es wehtat. Er war nicht sicher, wie er damit umgehen sollte, und das Gefühl der Hilflosigkeit hasste er über alles. Der einzige Ausweg wäre, endlich mit ihr zu schlafen – ihren Duft, ihren Körper, ihren Geschmack zu genießen. Er könnte leicht eine ganze Woche damit verbringen, und irgendwann würde er es auch tun. Doch zunächst musste er für ihre Sicherheit sorgen.

„Wollen Sie denn verletzt werden?“ Er hielt sie an den nackten Schultern gepackt und schüttelte sie leicht. Natürlich achtete er darauf, ihr nicht wehzutun, aber er wollte sie spüren lassen, wie ernst es ihm war. „Ist Ihnen klar, was letztes Mal passiert wäre, wenn ich die Kugel nicht abgefangen hätte?“

Sie senkte den Blick und starrte auf sein T-Shirt. Er verspürte das dringende Bedürfnis, ihren Scheitel zu küssen. Er spürte, wie sich alles in ihm anspannte, während er gegen die Gefühle ankämpfte, die sie in ihm auslöste. Der Drang, sie zu lieben, war übermächtig. Er wollte sie zu einem Teil von sich machen, damit sie ihn nicht mehr bekämpfte.

Noch einmal schüttelte er sie zaghaft. „Celia?“

„Das war ein Unfall“, flüsterte sie mit zitternder Stimme. „Ich dachte, der Kerl hätte einfach nur gegen seine Bewährungsauflagen verstoßen und wäre leicht wieder einzufangen.“ Sie sah Alec mit großen Augen an. „Dass Sie verletzt werden, wollte ich nicht.“

Er strich über die warme, weiche Haut ihrer Schultern. In der Magengegend spürte er ein leichtes Brennen. „Das ist genau das, wovon ich spreche. Ihnen fehlt die nötige Erfahrung für solche Fälle. Sie hatten diesen Kerl wegen eines geringfügigen Diebstahls drangekriegt, aber er kannte mächtigere und viel gefährlichere Typen, und Sie platzen mitten in deren Geschäfte, während Sie ihm ganz allein nachspionieren. Sie haben nicht auf einen Kollegen gewartet, so wie Sie es sollten, und Sie haben nicht die Polizei gerufen, als Sie es sollten.“

Sie schluckte hart. „Tut Ihr Bein noch sehr weh?“

Das Bein war momentan seine geringste Sorge. Er dachte daran, sie anzulügen, falls seine Verletzung sie in irgendeiner Weise davon abhalten könnte, sich in Gefahr zu begeben. Doch er bezweifelte es. Sie war einfach zu stur und unvernünftig. „Nein. Es ist wieder okay.“

„Sie sind einfach nicht klein zu kriegen, was?“

O doch, dachte er und umklammerte ihre Schultern, weil er sich bei ihr wie ein hilflos ausgesetztes Baby vorkam, aber er würde sich lieber die Zunge abbeißen, als das zuzugeben.

„Ich wollte nur beweisen, dass ich es kann“, flüsterte sie zaghaft, da sie seinen Ärger spürte.

Jetzt wurde er wirklich wütend. „Warum denn nur, um alles in der Welt?“

Sie holte tief Luft, und dadurch wurde Alecs Aufmerksamkeit auf ihre Brüste gelenkt. Er war nicht sicher, wie sie das anstellte, da er sich mit Damenunterwäsche nicht besonders gut auskannte, aber ihre kleinen Brüste quollen geradezu aus dem

Ausschnitt ihres super engen Kleides. Er tat sein Möglichstes, um sie nicht anzustarren, aber sein Blick glitt unwillkürlich immer wieder zu ihrem Dekolleté.

„Das würden Sie nicht verstehen, Alec."

Wahrscheinlich nicht, weil er bereits vergessen hatte, worüber sie sprachen. Er dachte nur daran, den Ausschnitt ihres Kleides ein wenig tiefer zu ziehen, damit er die Spitzen ihrer Brüste sehen könnte. Waren sie hellrosa oder dunkelrot? Die Hose wurde ihm zu eng. Himmel, wenn bereits der Gedanke daran, ihre Brüste zu küssen, eine derartige Reaktion in ihm auslöste, wie würde es dann erst sein, mit ihr zu schlafen? Er schloss die Augen und schluckte. Doch so bekam er das Bild, das er hatte verdrängen wollen, nur noch deutlicher zu sehen: Celia, nackt und hingebungsvoll unter ihm liegend. Er stöhnte.

„Alec?"

Er zwang sich, die Augen wieder zu öffnen, bemerkte ihren beunruhigten Blick und runzelte die Stirn. Mit der Fingerspitze hob er ihr Kinn. „Was würde ich nicht verstehen, Süße? Erklären Sie es mir."

Sie fuhr sich mit der Zunge über die Lippen. „Ich musste etwas verändern. In meinem Leben habe ich schon so viele Fehler gemacht und vielen Menschen wehgetan."

Ihre Selbstanklage lenkte ihn von seinen lustvollen Gefühlen ab. Er wollte sie unterbrechen, ihr sagen, dass sie sich irrte, entschied dann aber, sie erst einmal ausreden zu lassen.

„Fast hätte ich Dane verloren, und Derek habe ich tatsächlich verloren, weil ich zu dumm war, Raymond zu durchschauen. Meine ganze Familie hat darunter gelitten und auch die Firma. Unschuldige Menschen wurden zu Opfern. Der einzige Weg, wie ich meine Selbstachtung zurückgewinnen kann, ist, jemand anderem zu helfen."

Alec strich ihr mit den Fingern über die Wange und schob eine blonde Strähne hinter ihr Ohr. Celia hatte weiches, natürlich gelocktes Haar. „Sich mit Raymond einzulassen war ein Fehler, aber wir machen alle Fehler. Und die Vergangenheit können Sie nicht mehr ändern."

„Aber ich kann versuchen, sie wiedergutzumachen."

„Wem gegenüber? Dane wusste, worauf er sich einließ, und Derek konnten Sie nicht helfen, selbst wenn Sie es gewusst hätten. Als Derek starb, kannten Sie Raymond ja noch gar nicht."

Alec war klar, dass Celia mit der ganzen Sache noch lange nicht abgeschlossen hatte. Sie war nur ein Spielstein in Raymonds Komplott gegen ihre Familie gewesen, aber von den Überlebenden war sie emotional am meisten verletzt worden. Raymond hatte mit Industriespionage begonnen und sich schnell zu schwereren Verbrechen hochgearbeitet. Alec hatte mit aller Macht an sich halten müssen, um ihn der Polizei auszuliefern, anstatt seinen eigenen Gerechtigkeitssinn walten zu lassen.

Celia blickte zur Seite. „Ich komme mir vor, als hätte ich sie alle betrogen."

Sein Herz krampfte sich zusammen, und dieser Schmerz war so neu, dass er zusammenzuckte. Sanft zog er sie ein wenig näher zu sich, um den Schmerz zu betäuben. „Celia", flüsterte er, „Sie wissen, dass das Blödsinn ist. Dane liebt Sie und macht Sie für nichts verantwortlich. Und Angel betet Sie an. Sie sind ihre beste Freundin geworden und dazu die Patin des kleinen Grayson."

Celia legte ihre Hände auf seine Arme und lehnte die Stirn an seine Brust. „Ich kann nicht glauben, dass sie mir vergeben hat. Wegen mir konnte Raymond sie überhaupt erst bedrohen." Sie legte den Kopf in den Nacken, um ihn anzusehen. Ihr Bauch schmiegte sich an seinen Unterkörper. „Sie hätte verletzt werden können …"

„Pscht." Er legte ihr einen Finger auf die Lippen und widerstand dem Drang, sie erneut zu küssen. Seit dem ersten

Kuss war er seine Erregung nicht mehr losgeworden. Sie hatte süß geschmeckt, nach Kirschen, aber jetzt war ihr Lipgloss verschwunden, und ihr ungeschminkter Mund wirkte noch einladender. „Sie tragen für Raymonds Vergehen keine Verantwortung, Celia. Und die Wahrheit ist, dass Sie Angel gerettet haben, als Sie so mutig auftauchten und wie ein Golfprofi das Stemmeisen schwangen."

Zaghaft erwiderte sie sein Lächeln. „Egal, was Sie sagen, Alec – ich weiß, dass ich mit verantwortlich bin. Und es widert mich geradezu an, dass ich mit diesem Verbrecher verlobt war und mit ihm geschlafen habe."

Alec erstarrte. Er wollte dieses Bild nicht vor Augen haben, aber er sah es trotzdem viel zu häufig vor sich. Die Vorstellung, dass Celia und Raymond Sex gehabt hatten, verursachte ihm Übelkeit und rief gnadenlose Wut in ihm hervor. Er ließ seine Hände sinken und trat einen Schritt zurück. Er wollte, dass es ihm egal war, mit wem sie geschlafen hatte, wenn sie nur mit ihm ins Bett ging, aber er wusste, aber seine Gefühle ließen sich nun mal nicht einfach abstellen wie eine Maschine.

„Indem Sie sich selbst umbringen lassen, ändern Sie überhaupt nichts. Finden Sie, Dane hat das verdient, nachdem er mit Angel und dem Baby endlich sein Glück gefunden hat?"

Celia schlang die Arme um den Oberkörper. „Ich habe aus der Sache gelernt. Von nun an werde ich besonders vorsichtig sein. Aber als ich von diesem Fall hörte, wusste ich, dass ich etwas unternehmen musste."

„Verdammt noch mal, Celia!", fuhr er sie an, doch ihr störrischer Blick verriet ihm, dass sie sich von ihrem Vorhaben nicht abbringen lassen wollte.

Sie sah ihn mit funkelnden Augen an, das Kinn entschlossen vorgeschoben. „Sie haben den Fall einfach so abgelehnt, ohne Mrs Barrington einen Grund zu nennen."

Nun wirkte Celia nicht mehr klein oder verletzlich, obwohl sie gut zwanzig Zentimeter kleiner war als er. Wenn sie ihrer Wut freien Lauf ließ, erinnerte sie ihn an eine Amazone.

Sie krallte ihre Faust in sein T-Shirt. „Wissen Sie, dass Mrs Barrington denkt, ihre Tochter werde zur Prostitution gezwungen? Hannah glaubte, dass sie einer Model-Agentur beitritt, aber jetzt …“

„Ersparen Sie mir das, Celia“, erwiderte er voller Abscheu. „Ich habe die Akte gelesen und selbst mit der Mutter gesprochen. Die Tochter war ein verwöhntes Ding, das ihre liebende Familie zurückließ, um berühmt zu werden. Solche Geschichten habe ich schon oft gehört. Sie wird vermutlich alles tun, damit ihr Traum sich verwirklicht. Und Mrs Barrington kann einfach nicht glauben, dass ihre Tochter sich so weit erniedrigt. Aber solche Dinge passieren. Diesmal gibt es niemanden zu retten, und Hannah würde Ihre Einmischung in ihr neues Leben sicher nicht besonders schätzen.“

Celia hieb mit der Faust auf seinen Brustkorb. „Wollen Sie das denn nicht zumindest nachprüfen?“

„Ich sagte Ihnen doch, dass ich das getan habe.“ Er legte seine Hand auf ihre und hielt sie fest. „Bitte vertrauen Sie mir. Ich weiß mehr über diese Dinge, als Sie jemals wissen werden.“

„Was soll das bedeuten?“

Verdammt! Er fuhr sich mit der Hand durchs Haar. Nein, er würde ihr nicht sagen, worauf seine Kenntnisse beruhten. Allein der Gedanke an diesen Punkt in seiner Vergangenheit bereitete ihm Kopfschmerzen. „Es war reine Zeitverschwendung, hierherzukommen“, erklärte er kühl. „Gehen wir. Wir werden an Ihrem Motel anhalten, damit Sie packen können, und dann nach Hause fahren.“

Sie waren bereits halb am Wagen, als sie sich plötzlich gegen ihn stemmte. „Ich gehe nicht mit Ihnen, Alec.“

Seine Geduld war am Ende. Er drehte sich zu Celia um und beugte sich drohend über sie. „Doch, das werden Sie. Und wenn ich Sie im Wagen festbinden muss – irgendwie bringe ich Sie nach Hause, und zwar sofort."

Celia zitterte vor Wut. „Also gut. Ich gehe jetzt mit Ihnen. Aber den Fall gebe ich nicht auf."

„Dann sind Sie gefeuert."

„Schön, ich kündige", konterte sie und schob sich auf den Sitz. Sie sah ihn nicht an, sondern starrte stur geradeaus.

Alec legte eine Hand auf das Armaturenbrett, die andere aufs Wagendach, und lehnte sich bedrohlich ins Wageninnere. „Meinen Sie, dass Mrs Barrington weiterhin Ihre Spesen übernimmt, wenn ich sie darüber informiere, dass Sie nicht mehr bei uns angestellt sind?"

Celia war viel zu verärgert, um sich von seiner Einschüchterungstaktik beirren zu lassen. „Na schön. Tun Sie das nur, dann werde ich einfach umsonst weiterarbeiten. Aber ich werde herausfinden, ob Hannahs Mutter mit ihrem Verdacht recht hat. Ich werde diesem Mädchen helfen. Und Sie, Alec Sharpe, können nichts tun, um mich aufzuhalten."

Er schlug die Beifahrertür zu, da er Angst hatte, er könnte das kleine Biest erwürgen, wenn er noch eine Sekunde länger in ihrer Nähe blieb. Sie wusste nur zu gut, wie sie ihn in Rage bringen konnte. Noch nie schien jemand so viel Spaß daran zu haben, ihn zu provozieren. Teufel auch, die meisten Menschen versuchten es nicht einmal, weil sie Angst hatten! Nur Celia verhielt sich anders. Er war das nicht gewohnt und wollte dem ein Ende machen. Er wollte Celia Carter in Sicherheit wissen.

Er wollte Celia Carter – Punkt.

Was für eine schrecklich verzwickte Situation. Er wusste, es wäre das Beste, sich einfach von Celia fern zu halten. Vom ersten Tag an hatte seine innere Stimme ihn gewarnt, dass Celia Carter ganz großen Ärger bedeutete. Die Narbe an seinem Bein war der beste Beweis dafür.

3. KAPITEL

Die Fahrt zu ihrem Motel legten sie zunächst schweigend zurück, bis Celia es nicht mehr aushielt. Alec war so still, dass sie beinahe einschlief. Sie war nicht einmal mehr ärgerlich auf ihn. Er konnte ja nichts dafür, dass er so war. Die despotische Arroganz war wohl einfach seine Natur. Außerdem glaubte sie ihm, dass er sich tatsächlich Sorgen machte und deshalb so wütend war. Offenbar gehörte er zu den Männern, die dachten, dass alle kleineren oder schwächeren Menschen ihren Schutz benötigten – und eigentlich war fast jeder kleiner und schwächer als Alec. Nicht, dass sie ihm erlauben wollte, sie herumzukommandieren, aber sie konnte zumindest verstehen, warum er es so beharrlich versuchte.

Was sie irritierte, war sein abrupter Rückzug gewesen, nachdem sie erwähnt hatte, dass sie mit Raymond geschlafen hatte. Offenbar verurteilte er sie dafür ebenso sehr wie sie sich selbst, doch das konnte sie ihm nicht verübeln. Sein Schweigen hatte ihr Zeit zum Nachdenken gegeben. Obwohl es ihr nicht gefiel, musste sie sich eingestehen, dass sie Alecs Hilfe brauchte.

Seufzend musterte sie sein markantes Profil. „Werden Sie nun die ganze Nacht lang schmollen?“

„Ja.“

Dass ein so großer, düsterer, Ehrfurcht gebietender Mann es zugab zu schmollen, amüsierte sie, und ihre Laune besserte sich schlagartig. Sie merkte, dass auch er mittlerweile entspannter war.

Celia lächelte ihn an in der Hoffnung, ihn etwas aufheitern zu können. „Ich habe zur Abwechslung mal eine ganz andere Frage an Sie.“

Er sah sie argwöhnisch an und zuckte mit den Schultern. „Schießen Sie los.“

„Woher wussten Sie, wo ich bin? Ich bin absichtlich mit

dem Bus gefahren anstatt mit dem Auto, damit jeder den Wagen in meiner Auffahrt sieht und denkt, ich sei zu Hause." Sie sagte nicht, dass sie mit „jeder" hauptsächlich Alec meinte.

Zu ihrer großen Verwunderung bog er in diesem Moment bei ihrem Motel ab. „Ich bin Privatdetektiv. Das ist meine Arbeit."

Er drehte sich zu ihr um, legte einen Arm über den Beifahrersitz und berührte sie dabei fast. Sie saßen abgeschieden im Dunkel des Wageninneren, das nur ab und zu von den Scheinwerfern der wenigen vorbeifahrenden Autos erhellt wurde. Celia atmete seinen Duft ein und spürte die Wärme seines kräftigen Körpers. Neben sich sah sie auf seinem Arm die Tätowierung. Es war zu dunkel, um das Bild genau zu erkennen, aber sie hatte es schon oft verstohlen betrachtet und sich nach der Bedeutung gefragt. Ein Mann wie Alec ließ sich nicht ohne Grund ein pfeildurchbohrtes Herz tätowieren. Sie hatte nur nie den Mut gehabt, ihn danach zu fragen.

Unruhig rutschte sie hin und her. „Aber wie haben Sie es herausbekommen?", wiederholte sie. „Wagen Sie es nicht, mich anzulügen."

Er fuhr mit der Hand in ihr Haar und wickelte sich eine Locke um einen Finger, was in ihrem Magen einen Schmetterlingsschwarm aufzuscheuchen schien. „Ich war in Ihrem Haus und habe Ihre Reisepläne entdeckt."

Celia starrte ihn ungläubig an. „Sie haben was getan?"

Verstimmt zog er die Hand von ihrem Haar weg und öffnete die Fahrertür. Celia kletterte aus dem Wagen, ehe Alec ihre Seite erreichte, und stellte sich ihm in den Weg.

„Sie haben bei mir eingebrochen?", fragte sie entsetzt.

Ohne sie zu beachten, marschierte er zum Motel. Celia folgte ihm und hatte Mühe, mit ihm Schritt zu halten. „Ich habe nichts beschädigt." Er tat so, als ob dies ihre einzige Sorge wäre. Aber was war mit dem Eindringen in ihre Privatsphäre?

Nach einem kurzen Blick auf Celia fügte er hinzu: „Sie brauchen eine Alarmanlage. Ich werde mich darum kümmern, sobald wir zurück sind."

Celia stolperte hinter ihm her. „Verdammt noch mal, Alec, so warten Sie doch!"

„Wir können in Ihren Zimmer reden, während Sie packen." Er zog sie neben sich, um sie zu stützen. „Haben Sie sich verletzt, als Sie aus dem Wagen sprangen?"

„Nein." Da Alec ihretwegen eine Schussverletzung hingenommen hatte, würde sie bestimmt nicht über einen läppischen verstauchten Knöchel klagen.

„Gut." Er zog sie weiter.

Celia kochte vor Wut. Sie hatte nicht die Absicht zu packen. Tatsächlich hoffte sie immer noch, Alec überreden zu können, dass er ihr half. Sie konnte und wollte Hannah jetzt nicht im Stich lassen. Wenn sie dieses zwanzigjährige Mädchen aufgab, würde sie sich nie wieder selbst ins Gesicht sehen können. Aber sie war clever genug zu wissen, dass ihre Chancen, Hannah zu retten, mit Alec um einiges besser standen.

Als sie das Stockwerk erreichten, auf dem sich ihr Zimmer befand, drehte Alec sich um und streckte die Hand aus. Widerwillig kramte Celia den Schlüssel aus ihrer Tasche und gab ihn Alec. Sie musste sich wohl oder übel kooperativ zeigen, wenn sie ihn zum Mitmachen bewegen wollte. Trotzdem fragte sie, immer noch schockiert: „Ich kann es einfach nicht fassen! Wie würde es Ihnen gefallen, wenn ich bei Ihnen einbräche?"

Er stieß die Tür auf und tastete nach dem Lichtschalter. Mit heiserer Stimme erwiderte er: „Wann immer Sie mich besuchen kommen wollen, Süße, lassen Sie es mich wissen. Sie sind jederzeit herzlich eingeladen."

Celia ärgerte sich, da sie wieder eine sexuelle Anspielung herauszuhören glaubte. Dann ging das Licht an, und Alec sah sich in ihrem Zimmer um.

Sein entsetzter Blick war zur Abwechslung einmal komisch und nicht Furcht einflößend. „Was ist denn das, um alles in der Welt?“

Celia schwieg verlegen. Sie hatte ganz vergessen, in was für einem chaotischen Zustand sie ihr Zimmer hinterlassen hatte.

Alec drehte sich langsam zu ihr um und hob fragend eine Augenbraue. „Was haben Sie hier denn veranstaltet?“

„Ich habe trainiert“, erwiderte sie leise. Die persönlichen Ziele, die sie sich gesetzt hatte waren nun mal … persönlich. Sie wollte nicht, dass irgendjemand davon erfuhr.

Skeptisch betrachtet Alec die Übungsmatte auf dem Boden, die Gewichtsmanschetten für Arme und Beine, die Fünf-Kilo-Hanteln, das Sprungseil und schließlich die montierbare Turnstange im Rahmen der Badezimmertür. Bisher hatte sie erst zwei volle Klimmzüge daran geschafft. „Sie halten sich wohl für das weibliche Gegenstück zu Arnold Schwarzenegger, was?“

Celia wurde rot und folgte ihm widerstrebend in den Raum. Direkt hinter der Tür blieb sie stehen. „Ich versuche nur, in Form zu bleiben. Sonst werde ich zu rund.“

Ihre Blicke trafen sich. Bedächtig griff er um sie herum und schob mit der flachen Hand die Tür zu. Mit der anderen Hand stützte er sich neben ihrem Kopf an der Wand ab, sodass sie zwischen seinen Armen gefangen war. „Du kleine Verrückte“, murmelte er und beugte sich über sie. „Ich mag dich gerade rund.“

Sie befahl sich fortzulaufen. Doch ihr Körper reagierte nicht.

Als Alec ihren Mund mit den Lippen berührte, war sie wie elektrisiert. Erschrocken holte sie Luft und gab ihm dabei Gelegenheit, mit der Zunge zwischen ihre geöffneten Lippen vorzudringen. Sie konnte ihr lustvolles Stöhnen nicht unterdrücken und verriet ihm dadurch, wie sehr sie seine Kühnheit genoss.

Zärtlich spielte er mit ihrer Zunge, neckte und reizte Celia. Sie liebte es, wie er sie küsste.

„Alec …“

„Pscht, Liebes.“ Und dann küsste er sie leidenschaftlich, bis sie die Arme um seinen Nacken legte und sich weich an ihn schmiegte. Er war so stark und muskulös. Es gefiel ihr, seinen Duft einzuatmen und sich seinen Lippen auszuliefern, die sie glutvoll liebkosten, während er sich mit den Hüften eng an sie drängte.

Nach einer Weile gab er ihren Mund frei und begann ihren Hals zu küssen.

„Ich will das nicht“, flüsterte Celia, obwohl sie vor Entzücken erschauerte. Schon lange war sie nicht mehr auf diese Weise berührt worden, und sie begehrte Alec so sehr, dass sie bereitwillig auf alles einging, was er mit ihr anstellte.

„Doch, du willst es“, erwiderte Alec rau.

Er streifte einen ihrer schmalen Träger von der Schulter, während er ihr Dekolleté mit heißen Küssen bedeckte. Sie spürte kühle Luft auf ihrer Brust, dann seine warme, raue Hand, als er in ihren BH griff, und stöhnte erneut.

Alec lehnte seine Stirn gegen ihre und schloss die Augen, während er sanft ihre Brust streichelte. Celia spürte, dass sein Herz ebenso wild schlug wie ihres.

„Celia?“ Er setzte sein Liebkosungen fort, doch sein angestrengter Tonfall verriet, dass es ihn große Willenskraft kostete, sich zu beherrschen. Er presste Celia ganz fest an sich, damit sie spürte, wie erregt er war.

Tränen der Hilflosigkeit stiegen ihr in die Augen. Sie war nicht mehr weit davon entfernt, alle Vernunft über Bord zu werfen und nachzugeben. Allein die Art, wie Alec ihre Brüste berührte und mit dem Daumen über die harten Knospen strich, brachte sie an den Rand der Ekstase.

Und das störte sie ungemein.

Warum musste es so sein? Warum war sie so leicht zu verführen? Sie wollte von ihrem Verstand beherrscht werden, von ihrem Stolz, ihrer Vernunft und Intelligenz, nicht von animalischer Lust. Alec hatte ihr deutlich zu verstehen gegeben, dass er keine dauerhafte Beziehung mit ihr wollte, sondern nur Sex. Und ihr Körper reagierte, als würde es sie nicht im Mindesten stören.

Der Schluchzer kam absolut überraschend und beschämte sie noch mehr. Alec erstarrte und verharrte einen Moment reglos, ehe er seine Hand zurückzog und Celia fest in den Arm nahm. Sie wusste gar nicht, wie ihr geschah. Plötzlich wurde sie von ihren Gefühlen überwältigt, und obwohl sie sich keinesfalls an seiner Schulter ausweinen wollte, ließ er ihr wieder einmal keine andere Wahl. Sie versuchte, sich von ihm loszureißen, doch er hielt sie so fest, dass sie sich kaum einen Zentimeter von ihm entfernen konnte.

„Ganz ruhig." Sanft drückte er ihren Kopf an seine Schulter und strich ihr mit der anderen Hand tröstend über den Rücken.

Eine halbe Minute kämpfte sie mit sich selbst, dann gab sie ihren Widerstand auf. Es tat so gut, im Arm gehalten und getröstet zu werden. Nach mehreren Schluchzern brachte sie schniefend hervor: „Ich will nicht, dass ich dich will."

Er rieb seine Wange an ihrem Haar und erwiderte leise: „Das habe ich mir inzwischen auch zusammengereimt."

„Ich meine nicht nur dich, sondern überhaupt jeden."

„Willst du mir sagen, warum?"

„Nein."

„Celia." Alec seufzte und versuchte, ihr ins Gesicht zu sehen, doch sie presste den Kopf an sein T-Shirt. Sie wusste, dass ihr Make-up verschmiert war, doch ihre Tränen ließen sich nicht aufhalten. „Ich bin sehr erregt, wenn du spürst, was ich meine, und das wird sich so schnell nicht ändern", fuhr er fort. „Findest du nicht, es wäre nett, wenn du mir die Sache erklären würdest? Ich möchte dich wirklich verstehen."

Sie schüttelte den Kopf.

„Ich weiß, dass du mich wolltest. Ich meine, so wie du mich geküsst hast. Und die Spitzen deiner Brüste waren …"

Seufzend nickte sie.

„Warum willst du es dann nicht, Liebes? Wir sind beide erwachsen. Und ich werde dir nicht wehtun, falls es das ist, wovor du Angst hast."

Empört erwiderte sie: „Ich habe keine Angst vor dir."

„Doch, das hast du."

„Na ja, manchmal vielleicht." Sie schniefte noch einmal und tupfte sich ihre Augen mit seinem T-Shirt ab, sah ihn aber nicht an. „Du versuchst immer, mich einzuschüchtern."

Er streichelte ihr Haar. Sie war noch immer aufgewühlt, fühlte sich aber gleichzeitig auch schläfrig. Sie war erschöpft und kam sich zu ihrer eigenen Überraschung bei Alec herrlich sicher und geborgen vor. Seit der Erkenntnis, dass ihr Verlobter ein mieser Verbrecher war, der sie eiskalt dazu benutzt hatte, ihrer Familie zu schaden, hatte sie nicht viel geweint. Diesen Luxus hatte sie sich selbst verwehrt. Das Weinen gerade eben hatte ihr gutgetan. Sie atmete tief durch und bekam einen Schluckauf.

Alec küsste sie auf die Schläfe. „Celia, warum willst du nicht mit mir schlafen?"

So, wie er das sagte, hätte sie ihn am liebsten aufs Bett geworfen und auf der Stelle verführt. Sie erbebte, und er verstärkte seinen Griff. Schließlich sagte sie, da sie keinen anderen Ausweg sah: „Ich bin nicht so wie andere Frauen." Als ihr einfiel, dass Alec jetzt auf einige recht absurde Gedanken kommen könnte, fügte sie schnell hinzu: „Ich meinte damit nicht, dass … Ich bin nicht körperlich anders. Na ja, das heißt …"

„Nun mal raus mit der Sprache, Schätzchen. Was immer es ist, wir werden damit fertig."

Sie verzog das Gesicht. O ja, sie hatte keinen Zweifel, dass er damit fertig werden würde, ebenso wie Raymond. Der hatte sie immer wieder wegen ihrer Schwäche aufgezogen. Nachdem er geschnappt worden war, hatte er sich einen Spaß daraus gemacht, ihr zu erzählen, wie leicht es war, sie herumzukriegen. Tja, sie würde nie wieder schnell schwach werden, obwohl Standhaftigkeit Alec Sharpe gegenüber harte Arbeit bedeutete.

Vollkommen irritiert über ihre Gefühle und Gedanken, sah sie keinen anderen Ausweg, als sich von Alec loszureißen und ins Badezimmer zu flüchten. In der Tür blieb sie stehen. Ohne sich umzudrehen, sagte sie: „Ich habe sexuelle Probleme. Und ich will, dass du jetzt gehst.“ Sie schlug die Tür hinter sich zu, verriegelte die Tür von innen und lehnte sich schluchzend dagegen.

So, jetzt kannte er die Wahrheit. Wahrscheinlich würde er angewidert abreisen und nie wieder etwas von ihr wissen wollen, und ihre Chancen, Hannah zu retten, wären vollkommen dahin. Wie wollte sie jemandem helfen, wenn sie nicht einmal sich selbst helfen konnte?

Plötzlich hämmerte es gegen die Tür, und sie machte einen erschrockenen Satz vorwärts.

„Verdammt noch mal, Celia, mach die Tür auf!“

Sie drehte sich um. Er war wütend?

Wieder schlug er so hart gegen die Tür, dass sie zu splittern drohte. „Ich zählte jetzt bis zwei, und dann breche ich die Tür auf!“

Celia blieb vor Schreck der Mund offen stehen.

„Eins!“

Viel Zeit zum Nachdenken blieb ihr nicht. Aber im Grunde gab es ja auch nur eine Lösung. Sie entriegelte die Tür und griff nach dem Türknopf.

4. KAPITEL

Alec wollte gerade „zwei“ rufen, da wurde ging die Tür auf. Er stemmte die Hände in die Hüften und wartete darauf, dass Celia aus dem Bad kam. Was dachte sie sich nur? Dass sie ihm so eine Aussage vor die Füße knallen und ihn dann einfach rauswerfen konnte? O nein, nicht mit ihm!

Er konnte sich vorstellen, dass Raymond etwas mit ihrer seltsamen Enthüllung zu tun hatte, und bedauerte seine noble Entscheidung, ihn den Mühlen der Justiz zu überlassen.

„Schwing deinen Hintern da raus, Celia!“

Zögernd öffnete sie die Tür. Ihr Gesicht war vollkommen verheult und verschmiert. Sofort wurde er wieder weich. Verdammt, er würde sich lieber verprügeln lassen, als sie weinen zu sehen! Er presste einen Moment lang die Kiefer zusammen, während er gegen das Bedürfnis ankämpfte, sie einfach hochzuheben, aufs Bett zu werfen und ihr ausgiebig zu beweisen, dass sie nicht ein einziges sexuelles Problem hatte. Doch ihrem Gesichtsausdruck nach zu urteilen, war ihr im Moment nicht nach einem Liebesmarathon zumute. Sie brauchte einen vernünftigen und verständnisvollen Zuhörer und keinen lüsternen Liebhaber.

Schon seit Langem hatte er nicht mehr ein so starkes Verlangen nach einer Frau gespürt. Doch er wollte keine andere als Celia. Und wenn es sein musste, würde er eben warten – zumindest noch ein bisschen.

Er atmete tief durch. „Ich möchte, dass du eine Dusche nimmst und dich umziehst.“ Na bitte, das hatte doch ganz ruhig geklungen.

Sie nickte verdächtig folgsam.

„Wenn du fertig bist“, fuhr er fort und beäugte sie misstrauisch, „werden wir reden.“

„Ich dachte, du wolltest sofort abfahren.“

„Später. Im Moment sieh einfach zu, dass du es dir bequem machst. Wo sind deine Kleider?“

„In meinem Koffer im Wandschrank.“

Sie wartete geduldig, bis er ihr eine Jeans und ein T-Shirt reichte.

„Einen Slip brauche ich auch.“

Er fand einen schwarzen Slip und legte ihn ihr auf den Arm. Schniefend und ohne ein weiteres Wort verschwand sie wieder im Bad.

Sobald die Tür ins Schloss fiel, fuhr Alec sich mit beiden Händen durch die Haare. Verstehe einer die Frauen! Erst wehrte Celia sich mit Händen und Füßen gegen ihn, dann gehorchte sie ihm wie ein folgsames Kind. Sie brachte ihn ständig aus der Fassung, aber wahrscheinlich machte sie das absichtlich, um ihn zu irritieren.

Er hörte das Wasser rauschen, stellte sich Celia nackt vor und schlug mit der Faust auf seinen Oberschenkel. Um sich vom Gedanken an nackte, feuchte, weibliche Haut abzulenken, rief er den Zimmerservice und bestellte Sandwiches, ein Kännchen Kaffee und Kuchen. Während er auf die Lieferung wartete, rief er Dane an.

Beim zweiten Klingeln wurde abgehoben.

„Hallo?“

Alec hörte ein helles Lachen im Hintergrund. Er hätte sich denken können, dass Dane gerade beschäftigt war, und verdrehte die Augen. In seiner momentanen Situation war Danes eheliches Glück schwer zu ertragen. „Ich habe deine Schwester gefunden.“

Er hörte ein Rauschen in der Leitung, die nächsten Worte waren gedämpft. „Eine Sekunde, Schatz. Es ist Alec.“ Dann wurde in den Hörer gesprochen: „Gute Arbeit. Ich habe nicht eine Sekunde daran gezweifelt, dass du sie finden würdest. Aber jetzt bin ich … beschäftigt.“

„Sie sah aus wie ein Flittchen und trieb sich in einer Bar herum, um Jacobs aufzureißen."

Dane stieß ein kurzes, hässliches Wort aus.

„Genau das habe ich auch gedacht. Ich habe sie da rausgezerrt, aber sie ist wild entschlossen, wieder hinzugehen. Sie denkt tatsächlich, sie könnte Hannah Barrington retten." Alec konnte seinen Unmut nicht verbergen.

Dane erwiderte ruhig: „Ich bin froh, dass sie sich darum kümmern will, egal, wie du die Sache siehst. Aber ich will nicht, dass sie weiterhin den Lockvogel spielt."

„Ich habe gedroht, sie zu entlassen, wenn sie nicht aufgibt."

Dane fluchte erneut.

„Ich kann sie hier nicht allein zurücklassen, um sich mit Jacobs anzulegen – und wenn ich sie an den Haaren nach Hause schleifen muss!"

„Warum machst du dir solche Sorgen, wenn du überzeugt bist, dass Hannah im Grunde kein Problem hat?"

Alec verstummte, als er merkte, dass er sich selbst in die Ecke manövriert hatte. Nicht einmal Dane kannte den wahren Grund für seine ablehnende Haltung, doch vermutlich machte er sich seinen eigenen Reim darauf. „Wahrscheinlich amüsiert Hannah sich einfach nur prächtig. Aber deine verdammte Schwester zieht das Unheil nur so an."

„Celia ist nicht so zerbrechlich, wie du denkst." Alec hörte eine Stimme im Hintergrund, dann sagte Dane: „Angel möchte dich sprechen."

„Nein! Verdammt, Dane, wag es ja nicht …"

„Hallo, Alec."

Alec seufzte. Wenn er Dane das nächste Mal sah, würde er ihn erwürgen. „Hallo. Wie geht's dir?"

„Es würde mir bedeutend besser gehen, wenn ich wüsste, dass du Celia nicht ständig tyrannisierst."

„Also, ich, na ja …"

„Ich hab dich wirklich gern, Alec. Und Grayson vergöttert dich. Aber wenn du nicht aufhörst, Celia herumzukommandieren, wird sie dich umbringen."

„Tja, ich …"

„Nicht nur das, ich glaube sogar, du könntest ein wenig mehr Verständnis zeigen. Sie versucht, ein neues Leben zu beginnen, und du hilfst ihr nicht im Geringsten. Du gibst ihr nur immer wieder zu verstehen, dass sie es nicht schaffen wird."

„Äh …"

„Du spielst dich auf wie ihr Vater und großer Bruder und Ehemann in einem!"

Alec hielt den Hörer auf Armeslänge von sich und machte ein entsetztes Gesicht. Was Celia betraf, fühlte er sich nicht im Mindesten blutsverwandt, und der Teufel sollte ihn holen, wenn er noch einmal heiratete. Er hatte seine Lektion gründlich gelernt.

Als er den Hörer vorsichtig wieder ans Ohr hob, war Angel immer noch mitten in ihrer Schimpftirade. Im Badezimmer wurde das Wasser abgestellt, und Alec unterbrach sie: „Ich muss aufhören. Bestell Dane, er soll sich keine Sorgen machen. Ich werde mich um alles kümmern."

„Warte!"

Alec seufzte entnervt. „Was ist denn noch?"

Angel ignorierte seinen säuerlichen Tonfall. „Wirst du da bleiben und Celia helfen, oder nicht? Dane sagt immer, du bist der Beste. Ich bin überzeugt, du kannst für ihre Sicherheit sorgen."

Er fühlte sich bei seiner Ehre gepackt und erwiderte brummig: „Ich will aber nicht mit ihr hierbleiben und mich um ihre Sicherheit kümmern. Das ist reine Zeitverschwendung."

„Celia scheint das nicht zu denken."

Ihre sanfte Art weckte sein Schuldbewusstsein. War er Celia gegenüber wirklich so gefühllos? War dieser Fall wirklich so gefährlich, dass er sie da heraushalten musste, oder ließ er sich viel zu sehr von seinen eigenen Vorbehalten leiten? Wahrscheinlich beides.

„Alec, hörst du mir noch zu?“

„Ja.“

„Wenn du nicht bei Celia bleibst, kann ich unmöglich mit Dane wegfahren und sie allein lassen. Sie braucht jemanden, der sie versteht und unterstützt.“

Alec fragte sich, ob Verständnis und Unterstützung Celia wohl ein wenig nachgiebiger machen und das Wort „nein“ aus ihrem Wortschatz verbannen würden.

Danes Stimme aus dem Hintergrund unterbrach seine Gedanken. „Er wird bleiben.“

Es war wohl unvermeidlich. Seufzend bestätigte Alec: „Also gut, ich bleibe.“

„Fein.“ Angel ließ ihm eine Sekunde, um sich innerlich auf das Folgende vorzubereiten. „Wir lieben dich, Alec.“

Er hörte Dane im Hintergrund leise lachen, und spürte, wie ihm die Röte ins Gesicht stieg. Er hasste es, wenn Angel so sentimental wurde, und Dane wusste das sehr wohl, was wiederum sicher der Grund war, weshalb er ihre Gefühlsbekundungen auch noch billigte.

Alec versuchte, nicht allzu verärgert oder verlegen zu wirken. „Tja dann, gute Nacht.“ Er legte schnell auf, als Celia die Badezimmertür öffnete und ins Zimmer trat.

Sie trug ausgebleichte enge Jeans und ein weiches, dünnes T-Shirt, das sich an ihre kleinen Brüste schmiegte. Herausgeputzt sah sie wirklich toll aus, aber Alec fand sie jetzt fast noch attraktiver.

Das Erste, was er verblüfft wahrnahm, war das Fehlen eines BHs. Dann blickte er auf ihre nackten Füße, ihr leicht gerötetes Gesicht und die zurückgekämmten, noch nassen Haare, und schluckte schwer. Bruder, Vater, Ehemann – zum

Teufel! Er wollte ihr Liebhaber sein.

Langsam und ohne den Blick von ihr zu wenden, stand er auf. „Ich habe Essen bestellt. Es wird gleich hier sein."

Sie nickte, sah ihm aber nicht in die Augen. Als sie das Kleid auf die Kommode legte und die hochhackigen Schuhe auf den Boden stellte, merkte er, dass sie leicht humpelte.

„Hast du dich verletzt?"

„Nein."

Er trat näher. Warum muss ich sie immer triezen, um die Wahrheit zu erfahren? dachte er. Irgendwie genoss er die Wortgefechte mit ihr allerdings auch, was er aber bestimmt nie zugeben würde. Mit Celia zu streiten war in mancher Hinsicht schöner als Sex. Es erregte ihn mehr. Aber eigentlich erregte ihn alles, was mit Celia zu tun hatte.

Er nahm ihr Kinn zwischen Daumen und Zeigefinger, sodass sie ihn ansehen musste. „Lüg mich niemals an, Celia. Du humpelst. Hast du dich verletzt, als du aus meinem Wagen gesprungen bist?"

Ihre Wimpern waren vom Duschen noch nass. Sie blinzelte und errötete leicht. „Meine Füße tun weh. Ich bin es nicht mehr gewohnt, so lange auf hohen Absätzen zu laufen."

Sanft strich er ihr mit dem Daumen über das Kinn. Ihre Haut war so weich … Er hatte den Wunsch, sie überall zu berühren, sich nackt an ihr zu reiben, ihren biegsamen, schlanken Körper unter sich zu spüren. Er schluckte. „Komm, ich massiere dir die Füße."

Doch sie blinzelte nur nervös. „Ich möchte dir einen Deal vorschlagen."

Irritiert hob er eine Augenbraue. Eigentlich hatte er ihr sagen wollen, dass er bleiben und ihr mit diesem blöden Barrington-Fall helfen würde, aber jetzt wurde er neugierig. Er schob sie aufs Bett, kniete sich vor sie und begann einen ihrer kleinen Füße zu massieren. „Und was ist das für ein Deal?"

„Wenn ich in diesem Fall weiterkommen will, brauche ich deine Hilfe.“

„Das stimmt.“

„Ich … ich werde alles tun, was du willst, wenn du mir hilfst, Hannah zu retten.“

Er unterbrach die Fußmassage und sah sie schweigend an.

„Ich weiß, du traust mir diese Arbeit nicht zu“, erklärte sie nervös. „Ständig mäkelst du an mir herum und sagst, ich solle in unser Familienunternehmen zurückkehren.“ Sie hielt kurz inne. „Also gut, ich werde es tun.“

„Wirklich?“, presste er zwischen zusammengebissenen Zähnen hervor.

„Ja, ich werde zurückgehen. Aber nur, wenn du mir vorher hilfst, Hannah zu finden.“

Allmählich ließ seine Anspannung nach. Sie bot ihm nicht ihren Körper an, wie er zuerst angenommen hatte, sondern wollte in ihren alten, sicheren Job zurückkehren. Schuldbewusst dachte er an Angels Worte: „Sie braucht jemanden, der sie versteht und unterstützt.“ Er ließ ihren Fuß los und legte seine Hände auf ihre Knie. Was immer Celia brauchte, er wollte es ihr geben.

Erschrocken riss sie die Augen auf, doch er war bereits dicht vor ihr, drückte sie behutsam aufs Bett und legte sich zwischen ihre leicht gespreizten Beine. Mit geschlossenen Augen genoss er das Gefühl ihrer Nähe und Wärme und quälte sich selbst, indem er sich an ihren Schoß presste.

„Alec?“, wisperte sie.

„Was ist, wenn die Rückkehr in deinen alten Job nicht das ist, was ich am meisten will, Celia?“ Sein Herz raste. „Was dann?“

Celia zögerte, dann sah sie ihn an. „Ich kann Hannah nicht im Stich lassen.“

Das Blut rauschte in seinen Ohren. Alles, woran er denken konnte, war, dass sie offenbar einwilligte, mit ihm zu schlafen.

Erwartungsvoll beugte er sich vor, um sie zu küssen – da klopfte es plötzlich an der Tür.

„Zimmerservice!“

Sofort wand Celia sich unter ihm fort, rutschte vom Bett und verschanzte sich erneut im Badezimmer.

Alec ließ sich resigniert aufs Bett fallen. An diesem Abend lief nichts wie geplant.

Bedächtig biss Celia in ihr Sandwich. Sie hatte eigentlich keinen Hunger, wo doch nichts zwischen ihnen geklärt war. Sie kam sich wie ein Idiot vor, weil sie schon wieder ins Bad geflüchtet war. Aber zumindest hatte Alec diesmal nicht angedroht, die Tür einzutreten, sondern nur gefragt, ob sie etwas essen wolle. Da war sie gelassen herausspaziert, als wäre nichts gewesen. Idiotisch! Wenn sie ihn überreden wollte, ihr zu helfen, musste sie sich zusammenreißen.

Die schnarrende Klimaanlage schaffte es nicht, dem Raum die stickige Hitze zu nehmen. Sie saßen an dem kleinen Tisch, der zwischen Bett und Zimmerecke gequetscht war. Alec behielt aus Gewohnheit die Tür im Blick. Er war immer in Bereitschaft. Celia hatte keine Zweifel, dass sie Hannah mit seiner Unterstützung vor einem schlimmen Schicksal bewahren könnte.

Sie räusperte sich, nahm einen großen Schluck Kaffee und sah Alec entschlossen an.

„Komm schon, Schätzchen, raus damit“, meinte Alec grinsend. „Ich sehe doch, dass du mir was sagen willst.“

Celia runzelte die Stirn. „Wie machst du das?“

„Deine Gedanken lesen?“ Er zupfte an seinem Ohrring. „Ich weiß nicht – außer dass die Chemie zwischen uns einfach stimmt, ob du das nun zugeben willst oder nicht.“

Sie senkte den Blick. „Eigentlich ist das ein Teil meines Problems.“

„Teil deines sexuellen Problems?“

Sofort wurde sie rot, obwohl sie wusste, dass er sie absichtlich provozierte. Also hob sie den Kopf und sah ihm fest in die Augen. „Ja."

„Mir kam es nicht so vor, als ob du irgendwelche Schwierigkeiten hättest." Er blickte auf ihre Brüste, deren harte Spitzen sich deutlich unter ihrem T-Shirt abzeichneten. „Bei dir scheint doch alles ganz normal zu funktionieren."

Celia musste sich mit aller Macht zwingen, nicht wieder davonzurennen, weil sie sich so sehr schämte. „Das ist ja gerade ein Teil des Problems."

Er sah sie verständnislos an.

Zögernd fügte Celia hinzu: „Ich bin sehr leicht erregbar. Und manchmal leider auch durch den falschen Partner."

„Wie meinst du das?"

„Na ja, nachdem ich mich von Raymond habe benutzen lassen und so viele Menschen in Gefahr gebracht habe, wollte ich mich nie wieder mit einem Mann einlassen, dem es nur darum geht, mich ins Bett zu bekommen. Ich dachte, ich hätte meine Lektion gelernt und dass mein Stolz mich in Zukunft vor solchen Dummheiten bewahren würde. Aber …", sie suchte nach den richtigen Worten, „wenn du mich ansiehst, sind all meine Vorsätze vergessen."

„Du machst dir Vorwürfe, weil du mich begehrst?"

„Ja."

Alec stand abrupt auf, stemmte die Hände in die Hüften und ging ein paar Schritte.

„Alec, als wir uns das erste Mal sahen, hast du mir unmissverständlich erklärt, dass du keine Beziehung willst. Bei jeder unserer Begegnungen zeigst du mir, dass du mir nicht traust und mich nicht einmal besonders magst."

Er fuhr herum und sah sie ungläubig an.

„Du willst nur Sex von mir, und sosehr mein Körper auch auf dich reagiert – mein Verstand sagt mir, es ist völlig falsch."

Dein Verstand?“ Alec kam auf sie zu.

Schnell erhob sie sich von ihrem Stuhl und stellte sich dahinter. „Hör auf, mich einzuschüchtern! Ich hasse das, vor allem, wenn ich nur versuche, dir die Wahrheit zu sagen.“

„Und die Wahrheit ist, dass du diese blödsinnige Vorstellung hast, Sex ohne ewige Liebe sei schmutzig?“

Direkt vor ihr blieb er stehen, groß und bedrohlich. Celia schob den Stuhl beiseite und stieß angriffslustig mit dem Zeigefinger in seine Brust. „Sex ohne emotionale Bindung ist schmutzig. Es ist nichts weiter als eben nur Sex.“

„Aber das kann doch sehr befriedigend sein.“

„Nicht für mich!“ Sie merkte, dass sie beide schrien, und versuchte, sich zu beruhigen. Es musste ja nicht jeder im Motel über ihr Privatleben Bescheid wissen. „Es tut mir leid, dass ich einen falschen Eindruck erweckt habe. Wenn du mich küsst, vergesse ich mich. Deshalb wäre ich dir sehr dankbar, wenn du mich nicht mehr anrühren würdest.“

„Ach ja?“

„Ich muss einiges wiedergutmachen, Alec, weil ich Raymond gegenüber so blind war. Und das kam nur daher, weil …“

„Ich will das nicht hören, verdammt!“

„… weil Sex mit ihm …“, sie musste sich zwingen weiterzusprechen, „… fantastisch war.“

„Zum Teufel noch mal!“ Alec packte sie an den Armen. „Celia …“

Er wurde durch das Signal ihres Piepsers unterbrochen. Alec erstarrte, und Celias Angst verflüchtigte sich. Alec würde ihr nie wehtun, das wusste sie.

Langsam ließ er sie los. Sie nahm den Piepser von der Kommode und las die Nummer des Anrufers ab.

„Wer war das?“ Er hatte sich unter Kontrolle, doch das Funkeln in seinen Augen verriet, wie aufgewühlt er war.

Sie beobachtete ihn genau. „Mrs Barrington.“

Alec wandte sich ab, doch Celia stellte sich vor ihn, sodass er ihr zuhören musste. „Bitte, Alec, ich brauche bei diesem Fall deine Hilfe. Denk an die arme Hannah." Sie ignorierte sein verächtliches Schnauben. „Ich muss zurückrufen. Bleibst du bitte hier und hilfst mir?"

Er starrte gut eine Minute an die Zimmerdecke, ohne zu antworten. Schließlich blickte er zu Celia, und sie hatte ihn noch nie härter und entschlossener gesehen. Ihr Herz raste.

„Also gut, Celia, ich bleibe. Ich werde dir helfen, die kleine Hannah Barrington zu retten, ob sie es nun will oder nicht. Aber ich stelle eine Bedingung."

Trotz seiner zynischen, kühlen Haltung wurde ihr plötzlich warm, denn sie ahnte natürlich, was er als Gegenleistung von ihr forderte. Ihre Knie begannen zu zittern, doch sie straffte die Schultern und sah ihm mutig in die Augen. „Ich höre."

Seine dichten Wimpern verbargen seine Pupillen, als er den Blick auf ihren Mund senkte, dann auf ihre Brüste, dann noch tiefer. Seine Stimme klang rau. „Ich will dich. Ich entscheide das Wann und Wo. Und auch das Wie …" Er blickte ihr wieder in die Augen. „Und da gibt es ein Menge Möglichkeiten. Du wirst Ja sagen. Bis Hannah sicher auf dem Heimweg ist, gehörst du mir."

Celia biss sich auf die Unterlippe, um nicht laut aufzustöhnen. Sie war beinahe erleichtert, weil Alec ihr die Entscheidung abnahm.

Er lächelte anzüglich. „O nein, Schätzchen", flüsterte er, „ich werde es nicht zulassen, dass du die Märtyrerin spielst. Du kannst sicher sein, dass du jede Sekunde mit mir genießen wirst. Was immer du mit Raymond erlebt hast, wird daneben verblassen, und du wirst wissen, dass nichts, was sich zwischen uns im Bett abspielt, schmutzig ist." Er umrahmte ihr Gesicht mit den Händen. „Du kannst Mrs Barrington anrufen und ihr sagen, dass sie sich keine Sorgen mehr machen muss, weil wir uns um die Sache kümmern." Er fuhr mit dem Daumen über ihre Unterlippe. „Und dann kannst du dich ausziehen und ins Bett legen."

Celia sog erschrocken die Luft ein.

„Oder du kannst mich zum Teufel schicken." Seine Augen blitzten. „Die Entscheidung liegt bei dir."

Celia leckte sich über die trockenen Lippen. Er hatte sie noch nicht einmal richtig berührt, und schon war sie kurz davor, die Kontrolle über sich zu verlieren. Aber hatte sie überhaupt eine Wahl?

„Ich … werde Mrs Barrington anrufen."

Einen Moment lang wirkte er wie ein wildes Tier, das sich auf seine Beute stürzen wollte. Seine Hände legten sich fester um ihr Gesicht, und sie fürchtete, mit seiner Beherrschung wäre es jetzt vorbei. Doch dann löste er sich von ihr. „Ich muss ein paar Sachen aus dem Wagen holen. Heute Nacht kann ich bei dir bleiben, weil jeder das erwartet. Aber für morgen brauche ich ein eigenes Zimmer, falls irgendjemand so schlau ist, dich zu überprüfen."

Celia beobachtete ihn schweigend.

„Na los, erledige deinen Anruf. Morgen früh werde ich mir überlegen, wie wir die Sache anstellen."

Die Tür fiel hinter ihm ins Schloss. Er hatte kein Wort über die bevorstehende Nacht verloren, aber Celia wusste, was sie erwartete.

Sie holte zitternd Luft und bezwang Schuld- und Schamgefühle, indem sie sich immer wieder sagte, dass sie nur tat, was notwendig war. Dann griff sie nach dem Telefonhörer. Sie wollte fertig sein, wenn Alec zurückkam, denn sie wollte sich nicht vor ihm ausziehen müssen.

Sie würde bereits im Bett liegen, zugedeckt bis ans Kinn.

Der Rest war seine Sache.

5. KAPITEL

Alec fand mehrere Gründe, auf dem Parkplatz zu trödeln.

Zunächst einmal musste er sich wieder in den Griff bekommen. Er streckte eine Hand aus und sah entsetzt, wie sehr er zitterte – er, den normalerweise nichts aus der Ruhe brachte, und schon gar nicht eine Frau. Seit unzähligen Jahren war er in der Lage, bei Frauen Lust zu empfinden, ohne dass es auch nur im Mindesten sein Herz berührte.

Doch im Moment fühlte er sich sehr wohl berührt, dabei hatte er die kleine Hexe noch nicht einmal angefasst. Wie würde es erst sein, wenn er sie in den Armen hielt und sie sich leidenschaftlich liebten?

Fluchend marschierte er vor seinem Wagen auf und ab. Sie hatte Angst vor ihm, und das konnte er leider auf die Schnelle nicht ändern. Trotzdem begehrte sie ihn – fast so sehr wie er sie. Den Kühlen und Gleichgültigen zu spielen war sein einziger Schutz.

Aber wenn sie mit diesen unschuldigen haselnussbraunen Augen zu ihm aufblickte, hatte er nur den Wunsch, sie zu beschützen. Sogar vor ihm selbst …

Er hätte Raymond umbringen sollen. Sie hatte gesagt, Sex mit ihm sei fantastisch gewesen. Diese Worte und ihr gequälter Blick dabei erfüllten ihn mit solcher Wut, dass er ganz besessen wurde von dem Wunsch, alles zu tun, um diesen Kerl für immer aus ihrem Kopf zu verbannen.

Nachdem er lange genug gewartet hatte, nahm er seine Tasche und kehrte zu ihrem Zimmer zurück. Er war total angespannt und so erregt, dass es fast körperlich schmerzte. Doch daran musste er sich wohl gewöhnen, solange Celia bei ihm war. Er hasste es, sie so zu brauchen. Er wollte von nichts und niemandem abhängig sein.

Er hatte schon halb erwartet, die Tür verschlossen vorzufinden, doch sie schwang widerstandslos auf, und Celia lag im Bett und starrte ihn aus großen Augen an.

Sie hatte die Bettdecke so weit hochgezogen, dass sogar ihr Kinn verdeckt war, und das wirkte beinahe wieder komisch. Er spürte eine seltsame Mischung aus Zärtlichkeit und wilder Lust, die ihn fast benommen machte. Es gefiel ihm, dass sie im Bett auf ihn wartete. Etwas Schöneres hätte er sich im Moment nicht vorstellen können.

Alec stellte die Reisetasche auf den Boden und legte seine Pistole auf den Nachtschrank. Celias Augen wurden noch größer.

„Du hast eine Waffe?“

„Alle Detektive haben eine, Celia“, erwiderte er, erstaunt über ihre Frage.

„Ich nicht. Vielleicht sollte ich auch eine tragen.“

„Lieber nicht. Außerdem ist es überflüssig, weil du nach dieser Geschichte nie mehr in so gefährliche Dinge verwickelt werden wirst.“

Sie sah aus, als wollte sie protestieren, doch zu seiner Erleichterung hielt sie diesmal den Mund.

Mit festem Blick in ihre Augen löste Alec seine Gürtelschnalle. Celia blinzelte nervös, während sie seine Hände beobachtete, dann sah sie schnell wieder in sein Gesicht. Der Gürtel surrte durch die Schlaufen, und Alec legte ihn über die Stuhllehne.

„Alec?“ Ihre Stimme verriet Angst, aber auch Erregung. „Was werden wir wegen Hannah unternehmen? Hast du schon einen Plan?“

Er zog sich das T-Shirt über den Kopf und hörte sie leise stöhnen. „Ich habe so einige Pläne, Schätzchen. Warum reden wir jetzt nicht lieber über meine Pläne für heute Nacht? Möchtest du irgendwelche Details wissen?“

„Nein, äh … ja … nein!“

Er schmunzelte. „Wir sind wohl ein bisschen unentschlossen, wie? Nun, ich denke, ich werde dir aber trotzdem erzählen, was ich mit dir vorhabe.“

„Alec, ich finde …“

„Du findest Sex ohne Liebe schmutzig, ich weiß.“

Celia kniff einige Sekunden lang die Augen fest zusammen, dann riss sie sie wieder auf. Sie war schließlich kein Feigling. „Okay. Was hast du vor, Alec?“

Unter all den Decken war es sicher brütend heiß, denn die Klimaanlage konnte gegen die drückende Hitze nichts ausrichten. Alec schwitzte bereits, aber das lag natürlich auch an Celia, die sich nackt in greifbarer Nähe befand.

Er streifte die Stiefel ab und bückte sich, um die Socken auszuziehen. „Als Erstes werde ich dich mit meinem Körper vertraut machen.

„Oh …“

Das Zittern in ihrer Stimme machte ihn ziemlich nervös. Er wusste, dass er ein starker Mann war, was die Körperkraft betraf, doch die nützte ihm jetzt wenig. Er konnte sich an keine Herausforderung erinnern, die er nicht angenommen hatte, und voller Selbstbewusstsein war er immer von seinem Sieg überzeugt gewesen. Aber er wusste nicht, ob er stark genug war, sein Vorhaben diese Nacht durchzustehen. Er hoffte es, denn Celia hatte dringend ein paar Lektionen in Sachen Sex und Selbstachtung nötig, und der Teufel sollte ihn holen, wenn er das einem anderen Mann überließe.

Lektion Nummer eins, die wichtigste von allen: dass er nicht Raymond war und sie nicht ausnutzen wollte. Es ihr zu sagen, würde allerdings nicht ausreichen – ebenso wenig, wie mit ihr zu schlafen, wenn sie in dieser Hinsicht so unsicher war. Oh, sie würde sich ihm hingeben, da hatte er kleine Zweifel. Sie würde mit ihm schlafen und es sicher sehr genießen. Doch das genügte ihm nicht.

Er wollte, dass sie ihn wirklich begehrte und sich eingestand, dass es gut und richtig war, diesem Gefühl zu folgen. Sie sollte erkennen, dass Sex in manchen Fällen einfach stattfinden musste, und dass dies einer solcher Fälle war. Dafür musste sich niemand schämen.

Doch wenn er jetzt mit ihr schlief, würde sie sich schämen.

Verdammt! dachte er, wusste aber keinen Ausweg. Celia kämpfte gegen ihre eigene Natur an. Noch nie hatte er eine Frau erlebt, die so feurig reagierte wie Celia. Ihre Sinnlichkeit war ein Geschenk, dass er auskosten wollte, und von dem er hoffte, dass auch sie es zu schätzen lernte. Deshalb wollte er sie behutsam dazu bringen, dass sie ihn und das, was sie beide zusammen erleben konnten, akzeptierte – solange die Chemie zwischen ihnen stimmte.

Er knöpfte die Hose auf und zog langsam und vorsichtig den Reißverschluss herunter, weil er erregt war wie nie zuvor. Der sehnsüchtige Seufzer, den Celia unwillkürlich ausstieß, verriet ihm, dass er irgendwann seine Belohnung bekäme.

„Mach die Augen auf, Celia."

Sie schlug die Hände vors Gesicht.

„Celia, sieh mich an", befahl er sanft.

Sie schüttelte den Kopf. „Alec, ich kann nicht. Ich …"

„Du hast keine Wahl, Süße, denk daran." Er zog die Jeans mitsamt dem Slip aus. Ihr Laken war so weit heruntergerutscht, dass Celias nackte Schultern zu sehen waren. Am liebsten hätte er mit dem Küssen dort begonnen und sich Zentimeter für Zentimeter nach unten vorgearbeitet, bis er jeden verborgenen Winkel ihres Körpers erkundet hätte. Er holte tief Luft.

Als er direkt neben dem Bett stand, sagte er wieder: „Sieh mich an, Celia."

Sie biss sich fest auf die Unterlippe und öffnete langsam die Augen. Das Blut schoss ihr in die Wangen, und ihre Brüste hoben und senkten sich verführerisch bei jedem tiefem Atemzug.

Alec zwang sich, trotz seiner überwältigenden Begierde an seinem Plan festzuhalten. „Sieht mein Körper für dich schmutzig aus, Celia?“

Den Blick auf seine Lenden geheftet, schüttelte sie den Kopf.

Dann griff er nach der Bettdecke, und nach kurzem Widerstand schloss Celia erneut die Augen und gab nach. Ganz langsam zog Alec ihr die Decke vom Körper und warf sie auf den Boden.

Celia verharrte vollkommen reglos, während Alec sie betrachtete. Ihre kleinen runden Brüste waren perfekt, die dunkelrosa Knospen hatten sich aufgerichtet, und er wünschte sich, an ihnen zu saugen, bis sie vor Lust schrie. Er schluckte und setzte seine Betrachtung fort.

Ihre helle Haut war so zart, dass er sie mit seinen Bartstoppeln wund reiben würde, also ermahnte er sich innerlich zur Vorsicht. Ihr Bauchnabel wirkte wie ein verführerisches Grübchen in ihrem flachen Bauch, und die dunkelblonden Löckchen zwischen ihren Schenkeln bildeten ein scharf umrissenes Dreieck. Ohne nachzudenken, legte er seine Hand darauf.

Celia zuckte zusammen und gab einen kehligen Laut von sich.

Er verstärkte den Druck seiner Finger und schmiegte die Wange an ihren Bauch. „Ich kann deine Erregung spüren. Du willst es genauso sehr wie ich.“

„Alec …“, brachte Celia keuchend hervor.

Da bemerkte er, dass sie bereits nach dieser kurzen Berührung und ein paar erregenden Worten dem Höhepunkt nahe war. Sie war einfach unglaublich! Alec erkannte seine eigene Stimme kaum, als er heiser flüsterte: „Ich sehe dich gern an, Celia. Und es ist verdammt noch mal nichts Schmutziges an dir.“

Als sie erneut einen erstickten Laut ausstieß, sah er in ihr Gesicht, und das half ihm, sich wieder in den Griff zu bekommen. Er legte die Hand auf ihre Wange und strich ihr dann sanft über den Mund, damit sie sich nicht mehr auf die Lippen biss. „Tu dir nicht selbst weh, Baby. Alles ist gut.“

Tränen glänzten in ihren Augen. „Ich bin so leicht zu erobern.“

Alec legte sich neben sie, zog sie in die Arme und spürte trotz seiner Lust den unbändigen Wunsch, sie zu beschützen, ihr Sicherheit und Trost zu geben. Alles würde er tun, um sie vor Verletzungen zu bewahren.

„Du bist etwas Besonderes, Celia. Jeder Mann, für den du dich interessierst, kann sich glücklich schätzen.“ Dann ließ er seine Hand wieder über ihren Bauch nach unten gleiten. Er konnte sie nicht in diesem quälenden Schwebezustand lassen – nicht, wenn er wusste, was er tun musste, um ihren Sehnsucht zu stillen.

Celia spreizte bereitwillig die Schenkel und klammerte sich an ihm fest. „Bitte, Alec, küss mich!“

Hungrig senkte er die Lippen auf ihren Mund, während er ihre empfindlichste Stelle streichelte. Celia war bereit für ihn, und er fand schnell den richtigen Rhythmus, der sie in Verzückung versetzte. Sie wand sich in seinen Armen und steigerte bewusst ihre Erregung, indem sie ihre Brustspitzen an seinem Oberkörper rieb und mit seiner Zunge spielte. Celia war heiß und wild und sie war sein.

Nach nur zwei Minuten erbebte sie heftig in seinen Armen, und Alec musste all seine Willenskraft mobilisieren, um sich nicht auf sie zu legen und sie zu nehmen. Er wusste, wenn er jetzt die Kontrolle verlor, würde das kein bisschen dazu beitragen, dass sie Sex als etwas Positives betrachtete, vor dem man nicht davonlaufen musste.

In hemmungsloser Lust biss sie ihn in Lippen und Schulter und bohrte ihre Fingernägel in seinen Rücken. Die Schmerzen halfen ihm dabei, sein Verlangen zu zügeln. Dann sank sie erschöpft auf das Kissen zurück. Alec küsste ihre Stirn und schob ihr die Haare aus dem Gesicht.

„Das war ein ganz schön langer Höhepunkt."

Sie schwieg.

„Celia, wenn du jetzt die keusche Jungfrau spielst, leg ich dich übers Knie, das verspreche ich!"

Sie biss ihn leicht in den muskulösen Oberarm. „Vergiss nicht, dass deine Waffe ganz in meiner Nähe liegt. Ich werde nicht zögern, sie einzusetzen."

Grinsend griff Alec nach der am Boden liegenden Bettdecke. „Du wirst schön neben mir schlafen, Süße, die ganze Nacht. Rühr dich ja keinen Zentimeter von der Stelle, hast du verstanden?"

Sie sah ihn verwundert an. „Schlafen? Aber was ist mit dir?"

Sanft küsste er sie auf die Nase. „Ich warte, bis du mich bittest, die Sache zum richtigen Ende zu bringen."

Celia studierte sein Gesicht. „Na gut, ich …"

Er legte ihr einen Finger auf den Mund. „Nicht jetzt, Celia. Nicht, wenn du noch ganz benommen von deinem hoffentlich ebenso intensiven wie langen Höhepunkt bist." Sie wurde rot, und er lächelte. „Du wirst wissen, wann du bereit bist und mich ohne alle Vorbehalte willst. Dann werde ich dich so oft lieben, bis wir beide vor Erschöpfung umfallen, das verspreche ich dir. Aber jetzt wird richtig geschlafen."

Er knipste das Licht aus und zog Celia an sich. Ihr weicher runder Po schmiegte sich an seine Lenden, und er biss die Zähne zusammen.

Nach einer Weile flüsterte sie: „Ich werde es dir nicht leicht machen, Alec."

„Das ist ja nichts Neues, Süße."

Als Celia erwachte, streifte ihre Nase einen festen, leicht behaarten Brustkorb. Lächelnd kuschelte sie sich dichter an den warmen männlichen Körper, doch eine Sekunde später fiel ihr ein, dass es Alec war und was er mit ihr gemacht hatte.

O nein! dachte sie und riss die Augen auf.

Alec, der tief und gleichmäßig atmete, sah so friedlich aus wie nie zuvor, und Celia fand ihn ausgesprochen sexy. Ein Arm lag unter ihrem Nacken, der andere über seinem Kopf, sodass seine entblößte Seite verletzbar wirkte. Sein Kinn schimmerte dunkel vor Bartstoppeln, und sie wusste, dass er im wachen Zustand noch bedrohlicher wirken würde als sonst. Doch noch waren seinen Augen mit den dichten dunklen Wimpern geschlossen. Ihn gut aussehend zu nennen, wäre die Untertreibung des Jahrhunderts.

Celia seufzte leise und spürte, wie ihr Herz einen Sprung machte. Wenn sie die Wahl hätte, würde sie sich zufrieden an ihn schmiegen und weiterschlafen. Aber sie kannte Alec und wusste, dass sie ihm gegenüber immer auf der Hut sein musste. Er war der geborene Jäger und würde jedes Anzeichen von Schwäche zu seinem Vorteil nutzen.

Und ich habe letzte Nacht schon genug Schwäche gezeigt, dachte sie. Doch sie würde ihn nicht gewinnen lassen. Offenbar hoffte er, sie ausreichend einzuschüchtern, damit sie nach Hause fuhr und die arme Hannah im Stich ließ. Das würde zumindest erklären, warum er so aufreizend mit ihr gespielt hatte, ohne richtig mit ihr zu schlafen. Doch sie nahm sich fest vor, sich ihm niemals ganz hingeben. Raymond hatte ihren Stolz verletzt, aber Alec könnte ihn ganz zerstören.

Ihr Blick wanderte über seinen muskulösen, gebräunten Körper, und plötzlich erschrak sie. Auf seiner Schulter war ein blauer Fleck, ein sichtbares Zeichen ihrer ungezügelten Lust. Sie wollte aufstehen und ins Bad flüchten, doch plötzlich lag sie wieder flach auf dem Rücken. Alec war hellwach.

„Wo willst du hin?“, fragte er mit rauer, schläfriger Stimme, doch sein Blick signalisierte Wachsamkeit.

„Lass mich los, Alec."

Er musterte sie nachdenklich, und sie wurde wütend. Mit aller Kraft stemmte sie sich gegen seinen Oberkörper und stieß zwischen zusammengebissenen Zähnen hervor: „Lass mich los!"

Doch ihr Widerstand hatte keine Wirkung auf ihn. „Du hast mich ausgiebig betrachtet. Warum die plötzliche Panik?"

Celia erstarrte. War er die ganze Zeit wach gewesen? „Ich hatte keine Panik."

„Nein? Wie würdest du das sonst nennen?" Ehe sie antworten konnte, fügte er mit leicht belegter Stimme hinzu: „Teufel, siehst du sexy aus am Morgen!" Und dann küsste er sie.

Celia versuchte, ihm zu widerstehen. Doch er schmeckte so verführerisch, und als seine Bartstoppeln sich an ihren Wangen rieben und seine Hände ihre Brüste umschlossen, konnte sie nicht anders, als sich ihm entgegenzurecken.

Da ließ er von ihr ab. Die Lippen dicht an ihrem Mund, fragte er: „Und jetzt erzählst du mir, was los ist."

„Ich … ich brauche einen Kaffee."

„Sobald du's mir gesagt hast."

Dieser Sturkopf! Er würde nicht nachgeben, also musste sie es tun. Sie senkte die Lider, denn bei diesem Geständnis konnte sie ihm unmöglich in die Augen sehen. „Ich habe dich gebissen."

Sie hörte ihn leise lachen und spürte dann wieder seine Hände auf ihren Brüsten. „Mehrmals sogar."

„Nein, ich meine …" Erschrocken blickte sie zu ihm auf. Mehrmals? Du liebe Zeit, das wurde ja immer schlimmer! Sie holte tief Luft. „Du hast einen blauen Fleck auf der Schulter."

Er blickte auf die besagte Stelle und zuckte mit den Schultern. „Na und?"

Celia biss sich auf die zitternde Unterlippe. „Es tut mir leid."

„Was tut dir leid? Dass du so heißblütig bist? Es hat mir gefallen, okay? Dieser kleine Biss sagt mir, dass du dich genau so gefühlt hast, wie ich es wollte. Und wie du dich immer fühlen solltest, wenn du mit einem Mann zusammen bist."

„Nein!", protestierte, da sie es besser wusste. „Ich habe dich verletzt, Alec. Ich war nichts Besseres als ein … Tier."

Er sah sie kurz an, dann küsste er die weiche Haut unter ihrem Ohr. „Du hattest einen wunderbaren Höhepunkt, Schätzchen, und das hat mir gefallen. Wenn du dabei ein Tier warst, dann war ich es auch, denn dein kleiner Liebesbiss hat mich ungeheuer angeturnt, weil ich den Grund dafür kannte." Er küsste ihr Ohrläppchen und fuhr mit seiner warmen Zunge den Rand ihres Ohrs nach. Dann blickte er sie wieder an.

Sie dachte über seine Worte nach und wurde sich ihrer Naivität in puncto Sex bewusst. Zögernd fragte sie: „Machst du so etwas auch?"

„Was?" Er lächelte. „Beißen?"

Der Blick aus seinen schwarzen Augen war voll Heiterkeit, Begierde und Zärtlichkeit. Dann senkte er die dichten schwarzen Wimpern und beugte sich langsam wieder über ihren Hals. Celia erschauerte, als sie erst seine Lippen, dann seine Zähne auf ihrer Schulter spürte. Er biss zu, aber es tat nicht weh. Ganz im Gegenteil, es war ausgesprochen angenehm, weil Alec gleichzeitig ihre Haut mit der Zunge kitzelte.

„Ich würde nie etwas tun, das dich verletzt."

Sie schloss die Augen. „Alec …"

Er schob die Bettdecke fort und machte es sich neben Celia bequem. Mit kleinen zärtlichen Bissen zog er eine Spur von ihrer Schulter bis hin zu einer Brustspitze, die er zunächst leicht mit dem Daumen massierte, bis sie hart wurde und sich aufrichtete. Alec wartete noch zwei Sekunden – dann biss er sanft zu.

Celia zuckte stöhnend zusammen und hätte sich wohl aufgebäumt, hätte Alec sie nicht mit beiden Händen festgehalten und die erotische Folter einfach fortgesetzt. Es war das erregendste Vorspiel, das sie je erlebt hatte.

Die süße Qual dauerte mehrere Minuten an, und als Celia schon dachte, er würde aufhören, widmete er sich der anderen Brust. Celia stöhnte protestierend auf, doch er machte ungerührt weiter. Ihr Widerstand erlahmte immer mehr. Eine eigenartige Schwäche erfasste sie, und sie wollte sich nur noch fallen lassen und von neuem den sinnlichen Taumel erleben, den Alec ihr schenken konnte. Begierig, ihm noch näher zu sein, legte sie die Beine um seine Hüften und rieb sich an ihm. Alec, der ganz genau spürte, dass sie wieder die Spirale der Lust erklomm, schob die Hand unter ihren Rücken und bewegte sich mit ihr zusammen in einem langsamen, hypnotischen Rhythmus.

Nach Raymond hatte sie sich für sexuell erfahren gehalten, aber so etwas wie mit Alec hatte sie noch nicht erlebt. Entweder war er der einfallsreichste Liebhaber der Welt, oder sie musste ihre Einschätzung von Raymonds Fähigkeiten revidieren.

Doch eigentlich war ihr das jetzt egal, da sie merkte, dass sie kurz vor dem Höhepunkt war. Alec schien das ebenfalls zu fühlen. Er hob den Kopf und sah sie an.

Dann, ganz langsam, löste er sich von ihr und richtete sich halb auf. Sie hätte am liebsten vor Enttäuschung aufgeschrien, doch er ließ ihr keine Gelegenheit dazu. Er umfasste ihre Hüften, beugte sich vor und drückte sein Gesicht auf ihren Bauch.

Celia war schockiert. Er ließ also nicht von ihr ab, sondern … „Alec!“

Er drückte sie auf die Matratze und dämpfte so das Zucken ihres Körpers, während er ihren sensibelsten Punkt mit der Zunge streichelte. Bald konnte er ihre Empfindungen genau steuern, liebkoste sie mal schwächer, mal stärker und drehte hin und wieder den Kopf zur Seite, um leicht in die zarte Haut der Innenseite ihrer Schenkel zu beißen. Das alles trieb sie unaufhaltsam dem Höhepunkt entgegen.

„Jetzt komm“, befahl Alec voll selbstbewusster Zuversicht.

Überwältigt von seinen raffinierten Zärtlichkeiten, bäumte Celia sich unter ihm auf und krallte ihre Finger in die Matratze, während sie wieder und wieder mit heiser Stimme seinen Namen rief.

In ihrem Kopf drehte sich alles, und es dauerte eine Weile, bis sie in die Wirklichkeit zurückfand. Plötzlich merkte sie, dass Alec das Bett verließ.

Zu erschöpft, um die Augen ganz zu öffnen, blinzelte sie. „Alec?“, flüsterte sie tonlos.

Er drehte sich um, hauchte ihr flüchtig einen Kuss auf den Mund und erklärte mit rauer Stimme: „Ich brauche jetzt eine eiskalte Dusche, Baby. Blieb einfach liegen und gib mir eine Minute Zeit. Dann gehen wir frühstücken – und reden.“

Er marschierte in atemberaubender Nacktheit ins Badezimmer und stieß die Tür zu. Eine Sekunde später hörte Celia das Wasser laufen.

Sie starrte auf die geschlossene Tür und sah im Geiste noch seinen sexy, muskulösen Körper vor sich. Himmel, einen solchen Höhenflug hatte sie noch nie im Bett erlebt, und sie wusste nicht, wie sie damit umgehen sollte. Warum verwöhnte Alec sie dauernd, ohne selbst etwas davon zu haben? Wollte er etwa den Eindruck erwecken, dass er sich nichts aus ihr machte? Sein Körper hatte vorhin genau das Gegenteil signalisiert.

Oder hatte es etwas mit dem zu tun, was er ihr letzte Nacht gesagt hatte? Diese lächerliche Geschichte, dass sie ihn bitten sollte? Tatsächlich dachte sie, sie hätte genau das getan. Sogar mehrere Male.

Sogar angefleht hatte sie ihn, oder etwa nicht?

6. KAPITEL

Celia hatte fast genau so viel gegessen wie er. Die kleine Lady hatte ganz schön Appetit. Alec lächelte. Daran war er wohl nicht unbeteiligt.

O Mann, er glaubte sie immer noch schmecken – er könnte direkt süchtig danach werden. Aber eigentlich könnte er nach allem an Celia süchtig werden. Seine Selbstkontrolle war unglaublich gewesen. Woher er die Willenskraft genommen hatte, aus dem Bett aufzustehen, war die Eine-Million-Dollar-Frage. Doch er wusste die Antwort. Selbst jetzt konnte sie ihm kaum in die Augen sehen und wich jedes Mal seinem Blick aus, wenn er sie ansprach.

Sie schämte sich, und Alec hätte sie am liebsten wieder ins Bett gezerrt, und sie ein für alle Mal von ihren Hemmungen befreit.

Es war ihm gar nicht aufgefallen, dass er düster vor sich hin starrte, bis Celia ihre Gabel auf den Teller knallte und ihn geradewegs ansah. „Was hast du eigentlich vor, Alec?"

Alec verschluckte sich fast, weil er plötzlich loslachen musste, und das war ihm schon lange nicht mehr passiert. Sein Alltag hatte nicht allzu viele fröhliche Momente. Nur wenige Menschen sprachen in so feindseligem Ton mit ihm, und noch weniger verlangten von ihm eine Antwort. Celia jedoch, obwohl zitternd vor Nervosität und Scham, brachte den Mut dazu auf. Er nippte an seinem Kaffee, um noch ein wenig Zeit zu gewinnen, dann sagte er ruhig: „Ich warte nur darauf, dass du ein paar Tatsachen akzeptierst."

„Was für Tatsachen? Dass du ein großartiger Liebhaber bist? Das werde ich nie herausfinden, wenn du ständig aus dem Bett springst!", fuhr sie ihn an, und er musste erneut ein Grinsen unterdrücken.

Doch er ließ sich nicht provozieren, denn er durchschaute,

dass sie sich in Forschheit flüchtete, um ihm nicht zu zeigen, wie verletzt sie war. Und das tat ihm leid. „Ich bin gut genug, aber du machst mir sogar das Warten zum Vergnügen."

Sie wollte aufstehen, doch er hielt sie am Handgelenk fest. „Keine Szene, Schätzchen. Denk dran, dass du deine Tarnung aufrechterhalten musst, falls Jacobs hier irgendwelche Spione hat."

Widerstrebend setzte sie sich wieder.

„Immer mit der Ruhe", fuhr er fort. „Das war keine Beleidigung. Hör einfach zu. Ich will dich, Celia. Daran brauchst du nicht zu zweifeln, aber wie ich dir schon sagte, habe ich nicht die Absicht, dich in deinen verkorksten Ansichten über Sex zu bestärken."

Sie spielte mit ihrer Serviette. „Nach dem, was du letzte Nacht … was wir letzte Nacht getan haben, hätten wir genauso gut … du weißt schon."

Wieder nippte er, um Zeit zu gewinnen, an seinem Kaffee. Er musste sich seine Worte genau überlegen. „Fühlst du dich heute Morgen schmutzig, Celia?"

Nach ihrer Reaktion zu urteilen, hätte er diese Frage lieber nicht stellen sollen. Celia ballte die Fäuste, und ihre Augen funkelten zornig.

„Geht es darum, Alec?", fragte sie mit mühsam gedämpfter Stimme. „Willst du meine eigenen Schwächen gegen mich ausspielen? Wenn du hoffst, dass ich den Fall aufgebe und nach Hause fahre, nur weil du die Macht dazu besitzt, mich …"

Sie hielt abrupt inne, als er mit grimmigem Gesicht aufsprang und sie vom Stuhl zog. „Kein Wort mehr."

Sie riss sich von ihm los und marschierte zum Ausgang. Alec ein paar Geldscheine auf den Tisch und folgte ihr. Was er ihr sagen wollte, war ohnehin nicht für Publikum gedacht.

Ohne sich nach Alec umzudrehen, stapfte Celia über den Motel-Parkplatz zu der Außentreppe, die zu ihrem Zimmer führte. Das machte ihn noch wütender. Er packte sie grob um die Taille und schob Celia in Richtung seines Wagens. Als sie sich wehrte, verstärkte er seinen Griff.

„O nein, so leicht kommst du mir nicht davon. Wir haben heute einiges vor und werden ungeachtet deiner Launen an unserem Zeitplan festhalten. Du willst die kleine Hannah retten, also schön. Aber vorher müssen wir noch ein paar Dinge klären."

Am frühen Morgen war es bereits brütend heiß, aber in seiner Rage merkte Alec kaum etwas davon. Er setzte sich zu ihr in seinen Transporter, verriegelte die Türen und umklammerte das Lenkrad, so fest er konnte. Jetzt die Beherrschung zu verlieren würde rein gar nichts nützen.

„Verdammt noch mal, ich würde dir nie wehtun, also hör auf, dich in die äußerste Ecke zu drücken!"

Daraufhin schoss sie vor und berührte fast seine Nase mit ihrer. „Ich habe keine Angst vor dir!"

Er holte tief Luft und schob langsam seinen Arm hinter ihren Rücken, damit sie sich ihm nicht entziehen konnte. „Dann sag mir endlich, was du denkst."

Sie versuchte nicht, sich ihm zu entwinden, und das war gut so, denn Alec fühlte sich viel zu wohl mit ihr im Arm. Er wollte sie nahe bei sich haben, und er sehnte sich nach ihrem Geständnis, dass auch sie diese Nähe genoss.

Sie legte eine Hand auf seine Brust. „Ich verstehe dich nicht, Alec. Ich weiß nicht, was du willst oder warum du plötzlich so wütend wirst."

Er lehnte seine Stirn gegen ihre und erlaubte es sich, sie ein wenig näher an sich zu ziehen, sodass er ihre Brüste spüren konnte. „Es tut mir leid."

Sie war mindestens ebenso überrascht wie er. Er konnte sich nicht erinnern, dass er sich seit seiner Kindheit bei jemandem entschuldigt hatte.

Zu ihrer weiteren Überraschung fuhr er fort: „Es gefällt mir nicht, wenn du mich mit Raymond vergleichst."

„Aber das tue ich nicht."

„O doch, das tust du die ganze Zeit." Er ließ sie los und starrte aus dem Fenster. „Raymond ist derjenige, der dich benutzt hat, nicht ich. Raymond hat auf übelste Weise mit deinen Gefühlen gespielt, nicht ich."

„Und du hältst das, was du letzte Nacht oder heute Morgen gemacht hast, nicht für ein Spiel?"

„Nein." Sein Kopf fuhr herum. „Wenn ich dich verwöhne, dann nur zu unser beider Vergnügen. Ich tue es nicht, um dir in irgendeiner Weise zu manipulieren."

Sie schnaubte. „Aber du hast doch überhaupt kein Vergnügen dabei!"

Er sah sie fassungslos an. „Allein dich anzusehen ist ein Vergnügen. Wenn du glaubst, ich könnte deinen nackten Körper betrachten, dich zum Höhepunkt bringen und das nicht genießen, dann bist du nicht so erfahren, wie ich dachte."

Sie wurde wieder rot, aber ihre Augen blickten weicher. „Das meine ich nicht, Alec."

Er schlug mit der Faust aufs Lenkrad. „Ich will, dass du mir vertraust, das ist alles. Ich will, dass du einsiehst, dass das, was wir füreinander empfinden, gut ist."

Sie verschränkte die Arme. „Solange es eben dauert?"

Es gefiel ihm nicht, wie sie das sagte. Es klang fast wie eine Herausforderung. Aber er würde sich nicht dazu drängen lassen, ihr etwas zu versprechen, was er nicht halten konnte. Er drehte den Zündschlüssel. „Nichts währt ewig. Aber wir könnten einen wunderbare Zeit miteinander haben."

„Was, wenn ich mehr will?", konterte sie. „Wenn ich dasselbe will, was Dane und Angel haben?"

Er schluckte beklommen. Beinahe hätte er gesagt: „Was ist, wenn ich dir nicht geben kann?", aber er unterdrückte die

Worte im letzten Augenblick. So viel von sich selbst zu verraten würde nichts bringen.

Er fädelte sich in den morgendlichen Straßenverkehr ein und gab sich selbst Zeit zum Nachdenken.

„Alec?“

Jetzt klang sie wieder verunsichert, und das gefiel ihm nicht. „Ich weiß nicht. Bis Dane und Angel zusammenkamen, hätte ich gesagt, dass so etwas nicht möglich ist. Aber es scheint gut zu laufen.“ Er wusste, er hörte sich an wie ein Idiot, aber dieses Thema machte ihn extrem nervös.

Celia lachte auf. „Die zwei beten einander an.“

In der nächsten Kurve fragte er so nonchalant wie möglich: „Betest du mich denn an?“

Im Wagen herrschte Stille, und trotz der Klimaanlage spürte er Schweißperlen auf seiner Stirn. „Tja, das dachte ich mir. Warum dann all die Fragen über Liebe und eheliches Glück? Warum nehmen wir nicht das, was wir jetzt haben, und genießen es einfach?“

Sie wich der Frage aus, indem sie selbst eine stellte. „Wohin fahren wir?“

„Ich muss eine andere Unterkunft finden. Es kann sein, dass Jacobs dich beobachten lässt, und er sucht sich keine Frauen aus, die einen Beschützer haben.“

„Dann gibst du also endlich zu, dass ich recht hatte? Dass Jacobs Frauen wie Hannah systematisch ausbeutet? Der Tag ist wirklich voller Überraschungen!“

Alec versteckte seine Belustigung hinter einem vorwurfsvollen Blick. „Ich habe meine Hausaufgaben gemacht, Schätzchen. Ich weiß, wozu Jacobs fähig ist. Ich bezweifle ja nur, dass du Hannah einen Gefallen tust. Wenn sie tatsächlich so unglücklich bei ihm ist, warum ruft sie dann nicht ihre Mutter an und geht wieder nach Hause?“

Celia schwieg, und Alec bedauerte, sie wieder in trübe

Stimmung versetzt zu haben. Doch dann sah sie ihn mit funkelnden Augen an.

„Du hast keine Ahnung, was für ein Gefühl das für sie wäre, Alec. Du bist stark und unabhängig und kannst auf dich selbst aufpassen. Ich kann mir nicht vorstellen, dass irgendjemand oder irgendetwas dich wirklich verletzt."

Es klang wie eine Beleidigung, so als wäre er zu abgestumpft, um sich in andere Menschen hineinzuversetzen. „Ich bin keineswegs nicht unverwundbar, auch wenn du dir das einbildest."

„Auf mich wirkst du aber so. Für dich gibt es entweder nur Schwarz oder Weiß. Aber ich weiß noch ganz genau, wie beschämt ich war, als ich Raymonds Spiel durchschaute."

„Celia ..." Er wollte nicht wieder über ihren ehemaligen Verlobten sprechen.

Doch sie ließ ihm keine Wahl. „Hör mir einfach mal zu, Alec Sharpe! Mir war Raymond schon suspekt geworden, lang bevor ich herausfand, in was für dunkle Geschäfte er verwickelt war. Aber da rechnete bereits jeder damit, dass ich ihn heiraten würde, und meine Mutter fand ihn nett. Dane und du habt nicht ein einziges Mal Zweifel geäußert."

Alec blickte starr geradeaus. „Dane dachte, du wärst glücklich. Er wollte nichts tun, was dich verletzen könnte."

„Und was war deine Entschuldigung?"

Ohne sie anzusehen, erwiderte er: „Ich wusste, wenn ich dir zu nahe komme, würde ich die Finger nicht von dir lassen können. Ich wollte, dass Raymond verschwindet, damit er mir nicht mehr im Weg steht."

„Ich ... ich hatte keine Ahnung", stieß sie hervor.

„Blödsinn. Du hast die Anziehung zwischen uns vom ers ten Augenblick an ebenso gespürt wie ich. Lüg dir doch nicht selbst etwas vor."

Sie kniff die Lippen zusammen, widersprach jedoch nicht.

„Also gut, vielleicht habe ich es mal gemerkt. Aber du bist nicht leicht zu durchschauen, Alec, und ich hatte bereits genug mit mir selbst zu tun. Es war mir zu peinlich zuzugeben, was für einen schrecklichen Fehler ich mit Raymond begangen hatte. Dass ich ihn eigentlich gar nicht liebte und auch nicht heiraten wollte. Dass er mich gründlich getäuscht hatte."

„Du bist nicht die Einzige, die ihm auf den Leim gegangen ist."

„Du hast dich von ihm jedenfalls nicht täuschen lassen. Ich hatte von Anfang an den Eindruck, dass du ihn nicht leiden konntest, und Raymond hat das nie verstanden. Er hat manchmal von dir gesprochen, und immer ganz ehrfurchtsvoll, beinahe ängstlich. Wenn ich deinen Namen erwähnte, flippte er richtig aus."

„Du hast mich ihm gegenüber erwähnt?"

„Ach, nun guck doch nicht so hintergründig!" Celia verdrehte die Augen. „Meistens habe ich mich darüber beklagt, was für ein abscheulicher Mensch du bist."

Alec lachte. Dann herrschte wieder Schweigen, und Alec sah sie an.

Celia knetete ihre Hände. Fast unhörbar sagte sie: „Immer wenn ich andeutete, wir sollten die Hochzeit verschieben, hat Raymond …"

„Celia." Alec war nicht sicher, ob er das hören wollte.

„Hat er mit mir geschlafen."

Die Vorstellung von ihr zusammen mit Raymond quälte ihn. Doch es war offensichtlich etwas, das sie loswerden wollte, und wenn es sie erleichterte, würde er zuhören. „Weiter."

„Alles, was er mir zeigte, was so neu und aufregend. Zuerst dachte ich, ich liebte ihn, und damit war es okay. Aber nach einiger Zeit begann ich die Art und Weise, wie er sein Wissen über mich gegen mich verwendete, zu hassen. Er hielt mir spöttisch vor, wie leicht ich zu haben wäre, und sagte, dass meine Familie bestimmt schockiert wäre, wenn wir nicht heiraten, weil ich mich aufgeführt hätte, als wäre ich …" Sie stockte.

Alec nahm ihre Hände in seine. „Als wärst du was, mein Schatz?"

„Unersättlich."

Er drückte leicht zu und lächelte schwach. „Was bin denn ich, wenn ich an nichts anderes denken kann, als über dich herzufallen? Wenn du mich hier auf der Stelle ernsthaft darum bitten würdest, würde ich anhalten und dir die Jeans runterreißen, bevor du auch nur Zeit zum Blinzeln hättest."

Sie sah ihn schockiert an und lachte dann. „He, du bist ein ganz schön gewandter Redner."

Alec lachte ebenfalls, obwohl er sie so sehr begehrte, dass er wirklich nicht wusste, wie lange er sich noch bezähmen könnte. „Was dich angeht, vergesse ich alle Gewandtheit. Ich spüre nur, dass ich dich will."

Celia atmete tief durch. „Du machst das wirklich gut."

Alec zuckte mit den Schultern. „Um auf Raymond zurückzukommen, so kann ich dir nur immer wieder sagen, dass er ein Mistkerl ist. Jeder Mann, der dich hatte und es nicht zu schätzen wusste, ist es nicht wert, dass du auch nur einen Gedanken an ihn verschwendest."

Nach dieser Erklärung bog er in den Parkplatz eines Motels ein und hielt an. Er drehte sich zu ihr, nahm sie in die Arme und küsste sie voller Leidenschaft.

Dann flüsterte er: „Wenn ich mit dir geschlafen habe, wirst du nicht mehr das Bedürfnis haben, an ihn zu denken. Das ist ein Versprechen."

Alecs Motel lag gut zwanzig Minuten mit dem Auto auf verkehrsreichen Straßen von ihrem entfernt, was ihm einige Sorgen bereitete, doch Celia versicherte ihm, das mache nichts.

Sein Zimmer war sogar noch schäbiger als ihres, und das Bad war zum Fürchten, aber Alec zuckte nicht mit der Wimper. Er verstaute seine Sachen, erledigte ein paar kurze Anrufe, und dann verbrachten sie die Zeit bis zum Nachmittag mit Einkäufen.

Zurück in ihrem Zimmer, packte sie ihr neues Handy, das Pfefferspray und den Taschenalarm aus, eine kleines Gerät, das schrill losheulte, wenn man auf den Knopf drückte. Als Celia es zum Scherz ausprobierte, war Alec binnen zwei Sekunden an ihrer Seite und riss ihr das Ding aus der Hand.

Er machte ihr keine Angst mehr. Tatsächlich fühlte sie sich bei ihm geborgen.

Sie hatte nicht den Eindruck, dass die Sicherheitsvorkehrungen dem mangelnden Vertrauen in ihre Fähigkeiten entsprangen, sondern eher der Sorge um die Frau, die ihm wichtig war. Seine Handynummer musste sie ihm immer wieder vorbeten, damit er sicher sein könnte, dass sie ihr einfiel, wenn es nötig war.

Und Celia ließ es sich gefallen. Sie hatte nicht mehr das Bedürfnis, ihm ständig Paroli zu bieten. Seltsam, wie sich ihre Einstellung seit der Autofahrt geändert hatte. Oh, sie wollte sich ihm immer noch nicht ganz und gar offenbaren. Aber sie begehrte ihn und wusste, dass er genauso empfand. Nur spürte er dabei weder Schuld noch Scham. Er hatte gesagt, mit ihr sei alles in Ordnung.

„Hallo, Miss Carter?“ Alec wedelte ihr mit der Hand vor dem Gesicht. „Wollen Sie die Sache jetzt mit mir durchgehen oder lieber weiter tagträumen?“

„Du hast meine ungeteilte Aufmerksamkeit.“

Er sah sie skeptisch an, ging dann aber ohne weiteren Kommentar zur Wand und verschränkte die Arme über der Brust. „Hast du für heute Abend passende Klamotten?“

„Ja, natürlich habe ich die.“

„Zieh dich lieber nicht zu aufreizend an. Ich will nicht in eine Massenschlägerei verwickelt werden."

Alec hielt sie offenbar für attraktiv genug, um für Aufregung zu sorgen, und das schmeichelte ihr. „Ich werde auf diskrete Weise sexy sein."

Wieder ein skeptischer Blick, als hielte er so etwas für unmöglich. „Komm rechtzeitig. Ich werde ab etwa vier Uhr da sein, aber du solltest nicht vor sieben in der Bar aufkreuzen. Ich will nicht, dass irgendjemand unseretwegen Verdacht schöpft."

„Was soll ich sagen, wenn mich jemand nach dir fragt. Schließlich hat man uns gestern zusammen gehen sehen."

Er zuckte mit den Schultern. „Sag, ich war lausig im Bett."

Celia musste husten. „Vielleicht sage ich, du hast mich gelangweilt."

„Was auch immer. Aber denk dran, dich überhaupt nicht um mich zu kümmern, egal, was ich tue."

„Wieso? Was hast du vor?"

„Flirten, den großen Aufreißer mimen."

Unsicher setzte sie sich auf die Bettkante. Alec baute sich vor ihr auf. „Du weißt ganz genau, dass ich keine andere will außer dir, Celia. Aber ich muss mich wie ein ganz normaler Bargänger benehmen, also trinken und aufdringlich werden."

Celia schluckte. „Wirst du …?"

„Mit einer anderen schlafen? Nein! Dafür bedeutet mir meine Gesundheit viel zu viel."

Darüber war sie zwar erleichtert, sah der Sache dennoch mit gemischten Gefühlen entgegen. „Du solltest jetzt gehen, Alec. Ich muss duschen und …"

Alec legte die Hände um ihre Wangen. „Ich hasse, dich in diese Bar gehen zu lassen, und ich hasse es, was all die schmierigen Kerle dort über dich denken werden." Er küsste sie zärtlich. „Versprich mir, dass du besonders vorsichtig bist. Und geh mit niemandem irgendwohin, egal, was passiert. Wenn Jacobs wirklich weiß, wo Hannah ist, werden wir sie finden. Aber ich will nicht, dass dir etwas zustößt."

Sie war von seiner Zärtlichkeit ganz überwältigt und küsste ihn. „Ich verspreche es, wenn du auch vorsichtig bist. Lass dich ja nicht mit irgendeinem Flittchen ein, hörst du?"

„Ich hebe mich ganz für dich auf, Süße. Aber wenn du mich noch lange warten lässt, schwöre ich dir, dass ich mich vergesse. Denk immer daran, okay?"

Damit verließ er das Zimmer, nicht ohne zu kontrollieren, ob die Tür tatsächlich ins Schloss gefallen war. Celia sank wieder aufs Bett. Immer daran denken? Es gab nichts anderes, was sie zurzeit dermaßen beschäftigte – außer der Sache mit Hannah.

7. KAPITEL

Laute Musik und Zigarettenqualm hüllten Celia ein, als sie die Bar betrat. Während sie einen Hocker am Tresen ansteuerte, spürte sie die Blicke von etwa ein Dutzend Männern auf ihrem Körper.

Dann entdeckte sie Alec.

Er stand mitten auf der Tanzfläche und hielt eine Frau mit langen blonden Haaren im Arm, die er ungeachtet des schnellen Rhythmus sanft hin und her wiegte. Eine Hand lag auf dem Po der Frau, und obwohl er Celia gewarnt hatte, war sie entsetzt.

Sie hätte ihn umbringen können.

Dann sah Alec sie an, winkte grinsend und führte die Frau von der Tanzfläche. Mit arrogantem Gesichtsausdruck blieb er vor Celia stehen, berührte herablassend mit dem Zeigefinger ihre Nase und beugte sich über ihr Ohr.

„Das ist ein Spiel, Celia, und du verdirbst es gleich." Nach einem kurzen Kuss auf ihre Wange ging er weiter, schob sich in eine Bank am anderen Ende der Bar und bestellte bei der Bedienung, mit der er gerade getanzt hatte, einen neuen Drink.

Nach kurzem irritierten Zögern warf Celia ihr Haar über die Schulter und rümpfte verächtlich die Nase. Dann nahm sie am Tresen Platz. Sie war immer noch so aufgebracht über Alecs Verhalten, dass sie beinahe den Barkeeper nicht gehört hätte, der sich mit besorgtem Blick nach ihrem Befinden erkundigte.

„Ach, seien Sie nicht albern." Sie setzte ihr strahlendstes Lächeln auf, während sie eine abfällige Handbewegung machte. „Es geht mir wunderbar."

Der Barkeeper musterte sie nachdenklich, während er ein Glas polierte. „Wenn Sie mich fragen, sind Sie ein bisschen deprimiert, Ihren Verehrer hier wiederzusehen."

Mit gespieltem Entsetzen erwiderte sie: „Meinen Verehrer? Sie meinen diesen abgehalfterten Schwachkopf? Na ja, ich war schon überrascht, ihn hier zu sehen, weil ich gehofft hatte, ihn für immer los zu sein.“ Sie kicherte. „Die Einsamkeit treibt uns manchmal zu den blödsinnigsten Dingen, und dass ich mich mit dem Kerl eingelassen habe, war wirklich die Krönung.“

Der Barkeeper grinste ebenfalls. „Es lief nicht wie geplant, hm?“

Celia lehnte sich verschwörerisch vor. „Er ist nicht der hellste und viel zu … na ja … derb.“

„Er sieht wirklich ziemlich primitiv aus. Er hat Ihnen doch nicht wehgetan, oder?“

„Nein, das meinte ich nicht. Es ist nur so, dass ich ihn kaum losgeworden bin. Er wollte gleich bei mir einziehen, und ich musste ihn rauswerfen.“

Der Barkeeper tätschelte ihre Hand. „Sie haben das Richtige getan.“

Plötzlich erklang neben ihr eine fremde Stimme, und Celia bekam eine Gänsehaut. „Wenn Sie wieder Probleme mit dem Kerl kriegen, lassen Sie es mich wissen.“

Langsam drehte sie sich um, und tatsächlich war es Mr Jacobs, der neben ihr Platz genommen hatte. Mit strahlendem Lächeln stellte der Barkeeper ihn vor.

„Das ist Mr Jacobs, dem diese Bar gehört, und die Sicherheit unserer weiblichen Gäste liegt ihm sehr am Herzen.“

„Ja, das tut es wirklich, Wally. Vor allem, wenn es sich um eine so reizende Dame handelt wie diese.“ Seine blassblauen Augen glitzerten, während er sie von oben bis unten musterte. Noch nie in ihrem Leben war Celia sich so schutzlos und entwürdigt vorgekommen. Sie schluckte hart und dachte an Alec, der nicht weit entfernt saß.

Sie blickte Jacobs durch ihre langen Wimpern hindurch an und flüsterte: „Das ist sehr nett von Ihnen, Mr Jacobs.“

„Bitte nennen Sie mich Marc. Und Sie sind …?“ Er nahm ihr eine Hand aus dem Schoß und streichelte in vertrauter Geste ihre Finger. Celia hätte sie am liebsten angewidert zurückgezogen, aber mehr noch als das wollte sie Hannah finden. Und irgendwie spürte sie, dass Alec sie genau beobachtete. Seine Nähe gab ihr Mut und Sicherheit.

„Also gut, Marc.“ Sie lächelte verführerisch. „Ich bin Celia …“ Sie zögerte. Sie wollte ihm nicht ihren richtigen Namen sagen für den Fall, dass er sie überprüfen ließ. Aber der einzige andere Nachname, der ihr einfiel, war Alecs. Sie erschrak über ihre eigenen Kühnheit, als sie sich sagen hörte: „Celia Sharpe.“

„Celia – was für ein schöner Name. Würden Sie an meinen Tisch kommen.“

„Oh, sehr gern, Marc. Vielen Dank.“

Er hielt ihre Hand, während sie vom Hocker glitt. Ihr cremefarbenes Etuikleid, das vorn und hinten sehr tief ausgeschnitten war, schob sich beim Gehen wieder die Beine hinunter. Auch heute trug sie wieder den unvermeidlichen unbequemen Push-up-BH, dazu eine dezente Kette und Riemchensandaletten. Sie bemerkte, dass Jacobs verstohlen auf ihre Brüste starrte, und als sie sich an seinen Tisch setzte, ließ er seine Hand über ihre Taille und Hüfte gleiten.

Celia wurde beinahe übel.

Kurze Zeit später brachte die Bedienung ihnen ihre Drinks.

„Also“, meinte Jacobs und entblößte lächelnd seine strahlend weißen Zähne. „Sie sind neu in der Gegend, stimmt's? Was führt Sie her?“

„Nun ja, ich möchte in erster Linie etwas Aufregendes erleben. In meinem kleinen Heimatort wurde es allmählich stinklangweilig. Ich habe nahe bei meiner Großmutter gewohnt, aber sie ist jetzt gestorben, und es gab wirklich keinen Grund mehr für mich, zu bleiben.“

Mitgefühl heuchelnd, fragte Jacobs: „Haben Sie denn keine anderen Verwandten?“ Celia schüttelte den Kopf. „Nein. Ich bin ganz allein, und das ist auch irgendwie gut so, finden Sie nicht? Man hat dann keine Verantwortung.“

„So könnte man es tatsächlich sehen. Und sonst? Gibt es keinen Ehemann oder zumindest einen Verlobter? Man sollte meinen, eine hübsche junge Frau wie Sie wäre inzwischen von einem glücklichen Mann erobert worden.“

„Ich hatte ein paar Freunde, aber das waren alles Langweiler. Sie wollten alle gleich heiraten und Kinder haben.“ Celia war bereits sechsundzwanzig, aber sie wurde gewöhnlich für jünger gehalten, und sie hoffte, das galt auch für heute Abend, sonst machte sie sich lächerlich. Nach einem kurzen Räuspern fuhr sie fort: „Dafür bin ich aber noch zu jung. Ich habe später immer noch jede Menge Zeit, häuslich zu werden.“

Jacobs betrachtete sie eingehend, dann fragte er: „Sie sind wirklich noch sehr jung. Ungefähr zwanzig?“

Sie strahlte ihn an. „Einundzwanzig, volljährig und frei. Man sollte wirklich erst heiraten, wenn man, ich weiß etwa dreißig ist oder so, stimmt's?“

Er lächelte gönnerhaft. „Genau. Also, Celia, erzählen Sie mir von den Sachen, die Sie vorher gern noch erleben würden.“

Errötend schob sie sich die Haare über die Schultern und murmelte: „Sie werden mich für albern halten.“

Er tätschelte ihre Wange. „Bestimmt nicht.“

Sie holte tief Luft. „Na ja, meine Großmutter hat immer gesagt, ich wäre hübsch genug, um Model zu werden.“ Sie blinzelte Jacobs an. „Ich weiß, dass das nicht stimmt, aber trotzdem habe ich immer davon geträumt, mich eines Tages mal in einer Zeitschrift zu sehen. Oder vielleicht in einem Werbespot. Das wäre herrlich.“

Jacobs spielte mit seinem Glas und ließ die bernsteinfarbene

Flüssigkeit darin kreisen, als sei er tief in Gedanken, während er sie anstarrte. Sein Blick war ganz anders als Alecs. Er machte sie zwar auch nervös, aber bei Alec fühlte sie sich lebendig und wie mit neuer Energie aufgeladen, während sie bei diesem Mann nur Furcht und äußerstes Unwohlsein verspürte.

Sie seufzte. „Ich weiß, das sind nur Träume. Aber ich dachte, ich könnte es zumindest versuchen, sonst würde ich mir das nie verzeihen. Allerdings geht mir jetzt das Geld aus, und ich habe keine Ahnung, wie ich einen Agenten kennenlernen könnte. Morgen werde ich mir erst einmal eine Job suchen, und dann wird erst mal gespart."

„Wo wollen Sie denn arbeiten?"

„Ach, wahrscheinlich in einem Restaurant. Ich habe gesehen, dass Bedienungen gesucht werden, und man kriegt sehr viel Trinkgeld."

„Oh, ich bezweifle nicht, dass Sie viel Trinkgeld bekommen würden, aber eine derartige Arbeit wäre ein Beleidigung für eine so reizende Frau wie Sie." Er nickte bedächtig, als wäre er gerade zu einem Entschluss gekommen. „Wären Sie schockiert, Celia, wenn ich Ihnen sagen würde, dass ich ein Agent für Models bin?"

Celia riss die Augen auf, so weit sie konnte. „Sie machen Spaß, oder?"

„Nein." Er lächelte wieder. „Celia, würden Sie für mich vor der Kamera posieren?"

Ihr Puls begann zu rasen, und sie verschluckte sich beinahe vor Aufregung. „Wie bitte?"

„Ich bin nicht nur Barbesitzer, sondern habe auch gute Verbindungen zur Modebranche. Ich bin tatsächlich ein ziemlich bekannter Agent und arbeite mit vielen Mädchen zusammen. Ich möchte sehen, ob Sie sich vorteilhaft präsentieren können. Wenn ja, glaube ich, dass ich Ihnen ein recht vernünftiges Angebot machen kann."

Da sie nicht die Absicht hatte, irgendwo allein mit diesem Mann hinzugehen, stand sie sofort auf, drehte hoffnungsvoll lächelnd eine Pirouette und warf sich in verschiedene provozierende Posen. Dann fragte sie mit gespieltem Eifer: „Soll ich mich auf den Tisch stellen? Ich tue das gern, denn ich möchte Ihnen unbedingt beweisen, was in mir steckt."

Jacobs lachte erfreut. „Das ist nicht nötig. Und außerdem glaube ich, Ihr Freund könnte etwas dagegen haben. Er macht einen ziemlich finsteren Eindruck."

Celia widerstand dem Drang, sich nach Alec umzusehen. „Welcher Freund?"

Jacobs deutete mit dem Kopf in Richtung des hinteren Teils der Bar. „Ihre kleine Show hat seine Aufmerksamkeit erregt, und irgendwie habe ich den Eindruck, er würde es gern noch mal bei Ihnen versuchen."

Erst jetzt sah sie in die angegebene Richtung. Sie erblickte Alec mit der blonden Bedienung auf dem Schoß, die eine Hand unter sein Hemd geschoben hatte und seinen Bauch streichelte. Offenbar übte Alec an ihr Mund-zu-Mund-Beatmung.

Ihren Abscheu musste Celia nicht spielen. „Ach, das ist ein ganz übler Macho. Glauben Sie mir, der kann mir gestohlen bleiben."

„Na fein. Ich wollte ja nur höflich nachfragen."

Celia setzte sich wieder. „Also, was haben Sie für einen Vorschlag?"

Jacobs lachte über ihren Enthusiasmus. „Heute Abend steigt bei mir eine Party, zu der viele wichtige Leute kommen werden. Ich würde Sie gern dazu mitnehmen."

Was für eine unglaubliche Chance! Vermutlich würde Hannah auch dort sein, und wenn Celia nur einen Moment allein mit ihr reden könnte, würde sie vielleicht zusammen mit ihr nach Hause kommen.

Jacobs unterbrach ihre Gedanken, indem er ihre Hand nahm. „Wir können in einer Stunde von hier losfahren. Ich werde Sie persönlich begleiten."

Fieberhaft überlegte Celia, wie sie die Sache am geschicktesten einfädelte. „Ich wünschte, ich könnte das tun! Aber es ist einfach schrecklich."

Sein Griff wurde unangenehm fest. „Was ist los?"

Sie quetschte eine Träne hervor. „So kann ich unmöglich gehen", erklärte sie und legte beide Hände auf ihre Brüste. „Dies ist nicht das richtige Outfit für so eine Party. Ich will doch einen tollen Eindruck machen, wenn ich wichtige Leute treffe, damit sie mich nicht meinen, ich sei Landei."

Jacobs starrte auf ihre Hände, oder eher auf ihre Brüste darunter, und leckte sich die Lippen. „Sie haben natürlich recht. Aber das ist kein Problem. Wir werden bei Ihrem Hotel vorbeifahren, und Sie können sich etwas anderes anziehen."

Nicht in diesem Leben, dachte sie und machte ein verzweifeltes Gesicht. „Sie verstehen nicht. Ich bin tatsächlich ein Landei und habe nichts Anständiges zum Anziehen für heute Abend."

Ein wenig irritiert sah Jacobs auf die Uhr, dann lächelte er wieder. „Die Besitzerin der Boutique Ecke Fifth und Main Street ist eine Freundin von mir. Ich werde sie anrufen und sagen, dass Sie kommen."

„Aber ich kann es mir nicht leisten …"

Er unterbrach ihren Protest, indem er kurzerhand seine Brieftasche zückte, Celia mehrere Geldscheine in die Hand drückte. „Kaufen Sie sich etwas Hübsches, Shirley wird Ihnen bei der Auswahl helfen. Dann nehmen Sie sich ein Taxi zu der Party. Wenn Sie ein paar Minuten zu spät kommen, haben Sie einen gelungenen Auftritt. Das wird gewisse Herrschaften nur noch neugieriger machen."

Sie starrte auf das Geld. „Meinen Sie das wirklich?"

Schmunzelnd kritzelte Jacobs eine Adresse auf eine Serviette. „Absolut. Glauben Sie mir, Schätzchen, ich kann mir ein neues Outfit für Sie durchaus leisten, und wenn Sie Ihre erstes Foto-Session hatten, können Sie es mir ja mit Zinsen zurückzahlen. Einverstanden?“

„Sie … Sie glauben wirklich, ich habe eine Chance?“

„Ich glaube, die Sache ist bereits erledigt.“ Er reichte ihr die Serviette. „Lassen Sie sich vom Taxifahrer einfach zu dieser Adresse bringen. Der Türsteher wird bezahlen. Seien Sie gegen zehn Uhr da, und bis dahin werde ich gebührend von Ihnen schwärmen. Sie werden wie eine Bombe einschlagen, da bin ich sicher.“

Celia fühlte sich ein bisschen überrumpelt, weil alles so schnell und einfach gegangen war. „Das ist ja wie ein Traum.“ Eher wie ein Albtraum, fügte sie im Stillen hinzu. War Hannah ebenfalls so schnell in Jacobs’ Fänge geraten, dass sie keine Zeit mehr zum Nachdenken gehabt hatte?

„Celia?“ Er hob ihr Kinn mit dem Finger hoch und sah ihr direkt in die Augen. Es wirkte wie eine Warnung. „Enttäuschen Sie mich nicht.“

Sie begann leicht zu zittern und erhob sich, um seiner Berührung zu entgehen. „Ich werde da sein. Und vielen Dank.“

„Es ist mir ein Vergnügen.“

Während sie zum Ausgang stöckelte, überlegte sie, wie sie Alec informieren und warnen könnte. Aber er sah sie nicht einmal an. Er saß mit geschlossenen Augen in seiner Ecke, die Bedienung auf dem Schoß, und ließ sich von ihr den Hals abknutschen. Als Celia beobachtete, wie er der Frau erneut die Hand auf den Po legte, marschierte sie hinaus und winkte ein Taxi herbei.

Es spielte keine Rolle, dass Alec alles nur als Spiel bezeichnete. Sie brauchte ihn jetzt, und er turtelte mit einer anderen Frau herum. Heiße Eifersucht stieg in Celia auf und machte alle Freude über ihre Fortschritte heute Abend zunichte.

Anstatt sich über die restliche Nacht Gedanken zu machen, wollte sie einfach nur losschreien, auf Alec einschlagen und ihm das Versprechen abnehmen, dass er … Der Gedanke warf sie völlig aus dem Gleichgewicht. Du lieber Himmel!

Sie hatte sich in Alec Sharpe verliebt.

Stöhnend ließ sie sich auf die Rückbank des Taxis sinken und schlug die Hände vors Gesicht. Von allen unglaublichen Dingen war ihr ausgerechnet das passiert! Und sie hatte den schrecklichen Verdacht, dass es bereits geschehen war, als sie ihn das erste Mal sah. Sein Anblick erregte sie, sein Duft, sein Gang, seine Ungezähmtheit und sein Beschützerinstinkt …

Schlimmer hätte es gar nicht kommen können.

Alec saß im Dunkeln und wartete. Jeder Muskel in seinem Körper war angespannt, und er dachte, er müsse jeden Moment explodieren, wenn nicht …

Das Schloss knackte, und die Tür wurde langsam geöffnet. Alec verharrte reglos, war aber nur allzu bereit für einen Angriff, der ihm erlauben würde, etwas Dampf abzulassen. Und dann erkannte er ihren Duft. Er hätte Celia allein durch eine Berührung ihrer zarten Haut oder ihren betörenden Duft aus hundert Frauen herauspicken können.

Seine Anspannung verwandelte sich in Ärger. Sobald sie die Tür geschlossen und das Licht angemacht hatte, würde er ihr eine Standpauke halten. Doch als sie ihn erblickte, zuckte sie erschrocken zusammen und ging sofort in die Offensive.

„Alec! Du hast mich zu Tode erschreckt. Was tust du hier?“

Langsam kam er auf die Füße. Er hatte nicht vor, Erklärungen abzugeben, ehe nicht ein paar seiner Fragen beantwortet waren. „Wo, zum Teufel, bist du gewesen?“ Er stand dicht und drohend vor ihr, berührte sie jedoch nicht.

Sie sah ihn mit funkelnden Augen an. „Wenn du nicht mit

dieser Kellnerin herumgeknutscht hättest, hättest du mich vielleicht gehen sehen.“

„Ich habe dich gesehen, verdammt noch mal!“ Dachte sie wirklich, er hätte nicht jede ihrer Bewegungen genau registriert?

Sie war bis an die Wand zurückgewichen, wirkte aber keineswegs eingeschüchtert, sondern nur verärgert. „Warum hast du draußen nicht auf mich gewartet?“, wollte er wissen.

„Weil ich nicht konnte.“ Sie schob das Kinn vor. „Ich musste ein Kleid für die Party heute Nacht kaufen.“

„Eine Party? Vergiss es!“

Sie musterte sein Gesicht und schlug ihm mit der Faust auf den Brustkorb. „Du hast getrunken. Und du hast Lippenstiftspuren im Gesicht, verdammt! Außerdem riechst du wie ein französisches Freudenhaus.“

„Ich hatte einen Whisky. Und die Frau ist regelrecht über mich hergefallen, Celia. Solange ich mich nicht umziehen und duschen kann, müssen wir uns beide damit abfinden, dass ich nach ihr rieche.“

„Falsch. Ich muss mich mit gar nichts abfinden.“ Sie blickte auf ihren Wecker neben dem Bett. „Ich habe noch eine halbe Stunde, um mich umzuziehen und zur Party zu fahren. Hoffentlich ist es nicht zu weit entfernt.“

Alec stemmte beide Hände neben ihrem Kopf gegen die Wand und rang nach Beherrschung. „Du gehst auf keine Party mehr, Schätzchen.“

„O doch, das tue ich. Es ist die beste Gelegenheit, um Hannah zu finden. Ich muss da hin.“

„Nein.“

Entnervt stöhnte sie auf. „Ich habe keine Zeit für nutzlose Diskussionen, Alec.“ Dann fügte sie mit verächtlichem Schnauben hinzu: „Hast du dich vorhin gut amüsiert?“

Er legte eine Hand um ihren Hinterkopf und beugte sich

vor, bis sich ihre Nasen berührten. „Während Jacobs sich nach dir die Lippen leckte?“ Er kniff die Augen fest zusammen. „Du hast keine Ahnung, wie hart das für mich war.“

„Du sahst mir aber sehr abgelenkt aus.“

„Was ja wohl auch der Sinn der Sache war, verdammt!“

Sie blinzelte. „Du hast es also nicht genossen, wie sie dich geküsst hat?“

Er drehte sich abrupt um, marschierte ein paar Schritte auf und ab und kehrte dann zu ihr zurück. Er nahm ihre Hand und zog sie zwischen seine Schenkel. „Das ist für dich reserviert. Der ganze Harem eines Scheichs könnte mich jetzt nicht reizen, weil ich dich will.“

Sie bewegte leicht ihre Finger und streichelte ihn. „Meinst du das ernst, Alec?“

„Ich habe dir von Anfang an gesagt, dass ich dich will. Wenn ich nur auf ein schnelles Abenteuer aus wäre, dann hätte ich das schon lange vor heute Abend erledigen können, noch dazu mit sehr viel weniger Ärger als mit dir.“

Ihr Atem wurde schneller, und sie fuhr sich nervös mit der Zunge über die Lippen.

Alec stöhnte, und seine Wut verwandelte sich in heiße Begierde. Um die Gefühle abzublocken, mit denen er sich nicht konfrontieren wollte, beugte er sich vor und küsste Celia mit solcher Leidenschaft, dass sie die Party beinahe vergessen hätte.

Doch natürlich konnte sie das nicht.

Mit zitternder Stimme sagte sie: „Ich will dich auch, Alec. Wirklich.“ Sie schluckte, dann fuhr sie fort: „Aber ich muss zu Jacobs' Party.“

Alec wandte sich ab, um sich wieder in den Griff zu bekommen. Er musste nachdenken, aber es blieb nicht viel Zeit. „Erzähl mir alles.“

Sie tat es.

Alec musste zugeben, dass die Party die beste Möglichkeit war, mit ihrer Suche voranzukommen. „Also gut. Aber du gehst nicht allein. Nein, keine Panik, ich werde draußen bleiben, aber in der Nähe. Wenn du mich brauchst, ruf mich über dein Handy an – wir speichern die Nummer gleich noch – oder von irgendwo anders, du kennst sie ja auswendig. Dann komme ich sofort zu dir. Und bitte sei vorsichtig, ja?“

Sie schlang die Arme um seinen Hals und drückte ihn. „Ich gebe es zwar nicht gern zu, aber ich bin froh zu wissen, dass du da sein wirst.“

Er schob die Hände unter ihr Kleid und streichelte ihren festen, kleinen Po. Er brauchte jetzt etwas, das ihm die lange Zeit überbrücken half, und sie zu berühren war immerhin ein schwacher Trost. „Hast du Angst?“

Sie schüttelte den Kopf. „Nein, ich muss es tun, Alec. Aber ich fühle mich besser, weil ich weiß, dass ich nicht allein bin.“

Noch zwei Sekunden länger, und mit seiner Selbstbeherrschung wäre es vorbei. Er löste sich sanft aus ihrer Umarmung und schob sie mit einem freundlichen Klaps auf den Po zum Bad. „Zieh dich um, bevor ich es mir anders überlege. Ich warte draußen in meinem Wagen, und wenn du ins Taxi steigst, werde ich unauffällig folgen, okay?“

„Was ist, wenn Jacobs mich beobachten lässt?“

„Sie werden mich nicht bemerken.“

„So gut bist du?“

Er schmunzelte und antwortete mit bewusst verführerischer Stimme: „Ich verspreche dir, der Beste zu sein, den du jemals hattest.“ Er verließ das Zimmer, ehe sie etwas Passendes erwidern konnte. Hoffentlich hätte er bald die Gelegenheit, seine Behauptung zu beweisen.

Die meisten Menschen hielten ihn für hinterhältig, gefährlich, unverwundbar und hart. Aber Celia hatte ihm von Anfang an Kontra gegeben, auch wenn sie manchmal recht eingeschüchtert wirkte. Zunächst hatten ihre Courage und ihr attraktives Aussehen ihn neugierig gemacht, doch allmählich war sie ihm immer mehr unter die Haut gegangen, und er hatte das beunruhigende Gefühl, dass sie die Mauer überwinden könnte, die er vor vielen Jahren um sein Herz errichtet hatte. Eine Weile hatte er geglaubt, wenn er mit ihr schlafen würde, würde er sie wieder vergessen und weiterleben können wie bisher.

Jetzt war er da nicht mehr so sicher.

8. KAPITEL

Ihr Gesicht schmerzte vom vielen Lächeln, und Celia sehnte sich danach, dem Partytrubel für eine Weile zu entfliehen. In einem Haus dieser Größe sollte das eigentlich nicht weiter schwierig sein, aber seit ihrer Ankunft war ihr nicht ein einziger Augenblick allein gegönnt worden.

Das festungsähnliche Gebäude war von einem hohen, schmiedeeisernen Zaun mit videoüberwachten, automatischen Toren umgeben. Vor mehreren Fenstern standen Wachmänner. Selbst wenn sie es gewollt hätte, hätte sie das Haus nicht verlassen können.

Das Outfit, das Shirley als perfekt bezeichnet hatte, war ihr im Geschäft nicht ganz so knapp vorgekommen wie hier, wo die hauptsächlich männlichen Gäste sie ungeniert anstarrten. Das enge schwarze bauchfreie Oberteil bedeckte gerade so eben ihre Brüste. Die leicht ausgestellte Seidenhose ließ ihre Beine länger erscheinen, vor allem, da sie Sandaletten mit Stilettoabsätzen trug. Dazu hatte Shirley ihr bis auf die Schulter hängende goldene Ohrringe gegeben und ein goldenes Bauchkettchen.

Wenn die Männer mit ihr sprachen, starrten sie entweder auf ihren Bauch oder ihren Ausschnitt oder beides. Zwei von ihnen besaßen die Frechheit, sie einfach an die Hand zu nehmen und herumzuwirbeln, damit sie sie von allen Seiten begutachten konnten. Manche berührten ihre nackte Haut wie selbstverständlich mit ihren Handrücken, und Celia drehte sich vor Scham fast der Magen um. Sie trank ein paar Gläser zu viel, um sich Mut zu machen.

Ein Gedanke kreiste ihr immer wieder im Kopf: bei Alec fühlte sie sich niemals so. Seine Berührung erregte sie, und sie wusste, er könnte sie nur allzu leicht dazu bringen, ihn darum zu bitten, dass er mit ihr schlief. Aber das würde er nie tun, denn was er zu geben hatte, gab er aus freien Stücken und ohne Einschränkung. Er respektierte sie und sah ihre Lust als etwas Normales und Natürliches an.

An der Art, wie diese Männer sie anstarrten, war dagegen nichts normal oder natürlich.

„Amüsieren Sie sich, Celia?"

Sie täuschte Begeisterung vor. „O ja, Marc. Es sind so viele faszinierende Leute hier. Sehen Sie den Mann da drüben? Er ist Filmproduzent und hat gesagt, er würde mich gern wiedersehen. Ist das nicht toll?"

Marc Jacobs lächelte gütig. „Fantastisch, meine Liebe. Ich wusste, dass Sie Eindruck machen werden. Aber ich habe sogar noch bessere Neuigkeiten. Ein Kollege von mir würde gern unter vier Augen mit Ihnen sprechen."

Celia blieb vor Schreck fast das Herz stehen.

„Nein, Sie brauchen nicht nervös zu werden. Sie werden das schon machen." Jacobs nahm ihr das leere Weinglas aus der Hand und gab ihr ein gefülltes. Automatisch nippte Celia daran. „Sie sehen einfach zum Anbeißen aus, und es wundert mich nicht, dass Blair Giles sich für Sie interessiert. Er arbeitet mit mehreren großen Zeitschriften zusammen und hat Sie bestimmt schon für einige davon im Auge. Als Ihr Agent empfehle ich Ihnen, Ihr Bestes zu tun, um sich mit ihm anzufreunden."

Während Celia nervös überlegte, wie sie sich elegant aus der Affäre ziehen könnte, kamen zwei wunderschöne junge Frauen auf sie und Jacobs zu. Die eine hatte karamellfarbene Haut, schräge Katzenaugen und volle Lippen. Das Haar trug sie extrem kurz, aber es passte zu ihren hohen Wangenknochen und markanten Gesichtszügen.

Die andere hatte langes, glattes schwarzes Haar. Ihre Haut war sehr ebenmäßig und blass, und sie hatte grüne Augen mit sehr dichten Wimpern, die ihr Gesicht beherrschten. Sie war um etliche Zentimeter größer als Celia, mit gertenschlankem, beinahe magerem Körper. Beide Frauen lächelten, nippten an ihren Getränken und wirkten glücklich.

Jacobs legte seine Arme um die Frauen und stellte sie vor. „Celia, ich habe Jade und Hannah gebeten, Sie ein wenig herumzuführen. Sie kennen jeden Gast hier."

Celia biss sich auf die Zunge. Hannah! Das Mädchen trug exquisite Designerkleidung, strahlte übers ganze Gesicht und machte einen sorglosen Eindruck. Hatte Alec recht gehabt? Vergeudete sie, Celia, nur ihre Zeit?

Mit einem gönnerhaften Klaps auf Jades und Hannahs Po verabschiedete sich Jacobs. Er sagte, er komme bald wieder, um Celia zu ihrem Gespräch mit Giles zu begleiten.

Sobald er fort war, rieb Jade sich das Hinterteil. „Verdammt, ich hasse das." Sie strahlte Celia an. „Du bist also neu hier? Ich hoffe, du bist nicht so naiv wie die übrigen Mädchen, die Marc so anschleppt." Jade sah aus wie fünfzehn, war aber sicher älter. Sie sah bittend zu Hannah. „Kannst du den Rundgang mit ihr machen? Ich würde mich gern ein Weilchen hinlegen. Meine Beine tun schrecklich weh, und jetzt, wo Marc weg ist, könnte das meine einzige Chance sein."

Hannah lächelte freundlich. „Klar." Sie hakte sich bei Celia unter. „Wir werden rumgehen und uns ein bisschen kennenlernen. Aber sieh dich vor, Jade. Wenn Marc dich erwischt, kriegst du Ärger."

Jade lächelte gequält. „Ach, ich dachte, ich setze mich in eine Besenkammer oder so." Winkend ließ sie die beiden stehen.

Celia hielt es für ratsam, keine Zeit zu verlieren. „Ich bin Celia Sharpe", stellte sie sich vor.

Hannah lächelte wieder. „Ich heiße einfach Hannah, genau wie Cher nur Cher genannt wird." Sie stellte Celias Glas auf einen Tisch. „Du hast sicher schon genug gehabt, oder?"

„Ich trinke sonst nicht viel", gestand Celia ein, „aber hier gibt einem ständig jemand ..."

„Ein neues Glas, ich weiß. Ich glaube, die Männer mögen es, wenn wir beschwipst sind. Kannst du dir vorstellen, warum?"

Celia hoffte, von Hannah ins Vertrauen gezogen zu werden. „Warum?"

Aber Hannah schüttelte nur lachend den Kopf. Celia hätte gern ihren Nachnamen gewusst, ahnte aber, dass sie die Richtige vor sich hatte, denn sie entsprach genau Mrs Barringtons Beschreibung von ihrer Tochter.

„Was sollen wir machen, Hannah?"

„Tja, zuerst einmal uns unter die Leute mischen. Wenn dich einer anguckt, lächle, flirte mit ihm, schenk ihm ein ermutigendes Lächeln und sei entgegenkommend."

Vorsichtig fragte Celia: „Und das soll uns helfen, Model zu werden?"

Hannah stöhnte leise. „Du bist also doch noch ganz schön naiv. Schätzchen, bleib auf dem Teppich. Erwartest du wirklich eine große Karriere durch irgendjemanden von diesem Haufen?"

„Aber Marc hat gesagt …"

„Was immer er sagen musste, um dich hierher zu locken. Marc mag schöne Frauen. Und er wird sich um dich kümmern, also mach dir keine Sorgen. Er wird dir tolle Kleider besorgen und eine nette Wohnung."

„Wie denn, wenn wir nicht arbeiten?"

Hannah sah sie mitleidig an. „Weißt du was?" Sie zog Celia in eine Nische hinter eine große Topfpflanze. „Ich sollte das nicht tun, und wehe, du verrätst mich, okay? Aber wenn du noch einen Funken Verstand hast, verschwindest du lieber sofort von hier."

„Das kann ich nicht. Marc hat ein Treffen für mich arrangiert, mit einem gewissen Blair Giles."

Hannah wurde blass. „Na, offensichtlich verschwendet er ja bei dir keine Zeit."

Celia umklammerte Hannahs Arm. „Hannah, was geht hier vor? Ich würde dir gern helfen, wenn ich kann."

Hannah sah sie an, als hätte sie den Verstand verloren. „Wie willst du mir helfen? Du bist ja noch dümmer, als ich es war. Herrje, ich sollte dir lieber gar nichts erzählen. Wenn Marc das rausbekommt … Komm mit! Wir mischen uns unter die Leute. Vergiss, was ich gesagt habe."

Celia hielt sie zurück. „Hannah …" Sie biss sich auf die Lippe und entschied, mit der Wahrheit herauszurücken. Wer wusste, wann sie wieder die Gelegenheit bekam, allein mit Hannah zu reden? „Und wenn ich dir wirklich helfen könnte? Wenn ich dir sage, dass ich mit deiner Mutter gesprochen habe, die ganz krank ist vor Sorge um dich und dich unbedingt wieder nach Hause holen möchte?"

Hannah wurde kreidebleich und wich einen Schritt zurück. Hastig sah sie sich um, ob auch niemand etwas mitbekommen hatte. „Du bist verrückt. Vergiss, dass du mich gesehen hast, okay? Und verschwinde von hier, solange du es noch kannst." Sie drehte sich um und lief geradewegs Jacobs in die Arme.

Der packte sie fest an den Handgelenken. „Was machst du hier, Hannah? Warum siehst du so verstört aus?" Sein Blick wanderte zu Celia, die knallrot geworden war. „Celia, ist alles in Ordnung?"

Sie suchte blitzschnell nach einer einigermaßen glaubwürdigen Erklärung. „Ich … na ja, es ist mir etwas peinlich, aber ich hatte gehofft, Hannah könnte mir helfen, ohne dass jemand etwas merkt."

Hannah sog erschrocken die Luft ein, und Jacobs starrte Celia misstrauisch an. „Wo liegt das Problem?"

„Ich kann's nicht sagen. Ich komme mir total dumm vor."

Jacobs verstärkte seinen Griff um Hannahs Handgelenke, und Hannah sah Celia mit flehendem Blick an.

„Sagen Sie es trotzdem“, beharrte Jacobs. „Ich bestehe darauf.“

Mit verlegen gesenktem Blick murmelte Celia: „Ich habe gerade meine Tage bekommen. Ja, ich weiß, es ist ein absolut schlechter Zeitpunkt. Aber ich hatte gehofft, Hannah könnte mir aushelfen ... Sie wissen schon. Mir geben, was ich brauche.“ Sie blinzelte schüchtern zu Jacobs auf und sah seinen amüsierten Gesichtsausdruck.

Er ließ Hannah los und streichelte ihre Arme. Celia war nun klar, wie viel Angst die junge Frau hatte und wie viel Macht Jacobs über sie besaß.

Dann lachte er. „Celia, wir sind doch alle erwachsen, und ich arbeite jeden Tag mit Frauen zusammen. Das ist wirklich kein Problem. Ich bin sicher, Hannah kann Ihnen helfen. Aber beeilen Sie sich. Blair wartet bereits auf Sie.“ Er sah Hannah warnend an. „Sorgst du dafür, dass sie dann gleich ins Arbeitszimmer kommt?“

Hannah lächelte und wirkte wieder völlig sorglos. Man hätte meinen können, der kleine Zwischenfall hätte nie stattgefunden. „Ja, wir zwei Frauen brauchen nur einen kleinen Augenblick, dann kommen wir. Ich will ja nicht, dass sie etwas Wichtiges versäumt.“

Jacobs kniff ihr ins Kinn. „Gut.“ Dann küsste er sie besitzergreifend auf den Mund. Lächelnd erwiderte Hannah seinen Kuss.

Während er davoneilte, meinte Celia, vor Angst umfallen zu müssen. Sie sah, wie Hannahs Lächeln einem Ausdruck von Hass und Abscheu wich.

Celia musste sie hier rausschaffen, so schnell sie konnte. Und wenn das bedeutete, dass sie sich vor Blair Giles erniedrigen musste, dann würde sie es eben tun.

Mehr denn je zuvor war sie nun entschlossen, Hannah Barrington zu helfen.

Das Warten fiel Alec nicht leicht; er war mehr ein Mann der Tat. Doch das war nicht immer legal, und er bezweifelte, dass Celia oder Dane es gutheißen würden, wenn er das Gesetz selbst in die Hände nahm.

Das Telefon lag neben ihm im Wagen, und er wusste, sobald Celia ihn anrief, würde er in dieses Haus stürmen und sie rausholen.

Erinnerungen an alte Zeiten stiegen in ihm hoch, die er rasch beiseite schob. Mittlerweile war er ein anderer Mensch geworden, geistig und körperlich besser auf alles vorbereitet, was passieren könnte. Er würde dieselben Fehler nicht noch einmal begehen.

Celia würde nichts geschehen, dafür würde er schon sorgen.

Er kurbelte das Fenster hinunter und blickte durch seinen Feldstecher. An dem Tor, wo Celia abgesetzt worden war, stand ein dunkel gekleideter Wachmann, am Hauseingang ebenfalls. Ohne Zweifel waren an jeder Ecke solche gefährlich wirkenden Männer postiert, die nur zu ihren Walkie-Talkies greifen mussten, um sich miteinander zu verständigen. Alec bezweifelt ebenfalls nicht, dass er an ihnen vorbeikommen könnte, falls Celia ihn brauchte. Aber dann stünde es schlecht um die Wachmänner.

Am Westflügel des Gebäudes wurde plötzlich ein großes Fenster erhellt. Mit seinem Feldstecher konnte Alec sehen, dass sich Leute in dem Raum bewegten, aber er saß zu ungünstig, um Genaueres zu erkennen.

Lautlos verließ er seinen Wagen und versteckte sich zwischen ein paar Bäumen am Straßenrand. Da er schwarze Kleidung trug und sich sehr vorsichtig bewegte, würde ihn vom Haus aus niemand entdecken. Wieder blickte er durch seinen Feldstecher.

Zuerst erkannte er Jacobs, der mit lüsternem Lächeln an einem Schreibtisch lehnte, ein Glas in der Hand. Alec musste schlucken, denn noch bevor er sie sah, wusste er, dass sich auch Celia in dem Raum befand.

Lachend und mit erhobenen Armen vollführte sie eine schwungvolle Drehung. Ein weiterer Mann folgte ihr. Er war kräftig gebaut, wie eine Bulldogge, und starrte mit schiefem Grinsen auf Celia. Irgendetwas geschah, woraufhin der Mann lachte. Er griff nach Celia, drückte sie an seinen massigen Körper und gab ihr einen Kuss.

Alec ließ das Fernglas sinken. Sein Herz raste so sehr, dass ihm beinahe schwarz vor Augen wurde, und er musste tief durchatmen, um sich etwas zu beruhigen. Dass Celia mit Raymond zusammen gewesen war, war schon schlimm genug. Aber zumindest war das ein Mann gewesen, den sie sich selbst ausgesucht hatte. Die wilde, überwältigende Leidenschaft, die er jetzt empfand, erschütterte Alec zutiefst. Er war solche Gefühle nicht gewohnt, und sie wurden mit jedem Tag stärker. Fast war er es leid, sie ständig zu bekämpfen, aber die Schuldgefühle aus alten Zeiten steckten ihm noch tief in den Knochen und ließen ihn vorsichtig sein.

Er wischte sich den Schweiß von der Stirn und zwang sich, erneut das Fernglas auf das helle Fenster zu richten. Celia kicherte und flirtete, schaffte es jedoch, sich die nächsten zwanzig Minuten nicht anfassen zu lassen. Als sie schließlich den Kopf neigte und ein um Entschuldigung bittendes Gesicht machte, konnte Alec wieder einmal ihre Gedanken lesen.

Die Ärmste war völlig ausgelaugt von ihrem Spiel. Alec wollte sie sofort da rausholen, in den Arm nehmen und beschützen. Er hatte gehofft, heute Nacht mit ihr schlafen zu können, aber nun überlegte er es sich anders. Sie brauchte Ruhe und Frieden, um sich von der Anstrengung zu erholen. Alec kannte nur zu gut den Preis, den man zahlen musste, wenn man sich auf seine schlimmsten Albträume einließ.

Er hatte es oft genug selbst getan.

Celia versuchte, einen eleganten Abgang zu machen. Sie musste vorsichtig sein, um sich nicht zu verraten, und sie benahm sich wie ein Profi. Alec war stolz auf sie, schwor sich jedoch gleichzeitig, sie nie wieder in eine solch gefährliche Situation geraten zu lassen.

Er beobachtete den Raum, bis das Licht ausging. Dann schlich er geduckt zum Wagen zurück und glitt hinter das Steuer. Er würde nicht fahren, ehe sie das Haus verlassen hatte, und nach einer knappen halben Stunde, die ihm wie eine Woche vorkam, hielt ein Taxi vor dem Tor. Der Wachmann rief über eine Sprechanlage im Haus an, und wenige Minuten später begleitete Jacobs Celia den Weg hinunter.

Jacobs blickte ebenso wie Alec dem Taxi nach. Dann gab Jacobs einem anderen Mann ein Handsignal, woraufhin dieser zu einem Auto eilte und dem Taxi folgte. Alec presste die Lippen aufeinander. Jacobs wachte mit Argusaugen über seine neueste Eroberung, womit Alec nur zwei Möglichkeiten blieben. Entweder hielt er sich heute Nacht von Celia fern, um nicht entdeckt zu werden. Oder er musste vor ihr in ihrem Motelzimmer sein, damit Jacobs' Mann ihn nicht hineingehen sah.

Für Alec gab es da nichts zu überlegen.

Celia wusste, dass sie verfolgt wurde, und hoffte inständig, Alec möge vorsichtig sein. Hatte er den zweiten Wagen bemerkt? Sie hoffte es, da Dane ihn ja für den besten Detektiv der gesamten Branche hielt.

Sie könnte es nicht ertragen, wenn Alec verletzt würde. Sie musste mit ihm reden, aber wegen ihres Verfolgers war es unwahrscheinlich, dass er heute Nacht zu ihr kommen konnte. Von der Anstrengung und vom Alkohol brummte ihr der Schädel, und sie war vollkommen fertig. Der Taxifahrer war zum Glück nicht sehr gesprächig.

Da Jacobs die Fahrt bereits bezahlt hatte, sprang Celia sofort aus dem Wagen, als der Fahrer vor ihrem Motel anhielt. Auf keinen Fall wollte sie ihrem Verfolger über den Weg laufen. Mit zitternder Hand steckte sie den Schlüssel ins Schloss, und als die Tür aufging, sprang sie regelrecht ins Zimmer, knallte die Tür hinter sich zu und schloss ab.

„Celia."

Sie schrie auf. Doch im nächsten Moment merkte sie, dass es Alec war. Mit einem unterdrückten Schluchzen streckte sie die Hände nach ihm aus, und er nahm sie in die Arme und hielt sie liebevoll. „Ist schon gut, mein Schatz. Beruhige dich."

Schniefend erwiderte sie: „Jetzt hältst du mich bestimmt für eine Heulsuse, was?"

„Nein." Er küsste ihre Stirn. „Ich bin sogar schwer beeindruckt. Wie hast du es geschafft, so früh da wegzukommen?"

Sie kicherte beinahe hysterisch. „Ich habe Jacobs einfach vorgeschwindelt, ich hätte meine Tage."

„Wie gerissen von dir."

Celia lehnte sich zurück und umrahmte sein Gesicht mit den Händen. „Und wie hast du es geschafft, vor mir hier zu sein?"

„Ich bin gerast wie der Teufel und habe sämtliche rote Ampeln missachtet." Er drückte sie. „Sonst hätte ich bis morgen früh warten müssen, weil Jacobs dich verfolgen ließ."

„Ich weiß. Ich hatte schon Angst, du würdest erst morgen früh kommen."

Sie spürte, dass Alec sie ansah. Auf einmal herrschte spannungsgeladene Stille. Dann flüsterte er: „Auf gar keinen Fall."

„Alec …" Plötzlich gaben ihre Beine nach, und Alec hob sie hoch und setzte sich mit ihr auf dem Schoß aufs Bett. Doch sie wehrte sich. „Ich muss duschen. Ich muss diese schrecklichen Kleider ausziehen. Ich muss …"

„Erst mal musst du dich beruhigen."

„Das verstehst du nicht." Sie versuchte sich loszureißen. „Ich fühle mich furchtbar schmutzig."

„Dann werden wir zusammen duschen", sagte Alec sanft und trug sie ins Badezimmer.

Sie wollte nicht, dass er sie so sah, und hätte ihm gern den Rücken zugedreht, doch er ließ es nicht zu. „Versteck dich nicht vor mir. Niemals."

„Aber ich komme mir so …"

„Ich weiß. Ich verstehe das."

„Das kannst du nicht."

„Doch." Er beugte sich vor und zog ihr die Schuhe aus. „Du kommst dir schmutzig vor, weil du ihnen nahe warst und sie denken ließest, du wärst wie sie."

Celia klopfte das Herz bis zum Hals. „Ja."

Behutsam schob er ihr die Hose herunter. „Und jetzt willst du das alles wegwaschen. Glaub mir, ich habe das nur allzu oft selbst getan."

Sie nickte, froh über Alecs einfühlsame Worte.

„Hast du Hannah gefunden?", erkundigte er sich, während er ihr den Slip auszog.

„Oh, Alec. Es war furchtbar. Wenn du sie mit eigenen Augen gesehen hättest, würdest du keine Sekunde daran zweifeln, dass sie gegen ihren Willen dort ist. Sie weiß nur nicht, was sie da wieder herauskommen soll."

Alec zog ihr das winzige Oberteil über den Kopf. Sie trug keinen BH, aber Alec achtete nicht weiter auf ihre Nacktheit. Er strich ihr über das zerzauste Haar. „Ich glaube dir. Und du wirst Hannah helfen. Alles wird gut." Er gab ihr einen Kuss auf die Nase, ehe er das Oberteil zu den anderen Sachen warf.

„Alec …"

Er griff nach dem Bauchkettchen und riss es ohne große Anstrengung auseinander. Celia starrte ihn nur an, während die Ohrringe auf ihre nackten Schultern baumelten. So mit

Alec zusammen zu sein, fühlte sich kein bisschen verkehrt an. Im Gegenteil, es war gut und richtig.

Sie sah ihm fest in die Augen und löste die Ohrringe, die Alec ebenfalls auf den Kleiderhaufen warf.

„Sie haben mich angefasst", flüsterte sie.

Alec streichelte zart ihren Bauch und ließ dann die Hände zu ihrem Rücken gleiten. Dann sah er sie an. „Und jetzt habe ich dich angefasst."

Ihre Unterlippe zitterte. „Oh, Alec …"

„Merkst du das, mein Schatz?" Seine Worte waren noch sanfter als seine Berührung. „Wenn du wirklich so leicht zu haben wärst, wie du sagst, dann hätte ihre Aufmerksamkeit dich erregt. Ich weiß, dass jeder Mann auf der Party sich an deinem Anblick ergötzt hat, weil du schön und sexy bist. Aber es hat dich nicht angeturnt, oder? Du hast dich überhaupt nicht geschmeichelt gefühlt."

„Nein."

Aber Alec war noch nicht fertig. „Du dachtest, dass du Raymond liebst, also hast du dir erlaubt, bei ihm erregt zu sein."

Sie wollte fragen: Was glaubst du denn, was ich für dich empfinde? sagte jedoch nichts.

Als hätte er ihre Gedanken gelesen, fuhr Alec fort: „Mir vertraust du und weißt, dass ich dich respektiere, deshalb musst du dich für dein Verlangen nach mir nicht schämen." Er strich ihr über das Haar und legte eine Hand um ihre Wange. „Du empfindest etwas für mich, nicht wahr?"

Es war keine Frage sondern eher die Feststellung einer Tatsache, deren Richtigkeit er nicht bezweifelte. „Wenn nicht, würdest du dich nicht so wohl bei mir fühlen. Und das tust du ganz bestimmt, denn das haben wir ja erlebt, oder?"

Sie nickte, überwältigt von seiner einfachen, überzeugenden Erklärung.

Alec lächelte, und seine dunklen Augen blitzten. „Es wird

noch schöner, Darling. Das verspreche ich."

Seine zärtlichen Berührungen vertrieben all ihre schlechten Gefühle. Zitternd schloss sie die Augen. „Ich bin ein bisschen beschwipst."

„Allerdings."

„Aber ich weiß genau, was ich tue, Alec."

„Keine Sorge, ich werde mich um dich kümmern."

„Wirklich? Oder willst du mich wieder verlassen?"

Diesmal wollte sie ihn nicht davonkommen lassen und schmiegte sich eng an ihn. Der Wein hatte sie mutig gemacht, und sie fühlte sich schrecklich verliebt, obwohl sie das niemals zugeben würde. Alec wollte ihre Liebe nicht, aber er wollte mit ihr schlafen, und sie brauchte ihn. Also waren seine Spielchen jetzt vorbei, ob es ihm gefiel oder nicht.

Mit tiefer Stimme imitierte sie eine Schlagersängerin: „Du hast das Feuer meiner Seele entfacht …"

„Celia …"

Doch sie sang weiter.

„Celia!" Lachend hob Alec sie hoch und wirbelte sie herum. „Du kannst aufhören mit deinem Ständchen."

Sie freute sich über sein so seltenes Lachen. Es tat weh, ihn so sehr zu lieben, aber gleichzeitig versetzte es sie in Euphorie. Sie küsste ihn. „Bist du bereit, dich meinen weiblichen Launen zu beugen? Denn ich will dich, Alec Sharpe. Heute Nacht."

Vorsichtig stellte er sie wieder auf die Füße, und mit einem schiefen, unendlich sexy Grinsen fing er an, sich auszuziehen.

Alec war vollkommen selbstbewusst in seiner Nacktheit. Ihn einfach nur anzusehen gab ihr ein gutes Gefühl. Er streckte ihr die Hand entgegen, und sie traten gemeinsam unter die Dusche.

9. KAPITEL

Alec glaubte zu träumen. Noch nie hatte eine Frau für ihn gesungen – falls man Celias leicht falsches, angeheitertes Trällern Singen nennen konnte. Musik hatte in seinem Leben nie eine große Rolle gespielt, und er hatte selbst noch nie gesungen. Vor allem keine Disco-Hits.

Ganz selten hörte er ein wenig Jazz. Vor fünfzehn Jahren hatte er einmal beim Nachhausekommen Marissa zu den Klängen einer Jazzband mit sich selbst tanzen sehen. Er war hundemüde gewesen und verschwitzt nach einem langen Arbeitstag in der Sonne, und sie hatte ihn mit ihren wirbelnden Röcken und einem breiten Lächeln begrüßt, bereit, ihn im Bett die Lasten des Alltags vergessen zu lassen. Damals hatte es nicht viel mehr gebraucht, um ihn glücklich zu machen.

Doch das Lächeln und die Begrüßungen waren bald vorbei gewesen.

Später wurde Alec klar, dass es weniger die Musik als Marissas Fröhlichkeit gewesen war, was ihn angezogen hatte. Er hatte sich daran gelabt wie ein Verdurstender am Wasser. Seither hatte er nur noch selten das Bedürfnis, Musik zu hören. Außerdem bedeutete Musik für ihn Partys und Unbeschwertheit, und er war niemand, der sich in heiteren, ausgelassenen Menschenmengen wohlfühlte.

Celia offenbar schon. Doch das tat jetzt nichts zur Sache. Celia stand nackt vor ihm, und das Warten hatte ein Ende. Er begehrte sie so sehr, dass es schmerzte, und er hielt sich nur deshalb zurück, weil er dieses erste Mal zu einem schönen Erlebnis machen wollte, das sie niemals vergessen würde.

Sie wollte ihn ansehen, doch er drehte sie sanft herum, sodass ihr Rücken an seinem Körper ruhte und der warme Duschregen über ihre Brüste sprühte. Ihre Knospen richteten sich auf, und Alec fand sie so verführerisch, dass er sich vorkam wie ein gieriger Teenager, dessen Hormone schon beim bloßen Anblick einer attraktiven Frau verrückt spielten. „Ich möchte mich erst um dich kümmern, okay?“, flüsterte er.

„Alles, was du willst, Alec.“

Bei solchen Worte fiel ihm die Zurückhaltung natürlich besonders schwer! Dazu schmiegte sich ihr Körper perfekt an seinen – weich und warm, aber auch muskulös. Er dachte an ihre Trainingsutensilien und drückte sie fest an sich. „Entspann dich, damit ich dich einseifen kann“, sagte er.

„Mach zuerst deinen Pferdeschwanz auf. Ich möchte dein Haar sehen“, erwiderte sie und blickte über die Schulter.

Alec trug sein Haar lang, weil ihm modische Haarschnitte egal waren und nicht, weil er damit eine bestimmte Lebensphilosophie verband. Bei der Arbeit hielt er es meist mit einem Gummiband zusammen, damit es ihm nicht im Weg war. Jetzt schüttelte er den Kopf, und es umrahmte sein Gesicht wie ein geheimnisvoller dunkler Schleier.

„Ich mag es am liebsten, wenn du es offen trägst“, fügte Celia hinzu. „Du siehst damit so verwegen, vor allem mit dem Ohrring.“

Alec musste schmunzeln. Sie standen nackt unter der Dusche, beide angespannt vor Erregung, und sprachen über seine Haare. „Und ich mag dich“, gab er neckend zurück. „Jetzt halt still, damit ich endlich anfangen kann.“

Er griff nach dem Duschgel und begann Celia mit beiden Händen einzuseifen – erst die Schultern, dann den Oberkörper, wobei er die sensiblen Brustknospen absichtlich ausließ, obwohl Celia immer wieder versuchte, seine Hände dort hinzulenken. Er hatte sie so lange begehrt und sich diesen Moment so unendlich oft vorgestellt, dass er jede Sekunde auskosten wollte. Und das konnte er nur, wenn er so lange wie irgend möglich die Kontrolle über sich behielt.

Nachdem er auch ihren Bauch eingeseift hatte, kam er zu

ihren schlanken Schenkeln und flüsterte: „Spreiz deine Beine."

Mit leisem Stöhnen gehorchte sie. Alec fuhr mit beiden Händen abwechselnd über ihren Venushügel, fühlte die winzigen Löckchen unter seinen Fingerspitzen und drang schließlich behutsam zu ihrer empfindlichsten Stelle vor. Celia seufzte und bog ihren Rücken durch, sodass ihr straffer Po sich an Alecs Lenden rieb. Ihr Atem beschleunigte sich, während ihre Nägel sich in seine Oberschenkel bohrten. Sie trieb dem Höhepunkt entgegen, und er steigerte ihre Lust, indem er seine Liebkosungen verstärkte.

„Bitte küss mich, Alec", hauchte sie.

Sie wollte den Gipfel nicht ohne ihn erreichen. Vermutlich hatte sie Angst, er könnte sich ihr wieder entziehen, so wie bei den letzten beiden Malen. Er drehte sie an den Schultern zu sich um, drückte sie an sich und küsste sie voller Leidenschaft. „Ich will aber, dass du jetzt kommst, weil ich dir nicht versprechen kann, dass ich es lang aushalte, wenn ich erst in dir bin", erklärte er.

Ihre Hand glitt abwärts, zwischen seine Beine.

Alec sog stöhnend die Luft ein. „Das hilft mir auch nicht weiter."

„Wir wollen doch fair sein, oder?", flüsterte sie und schaute ihn an. Ihr Make-up war weggewaschen, ihr nasses Haar lag dicht an ihrem Kopf und betonte ihre feinen Gesichtszüge. Ihre Lippen waren leicht geschwollen von seinen Küssen, ihre Wangen vor Verlangen gerötet. Sie war die begehrenswerteste Frau, die er kannte.

Sie lächelte. „Du siehst einfach toll aus, Alec, so schlank und muskulös und groß. Ich sollte dir das sicher nicht sagen, aber ich habe ständig das Bedürfnis, dich zu berühren."

Er lachte ein wenig verlegen. „Ich bin nicht gerade eine Schönheit, Celia." Er wusste genau, dass es vor allem seine bedrohliche Ausstrahlung war, was die Frauen an ihm faszinierte, nicht sein gutes Aussehen.

Celia küsste seinen Oberkörper, seinen Hals, und hielt die ganze Zeit den Beweis seiner Erregung fest umschlossen, ohne die Hand zu bewegen. Nur mühsam unterdrückte er den Impuls, sich an ihrer Hand zu reiben.

„Du bist wild und gefährlich und unendlich sexy. Keine Frau kann dir widerstehen. Ich habe mich immer schuldig gefühlt, weil ich dich so sehr begehrte."

Mit einer schnellen Bewegung zog er ihre Hand fort und legte sie ihr auf den Rücken. Ihr heißer, nasser Körper presste sich an seinen. Als sie mit der anderen Hand nach ihm griff, packte er auch diese. „Hast du eine Ahnung, wie verrückt du mich machst?"

Celia wand sich in seinen Armen. „Alec, ich brauche dich. Jetzt."

Mit zusammengebissenen Zähnen stieß er hervor: „Fühlst du dich immer noch schmutzig."

„Nein."

„Bist du sicher, dass du mich willst? Ein Mal wird mir nicht reichen, Darling. Es wird die ganze Nacht dauern, bis mein Verlangen gestillt ist."

Celia schmiegte die Wange an seine Brust. „Du kannst mich so oft haben, wie du willst."

Er ließ sie los und hatte sich in Sekundenschnelle fertig abgeduscht. Entschlossen drehte er das Wasser ab und riss den Duschvorhang auf. Celia griff lächelnd nach einem Badehandtuch.

„Zum Teufel damit!" Er hob sie hoch und trug sie, nass wie sie war, zum Bett.

Sie musste lachen, als er über ihre Trainingsgeräte stieg. „Alec, wir werden das Laken vollkommen durchnässen."

Doch Alec legte sie kommentarlos auf die zerknüllten Decken und ging noch einmal zurück ins Bad, um seine Brieftasche aus der Jeans zu holen und auf den Nachtschrank zu werfen. Dann legte er sich neben Celia, umfasste eine ihrer Brüste mit der Hand und beugte sich ohne Umschweife darüber. Celia stöhnte auf, als er mit den Lippen die feste rosa Knospe umschloss und fest daran saugte. Er wechselte zur anderen Brustspitze, indem er auf dem Weg dorthin die Wassertropfen von Celias weicher Haut ableckte. Sein Mund und seine Zunge berührten nach und nach jeden Zentimeter ihres Oberkörpers und immer wieder ihre wundervollen kleinen Brüste, von denen er gar nicht genug bekommen konnte.

Als er mit einer Hand über ihren Bauch glitt und mit zwei Fingern in die seidig-feuchte Tiefe eindrang, schrie Celia leise auf. Er konnte sich kaum noch beherrschen. Geschickt liebkoste er sie und hörte sie immer heftiger stöhnen. Da rollte sich leise fluchend auf die Seite und griff hastig nach seiner Brieftasche.

Celia kam auf die Knie und schlang von hinten die Arme um seine Taille, was es ihm noch schwerer machte, das Kondom zu finden. Als er es endlich übergestreift hatte, drehte er Celia auf den Rücken, fasste mit den Armen unter ihre Knie und spreizte ihr so die Beine.

Sie protestierte nicht. Sie hatte den Kopf in den Nacken gelegt, die Augen geschlossen, und ihr Atem ging schnell und heftig.

Ganz langsam lehnte Alec sich vor und drang ein ganz klein wenig ein. Er stöhnte auf und hielt inne. „Celia!“

Sie öffnete die Augen, die vor Leidenschaft verdunkelt waren. Eine zarte Röte überzog ihre Wangen und ihre Brüste, und sie zitterte leicht.

„Sieh mich an, Darling.“

Ihre Blicke tauchten ineinander.

„Sag mir, dass du mich willst“, bat er rau.

Es durchzuckte sie heiß, und sie krallte die Finger ins Bettlaken. Ihr Körper war aufs Äußerste angespannt, und alles in ihr schrie nach Erfüllung, doch noch immer bewegte Alec sich ganz langsam. Er quälte sie beide, doch es war das Überwältigendste, was er in solch einer Situation je gespürt hatte.

„Ich will dich, Alec“, keuchte sie, heiser vor Verlangen. „Ich will dich schon seit so langer Zeit.“ Sie strich sich selbst mit den Händen über ihre Brüste, als wollte sie dort einen Schmerz lindern, und um Alec war es geschehen. Zu sehen, wie sie sich selbst berührte, ließ ihn schlagartig alle Vorsätze vergessen, ihr Liebesspiel möglichst lange auszudehnen.

Mit einem kehligen Stöhnen drang er ganz in sie ein und legte sich auf sie. Celia schlang ihre Beine um seine Hüften, und Alec barg das Gesicht an ihrem Hals, um den süßen Duft ihrer Haut und ihrer Haare aufzunehmen. Es ist so gut, dachte er. Ich will, dass es nie wieder aufhört. Er schob eine Hand unter ihren Po und zog sie noch fester zu sich heran. In diesem Moment kam sie so heftig zum Höhepunkt, dass die Wucht ihrer Leidenschaft auch ihn mitriss.

Sie bäumte sich auf, kam seinen Stößen entgegen, und er spürte ihr Fingernägel auf seiner Haut und ihre scharfen, kleinen Zähne. Er schrie auf und drang immer wieder kraftvoll in sie ein, bis er so erschöpft war, dass er kaum noch Luft holen konnte.

Benommen blieb er auf ihr liegen und versuchte, wieder in die Realität zurückzukehren. Es war unglaublich befriedigend, mit Celia zu schlafen. Dass es schön werden würde, hatte er gewusst, und dieses Wissen hatte ihn so manche schlaflose Nacht gekostet. Aber etwas wie das hier hatte er nicht in seinen kühnsten Träumen nicht erwartet. Es ging weit über puren Sex hinaus, und gerade das verunsicherte ihn.

Celias Atem strich über sein Ohr, und sie streichelte seinen Rücken. Er wollte schreien, dass er ihre Zärtlichkeit nicht brauchte, nicht, nachdem sie ihn körperlich zufriedengestellt hatte. Aber die Worte kamen ihm nicht über die Lippen, denn es wäre eine Lüge gewesen.

Auf einmal spürte er, wie sie innehielt und seinen rechten Bizeps berührte.

„Alec, was hat diese Tätowierung zu bedeuten?“, fragte sie leise.

Er schloss die Augen. Vielleicht dachte sie dann, dass er schlief, und ließ ihn in Ruhe.

Doch einen Augenblick später fragte sie nochmals: „Alec?“

Er seufzte resigniert und stützte sich auf einen Ellenbogen. Celia sah so hübsch aus mit ihrem nassen, zerzausten Haar und ihren geröteten Wangen. Fast gegen seinen Willen beugte er sich vor und küsste sie – und hätte am liebsten nie aufgehört, sie zu küssen. Irritiert zog er sich schließlich zurück.

„Dazu hat meine Frau mich überredet. Das war vor fünfzehn Jahren.“

Celia wurde blass. „Du bist verheiratet?“

Er rollte sich auf den Rücken, verschränkte die Arme hinter dem Kopf und starrte an die Decke. Er hatte gewusst, wenn er mit Celia schlief, würde er ihr früher oder später von seiner Frau erzählen müssen. Nicht, dass sie ein Anrecht auf seine gesamte Lebensgeschichte hatte – das hatte niemand. Aber Vertraulichkeiten im Bett führten eben zu weiteren Vertraulichkeiten. Und Celia war eine neugierige Frau und wühlte gern in Dingen herum, von denen sie lieber die Finger lassen sollte.

Ein Gedanke schoss ihm durch den Kopf: die Wahrheit würde sie vermutlich abstoßen und wieder die nötige Distanz zwischen ihnen schaffen. Keine körperliche Distanz, denn er begehrte sie nach wie vor, und hätte sie am liebsten gleich wieder geliebt. Aber er brauchte emotionale Distanz, und das allein war Grund genug, ihr mehr zu erzählen.

Er seufzte erneut, dann sagte er ohne merkliche Gefühlsregung: „Nicht mehr. Meine Frau ist tot.“

Halb erwartete er, dass Celia aus dem Bett sprang oder ihn verfluchte. Doch sie schwieg eine Weile, ehe sie sich umdrehte und an seine Seite schmiegte. Überrascht legte er einen Arm um sie und hoffte inständig, sie möge nicht anfangen zu weinen. Er hasste es, wenn sie das tat.

„Hast du sie geliebt?“

Alec erstarrte. Verdammt, er verabscheute Fragen wie diese. „Hör mal …“

„Du musst sie geliebt haben“, flüsterte Celia mit zärtlicher Stimme, „sonst hättest du dich nicht für sie tätowieren lassen.“ Mit einem Finger zog sie die Umrisse des Herzens nach. „Hier, wo die Farbe ein bisschen verschmiert ist, hast du da den Namen entfernen lassen?“

Der Name war verschwunden, die Erinnerung jedoch geblieben. Es war ein unnötiger Aufwand gewesen. „Ja.“

„Warum hast du nicht alles wegmachen lassen?“

Alec blickte auf Celias Körper, und ihre helle Haut an seiner dunklen zu sehen entfachte sofort sein Verlangen. Er wollte das Gespräch schnell beenden. „Es hat höllisch wehgetan, die Stelle mit dem Laserstrahl zu entfernen, also habe ich nur das Nötigste machen lassen und gedacht, zum Teufel mit dem Rest.“ Warnend fügte er hinzu: „Kein Mensch fragt mich darüber aus.“

„Warum hast du ihren Namen entfernen lassen?“

Leicht verärgert blickte er zur Seite. „Warum reden wir nicht ein anderes Mal darüber?“

„Weil ich weiß, das du das immer verhindern wirst. Bitte, Alec.“

Verdammt noch mal, er hasste ihre nette Art, Fragen zu stellen, wenn sie wirklich etwas wissen wollte, und gleichzeitig liebte er sie auch.

Sie ließ ihre Hand über seinen Bauch gleiten, umkreiste einige Male seinen Nabel, wanderte dann weiter nach unten und umschloss ihn mit der Hand.

Alec biss die Zähne zusammen. „Also gut. Ich ließ ihren Namen kurz nach ihrem Tod entfernen, weil …“ Es war sonst nie um Worte verlegen, und es gefiel ihm nicht, dass Celia ihn in diese Lage brachte. Er drehte sich zu ihr, packte ihre Hände und drückte sie über ihrem Kopf auf das Kissen. Halb über sie gebeugt, sagte er aufgebracht: „Du willst also all die schmutzigen Details wissen, ja?“

Celia sah ihn mit großen Augen an.

„Na schön.“

Sie biss sich auf die Unterlippe. „Alec …“

„Meine Frau war eine Frau, die es mit jedem trieb.“ Er sah Celia in die Augen. Sie wollte die ganze Geschichte wissen, nun sollte sie damit fertig werden. „Wie die meisten jungen Kerle habe ich beim ersten Mal Lust mit Liebe verwechselt.“

Er musste über seine eigene Dummheit lachen. Und er wunderte sich, dass es gar nicht so schlimm war, mit Celia darüber zu sprechen. Er wollte es hinter sich bringen, damit er wieder mit ihr schlafen konnte. Und wieder und wieder, bis das Verlangen nachließ. Es behagte ihm nicht, dass er sie so sehr begehrte; immer wenn er eine Frau begehrt hatte, hatte es am Ende furchtbar wehgetan. Er war jetzt ein erwachsener Mann und hatte gelernt, das Leben als das zu nehmen, was es war, ohne große Illusionen. Vielleicht war es an der Zeit, dass Celia es ebenfalls lernte. Er ließ sie wieder los.

„Ich hatte keine besonders schöne Kindheit, nachdem meine Mutter an Krebs gestorben war. Mein Vater hatte uns verlassen, als ich noch sehr klein war, und so kam ich nach dem Tod meiner Mutter zu meinem Großvater. Der gute Mann hat sich wirklich alle Mühe mit mir gegeben, aber wir hatten nicht viel Geld, und ich war sowieso schon mächtig sauer auf die ganze Welt. Ich habe es ihm nicht leicht gemacht. Immer wenn ich es besonders schlimm trieb – und glaub mir, ich war ein wahrer Teufelsbraten –, hat er seinen Stock rausgeholt. Der alte Kauz hatte einen starken Schwung im Arm."

Celia stiegen die Tränen in die Augen, aber Alec schüttelte sie und sagte zwischen zusammengebissenen Zähnen: „Wein nicht um mich, Celia. Ich habe nie etwas bekommen, was ich nicht verdient habe. Außer vielleicht meine Frau."

Sie wollte etwas erwidern, aber er ließ sie nicht zu Wort kommen. Er wollte weder Trost noch Mitleid. Er wollte sie wieder ganz nah spüren, damit er alles andere vergessen konnte.

„Sie kam aus ähnlichen Verhältnissen wie ich, aber bei ihr war es ein Stiefvater, der sie schlug. Ich träumte davon, diesen Mistkerl mal ordentlich zu verprügeln. Und wenn er nicht irgendwann davongerannt wäre, hätte ich es vielleicht tatsächlich getan. Marissa feierte sein Verschwinden mit mir. Sie zog mich am Fluss ins Gebüsch und fiel über mich her. Es war das erste Mal, dass wir Sex miteinander hatten.

Ich rebellierte gegen mein Leben, indem ich gegen alle möglichen Regeln verstieß und den Wilden spielte, aber Marissa rebellierte, indem sie jede Art von Liebe nahm, die sie kriegen konnte. Zuerst hat sie mir leidgetan, und dann, nachdem sie mich in die Geheimnisse des weiblichen Körpers eingeweiht hatte, war ich hoffnungslos verliebt. Sie war erfahren genug, um genau zu wissen, was sie tat, und ohne größere Anstrengung stellte sie mein ganzes Leben auf den Kopf. Ich machte sie zu meinem einzigen Lebensinhalt. Ich dachte, sie würde sich bestimmt ändern und dass irgendwann ich allein sie glücklich machten könnte." Er schnaubte verächtlich. „Aber wie sich rausstellte, war ich nur einer von vielen Idioten, die sich das einbildeten."

Celia starrte auf die Tätowierung und unterdrückte ein Schluchzen.

Alec wischte ihr die Tränen von den Wimpern und fuhr fort: „Sobald wir die Highschool verließen, machte ich Pläne für unsere Heirat. Ich suchte mir einen Job auf einer Baustelle, sparte Geld zusammen, und kurz bevor wir neunzehn wurden, brannten wir durch. Für mich, den dummen Jungen, der ich damals war, bedeutete diese Heirat wirklich ‚für immer'."

Celia studierte sein Gesicht. „Weil du sie geliebt hast."

Er lachte kurz. „Liebe? Das glaube ich nicht. Kein Neunzehnjähriger weiß, was er denkt oder fühlt, vor allem, wenn er seinen Verstand in der Hose trägt. Ich dachte, ich könnte etwas bei ihr bewirken, könnte sie retten. Aber sie hat mich schnell eines Besseren belehrt. Wie deine kleine Hannah sehnte sie sich nach Geld und Ruhm. Sie redete immer davon, dass wir wegziehen sollten, aber ich konnte uns gerade mit Mühe über Wasser halten und auf keinen Fall einen Umzug bezahlen.

Eines Tages kam ich von einer Zwölfstundenschicht nach Hause und fand eine Nachricht vor, sie sei bei einer Freundin in Chicago. Am nächsten Tag erst merkte ich, dass sie unser Sparkonto geplündert hatte. Es war nicht viel, aber immerhin genug, um die anstehenden Rechnungen zu bezahlen. Ich hatte keine Ahnung, wo sie steckte, und brauchte eine Weile, um sie aufzuspüren. Als ich sie fand, war sie vollgepumpt mit Drogen und sagte mir mitten ins Gesicht, sie ziehe das Leben in der Großstadt allem vor, was ich ihr zu bieten hätte." Mit der Erinnerung kamen auch die Gefühle der Hilflosigkeit und des Betrogenwerdens wieder hoch, die sich tief in seine Seele eingegraben hatten. „Sie lebte mit drei Leuten zusammen, zwei davon waren Männer."

„O nein. Was hast du da gemacht?"

„Ich habe die beiden Kerle mächtig verprügelt, obwohl ich keine Ahnung hatte, wer von ihnen eigentlich ihr Liebhaber war. Vielleicht waren es auch beide, so unersättlich wie sie war! Die Polizei kam, ich wurde verhaftet, und sie sagte, sie würde die Scheidung einreichen. Ich fühlte mich so elend, dass mir alles egal war, und schrie sie an, sie solle gefälligst aus meinem Leben verschwinden."

Celia schlang ihre Arme fest um Alec. „Sie hatte Unrecht. Aber leider wusste sie es nicht besser."

„So wie deine Hannah?" Er wollte sich aus ihrem Griff befreien, doch sie ließ ihn nicht los.

„Nein!" Celia sah ihm ins Gesicht. Da er ihr nicht wehtun wollte, gab er seine Befreiungsversuche auf. „Hannah will Hilfe, Alec. Sie ist anders. Sie wurde nicht durch ihre Lebensumstände in Jacobs Arme getrieben, sondern durch ihr schlechtes Urteilsvermögen."

„Keine Sorge, Schätzchen. Nur weil ich nichts für meine Ehefrau tun konnte, bedeutet das nicht, dass ich die kleine Hannah im Stich lasse. Du und ich, wir haben eine Vereinbarung getroffen, und ich werde meinen Teil erfüllen. Ich frage mich nur, ob sie dir am Ende danken wird, das ist alles."

Seine Worte hatten wohl kälter geklungen als beabsichtigt, denn sie zitterte leicht. „Alec, was ist mit deiner Frau passiert?"

Er bemühte sich erneut, möglichst emotionslos zu sprechen, denn er wollte weder ihr Mitleid noch ihr Verständnis. „Einen Monat, nachdem ich fortgegangen war, ohne auch nur zu versuchen, sie zur Rückkehr zu bewegen, ist sie auf einer Party ihrer neuen Freunde an einer Überdosis von Drogen gestorben. Sie hat ihre Scheidung nie bekommen, also riefen sie mich an, und als ich ihre Leiche identifizieren musste …"

Seine Stimme erstarb, und er schloss die Augen. Wieder sah er Marissas zerstörten, abgemagerten und vorzeitig gealterten Körper vor sich. Ihr Leben in der Großstadt hatte seinen Preis gehabt. Und Alec hatte sich nie verziehen, dass er sich nicht intensiver bemüht hatte, sie zurückzuholen. Egal, was er Celia erzählte, egal, was für Entschuldigungen er sich überlegte, er wusste, er hatte seine Frau im Stich gelassen. Sicher, er hatte sie nie richtig geliebt, aber sie hatte ihm leid getan und tat es immer noch. Er hatte ihr gegenüber eine Verantwortung getragen, die er schnell über Bord geworfen hatte, als sein Stolz verletzt wurde. An manchen Tagen fühlte er sich so schuldig, dass es ihn fast umbrachte.

Auch Hannah tat ihm irgendwie leid, weil sie so leichtgläubig, naiv und verletzlich war. Aber er wollte nicht wieder in so eine Sache hineingezogen werden. Wenn Celia nicht darauf bestanden hätte …

Ihm war nicht aufgefallen, dass er seine Arme um Celia geschlungen hatte, bis sie sich bewegte.

Sie gab ihm einen Kuss. „Es tut mir leid, dass ich das alles in dir aufgewühlt habe."

„Nachdem sie mit dem Geld verschwunden war, hatte ich überall Schulden, und dann starb sie, und ich konnte nicht mal ihr Begräbnis bezahlen. Mein Großvater hatte auch kein Geld, und ihrer Mutter war alles egal." Er schloss erneut die Augen. „So bekam sie ein Armenbegräbnis."

„Alec." Celia küsste ihn, und während er begierig ihren Kuss erwiderte, wurde ihm bewusst, wie gut ihm das tat. Celia gab ihm Kraft – und gleichzeitig machte sie ihn schwach.

Er biss ihr leicht in den Hals, küsste ihre Schultern und saugte an den Spitzen ihrer Brüste. Überrascht durch seine drängende Zärtlichkeit, stöhnte sie auf. „Gib mir nur das, Celia. Das ist alles, was ich will. Nur das …"

Als Antwort schlang sie ihre Beine um seine Hüften, und um seine Beherrschung war es geschehen.

Er glaubte nicht mehr an Liebe. Was er für seine Frau empfunden hatte, war dem Versuch entsprungen, mit ihr zusammen einem erbärmlichen Leben zu entfliehen – ein Versuch, der kläglich gescheitert war. Seither hatte er niemanden mehr an sich herangelassen. Er hatte seinen Beruf und gehörte zu den Besten in seiner Branche. Jeder Job, den er übernahm, war für ihn nichts weiter als ein beliebiger Auftrag, den es möglichst effektiv zu erledigen galt und den er anschließend vergaß. Kein Fall und keine Frau hatten ihn je tiefer berührt.

Doch nun gab es Celia. Und die Wahrheit war, dass sie ihn bis ins Innerste berührte. Mit ihr zu schlafen war seine einzige Rettung; die Möglichkeit, auf körperlichem Weg den Gefühlsaufruhr zu ersticken, den sie verursachte. Und jetzt, wo er nicht mehr ganz so angespannt war, konnte er sich mehr Zeit lassen.

Alec tat all die Dinge mit ihr, die er sich immer vorgestellt hatte, und sie genoss jede Sekunde. Er liebte sie zärtlich, dann wieder beinahe grob und ungeduldig. Doch sie ging auf alles ein und folgte hemmungslos ihrer Lust. Erst in den frühen Morgenstunden kamen sie zur Ruhe und schliefen erschöpft ein.

Alec träumte von seiner Frau, und irgendwie waren ihr Gesicht und Celias eins.

Und so wie er seine Frau enttäuscht hatte, so enttäuschte er Celia. Trotz ihrer verdrehten Ansichten wusste Alec, dass sie sich einem Mann nur dann so rückhaltlos hingab, wenn sie mehr für ihn empfand als pure Begierde.

Das Schlimmste, was geschehen konnte, war geschehen.

10. KAPITEL

Celia trainierte bereits eine ganze Weile und forderte sich dabei mehr als sonst, aber alles, woran sie denken konnte, war die letzte Nacht. Es war die wunderbarste, zugleich aber auch die erschütterndste Nacht ihres Lebens gewesen. Alec hatte in einer Weise mit ihr geschlafen, von der sie bisher nur geträumt hatte, ja, die sie vor Kurzem sogar noch schockiert hätte, und es war etwas ganz Besonderes gewesen.

Gleichzeitig hatte er mit brutaler Offenheit seine Sicht der Welt dargelegt, und Celia passte einfach nicht in sein von Bitterkeit und Zynismus geprägtes Leben.

Sie war aufgewacht, als Alec früh am Morgen aus dem Bett stieg, hatte sich aber schlafend gestellt. Sie brauchte Zeit zum Nachdenken. Als er nach dem Waschen und Anziehen vorsichtig ans Bett trat, hielt sie die Augen geschlossen und atmete so ruhig und gleichmäßig wie möglich. Sie konnte ihm jetzt einfach noch nicht gegenübertreten, da sie unsicher war, wie sie mit dem Wissen um seine Vergangenheit umgehen sollte. Eigenartigerweise beschuldigte er niemanden, ihn enttäuscht zu haben – nur sich selbst. Dabei war er so sehr verletzt worden!

Er hatte ihre Wange gestreichelt, ihr übers Haar gestrichen, und wenige Sekunden später hörte sie das Klicken der Tür, die sich hinter ihm schloss. Sie wusste, dass er sich vorher vergewissert hatte, ob die Luft rein war. Heute Nacht war er ein Risiko eingegangen, aber selbst das würde er allein sich selbst anlasten, niemals ihr. Er hatte einen solch starken Drang, andere zu beschützen …

Dann waren die Tränen gekommen. Die ganze Nacht lang hatte sie sie unterdrückt, da sie wusste, wie sehr er solche Gefühlsausbrüche verabscheute.

Als sie aufstand, fand sie seine Nachricht, dass er am frühen

Nachmittag wiederkomme. Zuerst war sie erleichtert, dass er nicht für immer verschwunden war, was sie nach ihrer bohrenden Fragerei schon befürchtet hatte. Dann fiel ihr ein, dass sie nichts von ihrer Verabredung mit Jacobs' Freund um zwei Uhr erzählt hatte. Wenn Alec erst später kam, würde er sich bestimmt schrecklich aufregen, wenn sie schon fort war. Er hatte einen fast schon krankhaften Beschützerinstinkt, tat alles, um sie vor Unheil zu bewahren – aber er liebte sie nicht.

Und würde es wohl nie tun.

Celia kniff die Augen zu, während sie noch eine Runde Situps machte, um sich abzulenken, doch ohne Erfolg.

Sie liebte Alec, aber er hatte die Liebe für immer aus seinem Leben verbannt. Dieser Tatsache musste sie ins Gesicht sehen. Ihr Bruder Dane hatte ihr bereits vor einiger Zeit erzählt, was für ein Einzelgänger Alec war. Auch Danes Frau Angel, die Alec hoch schätzte, machte ihn nervös, wenn sie „sentimental wurde", wie er es nannte. Er erledigte jeden Auftrag mit klarer, kalter Entschlossenheit und ohne jedes emotionale Engagement. Er wollte keine gefühlsmäßigen Verwicklungen.

Und das bezog sich auch auf Celia. Er hatte es ihr gesagt, und seine Art zu leben bewies es: Alec wollte Sex mit ihr, aber ohne jede Bindung. Was die Chemie zwischen ihnen anging, hatte er vollkommen recht. Sie fühlte sich dennoch nicht benutzt, sondern eher geschmeichelt, aber gleichzeitig tat das mehr weh als alles andere.

Armer Alec. Auch wenn er es nicht zugab, so schmerzte ihn der Tod seiner Frau noch immer, und dass er sich schuldig fühlte, war offensichtlich.

Celia ging zu Badezimmertür, wo ihre Turnstange befestigt war, und zog sich ächzend hoch.

„Ich dachte, ich hätte dir letzte Nacht genug Training verschafft."

Beim vertrauten Klang der tiefen Stimme zuckte Celia zusammen und ließ die Stange los. Sie fuhr herum und sah Alec, die Arme voller Päckchen und im unrasierten Gesicht ein amüsiertes Lächeln. Er sah wie immer umwerfend sexy aus.

„Alec, du wolltest doch erst am Nachmittag wieder hier sein."

Er zuckte mit den Schultern. „Ich habe alles schneller erledigen können, als ich dachte."

Celia zog nervös an ihrem T-Shirt. Es war alles, was sie außer ihrem Slip trug. Sie räusperte sich. „Im Grunde bin ich auch ganz froh, dass du schon hier bist."

„Ich auch." Den Blick auf das feuchte T-Shirt geheftet, das an ihren Brüsten klebte, kam er auf sie zu. „Ich dachte, du liegst todmüde im Bett, aber das hier ist vielleicht sogar besser."

„Alec." Celia hob abwehrend die Hände. Sie musste mit ihm reden, ihre Pläne mit Jacobs erzählen, aber er ignorierte ihren Widerstand und hob sie aufs Bett.

„Du riechst gut", murmelte er und küsste ihren Hals.

„Ich bin verschwitzt!"

„Ach was. Du riechst wie eine Frau. Das gefällt mir."

„Alec, bitte, ich muss mit dir reden."

„Ich mag es, wenn du so süß ‚bitte' sagst." Er küsste ihre Brüste durch den dünnen Baumwollstoff. „Es macht mich scharf."

Sie musste lachen, obwohl sie merkte, dass sie spontan auf seine Zärtlichkeiten reagierte. „Allmählich scheint mir, dich macht alles scharf."

„Alles an dir. Ob du's glaubst oder nicht, sonst habe ich mich immer eisern unter Kontrolle."

„Tatsächlich?" Was die Arbeit betraf, wusste sie, dass es stimmte, aber bei anderen Frauen? Der Gedanke gefiel ihr. Wenn sie schon nicht alles von ihm haben konnte, dann war sie wenigstens die einzige, die überhaupt etwas bekam.

Alec begann, ihr T-Shirt hochzuschieben, und sie wusste, wenn sie erst nackt war, würden sie nicht mehr zum Reden kommen.

Sie griff ihm in die Haare, sodass er innehielt, und sagte: „Jacobs hat mich für heute zu einem Treffen bestellt."

Alec erstarrte. „Wann?"

„Um zwei."

Er setzte sich aufrecht. „Und das sagst du mir erst jetzt?"

Celia setzte sich ebenfalls auf und zog das T-Shirt über die Knie. „Letzte Nacht hast du mir nicht gerade viel Gelegenheit gegeben, darüber zu sprechen."

Er beugte sich vor. „Und warum hast du mir dann heute Morgen nichts gesagt, anstatt die Schlafende zu spielen?"

„Du wusstest, dass ich wach war?"

Alec verdrehte die Augen und stand auf. „Also gut. Von nun an kommt zuerst das Geschäftliche. Zwar würde ich nichts lieber tun, als eine ganze Woche mit dir im Bett zu verbringen, aber das müssen wir eben bis nach dieser Geschichte mit Jacobs verschieben – falls du immer noch entschlossen bist, die Sache durchzuziehen."

Sie hob das Kinn. „Natürlich bin ich das."

„Das hab ich befürchtet."

„Du bist derjenige, der mich letzte Nacht abgelenkt hat!"

„Und ich werde dich heute Nacht wieder ablenken, und die darauf folgende Nacht auch. Aber von jetzt an sagst du mir immer sofort, was los ist. Was, wenn ich vorhin nicht einkaufen gewesen wäre? Dann würden wir jetzt ganz schön in der Klemme stecken."

Celia hatte keine Ahnung, was seine Einkäufe mit ihrem Treffen zu tun haben sollten, und sah ihn fragend an.

Er seufzte. „Ich will nicht, dass du noch mal in Jacobs' Nähe bist, ohne einen Minisender zu tragen. Das ist einfach zu riskant. Dich gestern Nacht aus der Entfernung zu beobachten, ohne hören zu können, was vor sich geht, hat mich bestimmt um zehn Jahre altern lassen. Wenn ich also irgendetwas Derartiges noch einmal zulassen soll …“ Celia machte ein empörtes Gesicht.

„… dann nur, wenn du einen Sender trägst, sodass ich weiß, was abläuft.“

Entrüstet sprang sie auf. Alec war wieder ganz der alte sture, autoritäre Macho, und sie würde sich das nicht gefallen lassen. „Ich dachte, wir hätten uns geeinigt, dass ich genau das tue, was ich für richtig halte, Alec Sharpe. Ich bin nicht dein Eigentum.“

Alec stemmte völlig unbeeindruckt die Hände in die Hüften. „Wenn du das wärst, würde ich dich an die Leine legen.“

Sie wäre beinahe explodiert, aber dann wurde ihr auf einmal etwas klar. Alec wollte, dass sie wütend wurde. Als er zur Tür hereinkam, hatte er sie eigentlich verführen wollen, doch dann hatte sie ihm von Jacobs erzählt, und sein Beschützerinstinkt war wieder erwacht. Alec fühlte sich trotz aller Distanziertheit von Natur aus für andere Menschen verantwortlich, und das vor allem, vor allem, wenn der Betreffende kleiner, älter oder schwächer war als er selbst. Aber für sie, Celia, schien er außerdem ein ganz persönliches Interesse zu haben, vom ersten Tag an. Warum war ihr das bisher nie aufgefallen?

Weil sie viel zu sehr damit beschäftigt gewesen war, ihre Gefühle für ihn zu bekämpfen. Jetzt, wo sie sich nicht länger dagegen wehrte, sah sie die Dinge viel klarer. „Du führst dich auf wie ein Blödmann, Alec.“

„Nur weil ich nicht will, dass dieser schmierige Kerl dich vergewaltigt?“

„Nein. Deine Bedenken kann ich akzeptieren, weil sie ehrlich sind.“

Er schnitt eine Grimasse. „Oh, danke schön.“

„Aber an deiner Einstellung musst du noch arbeiten.“ Sie

zögerte, da sie nicht wusste, wie weit sie gehen konnte. Aber es war wichtig. Sie liebte ihn, und selbst wenn er ihre Gefühle niemals erwidern würde, sollte er doch akzeptieren, dass es so etwas wie Liebe gab und dass er durchaus ein Mann war, der Liebe verdiente. „Gestern Nacht warst du nicht so nervig. Du warst … verständnisvoll.“

Er lachte. „Gestern Nacht warst du kurz vor dem Zusammenbrechen. Ich trete niemanden, der am Boden liegt, vor allem keine Frau, mit der ich ins Bett will.“

Ach herrje! dachte Celia. Spiel ruhig weiter den harten Kerl, wenn es dir Spaß macht. Celia schob ihr Kinn vor. „Ich dachte, du wärst nett und einfühlsam gewesen, weil du dir etwas aus mir machst.“

Alec trat auf sie zu. „Oh, das tue ich auch. Aber guck mich bitte nicht mit deinen großen unschuldigen Augen an und warte darauf, dass ich dir ewige Liebe schwöre, nur weil wir im Bett die Erde zum Beben gebracht haben.“

Flüsternd erwiderte sie: „Darauf habe ich nie gewartet.“

„Gut. Denn was wir haben, ist verdammt noch mal zu heiß, um es von vornherein mit falschen Erwartungen zu ersticken.“

„Sex?“

„Verdammt richtig. Sensationeller Sex, und das gilt uns beide, denn ich trage am ganzen Körper Male von deinen Zähnen und Fingernägeln, um es zu beweisen.“

Beinahe hätte sie ihn geohrfeigt. Mit einem Schlag wich alle Energie aus ihrem Körper. Sie konnte nicht mit Alec diskutieren, wenn er so erpicht darauf war, diese schreckliche Kluft zwischen ihnen zu schaffen. Sie wandte sich ab, um ins Bad zu flüchten, doch Alec packte sie mit eisernem Griff um die Taille. Da Widerstand zwecklos war, wartete sie einfach ab, was er wollte, aber er presste sie nur fest an sich.

Sie spürte seine Unentschlossenheit, dann berührte er mit

seinem Mund leicht ihre Schläfe und ihr Ohr. „Wo wolltest du denn hin, Baby?“

Celia verharrte reglos aus Angst, bei der nächsten Bewegung in Tränen auszubrechen. Doch ihr Stolz verlangte Stärke. „Ich muss duschen und mich fertig machen.“

„Noch nicht.“

„Alec …“ Sie schloss die Augen. Wenn er jetzt etwas Verletzendes sagte, könnte sie ihm vielleicht nie vergeben.

Doch er hielt sie nur fest. „Wir müssen etwas besprechen, und ich habe uns zu essen mitgebracht.“

„Ich habe keinen Hunger.“

„Du wirst trotzdem essen.“

Sie riss sich los. „Jetzt krieg das endlich in deinen Kopf, Alec Sharpe! Du bist nicht mein Aufpasser.“

„Bin ich wohl“, erwiderte er sanft, aber bestimmt. „Erinnerst du dich etwa nicht mehr an unsere kleine Abmachung? Ich bleibe hier und helfe dir mit Hannah, und du gibst mir alles, was ich will. Und in diesem Moment will ich, dass du nicht vor mir wegläufst.“

Celia ballte die Hände. „Dann hör auf, mich zum Weglaufen zu bringen. Das ist nicht nötig, Alec, glaub mir. Ich weiß bereits genau, wo ich mit dir stehe. Und ich bin nicht so naiv, von ewiger Liebe zu träumen.“ Die Bitterkeit raubte ihr fast den Atem. „Jedenfalls nicht mit dir.“

Ihre Worte schienen ihn zu irritieren. Er marschierte einige Male unentschlossen auf und ab, und Celia merkte, wie er angestrengt nachdachte, ehe er sie wieder ansah. „Das ist nur fair.“ Er musterte sie schweigend, dann schüttelte er den Kopf. „Und jetzt setz dich. Ich muss nämlich wirklich etwas mit dir besprechen.“

Dieser verdammte sture Kerl! „Alec, das war kaum netter als ein Befehl für einen Hund.“

Er lächelte. „Tut mir leid. Würdest du dich bitte hinsetzen, damit ich dir den Minisender erklären kann, denn du tragen wirst, wenn du das nächste Mal zu Jacobs oder einem seiner Freunde gehst."

„Haben wir genug Zeit? Ich muss in ein paar Stunden bei Giles sein."

„Wo genau?", fragte er, während sie sich an den kleinen Tisch setzten.

„Ich glaube, es ist eine Art Studio. Er will eine Foto-Session mit mir machen."

„Und du hast einfach zugestimmt, ohne das vorher mit mir zu abzuklären?", brauste Alec auf.

„Was genau hätte ich denn sagen sollen? ‚Ach, entschuldigen Sie bitte, aber ich muss erst meinen Kumpel, den Detektiv, fragen, ob das in Ordnung geht.'? Etwa so?"

„Ich bin verdammt noch mal nicht dein Kumpel, Celia!", fuhr er sie an, und meinte dann ein wenig ruhiger: „Okay, fang an. Wer ist Jacobs' Freund, wohin gehst du, und wer wird alles dabei sein?"

Jetzt wurde es kniffling. Sie hatte nicht erwartet, dass Alec heute so schlechter Laune war. „Also, Blair Giles ist anscheinend Fotograf, aber während wir im Bad waren, erzählte Hannah mir, dass er ein ziemlich ekliger Typ ist. Jacobs benutzt ihn wohl, um die Mädchen auszusieben. Wenn bei ihm eine bei ihm nicht mitmacht, lässt Jacobs sie als zu riskant fallen. Verstehst du jetzt? Ich musste mich darauf einlassen, sonst werde ich womöglich nicht mehr dazu kommen, mit Hannah zu reden."

„Das klingt ja, als hättet ihr zwei euch richtig nett unterhalten. Wenn die kleine Hannah wirklich gerettet werden will, warum hat sie das dann nicht gestern schon gesagt?"

Celia überlegte sich ihre Worte genau, da sie Alec überzeugen musste. „Wir haben zwar geredet, aber sie hatte zu viel Angst, sich mir anzuvertrauen." Sie erzählte von dem kurzen

Zwischenfall mit Jacobs. „Sie war noch viel zu eingeschüchtert, um mir richtig zuzuhören, aber immerhin hat sie mich gewarnt.“

„Vor Jacobs?“

„Ja, und vor Giles. Sie sagte, ich dürfe auf keinen Fall Angst zeigen. Es scheint ihm zu gefallen, wenn er Frauen einzuschüchtern und nervös machen kann.“

Alecs Gesichtszüge wurden hart und er sprang plötzlich auf. Drohend beugte er sich über sie. „Du gehst da nicht hin.“

Celias Herz machte einen Satz. Er konnte so tun, als sei alles zwischen ihnen rein sexuell, aber das Funkeln in seinen Augen sagte etwas anderes. Wie ein gebranntes Kind das Feuer scheut, so schreckte er vor Zärtlichkeit zurück – und vor Liebe. Sie wollte sich nicht einreden, sie könnte seine Liebe gewinnen, nicht, wenn er sich so sehr dagegen wehrte. Aber trotzdem wollte sie ihm ihre Liebe schenken. Weil er es verdiente.

Sie strich ihm sanft übers Kinn. „Ich bin nicht Marissa, Alec.“

Er fuhr zurück, sein Blick verfinsterte sich, und er wirkte beunruhigt. „Abgesehen von der Melodramatik – was soll das denn bedeuten?“

Celia stand auf und schlang ihre Arme um seine Taille. „Ich hatte keine tragische Kindheit. Ich bin weder naiv noch verzweifelt. Ich bin klug. Ich kann auf mich selbst aufpassen, Alec, und während ich bei Giles bin, habe ich dich, um mir zu helfen. Es wird alles gut gehen.“

Eine Weile verharrte Alec reglos, und Celia spürte, wie er mit sich rang. Dann nahm er sie in die Arme und wiegte sie hin und her. „Ich weiß, dass du nicht dumm bist, Celia. Außerdem bist du schrecklich mutig. Aber das ist nicht deine Welt.“

„Und deshalb hilfst du mir ja auch.“ Sie lächelte. „Zu einem bestimmten Preis, woran du mich vorhin ja auch ausdrücklich erinnert hast.“

„Celia …“

„Den ich“, fuhr sie fort, „gern bezahlen will, sobald ich heute Abend wieder zurückkomme.“

Sein Blick wurde wieder sanft, und er sah auf ihre festen Brüste, die sich verführerisch unter dem schweißfeuchten T-Shirt abzeichneten. „Höre ich richtig? Du willst dich mir freiwillig ausliefern?“

„Äußerst freiwillig“, flüsterte sie. Doch ehe die Spannung zu groß wurde, räusperte sie sich und fragte: „Wo genau soll ich den Minisender tragen? Musst du mich verkabeln?“

Alec ließ sie los. „Nein, das ist nicht nötig. Außerdem wirst du für so etwas wieder viel zu leicht bekleidet sein. Ich habe einen Minisender aufgetrieben, den niemand bemerken wird, solange du nicht zu auffällig damit herumhantierst. Ich dachte, du könntest ihn vielleicht in deine Handtasche stecken. Die hast du doch immer bei dir, ja?“

„Natürlich.“

Er griff nach einer Einkaufstüte und leerte den Inhalt auf den Tisch. Sandwiches, Knabberzeug, eine Schachtel Kondome – Celias Wangen begannen zu glühen – und ein ganz gewöhnlich aussehenden Kugelschreiber fielen heraus. Er hielt ihr den Stift entgegen. „Hier, bitte.“

„Was soll ich damit?“

„In die Tasche stecken. Das ist die Wanze.“

„Du machst wohl Witze.“ Sie berührte die Schreiberspitze und bekam Tinte an ihren Finger. „Das ist doch ein ganz normaler Kugelschreiber.“

„Nein, er sieht nur so aus, hat aber einen verborgenen Sender. Das Ding schnappt ein Flüstern in zwölf Meter Entfernung auf und überträgt es bis zu fünfhundert Meter weit, was bedeutet, dass ich nicht allzu nahe bei dir sein muss, was auch zu gefährlich wäre, aber immer noch nahe genug bin, um dir im Notfall sofort helfen zu können.“

Als sie den Schreiber genauer untersuchen wollte, nahm Alec ihn weg. „Mach ihn lieber nicht kaputt, okay? Die Dinger sind nicht gerade billig." Er nahm ihre Handtasche. „Wenn du ihn hier oben einsteckst und deine Tasche offen lässt, sollten wir keine Probleme haben."

Sie war tief beeindruckt. „Wo hast du das bloß her?"

Er schnaubte. „In einer Stadt dieser Größe ist das kein Problem. Glaub mir, die Nachfrage ist groß genug. Es muss mindestens hundert offizielle Händler geben."

„Ich fass es nicht."

„Celia, ich kann kaum den Block runterfahren, ohne mindestens ein Dutzend Abhöreinrichtungen zu orten, wenn ich darauf aus bin. Die Welt ist nicht so schön oder so sicher, wie du gerne glauben möchtest."

Sie ignorierte seine wiederholten Anspielung auf ihre Naivität. „Wie wissen wir dann, dass Jacobs hier in diesem Zimmer keine Wanze installiert hat?"

„Weil niemand hier drin war, sonst hätte ich es bemerkt. Ob du's glaubst oder nicht, ich passe auf."

Sie zuckte mit den Schultern. „Okay, Mr Bond."

„Celia, du musst dich vorsehen, was du in Hannahs Gegenwart erzählst. Ich bezweifle zwar, dass Jacobs Geld dafür ausgibt, seine Mädchen mit Wanzen auszustatten, weil er sich viel zu sicher fühlt. Sei aber trotzdem vorsichtig, ja?"

Sie nickte. „Toll. Mir geht's jetzt schon viel besser", meinte sie sarkastisch.

Alec grinste. „Hey, werd ja nicht frech. Mir gefällt die ganze Sache nämlich immer noch nicht, und von jetzt an nimmst du keine Verabredung an, ohne mich vorher zu informieren, ist das klar?" Als sie protestieren wollte, legte er ihr einen Finger auf die Lippen. „Ich meine es ernst, Celia. Denk dir irgendeine Entschuldigung aus. Sag einfach, du wirst anrufen, sobald du einen freien Termin hast. Verstanden?"

Widerstrebend nickte sie. Nun, da sie ihn ein wenig besser verstand, machte ihr seine autoritäre Haltung weniger aus.

„Aber jetzt“, sagte er dann und zog sie in seine Arme, „habe ich lange genug an mich gehalten. Dich hier halb nackt herumspazieren zusehen, macht mich wahnsinnig.“ Er küsste ihr Ohrläppchen. „Ich brauche dich, Celia.“

Ihre Haut begann zu prickeln, und in ihrem Bauch schienen plötzlich Schmetterlinge zu flattern. So wie er es sagte, klang es nach viel mehr als Sex. Sie sah auf die Uhr. Sie würden sich beeilen müssen, aber …

„Ich will dich auch, Alec. Du ahnst ja nicht, wie sehr.“

Kaum hatte sie die Worte ausgesprochen, lag sie auch schon auf dem Bett. Es gab Dinge, für die man sich einfach Zeit nehmen musste …

11. KAPITEL

Er hatte es gründlich vermasselt, das wusste er.

Alec hatte in einiger Entfernung vom hinteren Teil des Lagerhauses, in dem sich das ominöse Studio befand, Posten bezogen und schimpfte sich selbst einen Idioten. Er hatte Celia abgelenkt, ihre Konzentration gestört und sie dann mit Verspätung zu ihrer Verabredung gehen lassen, was sie nervös gemacht hatte. Ob sie seine letzten Warnungen und Ratschläge überhaupt noch richtig mitbekommen hatte, konnte er nicht sagen. Nachdem er sie eine Stunde lang im Bett behalten hatte, musste sie in aller Eile duschen und sich das Haar und Make-up richten. Vom Ergebnis war sie wenig begeistert gewesen.

Alec allerdings wusste, dass jeder Mann, der sie ansah, schwach werden würde. Mit dem leicht zerzausten Haar, den glänzenden Augen und den vom Küssen geschwollenen Lippen sah sie aus wie die Fleisch gewordene Sinnlichkeit, und darauf reagierte jeder Mann ganz instinktiv.

Und das brachte Alec noch mehr in Rage. Die ganze Geschichte hier war reichlich obskur. Das „Studio“ war definitiv nur Fassade, hinter der hochtrabenden Bezeichnung verbarg sich ein heruntergekommenes Lagerhaus in einer verwahrlosten Gegend, wo man kaum jemals einen Streifenwagen der Polizei sah.

Der geteerte Parkplatz, auf dem Alec sich versteckt hielt, war in der Mittagshitze glühend heiß. Der Schweiß rann ihm über die Schläfen und den Rücken hinunter, doch er achtete nicht weiter darauf und konzentrierte sich ganz auf Celia.

Er hörte schwache Hintergrundgeräusche, als sie begrüßt wurde, dann das Klappern ihrer hohen Absätze, als sie einen langen Gang hinunterging, schließlich gefolgt vom Öffnen und Schließen von Türen.

Dann erklang eine männliche Stimme. „Ah, Miss. Sharpe, Sie kommen gerade rechtzeitig."

Alec zog erstaunt die Brauen hoch. Miss Sharpe? Sie hatte seinen Nachnamen angegeben? Er musste grinsen, rief sich aber sofort wieder zur Ordnung, denn er wollte jedes Wort mitbekommen. Dieser Mann war anscheinend nicht Blair Giles. Die Stimme klang jung und etwas flirtend. Alec konnte sich gut vorstellen, dass jeder junge Mann von Celia in ihrer fast durchsichtigen Bluse, dem kurzen Rock, mit ihren schönen Beinen und den gefährlich hohen Schuhen begeistert war.

Er hörte erneutes Türenklappen, leise Stimmen, und der junge Mann war entlassen.

„Celia, wie schön, Sie wiederzusehen."

„Hallo, Mr Giles."

Sie klang nervös, und Alec hätte sich selbst in den Hintern treten können, weil er ihr Selbstbewusstsein nicht mehr gestärkt hatte. Er hatte nur an sein eigenes Vergnügen gedacht und die Realität ausgeblendet. Schlimm genug, dass er die ganze Nacht bei ihr geblieben war und ihre Beziehung der Entdeckung ausgesetzt hatte!

„Was halten Sie von meinem Studio?"

„Es ist nicht ganz so, wie ich es erwartet hatte."

„Aber es ist perfekt. Viel Raum, Betonboden und hohe Wände sind der ideale Hintergrund für Foto-Sessions. Meine Beleuchtung kann ich hier optimal einsetzen. Ich habe einige meiner besten Arbeiten hier geschaffen."

„Dann fühle ich mich ja wirklich geehrt, dass ich hierher kommen durfte."

„Ist mir ein Vergnügen." Es war still, dann hörte Alec ein leises Rascheln. „Celia, bitte nicht. Sie müssen nicht rot werden. Nur wenige Beziehungen sind so intim wie die zwischen Model und Fotograf, also sollten Sie sich schon einmal daran gewöhnen, dass ich Sie berühre."

Berühren? Alec sah rot und hätte am liebsten sofort eingegriffen. Noch mehr von diesem Stress, und ihm bliebe glatt das Herz stehen. Doch Celias sanfte, neckende Stimme beruhigte ihn wieder ein bisschen.

„Ich bin nur so aufgeregt, hier zu sein. Ich meine, wenn ich mir vorstelle, vielleicht wirklich in eine Zeitschrift zu kommen!"

„Oh, Sie werden bestimmt auf einer Doppelseite erscheinen, dafür möchte ich fast garantieren. Sie müssen mir nur gestatten, dass ich meine Arbeit bestmöglich ausführen kann, was bedeutet, dass Sie sich entspannen. Warum fangen wir nicht mit ein paar einfachen Aufnahmen an, bevor Sie sich umziehen?"

Zwei Sekunden Stille. Dann: „Umziehen?"

„Natürlich." Alec hörte, wie ein Stuhl über den Boden gezogen wurde. „Bitte sehr. Setzen Sie sich vor diesen Hintergrund, während ich die Beleuchtung einstelle."

„Oh, das blendet aber. Ich kann kaum etwas sehen."

„Machen Sie sich deswegen keine Sorgen. Hauptsache, dass ich gut sehe. Stellen Sie jetzt das Bein dorthin … ja … und das andere da. Und nicht die Knie zusammennehmen! Sie müssen völlig entspannt wirken. Nehmen Sie das Kinn hoch und lächeln Sie."

„So?"

„Kommen Sie, Celia! Das können Sie doch besser." Das Klicken einer Kamera ertönte. „Ich möchte, dass Sie ganz verführerisch aussehen. Stellen Sie sich vor, Sie warten nackt im Bett auf Ihren Liebhaber."

Celia lachte geziert. „Aber ich habe keinen Liebhaber."

„Ja, gut so – und den Kopf neigen." Wieder machte es klick. „Sie haben keinen Liebhaber? Das ist aber jammerschade für so eine sexy Frau wie Sie. Heißt das, Sie sind noch frei?"

„Meine Augen tränen."

„Schließen Sie sie ruhig für eine Minute." Giles klang schmierig und berechnend. „Würden Sie mir bitte antworten?"

„Was? Oh, ja, ich bin noch frei. Ich will mich doch noch nicht an irgend so einen besitzergreifenden Macho binden. Dafür gibt es noch viel zu viel, das ich erleben möchte."

„Nun, wenn das so ist, könnten Sie mich vielleicht heute Abend auf eine Party begleiten. Sie haben gestern wirklich Eindruck gemacht, und es gibt noch einige andere Leute, denen Marc Sie vorstellen möchte."

„Noch eine Party? Hier ist ja ganz schön viel los!"

„Stimmt, es wird nie langweilig. Also, was sagen Sie? Würden Sie gern noch mehr einflussreiche Leute kennenlernen?"

Alec ahnte bereits, wie ihre Antwort ausfallen würde. Sie würde all seine Warnungen in den Wind schlagen und zusagen.

„Das wäre toll."

„Na, wunderbar."

„Wird jemand da sein, den ich schon kenne? Etwa Hannah und Jade?"

Alec stöhnte. Sie durfte nicht zu wissbegierig klingen oder sich zu sehr für eine Person interessieren.

„Natürlich! Hannah gehört zu Marcs Lieblingen. Er nimmt sie überall mit hin. Bei Jade bin ich mir nicht sicher, aber ich werde ihn fragen." Es erklang Papiergeraschel. „Hier ist die Adresse. Seien Sie um sechs Uhr da und tragen Sie wieder ein sexy Outfit. Das von gestern wäre perfekt."

„Schon wieder? Aber …"

„Sie haben wundervoll darin ausgesehen, und Sie können es ruhig noch einmal anziehen. Niemand wird das auffallen, das verspreche ich Ihnen. Und jetzt drehen Sie sich bitte ein wenig zur Seite. Nein, so etwa …"

„Oh!"

„Sie haben eine sehr weiche Haut, Celia."

Alec ballte die Fäuste. Nichts, was geschah, konnte schlimmer sein als seine Fantasie. Er hätte Giles mit bloßen Händen erwürgen können.

„Es sicher sehr heiß unter den Scheinwerfern, nicht wahr? Sie müssen schwitzen."

Alec spürte Celias Nervosität, als sie zögernd erwiderte: „Ja, es ist ziemlich warm."

„Nun, zu Ihrem großen Glück möchte die Zeitschrift viel nackte Haut sehen. Manchmal müssen wir Aufnahmen für Pelzmäntel machen, stellen Sie sich das vor! Glücklicherweise geht es diesmal um Werbung für eine Körperlotion, und ich finde, Sie eignen sich wunderbar dafür. Ich muss Aufnahmen verschiedener Modelle abliefern, aber ich bin sicher, Sie werden das Rennen machen. So, bitte nehmen Sie das hier."

„Was ist das?"

Giles lachte. „Ihr Kostüm, gewissermaßen. Sie ziehen sich aus und posieren auf dem Stuhl, und mit dem Samtschal können Sie sich … nun ja, züchtig bedecken. Mit Ihrem hellen Haar und den braunen Augen wird der rote Samt vor dem weißen Hintergrund einen herrlichen Kontrast geben. Sie haben wirklich eine wunderbare Haut, die müssen wir unbedingt zeigen."

„Ich … äh …"

Sag Nein, flehte Alec stumm, während sich sein ganzer Körper anspannte. Sag Nein und mach, dass du da auf der Stelle wegkommst!

Es herrschte einen Moment bedrückendes Schweigen, dann hörte er Celia leise fragen: „Wo kann ich mich denn umziehen?"

Alec sprang auf, und während ihm bereits diverse Rettungsmöglichkeiten durch den Kopf schossen, fluchte er leise vor sich. „Warte, wenn du nach Hause, kommst, Schätzchen. Dann kannst du etwas erleben."

Doch er würde sich später überlegen, was er mit ihr anstellte. Zuerst musste er ihren süßen kleinen Hintern retten.

Celias Herz klopfte so laut, dass sie dachte, Alec müsse es ebenfalls hören. Sie umklammerte den roten Samtschal und widerstand nur mühsam dem Drang, einfach davonzulaufen.

Dies war der Test. Giles stellte sie auf die Probe, vermutlich auf Jacobs' Anweisung hin, um zu sehen, ob sie wirklich fest entschlossen war, Model zu werden. Ein echtes Mädchen vom Land, das von einer Model-Karriere träumte, würde alles tun, um ihr Ziel zu erreichen.

Und eine echte Detektivin, die um jeden Preis ein hilfloses Mädchen aus den Klauen dieser Verbrecher befreien wollte, würde nicht zögern, diesen verdammten Test hinter sich zu bringen.

Celia wusste, dass ihr keine andere Wahl blieb, wenn sie Hannah wiedersehen wollte. Heute Abend würde sie die junge Frau zur Flucht überreden. Und Jade vielleicht ebenfalls. Sie würde gern Jacobs' gesamten Betrieb auffliegen lassen und den Kerl hinter Gittern sehen, wo er niemandem mehr schaden konnte. Bitte, Alec, versteh das, bat sie insgeheim. Ich muss es tun, um Hannah zu retten.

Sie wurde in ihren Gedanken unterbrochen, als sie Giles' Hand auf ihrem Po spürte.

„Beeilen Sie sich bitte. Wir haben nicht den ganzen Tag Zeit. Sie können Ihre Kleider dort an den Haken hängen.

Celia holte tief Luft. Der Paravent, hinter den Giles sie geschoben hatte, war nicht besonders groß, sodass ihr Körper nur so eben vom Ansatz ihrer Brüste bis zu den Knien verdeckt war. Noch nie war sie sich so ausgeliefert und erniedrigt vorgekommen

Und das genau musste sein Plan sein. Sie dachte an Hannahs Warnung und Giles' überraschenden Kuss auf ihren Mund am Vorabend, nach dem sie ihm am liebsten ins Gesicht gespuckt hätte. Doch Giles hatte es sicher genossen, dass diese intime Geste sie aufs Unangenehmste berührt hatte.

Aber sie würde ihm nicht noch einmal die Genugtuung verschaffen, ihm zu zeigen, wie irritiert sie war. Lächelnd legte sie den roten Samtschal über den Wandschirm und begann ihre Bluse aufzuknöpfen. „Wie lange wird es wohl dauern, bis wir von der Zeitschrift Bescheid bekommen?“

Giles rieb sich die Hände. „Oh, bestimmt nicht lange.“

Sie stieg aus den Schuhen, was sie um acht Zentimeter kleiner machte, sodass ihre Brüste Giles’ lüsternen Blicken zum größten Teil entzogen wurden. Sie schob die Bluse von den Schultern und hängte sie an den Haken. Dann öffnete sie ihren BH. „Ich bin schrecklich aufgeregt.“ Sie lächelte wieder.

Giles leckte sich die Lippen, trat einen Schritt auf sie zu – und plötzlich gingen im ganzen Gebäude die Alarmglocken los. Lautes Hupen und Sirenengeheul hallte durch alle leeren Gänge und Räume.

Celia riss die Augen auf und rief „Was ist denn hier los?“

Giles stand die Panik im Gesicht geschrieben – und dann setzte die Sprinkleranlage ein. Das Wasser sprühte von den hohen Decken auf sie beide herab. Celia griff schreiend nach ihrer Bluse und hielt sie sich schützend über den Kopf.

Laut fluchend rannte Giles zwischen seiner Fotoausrüstung und dem papierbedeckten Schreibtisch hin und her und versuchte, alles auf einmal zu schützen. Celia blickte sich unsicher um.

„Machen Sie bloß, dass Sie hier rauskommen, ehe die Feuerwehr anrückt!“, schrie Giles sie an.

Binnen weniger Sekunden kamen andere Männer in das Studio gerannt und gehorchten seinen rüden Befehlen. Celia zögerte noch einen Moment, dann schnappte sie sich ihre Handtasche, stieg wieder in ihre Pumps und lief zu der Tür, durch die sie hereingekommen war.

„Nicht da!“, brüllte Giles und packte sie grob am Arm, um sie durch einen anderen Ausgang zu schieben. „Den Korridor runter. Am Ende ist eine Tür zum hinteren Parkplatz. Und ziehen Sie sich an, um Himmels willen!“

Durch den eiskalten Wasserregen lief Celia ins Freie. Doch während sie erleichtert ins grelle Sonnenlicht trat, wurde sie von Neugier gepackt. Dies war vielleicht ihre einzige Chance, hier ein bisschen herumzuspionieren.

Sie entdeckte eine beschädigte Transportkiste und zog sie näher an das Gebäude, um in eines der vielen dunklen Fenster zu spähen. Sie hatte immer noch die zerknüllte Bluse in der Hand, die Handtasche hing über der Schulter, und das Wasser, das ihr aus dem Haar tropfte und den Rücken hinunterlief, ließ sie trotz der Hitze frösteln.

Gerade als sie auf die Kiste klettern wollte, packte jemand sie energisch um die Taille und riss Celia zurück. Sie wollte schreien, doch eine Hand legte sich auf ihren Mund, und sie hörte eine vertraute Stimme an ihrem Ohr. „Keinen Laut, verdammt. Da kommt jemand.“

Alec zog sie hinter die Kiste und schirmte sie mit seinem eigenen Körper ab, während zwei durchnässte Männer mit Kameras und Scheinwerfern an ihnen vorbeiliefen. Als sie außer Sicht waren, nahm Alec ihre Hand. „Hier entlang. Schnell.“

Sie versuchte, zu rennen, aber die hohen Absätze machten es fast unmöglich. Sie wollte schon die Schuhe abstreifen, da griff Alec ihre unter den Arm und stützte sie. Plötzlich standen sie vor einer Mauer, und während Celia noch überlegte, wie sie dieses Hindernis überwinden sollte, hob Alec sie hoch und warf sie praktisch darüber. Im nächsten Augenblick war er wieder neben ihr, und ein paar Schritte weiter stand auch sein Wagen am Straßenrand, verdeckt durch ein paar Büsche. Sie sprangen hinein, und Alec fuhr los.

„Halt den Kopf unten, falls uns jemand sieht“, befahl er.

Als sie nicht schnell genug reagierte, legte er eine Hand auf ihren nassen Kopf und drückte ihn herunter, sodass ihre Wange auf seinem Oberschenkel lag. „Bleib so, bis die Luft rein ist."

Es dauerte gut zehn Minuten, bis er an einer Ampel anhielt und Celia ansah. Offenbar war er sehr wütend.

Hastig streifte er sein T-Shirt ab. „Hier, zieh das über."

„Kann ich wieder hochkommen?"

Alec nickte nur. Er umklammerte das Lenkrad so fest, dass seine Fingerknöchel weiß wurden. Celia richtete sich auf, zog die Schuhe aus und warf ihre Bluse auf den Boden. Dann erinnerte sie sich an seinen Befehl, sofort alles Neue zu berichten. „Ich muss heute Abend wieder auf eine Party."

„Ich hab's gehört."

Er sah sie nicht an. Vorsichtig frage Celia: „Was war mit der Sprinkleranlage?"

„Die schaltet sich automatisch ein, wenn es brennt."

„Warst du das?" Sie hätte sich nicht zu wundern brauchen. Alec hatte natürlich die prekäre Situation erkannt, in die Giles sie gebracht hatte. Als er sie weiter ignorierte, sagte sie nur: „Danke."

Und dieses leise, aufrichtige Wort brachte ihn vollends aus der Fassung. „Verdammt noch mal, Celia! Hast du auch nur die geringste Ahnung, was Giles mit dir hätte anstellen können, wenn du nackt gewesen wärst? Ich bezweifle, dass irgendjemand deine Schreie gehört hätte. Du hättest …"

„Ich weiß."

„Und warum, zum Teufel, hast du dann mitgemacht?"

„Weil ich es musste. Weil es der Test war, von dem ich dir erzählt hatte."

Die Ampel sprang auf Grün, und Alec gab wieder Gas. „Du glaubst, dass du der Welt etwas schuldest, nur weil du auf Raymond reingefallen bist? Denkst du etwa, du könntest dadurch irgendetwas ungeschehen machen?"

Sie atmete tief durch. „Vielleicht hat es so angefangen. Zuerst wollte ich mich nur selbst besser fühlen, indem ich anderen Frauen helfe. Ich sah das irgendwie als Schuld, die ich abbezahlen musste.“ Sie legte ihre Hand auf seinen Arm, genau auf die Tätowierung. „Ich muss es einfach tun, Alec. Ich muss Hannah und die anderen Mädchen retten …“

Sein Kopf fuhr herum. „Die anderen?“

„Ja, ich habe auch Jade kennengelernt, ein sehr junges, sehr hübsches Mädchen, und da waren noch andere, die ich nur flüchtig gesehen habe.“ Ihr Griff wurde fester. „Alec, ich will Jacobs ein für alle Mal das Handwerk legen.“

„Dafür wirst du nicht bezahlt.“ Er versuchte, vernünftig zu klingen, doch seine Stimme zitterte. „Mrs Barrington will nur Hannah zurück. Die übrigen …“

„Ja?“ Ihr war klar, dass Alec den Gedanken, Jacobs weiter unbehelligt seine schmutzigen Geschäfte machen zu lassen, ebenso wenig ertragen konnte wie sie selbst.

Sie wartete, bis er schließlich seufzte und brummig, aber nicht mehr ganz so wütend erwiderte: „So, du hast also einen tollen Plan, wie du Jacobs überführen willst, ohne all die Mädchen dem Skandal preiszugeben? Denn glaub mir, die Sensationsreporter werden sich wie die Geier auf diese Geschichte stürzen, und jede der Frauen wird am Ende berühmt sein für Dinge, die sie lieber vergessen möchte.“

Entschlossen erwiderte Celia: „Ich werde diejenige sein, die gegen ihn aussagt. Giles hat mich fotografiert und mir falsche Versprechungen gemacht, du hast es ja selbst gehört.“

„Ich habe es sogar aufgenommen. Der Sender war an einen kleinen Rekorder angeschlossen.“

Celia registrierte erleichtert, weil sein Ärger etwas nachließ. „Du bist klasse, Alec.“

„Das wirst du nicht mehr denken, wenn ich dich erst übers Knie gelegt habe!“

Da Celia keinerlei Angst mehr vor ihm hatte, konnte sie

beruhigt lächeln. „Die Sache ist nur, dass das kleine bisschen, das wir bis jetzt in der Hand haben, nicht ausreicht, um Jacobs oder Giles dranzukriegen. Und Hannah konnte ich noch nicht fragen, ob sie ebenfalls aussagen würde. Aber du hast recht, es würde einen riesigen Skandal geben." Sie rückte ein wenig näher an Alec heran. „Ich muss die Sache heute Abend nur noch etwas weiter vorantreiben."

Alec fuhr auf den Parkplatz vor seinem Motel. „Komm mit rauf."

In seinem Zimmer verlangte er eine genaue Erklärung ihres Plans. „Wie willst du die Sache denn vorantreiben?"

„Na ja, zuerst werde ich natürlich Hannah fragen, ob sie nicht gleich heute noch mit mir fliehen will. Dann werde ich Jacobs und Giles gegenüber die Verzweifelte spielen und sagen, dass ich meinen Traum aufgeben und wieder zurück nach Hause muss, falls nicht etwas Außergewöhnliches passiert, was mir in kürzester Zeit genügend Geld einbringt. Sie sollen denken, dass ich alles tun würde, um berühmt zu werden."

„Nein."

„Alec …"

„Ich habe darüber nachgedacht, und du hast recht. Jacobs und seine Leute müssen gestoppt werden. Aber das werde ich erledigen und nicht du. Ich kann Jacobs' Haus durchsuchen – bestimmt hat er dort irgendwelche belastenden Dokumente herumliegen. Ich bin sicher, dass er die Mädchen irgendwie unter Druck setzt."

Celia sah ihn an, als sei er verrückt geworden. „Du willst in Jacobs' Haus einbrechen? Alec, das ist Wahnsinn! Lass mich auf die Party gehen, alles andere ist viel zu gefährlich. Ich will Hannah da rausholen, sobald es geht."

Alec packte sie an den Oberarmen und sah sie mit finsterem Blick an, während er knurrte: „Ich will nicht, dass du verletzt wirst, verdammt noch mal!"

Celia hob vorsichtig die Hände, um ihn abzuwehren. „Alec, ich bin eine erwachsene Frau und weiß, was ich tue. Wenn ich dort hingehe, dann bin nur ich dafür verantwortlich und nicht du, verstehst du?“

Er ließ sie los und trat zwei Schritte zurück. „Natürlich verstehe ich dich, ich bin ja nicht blöd.“

Doch trotz seiner Beteuerung wusste sie, dass er sich die Schuld geben würde, wenn ihr etwas passierte. Und das durfte sie nicht zulassen. Alec war schon zu oft verletzt worden. Sie wollte ihm auf keinen Fall noch mehr Wunden zufügen.

„Alec, ich weiß, dass du dir die Schuld gibst für das, was Marissa passiert ist.“

Er schnaubte kurz, sagte aber nichts.

„Sie war so alt wie du selbst, Alec, und kein Kind, auf das du aufpassen solltest.“

„Sie war meine Frau.“

„Sie war eine verwirrte junge Frau, die nicht wusste, was sie wollte. Sie hat dich nicht um Hilfe gebeten und hätte sie in jedem Fall abgelehnt. Du hättest nicht mehr für sie tun können, als du tatsächlich getan hast.“

„Aber wenn ich sie an dem Tag nicht allein gelassen hätte …“

„Und wenn ich mich nicht auf Raymond hereingefallen wäre … Es ist doch sinnlos, über vergangene Möglichkeiten nachzudenken. Jeder Mensch macht mal einen Fehler. Das ist einfach so. Manchmal werden wir von unseren Gefühlen beherrscht, manchmal von unserem Stolz. Selbst der allmächtige Alec Sharpe ist davor nicht gefeit, und du darfst dir nicht dein Leben lang Vorwürfe machen.“

Er seufzte und legte den Kopf zurück, um an die Decke zu starren.

Celia spürte seinen Kummer und seine Unentschlossenheit. Sie ging zu ihm und küsste ihn auf die Schulter. „Ich werde heute Abend da hingehen, Alec. Und ich weiß, du bist da, falls ich dich brauche. Aber wenn doch etwas passiert und die Dinge nicht so laufen, wie ich es geplant habe, darfst du dir keine Vorwürfe machen. Bitte versprich mir das."

Er sah sie eindringlich an. „Ich verspreche dir Folgendes: Ich werde draußen sein, alles genau beobachten und warten. Und wenn ich auch nur einen verdächtigen Laut höre oder einen Schatten sehe, der mir nicht gefällt, oder wenn ich ein komisches Gefühl bekomme, dann beende ich die Sache."

Celia vermutete, dass sie von einem Mann wie Alec kein größeres Zugeständnis erwarten konnte. Sie musste eben besonders vorsichtig sein.

„Also gut."

Er hob ihr Kinn. „Noch etwas. Wenn wir diese Sache hinter uns haben, ist endgültig Schluss, weil ich es nicht mehr aushalte."

Meint er unsere Beziehung? dachte Celia bestürzt und nickte stumm. Und damit sie erst gar nicht in Versuchung kam zu weinen, ging sie schnell zu Alecs Telefon und rief sich ein Taxi. Sie musste sich für die Party fertig machen, und Alec konnte das Risiko nicht eingehen, sie persönlich zu ihrem Motel zu fahren.

Und anscheinend ging er auch nicht mehr das Risiko ein, etwas für sie zu empfinden. Heute Nacht würde sie ihr Ziel erreichen, Hannah Barrington zu retten. Aber durch ihre unerschütterliche Entschlossenheit hatte sie Alec in Wut gebracht und für immer alle Hoffnung verspielt, seine Liebe zu gewinnen.

Es war schwer, sich über ihren Erfolg zu freuen, wenn sie gerade das verloren hatte, was sie am meisten wollte.

12. KAPITEL

Hannah, ich möchte mit dir reden."
Hannah sah Celia kaum an. „Nein, lass mich in Ruhe."

Celia packte sie am Arm. Es war die erste Gelegenheit, allein mit ihr zu sprechen, denn Jacobs und Giles waren anfangs nicht von Celias Seite gewichen. Giles hatte sich galant für seine groben Worte im Studio entschuldigt und erklärt, seine Ausrüstung bedeute ihm einfach alles, da er ohne sie ja nicht so reizende Frauen wie Celia fotografieren könne. Celia hätte beinahe laut aufgelacht.

Sie hatte keine Ahnung, wie Alec das Feuer gelegt hatte und was dabei alles zerstört worden war. Aber sie merkte Jacobs und Giles an, dass sie durch den Zwischenfall nervös geworden waren.

Dann hatte einer der Ober Jacobs etwas zugeflüstert, woraufhin dieser sich entschuldigte. Giles verabschiedete sich kurze Zeit später mit dem Versprechen, bald wiederzukommen.

Hannah hatte sich die ganze Zeit von ihnen fern gehalten und an der Bar herumgeflirtet, doch Celia hatte die dunklen Ringe unter ihren Augen entdeckt und machte sich Sorgen.

„Wenn du mir so auffällig aus dem Weg gehst, wird das Verdacht erregen." Sie zog Hannah zu einer kleine Sitzgruppe in der Ecke, von der aus sie alle Eingänge überblicken konnte. „Rede mit mir, Hannah, bitte."

Hannah schloss die Augen. „Es gibt nichts zu reden, Celia. Ich kann nicht nach Hause."

„Kannst du nicht, oder willst du nicht?"

„Beides. Bitte versteh das. Du verschwendest nur deine Zeit."

„Deine Mutter denkt nicht so, Hannah. Deine ganze Familie ist voller Sorge, weil du dich nicht mehr meldest. Deine Mutter denkt gar, du wirst erpresst.“

Hannah lachte bitter. „Mein Mutter hat schon immer alles dramatisiert.“

Celia nahm ihre Hand. Die Finger waren kalt. „Dramatisiert sie denn jetzt auch, Hannah?“

Hannah biss sich auf die Lippe und bekam Tränen in die Augen. Sie blickte stumm auf ihren Schoß, dann flüsterte sie kaum hörbar: „Nein.“

„Aha.“ Celia war froh über dieses erste Zugeständnis und versuchte es weiter. „Womit hält Jacobs dich hier fest?“

Hannah sah sie an. „Ich bin ja so dumm gewesen. Zuerst war Marc so nett. Er half mir, vermittelte mir Fototermine. Ich habe nie eine Anzeige gesehen, bekam aber Geld. Er streckte mir etwas vor für ein Apartment und für die Kleider, die ich ja brauchte, um andere Models auszustechen. Und plötzlich schuldete ich ihm mehr, als ich zurückzahlen konnte. Ich habe den Mietvertrag für das extravagante Apartment unterschrieben, weil Jacobs sagte, ich könne ihm ja bald alles zurückzahlen. Es gehört auch einem seiner Freunde.“

Celia begriff nun, wie eine ahnungslose Frau so schnell in Jacobs’ Falle tappen konnte.

„Er … Er bot mir Alternativen an, um das Geld zu verdienen. Und ich dachte, es wäre nur ein bezahlter Begleitservice – so hat er es jedenfalls gesagt.“ Hannah schlug die Hände vor den Mund und kämpfte gegen ihre Tränen.

Celia klopfte ihr beruhigend auf den Rücken. „Ist schon gut. Ich verstehe das. Atme ein paarmal tief durch, Hannah. Du musst dich wieder in den Griff kriegen, damit Jacobs oder Giles dich nicht weinen sehen. Sie können jeden Augenblick zurückkommen.“

„Tut mir leid. Ich weine fast überhaupt nicht mehr. Es hat ja doch keinen Sinn. Aber alles ist einfach so schnell in die falsche Richtung gegangen …"

„Ich kann es mir denken. Der Begleitservice war keiner, oder?"

Hannah nickte. „Ich bin mit einem Mann ausgegangen, und wir … Ich dachte wirklich, das ist der Richtige. Er war nett und zuvorkommend und schien so ehrlich. Ich war damals sehr einsam und verzweifelt." Sie biss sich auf die Lippe. „Wir haben in der ersten Nacht zusammen geschlafen. Er sagte, ich sei schön und dass er mich ständig berühren wolle. Zum ersten Mal seit Monaten hatte ich das Gefühl, alles sei in Ordnung."

„Aber das war es nicht?"

„Als ich am nächsten Morgen aufwachte, war er weg, und neben meinem Bett lag Geld. Er hatte mich bezahlt. Wie eine Prostituierte." Sie holte tief Luft und fuhr fort. „Ich war verletzt und wollte ihm das Geld zurückgeben, aber ich wusste nicht, wo er wohnt, und hatte auch keine Telefonnummer. Marc lachte nur, als ich ihm davon erzählte, und meinte, das wäre doch der ideale Weg, um meine Schulden zu begleichen. Ich wollte nur noch weg. Aber dann erzählte er mir von den Fotos." Voller Verzweiflung sah sie Celia an. „Meiner Familie würde das furchtbar peinlich sein, und alles wäre meine Schuld."

Celia lief ein kalter Schauer über den Rücken. Ihr Verdacht hat sich als richtig erwiesen, aber dennoch war sie schockiert. Die Mädchen wurden durch Erpressung zur Prostitution gezwungen! Wilder Hass auf Jacobs stieg in ihr hoch. Sie ergriff Hannahs Hand. „Jacobs ist ein verdammter Dreckskerl. Aber wir werden ihn hinter Gitter bringen."

„Nein. Meine Mutter wird sterben, wenn die Fotos an die Öffentlichkeit geraten. Ich dachte, es wären Aufnahmen für normale Werbeanzeigen, aber Giles weiß genau, wie er sie bearbeiten muss, damit sie schlimmer aussehen, als sie wirklich sind. Er hat mir welche gezeigt … Nein, das könnte ich meiner Familie niemals antun!“

Celia griff in ihre Tasche, holte ein Stück Papier heraus und schrieb hastig Alecs Handynummer darauf. „Hier, nimm das. Ich versuche, die Sache heute Nacht zu beenden. Mit etwas Glück werden Jacobs und Giles ins Gefängnis kommen, und auch alle anderen, die mit ihnen zusammenarbeiten. Aber wenn du in Schwierigkeiten kommst, ruf bitte diese Nummer an, dann wird dir geholfen.“

Hannah blickte auf, und als Celia ihren erschrockenen Gesichtsausdruck sah, drehte auch sie sich um. Jacobs und Giles kamen auf sie zu, und während sie zur Begrüßung aufstand, sah sie erleichtert, wie Hannah sich rasch den Zettel mit der Telefonnummer ins Dekolleté schob.

„Ich habe mich schon gewundert, wohin Sie beide verschwunden sind! Ich wollte nach Ihnen suchen, aber Hannah meinte, ich sollte einfach warten. Sie hat sich sehr nett mit mir unterhalten.“

Jacobs zog Hannah lächelnd an sich. „Tja, ich habe ein Überraschung für Sie, Celia.“

„Eine Überraschung?“

Giles rieb sich die Hände. „Wir werden einen Filmproduzenten treffen. Ich habe ihm ein paar Ihrer Fotos gezeigt, und er war sehr beeindruckt. Er möchte Sie noch heute Nacht kennenlernen.“

„Heute noch?“ Celia überlegte fieberhaft, wie sie dieses Treffen verschieben könnte, da sie wusste, dass Alec entsetzt wäre.

Doch ehe ihr etwas einfiel, nahm Giles sie schon bei der Hand. „Kommen Sie, ich werde Ihnen alles erzählen. Aber wir müssen uns beeilen.“

Celia blickte zum Sofa, auf dem ihre Handtasche lag. Unglücklicherweise hatte sie sie vorhin beim Aufstehen umgeworfen. „Oh, meine Handtasche.“

Jacobs schob ihre Sachen zurück in die Tasche. „Hier, bitte sehr. Und jetzt ab mit Ihnen."

„Warten Sie, da liegt noch mein Kugelschreiber …"

„Ich habe jede Menge Kugelschreiber, Celia", beruhigte sie Giles. „Machen Sie sich keine Sorgen."

„Aber … ich hänge sehr daran."

„Ich werde Marc nachher anrufen, damit er ihn suchen lässt."

„Aber …"

„Celia, wir müssen gehen. Keine Sorge. Marc und Hannah werden später nachkommen."

Sie hatte keine Ahnung, was sie jetzt noch anstellen sollte. Mit einem letzten verzweifelten Blick auf das Sofa gab sie auf und zwang sich, Giles anzulächeln. Mit gespieltem Enthusiasmus sagte sie: „Ein Produzent, sagen Sie?" Und sie dachte bei sich, dass das Treffen vermutlich ein Kinderspiel werden würde im Vergleich zu dem Vortrag, den Alec ihr später halten würde.

„Sind Sie sicher, dass wir hier richtig sind?" Es fiel Celia schwer, ihre Nervosität zu verbergen. Das luxuriös eingerichtete Ferienhaus, in das Giles sie gebracht hatte, war abgelegen und vollkommen menschenleer.

Während Giles gedimmtes Licht anstellte und Drinks mischte, sah Celia sich um. Die das getönte Oberlicht konnte man den Mond und die Sterne sehen.

„Entspannen Sie sich, Celia. Der Produzent wird etwas später kommen."

Celia schluckte trocken. „Später?"

Giles grinste sie an und kam mit leuchtenden Augen auf sie zu. Celia verschränkte unsicher die Arme.

„Hier, trinken Sie das. Es wird Ihnen dabei helfen, sich ein wenig zu beruhigen."

Auf keinen Fall wollte Celia Alkohol zu sich nehmen, da sie einen klaren Kopf behalten musste. Zu Giles' Ärger stellte sie das Glas einfach ab. „Blair, ich dachte, wir würden hier einige andere Leute treffen. Ich hatte keine Ahnung, dass Sie so ein ... so ein ..." Sie gestikulierte mit der Hand, um anzudeuten, wie beeindruckt sie von der Atmosphäre des Hauses war.

„Dass ich so ein Romantiker bin?", beendete er mit einschmeichelnder Stimme ihren Satz. „Entschuldigen Sie, Celia, aber ich musste Sie unbedingt allein sehen. Und ich verspreche Ihnen, dass Sie alle Produzenten treffen werden, die Ihnen von Nutzen sind. Ich sehe Ihren Erfolg bereits vor mir."

Er trat näher, und Celia wich verängstigt zurück. „Sie meinen, Sie haben sich das alles nur ausgedacht?" Während sie sprach, suchte sie mit den Augen nach einem möglichen Fluchtweg, aber es sah hoffnungslos aus. Die einzige Tür außer der schweren Eingangstür führte sicherlich ins Schlafzimmer.

Sie merkte, dass Giles sie erwartungsvoll beobachtete. Sicher wollte er, dass sie panisch herumlief, damit er hinter ihr her jagen konnte. Doch sie bekämpfte ihre Angst und sah ihn nur an, damit er ihre Frage beantwortete.

Sein Lächeln wurde etwas kühler. „Nein, natürlich nicht. Aber unsere Gäste werden später kommen. Viel später."

Celia spürte den Sofarand in ihren Kniekehlen. „Später? Aber es ist doch schon fast Mitternacht."

„Hatten Sie denn noch etwas vor?"

Fieberhaft überlegte Celia, was Alec in dieser Situation tun würde.

Sie zwang sich zu einem Lächeln und setzte sich abrupt in eine Sofaecke. Als sie die Arme auf der Lehne ausstreckte, berührte sie mit den Fingerspitzen vorsichtig einen der schweren Keramikaschenbecher. Doch sie konnte ihn nicht packen, ohne Verdacht zu erregen.

Um Zeit zu gewinnen, fragte sie: „Sie haben sich all diese Mühe gemacht nur für mich?“

Als sei er plötzlich von Leidenschaft überwältigt, packte Giles sie an den Armen und zog sie wieder auf die Füße. „Ich will dich so sehr, dass ich fast alles tun würde, um mein Ziel zu erreichen.“ Er wollte sie küssen, doch sie drehte den Kopf, sodass er nur ihre Wange traf. „Glaub mir, ich reagiere sonst nicht so auf Models. Aber du bist anders, so hübsch und unschuldig …“

„Nein!“

Mit einer Hand hielt er ihren Nacken fest, damit sie ihren Kopf nicht mehr drehen konnte, die andere legte er auf ihren Po. Giles war kaum größer als sie selbst, und als er sie an sich presste, hatten sie direkten Körperkontakt von den Knien bis zur Brust. Celias Magen krampfte sich zusammen, und sie bekam vor Ekel eine Gänsehaut.

Sie schrie auf. Sie reagierte allein aus dem Instinkt heraus und wehrte sich. Doch obwohl er keinen besonders sportlichen Eindruck machte, war Giles ein kräftiger Mann und lachte nur über ihre Befreiungsversuche. Als er sie wieder küssen wollte, biss sie ihm in die Lippe.

Giles schien das zu gefallen. „Marc sagte schon, ich sollte noch warten und dich nicht drängen. Aber ich wusste, dass du perfekt sein würdest.“

Er packte ihre Haare und zog ihren Kopf zurück, damit er ihre Brüste anstarren konnte. Celias Kopfhaut brannte, aber das Schlimmste war, dass sie seine Lippen nun auf ihrem Dekolleté spürte.

Sie ging abrupt in die Knie, verlor dabei zwar ein paar Haare, riss Giles jedoch wie beabsichtigt mit sich auf den Teppich. Celia rappelte sich sofort wieder auf, während Giles nach ihren Beinen griff, und als sie den Tisch erreicht hatte, zögerte sie nicht, ihm einen der schweren Aschenbecher mit voller Wucht auf den Knopf zu knallen. Giles duckte sich, war aber nicht schnell genug. Ihr nächster Schlag traf ihn hart auf die Schläfe. Er starrte sie eine Sekunde lang benommen an, dann verdrehte er die Augen und sank auf den Boden.

Celia stand auf. Ihr Oberteil war zerrissen, so das eine ihrer Brüste fast unbedeckt war. Aber im Moment war wichtiger, dass sie überlegte, wie sie von hier verschwand. Zu Fuß würde sie nicht weit kommen, und wenn Giles wieder aufwachte, würde er ihr sicher folgen.

Die Schlüssel! Sie würde seine Autoschlüssel nehmen und wegfahren. Mit Widerwillig kniete sie sich neben ihn auf den Boden und wollte gerade seine Taschen durchsuchen, da ging die Haustür auf, und Jacobs stand mit Hannah im Raum.

Er blickte von Celia mit ihrem zerzausten Haar, verwischtem Make-up und zerrissenem Oberteil zu Giles, der reglos und mit blutbedeckter Schläfe auf dem Boden lag. Angewidert schüttelte er den Kopf. „Ich habe dem Idioten gesagt, er soll warten, aber er wollte ja nicht auf mich hören."

Grob schubste er Hannah vorwärts, sodass sie stolperte und beinah fiel, doch Celia stütze sie. Dann stellte sie sich vor das Mädchen und sah Jacobs an.

„Was wollen Sie hier?"

Mit zwei Fingern hielt Jacobs das Stück Papier hoch, das Celia Hannah gegeben hatte. „Ihr habt wohl eine kleine Verschwörung gegen mich angezettelt, wie?"

„Hannah hat nichts damit zu tun. Ich wollte nur …"

„Setzt euch und seid still!" Er zog eine Pistole aus dem Jackett und bedrohte die beiden Frauen damit. Celia nahm Hannahs Hand und führte sie zum Sofa. Das arme Mädchen zitterte am ganzen Körper und war leichenblass.

„Es tut mir leid", flüsterte sie Celia zu. „Ich wusste, was Giles vorhatte und wollte dir helfen. Ich …"

„Pscht. Ist schon gut."

Jacobs stieß Giles mit dem Fuß an und bekam ein Stöhnen

zur Antwort. „Steh auf oder ich erschieße dich, damit ich mich nicht weiter mit deiner Blödheit herumplagen muss.“

Giles stöhnte erneut, setzte sich vorsichtig auf und hob die Hand an den Kopf. „Das kleine Biest hat mich geschlagen.“

Jacobs grinste schaden. „Das spricht ja nicht gerade für deine Verführungsküste, was?“

Giles kam mühsam auf die Füße und wollte sich mit hochrotem Kopf auf Celia stürzen, doch Jacobs hielt ihn zurück. „Nein, noch nicht. Ich muss dir erst etwas erzählen.“

„Was denn?“

„Dein Studio hat wieder gebrannt.“

„Was!?“

„Ich kenne noch keine Einzelheiten. Aber anscheinend ist derjenige, der das erste Feuer gelegt hat, noch einmal zurückgekommen.“ Jacobs warf Celia einen schnellen Blick zu. „Gut für dich, Blair, dass ich meine Unterlagen bei mir aufbewahre, denn deine sind allesamt verschwunden.“

„Mein Fotos …“, stammelte Giles verstört.

„Sie sind alle weg.“ Er richtete die Waffe direkt auf Celia. „Und ich denke, wir sollten unsere neue Freundin mal danach fragen. Es ist doch komisch, dass der Ärger ausgerechnet in dem Moment anfing, als sie kam, oder? Was ist, Celia? Willst du reden, oder soll ich zuerst Giles auf dich loslassen?“

Celia hob den Kopf; ihr blieb allein ihre Courage, und die musste sie schon um Hannahs willen einsetzen. „Wenn Sie mich anfassen, werden Sie das bereuen. Ich habe keine Angst vor Ihnen. Und wenn Sie uns nicht sofort gehen lassen, werde ich gegen Sie beide aussagen, und Sie werden den Rest Ihres Lebens im Gefängnis verbringen.“

Giles starrte sie nur wütend an, doch Jacobs hielt ihre Drohung wohl für ausgesprochen lustig. „Hast du das gehört, Blair? Sie will gegen uns aussagen.“

„Gib mir ein paar Stunden mit ihr, bevor du sie kaltmachst.“

Hannah begann zu weinen, doch Celia beachtete sie im Moment nicht. Die beiden wollten sie nur einschüchtern. Doch sie hatte zu lange mit Alec zu tun gehabt, um sich von ein paar bedrohlichen einschüchtern zu lassen. Sie sah die Männer verächtlich an und sagte: „Sie sind beide nur zu dumm, um zu begreifen, dass es vorbei ist. Glauben Sie denn wirklich, ich wäre allein hergekommen? Eine Frau, ohne Schutz?“

Jacob fluchte, kam blitzschnell auf sie zu und verpasste ihr einen Schlag. Es kam so plötzlich, dass Celia sich nicht wehren konnte. Ehe sie wusste, wie ihr geschah, flog sie vom Sofa und schlug sich Knie und Handgelenke auf. In ihrem Kopf pochte es schmerzhaft, und sie betete inständig, dass sie recht hatte, was Alec betraf – das er tatsächlich irgendwie mitbekommen hatte, wo sie hinfuhr, und nicht mehr weit entfernt war.

Als hätte sie ihn mit ihrer Verzweiflung herbeigerufen, wählte Alec genau diesen Moment, um die Tür einzutreten. Holz splitterte, Glas zerschellte, und Celia war froh, diesen Mann auf ihrer Seite zu haben. Er sah aus wie ein wild gewordener Stier, die dunklen Augen voller Mordlust. Nachdem er mit schnellem Blick die Lage erfasst und Celia halb am Boden liegend entdeckt hatte, stieß er ein Wutgebrüll aus, das die Fensterscheiben zum Klirren brachte.

Hannah kauerte neben Celia und klammerte sich an ihr fest. Giles erstarrte.

Jacobs zielte mit der Waffe auf Alec, doch der war schneller, trat ihm erst die Pistole aus der Hand und verpasste ihm dann einen heftigen Tritt in seine Rippen. Jacobs schrie vor Schmerzen auf.

Celia beobachtete das Ganze gleichermaßen fasziniert wie erschrocken. Sie erlebte alles wie in Zeitlupe vor, doch waren seit Alecs Erscheinen erst wenige Sekunden vergangen.

Trotz ihrer Bewunderung für Alec registrierte sie, wie Giles sich plötzlich in Bewegung setzte und auf die Pistole zusteuerte. Rasch schob Celia schob Hannah beiseite und sprang los. Giles war gerade dabei, sich über die Waffe zu beugen, als sie auf seinem Rücken landete. Durch den Schwung kippte er vornüber, stieß mit dem Kopf gegen steinernen Kamin und blieb reglos liegen. Celia überlegte nur kurz, ob sie ihn diesmal wohl umgebracht hatte.

In diesem Moment hörten sie herannahende Polizeisirenen. Sie griff nach dem Schürhaken, um Alec beizustehen, doch als sie sich umdrehte, sah sie, dass Jacobs sich nicht mehr zur Wehr setzte. Er hing schlaff in Alecs Umklammerung, das Gesicht geschwollen, die Haare blutbefleckt, und ließ benommen Alecs Schläge über sich ergehen.

Celia lief zu Alec und hängte sich an seinen Arm. „Nein, Alec, nicht!"

Doch er schien weder ihr Gewicht noch ihr Schreien wahrzunehmen. Er holte aus, um Jacobs erneut zu schlagen, und Celia brüllte ihm direkt ins Ohr: „Alec, ich liebe dich!"

Er erstarrte mit erhobener Faust und ließ den stöhnenden Jacob zu Boden fallen. Celia stellte sich direkt vor Alec und sah ihn an. „Wenn du ihn umbringst, landest du im Gefängnis."

Alec sagte kein Wort, sondern starrte sie nur an. Sein Brustkorb hob und senkte sich unter seinen schweren Atemzügen.

Dann strich er ihr sanft über die verletzte Wange. „Ist bei dir alles in Ordnung?"

„Bis auf das Kopfweh, ja." Dann blickte sie zu Giles. „Ich denke, seine Kopfschmerzen sind schlimmer als meine." Trotz all der Aufregung musste sie schmunzeln. „Ich habe ihn zwei Mal k.o. geschlagen."

Alec lächelte nicht. Stattdessen ging er zum Kamin und brachte vorsichtig die Waffe außer Reichweite. Die Sirenen wurden immer lauter.

Celia drehte sich zu Hannah um, die sich verängstigt an die Wand drückte. „Hannah, dies ist ein guter Freund von mir, Alec

Sharpe. Er hat mir dabei geholfen, dich bei Jacobs aufzuspüren."

Als Hannah nicht reagierte, zog Alec sein Baumwollhemd aus und legte es ihr um die Schultern. „Sie hat einen Schock. Sieh zu, ob du etwas Süßes zu trinken findest und eine Decke. Ich werde mich um die beiden hier kümmern." Er drehte sich um, kam dann aber noch einmal zurück. „Ach, Hannah? Alle Unterlagen, die Jacobs und Giles gegen Sie verwenden wollten, sind verschwunden."

Hannah sah von Alec zu Celia und wieder zu Alec. „Oh", sagte sie schwach.

Alec nickte. „Im Studio hat es gebrannt, und alle Fotos sind vernichtet. Und gerade habe ich erfahren, dass jemand bei Jacobs eingebrochen und sein Büro ausgeräumt hat. Es sind genug Beweise übrig, um ihn vor Gericht zu bringen, aber nichts, was für Sie persönlich unangenehm wäre."

Celia ließ Hannah los und fiel Alec um den Hals. „Du bist fantastisch, Alec!"

Zu ihrer Überraschung befreite er sich aus ihrer Umarmung. „Geh mit Hannah in die Küche, ich werde mit der Polizei alles klären. Wir unterhalten uns später." Er klang so kalt, dass sie zusammenzuckte.

„Alec?"

Er sah sie finster an. „Du wärst beinahe getötet worden. Und Hannah auch. Hast du irgendeine Vorstellung davon, was passiert wäre, wenn Hannah mich nicht angerufen hätte und ich nicht hergekommen wäre? Zum Glück warst du wenigstens so schlau, ihr meine Nummer zu geben, bevor du dich mit diesem Irren verdrückt hast – ohne den Minisender!"

Celia trat von einem Fuß auf den anderen. „Der Kugelschreiber ist in die Couch gerutscht, und ich …"

„Spar dir deine Erklärungen für später", unterbrach Alec sie. „Ab jetzt werde ich die Sache in die Hand nehmen, und das hoffentlich etwas besser als du."

Er wandte sich ab, um die Polizisten zu begrüßen, und Celia schloss verzweifelt die Augen. Verdammt, sie hatte alles vermasselt. Alec hatte sie gewarnt, und jetzt war er wütend. Aber er konnte unmöglich enttäuschter sein als sie selbst.

Er hatte recht gehabt. Sie war für diese Arbeit nicht geschaffen. Und wie er gesagt hatte: Jetzt, wo Hannah befreit war, war endgültig Schluss.

Sie war ja so ein Dummkopf.

Alec beobachtete, wie Celia durch ihr Motelzimmer stolperte. Es dämmert schon, und er wusste, dass sie vollkommen fertig war, aber wie immer riss sie sich ohne Murren zusammen. Er wünschte, sie würde mit ihm reden. Seit der Befragung durch die Polizei hatte sie keine zwei Worte mehr an ihn gerichtet. Jacobs war in ein Krankenhaus eingeliefert worden, doch Alec wusste, dass es dem Dreckskerl gut ging.

Dank Celia.

Wenn sie ihn nicht aufgehalten hätte, wäre womöglich Schlimmeres passiert. Alec wollte lieber nicht darüber nachdenken, ob er tatsächlich in der Lage wäre, einfach jemanden zu töten, aber als er vorhin durch das Fenster beobachtet hatte, wie Jacobs sie schlug und er sie kurz darauf mit geschwollenem Gesicht am Boden entdeckte, war er ausgerastet. Noch nie im Leben hatte er eine so unbändige Wut gespürt. Dennoch hatte Celia ihn mit drei kleinen Worten besänftigt. „Ich liebe dich."

Im Moment allerdings machte sie keinen besonders liebevollen Eindruck. Sie wirkte niedergeschlagen und verletzt, und er wollte sie gerne trösten. Er wusste, er würde alles für sie tun. Wirklich alles. Wenn nötig, würde er sogar für sie sterben! Sie bedeutete ihm so viel, dass ihm immer noch fast das Herz stehen blieb bei der Vorstellung, sie beinahe verloren zu haben. Seine verletzenden Worte waren seiner eigenen Angst entsprungen und nicht wirklich so gemeint.

Mit verschränkten Armen beobachtete er, wie sie den Koffer auf das Bett legte und gedankenlos ihre Sachen zusammenpackte. Alec seufzte. „Hannah scheint sich wirklich zu freuen, dass sie nach Hause zu ihrer Mutter kann."

Er sah Celias erstes schwaches Lächeln seit Stunden. „Als sie erfuhr, dass Jacobs und Giles sie nicht mehr erpressen können, ging es ihr gleich wieder besser. Ich weiß, dass das dein Werk war, Alec. Warum hast du mir nichts von dem Einbruch erzählt?"

„Ich finde, man sollte immer noch ein Ass im Ärmel haben. Ich dachte mir, während du dich für die Party hübsch machst, könnte ich die Zeit anderweitig nutzen."

„Was bist du nur für ein Risiko eingegangen ..."

Alec winkte ab. „Im Lagerhaus habe ich nur die Sachen zerstört, die für die Mädchen kompromittierend sein können, ebenso bei Jacobs. Ich staune immer wieder, dass die Leute belastendes Beweismaterial so offen herumliegen lassen, weil sie arroganterweise nicht daran denken, dass ihnen jemand auf die Schliche kommen könnte."

Celia seufzte. „Du bist wirklich einmalig, Alec, weißt du das?"

Sein Herz schlug schneller. „Ist das der Grund, warum du wieder vor mir wegläufst?"

„Tu ich doch gar nicht."

„Aber du packst."

Sie sah verwirrt aus und schüttelte den Kopf. „Es ist Zeit, nach Hause zu fahren. Hier sind wie fertig. Das hast du selbst gesagt."

„Aber wir hatten eine Abmachung, Lady."

Sie ließ die Kleider fallen, die sie gerade in der Hand hielt. „Du machst Witze, oder?"

Alec schüttelte langsam den Kopf, dann ging er auf sie zu. Wenn er sie nicht bald berühren durfte, würde er durchdrehen.

„Du hast mir versprochen, alles zu tun, was ich will, wenn ich dir helfe, und der Tag ist noch nicht vorbei. Ich finde, du schuldest mir noch einiges."

„Alec …"

„Komm mit ins Bett." Er nahm ihren Koffer und kippte den Inhalt auf den Boden. Celia ging sofort schreiend auf ihn los. Er konnte sich ein Schmunzeln nicht verkneifen. Wütend war sie ihm hundert Mal lieber als stumm vor Enttäuschung.

Sie deutete mit einem Finger auf das Bett, ohne den Blick von Alec zu wenden. „Nein, ich gehe nicht mit dir ins Bett, Alec. Okay, wir hatten eine Abmachung, aber das war als …" Sie brach ab und wandte sich um.

Alec hob sie hoch und warf sie allen Widerständen zum Trotz sanft auf die Matratze. „Als was, Schätzchen?" Er küsste ihr Stupsnase, ihren vollen Mund. „Sag's mir."

Celia blickte zur Seite. „Als ich dachte, ich könnte dich lieben und dann einfach wieder fortgehen." Alec brach fast das Herz. Er drehte ihren Kopf so, dass sie ihn ansehen musste. Zitternd holte Celia Luft. „Aber ich bin nicht so stark wie du", fuhr sie fort. „Und Jacobs' Schlag tat weniger weh als deine verletzenden Worte und dein Mangel an Respekt."

„Celia." Zu lange schon hatte er sich zurückgehalten, und sie zu küssen war ihm jetzt das Wichtigste auf der Welt.

Celia wehrte sich nicht. Alec küsste sie zärtlich und hungrig zugleich. Er wusste, selbst wenn er hundert Jahren mit ihr zusammen wäre, würde er von dieser Frau nicht genug bekommen.

Als er den Kuss schließlich beendete, unterdrückt sie ein Schluchzen und schrie ihm direkt ins Gesicht: „Du bist ein Dummkopf, Alec Sharpe! Und ein verdammter Feigling!" Mit zitternder Stimme fügte sie hinzu: „Denn nur ein Feigling würde vor der Liebe davonlaufen."

Alec lächelte. „Ich weiß."

„Und du bist … Was meinst du damit?"

Nun war es wirklich an der Zeit, dass er ihr sagte, was er fühlte und wie viel sie ihm bedeutete. „Ich habe große Achtung vor dir, Celia. Mehr als vor jedem anderen Menschen, den ich kenne. Wenn du an etwas glaubst, dann tust du ohne Rücksicht auf dich selbst alles, um dein Ziel zu erreichen und anderen zu helfen. Nicht viele Menschen sind so überzeugt von ihren Idealen oder so mutig."

„Findest du wirklich?"

Sie sah ihn skeptisch an, und er hätte sie am liebsten an sich gedrückt und vor allem Unheil bewahrt. „Ich vertraue dir und sorge mich um dich." Er küsste sie wieder. „Und ich liebe dich mehr als mein Leben."

Sie war verblüfft. „Du liebst mich?"

Er streckte seine Hand aus, und sie sahen beide, wie er zitterte. „Sieh dir das an! Ich dachte, ich würde dich verlieren, und das konnte ich nicht ertragen. Du hast recht, wenn du sagst, ich sei ein Feigling. Ich hatte Angst vor den Gefühlen, die du in mir geweckt hast. Jetzt habe ich nur noch Angst, ohne dich leben zu müssen."

Dicke Freudentränen rollten ihr über die Wangen. „Oh, Alec, ich hatte auch solche Angst."

Er nahm sie fest in die Arme. „Du warst so mutig und hast instinktiv richtig reagiert. Damit hast du bewiesen, dass du eine großartige Detektivin bist." Er räusperte sich. „Ich habe nur zwei Bitten. Erstens, dass du dich nie wieder so in Gefahr bringst. Mein Herz macht das nicht mehr mit. Und zweitens …"

Celia legte ihm die Hand auf den Mund. „Alec, als ich sagte, dass ich Angst hatte, dann meinte ich nicht die Sache mit Jacobs und Giles. Ich hatte Angst, du könntest mich niemals lieben."

Er küsste ihre Handfläche und schob ihre Hand beiseite. „Keine Chance, Baby. Du wirst mich nie wieder los. Meine zweite Bitte ist nämlich, dass du mich heiratest."

„Alec!“ Sie fiel ihm jubelnd um den Hals.

Alec lachte. Jetzt erst bemerkte er seine Anspannung, weil er sich ihrer Antwort nicht sicher gewesen war. Doch so, wie sich an ihn klammerte, musste die Antwort wohl Ja heißen. Dennoch wollte er es hören.

„Antworte mir, Celia.“

„Ja!“

„Und was die Arbeit betrifft?“

Celia lächelte glücklich. „Mit dir verheiratet zu sein, wird aufregend genug. Noch mehr Aufregung könnte ich nicht ertragen.“

Doch während sie ihm das Hemd aufknöpfte, murmelte Alec: „Komisch, irgendwie kann ich das nicht so recht glauben.“

– ENDE –

Lori Foster

Schwingen der Nacht

Roman

Aus dem Amerikanischen von
Christiane Meyer

MIRA®

1. KAPITEL

Es nieselte ein wenig, deshalb zog Harris Black eine Regenjacke über, ehe er zum Joggen nach draußen ging. Die Lichter der Straßenlaternen spiegelten sich auf dem nassen Asphalt. Nach der Hitze des Augusttages hatte der leichte Regen die gleiche Wirkung wie ein Aufguss in der Sauna. Alles schien zu dampfen.

Harris liebte seine Joggingrunde am Abend aus zwei Gründen. Erstens waren weniger Menschen unterwegs und es herrschte kaum Verkehr auf den Straßen. Und zweitens traf er Clair Caldwell.

Clair wohnte in dem Apartmentgebäude nebenan und begleitete ihn bei seinen abendlichen Läufen. Es gab ein Dutzend Gründe, warum Harris sie so sehr mochte.

Anders als die meisten Frauen fand Clair an denselben Dingen Gefallen wie er: Sportübertragungen im Fernsehen, Joggen und Junkfood. Nicht ein einziges Mal hatte sie ihn gezwungen, eine romantische Komödie über sich ergehen zu lassen. *Gott sei Dank.* Stattdessen hatten sie sich an einem gemütlichen Samstagnachmittag alle *Alien*-Filme angesehen, einen nach dem anderen, ohne sich ein einziges Mal von der Couch zu bewegen.

Clairs Job faszinierte ihn. Als zwei angesehene Privatdetektive ihr Büro in die Nähe von Chester, Ohio, verlegt hatten, wo sie wohnten, hatte Clair die Chance ergriffen und arbeitete nun als Sekretärin in der Detektei. Sie war abenteuerlustig und genoss den Nervenkitzel bei der Arbeit. Doch ihre Pflichten gingen über die bloßen Tätigkeiten einer Sekretärin weit hinaus. Sie war ein Genie am Computer, half bei Online-Ermittlungen und war eine echte Allrounderin. Und sie hatte immer lustige Anekdoten zu erzählen.

Umgekehrt lauschte sie gern seinen Geschichten über seine

Arbeit und seine Freunde. Als Feuerwehrmann war er Zielscheibe unzähliger derber Witze, und Clair schien sie alle zu kennen. Sie zog ihn über die Länge seines Schlauches auf, sein „schweres Gerät“ und über seine „ganz spezielle“ Ausrüstung. Doch wenn er ernst war, war sie es auch. Sie hatte die Fähigkeit, seine Stimmungen zu erahnen, wie er es noch bei keinem anderen Menschen erlebt hatte. Selbst bei seinen besten Freunden Buck, Ethan und Riley musste er sich manchmal hinter einer Maske verstecken. Niemand wollte einen mürrischen oder launischen Kumpel – nicht einmal, wenn er gerade ein Feuer bekämpft hatte, das keinen guten Ausgang genommen hatte. In solchen Momenten versuchten sie immer, ihn durch Scherze aufzumuntern, damit er wieder bessere Laune bekam.

Clair war da anders. Einmal, nachdem er einen furchtbaren Brand hatte löschen müssen, bei dem zwei Menschen ums Leben gekommen waren, hatte sie einfach neben ihm auf dem Sofa gesessen und seine Hand gehalten. Sie hatten gemeinsam ferngesehen, aber Harris wusste, dass keiner von ihnen auf den Film geachtet hatte.

Was das Verhältnis zu Clair vor allen Dingen ausmachte, war die Ungezwungenheit. Er traf sich nur mit ihr, wenn er wollte, und hatte nie das Gefühl, sie anrufen zu *müssen.* Seltsamerweise rief er sie deshalb ziemlich oft an oder traf sich mit ihr.

Ihre Zeit miteinander verbrachten sie ohne irgendwelche erotischen Hintergedanken, sodass die Sache zwischen ihnen nicht unnötig verkompliziert wurde. Es war ihr egal, ob er sich rasierte oder ob er *Twinkies* zum Mittagessen verspeiste oder ob er die ganze Nacht mit seinen Kumpels um die Häuser zog. Zuerst hatte ihr Desinteresse ihn gestört, doch nachdem Ethan und Riley zwei Frauen in die Fänge geraten waren und sie geheiratet hatten, war Harris lächelnden Schönheiten gegenüber inzwischen äußerst misstrauisch – und das aus gutem Grund.

Die frischgebackenen Ehefrauen schienen zu glauben, dass auch er eine ernsthafte Beziehung brauchte, und seitdem hatte er keine ruhige Minute mehr. Es war so schlimm, dass er sich fast überhaupt nicht mehr mit Frauen traf.

Was bedeutete, dass er enthaltsam lebte. Und das war nicht schön. Aber immer noch besser, als ständig Gesprächen über „… und sie lebten glücklich und zufrieden bis ans Ende ihrer Tage …“ ausweichen zu müssen. Nichts konnte guten Sex gründlicher verderben, als wenn eine Frau zu weit in die Zukunft blickte.

Mit Clair war Sex nie ein Thema. Es kam einfach nie auf. Sie waren Freunde, fühlten sich wohl miteinander, und keiner von ihnen überschritt jemals diese Grenze. Ihre Beziehung war so entspannt, dass er mehr Zeit mit Clair verbrachte als mit seinen Kumpels. Natürlich bevorzugten Ethan und Riley momentan auch eher die Gesellschaft ihrer Ehefrauen.

Als Harris unter dem Vordach des Apartmentgebäudes hervortrat, landete ein dicker Regentropfen auf seiner Nase. Es lag ein Sturm in der Luft, und wahrscheinlich würde er losbrechen, noch ehe sie ihren Lauf beendet hatten. Harris rannte über den Hof zwischen den Gebäuden, als die Nachbartür auch schon aufging und Clair nach draußen kam. Lächelnd blickte er sie an.

Was ihre Persönlichkeit betraf, war sie irgendetwas zwischen einer Intelligenzbestie und einer Sportskanone; sie liebte alle Arten von Sport und war klüger, als gut für sie war. Aber egal in welcher Situation, und obwohl sie sich nicht besonders aufreizend kleidete, sah Clair doch immer stylish aus. Zugegeben, es war ihr eigener, einzigartiger Stil, aber ihre äußere Erscheinung war immer wohlüberlegt und wirkte niemals, als hätte sie keinen Geschmack oder keine Zeit gehabt.

Vor ein paar Wochen hatte sie sich ihr glänzendes dunkelbraunes Haar kürzer schneiden lassen. Heute trug sie die

Haare zu einem kurzen Pferdeschwanz gebunden, der wirklich süß aussah. An ihrer ovalen schwarzen Hornbrille hatte sie ein Gummiband befestigt, damit sie ihr beim Laufen nicht von der Nase rutschte. Irgendwie sah der Look der sportlichen Bibliothekarin bei Clair gut aus.

Da sie die Haare zurückgebunden hatte, fiel Harris zum ersten Mal auf, dass sie keine Ohrringe trug. Eigentlich hatte er Clair noch nie mit Schmuck gesehen. Heutzutage hat doch so ziemlich jede erwachsene Frau ihre Ohren gepierct – ganz zu schweigen von anderen Körperteilen, dachte Harris. Aber er hatte ja schon immer gewusst, dass Clair anders war als andere Frauen.

Mit ihren eins fünfundsechzig war sie durchschnittlich groß – allerdings hatte sie ausgesprochen lange Beine. Schlanke, sexy Beine, die selbst in klobigen Laufschuhen umwerfend aussahen. Heute Abend stellte sie diese Beine in einer lässigen kurzen Hose zur Schau. Wie Harris hatte sie ein Zugeständnis an das regnerische Wetter gemacht und einen Windbreaker übergezogen.

Er warf einen Blick zum düsteren Himmel hinauf. Durch die dichten schwarzen Wolken hindurch waren weder der Mond noch die Sterne zu sehen. Die Zweige der Bäume bogen sich in den schweren Windböen. Herumliegender Müll wurde über die Straße geweht. „Sieht aus, als würden wir heute noch einen höllischen Sturm bekommen."

„Machst du einen Rückzieher, Süßer? Bist du aus Zucker?" Sie gab ihm einen Klaps auf den Hintern. Einen festen Klaps. Dann lief sie los.

Schmunzelnd folgte Harris ihr. „Rache ist süß, Kleines."

Um ihn zu ärgern, wackelte sie für ein paar Schritte extra aufreizend mit den Hüften, ehe sie wieder ernst wurde.

Seite an Seite liefen sie die Straße entlang. Nur das Geräusch ihrer Sportschuhe auf dem nassen Untergrund und ihr Atmen durchbrachen die Stille. Nach fünfzehn Minuten war aus dem Nieseln ein leichter Dauerregen geworden. Clair beschwerte sich nicht, also verlor auch Harris kein Wort darüber. Wenn sie damit fertig wurde, konnte er das auch.

Nachdem sie ungefähr zwei Kilometer zurückgelegt hatten, blickte Harris sie an. Sie wirkte hochkonzentriert, und ihr kurzer Pferdeschwanz, der vor Nässe inzwischen etwas dunkler war, hüpfte im Rhythmus ihrer langen Schritte. „Ist heute bei der Arbeit was Interessantes passiert?", fragte er.

Sie zog die Stirn kraus. „Dane hat einen Kerl erwischt, der seine Frau betrogen hat." Empörung schwang in ihren Worten mit. „Er war echt wütend, als er ins Büro kam, um die Sache für die Akten zu erfassen. Er sagte, die Frau sei verdammt hübsch und auf jeden Fall ohne den Kerl besser dran – und trotzdem hat sie sich die Augen ausgeheult."

„Was für eine Schande." Harris wollte eigentlich nicht heiraten. Doch falls er den Schritt je wagen sollte, war er sich sicher: Er wäre seiner Frau absolut treu. In seinen Augen waren Ehepartner, die den anderen betrogen, das Letzte. Wenn man seinen Spaß haben wollte – so wie er –, sollte man gar nicht erst irgendjemandem etwas versprechen.

Clair hatte immer noch nicht genug. Unermüdlich legte sie Meter um Meter zurück, und ihre Schritte klatschten auf dem nassen Asphalt. *Patsch, patsch, patsch.* „Ich würde nicht weinen." Sie ballte die Hände zu Fäusten und steigerte das Tempo weiter, bis sie nicht mehr joggten, sondern rannten.

„Was würdest du denn tun?"

Die Sekunden verstrichen. Clair wurde langsamer und entspannte sich allmählich wieder. Mit einem bösen, vielsagenden Lächeln sagte sie schließlich: „Ich würde ihm einen kleinen Besuch abstatten – mit einem Baseballschläger. Und *dann* würde ich mich von ihm trennen."

„Sehr wirkungsvoll." Harris lachte. „Aber ich fürchte, auch nicht ganz legal."

„Mag sein. Aber mir würde schon was einfallen, damit er bezahlt …"

Ein greller Blitz erleuchtete die gesamte Umgebung, gefolgt von einem Donnerkrachen, das die Stille der Nacht zerriss. Erschrocken blieben Clair und Harris stehen.

„Wow." Clair stützte die Hände auf die Knie, atmete tief durch und betrachtete mit großen Augen und voller Bewunderung das Wüten von Mutter Natur.

„Das ist doch verrückt. Komm." Harris packte ihren Arm und zog sie mit sich Richtung Hauptstraße. „Zeit, sich auf den Heimweg zu machen." Eigentlich hätten sie die längere Strecke genommen, um möglichst lange miteinander joggen zu können, aber jetzt wollte Harris Clair einfach nur noch aus dem Sturm und in Sicherheit bringen.

Sie widersprach nicht. Das war ein weiterer von Clairs Vorzügen – gesunder Menschenverstand. Seiner Erfahrung nach verfügten nur die wenigsten Menschen über beides: angelesenes Wissen *und* Intelligenz und Logik im alltäglichen Leben. Doch Clair verband beides, was noch ein Grund war, warum er sie so mochte.

Sie waren nur noch wenige Minuten von ihren Wohnungen entfernt, als der Regen plötzlich sintflutartig niederprasselte und sie innerhalb von Sekunden vollkommen durchnässte. Die Sicht war gleich null. Die Kanalisation wurde mit den Wassermassen nicht mehr fertig, und binnen kürzester Zeit wurden die Straßen zu Flussbetten. Kaltes Wasser umspülte ihre Knöchel. Durch den heftigen Wind stachen die Regentropfen auf der Haut wie kleine Nadeln, und Harris fluchte. Während er versuchte, Clair mit seinem Körper abzuschirmen, lotste er sie in den dunklen, aber geschützten Eingang eines geschlossenen Klamottenladens. Es war nur ein schmaler Zugang, sodass sie eng beieinanderstehen mussten. Clair schien diese vertrauliche Nähe gar nicht aufzufallen.

Nass klebte ihr Haar an ihrem Kopf, und Wasser tropfte von ihrem gesamten Körper. Sie zitterte, doch sie beschwerte sich nicht. „Meinst du, es hört gleich wieder auf?“

Wieder zuckte ein Blitz über den unheilverkündend düsteren Himmel. Der Donnerschlag, der folgte, ließ den Boden unter ihnen erzittern. „Nein. Aber lass uns hier erst mal ein paar Minuten abwarten.“

Mit einem Seufzen nahm Clair die Brille ab, auf deren Gläsern sich Regentropfen gesammelt hatten. Sie hob den Windbreaker an, fand an ihrem T-Shirt, das sie darunter trug, eine trockene Stelle und putzte ihre Brille. Dabei konnte Harris einen Blick auf ihren Bauch erhaschen. Er erkannte nicht viel, denn es war dunkel, und sie stand so nahe bei ihm, dass sie ihn mit ihren Ellbogen ständig anstieß. Er verengte die Augen zu schmalen Schlitzen und strengte sich an, um noch mehr zu sehen.

In dem Moment bemerkte sie seinen Blick – und für den Bruchteil einer Sekunde zog sie Jacke und T-Shirt hoch bis über ihre Brüste. Überrascht sah Harris auf und starrte ihr ins Gesicht.

Sie schmunzelte. „Bitte schön. Ist deine Neugierde damit gestillt?“

Beinahe hätte er seine Zunge verschluckt. „Nein.“ Es dauerte einen Augenblick, bis sein Gehirn verarbeitet hatte, was er gerade gesehen hatte. „Ist das ein Sport-BH?“, brachte er hervor.

Lachend stieß Clair ihm den Ellbogen in die Rippen. Dieser Stoß war härter als die vorherigen, und Harris ächzte. Dennoch trat er noch näher an sie heran, um etwas von ihrer Wärme zu spüren und um sie an weiteren gewalttätigen Ausbrüchen zu hindern.

„Ja. Ungefähr genauso enthüllend wie das Oberteil eines Badeanzugs, also pack die Glupschaugen wieder ein. Du hast doch nicht geglaubt, ich würde dir tatsächlich was Wichtiges zeigen, oder?" Kopfschüttelnd schnalzte sie mit der Zunge. „Der Regen muss dein Hirn aufgeweicht haben."

„Ich hab nur was Helles aufblitzen sehen", erwiderte Harris. „Und ich wusste nicht, ob es Brüste oder Klamotten sind. Du kannst es einem Kerl nicht verübeln, wenn er Klarheit haben will."

„Ich hab nicht so große Brüste, dass ich damit angeben könnte."

In dem beengten Eingang und mit dem eisigen Regen, der ihm auf den Rücken prasselte, war es nicht möglich, es sich bequem zu machen. Harris legte eine Hand an die Wand hinter ihr und beugte sich etwas vor – raus aus dem Sturm, näher zu Clair. Den Blick auf ihre Brust gerichtet, murmelte er: „Ich finde, du hast genug", und meinte es auch so.

„Gesprochen wie ein wahrer Freund. Danke." Und bevor Harris noch etwas zu dem Thema sagen konnte, stellte sie sich auf die Zehenspitzen, um ihm über die Schulter zu blicken. „Hey, der Regen hat ein bisschen nachgelassen. Sieht aus, als wäre das Schlimmste vorüber. Lass uns nach Hause gehen, bevor wir erfrieren."

Der Regen *war* kalt, und die Temperatur war um mindestens zehn Grad gefallen. Nicht, dass Harris gefroren hätte. Mit einer Frau über ihre Oberweite zu sprechen hatte eine erhebliche Wirkung auf seine Libido – auch wenn er nicht mit dieser Frau schlief. Und wenn die Frau dann auch noch an ihn geschmiegt war … Tja, er hatte einige überraschend lüsterne Gedanken. Andererseits befand er sich auch gerade in einer selbst auferlegten monatelangen Trockenzeit. Unter diesen Umständen hätte ihn vermutlich alles heißgemacht.

Vielleicht würde er an seinem nächsten freien Tag doch nachgeben müssen und sein Glück versuchen, in der sanften Umarmung einer Frau ein bisschen Trost zu finden.

Gemeinsam setzten er und Clair ihren Weg fort. Zwar joggten sie nicht mehr, aber sie trödelten auch nicht. Da Clair schwieg, blieb Harris viel Zeit, um nachzudenken. Über ihre Brüste.

Verstohlen und ohne den Kopf zu wenden, musterte er ihren Körper. Durch die Kälte hatten sich ihre Brustspitzen aufgerichtet, und da ihre nassen Kleider an ihrem Körper klebten, konnte ihm das gar nicht entgehen. Sein Puls ging schneller, wodurch ihm wärmer wurde als durch ihren kleinen Ausflug.

Der perfekt sitzende Sport-BH unterband jegliches Wackeln und Wogen, doch Harris schätzte, dass sie ein B-Körbchen hatte. Vermutlich eine gute Handvoll. Nicht, dass er je die Gelegenheit bekommen würde, es mit seinen eigenen Händen nachzuprüfen, aber ein anderer Kerl … Nein, dieser Gedankengang gefiel ihm auch nicht. Zwar hatte er außer Freundschaft keine Ansprüche auf Clair, doch die Vorstellung, dass sie an einen gesichtslosen, namenlosen Typ geschmiegt war und mit ihm schlief, fühlte sich nicht richtig an. Harris schob das verstörende Bild beiseite und dachte über ihre Worte nach.

Warum nahmen Frauen an, dass Männer sich nur zu Pin-up-Models hingezogen fühlten? Eine Frau war eine Frau war eine Frau. Jede war anders, und jede war auf ihre Art charmant und sinnlich.

„Beeil dich, du lahme Ente. Ich schwöre dir, meine Oma ist schneller als du."

Vielleicht doch nicht so charmant, gestand Harris sich selbst ein und musste schmunzeln. Aber auf jeden Fall sinnlich. Er ließ sich noch einen Schritt zurückfallen und betrachtete Clairs wohlgeformten Po. Wundervoll kurvig. Ja, sogar superschlaue Sportskanonen waren sinnlich, wenn man sich die richtigen Stellen ansah.

Clair drehte sich um, damit sie ihn ansehen konnte, und

ging rückwärts weiter. „Möchtest du einen heißen Kakao? Ich mach mir gleich einen."

Ihre Brillengläser beschlugen allmählich, ihr Pferdeschwanz löste sich auf, und Wasser tropfte von ihren Ohren.

Harris schüttelte den Kopf. „Ich kann nicht. Ich hab diese Woche Frühschicht. Ich muss nach Hause, duschen und mich dann aufs Ohr hauen." Als Feuerwehrmann arbeitete Harris im Schichtdienst. Das Gute daran war, dass er alle drei Wochen ein paar Tage freimachen konnte, und diese freie Zeit stand bereits vor der Tür.

„Gut." Sie waren nur noch ein paar Schritte von seinem Haus entfernt, und Clair drehte sich um, um über die Straße zu gehen. „Wir sehen uns dann morgen."

Ohne nachzudenken, nutzte Harris seine Chance. Als sich ihm die Gelegenheit bot, versetzte er Clair einen Klaps auf den Po. Da ihre Hose ebenfalls nass geregnet war, fiel der Schlag etwas heftiger aus, als er es beabsichtigt hatte.

Erschrocken legte sie die Hände auf ihren Po. Ehe ihr empörtes Aufkeuchen verklungen war, hatte Harris die Straße schon überquert. Er konnte sich ein leises Lachen nicht verbeißen. „Gute Nacht, Clair!"

Leichtfüßig sprang er die Stufen zu seinem Apartment hinauf, wartete jedoch wie immer vor der Tür, bis Clair ihre Wohnung erreicht hatte. Sie rieb sich den Po, als sie die Treppe zu ihrem Apartment hinaufging, murmelte vor sich hin und warf ihm böse Blicke zu. Einen Augenblick später ging in ihrem Wohnzimmer das Licht an, und Clair tauchte am Fenster auf und winkte ihm zu. Harris winkte zurück.

Zuerst hatte Clair sich gegen seine übertriebene Fürsorglichkeit gewehrt. Aber er hatte so lange auf sie eingeredet, bis sie sich dieses kleine Ritual schließlich zur Gewohnheit gemacht hatten. Während er draußen wartete, ging sie hinein und machte einen Kontrollgang durch die Wohnung, ehe sie ihm vom Fenster aus zuwinkte. Das war das Zeichen, dass alles in Ordnung und sie in Sicherheit war. Und allein.

Eines Tages würde sie einen Freund haben, der sich um sie kümmerte. Doch bis es so weit war, machte es Harris nichts aus, diese Aufgabe zu übernehmen. Im Gegenteil – er bestand sogar darauf.

Eine halbe Stunde später hatte er geduscht und sich hingelegt. Die Hände hinter dem Kopf verschränkt, lag er ausgestreckt auf seinem Bett. Eigentlich hätte er locker sein sollen, stattdessen vibrierte sein nackter Körper förmlich vor Anspannung. Er lauschte den Regentropfen, die gegen das Fenster prasselten, lauschte dem Donnergrollen und betrachtete das grelle Licht, das die zuckenden Blitze an die Decke warfen.

Stürme machten ihn immer heiß.

Den Po einer Frau zu berühren machte ihn heiß.

Machte Clair ihn … *Nein.* Er wies sich zurecht und lachte in der Stille seines dunklen Zimmers über sich selbst. Das war wirklich verrückt. Solche Gedanken über sie würde er nicht zulassen.

Entschlossen, endlich einzuschlafen, machte er die Augen zu und versuchte, ruhig zu atmen – doch im nächsten Moment tauchte wieder der flüchtige Anblick von Clairs Bauch und ihrem Sport-BH vor seinem inneren Auge auf. Er stöhnte und kämpfte dann nicht länger dagegen an. Endlich gab er sich einem sehr lebhaften Traum hin, in dem er Clair langsam auszog, sie von Kopf bis Fuß mit Küssen bedeckte und jede Sekunde genoss. Der Traum war zugleich verstörend, weil er so intensiv war, und tröstlich, weil es sich so richtig anfühlte.

Irgendwann in der Nacht sorgte der Sturm für einen Stromausfall.

Harris' innere Uhr weckte ihn. Im Haus und draußen auf der Straße war es stockfinster, und der Sturm tobte noch immer. Ohne sich einen Kaffee kochen oder die Nachrichten ansehen zu können, fuhr er früh zur Arbeit. Und das war gut, denn keine fünf Minuten, nachdem er durch den strömenden Regen in die Feuerwache gesprintet war, ging der Alarm los. Ein Blitz hatte in den hinteren Teil eines leer stehenden Gebäudes eingeschlagen, und jemand hatte Rauch gesehen.

Als Harris die Adresse hörte, schlug ihm das Herz bis in den Hals hinauf. Es war sein Block – *das Haus direkt neben dem Apartmenthaus, in dem Clair ihre Wohnung hatte.* Seit seinem ersten Jahr als Feuerwehrmann hatte die Angst ihn nicht mehr lähmen können, aber im Augenblick empfand er genau das. Denn auch bei solchem Regen konnte sich ein Feuer durch den starken Wind schnell ausbreiten. Ohne Strom war es möglich, dass Clair länger schlief und sich der Gefahr, in der sie schwebte, gar nicht bewusst war. Den gesamten Weg zum Einsatzort machte Harris sich furchtbare Sorgen.

Doch als der Feuerwehrwagen mit Blaulicht und lauter Sirene um die Ecke in die Straße einbog, sah Harris schon die Menschentraube. Regenschirme bildeten einen großen Baldachin. Es schien, als wäre jeder Bewohner des Blocks aus den Federn gekrochen, um sich trotz des Wetters das Spektakel nicht entgehen zu lassen. Unter ihrem leuchtend roten Regenschirm wirkte Clair zwar noch immer zerzaust und wie gerade erst aus dem Bett gekommen, aber sie war angezogen und hatte schon wieder alles im Griff. In ihrer typischen Art forderte sie neugierige Zuschauer auf, weiter zurückzutreten, um sich nicht unnötigen Gefahren auszusetzen. Harris war so erleichtert, sie zu sehen, dass er beinahe vom Wagen gefallen wäre. Doch zu wissen, dass sie in Sicherheit war, gab ihm die Ruhe, sich auf den Job zu konzentrieren, den er gelernt hatte.

Der Sturm war eine echte Belastung. Selbst durch seine Feuerwehrkleidung hindurch – feuerfeste Jacke und ebensolche Hose, Helm und Stiefel – wurde er nass. Bisher hatte das Feuer noch keinen großen Schaden angerichtet. Hauptsächlich war die äußere Rückseite des Hauses betroffen, wo der Blitz eingeschlagen hatte.

Der verlassene Bau war seit über sechs Wochen „zu vermieten“ und befand sich nicht im besten Zustand. Im hinteren Teil waren die meisten Scheiben zerbrochen, und überall lag Müll herum. In der Hektik des Einsatzes wurde in der Gasse hinter dem Gebäude zu allem Überfluss ein vergessener Müllcontainer umgekippt. Er war voll, aber glücklicherweise nicht mit der Art Müll, die im Laufe der Zeit ekelig wurde. Es waren vor allem Papiere – vermutlich alte, unwichtige Geschäftsunterlagen vom vorherigen Besitzer.

In weniger als einer Stunde hatten die Feuerwehrmänner ihre Arbeit beendet. Der Regen hatte nachgelassen, und die Sonne mühte sich, durch die grauen Wolken zu dringen.

Harris nahm seinen Helm ab und wischte sich Ruß, Regen und Schweiß vom Gesicht. Er ließ gerade das Chaos auf sich wirken, das durch den umgeworfenen Müllcontainer und die Feuerschäden entstanden war, als Ethan – ein Kollege und einer seiner besten Freunde – plötzlich einen Pfiff ausstieß. Harris drehte sich um und sah, wie sein Kumpel einen Schuhkarton aus dem Müll durchwühlte. Mit hochgezogenen Augenbrauen betrachtete Harris ihn. Für gewöhnlich war dieser entrückte Gesichtsausdruck seiner Frau Rosie vorbehalten. Harris ging zu ihm, um nachzusehen, was los war.

„Was hast du da?“

Ohne aufzublicken, erwiderte Ethan: „Fotos von einer nackten Frau.“

„Kein Witz?“ Für den Moment vergaß Harris seine Erschöpfung und drängte sich neben Ethan. Ja, das war tatsächlich eine nackte Frau. Und zwar eine sehr sexy nackte Frau. „Wow.“

Harris nahm ein Bild in die Hand, auf dem sie auf dem Bauch auf einem breiten Bett lag. Ihr zerwühltes Haar war lang genug, um ihr Gesicht zu verdecken. Doch wen kümmerte schon ihr Gesicht, wenn sie eine so hübsche nackte Rückseite präsentierte? Harris versuchte es, aber er konnte nicht wegsehen.

„Schau dir das an." Ethan reichte ihm ein anderes Foto.

Der Figur nach zu urteilen, war es dieselbe Frau, während sie gerade in die Dusche stieg. Wieder hatte sie das Gesicht abgewendet, als sie den Duschvorhang zur Seite schob, doch diese Aufnahme zeigte ihren gesamten Körper im Profil. Brüste, Bauch, lange, schlanke Beine. Harris atmete langsam aus. „*Hallo,* Süße."

„Ich frage mich, ob sie hier in der Gegend wohnt", sagte Ethan. „Vielleicht war sie ja die Letzte, die das Gebäude genutzt hat."

„Der letzte Mieter war ein Typ. Ich hab ihn nie persönlich kennengelernt, aber ab und zu hab ich ihn gesehen." Harris beäugte den Schuhkarton, den Ethan noch immer in der Hand hielt. „Sind da noch mehr Fotos drin?"

„Noch eins – darauf zieht sie ihr Höschen an." Ethan lachte. „Man kann ihr Gesicht noch immer nicht erkennen, aber es ist eine verdammt gute Aufnahme von ihrem Hintern."

Ohne einen Grund dafür nennen zu können, fühlte Harris sich plötzlich, als müsste er seinen Besitz verteidigen. Er nahm Ethan das Foto aus der Hand. „Gib mir das."

„Hey, ich wollte das behalten."

„Auf keinen Fall. Du würdest es nur Buck und Riley zeigen."

Ethan zog die Augenbrauen hoch. „Na und? Wie kommt's, dass du es dir ansehen darfst und wir nicht?"

„Es ist dir vielleicht entfallen, aber du und Riley seid mittlerweile verheiratet."

„Ich genieße noch immer mein Eheglück, also wie könnte ich das vergessen?" Er grinste, als er das sagte.

„Dann überleg mal, was Rosie tun wird", murmelte Harris,

während ihm immer heißer wurde, als er das Bild betrachtete, „wenn sie dich dabei erwischt, wie du eine fremde nackte Frau anglotzt."

„Sie würde mich wahrscheinlich umbringen", entgegnete Ethan mit erschrockenem Gesicht. „Hier." Er drückte Harris den Schuhkarton in die Hände. „In dem Karton sind auch Notizen und so was. Vielleicht findest du ja eine Adresse, wenn du schon so interessiert bist. Und so allein."

Harris zuckte zusammen. „Sag nicht, dass du jetzt auch bei diesen Aktionen mitmachst, um mich in den Hafen der Ehe zu bringen?", erwiderte er.

„Nein, dazu hab ich Frauen zu gern."

„Haha."

„Aber Rosie möchte, dass du und Buck auch schnell eine Ehefrau findet, damit ich nicht länger mit euren alleinstehenden Freundinnen herumhänge." Zufrieden fügte Ethan hinzu: „Sie ist ein eifersüchtiges kleines Ding."

„Sie vertraut dir."

„Klar. Allerdings vertraut sie den Frauen nicht, mit denen ihr euch trefft." Damit ging Ethan davon und rief seinen Kollegen einige Anweisungen zu.

Harris machte sich nicht die Mühe, auf diese Provokation einzugehen. Buck mochte vielleicht noch erfolgreich sein, doch Harris hatte sich in letzter Zeit mit *niemandem* getroffen. Was das betraf, konnte Rosie also ruhig schlafen.

Die Frau auf den Fotos … Wenn er sie tatsächlich ausfindig machen könnte, wäre er vermutlich nicht abgeneigt. Harris schlenderte zu der hinteren Mauer der Gasse, um sich anzulehnen, klemmte seinen Helm unter den Arm und durchsuchte den Schuhkarton. Leider fand er keine Adresse, aber er entdeckte ein zusammengefaltetes Stück Papier. Um ihn herum herrschte ein riesiges Durcheinander, doch er widmete seine ganze Aufmerksamkeit der Frauenhandschrift auf dem Blatt.

Es tut mir leid, dass ich nur eine Nachricht hinterlasse. Ich weiß, du wolltest, dass ich anrufe, aber das hat keinen Sinn. Du würdest mich nur überreden wollen, mit dir zu gehen. Doch es ist vorbei. Es liegt nicht an dir, also betrachte es bitte nicht als Kränkung. Du wusstest die ganze Zeit über, was ich empfinde.
Ich bin verliebt in Harris.

Harris' Augen weiteten sich. Wenn das kein Zufall war. Wie viele Kerle gab es mit diesem Vornamen? Es war kein Name wie Tom, Dick oder Harry.

Im Vergleich mit ihm zu bestehen, ist für jeden Mann schwer. Und als wäre es nicht schon heldenhaft genug, Feuerwehrmann zu sein …

Harris hätte beinahe den Schuhkarton fallen lassen. Zufall? Niemals! Sie meinte *ihn.* Plötzlich fühlte Harris sich, als würden ihn alle anstarren. Verstohlen blickte er sich um, doch niemand schien ihm Beachtung zu schenken. Die Menschenmenge hatte sich zerstreut. Diejenigen, die gekommen waren, um den Feuerwehrmännern bei der Arbeit zuzusehen, schlurften zurück in ihre Wohnungen. Die anderen Feuerwehrleute unterhielten sich und standen in der Gegend herum.

Harris schluckte schwer und las weiter.

… ist er auch noch lustig. Er bringt mich andauernd zum Lachen. Und er ist so großzügig. Zuerst fällt es einem nicht auf, denn Harris albert gern herum, aber er kann sich sehr gut in seine Mitmenschen einfühlen.

Ach, wirklich? Ungläubig blinzelte Harris. Sie hielt ihn für einfühlsam?

Er arbeitet hart, und er ist stolz, und ich liebe ihn.
Noch mal: Es tut mir leid.

Sie liebte ihn. *Wow.* Harris betrachtete den Zettel, doch er konnte keine Unterschrift entdecken. *Verdammt.* Er drehte das Blatt um, aber die Rückseite war leer. Wer hatte diese Nachricht geschrieben? Die Vorstellung einer geheimen Verehrerin reizte ihn, und er fühlte sich warm und erfüllt und war gespannt. Er nahm ein Foto in die Hand. Das Bild zeigte die Frau, während sie gerade ihr Höschen anzog. Er lächelte. Süß. Sehr süß.

„Faulpelz. Solltest du nicht mithelfen, statt den Müll zu durchwühlen?“

Überrascht durch die Stimme, die ihn aus seinen Grübeleien gerissen hatte, sah Harris auf und begegnete einem missbilligenden Blick aus Clairs grünen Augen. Das Haar trug sie offen, seitlich gescheitelt, und seidige Strähnen hingen ihr bis gerade auf die Schultern. Sie hatte den Kopf etwas nach unten geneigt, um ihn über den Rand ihrer Brille hinweg anzusehen. Vor Freude, ihn geärgert zu haben, funkelten ihre Augen vergnügt. Offensichtlich hielt *sie* ihn nicht für sensibel oder einfühlsam.

„Das ist kein Müll“, knurrte er.

„Nein?“ Sie stellte sich auf die Zehenspitzen, um ihm über die Schulter blicken zu können.

Harris hielt das Foto außer Reichweite. „Das willst du nicht sehen, Clair.“

„Doch, das will ich.“

„Das bezweifle ich.“ Er lächelte, als er sich ihre Reaktion vorstellte, wenn er es ihr zeigen würde. „Das sind echt ein paar Fotos ... Wow.“

„Dann sind sie wohl privat. Du solltest sie dir also auch nicht ansehen.“

„Jemand hat sie weggeworfen." Er zuckte die Achseln. „Also sind sie für jeden zugänglich. Allgemeingut sozusagen."

Die Hände in die Hüften gestemmt sagte sie: „Zeig sie mir, Harris."

Angestachelt durch den kleinen Teufel in seinem Kopf entschied er: *Warum nicht?* Mit einer übertriebenen Geste reichte er ihr das Foto.

Ihr Gesicht färbte sich dunkelrot, und sie rang so sehr nach Luft, dass sie fast zu ersticken schien. „Harris!"

„Hey, ich bin nicht der Fotograf." Er zwinkerte ihr zu. „Ich hab die Sachen nur gefunden."

„Das ist ... Das ist obszön."

„Meinst du wirklich?" Er nahm es ihr wieder aus der Hand und betrachtete es noch ein wenig länger, ehe er voll ehrlicher Überzeugung murmelte: „Netter Hintern."

„Schwein."

Lachend wühlte Harris in dem Karton herum. „Hier ist noch eins." Er gab ihr das Bild, auf dem die Frau in die Dusche trat. In der Pose hatte sie ein wohlgeformtes Bein gebeugt und einen Arm erhoben. Umwerfend.

Clair verengte die Augen zu schmalen Schlitzen und nahm das Foto entgegen. Nachdem sie es eine Weile genauer angesehen hatte, zog sie die Augenbrauen leicht zusammen. Aber wenigstens drohte sie diesmal nicht zu ersticken.

„Und noch eins." Harris gab ihr sein Lieblingsbild, das die Frau auf dem Bett liegend zeigte. Er dachte, dass sie vielleicht schlief, denn sie sah unglaublich entspannt aus. Ihr Rücken war glatt und anmutig, ging über in einen runden Po und dann in zwei schlanke, hübsche Schenkel.

Clair starrte das Bild so lange an, dass Harris sich räusperte. „Wenn du dann fertig bist ..."

„Oh, entschuldige." Sie sah aus, als würde irgendetwas sie beschäftigen. Dann blitzte sie ihn an. „Ich kann die für dich entsorgen, wenn du willst."

„Auf keinen Fall." Harris hielt die Fotos fest, sodass sie sie nicht erreichen konnte. „Ich werde sie behalten."

Clair blieb der Mund offen stehen. „Du willst sie behalten? Aber das ist ... das gehört sich nicht! Du kennst die Frau doch nicht mal." Und dann fügte sie etwas leiser hinzu: „Oder?"

„Nein. Aber ich weiß, dass sie in mich verliebt ist." Er deutete auf den Brief. „Das schreibt sie hier."

Clair wurde bleich. Sie versuchte, den Zettel mit der Nachricht zu packen. „Du hast gerade gesagt, dass du sie nicht kennst."

„Tue ich auch nicht. Noch nicht. Aber sie kennt ganz offensichtlich mich." Harris faltete das Papier auseinander und zeigte auf seinen Namen. „Harris, der Feuerwehrmann. Das kann ja nur ich sein, stimmt's?" Er klappte den Zettel wieder zusammen und legte ihn zurück in den Schuhkarton, um ihn dort aufzubewahren. „Also gehört das hier eigentlich mir. Ich habe ein Recht darauf."

„Du bist krank."

„Ich verspüre einfach nur ... Lust." Harris berührte ihre Nasenspitze. „Aber davon hast du ja keine Ahnung, oder, Clair?"

Abrupt straffte sie die Schultern. „Was soll das heißen?"

„Ich will damit nur sagen, dass du dich nicht oft mit Männern triffst ... Wenn du mich dann jetzt entschuldigen willst – ich muss arbeiten."

Mit einem süßlichen Lächeln erwiderte Clair: „Soll ich solange auf den Schuhkarton aufpassen?"

„Nein." Harris musste über ihre Miene lachen. „Ich werde schnell nach Hause laufen und die Sachen sicher einschließen."

So wie sich ihr Kiefer bewegte, vermutete Harris, dass sie mit den Zähnen knirschte. „Damit du heute Abend die Fotos betrachten und dich deinen Fantasien hingeben kannst?"

„Sei nicht so spöttisch, Clair. Du wirkst dann wie eine prüde

Zicke.“ Als Harris ging, hörte er, wie Clair etwas nicht sehr Nettes murmelte. Er blickte sich gerade noch rechtzeitig um, um zu sehen, wie sie zu ihrer Wohnung stapfte. Ein Jammer, dass Clair nichts von Lust verstand. Wenn sie all ihren Gefühlen irgendwann einmal im Bett freien Lauf ließe, wäre sie bestimmt großartig.

Harris wurde klar, in welche Richtung seine Gedanken gingen, und er knurrte unwillig auf. Er fand besser schnell die geheimnisvolle Unbekannte, denn keinen Sex zu haben machte ihn noch verrückt.

Er brauchte eine Frau – seine mysteriöse Verehrerin. Sexy. Aufreizend. Und sie hielt ihn für sensibel und einfühlsam. Was wollte ein Mann mehr?

2. KAPITEL

Hin- und hergerissen zwischen der Sorge auf der einen und der Demütigung auf der anderen Seite, erlebte Clair eine endlos lange schlaflose Nacht. Vollkommen übernächtigt machte sie sich am nächsten Morgen auf den Weg zur Arbeit.

Zum Glück hatte Harris sie nicht wiedererkannt.

Bei dem Gedanken an seine Miene, als er sie angestarrt hatte, erschauderte Clair vor quälendem Entsetzen. Das war unglaublich. Falls sie Kyle je finden sollte – den Idioten, mit dem sie sich getroffen hatte, den Idioten, der diese Bilder ohne ihr Wissen gemacht hatte –, würde sie ihn erwürgen.

Als sie in der Nacht wach gelegen hatte, waren die Erinnerungen zurückgekehrt: an Kyle, der sie angefleht hatte, Fotos von ihr machen zu dürfen, und daran, dass sie laut und deutlich Nein gesagt hatte.

Aber ihr fiel ebenfalls wieder ein, wie er mit einer winzigen Kamera angegeben hatte. Mit dieser Kamera hatte er Fotos gemacht, ohne dass irgendjemand es mitbekommen hatte. Damals hatte er behauptet, er hätte die Kamera, um damit ungestellte und spontane Aufnahmen statt gekünstelter Bilder von Leuten für seine Galerie machen zu können. Und er hatte einige solcher Fotos gemacht. Doch soweit sie wusste, hatte er sie nie ohne eine unterschriebene Einverständniserklärung und eine finanzielle Entschädigung gezeigt.

Wenigstens hatte er die Bilder von ihr nicht in der Galerie ausgestellt. Aber sie hinter dem Haus in einen Müllcontainer zu werfen … Hatte der Idiot denn noch nie etwas von einem Reißwolf gehört? Und dann auch noch ihre Nachricht dazuzulegen! Clair lenkte ihren Wagen auf den Hof des Gebäudes, in dem sie arbeitete, parkte und nahm sich noch einen Moment, um auf dem Lenkrad den Kopf auf die Arme zu legen und tief durchzuatmen. Das einzig Gute an der Sache war, dass sie keine der Nachrichten an Kyle unterschrieben hatte. Wenn Harris ihre Unterschrift auf dem Zettel entdeckt hätte … Tja, sie wusste wirklich nicht, was er dann getan hätte.

Es hatte einen Augenblick gedauert, bis Clair begriffen hatte, dass *sie* die Frau auf den Fotos war. Damals hatte sie ihr Haar noch länger getragen, und ihr Gesicht war immer verdeckt gewesen. Doch sie hatte sich selbst wiedererkannt. Harris dagegen hatte das gar nicht bemerkt. Er sah sie schlicht und ergreifend nicht als eine sinnliche Frau, was nur unterstrich, wie wenig Beachtung er ihrer Weiblichkeit schenkte.

Das war in den vergangenen Monaten ziemlich frustrierend gewesen, aber jetzt war sie mehr als dankbar dafür. Sie hoffte nur, dass er die Bilder sonst niemandem zeigte. Selbst wenn niemals jemand dahinterkäme, dass sie die Frau auf den Fotos war, konnte sie den Gedanken nicht ertragen, dass andere Menschen sie so hüllenlos sahen.

Weil es ihr keinen Spaß machte und sinnlos war, länger Trübsal zu blasen, machte sie die Wagentür auf und trat in die glühende Hitze des Sommertages hinaus. Wenn die Luftfeuchtigkeit schon vor dem Sturm furchtbar gewesen war, dann war sie jetzt zehnmal so schlimm. Sofort klebte ihr Shirt an ihrem Rücken, und selbst durch die Sohlen ihrer schicken flachen Sandalen hindurch konnte sie die brütende Hitze des Asphalts spüren. Als Zugeständnis an das Wetter trug sie nur ein ärmelloses Baumwollshirt und einen weiten Rock aus fließendem leichtem Stoff. Sie schlang ihre Segeltuchtasche über die Schulter und machte sich auf den Weg ins Büro.

Sie würde den Arbeitstag nutzen, um sich von den Nacktbildern abzulenken, von dummen Männern und von ihrem idiotischen Exfreund. Im Moment konnte sie sowieso nichts tun und nichts ändern, also war es das Beste, gar nicht erst darüber nachzugrübeln.

Als sie das Gebäude betrat, umgab sie dank der Klimaanlage augenblicklich kühle Luft. Obwohl sie früh dran war, hatten Dane und Alec – die Detektive, für die sie arbeitete – bereits einen Klienten bei sich im Büro. Sie hatten ihre Detektei aus der Großstadt hierher verlegt, um mehr Zeit für ihre Frauen und Kinder zu haben. Doch es schien so, als sei auch ihr kleines Städtchen voller Dramen, und so hatten sie viel zu tun. Wenigstens waren die Fälle hier selten so gefährlich wie in der Großstadt.

Clair konnte gedämpfte Stimmen hören und die Bewegungen der Männer durch die Milchglasscheibe der Tür erkennen. Sie stellte ihre Handtasche zur Seite, schaltete den Computer ein und ging dann gleich zur Kaffeemaschine.

Sie war schon dabei, Kaffee zu kochen, als Dane den Kopf durch die Tür steckte. „Clair, würde es dir was ausmachen, uns Kaffee zu bringen?"

„Überhaupt nicht. In zwei Minuten ist alles fertig."

„Danke." Er verschwand wieder im Büro.

Kaffee kochen stand zwar nicht in ihrer Jobbeschreibung, aber solche kleinen Gefälligkeiten machten Clair nichts aus. Dabei half auch, dass Dane und Alec vollendete Gentlemen waren und sie oder ihre Talente nicht als selbstverständlich nahmen. Sehr oft brachten sie *ihr* sogar den Kaffee.

Ein paar Minuten später stand Clair mit einem Tablett mit drei Bechern dampfenden Kaffees, Zucker und Kaffeeweißer vor der Tür und klopfte mit dem Fuß an. Alec öffnete ihr. Er sah noch finsterer und grimmiger aus als sonst, auch wenn er sowieso schon der Inbegriff eines großen, düsteren, gefährlichen Mannes war.

Er nickte ihr zu. „Es gibt nichts Besseres als Koffein, um in den Tag zu starten."

Clair lächelte. „Ein harter Fall?"

„Irgendwie anders, so viel steht fest." Er nahm ihr das Tablett ab, und sie machte auf dem Absatz kehrt, um wieder ins Vorzimmer zu gehen.

„Hey, Clair."

Beim Klang von Harris' Stimme erstarrte Clair mitten in der Bewegung. *O nein. Bitte, nein.* Langsam und mit vor Schreck hochgezogenen Schultern drehte sie sich um, um ihn anzusehen.

Er stand an Danes Arbeitsplatz – und die verdammten Fotos waren auf dem Tisch verteilt.

Oh. Mein. Gott.

Hitze stieg ihr aus dem Bauch bis direkt in den Kopf. Vor Schreck war ihr schwindelig. Einen Moment lang glaubte Clair, in Ohnmacht zu fallen – vor allem, als Dane das Duschfoto in die Hand nahm, um es genauer zu betrachten.

Alec gesellte sich wieder zu den anderen beiden Männern und starrte stirnrunzelnd *ihren* nackten Körper an. „Könnt ihr irgendwelche besonderen Merkmale erkennen? Muttermale oder Narben oder so etwas?"

Clairs Knie zitterten und drohten nachzugeben.

„Nein. Und auch keinen Schmuck."

Bleibt mir noch Zeit, um loszurennen und mir Ohrlöcher stechen zu lassen?

Dane schüttelte den Kopf. „Nur ganz viel glatte Haut. Vielleicht sollten wir die Bilder vergrößern."

Clair taumelte rückwärts und fand Halt am Türrahmen. Vergrößern? *Vergrößern?* So wie … größer machen? Ihre Kehle war wie zugeschnürt. Sie konnte nicht atmen, brachte kein Wort über die Lippen. Sie wollte den Vorschlag ablehnen, wollte die Männer von ihrem furchtbaren Plan abbringen. Doch alles, was sie herausbrachte, war ein kleiner entsetzter Aufschrei.

Harris blickte kurz in ihre Richtung, sah dann noch einmal zu ihr und stürzte auf sie zu. „Verdammt, Clair, geht es dir gut?“ Er ergriff ihre Arme und drängte sie, sich in einen Sessel zu setzen. Das war gut, denn sie war drauf und dran gewesen, sich auf den Boden sinken zu lassen. Mit ein bisschen Glück wäre sie vielleicht sogar *im* Boden versunken.

Über die Schulter hinweg sagte Harris zu Alec: „Ich fürchte, sie war heute Morgen zu lange in der Hitze. Haben Sie einen kalten Waschlappen oder so was?“

Alec war ein Mann der Tat. Innerhalb weniger Sekunden kehrte er mit einem Stapel nasser Papierhandtücher aus dem Pausenraum zurück.

Die drei Männer standen um sie herum. Harris drückte ihr die kalten Papierhandtücher ins Gesicht, Dane fächelte ihr mit einem Stapel Papier kühle Luft zu, und Alec fühlte ihren Puls.

Sie haben mich nackt gesehen.

Die Vorstellung war unerträglich. Noch nie in ihrem Leben hatte sie eine so tiefe Scham empfunden. Sie war wie betäubt.

Harris griff nach dem obersten Knopf ihrer Bluse. „Ich werde ihre Kleider ein bisschen lockern. Sie sieht immer noch so blass aus.“

Das brachte Clair wieder zu sich. Sie sprang auf, geriet ins Taumeln und wurde sofort von sechs Händen gehalten. Blitzartig wand sie sich aus dem Griff der Männer. Drohend und durchaus überzeugend hob sie die Faust. „Macht euch an meinen Klamotten zu schaffen, und ich werde euch sehr wehtun.“

Harris richtete sich auf. Er wirkte noch immer besorgt. „Geht es dir denn jetzt wieder besser?“

Sie wollte sterben. „Ich … äh … Du hattest recht. Es war nur die Hitze. Es geht mir gut.“

Dane zog eine Augenbraue hoch. „Du bist doch nicht etwa schwanger, oder?“

Clair starrte ihn an. Sie war fassungslos, dass er überhaupt auf eine solche Idee kam.

Alec nickte. „Celia war andauernd schwindelig, als sie schwanger war. Vor allem, wenn es ihr zu warm war."

„Clair trifft sich nicht mal mit einem Mann", versetzte Harris lachend. „Solange man also vom Benutzen einer Toilette nicht schwanger werden kann, glaube ich kaum, dass das ihr Problem ist." Wieder wollte er nach ihrem obersten Blusenknopf greifen.

Clair schlug seine Hand weg. „Ich bin nicht schw…"

„Aber sie trifft sich doch mit Männern", widersprach Dane. „Gut, vielleicht nicht so oft. Vor ein paar Monaten hatte sie aber einen Freund."

Harris' Blick verfinsterte sich. „Tatsächlich?" Er wandte sich zu Clair um. „Wann hast du dich mit diesem Kerl getroffen? Und wer war das?"

Oh mein Gott. Unter keinen Umständen würde Clair mit den dreien über Kyle sprechen. Nicht, solange seine fotografischen Bemühungen in all ihrer nicht vorhandenen Pracht auf Danes Schreibtisch lagen. Sie schluckte und fand ihre Stimme wieder. „Genug. Von euch allen", brachte sie heiser hervor.

Sie starrten sie an. Drei Paar kritischer, neugieriger Augen. Augen, die sie soeben in den freizügigsten Posen gesehen hatten.

„Meine persönlichen Angelegenheiten gehen euch nichts an." Und bevor Harris widersprechen konnte, fuhr sie fort: „Wir *joggen* zusammen, Harris. Das erlaubt es dir noch lange nicht, herumzuschnüffeln." *Auch nicht, wenn du mich nackt gesehen hast.*

Die Augen zu schmalen Schlitzen verengt, verschränkte Harris die Arme vor der Brust. „Hast du Geheimnisse?" Unter seinem intensiven Blick drohte sie schon wieder ohnmächtig zu werden. „Ich finde es sowieso heraus."

Nur über meine Leiche! Trotzig hob sie das Kinn und schlug einen besonders ernsten, bösen Ton an. „Du wirst mich in Ruhe lassen."

Dane räusperte sich. „Dann seid ihr zwei also gute Freunde? Ich dachte, ihr wärt nur Nachbarn."

Harris hielt seinen Blick auf Clair gerichtet. „Ich habe Dane und Alec erzählt, dass ich über dich auf sie gekommen bin."

Alec sah sie eindringlich und nachdenklich an. „Wenn du von mir erzählst, klinge ich wirklich Furcht einflößend, Clair. Ich bin mir nicht sicher, ob ich dir dafür dankbar sein soll oder nicht."

Sie rollte mit den Augen. Alec Sharpe wurde seinem Ruf gerecht, und das wusste er auch. Die Ehe und seine Kinder hatten ihn nicht weicher gemacht. Er war finster, furchterregend wie der Teufel persönlich. Und mit Mitte vierzig war er noch immer so durchtrainiert und beeindruckend gebaut, dass er gestandene Männer mit einem einzigen Blick einschüchtern konnte. Dane war genauso. Die beiden Männer waren der Inbegriff der Männlichkeit. Nicht, dass Harris verängstigt gewirkt hätte. Nein, wenn überhaupt, hatte er sich mit ihnen verbündet. Und Harris fügte sich ihrer Meinung nach auch sehr gut ein.

Dane legte ihr den Arm um die Schultern. „Wie dem auch sei … Ich finde, Harris hat recht, Clair. Du siehst immer noch ein bisschen wackelig auf den Beinen aus. Möchtest du dir den Tag freinehmen?"

Damit sie ihre Bilder noch etwas genauer unter die Lupe nehmen konnten? Auf keinen Fall. „Natürlich nicht." Plötzlich hatte sie eine Idee. „Soll ich etwas mit zum Fotoladen nehmen? Ihr habt doch gemeint, dass einige der Bilder vergrößert werden sollten."

„Das kann ich auf dem Scanner erledigen", erwiderte Alec und machte damit ihren Plan, die Fotos zu stehlen, zunichte.

„Du ruhst dich einfach aus und holst ein paarmal tief Luft. Du klingst so atemlos.“

Dane führte sie zum Schreibtisch. „Wenn du wirklich helfen möchtest, kannst du ein bisschen recherchieren und herausfinden, wer das Gebäude gemietet hatte, hinter dem die Bilder und Nachrichten gefunden wurden.“

Alec nahm das Bild in die Hand, auf dem sie ihr Höschen anzog. Sie wurde erst blass und anschließend wieder knallrot. „Angenommen, der Typ, der dort gewohnt hat, hat auch die Fotos gemacht, dann können wir ihn ausfindig machen und nach seinem … Modell fragen.“

Alle drei Männer lächelten breit. Wenn sie bedachte, wie peinlich ihr das alles war, empfand sie die Belustigung der drei als ziemlich unangemessen.

„Ihr wisst verdammt genau, dass diese Frau nicht Modell gestanden hat“, versetzte sie.

„Wahrscheinlich nicht“, stimmte Dane zu. „Aber sie hat auch keine Einwände erhoben.“

Bereit, ihn für diese fälschliche Annahme zurechtzuweisen, öffnete Clair den Mund. Doch dann schloss sie ihn wieder. Wie sollte sie es erklären, ohne sich damit zu verraten?

Nein, sie hatte nicht widersprochen, weil sie nicht gewusst hatte, dass der Perversling sie angestarrt hatte. Ganz zu schweigen davon, dass er eine Kamera hatte. Sie hatte nur zweimal mit Kyle geschlafen, und beide Male waren katastrophal gewesen.

Bis sie die heimlich aufgenommenen Fotos gesehen hatte, hatte sie nicht gewusst, *wie* katastrophal.

Clair schloss die Augen. „Na klar.“ Sie würde von jetzt an bis in alle Ewigkeit so tun, als würde sie recherchieren, ohne ihnen Kyles Namen zu verraten. Denn wenn sie den Namen erst kannten, würden Alec und Dane Kyle ausfindig machen. Und dann wäre das Spiel aus.

Wenn sie den Tatsachen ins Auge blickte und ehrlich war, wusste sie, dass sie ihn letztlich auch ohne ihre Hilfe finden würden. Sie waren gut. Mehr als gut. Sie waren die Besten. Sie waren – wie sie Harris oft stolz erzählt hatte – einfach fantastisch. Falls sich ihr genügend Gelegenheiten boten, um ihre Bemühungen zu behindern, blieb ihr vielleicht ein Monat. Weniger, wenn die beiden selbst einen Teil der Computerrecherchen übernahmen, wie sie es manchmal taten.

Harris trat an ein Fenster, von dem aus man den Hinterhof überblicken konnte. „Ich hoffe, Sie können ihn finden. Es macht mich verrückt, nicht zu wissen, wer sie ist."

Wären Dane und Alec nicht mit im Raum gewesen, hätte Clair Harris für diese Bemerkung in seinen sexy Hintern getreten.

„Wir werden ihn finden", versicherte Alec Harris. „Und selbst wenn wir ihn nicht finden, werden wir herausbekommen, wer die Frau ist. Sie muss hier in der Nähe wohnen. Sie ist jemand, mit dem Sie in Kontakt kommen, vielleicht sogar täglich. Irgendwann wird irgendjemand sie wiedererkennen."

Vor Clairs Augen tanzten mit einem Mal schwarze Punkte. Sie rang hörbar nach Luft und zog die Aufmerksamkeit der Männer damit wieder auf sich. „Sagt nicht, dass ihr vorhabt, diese Fotos anderen Leuten zu zeigen", flüsterte sie mit heiserer Stimme.

„Nein." Bei Danes Antwort ging ihr Puls wieder etwas langsamer. Allerdings nicht lange. „Zumindest noch nicht. Zuerst werden wir etwas anderes ausprobieren."

„Was denn?", brachte sie schwach hervor.

Er zuckte die Achseln. „Wir suchen den Besitzer der Fotos."

Und mit etwas Glück würde sie Kyle aufspüren, bevor sie ihn fanden. Und dann würde sie ihn wahrscheinlich umbringen – oder ihm zumindest die Zunge rausreißen, damit er ihnen nicht von ihr erzählen konnte.

„Wir werden in Fotoläden anfragen, ob sich jemand daran erinnern kann, solche Fotos entwickelt zu haben."

Eine Sackgasse, denn Kyle entwickelte seine Bilder selbst. Nicht, dass es darauf noch ankommen würde, denn dann hätten ihre Fotos in der Nachbarschaft schon die Runde gemacht.

„Aber schließlich könnte es darauf hinauslaufen, dass wir von Tür zu Tür gehen und nach ihm, nach ihr oder nach beiden fragen müssen."

„Das ist ein Eingriff in ihre Privatsphäre", erklärte Alec. „Also ist es der letzte Ausweg. Aber wenn alles andere fehlschlägt …"

Clair wusste, wenn sie nicht sofort aus dem Büro verschwand, würde sie sich übergeben. Sie setzte ein furchtbar falsches Lächeln auf. „Tja, dann sollte ich auf alle Fälle mein Bestes tun und ihn am Computer ausfindig machen." Damit kehrte sie an ihren Schreibtisch zurück.

Leider folgte Harris ihr auf dem Fuße. „Fühlst du dich besser?"

Nein, und das werde ich wahrscheinlich auch nie mehr. „Ich hab dir schon gesagt, dass es mir gut geht."

„Bist du dir sicher?"

Sie starrte ihn an und schob ihre Brille die Nase hinauf. „Mir. Geht. Es. Gut", sagte sie betont – und endgültig.

Harris hob beschwichtigend die Hände. „Schon gut, schon gut. Reg dich nicht auf. Ich muss zur Arbeit und wollte nur fragen, ob du heute Abend zum Joggen kommen kannst. Das ist alles. Wenn es nicht geht, möchte ich nicht, dass du dich quälst."

Sie wollte nicht joggen. Sie wollte sich verkriechen. Doch jede Änderung ihrer täglichen Routine hätte ihn vermutlich stutzig gemacht. Wieder zwang sie sich zu einem falschen Lächeln. „Um nichts in der Welt würde ich das verpassen wollen", sagte sie.

Er nickte und betrachtete sie noch immer prüfend. „Großartig.“ Rückwärts ging er Richtung Tür. „Wir sehen uns dann.“

Nachdem die Tür hinter ihm ins Schloss gefallen war, atmete Clair durch und entspannte sich ein wenig. Aber Alec ließ ihr keine Zeit dazu. Mit den Fotos in der Hand kam er aus dem Büro.

Clair richtete sich auf ihrem Schreibtischstuhl auf. „Er hat sie euch dagelassen?“ Vielleicht gelang es ihr doch noch, sie verschwinden zu lassen. Oder Kaffee darüber zu verschütten. Oder …

„Keine Chance. Das hier sind Kopien, die wir gezogen haben, gleich als er ankam. Dein Freund Harris trägt die Originale mit sich herum wie ein liebeskranker Teenager.“ Alec lächelte. „Komischer Typ.“

„Er ist ein Idiot.“

„Er hat eine unbekannte Verehrerin und ist total begeistert von ihr. Das ist verständlich. Diese Frau ist nicht nur attraktiv und unglaublich sexy …“

„Nackt zu sein macht sie nicht zwangsläufig sexy.“

Alecs bedächtiges Lächeln wirkte sehr anzüglich. „Doch, das tut es.“

Verdammt. Wieder wurde Clair von einer Welle der Scham überrollt. Also reichte ein bisschen nackte Haut, damit ein Kerl eine Frau sexy fand? Wie lächerlich war das denn? Was war denn mit ihrer Persönlichkeit? Was war mit ihren Interessen?

Alec schien ihre Gedanken zu erraten. „Sie hat darüber hinaus ein paar ziemlich tiefgründige Dinge über ihn geschrieben. Jeder Mann wäre fasziniert.“

Tiefgründig? Sie hatte doch nur die Wahrheit geschrieben.

„Ich werde diese Bilder vergrößern und die Qualität verbessern“, sagte Alec und tippte mit den Fotos gegen seinen

Oberschenkel. „Dann kann ich vielleicht ein paar wichtige Details entdecken."

Details – wie zum Beispiel ihre Identität? Er verschwand im Hinterzimmer. Mit zusammengekrampftem Herzen und einem Knoten im Magen starrte Clair auf die Tür. Fünf Minuten später kehrte Alec zurück. In der Hand hielt er einen Stapel zwanzig mal fünfundzwanzig Zentimeter großer Fotos.

Das oberste Bild zeigte ihre rechte Schulter, ihre Brust und ihre Rippen.

Clair schluckte. Er hatte jedes Bild in vier Ausschnitte unterteilt und dann jeden Ausschnitt vergrößert. Wenn man die Ausdrucke nun aneinanderlegte, hatte ihr splitternackter Körper die Größe eines Posters.

Es schien alles immer noch schlimmer zu werden.

Aber als Alec nun zu Dane ging, warf er ihr nur einen flüchtigen Blick zu – anscheinend hatte er sie also doch noch nicht wiedererkannt.

Ein paar Minuten lang hatte Clair das Gefühl, sterben zu müssen, bis ihr klar wurde, dass Dane sie offensichtlich auch nicht erkannt hatte. Niemand kam aus dem Büro gestürmt. Es gab keine Heiterkeitsausbrüche, keine anklagenden Blicke. Wahrscheinlich waren die beiden Männer zu beschäftigt damit, die Detailaufnahmen der Fotos anzuschauen.

Und sie hatte Dane und Alec immer für besonders scharfsinnig gehalten. War sie denn unsichtbar?

Clair nahm ihre Schildpatt-Brille ab und betrachtete sie nachdenklich. War ihre Brille vielleicht wie bei Clark Kent eine geniale Verkleidung, die ihre Anonymität sicherstellte?

Die Tür ging auf, und Clair setzte hastig die Brille wieder auf. Beinahe hätte sie sich dabei ins Auge gestochen. Ihr Gesicht brannte. Wenn ihr noch öfter die Hitze in die Wangen schoss, wäre sie vermutlich bald dauerhaft verbrüht.

Beide Männer blickten sie mit erwartungsvollen Mienen an.

O nein. Clair schrumpfte innerlich zusammen. „Und? Hast du schon Fortschritte gemacht?“, erkundigte Dane sich.

Genau genommen hatte sie noch nicht einmal angefangen. „Oh. Äh … nein. Noch nicht. Ich suche weiter.“

„Danke.“ Damit gingen Dane und Alec zur Tür.

„Wohin wollt ihr?“ In einem Anfall von Panik sprang Clair auf und folgte den beiden. Ganz bestimmt hatten sie vor, die Bilder *jetzt* herumzuzeigen.

Alec verlangsamte nicht einmal seine Schritte. „Ich muss ins Gericht. Schon vergessen?“

„Oh … ja.“

Dane hielt inne. „Ich bin auf der Suche nach einem Vermissten.“ Er blieb stehen und sah sie besorgt an. „Bist du dir sicher, dass alles in Ordnung ist, Clair?“

Mussten sie ihr immer wieder diese Frage stellen? „Natürlich. Es war mir nur entfallen. Das ist alles.“ Zögerlich fragte sie: „Was ist mit den Fotos?“

„Harris ist sehr ungeduldig. Aber wir werden es erst eine oder zwei Wochen so probieren, ehe wir sie irgendjemandem zeigen.“

Danke, danke, danke. „Ich glaube, das wäre das Beste.“ Sie konnte sich nicht verbeißen, hinzuzufügen: „Könnt ihr euch vorstellen, wie peinlich es der Frau wäre, wenn sie herausfinden würde, dass ihr die Bilder herumgezeigt habt?“

Auf seinem Weg nach draußen lachte Dane und zeigte mit dem Finger auf sie. „Ein guter Grund, niemals nackt vor einer Kamera zu posieren, oder?“

Oder sich mit einem Fotografen einzulassen, der eine hinterhältige Ader und keinerlei Charakterstärke besaß. Clair stöhnte. Nachdem sie nun allein war, rannte sie in Danes Büro – und blieb entsetzt stehen. Sie presste eine Faust an ihren Mund. Die Männer hatten die Fotos an eine Tafel geheftet. Natürlich zusammengesetzt.

Adrenalin schoss durch ihre Adern. Hastig lief sie zu der Tafel. Clair brauchte nur dreißig Sekunden, um alle Fotos herunterzureißen und unter einem Stapel Akten zu verstecken. Sie wagte es jedoch nicht, die Bilder zu zerstören. Das wäre zu verdächtig gewesen. Und darüber hinaus auch vollkommen sinnlos. Sie hätten einfach neue Ausdrucke angefertigt.

Sie schleppte sich zu ihrem Schreibtisch zurück und ließ sich in den Sessel fallen. Dort saß sie, das Gesicht in den Händen vergraben, ihr Magen in Aufruhr. Früher oder später würden sie herausfinden, dass sie die Frau auf den Fotos war – und sie würde die Flucht ergreifen und in die Äußere Mongolei ziehen müssen.

Es sei denn … Sie schluckte und versuchte, trotz ihrer Scham einen klaren Gedanken zu fassen. Es war nicht leicht, doch sie bemühte sich, die Situation ganz nüchtern zu betrachten.

Einerseits hatte Alec behauptet, Harris sei bezaubert. Und Harris schien von seiner „geheimnisvollen Verehrerin" ganz besessen zu sein. Sie selbst war schon seit Ewigkeiten von Harris besessen, aber er hatte nie körperliches Interesse an ihr gezeigt. Und sie war zu stolz, um sich ihm aufzudrängen. Also waren sie Freunde. Clair wusste, dass er sie als Mensch schätzte, doch sie hatte angenommen, dass er sie „in dieser Beziehung" nicht attraktiv fand.

Aber angesichts des hingerissenen Ausdrucks, der beim Anblick der Fotos auf seinem Gesicht erschienen war, gefiel ihm offenbar, was er sah.

Was hatte sie andererseits also zu verlieren? Nicht ihren Anstand. Nach dem heutigen Tag gab es keinen Anstand mehr, den es zu schützen galt.

Und was ihren Stolz betraf … Na ja, Stolz half auch nicht weiter, wenn man seinen eigenen Po auf einem zwanzig mal fünfundzwanzig Zentimeter großen Hochglanzbild sah, das mit Reißzwecken an einer Präsentationstafel befestigt war.

Wenn sie es richtig anfing, könnte sie vielleicht ihr neu gewonnenes Wissen über Harris' Interesse nutzen, damit er sich in sie verliebte – ehe er herausfand, dass sie seine heimliche Verehrerin war.

Entweder das oder sie erklärte ihm rundheraus, dass er sie nackt gesehen und dass sie die Nachrichten verfasst hatte. Dann würde er all ihre Geheimnisse kennen, und ihre Seele wäre genauso entblößt wie ihr Körper auf den Bildern. Doch wenn er dasselbe empfand wie sie, wäre es nicht annähernd so peinlich.

Wahrscheinlich würde sie ihn verführen müssen. Das wäre allerdings nicht ganz unproblematisch, denn sie durfte ihre Brille nicht abnehmen. Und ganz sicher durfte sie ihre Kleider nicht ablegen. Denn wenn sie das tat, würde er die Verbindung vermutlich direkt herstellen. Es würde also eine verzwickte Angelegenheit werden, aber ihr würde schon etwas einfallen. Vielleicht würde sie dafür sorgen, dass sie sich nur im Dunkeln näherkamen. Das könnte funktionieren.

Angesichts Alecs und Danes Können hatte sie keine Zeit zu verlieren. Schon heute Abend würde sie die nächste Stufe in ihrer Beziehung zu Harris in Angriff nehmen. Wenn sie überzeugend genug war, würde Harris die geheimnisvolle Unbekannte möglicherweise ganz vergessen, und sie müsste ihm überhaupt nichts erzählen.

Ungeduldig wartete Harris darauf, dass Clair nach draußen kam. Nach dem heftigen Sturm war die Nachtluft frisch und rein. Sie fühlte sich gut an auf seiner Haut, obwohl es immer noch sehr warm war. Harris hatte sich gegen ein T-Shirt entschieden und trug nur schwarze Joggingshorts, Socken und seine Laufschuhe. Die Shorts hatten auf der Rückseite eine Tasche, in die er seinen Haustürschlüssel gesteckt hatte – und das

Foto seiner heimlichen Verehrerin, wie sie sich auf dem Bett rekelte. Er hatte sie nicht zurücklassen wollen.

Nicht, dass er vorgehabt hätte, irgendjemandem das Bild zu zeigen. Er war dankbar für Danes und Alecs Bemühungen, die Identität der Frau herauszufinden. Doch schon jetzt fühlte er sich ihr gegenüber auch wie ein Beschützer. Er wollte nicht, dass jemand anders sie so sah – vor allen Dingen kein anderer Mann.

Irgendetwas an ihr, etwas kaum Greifbares, kam Harris vertraut vor. Er wünschte, er könnte es benennen. Vielleicht erinnerte sie ihn an jemanden. Doch an wen? Während er sich für das Laufen aufwärmte, grübelte er fieberhaft darüber nach.

Die Arbeit war heute ereignislos geblieben, was nach dem Brand vom Tag zuvor eine echte Erleichterung gewesen war. Leider hatte Harris dadurch viel Zeit zum Nachdenken gehabt – über die Nachricht, die sexy Fotos. Und über Clairs ehemaligen Freund.

Weder Dane noch Alec wollten ihm Details über den Kerl verraten. Sie behaupteten, nichts zu wissen. Sie sagten, sie hätten gewusst, dass Clair mit jemandem zusammen gewesen sei, weil sie bei der Arbeit Anrufe bekommen habe. Punkt. Mehr nicht. Sie verstanden nicht, warum es ihn so interessierte und ihm so viel ausmachte. Verdammt, er verstand es ja selbst nicht.

Aber warum hatte sie ihm nichts davon erzählt? Immerhin waren sie befreundet. Eng befreundet. Teilten Freunde solche Dinge nicht miteinander?

Harris' Grübeleien fanden ein abruptes Ende, als die Tür von Clairs Haus aufgestoßen wurde und Clair herauskam. Das Licht der Straßenlaternen spiegelte sich in ihren Brillengläsern. Sie hatte ebenfalls nur das Nötigste angezogen. Bekleidet mit schneeweißen Baumwollshorts und einem Trägerhemdchen sah sie … gut aus. Wirklich gut.

Sie lächelte ihn an, rückte dann das Band an ihrer Brille zurecht und trat zu ihm auf die Straße. „Fertig?“

Harris musterte sie. Es musste eine Mischung aus einsamen Nächten, der geheimnisvollen Unbekannten und dem Wissen um Clairs Freund sein, durch die er Clair auf einmal in einem ganz neuen Licht sah. „Wie kommt es, dass du nie Kontaktlinsen trägst?“

Clair dehnte sich gründlich und streckte die Arme dann hoch über den Kopf. „Warum? Gefällt dir meine Brille nicht?“

„Das habe ich nicht gesagt.“ Ihr bei ihren geschmeidigen Bewegungen zuzusehen, machte Harris verrückt. Sie war wirklich gelenkig. Komisch, dass ihm das vorher noch nie aufgefallen war.

Clair richtete sich auf. Mit ihren großen grünen Augen, die durch die Brille noch größer wirkten, sah sie ihn an. „Ich hab schon mal Kontaktlinsen ausprobiert, aber sie haben mich gestört. Ich glaube, meine Augen sind zu empfindlich. Und im Übrigen mag ich es, verschiedene Brillen zu tragen.“

„Das habe ich bemerkt.“ Heute Abend trug sie ein rotes Modell, das einen starken Kontrast zu ihren weißen Shorts und dem Trägerhemdchen bildete. Was ihr an Schmuck fehlte, machte sie durch ihre Brillen wieder wett.

„Ich habe ungefähr so viele unterschiedliche Brillen wie BHs.“

Überrascht blickte Harris sie an. BHs? Warum zum Teufel musste sie ihre Unterwäsche erwähnen? Sein verwirrtes Hirn beschwor eine Reihe von Bildern herauf: Clair in etwas Weißem aus Spitze. Clair in etwas Schwarzem, Verführerischem. Clair in einem Hauch von nichts.

Clair in seinem Bett.

„Fertig?“, wiederholte sie.

Oh ja, er war bereit. Für alles Mögliche. Sein Blick wanderte zu ihren Brüsten, doch er konnte keine verräterischen Spuren von Spitze unter ihrem Hemdchen erkennen. „Wie viele BHs hast du denn?“

Lachend schüttelte Clair den Kopf und joggte gemächlich los. Harris folgte zwei Schritte hinter ihr. „Was ist das hier? Ein Quiz?“, fragte sie.

„Mir ist nur aufgefallen, dass ich dich gar nicht so gut kenne.“ Er versuchte es, aber er schien seinen Blick nicht von ihrem Po losreißen zu können. Tänzelte sie ein bisschen? Schwang sie ihre Hüften ein wenig aufreizender, als nötig gewesen wäre?

Clair drehte sich um und lief ein paar Schritte rückwärts. Damit befreite sie ihn von seiner Vertieftheit in den Anblick ihres Pos. Stirnrunzelnd sah sie ihn an. „Du kennst mich besser als die meisten anderen Menschen.“

„Ich wusste nicht mal, dass du einen Freund hattest.“ Genugtuung durchströmte Harris, als er darauf verwies.

Sie wandte ihm wieder den Rücken zu und lief etwas schneller. „Was hast du denn geglaubt, Harris? Dass ich noch Jungfrau bin? Eine Nonne? Ein Misanthrop?“

„Ein Misan… was?“ Harris zog sein Tempo an, um mit ihr Schritt zu halten.

„Ein Misanthrop. Jemand, der Menschen hasst.“

„Nein.“ Wenigstens einer Sache war er sich sicher. „Du magst mich, und ich bin ein Mensch. Und ein Mann.“

Über ihre Schulter hinweg lächelte sie ihn an. Es war ein Lächeln, wie er es an Clair noch nie gesehen hatte. „Das bist du.“

Harris riss die Augen auf. Flirtete sie gerade mit ihm? Wusste Clair überhaupt, wie man flirtete? Sogar ihre Stimme klang anders – irgendwie weich und verspielt. Er holte sie ein. „Also, wer war dieser Freund?“

„Niemand von Bedeutung.“ Sie hatten ihr Tempo gefunden. In perfekter Harmonie liefen sie die Straße entlang. „Nur ein Typ, den ich mal kannte und der mir nett und interessant genug erschien, um Zeit mit ihm zu verbringen.“

„Es war nichts Ernstes für dich?“

Sie schnaubte verächtlich und gab Harris damit die Antwort, die er wissen musste – *warum* er diese Antwort allerdings wissen musste, konnte er nicht sagen.

Schweigend joggten sie nebeneinanderher, an dem dunklen, stillen Park vorbei, durch leer gefegte Straßen, wo alte Häuser in majestätischer Pracht standen, und schließlich über den Damm am Ohio River, an den sich ein Betonweg schmiegte.

Ihre Bewegungen waren fließend und im Einklang miteinander. Zusammen hatten sie einen vollendeten Rhythmus gefunden. Harris stöhnte unterdrückt auf. Er konnte sich vorstellen, wie er im Bett das Tempo angab und wie mühelos Clair Schritt halten würde.

„Also, wie viele BHs hast du denn nun?“

Ihr Lachen wurde vom Abendwind davongetragen. „Mindestens einen für jeden Tag der Woche.“

Er dachte darüber nach. „Für jeden Tag einen besonderen?“

„Nein, nur eine Auswahl. Verschiedene Farben, verschiedene Stoffe.“

Wie französische Spitze oder eng anliegendes Nylon oder vielleicht … „Was trägst du heute Abend?“

„Wir joggen und schwitzen. Also schlichte, bequeme weiße Baumwolle.“

Wenn er sich den Baumwollstoff an Clairs Körper so vorstellte, kam ihm das Material plötzlich gar nicht mehr „schlicht“ vor. Er fragte sich gerade, ob sie zu dem BH ein passendes Höschen trug, als Clair langsamer wurde. Unvermittelt bog sie vom Gehweg ab, schlenderte durch das Gras und lehnte sich mit dem Rücken an einen dicken Ahornbaum.

So weit von der Straße entfernt reichte das Licht der Straßenlaternen kaum bis zu ihnen herüber.

Sofort war Harris an ihrer Seite. „Hey, geht es dir gut?“

„Mmm-hmm.“ Sie legte den Kopf in den Nacken und

schloss die Augen. „Ich bin heute nur etwas müde."

Ihm war schon am Morgen aufgefallen, wie blass sie gewesen war und wie wackelig auf den Beinen. Und nun war sie müde? Clair war nie müde. Verdammt, für gewöhnlich war er der Erste, der aus der Puste war, wenn sie gemeinsam joggten. Und das, obwohl er in extrem guter Form war. Wie alle Feuerwehrleute.

„Gut in Form" traf übrigens auch auf Clair zu – und er meinte das nicht gesundheitlich, obwohl auch das stimmte. Ihr weißes Hemdchen und ihre Shorts reflektierten das weiche Licht des Mondes und betonten ihre Kurven. Ihr Körper sah weiblicher aus als jemals zuvor.

Sie stützte eine Ferse am dicken Stamm des Baumes ab. In dieser Haltung kamen ihre langen Beine besonders gut zur Geltung. Harris' Mund war mit einem Mal trocken. Ihr schulterlanges braunes Haar, das sie heute offen trug, wehte in der leichten Brise. Es juckte ihn in den Fingern, ihr die Haare zurückzustreichen. Doch er widerstand dem Drang.

Die Augen noch immer geschlossen, lächelte Clair.

„Warum", fragte Harris skeptisch, „lächelst du so?"

Sie schlug die Augen auf und neigte den Kopf. „Wie denn?"

„Als hättest du ein Geheimnis."

Einen winzigen Moment lang glaubte Harris zu sehen, wie in ihren Augen Beunruhigung aufblitzte. Dann löste sie sich von dem Baum. „Sei nicht albern. Darf eine Frau nicht lächeln?"

„Doch. Klar." Er stemmte die Hände in die Hüften. „Wenn sie einen Grund dazu hat."

„Ich bin glücklich", versetzte Clair knapp – in einem ziemlich unglücklichen Tonfall. „Ich fühle mich gut. Die Luft ist frisch, und deine Gesellschaft war – bis eben – nicht ganz so schrecklich, also hab ich gelächelt." Sie schob sich an ihm vorbei. „Den Fehler mache ich nicht noch mal."

Harris ergriff ihren Arm und drehte sie um. Sie taumelte gegen seine Brust, wich jedoch schnell zurück. „Du wirst zu leicht und zu schnell wütend.“

Nur ein kleines bisschen gab sie nach, wand sich aus seinem Griff und schlang die Arme um ihren Körper. „Ich bin nicht wütend“, erwiderte sie trotzig.

„Nein? Was dann?“

Sie sah ihn an. In ihrem Gesicht wechselten sich die unterschiedlichsten Ausdrücke ab, ehe sie begann, ihn langsam zu umkreisen. Harris drehte sich, um sie im Blick zu behalten.

„Du hast mir gesagt, dass ich nichts von Lust verstehe.“

Oh, verdammt. Zuerst die BHs und jetzt das. Bis auf das wilde Hämmern seines Herzens und das Aufflackern seines männlichen Interesses wurde Harris ganz still. „Ja.“ *Halt den Mund, Harris, und lass es gut sein …* „Und?“

„Du hast dich geirrt.“

Er hätte nicht auf eine Erklärung drängen sollen. „Habe ich das?“

Sie nickte. „Ich bin … sehnsüchtig. Und der Typ, nach dem du gefragt hast? Wir haben uns vor zwei Monaten getrennt.“ Mit einem unschuldig verführerischen Augenaufschlag sah sie zu Harris. „Seitdem habe ich mich mit keinem Mann mehr getroffen.“

Er konnte nicht glauben, dass er gerade diese Unterhaltung mit ihr führte. Nicht mit seiner platonischen Freundin. Nicht ohne ein Bett in der Nähe. Er machte einen Schritt zurück. „Alles klar. Verstanden. Vielleicht hilft ein … äh … Lauf.“

„Nein. Ich muss einen neuen Mann finden.“ Als hätte sie nicht soeben eine verbale Bombe platzen lassen, wandte Clair sich ab und ging zurück zum Fußweg. „In der Zwischenzeit erschöpft mich das Joggen genug, damit ich nachts schlafen kann und mich nicht meinen Fantasien hingebe.“

Ihren Fantasien! Okay, wahrscheinlich hatten alle Frauen

Fantasien. Genau wie die Männer. Aber Clair? Harris rannte ihr hinterher. „Was zum Teufel soll das heißen? Dass du einen neuen Mann finden musst? Bei dir klingt das wie eine Shoppingtour."

Sie schenkte seinem wütenden Ausbruch keine Beachtung. „Komm schon. Lass uns weiterlaufen." Anstatt auf ihn zu warten, lief sie los und zwang Harris damit, sie einzuholen.

Weil er inzwischen selbst verärgert war, brauchte er nur zwei lange Schritte, um an ihrer Seite zu sein. „Und wo hast du vor, nach diesem neuen Mann zu suchen?"

„Keine Ahnung." Über den Rand ihrer Brille hinweg sah sie ihn an. „Hast du einen Vorschlag?"

So eine Frechheit. „Du kannst mir nicht erzählen, dass du scharf bist, und dann von mir erwarten, dir bei der Suche nach einem Mann behilflich zu sein."

Sie wirbelte so schnell herum, dass er sie beinahe umrannte. Sie stießen gegeneinander. Heftig. Harris musste sie bei den Armen packen, damit sie nicht beide hinfielen.

Er schüttelte sie leicht. „Was zum Teufel ist bloß los mit dir?", schimpfte er.

„Mit mir?" Sie stieß ihn von sich. Fast wäre er auf dem Hintern gelandet. „Ich hab nicht gesagt, dass ich ‚scharf' bin – wie ungehobelt ist das denn?"

„Denkst du, dass ‚sehnsüchtig' besser klingt? Es bedeutet dasselbe."

Clair rang nach Luft. „Das stimmt nicht!"

Abfällig blickte Harris ihr in die sexy grünen Augen. „Dann hatte ich doch recht", spöttelte er. „Du hast keine Ahnung von Lust."

Ihre Pupillen weiteten sich. Wie bei einer tickenden Zeitbombe verrannen die Sekunden. Er konnte spüren, wie die Spannung bis zum Äußersten wuchs – und dann griff Clair völlig unvermittelt an.

Gerade stand Harris noch da und schmunzelte über sie, und im nächsten Moment lag er flach auf dem Rücken im kühlen feuchten Gras. Kleine Steinchen drückten sich in seinen Rücken, und Moskitos sirrten voller Vorfreude auf das unerwartete Festmahl um sie herum.

Und Clair, tja, Clair hielt seinen Kopf in beiden Händen und presste ihre Lippen auf seinen Mund. Heiß und feucht und fordernd. Mit der Zunge strich sie über seine Lippen, bis er seinen Mund für sie öffnete. Dann begann ihr sinnlicher Angriff. Sie erforschte seinen Mund, schmeckte ihn – beraubte ihn jeglicher Einwände, ließ sie durch ihre Hitze dahinschmelzen.

Erstaunt und erregt legte Harris seine Hand in ihren Nacken, spürte ihr seidiges Haar unter seinen Fingern, die Wärme ihrer Haut. Er neigte seinen Kopf, um sie besser erreichen zu können, und ließ sie den Kuss noch vertiefen. Clair, dachte er. Das hier war Clair, die auf ihm saß, Clair, die ihn mit so viel Leidenschaft küsste. Ihre Brüste berührten seinen Oberkörper, ihre Schenkel strichen an seinen entlang, und ihm entrang sich ein Stöhnen.

Dann war sie plötzlich verschwunden.

Harris schlug die Augen auf und sah den Mond und die Sterne über sich. Mühsam kämpfte seine Lunge darum, genug kühle Abendluft einzusaugen. Sein Körper brannte. Verwirrt stützte er sich auf die Ellbogen. Clair stand über ihm, die Hände in die Hüften gestemmt, die Brille leicht verrutscht, ihre weißen Shorts inzwischen dreckig.

„Das“, sagte sie, „ist ‚scharf‘.“

Mit dieser Feststellung vollkommen einverstanden, nickte Harris. „Das würde ich auch sagen.“

Sie reichte ihm die Hand, und als er sie nahm, half sie ihm auf die Beine. Harris blickte in ihr ernstes Gesicht und suchte nach Worten, nach einem Weg, ihr wieder nahezukommen. Doch noch ehe er einen klaren Gedanken hatte fassen können, berührte Clair sein Kinn und strich ihm behutsam und zärtlich über die Wange.

Voll freudiger Erwartung schwieg Harris.

Sie trat näher zu ihm, schmiegte sich an ihn und schlang die Arme um ihn. Nach einem langen bedeutungsvollen Blick in seine Augen, der ihn in Flammen setzte, stellte sie sich auf die Zehenspitzen und küsste ihn erneut. Es war ein Unterschied wie Tag und Nacht. Dieser Kuss war überlegt, lieblich – und er verzehrte ihn.

Wie ein schwelendes Feuer krochen Clairs Hände über seinen ganzen Körper. Zärtlich strich sie über seinen nackten Rücken, über seine Schultern. Ihre Berührung schien ihre Ehrfurcht vor seinen Muskeln und seiner Stärke auszudrücken. Mit einem kleinen Schritt trat sie zwischen seine Beine, sodass ihr zarter Bauch seine Mitte berührte. Sie drückte sich an ihn und zeigte ihm, dass sie sich seiner wachsenden Erregung bewusst war.

Ihre Brüste streiften ihn, aufreizend, verlockend, bis er ihre aufgerichteten Brustspitzen spürte und aufstöhnte.

Auch sie gab kleine Laute der Lust und Begierde von sich, während ihre Zunge ihn beinahe scheu und liebevoll streichelte.

Liebevoll?

Mit einem Klaps auf seinen Po löste Clair sich von ihm. Er beobachtete, wie sie sich bedächtig mit der Zungenspitze über die Lippen fuhr. „Und das“, flüsterte sie, „ist ‚sehnsüchtig‘.“

Atemlos, erregt und mehr als bereit, streckte Harris die Arme nach ihr aus. „Ich glaube nicht, dass ich den Unterschied verstanden habe. Du solltest es mir lieber noch mal erklären.“

3. KAPITEL

Mit einem schnellen Schritt nach hinten war Clair außer Reichweite. „Wenn diese Erklärung nicht gereicht hat, dann wirst du es nie verstehen. Du bist hoffnungslos.“ Sie drehte sich um.

Mussten Frauen Männer eigentlich immer so durcheinanderbringen?

Dieses Mal joggte keiner von ihnen. Schon das Gehen fiel Harris schwer. Er war unglaublich erregt. Doch auf sie schien ihr Kuss gar keine so starke Wirkung gehabt zu haben. Abgesehen von ihren etwas unsicheren Schritten vielleicht. Und der Art, wie sie immer wieder tief durchatmete.

Er konnte diesen Kuss nicht einfach unkommentiert stehen lassen. Und so räusperte er sich nach einem halben Dutzend Schritten und wagte den Sprung ins kalte Wasser. „Also … war das nur eine Lehrstunde, oder wie?“

„Das kannst du sehen, wie du willst.“

Sie klang schon wieder gereizt. Eigentlich reagierte Clair nie gereizt auf ihn. Er war das nicht gewohnt und hatte keine Ahnung, wie er mit ihr umgehen sollte, wenn sie in dieser Stimmung war. „Wie wäre es, wenn du es einfach erklärst?“

Clair zuckte halbherzig die Schultern. „Männer werden scharf und wollen Sex. Frauen werden sehnsüchtig und wollen berühren und berührt werden, wollen kuscheln und zärtlich sein.“ Sie warf ihm einen flüchtigen Blick zu. „Und dann wollen sie lieben.“

Er hob die Hand. „Ich wäre mit beidem einverstanden.“

„Das sollte kein Angebot sein.“

„Es klang aber so.“ Als sie sich zu ihm umdrehte, warf Harris ihr einen tadelnden Blick zu. „Ich bin vielleicht manchmal ein bisschen schwer von Begriff, aber ich bin kein kompletter Idiot. Du hast mich angemacht.“

Darauf reagierte sie nicht.

Verdammt, er musste es jetzt wissen. „Ich bin bereit, Clair."

Der ungläubige Blick, den sie ihm zuwarf, verhieß nichts Gutes. „Bereit? Oh, toll! Einen Tusch bitte! Harris ist *bereit.*" Ihr Lachen troff vor Sarkasmus. „Womit hab ich dieses Glück nur verdient?"

Aus ihr schlau zu werden würde nicht einfach werden. „Schlechte Wortwahl? Sollte ich sagen: Ich bin gern bereit, der Bitte nachzukommen? Begierig? Vielleicht verzweifelt?"

Hinter ihren Brillengläsern verengte sie ganz leicht die Augen. „Stimmt das?"

„Nach diesen unwiderstehlichen Küssen? Was glaubst du?"

Sie griff um ihn herum, um ihm wieder einen Klaps auf den Hintern zu verpassen – direkt über der Tasche, in der sein Schlüssel und das Foto steckten. Diese Frau hatte wirklich etwas übrig für seinen Po.

„Ich glaube, du bist verzweifelt auf der Suche nach deiner geheimnisvollen Schönheit, und ich wäre nur ein netter Zeitvertreib." Sie verschränkte die Arme vor der Brust und stand aufrecht und wütend vor ihm.

Oh-oh.

Seine verzweifelte Suche nach einer angemessenen Antwort dauerte ihr offensichtlich zu lange, denn sie fragte: „Stimmt das etwa nicht?"

Harris streckte die Arme aus. „Komm schon, Clair. Ich kann sie nicht so einfach vergessen. Aber ich kenne sie doch überhaupt nicht."

„Zu mir hast du auch gesagt, dass du mich nicht so gut kennst."

Sie waren noch gute eineinhalb Kilometer von zu Hause entfernt. Das bedeutete, sie würde – egal, was er sagte – nicht so einfach wütend davonstapfen können. Für Harris war das allerdings nur ein schwacher Trost, denn er wusste noch immer nicht, was er sagen sollte. „Bis vor ein paar Minuten wusste ich auch nicht, dass du interessiert bist an … so was."

„An *so was?*", fragte sie bissig, schürzte die Lippen, war bewusst verächtlich.

„An Sex. An mir."

„An beidem zusammen?"

„Genau." Er schlang seine Finger um ihren Oberarm und bremste sie etwas. Als sie sich nicht wehrte, beschloss er, sie nicht loszulassen. Sie zu berühren war schön. Zumindest war es das jetzt. Bevor sie ihn geküsst hatte, war ihm nicht klar gewesen, wie es sich anfühlte, sie zu berühren. „Ich brauche ein paar Minuten, um das alles für mich einzuordnen, das ist alles. Keiner von uns hat doch je ernsthaft darüber nachgedacht, dass wir miteinander schlafen könnten."

„Das ist deine Meinung."

War das ein Geständnis? Sein Interesse wuchs ins Unermessliche. „Du hast an … mich gedacht?"

„Du bist äußerlich schließlich kein Monster, Harris. Und meistens verhältst du dich auch nicht allzu idiotisch. Ich bin mit niemandem zusammen. Da kannst du ja wohl eins und eins zusammenzählen."

Harris dachte über diese kritischen und fragwürdigen Komplimente nach. Die Schlussfolgerung, die er ziehen musste, gefiel ihm nicht. „Also wäre ich, wie dein Exfreund auch, nur ein Lückenfüller, bis etwas Besseres kommt?"

Sie lachte. „Harris, Liebling, versuch doch mal, dich an deine eigenen Bekenntnisse von vor zwei Minuten zu erinnern, ja?"

Liebling?

„Du willst doch gar nicht mehr sein als ein Lückenfüller. Du willst nicht, dass eine Frau bei dir an eine gemeinsame Zukunft denkt. Du bist gegen die Ehe." Sie wartete zwei Herzschläge lang, dann bohrte sie nach. „Stimmt's?"

„Äh … Ja." Aber irgendwie war das gerade nicht der Punkt. „An was hast du dann gedacht? Eine kurze Affäre?" Damit könnte er beginnen und dann dafür sorgen, dass sich mehr daraus entwickelte …

„Du hast bei meiner Erklärung vorhin nicht aufgepasst, oder?" Typisch für Clair drehte sie sich um, damit sie ihm ins Gesicht sehen konnte. „Ich dachte, ich hätte deutlich gemacht, dass Männer es schnell wollen. Ich will es langsam und locker. Ich will …"

Er schluckte.

„… mir Zeit lassen." Sie ging rückwärts weiter. „Aber da gibt es diese geheimnisvolle Unbekannte, die dich gerade beschäftigt." Sie seufzte schwer. „Also können wir von mir aus einfach als Kumpel weitermachen, die nicht miteinander schlafen. Das ist kein Problem."

Kein Problem? Und was war mit seiner spürbaren Erregung? Das war eindeutig ein Problem. Und dann war da seine Neugierde, die so groß war, dass er plötzlich das Gefühl hatte, Clair *unbedingt* auch intim kennenlernen zu müssen. Und diese seltsame Spannung, die er zuvor noch bei keiner Frau empfunden hatte. Vielleicht lag es an der Art, mit der sie ihn so leidenschaftlich beschimpfte. „Wahrscheinlich werde ich diese Frau niemals treffen, Clair. Ich meine, Alec und Dane sind gut, aber das ist noch lange keine Garantie, dass sie sie finden werden."

„Und wenn sie es doch schaffen?"

Was sollte er darauf antworten? Allein das Geheimnis, das diese Frau umwitterte, weckte in ihm den Wunsch, sie zu treffen. Mit ihr zu sprechen und herauszufinden, woher sie ihn kannte und warum sie ihm nie gesagt hatte, was sie für ihn empfand. Da waren ihr Sex-Appeal, die Nachrichten, ihre Aufrichtigkeit und ihre Bewunderung …

„Tja, das habe ich mir gedacht." Clair streckte den Arm

aus, ergriff seine Hand und verschlang ihre Finger ineinander. „Komm schon. Kein Zögern mehr. Zeit zu joggen."

„Ich fürchte, ich kann nicht." Er war noch nie mit einer Erektion gejoggt. Er stellte es sich nicht besonders angenehm vor.

„Du kannst", versicherte Clair. „Ansonsten wirst du allein nach Hause zurücklaufen müssen, denn ich habe nicht vor, so langsam zu gehen. Ich bin müde, und ich will ins Bett."

„Damit du dich deinen *Fantasien* hingeben kannst", versetzte Harris. Möglicherweise über ihn. Die Art, wie ihr Griff an seiner Hand sich verstärkte, nährte diese Vermutung noch.

„Vielleicht."

Das hatte er wirklich nicht hören müssen. Sie zog ihn mit sich, ohne ihn loszulassen, und kurz darauf joggten sie wieder. Dank des Tempos, das sie anschlug, bogen sie schon bald auf ihre Straße ein. So nah an dem ausgebrannten Gebäude konnte man den Geruch von Rauch in der Luft noch immer wahrnehmen. Das erinnerte Harris an seine Reaktion, als er befürchtet hatte, Clair könnte bei dem Brand etwas zugestoßen sein. Er hatte sich große Sorgen gemacht und heftig reagiert – und das war noch vor ihrem Flirt mit ihm gewesen.

Auch über den Schuhkarton, den er gefunden hatte, dachte er nach – und über die verlockenden Aussichten, die der Inhalt versprochen hatte. Harris war sich des Fotos in seiner Gesäßtasche mit einem Mal mehr als bewusst. Genau wie er sich Clairs Hand in seiner plötzlich mehr als bewusst war.

Zwei Frauen. Und beide machten ihn verrückt.

Was sollte ein Mann da machen?

Clair blieb vor der Treppe zu ihrem Apartment stehen. Bis jetzt schien Harris sehr an Sex interessiert zu sein, doch sie wollte mehr als das. Sie wollte, dass er sie begehrte – im Bett, aber auch sonst. Sie fühlte sich hinterhältig, ihn so zu reizen und sich dann wieder zurückzuziehen. Bemerkungen fallen zu lassen, bei denen er zwangsläufig an Sex denken musste. Doch was sollte sie sonst tun?

Bei Harris zeigte ihr Verhalten bereits Wirkung. Er wollte sie; allerdings wollte er auch noch immer ihr zweites Ich, die nackte Schönheit. Irgendwie musste sie ihn dazu bringen, die Fantasien zu vergessen, die durch die dummen Fotos in ihm erwacht waren.

„Es ist noch früh“, erklärte Clair verlegen.

Schweißperlen glitzerten auf Harris' nackten Schultern und seiner Brust. Er hatte die Hände auf die Hüften gelegt, atmete tief durch und betrachtete sie. „Du hast unseren Lauf doch abgekürzt.“

Clair zuckte mit den Schultern und rückte nervös ihre Brille zurecht. „Willst du noch mit raufkommen?“

Sein Blick wurde scharf. Wie ein blauer Laser schien er sie zu fixieren. Langsam ließ er die Hände sinken und machte einen Schritt auf sie zu. „Spielst du wieder mit mir?“

Himmel, er war noch immer begierig und bereit, die Chance direkt zu ergreifen – er sehnte sich danach, *sie* zu ergreifen.

„Du warst schon so oft bei mir oben, Harris. Auf einen Drink oder was zu essen.“

Jetzt legte er seine Hände auf ihre Hüften. „Auf mehr?“

Trotz ihres Drangs, Ja zu sagen, lachte Clair. „Wir sind beide verschwitzt, und du musst morgen früh raus.“

„Ich bin nie zu müde für …“

„Müsste ich allein nach oben gehen, wenn ich sagen würde, dass ich nur reden möchte?“

Einen Moment lang verstärkte sich sein Griff an ihren Hüften. Dann schwand die Hitze aus seinem Blick, und seufzend ließ er sie los. „Was soll's. Ich rede immer gern mit dir.“ Sein Lächeln erreichte seine Augen nicht. „Geh vor.“

In ihrer Wohnung war es dunkel, als sie eintraten. Clair

schaltete die Lampen ein, als sie in Richtung Küche ging. „Möchtest du was essen oder trinken?“

„Nur ein Glas Wasser.“ Er folgte ihr. Für Clairs Geschmack kam er ihr dabei ein bisschen zu nahe.

Sie füllte Eis in zwei Gläser und nahm dann das Mineralwasser aus dem Kühlschrank. „Erklär mir mal, was dich so reizt.“

„An dir?“

Er wirkte so überrascht, dass Clair ihn dafür ohrfeigen wollte. „Nein, nicht an mir. Soweit ich weiß, fühlst du dich zu mir *nicht* hingezogen.“

Er hob eine Augenbraue und musterte dann demonstrativ ihren Körper. „Ich wäre mehr als glücklich, dir das Gegenteil beweisen zu dürfen.“

Clair stöhnte. „Warum willst du dann die Frau auf den Fotos so sehr? Sie zieht sich aus, und deshalb bist du so interessiert an ihr, dass du es nicht sein lassen kannst?“

Sofort schüttelte er den Kopf. „Sie sieht heiß aus – keine Frage. Ich meine, jede Frau, die sich nackt wohlfühlt, ist in meinen Augen klasse.“

„Tatsächlich?“

Er lächelte. „Verdammt, ja. Wenn es nach mir ginge, wären alle Frauen nackt. Wenigstens, wenn wir allein zusammen wären.“

Bei seinen Worten errötete Clair ein bisschen; besonders, als Harris nun wieder seinen Blick über ihren Körper gleiten ließ. Ohne Zweifel stellte er sie sich gerade in einer solchen Situation vor. Nicht, dass er es sich vorstellen müsste, wenn ihm klar würde …

„Aber die Frau auf den Bildern schreibt in ihrer Nachricht auch schöne Dinge.“

„Ach ja?“

Harris rieb sich den Nacken und wandte sich ab. Er hatte

einen tollen Rücken – stark, breit, glatt und muskulös. Seine Shorts saßen ihm tief auf den Hüften, schmiegten sich an seinen durchtrainierten Po und seine gut gebauten Schenkel. „Das ist mir irgendwie peinlich."

Mit Peinlichkeiten kannte sie sich aus. „Warum? Wir sind doch Freunde."

Er nickte, drehte sich um und sah sie an. „Sie hat geschrieben, dass ich großzügig bin." Harris fühlte sich offensichtlich unbehaglich. „Und lustig und heldenhaft."

Männer konnten solche Dummköpfe sein. „Natürlich hat sie das getan. Es stimmt ja auch." Clair reichte ihm sein Wasser. „Du bist einer der großartigsten Menschen, die ich kenne."

Harris hatte gerade einen Schluck trinken wollen, doch mitten in der Bewegung hielt er inne. „Findest du?"

„Allerdings."

„Aber ich wusste nicht …"

„Harris", sagte sie mit einem gekränkten Seufzen. „Meinst du, ich würde mit einem Kerl rumhängen, der ein Idiot ist?"

Er lächelte schief. „Du sagst mir andauernd, was für ein Idiot ich bin."

Wie wahr. Das war immer ihre Art gewesen, ihre wahren Empfindungen zu überspielen. Ein Selbstschutz, der sie daran erinnerte, Harris gegenüber nicht zu gefühlvoll zu werden.

Clair ging zurück ins Wohnzimmer und ließ sich auf das große weiche Sofa fallen. Sie streckte ihre Beine von sich, erwischte Harris dabei, wie er sie betrachtete, und lächelte. „Tja, meine Zuneigung ist dir anscheinend zu viel. Das will ich nicht." Sie warf ihm ein knappes Lächeln zu, damit ihre Worte nicht zu dramatisch klangen. „Wenn ich dich nicht gemocht, respektiert und bewundert hätte, dann hätte ich deine Gesellschaft nicht gewollt." Jetzt zog er die Augenbrauen zusammen, und seine Miene wurde starr. Clair blickte ihn über den Rand der Brille hinweg an. „Was ist los?"

Mit einem kleinen Kopfschütteln murmelte Harris: „Ich muss nachdenken. Du hast mir da eine ganze Menge Stoff zum Grübeln gegeben.“

„Nachdenken ist gut.“ Clair wartete, bis er sich auch auf die Couch gesetzt hatte. Bei diesem Gesprächsthema fühlte es sich auf einmal anders an, so nah bei ihm zu sitzen. „Du solltest entscheiden, was du tun wirst, wenn du diese Frau erst mal gefunden hast. Hast du darüber schon mal nachgedacht?“

Er stützte seine Füße am Couchtisch ab und legte seinen Kopf an die Rückenlehne des Sofas. „Mindestens hundert Mal.“

Clair starrte seinen Bauch an. Auch der war durchtrainiert, schlank und muskulös. Eine Spur dunklen seidigen Haars führte von seinem Nabel unter den Bund seiner Shorts.

Sie riss sich zusammen, auch wenn ihr der Sinn danach stand, ihn wieder leidenschaftlich zu küssen. „Also“, sagte sie und klang ein bisschen angespannt, „was, wenn sie eine Hexe ist? Was, wenn sie ein furchtbarer Mensch ist? Sie könnte wie eine verhängnisvolle Affäre sein. Eine Wahnsinnige. Sogar eine irre Mörderin.“

Harris wandte den Kopf zu ihr. „Deine Argumente hast du schon längst unmissverständlich vorgebracht, Süße. Jetzt walzt du sie nur noch aus.“

Clair zuckte die Schultern. „Aber die Argumente sind ja auch berechtigt.“

„Vielleicht.“ Harris blickte sie an, musterte ihr Gesicht, als würde er versuchen, ihre Gedanken zu lesen. „In ihren Briefchen klang sie nicht wie eine irre Mörderin. Sie klang wie eine nette Frau.“

Jetzt geht das schon wieder los. „Du willst doch keine *nette* Frau, Harris. Schon vergessen? Du willst jemanden, der seinen Spaß haben will. Nette Frauen neigen dazu, ernsthafte Absichten zu haben, wenn sie mit einem Kerl schlafen.“

In seinen Augen stand mit einem Mal Interesse. Noch immer entspannt zurückgelehnt, sagte er: „Du bist nett."

Nervosität durchzuckte sie. Worauf wollte er hinaus? War ihr vielleicht irgendetwas entgangen? Sie nahm einen großen Schluck Wasser. „Ich bin sogar sehr nett."

Harris schien das Thema allmählich zu gefallen, und er beugte sich ein bisschen zu ihr herüber. Er legte seinen Arm auf die Rückenlehne des Sofas. Seine Fingerspitzen berührten ihren Nacken, und er kitzelte sie kaum spürbar. „Wenn wir also miteinander schlafen würden", sagte er gedehnt, „dann würdest du mit mir sesshaft werden wollen?"

Gott, ja. Ich würde dich ganz für mich allein beanspruchen, würde Kinder mit dir haben und dich jede Nacht lieben … „Ich weiß nicht." Ihre geheuchelte Gleichgültigkeit war bemerkenswert. „Selbst wenn wir miteinander schlafen würden …"

„Ja?"

Sie sah ihn an. „Ich wäre im Vorteil."

„Raus damit. Ich kann's vor Spannung kaum aushalten."

„Anders als die anderen Frauen, die du kennst, mache ich mir keine Illusionen", erklärte sie selbstgefällig. „Ich weiß, wie du dein Junggesellendasein immer gefeiert hast."

„Ich habe gar nichts ‚gefeiert'." Widerwillig presste er die Lippen aufeinander. „Aus deinem Mund klingt das, als würde ich jede Nacht um die Häuser ziehen. Ich genieße nur mein Leben, das ist alles."

„Die Sache ist", fuhr Clair fort und beachtete seinen Widerspruch gar nicht, „dass ich mir nicht sicher bin, ob du eigentlich weißt, was du willst oder fühlst."

„Also verstehe ich weder dich noch mich, stimmt's? Was muss ich doch für ein Idiot sein."

„Das habe ich nicht gesagt, Harris. Dreh mir nicht das Wort im Mund herum." Er lächelte sie an und wirkte nicht im Geringsten beleidigt. „Sieh dir doch an, wie du gerade auf ein bloßes Foto reagierst. Das beweist eindeutig, wie sehr du dir eine ernsthafte Beziehung wünschst." Vielsagend sah sie ihn an.

„Meinst du? Ich dachte, es würde nur beweisen, dass ich neugierig bin."

So neugierig, dass er für viel Geld zwei Detektive engagiert hatte, die die Frau finden sollten. Clair schnitt ihm eine Grimasse. „Was wäre, wenn", sagte sie und ließ sich nicht davon abbringen, ihre Theorie laut auszusprechen, „es in Wahrheit dein Wunsch ist, geliebt zu werden?"

Für einen Moment erstarrte Harris. Dann erwiderte er spöttisch: „Wirke ich so bedürftig auf dich?"

„Nein." Angesichts dieser perfekten Vorlage sagte Clair einfach das, was sie empfand. „Du siehst aus wie ein Mann, der ein großartiger Fang ist. Du kannst ernst sein, wenn es darauf ankommt. Man kann sich auf dich verlassen. Du bist engagiert." Wehmut ergriff sie. Hilflos fuhr sie fort: „Du bist ein Held, Harris. Ein umwerfender, sexy, lustiger, echter Held."

Langsam setzte er sich aufrecht hin. „Übertreib es nicht, Clair."

„Ich meine es ernst." Sie rutschte auf dem Sofa näher an ihn heran. „Du bist ein unglaublicher Mann."

Sein Blick richtete sich auf ihre Lippen. „Clair, dir ist bewusst, dass du mich schon wieder anmachst, oder?" Mit seinen starken warmen Händen berührte er ihre Wangen. „Ich hoffe, dass das deine Absicht war und keine sadistische Ader, die du neuerdings entwickelst."

Clair biss sich auf die Unterlippe. Ja, sie wollte ihn erregen, aber gleichzeitig wollte sie es nicht zu weit treiben. Sie wollte, dass sie erst miteinander sprachen, ehe sie diesen Schritt wagten.

„Hör zu. Ich habe dir gesagt, was ich wirklich über dich denke." Um Mut zu sammeln, holte sie tief Luft – und atmete seinen Duft ein. Nach dem Laufen war er ein wenig verschwitzt, doch er duftete köstlich. Genau wie ein Mann riechen sollte. Wie Harris roch. „Warum sagst du mir jetzt nicht, was du über mich denkst?“

Mit dem Daumen strich er über ihre Wange. „Sicher.“ Er lächelte schief. „Du bist süß – auf eine ganz erstaunliche, intellektuell-sportliche Art und Weise.“

Die Romantik, die sie eingehüllt hatte, war mit einem Schlag verschwunden. „Schweig still, mein Herz …“

Das freche Aufblitzen seiner blauen Augen war verräterisch. „Was wolltest du denn hören, Clair? Du hast dich verändert, und ich erkenne dich nicht wieder.“

Er kannte sie besser als jeder andere – inklusive ihrer Familie. Er hatte es nur noch nicht begriffen.

„Die meiste Zeit über weiß ich nicht, was du denkst, weil du dich dauernd hinter deiner Brille versteckst.“ Die verführerische Art, wie er ihren Nacken massierte, versetzte sie fast in Trance. „Duschst du auch mit Brille? Schläfst du auch damit?“ Seine Stimme wurde leiser. „Liebst du damit?“

Clair versuchte, zurückzuweichen. Aber Harris ließ die Hand in ihrem Nacken und hinderte sie mit seiner Berührung und seinem unwiderstehlichen Blick daran, sich zurückzuziehen. „Das werde ich dir nicht sagen“, flüsterte sie.

„Dann werde ich es selbst herausfinden.“ Er griff nach ihrer Brille.

Clair konnte nicht zulassen, dass er sie ihr abnahm! Zu groß war die Gefahr, dass er sie wiedererkannte. Mit aller Kraft schob sie ihn von sich, doch Harris – der große, kräftige und körperlich so fitte Feuerwehrmann – blieb davon vollkommen unbeeindruckt.

„Willst du ringen?“, fragte er lachend und ergriff ihre Arme. Irgendwie schaffte er es, sie währenddessen zu kitzeln. Im nächsten Augenblick rollten sie von der Couch und auf den Boden. Mit einem Aufkeuchen landete Clair auf Harris. Doch diese Position konnte sie nur einen winzigen Moment lang genießen, ehe Harris sich mit ihr umdrehte, sodass sie unter ihm lag. Der Couchtisch rutschte zur Seite, und Harris sank zwischen ihre Schenkel.

Oh-oh. „Harris …“

Mit einer Hand hielt er ihre Handgelenke über ihrem Kopf fest. Und dann nahm er ihr trotz ihres lauten Protestgeschreis die Brille ab und legte sie vorsichtig auf den Tisch.

Vor lauter Angst verstummte Clair. Sie war sich sicher, er würde sie erkennen.

Doch stattdessen beugte er sich herunter, bis seine Lippen ihren Mund gerade berührten. „Darf ich dir meine Ansichten zum Unterschied zwischen ‚scharf‘ und ‚sehnsüchtig‘ erläutern?“

Er trug kein Hemd, und so spürte Clair seine nackte Haut auf ihrer. Er duftete nach Mann, nach etwas, das man in Flaschen abfüllen und damit ein Vermögen verdienen könnte. Und sie konnte seine muskulösen behaarten Oberschenkel an den zarten Innenseiten ihrer Beine spüren. „Ja.“ Ihr Herz drohte ihr aus der Brust zu springen. „Zeig es mir.“

„Ich liebe es, wenn jemand für jeden Spaß zu haben ist.“ Beim Wörtchen „liebe“ stockte Clair kurz der Atem, und dann murmelte Harris: „Hier kommt ‚scharf‘.“

Er presste seinen Mund auf ihren, bewegte ihn gierig, drängte sie, ihre Lippen zu öffnen, damit er mit seiner Zunge in sie eintauchen konnte. Zugleich ließ er seine Hüften an ihren kreisen, reizte ihre Brustspitzen mit dem Druck seines Oberkörpers. Sein Atem an ihrer Wange war heiß und schnell.

Wow. Als er sich von ihr löste, schaffte Clair es kaum, die Augen zu öffnen. „Lust“, flüsterte sie zustimmend.

„Genau. Und jetzt kommt ‚sehnsüchtig‘.“ Er ließ ihre Hände los, um ihr Gesicht zu umschließen, und hielt sie fest, während er sie wieder leidenschaftlich küsste. Clair stöhnte.

Harris zu küssen war eine Offenbarung. Zu seinen anderen Vorzügen gesellte sich nun auch noch, dass er ein fantastischer Küsser war.

Er zog sich zurück. „Und? Was denkst du?“

In ihrem Kopf drehte sich alles, und ihr Herz schlug viel zu schnell. „Das war dasselbe.“

„Genau. Denn es gibt keinen Unterschied.“ Er hauchte ihr einen Kuss auf die Nasenspitze. „Es geht nur um die Einstellung, um die Vorlieben. Manchmal mag ich es einfach hart und schnell.“

Wieder stöhnte sie auf.

„Aber manchmal“, sagte er, zögerte es hinaus und setzte sie mit seinem Blick in Flammen, „mag ich es, mir Zeit zu lassen, sodass es die ganze Nacht lang dauert.“

Clair war sich nicht sicher, ob sie eine ganze Nacht lang durchhalten würde.

Doch dann küsste er sie auf die Schläfe. „Für dich würde ich mir Zeit lassen“, flüsterte er heiser.

Gut, dann würde sie es vielleicht doch durchhalten. Clair wollte ihre Arme um ihn schlingen, aber Harris hielt sie davon ab. Sein Lächeln wirkte gequält, und seine Muskeln waren angespannt, weil er sich so zusammenriss. Erneut küsste er ihre Nasenspitze – und setzte sich auf.

„Da du hier allerdings irgendein seltsames Spiel spielst, dessen Regeln ich nicht durchschaue, werde ich, glaube ich, für heute besser gehen.“

Sie wollte nicht, dass er ging. Sie wollte …

Harris streichelte ihr über die Wange und strich ihr Haar glatt. „Wenn wir miteinander schlafen, Clair – und das werden wir, also widersprich gar nicht erst –, möchte ich keine Missverständnisse und kein Bedauern. Wir werden uns einig sein, und wir werden es genießen. Okay?“

Etwas benommen nickte Clair.

Während Harris aufstand, setzte sie sich auf und fand schnell ihre Brille. Hinter den Brillengläsern versteckt fühlte sie sich sicherer und selbstbewusster. „Harris?“

Er lächelte ihr zu. Sie hatte ein Déjà-vu – nur dass alles verkehrt herum war. Im Park hatte sie die Führung übernommen, hatte ihn umgarnt und gereizt und war dann gegangen.

Er nickte ihr zu.

„Danke.“

Wieder erstrahlte ein warmherziges Lächeln auf seinem Gesicht. „Fürs Warten?“

„Und für dein Verständnis. Ich … Ich glaube, ich bin mir noch nicht hundertprozentig sicher, was ich will.“

„Was uns betrifft?“

„Ja.“ Sie biss sich auf die Unterlippe. „Ich denke, dir geht es nicht anders.“

„Und da liegst du falsch. Ich weiß, was ich will – und ich weiß, dass ich es bekommen werde. Das ist der einzige Grund, warum ich jetzt so geduldig sein kann.“

Clair blinzelte verwirrt. Hatte sie tatsächlich Fortschritte gemacht?

„Gute Nacht, Clair“, sagte Harris, und seine Miene wirkte liebevoll und innig. „Süße Träume.“

4. KAPITEL

Obwohl er neben Dane stand und auf die Ergebnisse der neuesten Informationen wartete, die er gerade geliefert hatte, lauschte Harris auf Geräusche aus dem Vorzimmer, die ihm sagten, dass Clair zur Arbeit erschienen war.

Keine Frage: Er war noch immer neugierig auf die geheimnisvolle Frau. Als er kurz zuvor eine dunkelhaarige Frau getroffen hatte, die mit ihm geflirtet hatte, war er sofort hellhörig geworden. Er hatte sich die Nummernschilder ihres Wagens eingeprägt und wartete nun darauf, herauszufinden, ob sie vielleicht die Unbekannte auf den Fotos war. Er hoffte es. Die Spannung brachte ihn fast um.

Doch selbst während er in gespanntem Schweigen zu Dane am Telefon sah, war ein Großteil seiner Aufmerksamkeit auf die Tür gerichtet, und er erwartete Clairs Ankunft. Die Art, wie diese Frau küsste … Sie war so heiß, dass er wohl besser seine Ausrüstung trug, wenn er sich das nächste Mal mit ihr traf. Er brauchte Feuerschutz.

Sie war noch dieselbe Clair, mit der er so gern zusammen war, doch ihr Verhalten ihm gegenüber hatte sich geändert. Ihm gefielen die Veränderungen, die neue Weiblichkeit, die sie ausstrahlte. Die aufreizenden Spielchen. Wie bei einem raffinierten Vorspiel hielt Clair seine Erregung wach, indem sie ihn erst lockte und dann zurückstieß. Ständig stand er kurz davor, beim geringsten Reiz zu explodieren.

„Ihr Name ist Melody Miles." Dane, der eine Hand über die Sprechmuschel des Telefonhörers gelegt hatte, sah Harris an. „*Miss* Melody Miles – sie ist also alleinstehend."

Irgendwie versetzte ihn das jetzt doch nicht so in Begeisterung, wie Harris gedacht hätte.

„Alec sagt aber, dass sie seiner Meinung nach aus der Nähe

betrachtet irgendwie anders aussieht."

„Auf keinem der Fotos ist ihr Gesicht zu erkennen."

„Das Gesicht hat er auch nicht erwähnt." Dane zuckte mit den Schultern. „Er sprach von ihrem Körper. Sie ist ein bisschen schwerer als auf den Schnappschüssen. Das könnte allerdings auch daran liegen, dass die Aufnahmen schon älter sind."

Die Tür ging auf, und Clair kam herein. Sie lächelte – bis sie Harris erblickte. Abrupt blieb sie stehen und richtete sich langsam zu voller Höhe auf.

Harris bekam kaum mit, dass Dane weiterredete. Heute trug Clair eine schmale rechteckige Brille, die ihr einen Hauch von überlegener Intelligenz verlieh. Ihr glänzendes dunkles Haar war ein bisschen zerzaust. Offenbar war sie mit offenem Fenster zur Arbeit gefahren. Unter dem Saum ihres kurzen marineblauen Rocks blitzten ihre nackten Beine hervor. Die weißen Sandalen passten zu ihrem weißen T-Shirt. Sie sah anbetungswürdig aus.

Er freute sich so, sie wiederzusehen. „Clair."

Sie presste die Lippen aufeinander. „Was machst du hier, Harris?"

Dane legte auf und kam hinter seinem Schreibtisch hervor. „Er dachte, er hätte die geheimnisvolle Unbekannte gefunden."

Betont arrogant verschränkte Clair die Arme vor der Brust und schob eine Hüfte vor. „Ach was."

Harris räusperte sich. Er war sich nicht sicher, in welcher Stimmung sie war. „Tja. Sie hat in diesem Coffeeshop, bei dem ich heute Morgen haltgemacht habe, mit mir geflirtet. Mir fiel auf, dass ich ziemlich oft dort anhalte und dass das die Verbindung sein könnte. Du weißt schon … Woher sie mich kennt und so."

„Hast du sie mal kennengelernt?"

„Nein." Clair klang so … anklagend. „Aber sie hätte meinen

Namen auch bei jemand anders aufschnappen können. Ich war ein paarmal mit Kollegen dort. Manchmal auch in Uniform, daher könnte sie wissen, dass ich Feuerwehrmann bin."

„Gesetzt den Fall, dass sie ebenfalls öfter dort ist."

„Ja. Gesetzt den Fall …" Harris wünschte, Dane würde ihm ein wenig behilflich sein. Der Kerl war begeistert gewesen, als die Möglichkeit bestanden hatte, dass die Frau die unbekannte Schönheit war. Und jetzt stand er einfach nur grinsend neben ihm und genoss offensichtlich Harris' missliche Lage.

„Ist sie dir vorher mal aufgefallen?", fragte Clair.

Harris fühlte sich in die Enge getrieben. „Nein. Das bedeutet allerdings nicht, dass ich ihr nicht aufgefallen wäre."

„Das ist klar, wenn sie mit dir geflirtet hat." Nachdenklich verengte sie leicht die Augen. „Hast du sie gefragt, ob sie die Frau auf den Bildern ist?"

„Nein, selbstverständlich nicht." Verlegen gab Harris zu: „Ich bin ihr gefolgt, um einen Blick auf die Nummernschilder werfen zu können."

„Oh Gott." Clair ging den Rest des Weges ins Vorzimmer und legte ihre Tasche auf den Schreibtisch. „Du bist ja zu einem regelrechten Stalker geworden."

Dane lachte. „Niemand hat ihn gesehen, Clair, und die Nummernschilder waren eine echte Hilfe." Dann wandte er sich Harris zu. „Doch wie gesagt: Alec bezweifelt, dass sie diejenige ist, die wir suchen."

In diesem Moment, während Clair ihn anblitzte, war Harris das ziemlich egal. „Na schön."

Obwohl er sich nicht danach erkundigt hatte, erklärte Dane es näher. „Die Körperform ist nicht die gleiche." Er zog die vergrößerten Fotos hervor, die sie gemacht hatten. Das Bild, auf dem man den Po der Frau sehen konnte, legte er oben auf den Stapel.

Clair gab ein ersticktes Aufstöhnen von sich, aber als Harris zu ihr blickte, schien sie ihnen keine Beachtung zu schenken. Tatsächlich war sie damit beschäftigt, Dinge auf ihrem Schreibtisch hin- und herzuschieben.

„Ihre Frau …“

„*Seine* Frau?“, spöttelte Clair ungläubig und hatte die Unordnung auf ihrem Schreibtisch anscheinend wieder vergessen.

„… hat einen herzförmigen Po.“ Wieder zuckte Dane mit den Schultern. „Die Frau, die Sie im Coffeeshop getroffen haben, hat einen runderen Po. Jedenfalls hat Alec mir das so erklärt.“

„Dann ist sie es wahrscheinlich nicht“, stimmte Harris zu.

„Er ist sich nicht hundertprozentig sicher“, erwiderte Dane. „Deshalb wird er sie noch ein bisschen im Auge behalten. Aber er meint, Sie sollten sich nicht allzu große Hoffnungen machen.“

Clair brach in Gelächter aus. Laut. Als Harris sie stirnrunzelnd betrachtete, kreuzte sie die Arme auf dem Schreibtisch und legte den Kopf darauf. Ihre Schultern bebten, während sie vor Lachen prustete und nicht mehr aufhören konnte.

„Was“, wollte er über ihr Lachen hinweg wissen, „ist denn so verdammt lustig?“

Keuchend und atemlos richtete Clair sich auf. Lachtränen rollten ihr über die Wangen. „Ihr drei“, stieß sie hervor und zählte Alec, auch wenn er nicht anwesend war, offenbar dazu. „Ihr versucht, eine Frau ausfindig zu machen … anhand der … Form ihres … *Hinterns!*“ Wieder lachte sie lauthals.

Dane zog eine Augenbraue hoch. „Ich nehme an, dass es im ersten Moment lustig klingen mag. Aber leider haben wir ansonsten ja auch nichts, das uns weiterbringen könnte.“ Und dann fuhr er lauter fort, damit Clair es auch verstand: „Da *irgendjemand* noch immer nicht die Adresse des Vormieters herausgefunden hat.“

Ihre Belustigung war mit einem Schlag verschwunden. „Oh.“ Ihr Blick wurde finster. „Ich arbeite dran.“

„Arbeite härter“, schlug Dane vor. „Oder noch besser: Ich mache es selbst.“

„Nein! Ich meine … Ich kümmere mich darum. In ein paar Stunden habe ich was für euch.“ Missmutig schien sie auf ihrem Schreibtischsessel zusammenzusinken. „Reicht euch das?“

„Das wäre großartig.“ Dane nahm eine Akte in die Hand und ging Richtung Tür. „Falls jemand mich suchen sollte: Ich werde heute das *Westbrook Motel* überwachen.“

„Eine Observierung?“ Dane und Alec bearbeiteten eine Menge alltäglicher, lästiger Fälle – wie untreue Ehepartner und entwendete Gartendekoration. Doch manchmal wurden sie auch in wirklich coole Situationen verwickelt, über die Harris gern Clairs Erzählungen hörte.

„Ja. Die Besitzer des Motels haben einen ihrer Angestellten in Verdacht, Gäste in den Umkleidekabinen am Pool zu beobachten. Ich werde mich im Gebüsch verstecken und die Polizei rufen, wenn ich ihn auf frischer Tat ertappt habe.“ Dane zwinkerte ihnen zu. „Seid brav. Ich sehe euch dann später.“

Endlich. Sobald Dane die Tür hinter sich geschlossen hatte, ging Harris zu Clair. Freudige Erwartung durchströmte ihn. Er konnte es kaum erwarten, sie wieder zu schmecken.

Als er sich ihr näherte, wurden ihre Augen größer. Hastig wollte sie ihren Sessel zurückschieben. Aber Harris gab ihr nicht die Chance, ihm auszuweichen. Er legte seine Hände auf die Armlehnen ihres Stuhls und nahm sie so gefangen. Dann beugte er sich vor und eroberte ihren Mund. Ein kleines überraschtes Seufzen entrang sich ihrer Kehle, ehe ihre Laute gedämpft wurden.

Oh ja, er hatte ihren Mund vermisst.

Clair blieb ungefähr drei Sekunden lang unentspannt, ehe sie mit einem Aufstöhnen dahinschmolz. Ihm gefiel das. Er mochte sie. Vielleicht sogar ein bisschen mehr, als ihm klar gewesen war. Als sie ihre Lippen öffnete, nahm Harris die Einladung an und tauchte mit seiner Zunge in sie ein. Es wurde ein leidenschaftlicher, inniger Kuss, der lange genug dauerte, um unbändige Lust in ihm zu wecken.

„Du hast mir gefehlt“, murmelte er.

Durch seine Worte war der Zauber offenbar dahin, denn sie blinzelte und schob ihn von sich. Ihr Atem ging schnell, und ihre Lippen wirkten leicht geschwollen und verführerisch rot. Sie rückte ihre Brille zurecht und blickte ihn finster an. „Ja, genau. Du hast mich so sehr vermisst, dass du fremden Frauen nachgestiegen bist, weil du dringend deine geheimnisvolle Verehrerin kennenlernen willst.“

„Nicht dringend.“ Einen Moment lang fühlte sich Harris wackelig auf den Beinen. Die Vorstellung, sie auf den Schreibtisch zu legen, ihren schlichten Rock hochzuschieben und ein bisschen Sex im Büro zu genießen, war verlockend. Doch sie schien im Augenblick nicht besonders empfänglich für solche Vorschläge zu sein. „Nur neugierig. Wenn sich irgendein Typ in dich verliebt hätte, wärst du doch auch neugierig, oder?“

Unzählige Empfindungen – von Wut über Enttäuschung bis hin zu Hoffnungslosigkeit – huschten über ihr Gesicht, bevor sie seufzte und sich wieder in ihren Sessel sinken ließ. „Vielleicht.“ Sie hob ihr Kinn an. „Aber nicht, wenn ich Interesse an jemand anders hätte.“

Harris lehnte sich an den Schreibtisch. Er brauchte den Halt. „Ich bin mehr als interessiert, Clair.“

Mit großen Augen biss sie sich auf die Unterlippe. „Tatsächlich?“

Liebte sie ihn? Und liebte er sie? Harris hatte immer geglaubt, wenn er sich ernsthaft verliebte, würde die Erkenntnis ihn wie ein Schlag in die Magengrube treffen. Er würde nicht darüber nachgrübeln müssen, er würde es einfach wissen. Doch Clair war so anders, dass er sie nicht verstand. Und das bedeutete, dass er sich selbst auch nicht verstand.

Mit wohlüberlegten Worten hoffte Harris, sie von seiner Sichtweise zu überzeugen, ohne zu aufdringlich oder – *Gott bewahre* – verzweifelt zu wirken. „Ich bin gern mit dir zusammen, Clair. Schon bevor die aufreizenden kleinen Spielchen zwischen uns begonnen haben." Das erinnerte ihn an etwas, und er fragte: „Du wirst dich mir gegenüber doch nicht plötzlich anders verhalten, wenn wir eine Beziehung zueinander aufbauen, oder?"

Clair schien wie versteinert. „Was meinst du damit?"

„Du sagst mir weiterhin, was du denkst und was du fühlst. Und du drehst nicht wegen jeder Kleinigkeit durch. Du bist immer ehrlich zu mir." Sie hatte die Augen geschlossen, und Harris war sich nicht sicher, ob sie ihm zuhörte. „Clair?"

Sie stand auf und ging auf und ab. „Wir haben schon eine Beziehung, Harris. Wir haben nur noch nicht miteinander geschlafen. Wenn du mich so magst, wie ich gerade bin, wüsste ich nicht, was Sex daran ändern sollte."

„Sex ändert *einiges.*"

Sie drehte sich um und sah ihn an. Misstrauisch zog sie eine Augenbraue hoch. „Wie?"

Wie? Harris schüttelte den Kopf und dachte über seine Worte nach. „Ich sollte besser sagen, dass Sex zwischen *uns* einiges verändern wird. Wenn du jemand anders wärst …"

„Deine geheimnisvolle Verehrerin?"

„Sei nicht so gemein, Clair." Doch ihm gefiel es, dass sie Eifersucht zeigte. Es reizte ihn, denn er hätte nie gedacht, Clair könnte eine eifersüchtige Frau sein. „Ich will nur sagen, dass es mir bei einer anderen Frau möglicherweise egal wäre. Aber wenn *wir* es tun, erwarte ich ein paar Rechte."

Sie verschränkte die Arme vor der Brust. „Was für Rechte?"

Irgendwie geht das in die falsche Richtung, dachte Harris und hätte beinahe über sich selbst gelacht. Hier stand er nun – ein Mann, der Verpflichtungen eigentlich scheute, aber in diesem Moment versuchte, diese Frau festzunageln. Was ihm vor einigen Tagen noch so reizvoll erschienen war und was er als angenehm empfunden hatte, fühlte sich mit einem Mal zu unbestimmt, zu unverbindlich an. Clair setzte ihn nie unter Druck, wollte nie wissen, wo er war oder wann er zurück sein würde oder ob er anrufen würde. Er war Feuerwehrmann, doch soweit er wusste, hatte sie sich noch nie Sorgen um ihn gemacht. Und das war ja auch gut gewesen – bis jetzt.

Wenn er ihr etwas bedeutete, sollte sie dann nicht ab und zu ein bisschen Sorge zeigen? Sollte sie dann nicht wissen wollen, ob er sich mit einer anderen Frau traf? Und ob. Denn wenn sie diese Rücksichtnahme nicht von ihm verlangte, wie sollte er sie dann von ihr verlangen? Und genau das wollte er. Das ganze Gerede über ihren ehemaligen Freund hatte in ihm Eifersucht geweckt. Er wollte nicht, dass sie sich mit jemand anders traf.

Harris löste sich vom Schreibtisch. „Ich möchte nicht, dass du abends ohne mich joggst." Er fand Gefallen an dem Thema und trat näher zu ihr. „Verdammt, ich will das *jetzt* schon nicht. Wenn ich es nicht schaffe, lässt du das Laufen ausfallen."

Sie öffnete kurz den Mund, ehe sie ihn nachdrücklich wieder schloss. „Das werde ich nicht tun", erklärte sie dann bestimmt.

„Clair." Er verringerte den Abstand zwischen ihnen und zwang sie, einen Schritt zurück zu machen. „Es ist zu gefährlich."

„Das war dir bisher doch auch egal."

Bisher war ich ja auch ein Idiot. „Bisher hatten wir auch eine andere Beziehung zueinander. Jetzt hat sich das geändert."

„Ha. Was wäre, wenn du deine geheimnisvolle Unbekannte findest? Dann wäre die Sache mit mir wieder auf Eis gelegt. Bis du deine Gefühle für sie geklärt hast, werde ich also genau so weitermachen, wie es mir gefällt."

Harris hatte sich vor ihr aufgebaut. Der Gedanke daran,

dass sie nachts allein war, machte ihn wütend. „Dann muss ich eben dafür sorgen, dass ich jeden Abend mit dir jogge, bis wir alles geklärt haben.“

Sie stieß mit dem Rücken gegen die Wand und blieb stehen. „Das machst du sowieso“, grummelte sie. Und seufzend fügte sie hinzu: „Im Übrigen macht es mir auch gar keinen Spaß, ohne dich zu laufen. Die Chancen stehen also gut, dass ich das Joggen ausfallen lasse, wenn du keine Zeit hast.“

Harris nahm ihr Gesicht in beide Hände. Vernünftige, ehrliche Clair. „Danke.“ Wieder küsste er sie. Es war ein leichter Kuss, denn er hatte keine Zeit mehr. „Ich komme heute gleich nach Feierabend vorbei.“

„Warum?“ Nach dem Kuss wirkte der Ausdruck in ihren Augen hinter den Brillengläsern weich. „Wir laufen doch erst, wenn es dunkel wird.“

„Wir haben noch eine Menge zu besprechen. Über mich, dich, über Sex.“ Er lächelte sie an. „Und wir werden alles ausdiskutieren, denn ich glaube nicht, dass ich noch viel länger warten kann.“

Er wollte sich abwenden, doch sie hielt ihn zurück. „Harris?“

„Ja?“

„Ich will auch nicht länger warten.“

Oh, verdammt. Ein Satz wie dieser würde dafür sorgen, dass er jetzt den ganzen Tag über mit seiner Lust und seiner Erregung zu kämpfen hätte. Keine schönen Aussichten, wenn man mit einem Haufen Kerle zusammenarbeitete, die es liebten, einander aufzuziehen. Ohne Zweifel wäre Ethan dabei der Schlimmste. Er bedrängte ihn immer noch wegen des Schuhkartons. Wenn er jetzt noch herausfand, wie viel Clair Harris bedeutete, würde es um nichts anderes mehr gehen. Ohne ein weiteres Wort flüchtete Harris aus dem Büro.

Aber wie erwartet ließ ihm der Gedanke an Clair keine

Ruhe. Sie lenkte ihn ab, war ständig in seinem Kopf und machte ihn nervös. Zumindest, bis im Norden der Stadt ein Lkw-Fahrer von der Straße abkam, eine Gasleitung rammte und so ein Apartmentgebäude in Brand setzte.

Durch den Zusammenstoß war der Erdgasverteiler des Gebäudes beschädigt worden, und riesige Flammen schossen bis unters Dach und verwandelten das Vierparteienhaus in ein Flammenmeer. Harris dichtete die Gasleitung ab, sodass das Feuer keine Nahrung mehr bekam, doch die Flammen hatten schon einen Großteil des Gebäudes erfasst. Harris' Mannschaft war gezwungen, den Brand an zwei Fronten zu bekämpfen. Eine Gruppe versuchte, auf der Rückseite des Baus mit einem Sprühstrahl die Flammen einzudämmen. Harris und einige andere Männer gingen in das Gebäude, um von innen dagegen anzugehen.

Kurz darauf tauchten Mitarbeiter der Gasfirma auf und klemmten die Leitung ab, um die Gefahr zu bannen. Es dauerte noch zwei weitere Stunden, das Feuer komplett zu löschen, bis nur noch Rauch übrig blieb. Die Reinigungsarbeiten würden einige Zeit in Anspruch nehmen. Aber zum Glück war – abgesehen von ein paar kleineren Verletzungen – niemandem etwas passiert. Die Bewohner, unter denen sich auch einige Kleinkinder befanden, hatten sich rechtzeitig in Sicherheit bringen können. Eine ältere Dame hatte eine Rauchvergiftung erlitten, doch sie würde wieder vollkommen gesund werden. Ein junger Mann hatte ein paar leichtere Verbrennungen davongetragen, aber die Sanitäter kümmerten sich schon um ihn.

Harris war erschöpft, dreckig und stank nach Rauch. Die Muskeln in seinem Nacken und seinen Schultern waren total verkrampft. Seine Augen brannten. Müde schob er etwas Asche zur Seite und vergewisserte sich, dass sie abgekühlt war, ehe er weiterging. Ethan tauchte neben ihm auf. Er sah so schlimm aus, wie Harris sich fühlte, und trotzdem lächelte er.

„Der Schaden dürfte ungefähr bei fünfzigtausend Dollar liegen. Drei der Wohnungen sind unbewohnbar, und einige Leute werden sich einen Platz suchen müssen, an dem sie erst mal bleiben können.“ Harris nahm den Helm ab, um sich den Ruß vom Gesicht zu wischen. „Also? Warum grinst du?“

Ethan tat es ihm gleich, zog seinen Helm ab und fuhr sich mit einer behandschuhten Hand durchs schweißnasse Haar. „Wegen Rosie.“

„Was ist mit ihr?“

„Nach einem Brand ist sie immer ganz … vernarrt in mich.“ Ethan stieß ihm freundschaftlich den Ellbogen in die Rippen. „Und das soll nicht heißen, dass sie mir Hühnersuppe bringt.“

An die Liebe zwischen Rosie und Ethan erinnert, wurde Harris ein bisschen wehmütig. Er zwang sich zu einem Lächeln. „Vielleicht bin ich etwas zu jung, um mir das anzuhören.“

„Du bist definitiv zu jung für die Einzelheiten. Sagen wir einfach, dass es mir wegen des Schadens leidtut, dass ich es hasse, dass die Leute wegziehen müssen, aber dass ich es kaum erwarten kann, zu meiner liebenden Ehefrau nach Hause zu kommen.“ Ethan zwinkerte ihm zu, setzte den Helm wieder auf und schlenderte davon.

Harris grummelte vor sich hin. Ja, es wäre schön, eine liebende Frau zu haben, die auf ihn wartete … *Moment.* Abrupt blieb er stehen, und sein Blick wurde leer. Eine Frau, die auf ihn wartete? Dieselbe Frau, *jeden Tag?* Das klang nach … Ehe. War er schon bereit dazu? Er wusste, dass er Clair wollte und dass er sie ganz sicher mehr wollte als jede andere Frau bisher. Und das nicht nur in körperlicher Hinsicht.

Sex mit anderen Frauen hatte er aufgegeben. Doch nicht eine Sekunde lang hatte er in Betracht gezogen, das Joggen mit Clair aufzugeben. Er fühlte sich lebendiger, wenn er in ihrer Nähe war.

Während er weiterarbeitete, die verkohlten Überreste eines alten Gartenstuhls wegräumte und die gefährlich lose in den Angeln hängende Eingangstür eines Apartments abnahm, dachte er über all die unterschiedlichen Dinge nach, die er für Clair empfand. Er wollte mit ihr zusammen sein, wollte ihr ständig nahe sein. Nie wurde ihm ihre Gesellschaft lästig. Clair schien seine Stimmungen lesen zu können. Sie saß schweigend neben ihm, wenn ihm danach war, oder zog ihn auf, wenn er das Bedürfnis nach ungezwungenem Spaß verspürte. Ihre Gesellschaft war nie aufdringlich. Mit ihr zusammen zu sein fühlte sich einfach … gut an.

Auch er hatte ein Gespür für ihre Stimmungen. Aber vielleicht lag das daran, dass Clair nicht wie die meisten anderen Frauen Spielchen spielte. Wenn irgendetwas sie störte, sagte sie ihm das. Mit Ausnahme der sinnlichen Neckereien der letzten Zeit, die sie beide genossen, war sie offen und ehrlich.

Ganz bestimmt gefiel es ihr nicht, dass er sich für die geheimnisvolle Frau interessierte. Harris gefiel es ja selbst nicht. Nicht mehr. Wer brauchte eine Frau, die ihm lieber geheime Nachrichten und Nacktaufnahmen hinterließ, statt ihm von Angesicht zu Angesicht zu sagen, dass sie ihn mochte? Er sollte sich vielmehr auf Clair und die neue Art konzentrieren, wie sie seine Lust weckte und ungeahnte Träume in ihm heraufbeschwor.

Harris hatte eine Entscheidung getroffen. Er würde Dane und Alec für ihre Hilfe danken, zahlen, was er ihnen schuldete, und sie von dem Fall abziehen. Morgen.

Denn heute Abend wollte er Clair.

Er ließ seine Ablenkung hinter sich und machte sich wieder an die Arbeit. Je schneller sie den Ort des Geschehens aufgeräumt hätten, desto früher wäre seine Schicht zu Ende. Und umso früher könnte er Clair treffen.

Clair hörte in den Nachrichten von dem Brand und machte sich solche Sorgen, dass sie kaum still sitzen konnte. Einen

Feuerwehrmann zu lieben war noch nie leicht gewesen, doch jetzt war – wie Harris schon festgestellt hatte – alles anders. Sie musste ihre Gefühle nicht mehr hinter freundlicher Kameradschaft verbergen.

In dem Augenblick, als sie Harris' Wagen sah, schnappte sie sich ihre Schlüssel und stürzte aus der Tür. Sie dachte nicht über ihre Schuhe nach oder über Harris' Reaktion. Sie wollte nur bei ihm sein und sichergehen, dass er auch diesmal ohne körperlichen Schaden davongekommen war.

Harris war schon im Haus und öffnete gerade seine Wohnungstür, als Clair ankam. Als sie ihn sah, blieb sie stehen, holte Luft und nahm seinen Anblick in sich auf. Er sah … wundervoll aus. Erschöpft und mit geröteten Augen, aber dennoch stark und groß, und dennoch der Mann, den sie von Herzen und über alles liebte.

Als sie ihn jetzt sah, gezeichnet von dem lebensgefährlichen Einsatz, wusste Clair nicht mehr, was sie sagen sollte. Ihre Empfindungen schnürten ihr die Kehle zu, und Liebe glühte in ihren Augen. Sie verschlang die Finger ineinander. „Harris."

Er hatte eben die Tür aufgemacht und drehte sich mit einem Lächeln auf den Lippen zu ihr um. „Hey, ich wollte mich gerade umziehen und zu dir rüberkommen."

Clair schluckte und kämpfte den Drang nieder, ihn zu umarmen. „Was wolltest du denn anziehen?" *Dummkopf. Das ist doch egal, oder?*

Er roch an seiner Jacke, rümpfte die Nase und verzog den Mund. „Irgendwas, das nicht nach Qualm stinkt. Ich hab schon in der Feuerwache geduscht, aber der verdammte Rauch hängt in meinen Haaren und meinen …"

Clair gab auf. Sie hielt es nicht mehr aus, konnte keine Sekunde länger warten, konnte nicht geduldig vor ihm stehen bleiben, während er sich freundlich mit ihr unterhielt. Sie trat zu Harris, legte ihre Hand in seinen Nacken, küsste seinen

Mund, sein Kinn und seinen Hals. Dann schmiegte sie ihre Wange an seine Brust und hielt ihn fest.

Langsam legte Harris seine Arme um sie. „Hey? Was ist los?"

Fast zu überwältigt, um zu sprechen, schüttelte Clair den Kopf und gab dann zu: „Ich hab mir … Sorgen gemacht."

„Das tut mir leid." Er streichelte ihren Rücken, erwiderte ihre feste Umarmung. Schließlich ergriff er ihren Arm und zog sie mit sich in die Wohnung.

Es tut ihm leid? Verwirrt versuchte Clair, sich an diese neue Seite an Harris zu gewöhnen, an seine Milde. Was hatte das zu bedeuten?

„Lass mich duschen, und dann reden wir", sagte er, und seine Stimme war tief und ruhig.

Clair blickte ihm hinterher, als er verschwand. Er pfiff ein kleines Liedchen. Seine Erschöpfung war noch zu spüren, die angespannten Schultern und der Schmutz unter seinen Augen klar zu erkennen. Doch mit einem Mal wirkte er etwas fröhlicher, so als hätte sie ihn irgendwie glücklich gemacht.

Clair sah sich um, und ihr dämmerte eine Erkenntnis. Harris war in einer sanften, aufgeschlossenen Stimmung. In seiner Wohnung war es bis auf eine kleine Lampe in der Küche dunkel. Sie hatte die perfekte Szenerie und würde vermutlich in nächster Zeit keine bessere Chance bekommen.

Das Herz schlug ihr bis in den Hals hinauf, und ihr Puls pochte erwartungsvoll, als sie ihm schweigend folgte. Sie schob die Schlafzimmertür auf, um Harris mitten im Raum stehen zu sehen. Sein Shirt hatte er schon ausgezogen, Schuhe und Socken ebenfalls, und seine Hände lagen am obersten Knopf seiner Jeans.

Fast geschafft, dachte sie.

Harris sah auf. Ihre Blicke hielten einander ein paar Momente lang fest, und der Ausdruck auf seinem Gesicht veränderte sich plötzlich. „Clair?"

Sie ließ sich nicht die Möglichkeit, einen Rückzieher zu machen. Schnell schaltete sie die Deckenlampe aus. Nur noch das schummrige Mondlicht erhellte sanft das Zimmer.

Harris war nicht mehr als ein schemenhafter Umriss. „Was soll das?“

Clair machte vorsichtig ein paar Schritte auf ihn zu und fand seinen Oberkörper – fest und muskulös und warm. Mit den Händen strich sie zu seinen breiten Schultern hinauf und dann weiter in seinen Nacken. Sie zog seinen Kopf zu sich heran. „Ich hatte Angst um dich.“

Er legte seine Hände auf ihre Taille. „Ich beherrsche meinen Job, Süße. Du musst dir keine Sorgen machen.“

„Du hast gesagt, dass Sex alles ändern würde.“ Clair schob ihre Finger in sein kühles, weiches, dichtes Haar, das einen solchen Kontrast zu seinem starken, heißen Körper bildete. „Tja, du wirst dich daran gewöhnen müssen, dass ich mir Sorgen mache. Ich weiß, dass es dir nicht gefällt. Wie du rumschimpfst, sobald eine Frau anfängt, sich zu sorgen … Aber wenn wir Sex haben …“

Er fuhr mit seinen Händen über ihre Hüften. „Das werden wir“, murmelte er. „Genau jetzt.“

Clair holte tief Luft. „Großartig. Dann habe ich auch Rechte.“

Sie konnte das Lächeln in seiner Stimme hören, als er fragte: „Das Recht, dir Sorgen zu machen?“

„Darauf kannst du wetten. Und außerdem …“

Er küsste sie und schnitt ihr damit mitten im Satz das Wort ab.

„Harris?“

„Ich bin völlig offen für neue Regeln, Süße. Aber lass uns morgen früh darüber reden.“

Am Morgen? Die Sonne würde scheinen, und das Zimmer wäre lichtdurchflutet. „Erwartest du von mir, dass ich die ganze Nacht über bleibe?“

„Und ob. Neben mir. In meinem Bett.“

„Oh.“ Sie schluckte. Doch vielleicht wäre es am nächsten Morgen ja egal. Vielleicht wäre ihm dann schon klar, dass er sie wollte und nur sie. Oder vielleicht wäre ihm sogar endlich aufgefallen, dass sie und die geheimnisvolle Unbekannte ein und dieselbe Frau waren.

„Du bist mir in mein Schlafzimmer gefolgt, Clair. Du beanspruchst für dich das Recht, dir Sorgen machen zu dürfen. Das gibt mir auch ein paar Rechte. Wie das Recht, dich die ganze Nacht lang wieder und wieder lieben zu dürfen – wann auch immer mir danach ist.“ Mit seinen Händen liebkoste er ihren Rücken, ihre Hüften, ihre Taille, streichelte sie und lernte sie auf eine Art kennen, die bisher verboten gewesen war. „Falls du sehnsüchtig oder scharf werden solltest“, fügte er schmunzelnd hinzu. Er drehte sich um, machte zwei Schritte und ließ sich mit ihr aufs Bett fallen. Halb lag er auf ihr. „Oder falls du mich einfach willst“, knurrte er.

„Ich will dich immer.“ Clair schloss die Augen, als er mit den Fingern über die Innenseite ihrer Oberschenkel strich. Ihr Herz pochte. „Harris?“

„Ich rieche nach Rauch“, beklagte er sich. Er küsste ihren Nacken, ihre Schulter, und ihre Haut fing an zu kribbeln. „Egal, wie lange ich dusche oder wie gründlich ich schrubbe …“

„Das macht mir nichts aus.“ Clair drückte ihre Nase an seinen Hals und atmete ein. Sie fragte sich, ob die Brände diesen Einfluss auf ihn hatten, ob er das Gefühl hatte, dem Rauch, der Zerstörung nicht entkommen zu können. Sie kuschelte sich an ihn. „Ich rieche nur dich, Harris. Und du riechst wundervoll.“

„Ja?“ Er lachte leise und hob die Hand, um ihr übers Haar zu streichen. Mit einem Lächeln, das in dem dunklen Zimmer kaum zu sehen war, nahm er ihr die Brille ab und legte sie auf den Nachttisch. Als er sich wieder an sie schmiegte, ergriff er den Saum ihres Shirts und zog es ihr aus. Seine Hand fand ihre

Brust und umschloss sie sanft. Plötzlich hielt er inne. „Verdammt, Clair, ich brauche Licht."

„Nein, noch nicht." Wenn er das Licht einschaltete, bestand die Gefahr, dass er sie wiedererkannte. Sie wollte ihm nahe sein, wollte die Intimität, ehe sie ihm die Wahrheit sagte. Am Morgen würde sie ihm alles gestehen. Aber nicht jetzt – nicht, bis sie diese besondere Bindung zu ihm aufgebaut hatte, die die Wahrheit auffangen würde.

Harris fuhr fort, ihre Brust zu streicheln, spielte mit ihrer Knospe und machte es ihr unmöglich, etwas zu sagen. „Warum nicht?"

Warum nicht? Warum nicht? Sie zwang sich, ihre Gedanken zu sammeln, und murmelte dann: „Ich bin schüchtern?"

Bedächtig und mit herrlicher Bestimmtheit zupfte er an ihrer Brustspitze. „Du klingst nicht ganz überzeugt, Clair."

Oh Gott. Wie konnte er von ihr erwarten, ihm eine Antwort zu geben, wenn er das mit ihr machte? „Ich will nur … Ich lasse das Licht lieber aus."

Harris setzte sich neben ihr auf. „*Ich* würde dich aber lieber sehen. Ganz." Clair wollte widersprechen. Doch noch ehe sie sich auf ihren Ellbogen stützen und aufrichten konnte, war das Licht an und erhellte das Bett. Hastig wandte Clair das Gesicht ab. Vor Schreck stockte ihr der Atem.

In qualvoller Stille verrannen die Sekunden. Als sie es nicht mehr ertragen konnte, wandte sie sich langsam zu Harris um. Er wirkte nicht länger erschöpft. Seine blauen Augen leuchteten, und fast konnte sie seinen Blick auf der Haut spüren, als er ihre Brüste betrachtete. Das dunkle Haar fiel ihm in die Stirn; seine Muskeln waren angespannt, klar definiert. Er stand auf, ohne den Blick von ihr zu wenden, und knöpfte seine Jeans auf. „Kannst du mich ohne deine Brille überhaupt erkennen?"

Clair biss sich auf die Unterlippe. „Du bist ein bisschen verschwommen, aber ja, ich kann dich sehen."

Bedächtig nickte er. „Gut." Er schob sich die Hose herunter und stieg hinaus. Ihre Augen weiteten sich. Sie sah ihn, doch sie wünschte, sie hätte noch immer die Brille auf, um auch nicht das kleinste Detail zu verpassen.

Sie begann, sich aufzurichten und näher zu ihm zu rutschen. „Jetzt du", sagte er.

Noch nicht! Wenn er ihren Po sah, würde er sie dann nicht als die Frau auf dem Foto erkennen?

Clair wollte zurückweichen, doch Harris schmunzelte nur, während er den Saum ihrer Shorts packte. Dank des lockeren Bündchens war es kein Problem, sie ihr auszuziehen. Leider erwischte er dabei auch ihr Höschen. Und im nächsten Moment war Clair nackt. „Harris!"

„Clair." Seine Stimme klang dunkel und samtig. „Du bist so schön."

Er erkannte sie noch immer nicht? Clair konnte es nicht glauben. Eigentlich hätte sie erleichtert sein müssen, doch es ärgerte sie auch. Der Mann hatte die Fotos stundenlang angesehen, jede Kleinigkeit studiert, sie sogar vergrößern lassen. Aber in ihr, Clair, sah er anscheinend keine attraktive geheimnisvolle Frau – also stellte er die Verbindung nicht her.

Als Harris sich neben ihr ausstreckte, legte sie beide Hände an seine Brust und hielt ihn ab. Er wollte sie küssen, doch Clair ließ es nicht zu. Noch nicht.

Mit einem drohenden Unterton in der Stimme fragte sie: „Was ist mit deiner geheimnisvollen Schönheit?"

5. KAPITEL

„Was für eine geheimnisvolle Schönheit?", murmelte Harris betont gleichgültig. In diesem besonderen Moment dachte er an niemand anders – nicht, wenn Clair hier in seinem Bett lag, bereit für ihn, und so süß und zart und perfekt aussah, wie eine Frau nur aussehen konnte. Bereit, den nächsten Schritt zu tun, um ihre Beziehung zu festigen, schob er ihre Hände zur Seite, beugte sich vor und leckte über eine ihrer aufgerichteten Brustspitzen.

Clair bog den Rücken durch. Ihr stockte der Atem. „Du weißt, wen ich meine", keuchte sie. Sie grub ihre Finger in seine Schultern. Doch sie widerstand noch immer und sagte zögerlich: „Ich … äh … hab den Namen des Vormieters rausgefunden."

Mit einem langen, übertriebenen Seufzen ließ Harris seine Stirn auf ihre Brust sinken. „Es ist mir egal, Clair." Er umfasste ihre Brust und fuhr mit dem Daumen über ihre Knospe. „Siehst du nicht, dass ich gerade beschäftigt bin?"

Wieder versuchte Clair, ihn abzuhalten. „Es ist dir egal?"

Sie klang so erstaunt, dass Harris grinsen musste. „Süße, wie soll ich mit dir schlafen, wenn du nicht den Mund hältst?"

„Aber du hast gesagt …" Er umschloss ihre Brustspitze mit den Lippen und reizte sie mit der Zunge. „*Harris.*"

Ihre Hüften waren suchend an seine gepresst. Er konnte das wilde Pochen ihres Herzens spüren. Mit einem tiefen Aufstöhnen sagte Harris: „Ich weiß, dass ich dir versprochen habe, es langsam und locker angehen zu lassen, aber ich bin mir nicht sicher, ob ich dieses Versprechen beim ersten Mal halten kann, Süße."

„Nein." Auch sie keuchte und klang genauso fiebrig wie er. „Ich will nicht, dass du dich zurückhältst."

Clair war keine schwache Frau, und die Art, wie sie ihn nun

packte, zeigte Harris, dass sie es ernst meinte und dass sie genauso begierig war, wie er sich fühlte. Doch er wollte sie nicht um ihr erstes gemeinsames Mal betrügen, wollte nicht, dass es zu schnell vorüber wäre. Bedächtig widmete er sich der anderen Knospe, während er mit der Hand über ihre Rippen, ihren Bauch, ihre Hüfte strich. Ihre Haut wurde immer wärmer unter seiner Berührung. Sie hatte einen wohlgeformten festen Po, und ihre Haut war seidig zart. Mit dem Finger fuhr er über ihre schlanken Beine und lächelte, als er bemerkte, wie sie sie unwillkürlich zusammenpresste.

Er wusste, dass seine Worte Wirkung zeigen würden. „Öffne deine Schenkel für mich, Clair. Ich will dich berühren."

Ein kleines Stöhnen entrang sich ihr. Sie schloss die Augen, zitterte vor freudiger Erregung und spreizte langsam ihre Beine.

Harris streichelte sie sacht und fuhr über ihre Löckchen.

„Harris …"

Er liebte es, wie sie seinen Namen hauchte. Die Hand auf ihren Venushügel gelegt, liebkoste er sie, öffnete sie und tauchte einen Finger in sie. Sie war heiß, bereit. Ihre Hüften hoben sich ihm praktisch von selbst entgegen und machten seine Berührung noch intensiver.

Clair keuchte auf – und spreizte die Beine noch ein bisschen weiter.

So eine aufrichtige Reaktion, so typisch für Clair. Mit seinem freien Arm zog er sie noch näher an sich heran, an seine Brust, an sein Herz. Dabei hörte er nicht auf, sie zu streicheln und sie immer höher auf den Gipfel der Lust zu führen.

„Du riechst so gut, Clair", stieß er hervor. „Süß und mild. Ich liebe deinen Geruch." Um das zu unterstreichen, presste er seine Nase in ihre Halsbeuge. Ihm fiel wieder ein, was Ethan gesagt hatte: über eine Frau, die sich an einen kuschelte, wenn man nach einem Einsatz nach Hause kam. Er wollte, dass

Clair diese Frau war. Dass ihr Duft und nicht der Geruch nach Rauch seinen Körper umhüllte. Dass sie und keine andere Frau ihn hielt. Er wollte jeden Tag zu ihr nach Hause kommen und wissen, dass sie ihm gehörte – und nur ihm.

Sich diese Gefühle einzugestehen brachte ihn um den Verstand. Er musste in ihr sein. So schnell es ging. Sie atmete heftig, drängte sich rhythmisch an seine Hand, und ihre Haut verströmte Hitze. Doch das war nicht genug. Harris wollte, dass sie Lust verspürte und auf ihre Kosten kam, denn sobald er in ihr wäre, würde es nicht mehr lange dauern.

„Es wird dir gefallen“, versprach er und küsste wieder ihre Brüste, saugte an ihnen und knabberte zärtlich an den Knospen.

Sie seufzte leise auf und seufzte gleich noch einmal, als er ihre Rippen küsste, ihren Bauch liebkoste und sich zwischen ihre Schenkel legte.

„Harris?“

„Gott, du riechst so gut, Clair.“ Er schmiegte sich enger an sie, sog den Duft ihrer Erregung ein, ihrer Weiblichkeit. Mit den Daumen spreizte er sie, reizte sie mit der Zunge und schloss dann seine Lippen um sie.

Ihr Aufstöhnen war lang und befriedigend. Gleichzeitig spannte sie die Beine an, hob ihre Hüften, verströmte noch mehr Hitze. „Oh mein Gott“, flüsterte sie atemlos.

Harris drückte sich an die Matratze, um das Verlangen zu dämpfen, das ihre Lust in ihm entfacht hatte. Unter seinen Händen und seinem Mund fühlte er, wie sie sich anspannte, wie sie dem Höhepunkt näher und näher kam. Er streichelte sie weiter mit seiner Zunge, drang mit den Fingern in sie ein, küsste sie an ihrer empfindlichsten Stelle – und schließlich kam sie.

Ihr Aufschrei überraschte und fesselte ihn. Er schlang einen Arm um sie und hielt sie fest, während sie erschauerte und bebte und schrie. Er konnte spüren, wie sie seine Finger umschloss und wie sie eine Welle der Feuchte und Hitze verströmte. Er liebte es, Clair mit dem Mund zu verwöhnen, und wenn er sie nicht schon so lange begehrt hätte, dann hätte er ihr dieses Vergnügen gleich noch einmal bereiten können.

Aber er hatte sie gewollt – ob nun bewusst oder unbewusst. Seine Gefühle für sie hatten es ihm leicht gemacht, andere Frauen aufzugeben. Enthaltsamkeit war viel einfacher gewesen, als er nur Clair gewollt hatte. Doch das funktionierte nicht länger. Er brauchte sie. Jetzt.

Harris bemerkte, dass seine Hände zitterten, als er sich aufsetzte und in der Schublade des Nachttischs nach einem Kondom suchte. Clair rührte sich nicht. Aber er konnte ihre unregelmäßigen, angestrengten Atemzüge hören und musste lächeln.

In Rekordgeschwindigkeit streifte er sich das Kondom über. Dann drehte er sich um, nahm ihre Beine in seine Armbeugen, öffnete sie und drang in sie ein.

Sie bog sich ihm entgegen, schrie auf und grub ihre Fingernägel in seine Schultern. „Ja“, keuchte Harris, blind vor Lust und Liebe und aufgewühlt von der Stärke seiner Gefühle. „Komm noch einmal für mich, Clair.“

Und sie erfüllte ihm die Bitte – fast zu früh, denn sie stöhnen zu hören und zu spüren, wie ihre innersten Muskeln ihn umklammerten, brachte ihn selbst auf den Gipfel. Sie war feucht, heiß, offen für ihn, nahm ihn tief in sich auf, und er verlor seinen Kampf um die Selbstbeherrschung. Er schloss die Augen, legte den Kopf in den Nacken und schrie seinen Höhepunkt hinaus …

Minuten später, als sein Herzschlag sich allmählich normalisiert hatte und er wieder einen klaren Gedanken fassen konnte, dachte Harris darüber nach, ihr zu sagen, was er empfand, und zuzugeben, dass er sie liebte. Er zog sich etwas zurück, um in ihr Gesicht sehen zu können, und lächelte, als er erkannte, dass sie tief und fest schlief. Behutsam löste er sich von ihr.

Sie murmelte etwas, rollte sich auf die Seite und kuschelte sich in sein Kissen. Lächelnd betrachtete Harris sie wieder, aber vor seinen Augen war noch immer alles verschwommen, und sein Herz war übervoll. Er entsorgte das Kondom, schaltete das Licht aus und schmiegte sich an Clairs Rücken. Genau wie er es sich gedacht hatte, passte sie sich ihm perfekt an.

Sein Leben – mit Clair darin – war gut. Er hoffte inständig, dass sie ihn heiraten wollte, denn unter keinen Umständen würde er sie aufgeben.

Mitten in der Nacht schlief Harris noch einmal mit Clair.

Sie hatte sich zu ihm umgedreht, und irgendwie hatte ihr Bein plötzlich auf seinem Bauch gelegen, und ihre Brust war seinem Mund so nahe gewesen – zu verführerisch, um zu widerstehen.

Und obwohl er noch fast schlief und sich dem Moment hingab, vergaß er nicht, sie zu schützen. Zukünftig würde er eine ganze Box voller Kondome auf dem Nachttisch stehen haben, um nicht erst lange suchen zu müssen. Clair bei sich zu haben und immer mit ihr schlafen zu können, würde ihn sicherlich auf die Probe stellen. Nicht, dass er sich beklagen wollte …

Beim zweiten Mal liebten sie sich bedächtiger, zärtlicher, länger. Sie küssten einander sacht und schmiegten sich aneinander, bis Clair zu stöhnen begann. Die Laute ihrer Lust schienen ihn mitzureißen, und wieder verlor er seinen Kampf um Zurückhaltung.

Anschließend wachte Harris erst wieder auf, als er merkte, dass Clair das Bett verlassen wollte. Selten verbrachte er eine ganze Nacht mit einer Frau, doch Clair neben sich liegen zu haben fühlte sich gut und angenehm an. Als sie sich davonstehlen wollte, knurrte er unwillig auf und zog sie zurück.

Sie murmelte etwas und versetzte ihm einen leichten Klaps. „Ich muss mich für die Arbeit fertig machen, Harris."

Mühsam schlug er ein Auge auf und warf einen Blick auf die Uhr. „Ist doch noch früh." *Viel Zeit für ein paar Zärtlichkeiten am Morgen.* Er sah Clair an und machte beide Augen auf.

Sie war nackt. Ihre Haare waren zerzaust und ihr Blick schlaftrunken, aber sie hatte bereits ihre Brille aufgesetzt. Sie sah aus wie ein lebendig gewordener Fetisch. Sein Fetisch. Er wollte sie. Wieder. Immer.

Doch als er seine Arme nach ihr ausstreckte, lachte sie und wich zurück. „Ruhig, Großer. Ich brauche eine lange heiße Dusche."

Harris betrachtete ihren zarten Bauch und brummte: „Dusch mit mir."

„Oh nein. Auf keinen Fall. Ich weiß, wie das enden würde."

„Genau", stimmte er zu und wurde von Sekunde zu Sekunde wacher.

„Harris, ich kann nicht."

„Warum?"

Sie verzog den Mund. „Ich bin ein bisschen … wund."

Harris setzte sich auf. Er konnte nicht anders; er lächelte wie ein siegreicher Kämpfer. „War ich zu stürmisch?" Er versuchte wirklich, in ihr Gesicht zu blicken, aber ihr Körper fesselte seine gesamte Aufmerksamkeit. Die nackte Clair war eine Überraschung. Eine wundervolle Überraschung. Sie war so verdammt sexy …

„Es war nur schon so lange her, das ist alles."

Harris betrachtete ihre Hüften und runzelte nachdenklich die Stirn. Noch nie zuvor hatte er ihren nackten Körper gesehen, und doch kam er ihm irgendwie vertraut vor. „Ich werde in Zukunft etwas rücksichtsvoller sein.“ *In Zukunft.* Ihm gefielen diese Worte.

Clair holte tief Luft, um sich zu sammeln. „Nur fürs Protokoll: Du kannst so stürmisch sein, wie du willst.“ Und mit einem kleinen Lächeln fügte sie hinzu: „In Zukunft.“

Er liebte sie.

Einladend klopfte er neben sich auf die Matratze. „Wir müssen reden.“

Besorgnis verdunkelte ihren Blick. Sie wirkte beunruhigt, schlug die Augen nieder. „Ich weiß.“

Warum wurde sie bei dem Gedanken, mit ihm zu reden, so ernst? Harris gefiel es nicht, dass ihr Lächeln mit einem Mal verschwunden war. Er mochte es lieber, wenn sie sich neckten. Also beschloss er, das Gespräch auf später zu verschieben. „Das kann aber auch warten.“ Und weil er nicht in ihrer Nähe sein konnte, ohne sie zu begehren, erlaubte er ihr, nach Hause zu gehen. „Jetzt geh schon duschen, bevor ich vergesse, dass ich ein Gentleman bin, und dich wieder in mein Bett zerre.“

„Sehen wir uns dann … später?“

Hatte sie Zweifel an seinen Absichten? Wirkte sie deshalb so niedergeschlagen? Er ergriff ihre Hand und verschlang ihre Finger ineinander. „Du wirst mich nicht mehr los.“

Sie erwiderte sein Lächeln, und Wärme erfüllte ihn. „Bald?“

Wahrscheinlich früher, als sie erwartet hätte. Er würde gleich als Erstes in die Detektei fahren, um Dane und Alec von dem Fall abzuziehen. Die geheimnisvolle Frau interessierte ihn nicht mehr.

„Allerdings.“ Doch sie hatte ein bisschen zu lange gezögert. Harris erhob sich und stand im nächsten Moment vor ihr, zog sie an sich, sodass er ihre Haut an seiner spüren konnte, und küsste sie.

Es hatte ein flüchtiger Abschiedskuss werden sollen, aber ihr Mund war weich und warm, und sie duftete so gut, dass er ein bisschen die Kontrolle verlor. Nur die Sorge, dass sie sich danach körperlich noch etwas unwohler fühlen könnte, hielt ihn davon ab, wieder mit ihr zu schlafen. An ihren Lippen flüsterte er: „Ich bin auch nur ein Mann, und dich nackt zu sehen, ist eine Verlockung, der ich kaum widerstehen kann. Du solltest jetzt besser gehen, solange ich dich noch gehen lasse."

Lachend schnappte Clair sich ihre Shorts und ihr T-Shirt und schlüpfte hinein. Harris beobachtete sie dabei und genoss die lockere Vertrautheit. Wenn er seinen Willen bekäme – und das würde passieren –, würde er sie von nun an jeden Morgen beim Anziehen beobachten können.

Weil er auch duschen wollte, machte Harris sich nicht die Mühe, sich anzuziehen, als er Clair zur Tür brachte. „Heute muss ich noch arbeiten, und dann habe ich eine Woche Urlaub. Bleibst du dann bei mir?"

„Die ganze Woche lang?"

Für immer. Doch dazu würde er später noch kommen. Im Augenblick wollte er erst einmal eine Zusage für die unmittelbare Zukunft. „Ja. Mit mir. In meinem Apartment." Und etwas leiser und anzüglicher fügte er hinzu: „In meinem Bett."

Mit einem Mal war sie ein bisschen atemlos und nickte nur stumm. Zwei Sekunden später runzelte sie die Stirn. „Ich werde es tun, wenn du es willst."

„Ich will es." Aber sie wirkte noch nicht ganz überzeugt. Fürchtete sie, dass er sich von der Frau auf den Bildern wieder ablenken lassen könnte? Keine Chance. Harris wollte ihr auf der Stelle sagen, dass er sie und nur sie liebte. Doch es wäre besser, es ihr zuerst zu zeigen. Er würde warten, bis er sie im Büro traf, wo sie Zeugin werden würde, wie er die Fotos zerriss.

Harris ahnte ihre Reaktion voraus, küsste sie ein letztes Mal und schob sie dann mit sanftem Nachdruck aus der Tür. Sobald sie gegangen war, lief er zum Fenster, um ihr hinterherzublicken. Kurz nachdem sie das Gebäude gegenüber betreten hatte, gingen die Lichter an, und einen Moment später winkte sie ihm zu. Er lächelte und ließ den Vorhang fallen.

Schon bald würde sie mit ihm zusammenleben, und dann würde er nicht mehr darüber wachen müssen, ob sie sicher in ihrer Wohnung ankam.

In weniger als einer Stunde war Harris geduscht und auf dem Weg in die Detektei. Er bog gerade rechtzeitig auf den Parkplatz, um zu sehen, wie Dane und Alec durch die Eingangstür traten. Sie hatten ihre Frauen dabei, die beide blond und attraktiv waren. Tja, verdammt, dachte Harris. Die Anwesenheit der Ehefrauen machte es schwierig, die Fotos einer nackten Schönheit zu besprechen. Er hätte natürlich warten können, bis die Frauen wieder gingen, aber er wollte alles geregelt haben, bevor Clair zur Arbeit erschien.

Sie waren alle zusammen in Danes Büro, als Harris das Vorzimmer betrat. Er fühlte sich unbeschwert und begierig, die Angelegenheit ein für alle Mal zu erledigen. Vielleicht würde er Clair sogar bitten, ihn zu heiraten, gleich nachdem er die Bilder zerrissen hatte. Er lächelte und malte sich aus, wie es laufen und was sie sagen würde.

Harris hob gerade die Hand, um anzuklopfen, als eine der Frauen rief: „Dane Carter! Warum, um alles in der Welt habt ihr Nacktfotos von Clair an der Wand hängen?"

Nacktbilder von *Clair?* Harris zog die Augenbrauen hoch. Er war verstört, konnte nicht glauben, was er gehört hatte.

Dane verschluckte sich. „Das ist nicht Clair!"

„Na selbstverständlich ist sie das", erwiderte die andere Frau. „Wusstet ihr das etwa nicht?", fragte sie leicht verwirrt.

„Nein!", stießen Dane und Alec wie aus einem Munde hervor.

„Wie kann euch denn das nicht aufgefallen sein?", wollte eine der Frauen wissen. „Das sieht man doch."

„Die Körperform", fügte die andere hinzu. „Ihre langen Beine, ihre Haltung, ihre …"

Die Frau fuhr fort, aber Harris hörte nicht mehr zu. Er wollte die Wahrheit nicht anerkennen, schüttelte den Kopf. Selbst als die Puzzleteile sich nahtlos zusammenfügten. Sein Herz hämmerte, und sein Kopf pochte.

Die geheimnisvolle Unbekannte trug keinen Schmuck – weil *Clair* keinen Schmuck trug. Die geheimnisvolle Unbekannte hatte längere Haare – weil *Clair* sie sich erst vor Kurzem hatte abschneiden lassen.

Die geheimnisvolle Unbekannte hatte einen wohlgeformten Po – *genau wie Clair.*

Er erinnerte sich an Clairs beinahe hysterische Reaktion auf die vergrößerten Bilder und wie sie ihren Kopf auf den Schreibtisch gelegt hatte, als er und Dane sich über den Po der Frau unterhalten hatten.

Und er erinnerte sich an die Nachricht, die so voller Gefühl und Liebe gewesen war, was bedeutete, dass die Frau ihn kannte – und zwar *nicht* nur aus der Ferne.

Die Ehefrauen hatten erkannt, was er selbst nicht gesehen hatte. Bis jetzt.

In Danes Büro war es seltsam still, als Harris hineinging. Wie betäubt und ein bisschen unsicher auf den Beinen sagte er: „Nehmt sie ab. Sofort."

Alec, der eigentlich niemand war, der gern Befehle entgegennahm, war bereits damit beschäftigt. Er war schneller, als Harris es in seinem derzeitigen Zustand gewesen wäre.

Harris atmete tief durch, doch es half nicht. Er war sich bewusst, dass Dane ihn erschrocken ansah. Alec grummelte und blickte finster vor sich hin. Verdammt, es sah beinahe so aus, als würde Alec rot werden. Die Ehefrauen der beiden schwiegen.

Und hinter ihnen, ein fröhliches Lied pfeifend, kam plötzlich Clair ins Büro.

Alle drehten sich um und sahen mit unterschiedlichen Gesichtsausdrücken von fassungslos bis besorgt zur Tür.

Clair entdeckte die Versammlung und bemerkte, dass alle sie anstarrten – und schlagartig verstummte ihr Pfeifen. Sie sah in die entsetzten, alarmierten und erschrockenen Mienen und blieb wie angewurzelt stehen. „Äh … Was ist los?“

Dane und Alec bekamen einen Hustenanfall und wurden rot. Ihre Ehefrauen wirkten besorgt und warfen Clair mitfühlende Blicke zu. Danes Frau trat zu ihrem Mann. „Dane?“

„Schh“, stieß Dane hervor und beugte sich vor, um ihr etwas ins Ohr zu flüstern. Anscheinend versuchte er, ihr das Unerklärliche zu erklären. Die Augen seiner Frau wurden groß und größer, und fasziniert blickte sie zwischen Harris und Clair hin und her.

Harris starrte Clair nur an, bemüht, alles aufzunehmen – auch die Erkenntnis, dass er Nacktbilder der Frau, die er liebte, herumgezeigt hatte. Dane und Alec hatten sie gesehen. Ethan hatte sie gesehen.

Und Clair hatte sich nichts anmerken lassen.

Alec drückte Harris die Bilder an die Brust. „Hier.“ Dann ergriff er die Hand seiner Frau und flüchtete aus dem Büro. Schnell folgten ihnen Dane und seine Frau. Dane blieb kurz stehen, um Harris mitleidig auf die Schulter zu klopfen, während er Clairs Blick mied.

Dann zog er nachdrücklich die Tür hinter sich ins Schloss. Das Geräusch hing in der Luft wie eine Bombenexplosion.

Harris und Clair starrten einander an, bis Clair, deren Gesicht kalkweiß war, nach einem Stuhl griff. „Du weißt es, oder?“

Er hatte die Aufnahmen in seiner Faust zerknüllt. Sein Magen hatte sich zusammengezogen. „Warum hast du mir nichts gesagt, verdammt noch mal?“, presste Harris zwischen zusammengebissenen Zähnen hervor.

Ohne ihm zu antworten, ließ sie den Kopf sinken und zuckte die Schultern.

Kühl ging Harris um sie herum. „Himmel." Dann beugte er sich vor, bis ihre Nasenspitzen sich beinahe berührten. „*Ich habe Dane, Alec und Ethan die Bilder gezeigt.*"

Sie presste die Lippen aufeinander. „Und du hattest eines der Fotos immer in der Tasche." Dann schürzte sie die Lippen. „Du wärst bezaubert, hat Dane erzählt. Und Alec hat behauptet, du wärst vollkommen besessen."

„Von *dir,* Clair, wenn du es nur zugegeben hättest, bevor ich …" Bei dem furchtbaren Gedanken erschauderte er. „Bevor ich sie anderen Männern gezeigt habe."

Wütend sprang Clair auf und stellte sich vor Dane auf die Zehenspitzen. „Woher hätte ich wissen sollen, dass du das tust? Und nachdem du es getan hast – was hätte es gebracht, die Wahrheit zu sagen? Es war zu spät, um irgendetwas rückgängig zu machen."

Er wedelte mit einem Foto ihres Pos vor ihrer Nase herum. „Es war noch nicht zu spät, um zu verhindern, dass die Bilder vergrößert werden!"

Sie schlug seine Hand mit dem Foto zur Seite. „Wie hätte ich ahnen können, dass du pervers bist?"

Dane klopfte an die Tür, ehe er sie aufschob. Er blickte starr zu Harris. „Äh, wir können euch hören. Und so wie ihr beide brüllt, gilt das vermutlich auch für die meisten anderen Leute hier im Gebäude. Wenn ihr einfach etwas leiser sprechen könntet, wäre das gut." Er räusperte sich und wagte es, Clair einen flüchtigen Blick zuzuwerfen. „Äh, Clair? Du kannst dir den Rest des Tages freinehmen." Damit schloss er die Tür hinter sich.

Harris versuchte, seine Wut herunterzuschlucken.

Clair schien Dane nicht einmal gehört zu haben. Irgendwie gelang es ihr, mit Harris auf Augenhöhe zu kommen. Bei jedem ihrer Worte streifte ihr warmer Atem sein Gesicht. „Warum ist dir nicht aufgefallen, dass *ich* die Frau bin, Harris? Wie konnte dir das entgehen? Wir haben uns schließlich jeden Abend gesehen.“ Harris wich zurück – und Clair folgte ihm. „Wir sind schon lange befreundet, eng befreundet, und trotzdem hast du nie auch nur in Betracht gezogen, dass ich es sein könnte. Dann sag mir, warum ich es dir hätte sagen sollen, wenn du ohnehin nie interessiert an mir warst?“

Der Schock klang ab, und Harris konnte allmählich wieder klarer sehen. Clair war nicht beschämt – jedenfalls nicht, soweit er es sagen konnte. Und sie bat auch nicht gerade um Entschuldigung, weil sie ihn getäuscht hatte. Nein, sie war total sauer.

Und sie warf ihm vor, nicht interessiert zu sein? Nun, das stimmte einfach nicht. Er wich nicht länger zurück und beugte sich vor. „Seit wann soll ich nicht interessiert sein?“

Sie versetzte ihm einen Schlag. Ihre kleine Faust stieß auf seine Bauchmuskeln, und, verdammt, es tat weh. „Es geht nicht ums Joggen, du Idiot. Es geht um mehr. Um *alles.*“

Harris kniff ganz leicht die Augen zusammen. „Gestern Nacht war ich jedenfalls interessiert genug. Zwei Mal, wenn ich mich recht entsinne. Da hättest du es mir sagen können.“

Durch die Tür war ein lautes Pfeifen von Alec zu hören.

„Ich wollte es dir heute sagen.“ Und etwas leiser murmelte sie: „Nachdem ich die blöden Fotos von der Wand genommen hätte.“

„Sie sind schon weg.“ Harris schmiss die zerknitterten Bilder auf den Schreibtisch hinter sich – mit der Vorderseite nach unten, sodass niemand sie sehen konnte. Er versuchte, sich zusammenzureißen. Seine Reaktion beruhte vor allen Dingen auf Eifersucht. Er konnte nicht glauben, dass er mit Dane und Alec gemeinsam gründlich ihren nackten Po studiert hatte. „Du hast mir erzählt, dein Exfreund sei ‚niemand von Bedeutung‘ gewesen. Wenn das so ist, warum hast du ihn dann Nacktbilder machen lassen …"

Wieder schlug sie ihn. Sie wirkte entsetzt und erschrocken, ihre Augen waren weit aufgerissen. „Ich habe ihm doch nicht meine Erlaubnis dazu gegeben." Sie schluckte, und Tränen schimmerten in ihren Augen. Ihre Unterlippe zitterte. „Kennst du mich denn überhaupt nicht, Harris?"

Sie klang so verzweifelt, dass es ihm fast das Herz zerriss. „Wenn du es ihm nicht erlaubt hast, wie hat er … dann …" Zorn durchflutete ihn – düster und böse und heftig. Er biss die Zähne zusammen. „Dieser Mistkerl."

Clair wirkte resigniert. „Er hat eine winzige Spionagekamera. Ich wusste nicht einmal, dass er mich ansieht, geschweige denn, dass er Fotos von mir macht. Das hätte ich niemals zugelassen. Ich war nur kurz mit ihm zusammen, weil …" Sie blickte ihn ernst und traurig an. „Er war nicht du."

Harris' Unterlid zuckte. Seine Lippen fühlten sich taub an. „Ich werde ihn umbringen."

Clair keuchte auf. „Warum?"

„*Warum?*" Harris packte sie an den Schultern und brachte sie auf Augenhöhe. „Ich liebe dich, verdammt noch mal. Auf keinen Fall lasse ich diesen Mistkerl …"

„Du liebst mich?"

Er schüttelte sie sacht. „Was glaubst du denn?"

„Ich weiß nicht." Hinter den Brillengläsern wirkten ihre Augen rund, und der Ausdruck in ihnen war hoffnungsvoll. „Du hast mich nicht wiedererkannt. Selbst nach letzter Nacht hast du mich nicht wiedererkannt."

Harris konnte nicht glauben, dass sie so darauf fixiert war. „Die Bilder habe ich mit Lust angesehen. Mit rein körperlicher, stumpfer Lust. Es war eine nackte Frau. Punkt. Der Blick, mit dem ich die Bilder angesehen habe, ist ein ganz anderer als der Blick, mit dem ich dich ansehe."

„Wie siehst du mich denn an?"

Er zog sie näher an sich heran. Und er atmete tief durch. „Selbstverständlich auch mit Lust. Ganz sicher machst du mich total heiß, Clair. Aber ich empfinde so viel mehr, wenn ich dich betrachte – Liebe, Zärtlichkeit." Er zögerte und fügte dann hinzu: „Verlangen."

„Verlangen? Du brauchst mich?"

Harris umarmte sie. „Ich liebe dich so wahnsinnig, dass ich kaum noch einen klaren Gedanken fassen kann. Also ja, ich brauche dich. Du bringst mich zum Lachen. Bei dir fühle ich mich leicht, locker, irgendwie gelassen. So, als hätte ich den perfekten Platz gefunden, an dem ich sein kann. Mit dir."

Sie lächelte ihn an, lachte leise, stumme Tränen rollten über ihre Wangen. „Ich liebe dich auch."

Endlich zu hören, wie sie es sagte, löste seine Anspannung – eine Anspannung, derer er sich nicht einmal bewusst gewesen war, bis Clair ihn ganz angenommen hatte. „Und ich bin heilfroh darüber." Er ließ sie los und rieb sich die Hände. „Wenn wir jetzt noch herausfinden, wo sich dein Exfreund aufhält, werde ich mal ein ernstes Wörtchen mit ihm reden. Dann ist wirklich alles perfekt."

Dane klopfte wieder an, ehe er eintrat. Alec folgte ihm. „Verrate uns seinen Namen, Clair. Wir kümmern uns darum."

Clair biss sich auf die Unterlippe. „Ich weiß nicht ..."

„Er könnte noch die Negative besitzen", gab Alec zu bedenken.

„Oder noch mehr Aufnahmen", fügte Dane hinzu.

Harris bemerkte, wie ihr Gesicht vor Wut errötete und wie sie die Hände zu Fäusten ballte. „*Ich* werde mit ihm reden ...", erklärte sie.

Harris schloss sie in die Arme und drückte sie an sich. „Vergiss es. Ich will nicht, dass du dem Mistkerl noch mal zu nahe kommst."

Dane verengte die Augen zu schmalen Schlitzen. „Sie sollten auch nicht in seine Nähe kommen, Harris. Sie wollen ihn doch nur auseinandernehmen."

„Verdammt richtig."

Alec hob die Augenbrauen. „Ihn zu schlagen würde Sie nur in Schwierigkeiten bringen. Wohingegen wir wahrscheinlich beweisen können, was für ein skrupelloser Mistkerl er ist."

„Wie?", wollte Harris wissen.

„Wenn er Clair das angetan hat", begann Dane, „ist es wahrscheinlich, dass er es auch bei anderen Frauen gemacht hat. Wir brauchen nur Beweise. Und hey, Beweise zu sammeln ist unser Job."

„Dann können wir Strafantrag gegen ihn stellen – und weder Clair noch ihre Fotos müssen hineingezogen werden."

Es kam Harris nicht richtig vor, dass Dane und Alec sich um die Angelegenheit kümmerten. Clair gehörte zu ihm, und er fühlte sich verantwortlich. Er musste den Kerl wenigstens verprügeln. Verdammt, er wollte ihm die Nase brechen. Doch er wollte nicht, dass Clair noch tiefer in die Sache verstrickt wurde.

„Sehen Sie es als Hochzeitsgeschenk an", versuchte Alec, ihn zu überreden.

Beim Wort „Hochzeit" löste Clair sich mit einem Keuchen von Harris. Sofort zog er sie wieder in seine Arme. „Wir werden heiraten, Clair."

Sie runzelte die Stirn und sah ihn über den Rand ihrer Brille hinweg an. „Seit wann das denn?"

„Seit ich dir gerade gesagt habe, dass ich dich liebe, und du erwidert hast, dass du mich auch liebst."

Angel Carter, Danes Frau, lächelte. „Das klingt in meinen Ohren absolut vernünftig, Clair."

Celia Sharpe nickte. „Alec soll sich um diesen furchtbaren Kerl kümmern. Dann könnt du und Harris euch auf die Hochzeitsplanung konzentrieren."

Clair wirkte noch immer trotzig. „Ich habe einen richtigen Antrag erwartet."

„Jeder hier im Raum hat dich nackt gesehen, Clair. Verdammt, Dane und Alec haben sich die Bilder mit einer Lupe angeschaut, um Hinweise zu suchen. Sie waren ..."

„Okay, ich werde dich heiraten."

Harris musste über ihr gerötetes Gesicht und die hastige Art, wie sie ihn unterbrochen hatte, schmunzeln. Allerdings sahen die Ehefrauen ihre Männer nun ebenfalls finster an, und die beiden Männer wirkten, als wären sie kurz davor, Harris zu hängen. Er lachte. „Tut mir leid. Aber im Krieg und in der Liebe ist alles erlaubt."

Dane ergriff die Hand seiner Frau. „Lass uns gehen, bevor Clair hier ein Blutbad anrichtet und mein Büro verwüstet."

Alec legte seinen Arm um Celia. „Wartet auf uns."

Im nächsten Moment waren die vier verschwunden, und Clair und Harris waren allein. Da nun alles ausgesprochen war, entspannte Harris sich ein wenig. „Ethan und Riley werden sich freuen, aber Buck wird sich furchtbar ärgern."

„Buck ist einer deiner Freunde, stimmt's?"

„Ja. Bald ist er mein einziger alleinstehender Freund. Es wird ihm nicht gefallen, dass ich das sinkende Schiff ebenfalls verlassen habe."

„Dann sollte er auch heiraten."

„Er behauptet, dass er mit seinem Holzlager verheiratet ist."

Clair verdrehte die Augen. „Einige Kerle lieben ihr Junggesellendasein einfach."

„Nein." Harris legte ihr einen Finger unter das Kinn und hob ihr Gesicht an. „Einige Kerle haben nur noch nicht die richtige Frau getroffen. Was auch der Grund ist, warum ich dich an mich binden möchte. Ich habe dich vielleicht auf den Fotos nicht erkannt, aber ich habe ganz sicher erkannt, dass du die perfekte Frau bist – für mich."

„Was meinst du? Können wir uns jetzt unauffällig aus dem Staub machen?“

Clair lächelte Harris an. Weil sie sich beide eine kleine schlichte Hochzeit wünschten, zu der nur die engsten Freunde und Verwandten eingeladen waren, hatten sie alles in weniger als drei Wochen auf die Beine stellen können.

Harris war die ganze Zeit über sehr ungeduldig gewesen. Das Probeessen an diesem Abend hatte Stunden gedauert – Stunden voll guten Essens und jeder Menge Lachen.

Ihre Familie liebte Harris, und umgekehrt war es genauso. Ethan und Riley waren mehr als glücklich, und Buck war nicht allzu missmutig. Tatsächlich schien er es zu genießen, dass er der einzige Single in der Runde war.

Dane und Alec konnten Clair endlich wieder ansehen, ohne rot zu werden, auch wenn sie noch immer sehr vorsichtig mit ihr umgingen. Sie für ihren Teil bezweifelte, dass sie jemals wieder in der Lage sein würde, den beiden ganz unbefangen gegenüberzutreten.

„Ich glaube, wir können jetzt gehen.“ Clair rutschte näher zu ihm heran. „Hast du was Bestimmtes vor?“

„Ja.“ Harris küsste ihren Hals. „Ich habe vor, mir meine Zukünftige zu Willen zu machen.“

Sie seufzte und war genauso begierig darauf, mit ihm allein zu sein, wie er. Sie teilten es den Gästen mit, brachten noch den einen oder anderen Toast aus und verschwanden schließlich.

Auf dem Parkplatz holten Celia Sharpe und Angel Carter sie jedoch ein. Celia trug ein großes Paket, und Angel hatte einen braunen Umschlag in der Hand.

„Wir sind ausgewählt worden, uns um das hier zu kümmern“, erklärte Celia, als sie vor ihnen standen.

„Die Männer sind noch immer etwas verunsichert wegen der Sache mit den Fotos“, fügte Angel schulterzuckend hinzu. „Sie meinen, du seist zu wertvoll für das Büro, um dich ersetzen zu lassen, aber sie können das hier im Moment auf keinen Fall mit dir besprechen."

Harris legte seinen Arm um Clair und lächelte. „Was besprechen?"

Mit einer überschwänglichen Geste präsentierte Angel den Umschlag. „Die Männer haben deinen Exfreund ausfindig gemacht. Und sie haben das hier bei ihm gefunden."

Clair wurde blass. „Oh mein Gott."

Neben ihr verspannte Harris sich vor Wut. „Verdammt. Ich hätte …"

„Das hat Dane schon für Sie übernommen. Er hat ihm direkt eins auf die Nase gegeben." Angel schien es zu genießen, davon zu erzählen. „Und er hat es so eingefädelt, dass er nicht derjenige war, der begonnen hat. Wie ich Dane kenne, hat er den Typ dazu angestachelt, zuerst zuzuschlagen."

Celia nickte. „Und dann – *peng* – hat Dane zurückgeschlagen." Sie lachte. „Alec fand's großartig."

Clair biss sich auf die Unterlippe. „Wenn sie noch mehr Fotos gefunden haben …"

„Keine Sorge", beeilte Celia sich zu sagen. „Sie haben die Wohnung des Kerls gründlich durchsucht. Es gab nicht viel, was dich betraf. Anscheinend nur ein paar Andenken."

Gedemütigt schloss Clair die Augen und spürte dann, wie Harris sie an sich zog.

„Es ist vorbei, Clair."

„Das stimmt", versicherte Angel. „Er hat das übrigens noch mit zwei anderen Frauen gemacht. Mit einer traf er sich sogar noch. Dane und Alec haben die beiden informiert. Die Frauen haben den Idioten dann persönlich darauf angesprochen und seine Wohnung durchsucht, bis sie selbst einige Fotos gefunden haben. Die zwei sind einverstanden, Anzeige zu erstatten, sodass der Kerl auf jeden Fall zur Rechenschaft gezogen wird."

Clair riss sich zusammen. Es war vorbei, und sie hatte ihr

ganzes Leben noch vor sich – ein Leben mit Harris. „Bitte sagt Dane und Alec, dass ich ihnen dankbar bin und ihre Bemühungen zu schätzen weiß."

„Das hier ist auch noch für dich", sagte Celia lächelnd. „Es ist ein Reißwolf. Alec meinte, die Fotos gehören dir, und dass du damit machen kannst, was auch immer du willst. Er dachte, du möchtest sie vielleicht vernichten."

„Da denkt er richtig!"

Harris nahm Angel den Umschlag aus der Hand. „Das werden wir auf jeden Fall machen." Er beugte sich zu ihr herunter, um sie zu umarmen. Anschließend umarmte er auch Celia. Mit dem sperrigen Karton unter dem Arm und dem Umschlag in der freien Hand sagte er: „Danke, Ladys. Zu wissen, dass die Angelegenheit aus der Welt ist, ist das schönste Hochzeitsgeschenk."

Celia und Angel lächelten und gingen. Sobald sie verschwunden waren, öffnete Harris den Umschlag und wollte einen Blick hineinwerfen.

Clair nahm ihm den Umschlag ab und versteckte ihn hinter ihrem Rücken. „Oh nein, das wirst du nicht tun."

Mit einer Unschuldsmiene, die nicht sehr überzeugend wirkte, erwiderte Harris: „Ich wollte nur sehen …"

„Ich weiß, was du ‚nur sehen' wolltest. Aber diese Bilder werden zerstört, sobald wir zu Hause sind. Du hast alle Nacktbilder gesehen, die du jemals von mir zu Gesicht bekommen wirst."

Harris schmunzelte, und aus dem Schmunzeln wurde ein Lachen. „Alles klar, Baby", beruhigte er sie. „Jetzt werd mal nicht sauer." Damit drehte er sie unerwartet zum Wagen um.

Clair verstand den plötzlichen Stimmungsumschwung nicht und wollte ihr ablehnendes Verhalten etwas abmildern. „Es tut mir leid, Harris. Ich hoffe bloß, du kannst verstehen, wie ich mich fühle."

„Ja, das kann ich.“ Nachdem sie sich auf den Beifahrersitz gesetzt hatte, beugte er sich durch die Tür zu ihr herunter und küsste sie. „Ich wollte dich nur aufziehen. Es macht mir überhaupt nichts aus.“

„Bist du dir sicher?“

Er küsste sie lange und innig. „Absolut. Und wozu brauche ich überhaupt Fotos, wenn ich das Original habe?“

– ENDE –

Kristan Higgins
Meine Brüder, die Liebe und ich
Band-Nr. 25535
8,95 € (D)
ISBN: 978-3-89941-875-0
eBook: 978-3-86278-076-1
416 Seiten
Auch als eBook erhältlich!

Kristan Higgins
Fang des Tages
Band-Nr. 25529
8,95 € (D)
ISBN: 978-3-89941-862-0
eBook: 978-3-86278-062-4
384 Seiten
Auch als eBook erhältlich!

Susan Wiggs
Ein Haus für fünf
Band-Nr. 25495
8,95 € (D)
ISBN: 978-3-89941-806-4
512 Seiten

Susan Wiggs
Vertrau deinem Herzen
Band-Nr. 25542
8,95 € (D)
ISBN: 978-3-89941-885-9
eBook: 978-3-86278-084-6
448 Seiten
Auch als eBook erhältlich!